邯鄲の島遥かなり

上

貫井徳郎
Tokuro Nukui

新潮社

目次

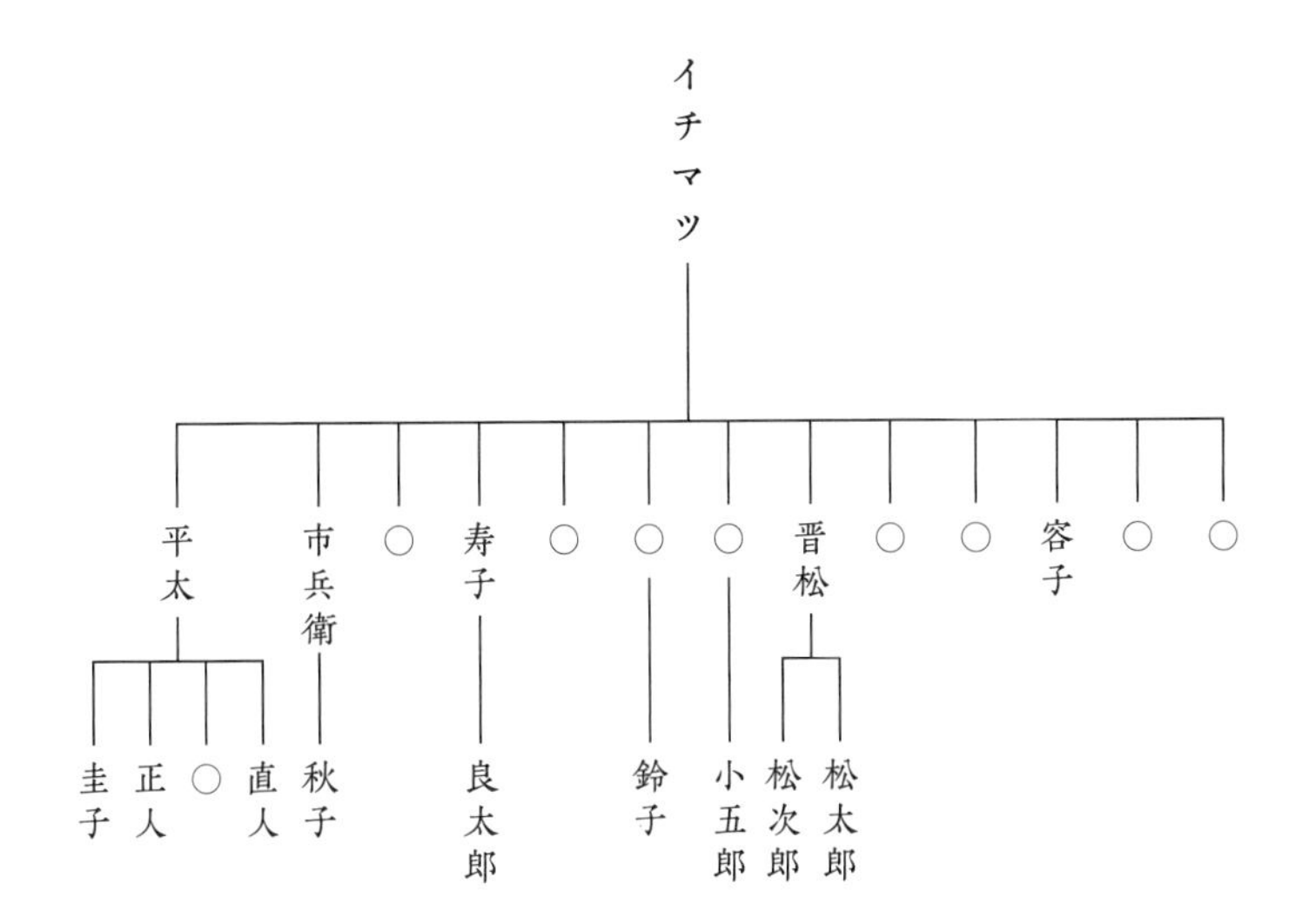
イチマツ
平太
市兵衛
寿子
晋松
容子
圭子
正人
直人
秋子
良太郎
鈴子
小五郎
松次郎
松太郎

邯鄲の島遥かなり　上

第一部　神の帰還

1

いい風が吹いている、とわかるようになった。

風が強すぎては安全な航海ができないし、弱すぎても船は前に進まない。今日の風は、船を島まで送り届けるのに最適の強さだった。この調子だと今日にも船が着くかもしれないと、大人たちは言っていた。だから新吉（しんきち）は貝拾いを免除され、朝から港で船影が現れるのを見張っているのだった。新吉の他にも、子供たちは何人かいる。いつもならばじゃれ合って遊ぶところだが、今日は皆食い入るように海の彼方を見やっていた。誰もが、一番に船影を見つけたいと思っているのだ。一番に見つけたところで褒美が出るわけではないが、誇らしいのは確かだった。

誰でもできる仕事ではなかった。子供の中でも、特に目がいい者でないと難しい。ここにいる子供は皆、遠目が利く者ばかりだった。己の目のよさを大人に認めてもらいたいから、皆が無駄口を叩かずに海を見ているのである。

だからお調子者の五郎太（ごろうた）のように、見えてもいないのに「来た」と叫ぶ奴もいる。海は眩しいので、ずっと見つめていると目がちかちかしてくる。そのせいで、本当は存在していない影のようなものを見た気になってしまうのだ。五郎太の一声に応じて皆が目を凝らしたが、船影は見つからなかった。ふざけるな、と小突かれて五郎太はしょげていた。

五郎太はまだ小さいので、海を見つめることに慣れていない。そういう見間違いもあることを、こうして学んでいくだろう。新吉自身も、何度か見間違いをしたことがあった。その経験があるから、今は慎重になっている。目を凝らしつつも、少しの間だけ瞼を閉じて休ませるすべを覚えていた。

三つ数える程度の時間だけ目を閉じ、そして開ける。すると水平線上に、針の先ほどの黒い影が見えた気がした。本当なのか。見間違いではないか。目を細めて、確認する。間違いない。あれは船だ。

手にしていた銅鑼を、思い切り叩いた。腹の底を揺さぶるような、大きな音が鳴り響いた。そしてばちを持った手で、彼方を指し示す。すぐに、「本当だ」と認める声が続いた。新吉は銅鑼を高々と掲げ、何度も叩いて村の方へと走った。他の者たちも、同じように両手を挙げて「来たぞーっ、来たぞーっ」と叫びながら、後を追いかけてきた。

「ほうほうほう」

「来たか、来たか」

「いやいや、楽しみだ」

口々に言いながら、家から女や年寄りたちが出てくる。大人の男は皆、漁に出ているので今はいない。着いた荷物を運ぶのは船に乗ってきた水夫たちだが、軽い物は島の皆も手伝わなければならない。むろん、新吉たち子供もだ。

子供も含めて二十人ほどが見守る中、小さかった船影は徐々に大きくなり、やがて船に乗る者の顔まで見て取れるほど近づいてきた。子供たちが「おーい」と手を振ると、船首に立っていた壮年の男が「おーい」と応えてくれる。毎月来る定期船とはいえ、やはり島の外から非日常を運んできてくれる船にはわくわくさせられる。今回はいったい、どんな荷を運んできてくれたのだろう。くがではゴイッシンだかゴイッシンだかいうものが起きて、何もかも変わってしまったと大人たちが言っているのを聞いた。だが近づいてくる船は、以前の船とまるで変わりない。大人たちは間違っていたのではないか。それもこれも、船が着いてみればわかることだった。

船から舫い綱が海面に投げ落とされ、海に飛び込んだ水夫がそれを口にくわえて泳ぎ出す。褌姿の水夫は軽々と桟橋まで辿り着くと、舫い綱を手繰って引き寄せた。水夫の腕に力瘤が浮き、まるでたったひとりで船を引っ張っているかのようだった。船はしずしずと浜に近づいてきて、やがて着岸した。碇が下ろされ、水夫が舫い綱を丸太に結びつける。船から延びてきた渡り板が、桟橋に接した。

　肩に荷を担いだ水夫が、次々と下船してきた。彼らは島の者ではないが、皆が「お帰りなさい」と声をかけて迎える。水夫たちはそれに「おう」と応えて、荷を砂浜に置いた。すぐに船に戻って、また別の荷を運んでくる。三日に亘る長旅の疲れを感じさせない、きびきびとした動きだった。

　新吉はそんな水夫たちの動きを、憧れの気持ちを込めて目で追っていた。だから、その男が甲板上に現れたとき、真っ先に気づいた。男は他の水夫たちと違い、体が細かった。優男と言っていい。しかも、違いはそれだけではなかった。新吉の目に男は、誇張でなく光り輝いて見えた。

　仏様か、と思った。逆光というわけではないのに、後光が差しているかのように眩しかった。なんだろう、この人は。一瞥しただけで、これまで自分が会ったことのある人とはまるで違う種類の人間だと理解できた。それほどに、人間離れして神々しく映ったのだった。

「あれ。もしかしてイチマツか」

　誰かが頓狂な声を発した。するとそれが呼び水となって、「そうだ、間違いねえ」「イチマツだ」「イチマツが帰ってきたぞー」とほとんど叫びに近い大声が沸き上がった。新吉はその反応に面食らった。大人たちは明らかに、大喜びしていた。島の人たちは、あの仏様みたいな男を知ってるのか。だとしても、なぜこんなに喜んでいるのだろう。初めて見る大人たちの反応を、新吉はぽかんと口を開けて眺めていた。

イチマツと呼ばれた男は、水夫たちと同じように荷を肩に担いで、だがよろよろとした頼りない足取りで、渡り板を辿って岸に着いた。島の大人たちが、そんなイチマツをたちまち囲む。新吉も大人たちの足許に割り込んで、イチマツを見上げた。間近で見て、さらに驚いた。

イチマツの顔は、見たこともないほど美しかった。まさに、寺にある仏様の像みたいだった。鼻が驚くほど高く、目尻が切れ上がっていて、顎の形が見事に優美だ。どちらかといえば薄い唇は微妙に笑みを湛え、そんなところも仏様に似ている。光り輝いて見えたのは、やはり目の迷いなどではなかった。こんなにも美しい男は、近くに寄っても輝いて見える。イチマツという名前の由来は、おそらく市松人形みたいな顔だからだと理解した。

「イチマツ、帰ってきたのかぁ」

「なんで連絡寄越さんかった」

「くがで何やってたんだ」

大人たちが口々に問いかける。なぜか、女たちの顔は紅潮していた。老いも若きも皆、興奮したように頬を赤らめているのだ。常にない姿を見せる大人たちの様子に、新吉は開いた口を閉じられない。

「いやぁ、この島は相変わらずだなぁ」

ようやくイチマツが声を発した。朗らかで、伸びやかで、心持ち低く、やや掠れ気味なところが聞いた者の心を鷲掴みにするような魅力のある声だった。仏様は声までいいのだ、と新吉は感じ入った。

「くがで血みどろの戦があったことなんて、嘘みたいだな。ホッとするよ。戻ってきてよかったなぁ」

血みどろの戦。ああやはり、くがではゴイッシンで戦があったのだ。血みどろというくらいだから、大勢の人が死んだのだろう。どれくらいだろうか、四人か、五人か。それとも十人以上も死ぬ、大きな戦だったのか。新吉には想像もできない。

「イチマツ、お前も戦に加わってたのかい」

年寄りのひとりが問いかけた。イチマツは肩を竦めて「まあな」と答えるが、それ以上は説明しようとしなかった。

「それより、船に乗せてもらった礼として、おれも荷運びをしなきゃならないんだよ。みんなも軽い物を運んでくれ」

イチマツが両手を挙げて皆を宥(なだ)めるようにすると、島の者たちはおとなしく囲みを解いた。イチマツは渡り板を逆に辿って、船に戻っていく。大きい荷を運んでいる間は、島の者は邪魔になるので手を出せない。今夜は水夫たちに馳走を振る舞う宴を開くため、女たちが何人か村に引き返していった。

新吉は好奇心を抑えられず、そばに立っていた老人の袖を引き、船の方を指差した。するとぼんやりと船を眺めやっていた老人は、我に返ったように頭をひと振りすると、新吉を見下ろして言葉を発した。

「あれか。あれは一ノ屋(いちや)の男だよ。あれが、一ノ屋の色男だ。イチマツが帰ってきたのは、こりゃあ吉兆だぞ」

皺(しわ)んだ顔の老人なのに、その声は弾んでいた。老人の説明を聞いても、依然として新吉にはなんのことだかわからない。ただ、一ノ屋という名には漠然と聞き憶えがあった。それは大人たちを昂揚させる名なのだと、そのまま理解した。

2

イチマツの本当の名前は市松ではなく、一ノ屋松造(まつぞう)というそうだ。それを縮めて、皆はイチマツと呼んでいたのである。だが新吉は、単に名前を縮めただけの呼び名ではないと思った。絶対に、顔が市松人形みたいだからそう呼ばれているのだと確信している。もっとも、実物の市松人形など見たことがないのだが。

新吉はまだ幼いので知らなかったが、イチマツはこの神生島(かみおじま)の生まれだそうだ。だが五年前に島を出ていき、それきりになっていた。誰もが皆、もうこれで一ノ屋の血は絶えると思っていたらしい。イチマツは一ノ屋の家系の、最後のひとりだった。

しかしイチマツは、なんの前触れもなく帰ってきた。一ノ屋の家系は滅んだものと諦めていた人々は、そうではなかったと知り浮かれた。水夫たちをねぎらうための宴は、イチマツの帰還を祝う宴となったそうだ。子供たちは参加できなかったので詳細はわからないが、夜遅くまで続く賑やかなものだったらしい。一夜明けてみると、珍しく二日酔いの頭を抱えて海に出ていく男が大勢いた。あろうことか、女までもが寝不足と頭痛を抱えたような顔をしていた。

子供たちの好奇心は満たされなかった。いつもならば水夫たちにねだってくがの話を聞かせてもらうところだが、今回はイチマツが気になってならなかった。示し合わせたわけでもないのに、イチマツが泊まった村長の屋敷に自然に集まっていた。しかし村長の住まう場所に勝手に入っていくわけにもいかず、庭の外から遠巻きに眺める格好になった。屋敷の客間は開け放たれていて、その中央に敷かれた布団に男が寝ているのが見える。口をわずかに開いた間抜けな寝顔ではあるが、それでもイチマツは美しかった。

「一ノ屋の色男が帰ってきたからには、もう当分不漁に悩むことはねえと、ととが言ってたぞ。一ノ屋の色男ってのは、神通力でも持ってるのか。くがにいるという、拝み屋みたいなもんか」

新吉を含む子供たちは全員、植え込みの隙間から座敷のイチマツに視線を注いでいた。だがまるでイチマツが起きようとしないので、痺れを切らしたひとりがそう声を発した。新吉の親も似たようなことを言っていたが、イチマツ自身にどんな力があるのか、今ひとつ判然としない。答えを知る者がいないかと、他の連中の顔を見回した。

「違うよ。イチマツが神通力を持ってるんじゃないんだ。イチマツは吉兆なんだと、うちのばば様が言ってた」

「キッチョウってなんだ」

「いい徴ってことだ」

「イチマツがいるだけで、いいことが起きるのか」

「そうらしいぞ。だってあんないい男は、めったにいるもんじゃないだろ。一ノ屋にいい男が生まれると、島にいいことが起きるという言い伝えがあるんだそうだ」

「へえー」

賢いことで知られる清太の言葉に、皆が感心した。新吉が物心ついたときにはすでに一ノ屋の男は不在だったので、そんな言い伝えは聞いたことがなかった。大人たちも、もう忘れていたのかもしれない。あったものが失われれば嘆きもするが、ないと諦めていたものが不意に戻ってくれば、浮かれるのも当然だ。ましてそれが吉兆であれば、大人たちの喜びようが尋常でないのもよく理解できた。

「古来、一ノ屋にいい男が生まれるかどうかは、吉凶を告げる託宣代わりになっていたんだ。いい男が生まれれば吉兆だけど、そうでなければまあ並。いい男は何十年にひとりくらいしか生まれないらしいぞ」

「へえー」

「だから一ノ屋は特別で、代々働かなくてもいい身分だそうだ。ともかくそこにいて、子作りをするのが務めらしい。きっとイチマツもこれから、こんなふうにごろごろ過ごしても島じゅうの人間が食い物を運んでくるんじゃないかな」

「いいなぁ」

「そんな一ノ屋もどういうわけか先細りで、先代が死んでイチマツが最後のひとりになってたんだ。そのイチマツが何を思ったか、こんな島は退屈だと言って五年前に出ていってしまったんだと。せっかく生まれたいい男だったのに、島の外に出ていかれては逆に不吉だと、みんな大いに嘆いたらしい。あのときは島じゅうが喪に服したようだったと、ばば様が言ってたよ」

「清太は物知りだなぁ」

感嘆の声が上がる。話自体は祖母からの受け売りなのだろうが、きちんと自分で理解して語っているから口振りが理知的だった。清太は新吉より三歳年上である。自分が三年後に清太のようになっているかと考えてみても、それは無理そうだった。

当のイチマツは、惰眠を貪るばかりでまるで起きようとしなかった。刺激を求めてやってきた子供たちの好奇心は、まったく満たされなかった。退屈のあまり、あくびをする者もいた。やがて、「おれ、戻らなきゃ」と誰かが言うと、皆が自分の役目を思い出して帰っていった。子供といえど、貧しい島では働かなければならない。女も子供も年寄りも働くこの島で、働かなくていいのは赤子だけだったが、どうやらそこにイチマツも加わることになりそうだった。

子供も働くとはいえ、大人並みに仕事があるわけではない。小さい子供は、浅瀬に潜って貝を獲る程度だ。だから日が中天を過ぎ、およそ申（さる）の刻頃にはまた集まって遊ぶこともできる。結局、朝と同じように、皆が前後して村長の家にやってきた。

　驚いたことに、村長の家を遠巻きにしているのは子供だけではなかった。若い女たちも次々にやってきて、植え込みの陰に隠れて押し合いへし合いしていた。新吉たち子供が四つから十にかけての年齢であるのに対し、女たちは十から十七、八くらいだろうか。最終的には六人ばかりの若い娘が現れ、ひそひそと囁き合いながら、互いを肘でつついている。あろうことか、その中には新吉の姉の貞(さだ)もいた。

「あっ、新吉」

　袖を引いて振り向かせると、貞はばつが悪そうに眉を寄せた。屋敷の中と新吉を交互に見てから、唇の前に人差し指を立てる。

「ととかかには内緒だよ。いいね」

　強く念を押すと、また屋敷の方に顔を戻した。何をしている、とは訊かなかった。イチマツを見に来たことは明らかだったからだ。みんな気になるんだな、と思った。

　だが屋敷の座敷には、誰もいなかった。イチマツはどこかに行っているのだろうか。再度貞の肘をつつき、座敷を指差す。貞はそれだけで意味を察して、答えてくれた。

「どこも行ってないと思うんだけどね。屋敷の中にはいるはずよ。だから、出てくるのを待ってるんだけど」

　待ってどうするのだろう、と漠然と考えた。新吉たちは、くがの珍しい話が聞きたいのだ。それと、一ノ屋という特別な家系にも興味がある。しかし貞を始めとする娘たちが、くがから来た水夫たちにまとわりついているところは見たことがない。もちろん、水夫と懇(ねんご)ろになって島を離れていく女が、過去にいなかったわけではない。それでもそんな女は、とんでもない変わり者に限られていた。若い娘がくがの話を聞きたがるとは思えないのに、いったいイチマツに何を求めているのか。イチマツはくがの人ではなく、もともとは島の人間だから、水夫に対するときとは態度が違うのか。

そうこうするうちに、ようやく座敷の襖が開いた。ひそひそと言葉を交わしていた娘たちはいっせいに口を噤み、身を乗り出す。果たして、現れたのはイチマツだった。娘たちが皆一様に息を呑む気配を、新吉ははっきりと感じた。

娘たちはそのまま、動くことも忘れたかのようだった。ただ一心にイチマツを凝視し、微動だにしない。なにやらその様子は、やはりイチマツには神通力があって娘たちを金縛りにしたかのようにも見えた。新吉は不思議でならず、ぽかんと口を開けてイチマツの動きを眺めていた。

イチマツは縁側までやってくると、にやりと片頬を吊り上げた。そして何を思ったか、手招きをした。まさか、植え込み越しにこちらが見えているのか。娘たちは金縛りが解け、互いに顔を見合わせていた。

「えっ、何」

「あれはあたしたちを呼んでるのかな」

「どうして見えるの。あんた、頭出した」

「出してないわよ。ぜんぜん動いてないもん」

またしても小声ながら喧しく、娘たちは互いをつつき合う。一方イチマツは、手招きに応じない一同に痺れを切らしたか、声を発した。

「おーい、そこで何やってるんだ。こっそり覗いてないで、出てこいよ」

娘たちは皆、首を竦めた。新吉も同じ思いだった。その声に応えて立ち上がったのは、子供たちが先だった。大将格の参次が立って頭を下げたのを皮切りに、他の者もそれに倣う。新吉も慌てて子供たちの方に戻り、低頭する集団に交じった。

「なんだ、おれが珍しいのか。話を聞きたいんだろう。違うか」

見透かしたように、片頬を吊り上げたままイチマツは言う。図星を指されては、いつまでも遠巻きにしているわけにはいかなかった。頭を掻きながら、庭に入っていった。

「それから、そっち。ずっと屈んでると脚が痺れないか。恥ずかしがらずに、こっちおいで」

なぜかイチマツは、隠れているのが若い女だとわかっているかのような口調だった。不思議な人だ。これが一ノ屋の男なのだろうか。それともイチマツだけが特別なのか。

またなにやら揉める気配があったが、それはほんの短い間で、娘たちはゆっくりと立ち上がった。皆、イチマツを直視できないらしく俯(うつむ)いている。しおらしさなどふだんはかけらもない貞でさえ、なにやらもじもじしていた。

「おう、ずいぶん華やかじゃないか。こっちおいで。座敷は広いんだから、遠慮なく上がんな」

再度呼ばれ、娘たちはしずしずと植え込みを回り込み、庭に入ってきた。だが新吉ら子供たちの後ろで歩みを止めて、それ以上近づこうとしない。イチマツはそんな娘たちをひととおり眺め渡してから、不意に微笑んで新吉たちに語りかけた。

「干し芋があるぞ。食うか」

「うん」

イチマツの微笑みがあまりに魅力的だったので、子供たちは皆、現金に頷いた。干し芋が嬉しかったのは確かだが、イチマツが笑いかけてくれたことがそれを上回る喜びだった。

イチマツは茶箪笥を開け、干し芋を取り出した。皿に山盛りの干し芋を縁側に置き、「遠慮せずに食えよ」と言い添える。新吉たちは遠慮する気などさらさらなく、干し芋に群がった。そんな子供たちを、イチマツは目を細めて見ていた。

「あんたらは、干し芋いらないか」

新吉たち越しに、イチマツは娘たちにも話しかけた。新吉は干し芋を頬張るのに夢中だったので、背後の貞たちがどう応じたのかわからない。見えたのは、苦笑するイチマツだけだった。

「子供らと一緒に干し芋を食うのは、恥ずかしいか。じゃあ、おれと一緒ならどうだ。好きだろ」

茶簞笥にはまだ干し芋があったらしく、もうひと皿取り出して今度は畳の上に置いた。そしてまた、おいでおいでと手招きする。娘たちはふたたび逡巡した末に、皆で揃って座敷に上がり込んだ。

「みんな、若いな。名はなんていうんだ」

車座になった娘たちの顔を見渡して、イチマツは尋ねた。娘たちはひとりひとり、蚊の鳴くような声で答える。ふだんは漁村の女らしく、大声で怒鳴り合うように話している様を知っているだけに、仰天した。何が娘たちを淑（しと）やかにさせているのか、まるでわからなかった。

「そっちは」

ひととおり娘たちが名乗り終えると、イチマツは子供たちにも顎をしゃくった。皆、慌てて干し芋を吞み込んでそれぞれに己の名を告げた。新吉のことは、貞が紹介してくれた。そのことに、イチマツは興味を持ったようだった。

「なんだ、喋れねえのか。耳が聞こえないのか」

新吉はすぐに、首を左右に振った。イチマツは怪訝そうな顔をする。

「聞こえてるな。じゃあ、喉が悪いのか」

またしても否定。ますますイチマツは首を傾げたが、拘泥（こうでい）しなかった。

「そうか。耳が聞こえないわけでも、声が出せないわけでもないなら、単に喋りたくないだけか。細ッけえのに、我が強いこった。いいことだ、いいことだ」

イチマツは二度繰り返すと、ニカッと笑った。よくわからないが、認めてもらえて新吉は嬉しかった。

「さて、みんなおれの話に興味があって来たんだろ。くがの話が聞きたいか。なんでも訊いてくれ」

胡座をかいている膝をぽんと叩くと、イチマツは娘たちと子供たちを公平に眺め渡した。その態度は若い娘だけをちやほやするのではなく、子供も同等に扱ってくれているようで、新吉は好感を抱いた。真っ先に手を挙げたのは、清太だった。

「ゴイッシンってのがあったと聞きましたが、それはなんですか」

「そうだよな、真っ先に訊くのはそれだよな。お前、賢げな顔してるな、清太」

一度聞いただけで、イチマツはもう名を憶えていたようだ。清太は少し顔を赤らめた。それは恥ずかしいからではなく、嬉しさをこらえているせいだと新吉にはわかった。

「ひと言で説明するのは難しいんだが、平たく言えば徳川様の世が終わったってことだ」

「えっ」

この場にいる皆が、その言葉の意味を解しかねたようだった。徳川様の世が終わるなんてことがあるのか。それは天地がひっくり返ることではないか。でも島では、何事もなく日々が過ぎていっている。徳川様の世が終わるということは、実はそれほどのことではなかったのか。今は誰の世になっているのか。

「では、どなたが天下を取ったんですか」

娘のひとりが、思わずといった体で問いかけた。あまりに驚いて、淑やかにすることも忘れたようだった。

「どなたが、といえば、それはサッチョウだなぁ」

「サッチョウ」

聞いたことのない単語に、皆が首を傾げる。サッチョウとは誰のことか。

「薩摩(さつま)と長州(ちょうしゅう)だ。といっても、薩摩と長州の殿様が将軍様になったってことじゃないぞ。将軍様はもういないんだ。京におわす帝(みかど)のご親政が始まり、薩長がそれをお助けする、という形をとるみたいだな」

何を言っているのか、さっぱりわからなかった。わかったのはただ、くがが大きく変わったということだけだった。この島にはまだなんのお達しも来ていないようだが、いつまでも放っておかれるわけもない。遠からず、その変化は島にも押し寄せるのだろうとぼんやり予感した。

「イ、イチマツさんはどうして島に戻ってきたんですか」

別の娘が、勇を鼓したといった顔つきで尋ねた。頬を真っ赤にしている。そんな娘に笑いかけ、イチマツは答えた。

「うーん、見るもの見届けたからかなぁ。いや、そんなことはないんだが、これ以上くがにいると命が危なかったからな。逃げ帰ってきたってところよ」

命が危ない。波止場でイチマツは、ゴイッシンで起きたという戦に加わっていたと言った。島は将軍様が直接治める天領だから、当然徳川方で戦ったに違いない。ということは、戦に負けたのか。負けなければ、今でも徳川様の世が続いているはずなのだから、勝ち負けは聞かずとも明らかだ。イチマツは負け戦から逃げてきたのか。そう知っても、新吉はイチマツを軽蔑する気にはなれなかった。くがの様子を、新吉はまるで知らない。知らないのに、他人を軽蔑するのは不公平だと思えた。

「ここはのんびりしてて、いいなぁ。十年一日(いちじつ)の如しとは、まさにこの島のことだな。おれも少し疲れたから、しばらくゆっくりさせてもらうよ」

そう言うとイチマツはまた皆の顔を見渡し、白い歯を見せて笑った。その笑みにはなにやら特別な吸引力があるかのようで、子供も娘も食い入るように見つめていた。だが新吉たち子供らは新奇な話への好奇心で目を輝かせているのに対し、娘たちの目には別の色が浮かんでいるようにも見えた。新吉には、その目の色の正体がまだよくわからなかった。

3

新吉の中では言葉が渦巻いていた。

考えていること、口にしたいことはたくさんある。だが、それがうまく言葉にならない。喉元まで来ているのに、そこから先にどうしても出ていかないのだ。その分、どんどん思いが溜まっていく実感がある。思いは口にすれば薄れていくが、溜め込めば濃縮される。だから新吉は、いつも考えていた。考えて、考えて、その上で判断する。自然と慎重な性格になり、思慮深くもなった。しかしそのことを、誰も知らない。自分はなんのために考えているのかと思う。この考えは、なんの役に立つのかと思う。それでも新吉は、考えることをやめられない。考え続けた末にふと、理解が訪れることもある。その瞬間は、嬉しい。この嬉しさを味わうために、新吉は考え続ける。喋れないのも悪くないと思う。

島の者たちも、新吉が喋れないことを特別視しなかった。普通に話しかけてきて、返事がないことを気にしない。大人はもちろんのこと、子供たちでさえ喋れないことを理由に新吉を仲間外れにしたりはしなかった。だから新吉も、自分が他の人たちと違うことになかなか気づかなかったほどだ。自分だけが喋れないと明確に自覚したのは、去年のことである。四つまで気づかずにいられたのは、幸せなことだったと今は思っている。

新吉の幸せな生活はむろん、安定した環境に由来していた。皆が顔見知りで、皆が新吉の事情を知っているからこそ、快適に過ごせるのである。その意味で、まれびとは脅威だった。新吉はイチマツに並々ならぬ興味を抱いていたが、同時に恐れてもいた。現在の幸せをイチマツが壊すかもしれないという、漠然とした不安を抱えていたのだった。

だが、案ずることはなかった。イチマツはあっさりと、新吉の存在を受け入れた。イチマツが仕事を免除されているという話は事実で、帰還から数日が経ってもいっこうに働き始める素振りがなかった。日がな一日、島をぶらぶらしているだけである。むろん、ゴイッシンという大変化とすら無縁だった島なのだから、面白いことなどあろうはずもない。ぶらぶらしているイチマツは、退屈そうだった。おそらく、島を出ていく前のイチマツも、同じような顔をしていたのだろう。この永遠の退屈さに耐えかね、島を出ていったものと思われる。働かなくていい、という立場も、実は辛いのではないかと新吉は見て取った。

そんなふうに観察できたのも、所在なく歩いているイチマツをよく見かけたからだった。イチマツは磯辺に出てきては、貝拾いをしている子供たちの様子を眺めていた。眺めているだけで、自分もやるとは決して言い出さない。つまらなさそうに岩に坐り、海に石を投げ込んでいた。そして気が向くと、子供たちに話しかけてくるのだった。そんなときイチマツは、新吉にも分け隔てなく話しかけてきた。そのことに新吉は大いに安堵したのだが、イチマツはこちらの内心になどまったく気づいていないようだった。

「よくそんなに長く、息を詰めていられるなぁ」

海から上がってきた子供たちに、あるときイチマツはそんなふうに声をかけてきた。海で育った子供なのだから、長く潜っていられるのは当たり前である。その程度のことで感心されたことに、逆に驚いた。

「何言ってんだ、イチマっつぁん。大人だったら、もっと深くまで潜っていくぜ。イチマっつぁんは潜れないのかよ」

答えたのは、一番年長で大将格の参次だった。体が大きい参次は、もう来年には漁に出ることが決まっている。通常より一年早く船に乗ることが決まった参次は、以前にも増して子供たちの尊敬を集めていた。そんな参次は、一ノ屋の男に臆することもなく、イチマっつぁんと呼びかける。

「ああ、おれはそんなに長く潜れないなぁ」

悪びれもせず、イチマッは答えた。やはり本当に、貝を獲ったことすらないようだ。ならば子供の頃のイチマッは、いったい何をしていたのか。

「イチマっつぁん、友達いないの」

物怖じしない参次は、聞きづらいこともためらわずに口にする。問われたイチマッも、気を悪くした様子はなかった。

「友達かぁ。知り合いならいるけど、それを友と言えるのかな。よくわからん」

「子供の頃、一緒に遊んだりしなかったのかよ」

「したよ。でもまあ、まったく同格ってわけにはいかなかったなぁ」

その言葉の意味を、正確に理解した者は子供たちの中にいなかっただろう。年が違えば、自然と立場も違ってくるものである。たとえ同じ年であっても、なんとなく序列ができるのが子供の世界の常だ。同格でないのは、言わば当然のことだった。イチマッの言は、当たり前のことを言っているとしか受け取れなかった。

だから参次も、「ふうん」と頷くだけだった。新吉の目には、イチマッが子供たちの輪に加わりたがっているかのようにも映った。

しかしそうは言っても、イチマツが実際に子供たちに交じって遊ぶことはなかった。竹とんぼを作ってくれたことはあるが、それも一度だけである。思えばイチマツは、退屈という業病に取り憑かれていたのだ。その病は、子供たちと遊んだところで癒えるはずもなかった。

まれびとが安寧を乱す、という新吉の不安は、半分当たった。乱れは確かに生じたが、それは新吉にはまったく関わりのないことだったので、恐れる必要はなかったのである。新吉は当初、イチマツが何をしでかしたのかわからなかった。まだ五つに過ぎない新吉には、早すぎる揉め事だった。だから新吉は、イチマツを巡る悲喜こもごもで男女間の厄介事を学んだと言ってもいい。男と女がいれば揉め事が起きるのだと、新吉は色恋を知る前に目の当たりにしたのだった。

最初は、平三（へいぞう）という若い者が一ノ屋の屋敷に怒鳴り込んだのが始まりだった。平三は海に出て数年になるがまだ独り身で、親とともに暮らしている男であった。しかし好いた女はいて、相手も平三を憎からず思っている様子だった。平三自身は、遠からずその女と一緒になるつもりだったそうだ。

夜のこととて、子供の新吉は後に一部始終を聞いただけだった。聞いた限りでは、こうだった。平三は一ノ屋の屋敷に乗り込み、イチマツの名を呼ばわった。一ノ屋には屋敷があり、イチマツが島を出ていった後も村の者たちで手入れがされていたのである。帰ってきた直後は村長の家で世話になっていたイチマツは、この時点ではすでに生家に戻っていた。そこに平三は乗り込んだのだった。

平三は玄関先に出てきたイチマツの胸倉を、いきなり摑んだ。そして唾がかかる距離まで顔を引き寄せ、『てめえ、人の女に手を出しやがって、どういうつもりだ』と罵声を浴びせた。

後に半泣きになりながら平三が語ったところによると、イチマツは何を言われているのかわからないといった顔をしたそうだ。平三はますますいきり立って、怒りを言葉に込めた。

『お久だよ。知らないとは言わせねえぞ。手を出しやがっただろうが』

『お久。ああ、そういえばそんな名前だったかな。それがどうした』

イチマツはとぼけたことを言う。その物言いは、お久と平三を両方馬鹿にしているようにしか響かなかった。

『それがどうしたじゃねえぞ。てめえはお久の名前も憶えてなかったのか』

ここに至って、平三の堪忍袋の緒も切れた。拳でイチマツに殴りかかったのである。だがどうしたことか、その一撃は軽く躱されてしまった。イチマツは相も変わらず、いきなりの平三の剣幕に目を丸くしているだけだった。

『だから、今思い出した。あの子はお前の女だったのか。そんなこと、ひと言も言ってなかったぞ』

これもまた、平三の気持ちを大いに傷つけた。いや、そうであろうことは想像がついていたのだが、イチマツ自身の口から告げられたくはなかったのだった。

『おれの女なんだよ。てめえ、どう落とし前をつけてくれるんだ』

『落とし前も何も、あの女とは言い交わしてたのか。所帯を持つ約束をしてたのかよ』

問われて、平三は言葉に詰まった。いずれ所帯を持つものと己も周囲も勝手に思い込んでいただけで、明確に約束をしたわけではなかったことに、この期に及んで気づいたのである。

『いや、そ、そういうわけじゃないが、おれはそのつもりでいたんだ』

『でも、向こうはそんなつもりじゃなかったみたいだぜ。言っておくけど、おれは何も無理矢理手込めにしたわけじゃないからな。向こうがここに来たんだ』

イチマツは冷静に指摘する。平三は悔しさと憤りと、己の劣勢を感じる気持ちとで頭がいっぱいになり、筋道立った思考ができなくなった。考えることが苦手な男が、最終的に行き着くのは暴力である。『やかましい』というすべての理性的やり取りを無にする言葉とともに、拳を握り締めた。もはや、この拳をイチマツの整った顔に叩き込まずには明日を迎えられない心地だった。

しかし、次の瞬間にはなぜか地べたに膝をついていた。イチマツの胸倉を摑んでいたはずの左手は、背後に回されている。きりきりと締め上げられ、たまらず右手を地面についた。このままでは腕をへし折られる、と思った。

『乱暴はいけないなぁ。言いたくはないが、あんた、男としてかなり情けないぞ。おれに文句を言いに来るんじゃなく、女をなじれよ。あんたらで話し合って解決してくれ』

そう言うとイチマツは、締め上げていた平三の左腕を離し、尻を蹴った。前のめりになって顔を地べたに打ちそうになった平三は、屈辱感とともになんとか立ち上がった。そしてその一連の動きによって、自分が殴りかかって敵う相手ではないと悟った。捨て台詞ひとつ残せず、その場をほうほうの体で逃げ出したのだった。

平三はそのまま船主の家に転がり込み、半ばべそをかきながら一部始終を話した。あまりに大声で話すものだから、周辺から人が集まってきた。平三の説明によれば、予兆はお久の態度にあったという。お久は村で会っても、ツンと顔を背けるようになったのだ。

これまでであればぱっと顔を綻ばせ、小走りに寄ってくるお久だった。それが顔を背け、平三には気づかなかった振りをする。平三が声をかけると、『今日もいい天気ね』などという空々しい挨拶をして通り過ぎていく。何度かそんなことが続くと、平三も不安になってお久を引き留めたくなった。挨拶だけで行き過ぎようとするお久の肘を摑み、いったいどうしたんだと尋ねた。

『何が』

それがお久の返答だった。つれなさがひと言に凝縮しているかのようだった。啞然として、平三は手を離してしまった。以後、お久は平三の姿を見ると踵を返して引き返すようになった。追いかけると、走って逃げた。

たまりかねて、家まで押しかけた。自分が何か嫌われるようなことをしたのかと考えてみたが、まるで心当たりはない。ならば、当人に問うしかない。そう考えてお久の家を訪ねたのだが、門前払いを食った。当人は出てきてくれず、父親が立ちはだかるだけだった。お久は会いたくないと言っている、海の男らしく腕の太い父親は、その腕を組んで言い放った。娘のためには梃子でも動かんと、日に焼けて木肌のようになった顔がそう言っていた。

やむを得ず、平三はお久の家を遠目に見張ることにした。漁に出ているとき以外はずっと、飯も食わずに監視を続けたのである。そうしてある夜、いそいそと家を出ていくお久の姿を見た。さんざんつれなくされて学習した平三は、その場では声をかけずにお久の後を尾けたのだった。

結果、お久が一ノ屋の屋敷に入っていくところを平三は目撃した。最初は、何かの使いなのかと思った。夜に若い女がひとりで、男がひとりしかいない屋敷に行くのである。通常なら思いつくことはひとつだが、平三はそうは考えなかったのだ。それほどに、お久の心変わりが受け入れられずにいたのだった。

お久は半時経っても屋敷から出てこなかった。平三はわけがわからなかった。これほど長い時間がかかる使いとは、いったいなんなのか。逢い引きであるわけがない。なぜなら、そんなことはあの父親が許すはずがないからだ。お久は親の目を盗む様子もなく、堂々と家を出てきた。だからこそ平三は、使いなのだろうと考えたのだった。

待つ時間が半時を超えて一時近くなり、ようやくお久は屋敷を出てきた。見送りに出てきたイチマツは、上半身裸だった。そのことに平三は眉を顰めたが、お久の雰囲気には後頭部を殴られたかのような衝撃を受けた。お久はかつて見たことがないほど、妙に色っぽかったのだ。

提灯を手にしているので、お久の顔は闇に浮かび上がっていた。お久の髷からは後れ毛が垂れていて、まるで風呂上がりのような風情があった。そして首筋には、赤い痣ができていた。そんな痣は、これまで見たことがなかった。なぜ痣がついているのか平三はわからなかったが、どうしようもなくいやな気分が込み上げてくることだけははっきりと感じ取れた。

『そりゃあお前、首筋を口で吸われたんだよ。これくらいの大きさの痣だろ。間違いねえ。睦び合いでついた痣だ』

　野次馬根性でやってきた心ない者が、ずけずけと言い放った。これくらい、と言って示した指の幅は、空豆ほどの大きさだった。遠目なので確かではないが、そんな大きさだったようにも思う。平三は絶望した。

『気の毒になぁ』

　一部始終を聞いて、船主は慨嘆した。船主もまた、お久の父親と同様に、逞しく日焼けした海の男である。そんな船主が、同情をたっぷりと込めた情感溢れる物言いをするのだった。

『相手が一ノ屋の男じゃ、諦めるしかないぞ。嫁入り前の娘が男の家に忍んでいくなんて、普通ならとうてい許されることじゃないが、一ノ屋に行くんならむしろでかしたと褒められるだろうよ。娘が一ノ屋の子を産もうものなら、村一番の福を授かるわけだからな』

　平三も島育ちだから、一ノ屋が島にとってどういう存在であるかは知っていた。だが不在が長く続いたので、すっかり忘れていたのである。船主に改めて説明され、不可解だったことのすべてが腑に落ちた。そして、自分が泣き寝入りするしかないことを知ったのだった。

『冗談じゃねえぞ』

　以後、そんなことを呟きながらくだを巻いている平三をよく見かけるようになった。平三は漁にこそ出ているが、戻ってくると島でただひとつの飲み屋に直行し、酒を食らうのである。日が沈む前から飲み始めているので、新吉たち子供もその姿を見た。日によっては、海に向かって狂ったように石を投げていることもあった。女に捨てられた男はこうなるのか、と平三の様を見て新吉は学んだ。

平三を袖にしたお久は、村では目立つ女のひとりだった。鼻が高くおちょぼ口で、垂れた目尻に愛嬌がある。いつも朗らかに笑っていて、親の仕事をよく手伝い、少し己の美貌を鼻にかけるところはあったが、村での評判は上々だった。平三とは幼馴染みの間柄なので、特に親同士が約束したわけではないものの、なんとなく許嫁(いいなずけ)のような関係になっていた。そのことを羨ましく思う男も、少なからずいた。

そんなお久がイチマツの許に通うようになったので、平三はむろんのこと、他の若い男衆もどこか打ちひしがれていた。うなだれた平三の肩を抱き、「女なんてこんなもんだよなぁ」と大声で慨嘆している男を新吉も見た。あからさまに、お久を尻軽女となじる者もいた。だが当のお久は、至って涼しい顔をしていた。その顔にははっきりと、「一ノ屋の男に見初められた私に、何か文句があるのか」と書いてあった。女は強いな、と新吉は思った。

このままイチマツがお久と添い遂げれば、平三を始めとする数人の男の鬱屈は別として、一ノ屋の家は存続して島としては万々歳だったのだが、そうはならなかった。イチマツがそんな殊勝なタマではなかったことを、島の者たちは遠からず知ることになるのである。

4

イチマツは昼日中から、島をふらふらと歩いていた。日中、男衆は皆、海に出ている。島に残っているのは女子供と老人だけだ。女はおさんどんや洗濯、掃除をした上に、男たちが捕ってきた魚で干物を作る。子供は貝を獲ったり、干物作りを手伝ったりする。老人も干物を作るが、わずかにある畑で畑仕事をする。米は穫れないものの、薩摩芋を作っているのだ。大時化(おおしけ)や野分などで漁ができないとき、芋は島の者たちの腹を満たす大事な食料だった。芋と干物のお蔭で、餓死者を出さずに済んだことが島では何度もあるという。

　暇を持て余しているイチマツは、貝を獲る子供たちの姿を眺めるだけではなく、他のところにも顔を出していた。畑に行っては老人たちと言葉を交わし、集まって干物を作っている女たちの背中を眺めながら、ちょっとからかいの言葉を投げたりしていたらしい。女たちがそれにどう反応しているのか、新吉はそろそろ想像がつくようになっていた。皆、からかわれても怒りはしないのだ。「いやだよう、イチマツさん」などと高い声で応じ、腰をくねらせているのだろう。イチマツの神々しいまでに整った顔が、女たちには特別な力を及ぼすことを、新吉は理屈ではなく目の当たりにすることで知ったのだった。

　イチマツが女たちに対して何を言ったか、新吉の耳には逐一入っていた。なんとなれば、姉の貞が教えてくれたからだ。貞は毎夕の食事時に、まさに嬉々として、目をきらきらと輝かせてイチマツのことを語った。イチマツが誰々に対してこんなことを言った、イチマツの冗談がこんなに面白かった、イチマツがあたしと目が合って笑いかけてくれた、などなど。母や他の姉たちはその場にいたのだから、貞はもっぱら父や男兄弟に向けて話しているのである。父はむろんのこと男兄弟たちは、そんな話を聞いても特に面白がりはしなかった。興味を持っていたのは、おそらく新吉だけだった。にもかかわらず、そこはかとなく漂う白けた気配をものともせず、貞は毎度イチマツの話をした。新吉は見てもいないのに、どんどんイチマツについて詳しくなっていった。

　事の起こりは、お久が泣きながら帰ってきたことだった。お久は村じゅうの注目を集める存在だったから、当然のことながら周辺の耳目を惹(ひ)いた。直接家を訪ねる人こそいなかったものの、皆周囲を囲んで聞き耳を立てた。温暖な気候の島では、窓や戸を閉め切る習慣はない。家の中でのやり取りも、外まで筒抜けだった。

「イチマツさんの屋敷に、お圭がいた」

最初はただ大泣きするだけで何を言っているのかわからなかったお久だが、泣くのにも疲れてきたのか徐々に声が小さくなり、やがて意味が通る言葉を吐いた。そのひと言に、野次馬たちは卒倒するほど驚いた。イチマツの嫁はお久で決まりと、誰もが思い込んでいたのだった。

「お圭が。どういうことだ」

お久の父親は声を荒らげた。それも無理からぬことだろう。お久がこのままイチマツと添い遂げてくれれば、島一番の福を授かる者になれたのだ。そう思えばこそ、嫁入り前の娘を通わせるなどという恥ずかしい真似もできたのである。それなのに他の女が屋敷にいたとなれば、父親としての面目は丸潰れだし、お久もただの傷物となる。逆上せずにはいられなかった。

「知らない」

しかしお久はそう答えて、また泣きじゃくるだけだった。実際、お圭がいたことに衝撃を受け、何も問い質さぬままに逃げ帰ってきたのだろう。そうなると注目は、お久の父親がイチマツに怒鳴り込むかどうかだった。野次馬たちは固唾を呑んで見守った。

皆、お久の父親の気性は知っていた。海の男は、総じて荒くれ者である。気弱な男に、漁ができるわけもなかった。駆け出しの平三とは違い、お久の父親は海に出て二十年にもなる、筋金入りの荒くれ者だった。優男のイチマツなど、この父親の拳固にかかれば一発で伸されてしまうに決まっていた。

だがいつまで経っても、父親は出てこなかった。迷っているのか。あまりに動きがないので、顔を見合わせた野次馬のひとりが家の中の様子を覗こうと近づいたとき、ようやくのっそりと父親が姿を見せた。慌てて隣家の陰に逃げ込む野次馬に気づいているのかいないのか、父親は家の前に生えている樹の前まで歩み出ると、やおら蛮声を上げて幹を殴った。あまりに手加減抜きで殴りつけたので、ごつりという異音は骨が折れた音ではないかと思われた。さすがに痛かったのか、父親は今度は手でなく足の裏で幹を蹴りつけた。何度も何度も、獣のように吠えながら蹴り続けた。

その様を見て、野次馬たちは悟った。父親は一ノ屋の屋敷に乗り込む気持ちを、こうして抑え込んでいるのだ。一ノ屋に生まれた色男は、島に福をもたらす。だがそんな男を殴った場合にどうなるか、島の者は誰も知らないのだ。もしかしたら幸せに倍する不幸が、その者を襲うかもしれない。殴った者だけでなく、島全体に災厄が押し寄せてくる恐れもあるのだ。それを思えば、イチマツはおいそれと手を出せる相手ではなかった。父親はそこまで考えを巡らせた末に、樹を蹴りつけることで怒りを呑み込もうとしているのである。その様があまりに荒々しいだけに、野次馬たちは気持ちが痛いほどわかるのだった。

お圭という女もまた、人目を惹く見端(みば)をしていた。お久とは違いふくよかだが、そこが魅力になっている。暑い日などふと油断したときに見える胸乳(むなぢ)の谷間に、目を奪われた男はひとりやふたりではなかろう。まだ男女の睦び事のなんたるかを知らない新吉でも、つい見入ってしまったことがあるほどだった。

そういう女だからして、憎からず思っている男が当然の如くいた。名を吾平(ごへい)という。吾平は平三とは違い、お圭との仲を衆目が認めるような間柄ではなかった。有り体(ありてい)に言えば、一方的に好いていただけである。だからお久とは違い、お圭が吾平に対して不実な振る舞いに出たわけではない。お圭は誰のものでもなかったから、イチマツを責められる者はいなかった。

それだけに、吾平の立場は平三よりもいっそう惨めだった。泣き寝入りどころの話ではない。

ただ遠くから、袖でも嚙んで悔しがるしかないのだ。吾平の苦渋のほどは、子供の新吉でも察することができた。

だが、他人の悲しみはいささかの滑稽みを伴うのも、また真実である。泣き暮れて酔う吾平の姿は、まるで平三の双子のようだった。同じように酔い、同じように泣き、そしてふたりで浜に出ては海に向かって「馬鹿やろー」と叫ぶ。当人たちにとっては切実なのだろうが、傍(はた)から見てこれほど笑える見世物はなかった。皆、当人たちの前では歯を食いしばって噴き出すのを耐え、そしてふたりが浜へ行ったとたんに大笑いするのだった。

しかし笑った後には、空しい気持ちも男たちの胸をよぎった。この辺りの機微は、新吉にはまだ難しい。人づてに飲み屋での様子を聞くものの、笑いの後の「はあ」というため息の意味までは理解できなかった。彼らの「はあ」は次々にいい女を屋敷に呼び込めるイチマツを羨ましがる気持ちの発露であり、また漠とした不吉な予感を覚えるが故の吐息でもあった。イチマツがお圭で満足してくれることを、誰もが無意識のうちに祈っていたのだった。

島の若い男たちの不吉な予感は、いきなり的中したわけではない。次なる展開は、凡人の想像を絶していた。なんと、お久の一ノ屋屋敷通いが再開したのだった。

これには村の者一同が戸惑った。最初は、イチマツがまたお圭からお久に鞍替えしたのかと思った。ところがそうではなく、お圭も依然として一ノ屋の屋敷に通い続けていたのである。早い話が、娘たちはそれぞれ一夜おきにイチマツの許を訪れるようになったのだった。

「許せねえ。殺す」

そのことを知った平三と吾平は、声を揃えていきり立ったそうだ。飲み屋の椅子をひっくり返して立ち上がったふたりは、そのまま厨房に飛び込んで包丁を手にしかけた。それに気づいた周りの者が後ろから羽交い締めにし、必死に「まあまあ」と宥めた。せっかく戻ってきた一ノ屋の色男を、こともあろうに刃物で刺し殺したりすれば、どんな災いが島に降りかかってくるかわからない。お久の父親が指の骨を折りながらも、木の幹を蹴り続けて耐えたことを村の者たちは皆知っている。そんなお久の父親の忍従を、後先考えない若い者に台なしにされてはたまらないとその場の一同は考えたのだった。

とはいえ、一ノ屋の男だから何をやっても無条件に許すほど、島の者たちが寛大だったわけではなかった。どこかの国のお殿様でもあるまいに、女をふたり同時にかわいがるというのはいかがなものか。無軌道な若造に、人の道というものを説くべきだろう。誰言うともなくそのように意見がまとまり、日頃からお久の父親と親しくしている者が三人、連れ立って一ノ屋屋敷に行くことになった。むろん、その三人の他にも金魚のフンよろしく、ぞろぞろと野次馬がついていった。新吉もその中に交じっていた。

「松造さん、いるかい」

代表してひとりの男が、屋敷の中に声をかけた。声をかける前から、女のあられもない声が外に漏れ出ていた。今日も女が来ているらしい。お久か、お圭か、どちらだ。野次馬たちはそれぞれの思惑に応じて目を見交わし、新吉はただぽかんと突っ立っていた。皆、動揺したり腹を立てたり嫉妬に苦しんでいたりだったので、子供にこんな声を聞かせてはならないと気づく者などひとりもいなかった。

呼ばわると、女の喘ぎ声はぴたりと止んだ。だが、イチマツはなかなか姿を見せなかった。まさか逃げたのではないかと一同が焦れ始めた頃、ようやく褌一丁のイチマツが玄関先までやってきた。裸のイチマツは、細身なのに逞しかった。筋骨隆々ではないだけで、腕や胸にはしっかりと筋肉がついていた。

「なんだい、取り込み中なんだがな」

悪びれもせず、イチマツはそんなことを言った。代表者は面食らったようだったが、気を取り直して屋敷の中の方へ顎をしゃくった。

「すまないが、上がらせてくれないか。話があるんだ」

「だから、取り込み中なんだよ。昼じゃ駄目なのか」

「昼は、おれたちが漁に行く。今にして欲しい」

「わかったよ。じゃあ、ちょっと待っててくれ」

胸元をぼりぼりと掻きながら、イチマツは奥へ戻っていった。しばらくして、座敷に明かりが灯ったので、野次馬たちはいっせいに庭の方へと移動した。座敷に女の姿はなかった。

男たち三人が、玄関から入って屋敷に現れた。薄物一枚を羽織ったイチマツは、「白湯も出せねえが」と断りながら腰を下ろす。男たちはイチマツの正面に、並んで坐った。

「なあ、松造。おれたちがなんの話をしに来たか、わかってるんだろう」

「女のことかい」

男たちの剣幕に気圧（けお）されもせず、イチマツはあっさりと言う。文句を言いに来た男たちにとっては小面憎いだろうが、新吉の目には堂々としていると映った。イチマツが誰かに対して怯えているところなど、想像できなかった。

「そうだよ。なんでもあんた、お久とお圭、両方と情を通じてるそうじゃねえか」

「いっぺんにじゃないけどな」

イチマツの返しに、野次馬たちはどよめいた。「いっぺんにってどういうことだ」「お、おれに訊くな」「羨ましすぎて、頭が茹だる」「羨ましがってんじゃねえよ。怒るところだろうが」「生まれ変わったら、色男になりたい」と、あまり小声とも言えないやり取りが交わされた。イチマツにまで声が届いたのか、こちらを見てニカッと白い歯を見せた。

「いっぺんにとか交互とか、そういうことを訊いてるんじゃねえよ。ふたりに手をつけて、これからどうするつもりなんだ。どっちを嫁にする気なんだよ」

いささか鼻白んだ様子で、代表の男が問うた。詰まるところ、島の者たちの興味はそれに尽きた。どちらを選んでも、角が立つ。イチマツはいったい、どう落とし前をつけるのだろうか。その一点への興味で、島の者たちの胸ははち切れそうなのだった。

「嫁取りなんて、おれは考えてないよ」

平然と、イチマツは言い切った。その返答は一同の予想の外にあり、もはやほとんど言葉にならないどよめきを巻き起こした。女に手をつけておいて嫁取りを考えないなど、そんな不実が罷り通ったことはかつてなかった。

「考えてないって、それで済む話か。娘たちがかわいそうだろうが」

代表の者は当然の難詰をしたが、イチマツの態度は変わらなかった。

「かわいそうって、どっちかを嫁にするのもかわいそうじゃないか。嫁にならなかった方はどうするんだ。おれはそんな酷いこと、とてもできないよ」

なにやら代表の者の方がひどい物言いをしたかのような、イチマツの反駁である。言い返された代表の者は、腕を組み、首を捻って己の非を振り返る体になってしまった。野次馬の中にも、

「まあ、そうだなぁ」とイチマツの弁に納得する者まで現れる始末だった。

「じゃあ、娘たちはなんと言ってるんだ。どちらかを選べとは言わないのか」

それはイチマツに問うのではなく、お久とお圭に尋ねるべきことだった。しかし泣かれたり癇癪を起こされたりするのを恐れ、誰も訊けずにいたのである。イチマツはまるでのろけを聞かせるかのように、嬉しげに答えた。

「ふたりとも気立てがいいからなぁ。そんな無体なことは言わないよ」

気立ての良し悪しの問題なのだろうかと新吉ですら思ったが、もはやそれは変だと指摘するのも憚(はばか)られる流れになっていた。逆に、イチマツの方が質問をした。

「ところで、あんたらはなんで来たんだ。お久とお圭に言われて来たわけじゃないだろ。おれたち三人は楽しく過ごしてるのに、いったいなんの文句があるんだい」

こうまで堂々と言われると、もはや誰も返す言葉がなかった。言い負かされたわけでも、うまく言いくるめられたわけでもないのに、皆不思議な心地で首を傾げながら帰ることになったのだった。

5

お圭の右の胸乳の上辺りに痣があることに、新吉はある日気づいた。お圭が屈んだ際に胸元が開き、視線が低い新吉には見えたのだった。その痣は、ちょうど空豆大だった。あれはもしや、お久の首筋についていたという痣と同じものではないかと思ったが、誰にも教えなかった。教えたところで、また厄介事が起きるだけだと考えたのである。なんの変化もなかった島に、イチマツは刺激をもたらした。そのこと自体は新吉も大いに楽しんでいるが、厄介事が起きるのはごめんだった。

痣といえば、お久の痣は不思議なことになっていた。いつまで経っても消えずに残っているのだ。お圭と違ってお久の痣は目立つ場所にあるので、当然のことながら若い男どもの噂の種になった。よほど強く吸われたのか、とか、毎度同じところをイチマツが吸っているから消えないのだ、など、下卑た笑みを浮かべながら男どもは推測する。そんなやり取りを聞いた平三が吾平を伴って浜に行き、膝を抱えてしくしく泣くという恒例行事も依然として続いていた。イチマツは日向水のようにのんびりとたゆたっていた島に波乱を巻き起こしたが、その波も収まってまた新しい日常の繰り返しが始まろうとしていたのだった。

　しかし、イチマツはそんなぬるい停滞を憎んでいたのかもしれない。ひとつところにとどまることは決して許さないとばかりに、またしても新たな悶着を島にもたらしてくれた。なんと、イチマツは三人目の女に手をつけたのである。

　女の名はお千代といった。イチマツが島に戻ってきたばかりのとき、貞とともに村長の屋敷を覗いていた娘の中のひとりだった。お千代には、お久やお圭とは明らかに違う点があった。お久やお圭ほど、女ぶりがよくなかったのである。

　醜女とまで言ってはかわいそうだが、まあ凡庸な見端だった。顔にはあばたがあり、歯並びが悪く、色が黒かった。体つきは貧相で、髪が短ければ小僧に間違えられかねない姿である。もっとも、お久やお圭と比較するから分が悪いだけの話であり、お千代は漁師の娘としてはごく普通だった。いずれ良縁に恵まれ、大方の女と同じく漁師の嫁として半生を送ることが決まっている女のはずだった。

　それが、イチマツのお手つきとなった。ここまで来ると、まさに「お手つき」と言いたくなる状況だった。島の者たちは、老いも若きも、男も女も、大いに驚いた。イチマツには見境がないのかと、お千代にはまったくもって失礼な感想が飛び交った。その一方で、若い女もまた色めき立った。お千代でもいいなら、自分にも機会があるのではないかと考えたのだった。

　島ぐるみ、感覚がおかしくなったとしか思えなかった。イチマツの放蕩ぶりをなじる声がなかったわけではないが、ほんのわずかだったのである。女の敵と言ってもいいイチマツに、若い女たちはますます憧れた。そして男の中にも、イチマツに尊崇の念を抱く者が現れたのだった。

　子供たちの大将格である参次も、そのひとりであった。参次は体が大きいだけに、イチマツを巡る男女の生臭い話に刺激されたのかもしれない。あるときから、「イチマっつぁんはすごいよなぁ」と口にするようになった。

「男に生まれたからには、イチマっつぁんのように生きてえよなぁ。おれ、大きくなったらイチマっつぁんみたいになりてえなぁ」

なにやら遠くを見て、しみじみと言うのだった。イチマッツは一ノ屋という特殊な家系に生まれ、なおかつあの顔立ちだからこそ、女が寄ってくるのである。参次が大人になり、いくらイチマッツを目指したとしても、何人もの女と情を通じられるわけではない。そもそも、そんなことを周囲が許すはずもなかった。参次は決して馬鹿ではなかったのに、イチマッツの見事な放蕩ぶりに当てられ阿呆になってしまったと、新吉は思った。

イチマッツの放蕩ぶりに当てられた阿呆は、他にもいた。新吉の身近でいえば、貞がそうだった。貞がすっかりイチマッツに傾倒していることは、身近で見ていればわかった。何しろ毎日のように、イチマッツの話ばかりするのだ。だが貞はまだ十に過ぎない。いくらませていても、男女の睦び事には早かった。だから新吉の両親も兄弟たちも、貞の話を聞き流していたのである。

貞もむろん、自分が幼いせいでイチマッツに相手にされないという自覚はあるようだった。それなのに、お千代までもが一ノ屋屋敷に出入りするようになったことには、大いに刺激を受けていた。貞の顔立ちもまた、お千代と同様、ごく平凡だった。鼻が低く、唇が薄く、一重瞼は腫れぼったい。いくら身内の贔屓(ひいき)目で見ても、あの神々しいまでに美しいイチマッツとはまるで不釣り合いだった。しかしイチマッツの意見は違うかもしれないと、事ここに至ると思えてくる。貞が数年後にはあわよくばと夢想したとて、叶わぬ夢と笑い飛ばすこともできなくなった。

さて、突如として島じゅうの注目を浴びることとなったお千代である。お千代は見端こそ凡庸であったが、だからこそか気立てのよい娘だった。いつもにこにこしていて、子供や年老いた者への気遣いを忘れない。そのため、蓋を開けてみればお久やお圭のときよりも打ちひしがれている男が多かった。口には出さず、密かにお千代を憎からず思っていた若い男が大勢いたのである。

お千代がイチマツと懇ろになる過程は、秘密でもなんでもなかった。そうなる前から、皆が注視していたからだ。何しろイチマツは、女に関しては言わば前科持ちである。ふたり目のときこそ皆が驚いたものの、そうであればいつ三人目ができてもおかしくないと誰もが考えていた。だからイチマツの一挙一動は、常に注目の的だった。島総出で、イチマツの素行を監視していたと言ってもいい。そんな状況下で、人の目を盗んで女と親しくなることなど、絶対に不可能だった。

イチマツは例の調子で、誰にでも気さくに話しかける。その相手は若い女に限らず、子供であろうと年寄りであろうと、己の興味の赴くままといったふうであった。だから最初の一声は、特に他意はなかったのだろう。イチマツがお千代に話しかけたことを気にした者は、そのとき周りにいなかった。

お千代は話しかけられ、ぽっと顔を赤らめたという。おそらく、そんな恥じらいがイチマツの目を惹いたのだろう。もしかしたら、日頃からにこにこしているお千代の態度を、見ぬ振りをしてしっかり観察していたのかもしれない。以来、イチマツは頻繁にお千代に声をかけるようになった。

当初は、イチマツがお千代に対して特別な興味を抱いているとは思われなかった。お久とお圭という見目よい女をふたりも屋敷に通わせている今、何もお千代にまで手を出す必要はなかろうと周囲は考えたのである。島の者はまだ、イチマツのあり余る活力を理解していなかった。つまりさほど警戒されていない中、イチマツは悠々とお千代との仲を縮めていたのであった。

だからその経緯を皆が見ていたにもかかわらず、いざ本当にお千代がイチマツの女となってみれば、島じゅうが仰天した。イチマツが女を顔ではなく、気立てで選んでいるとわかると、女たちは喜び、男の一部は憧れ、そして大半の男は警戒した。自分が好いた女も、そのうちイチマツのものになってしまうかもしれないと恐れたのである。

平三と吾平の仲間は増えた。ふたりが飲み屋でくだを巻いていると、その肩を叩いて慰める者がひとりふたりと現れた。女を取られて嘆くふたりを、もう嗤う者はいなかった。それどころか、明日は我が身と誰もが少なからず戦々恐々としていたのだった。

「まさかお千代までとはなぁ。お千代みたいな女は、男を顔じゃなく心ばえで選ぶものと思っていたのによぅ」

今や平三と吾平の仲間となった男が、慨嘆した。そのひと言には、たちまち賛同者が現れる。

「いや、まったくだ。嫁にするならお千代みたいな女がいいと思っていたのに、女なんてひと皮剝きゃみんな同じなんだな。結局、男を顔で選ぶんだな」

「イチマツは一ノ屋の男だからな。顔だけじゃなくて、生まれがおれたちとはそもそも違うんだよ」

「もっと悪いじゃねえか。それじゃ、家柄に目が眩んだっていうわけかよ」

「家柄がよくって、見た目が役者みたいに美しいんじゃ、そっちになびく女を責められないよ。将軍様に見初められたら、下々の者が嘆こうが悲しもうが、女は取られちまうんだろ。そういうものだと思った方がいいぜ」

「なんだ、そりゃ。徳川様だって将軍じゃなくなるご時世だぜ。それなのにイチマツは、この島では将軍様並みなのかよ」

「怒ったって、実際にそうだろうよ。権勢にものを言わせて女を奪っていくより、口説き落としているイチマツの方がまだましなんじゃないか」

「てめえはイチマツの味方か。あわよくばおこぼれに与ろうなんて、そんな卑しい心根なんじゃねえだろうな」

「なんだと。言うに事欠いておこぼれたぁ、聞き捨てならねえ。表に出ろ」

「おうよ。イチマツの代わりにてめえをぶん殴ってやる」

気が立っているせいで、無意味な諍いが毎夜のように起きた。その頃イチマツは、三人の女のうちのひとりと楽しい一夜を過ごしていたわけである。

6

お千代は鎖骨の辺りに痣を作っていた。お千代はお久とは違い、その痣を極力隠そうとしていた。だが隠せそうで隠せない場所にあり、襟元からちらちらと覗いてしまう。その仕種は恥じらいを伴っているだけに妙に色っぽく、またぞろ男たちの煩悩を掻き立てた。そして不思議なことに、やはりその痣はいつまで経っても消えないのだった。

不思議と言えば、女たち三人の関係も不思議だった。外野の者からすればさぞやいがみ合っていそうなのに、あに図らんや三人は仲が良かった。表面を取り繕っているのではない。イチマツが島に帰ってくる前よりも遥かに仲良さそうに、顔を寄せ合って話しているところを大勢の者が見た。よほどイチマツがうまく手なずけているのだろう。その手腕に対してもまた、一部の男からは感嘆の声が上がった。女の扱いを教わろうと、一ノ屋屋敷を訪ねる者まで現れたのである。イチマツはそんな阿呆どもを、ぞんざいにあしらったりはしなかった。まるで好いた女が訪ねてきたかのように顔を輝かせ、座敷に上げて歓待し、望むことを飽かず話してやるのだった。

イチマツ当人がそんな調子だから、島の者たちの感情は複雑だった。イチマツに心底腹を立てる者もいるにはいたがごく少数で、苦笑気味に呆れて見ているか、憧れるか、やっかむか、眉を顰めるが何も言わずにいるか、いずれかだった。イチマツは日中はふらふらと歩き回り、人なつっこく話しかけてくるものの、夜は出歩かなかった。飲み屋に来て、若い男たちに混ざるような真似はしなかったのだ。毎晩女が来るのだから、男と飲んでる暇などないのだろうよと、妬む者たちは吐き捨てた。だがイチマツ当人と接した者は、男だからと邪険にするような人ではないと庇った。ならばなぜ同じ年くらいの男と交わろうとしないのかと問われると、誰も答えられなかった。イチマツが何を考えているかは、島の者たちにとって理解の外だった。

　あるとき、たまたま新吉がひとりで浜に行くと、岩の上にぽつんと坐っている男がいた。イチマツだった。イチマツの横顔は相変わらず美しく、この島の中にはたとえ女であっても敵う者がいないと思えた。くがに行けば、こういう男も珍しくないのだろうか。いや、くがでもまれに違いない。イチマツはくがにあっても特別な存在だったはずだと、その横顔を見て新吉は確信した。

　イチマツの向こうには、お山が見える。島には寺はあるが神社はなく、神様と言えばやはりお山様だ。神頼みをするとき、島の者は「神様、仏様、お山様」と唱える。しかし遠くにおわす神や仏より、島の者にとってはお山様の方がずっと身近だった。お山様の姿は美しく、凜として島の中央に聳えている。その様子は厳かであり、静謐だ。だがひとたびお山様が怒れば、炎の岩や水を吐き出すという。最後にお山様がお怒りになったのはもう何十年も前のことらしいので、生きている者は誰も目の当たりにはしていない。しかしお山様の怒りは年寄りから子供たちへと語り継がれているため、軽んじるような不心得者は島にひとりもいなかった。お山様の機嫌を損ねないよう、皆が己を律して生きているのである。

　放蕩を重ねるイチマツは、お山様の怒りを買わないのだろうか。そう疑問に思うと同時に、イチマツこそお山様の化身ではないかという考えが浮かんだ。島の者たちは、お山様に生殺与奪の権を握られている。お山様がお怒りになって炎の岩や水を吐き出せば、海に逃れるかとどまって死ぬか、いずれかしかない。お山様に逆らおうにも、人の身では何もできないのだ。それはまさに、女を取られても泣き寝入りするしかない今の状況に似ていまいか。イチマツがお山様の化身だと考えれば、大人たちが悔しさをこらえて黙認したり、あるいは崇め奉るのも納得がいった。そして何より、イチマツの神々しいまでの美しさこそ、人ならぬ身の証明のように新吉には思えた。

　そんなことを考えながら眺めていると、視線を感じたかイチマツがこちらに気づいた。にっこり笑って、そばに来いと手招きする。新吉は頷いて、近づいていった。イチマツは己の傍らから取り上げた物を示して、言った。

「芋、好きか。食うか」

　大振りの芋だった。蒸かしてあるのか、そのまま食えるようだ。新吉は頷き、遠慮なくもらった。イチマツが自分の隣を掌で叩くので、そこに坐った。

「さっき、もらったんだけどさぁ。おれ、芋は嫌いなんだ。かといって捨てるわけにもいかないから、持て余してたのさ。お前が食ってくれるなら、ありがたい」

　芋は甘く、柔らかく、頬がとろけ落ちるかのようだった。芋はたまに口にできるが、丸ごと一本などとうてい食わせてもらえない。降って湧いた贅沢に、新吉は夢中になっていた。それでも、こんな旨いものをなぜ嫌うのかという疑問は覚えた。

「どうして芋が嫌いかって。ふふん。芋は食うんじゃなく、ぶった切ってやりてえのさ」

　勘のいいイチマツは、己を見上げる新吉の視線から内心を察し、答えてくれた。しかし、その答えを聞いても意味がわからない。

「おれはな、くがでは浅葱色の羽織を着てたんだよ」

　イチマツは海の方へと視線を投げていた。くがを思っているのか、と新吉は察した。イチマツの横顔は、こうして間近で見ても人ならぬもののようだ。お山様に友達はいるのだろうか。いるわけがない。イチマツがふだんは人なつっこいのに、結局はこうしてひとりでいることの理由を、新吉は知った気がした。

7

お圭が腹ぼてになったという噂は、あっという間に広がった。島の中で隠し事をするのは難しい。産婆に診てもらえば、もうその夜から島じゅうの者が知っているような有様だった。お圭もことさらに隠す気振りもなく、むしろイチマツの子を孕(はら)んだことを誇るかのように頰を紅潮させていた。

島の者たちは安堵した。子ができれば、さすがの放蕩者も落ち着くだろうと考えたのだ。吾平は当然悲しんだが、慰める者は少なかった。そのうちのひとりである平三も、表面的には一緒に悲しんでいるものの、内心では期待に胸を膨らませていたのではなかろうか。イチマツがお圭を娶(めと)るのであれば、お久が自分の許に戻ってくると考えないわけがなかった。

他の者たちも、同じように予想した。お久とお千代は泣きを見ることになるが、不実な男に引っかかったのだから当然の報いとも言える。これで目を覚まし、真面目な男とやり直せばいいのだ。イチマツとのことには目を瞑り、諸手を挙げて迎える男はひとりやふたりではなさそうだった。

しかし案に相違して、お久とお千代が沈んでいる様を見かけた者はいなかった。ふたりとも、何もなかったかのように朗らかに暮らしているのである。いったいどういうつもりなのかと、理解しかねて尋ねた女がいた。するとお久は、こう答えたそうだ。

「本当にお圭ちゃんは果報者よねぇ。私も早く授かりたいわ」

お久の返答は、島じゅうに驚きをもたらした。まさか、イチマツの許を去る気がないとは誰も思わなかったのである。さすがに周囲の者は、考え直せとお久を説得した。このままイチマツにまとわりついても、先はない。イチマツが年貢の納め時と諦め、お圭を嫁にしたらそれで終いではないか。自分を妾の身に貶めたいのか。お為ごかしではなく、本当に親身になって言い聞かせたのだった。

しかしお久は、首を縦に振らなかった。イチマツとお圭は夫婦にならない。だから自分は妾にもならない。イチマツはお圭だけをかわいがるようなことはせず、お千代も含めた三人を等分に愛でてくれる。よって、イチマツの許を去る謂われはまるでない。これがお久の言い分だった。

さらに驚いたことに、お久よりもしっかり者と思われていたお千代まで、まったく同じことを言ったのだった。お圭が孕んだことを妬むどころか、まるで自分の子が生まれるかのように喜んでいるのである。もはやイチマツを含めた四人の関係は、外部の者には理解不能だった。大名家の奥はこんなふうなのだろうかと、理解しやすい例に当てはめて無理に納得するしかなかった。

お久とお千代が解放されると期待していた男たちの落胆は、ひとしおだった。ぬか喜びもこれに極まれりである。女はわからん、と慨嘆して浜で膝を抱く者は、いつの間にか以前より増えていた。親の世代は、腑抜けになった息子たちに苦々しい視線を向けるだけだった。

お圭の腹は日に日に大きくなり、やがて産み月を迎えた。お圭はしわくちゃの赤ん坊を産んだ。女の子だった。猿のような赤ん坊は、どうしたことかイチマツにもお圭にも似ず、かわいいとはとても言えなかった。赤ん坊なのだから最初は猿みたいなものだ、とは人々は考えなかった。赤ん坊を見てようやく、一ノ屋の血の決まりを思い出したのである。

一ノ屋の血はまれに、とんでもなくいい男を生み出す。だがその美形の血は、絶対に男にしか顕現しないのだ。一ノ屋の女は、例外なく不細工に生まれる。たとえ親が数十年に一度のいい男であろうとも、その血の法則からは逃れられないのだと、島の者は知ったのだった。

ここでまた、奇妙な安堵めいた気分が島を覆った。これまでは誰も気づかなかったが、もう美形はたくさんという思いが蔓延していたのである。猿のような赤ん坊は、逆説的にそれが人であることを物語っていた。この赤ん坊は島に厄介事をもたらさないと直感し、人々は胸を撫で下ろしたのだった。

同時に、赤ん坊がイチマツを落ち着いた生活に繋ぎ止める碇になってくれることを、島の者たちは期待した。イチマツにどんな甘言を囁かれたか知らないが、お久とお千代も生まれた子を見ればいくらなんでも目が覚めるのではないか。そうなればやはり、お圭をイチマツに添わせるのが一番である。イチマツが落ち着いて厄介事を引き起こさずにいてくれるなら、また以前のような静かな生活が戻ってくるだろう。そんな行く末を、人々は熱望した。

ひとつ、島の者の楽観に水を差す、染みのようなものがあった。正確にはそれは染みではなく、痣だった。生まれた赤ん坊の右肘の裏には、小さな唇に似た形の痣があったのである。その形は、お圭がイチマツにつけられた痣にそっくりだった。だがそれを気に病んだ者は、お圭以外にいなかった。目立たない場所にある痣など、誰も気に留めなかった。赤ん坊がおくるみに包まれてしまえば、痣の存在は人々の念頭から消えた。

島の者たちの期待を裏切り、お久とお千代の目は覚めなかった。ふたりとも、イチマツの許を去らなかったのだ。それどころか、夜は一ノ屋の屋敷に通いつつ、昼はお圭の家に足を運び、赤ん坊の面倒を見た。そこに妬みの感情や、これを機にイチマツの寵愛を独り占めしようなどという卑しい発想は微塵も見られなかった。もともと面倒見がよかったお千代はともかく、美貌を鼻にかけていささか我が儘の嫌いがあったお久まで、甲斐甲斐しく赤ん坊やお圭の世話をするのである。人が変わったようであり、同時に、女三人はなにやら新しい形の家族のようにも人の目には映った。イチマツを取り巻く女たちの心持ちはさっぱりわからないものの、これはこれで好ましいありようではないかと人々が受け止めかけたときだった。

ここに、第四の女が登場した。女の名は、お兼（かね）といった。お兼とイチマツが親しくなる経緯もまた、お千代のときと同様、島の者たちは気づかなかった。見ていたはずなのに、まったく怪しまなかったのである。というのも、お兼は他の三人の女たちとは年が違ったのだ。夫を海で亡くした寡婦であり、三十を超す大年増だった。島にはまだ若い女がいたので、まさかイチマツがお兼に興味を持つとは誰も思わなかった。当のお兼ですら、意外だったのではないだろうか。だがイチマツはお兼を気に入り、何くれとなく話しかけ、やがて屋敷に呼ぶまでの仲になった。お兼が一ノ屋屋敷に通うようになってようやく、島の者たちは驚倒したのだった。

本当にイチマツは見境がないのだと、島の男たちはおののいた。いや、そんな言い方をしてはお兼に失礼であろう。お兼は年こそ三十を超えているものの、顔立ちはなかなか整っており、熟れた艶めきを感じさせる女だった。たまたま年が釣り合う男が島にいなかっただけで、誰かの妻が亡くなりでもしたら後添いにという声がかかるのは間違いなかった。しかしそうは言っても、イチマツより五歳は年上だった。ましてイチマツは、相手がいないわけではないのである。にもかかわらずお兼にまで情けをかけるのは、島の者たちからすれば見境がないとしか言いようがなかった。いずれは独り身の女全員がイチマツのものになってしまうのではないかと、島の男たちは心底恐怖したのだった。

恐怖は人の視野を狭める。これまで島の者は、一ノ屋の色男を不可侵のものとして、言わば神棚の上に祭り上げているような状態だった。何しろ、島に福をもたらしてくれる存在である。多少の乱行には目を瞑り、その見返りとして島に幸が訪れることを期待していた。だが幸などいっこうにやってこず、むしろ若い女という目に見える福が次々と減っている有様だ。このままでは、好いたあの娘もイチマツの毒牙にかかるかもしれない。若い男たちが皆、そんな不安を抱いたとしても無理からぬところだった。それは杞憂などではなく、現実の脅威なのであった。

思えば、真っ先にイチマツに殴りかかった平三は立派だった。誰言うともなく、そのような雰囲気が醸成された。あのとき平三は、一ノ屋のなんたるかを忘れていたからこそ無鉄砲になれたのであり、今はすっかり畏縮して酒を飲んではくだを巻いているだけなのだが、「お前はすごい奴だな」などとおだてられれば悪い気はしなかった。ほとんど自暴自棄の勢いで、大言壮語した。

「一ノ屋の男がどれだけ偉いって言うんだ。ただの女たらしじゃないかよ。大方、江戸でもあちこちの女に手を出して、それでいられなくなって舞い戻ってきたんだろうよ。そんなクズ野郎には、おれがやったみたいにガツンと一発食らわせてやりゃいいんだ」

殴りかかって、逆に地べたに這わされたことなど、平三の念頭からは綺麗に消え去っていた。聞く側も、身に迫った脅威を感じているだけに冷静さを欠いている。このままでいいわけがない、という思いが重なり合い、酒の力を借りて膨れ上がった。忍従の期間が長かっただけに、禁忌の下に抑制されていた屈辱が一度頭をもたげると、歯止めが利かなくなった。調子に乗っているイチマツを懲らしめろ、とひとりが卓を叩いて吠えると、そうだそうだ、と飲み屋にいた皆が次々に賛同した。

本来、気の荒い性分の男たちである。昔からの禁忌の前に立ち竦んでいたことこそ、常にない姿だったのだ。酒で気が大きくなってみれば、禁忌もへったくれもなかった。イチマツを殴ったら災厄が訪れるかもしれない、などという先のことを考える者は皆無であった。総勢六人の若い男が、気勢を上げながら一ノ屋の屋敷に向けて行進し始めた。

銘々に、道すがら目についた棒きれを手にしていた。酒と場の雰囲気に酩酊しているので、大勢でひとりを囲み、しかも棒を使って殴りかかるという暴挙も卑怯とは感じていない。むしろ、彼らにとってイチマツこそが悪の権化だった。島の若い娘たちを守るためにこそ立ち上がったという陶酔感の前では、己らの行動を客観視することなど不可能であった。

「イチマツ、いるか」

一ノ屋屋敷の前で呼ばわったのは、権蔵（ごんぞう）という男である。六人の中では一番の年長者で、実はイチマツと懇ろになった女四人の誰にも惚れてはいない。だがもともと頼られればいやとは言えない性分である上に、親が早くに死んだために若くして船持ちの立場になったこともあり、自分が先頭に立たなければならないという義務感を覚えていた。加えて言えば、その面相は怪異と評しても決して大袈裟ではなかった。岩のように大きくごつごつとした輪郭の顔には、ひび割れかと見紛う細い目と、左右に長く広がっているひしゃげた鼻、分厚い唇が雑然と並んでいる。そしてそれらが載っかる肌には、下ろし金にもなりそうなあばたが浮いていた。イチマツと並べばとうてい同じ生物とは思えず、女ならどんな奇特な性分であってもどちらを選ぶかは一目瞭然だった。権蔵の義憤を掻き立てたのがなんだったのか、この騒ぎを後に知った人はすぐに察したのであった。

いつぞやのように、女の声が外に漏れているようなことはなかった。女が来ていないのかもしれないし、まだ事に及んでいなかったのかもしれない。イチマツは薄物を羽織って玄関先に出てきて、「なんだい」と問うた。

「こんな夜分に客とは、珍しいな」

イチマツが物々しい気配を察していなかったとは思えない。だが、まるで恐れる気振りはなかった。殴り込みに行った者たちがその剛胆さに気づくのは、一夜明けてからのことである。そのときはともかく、六人が六人とも視野が狭まった馬鹿者と化していた。

「イチマツ、お前また女に手を出したらしいな」

権蔵が右手の棒きれを、イチマツの鼻先に突きつけた。それでもイチマツは、身を引いたりはしない。ちょっと眼を寄せて棒の先を見てから、「まあな」と平然と答えた。

「いやまあ、あれこれあって、そういうことになったわ。はっはっは」

イチマツにしてみれば照れ隠しだったのかもしれないが、殴り込んだ男たちは己らが笑われたと受け取った。もともと頭に血を上らせた連中である。発火するのも早かった。

「笑い事じゃねえぞ、こらぁ。人の道に悖る行いとは思わねえのか」

激した権蔵は、棒きれを沓脱ぎ石に叩きつけた。折れはしなかったが、身を竦めたくなるいやな音が響いた。にもかかわらずイチマツは、眉ひと筋動かさなかった。むしろ殴り込んだ他の五人の男どもの方が、小さく「ひゃっ」と声を上げたほどだった。

「あー、それを言われると参るなぁ。人の道に悖っていることは重々承知してるんだよ」

イチマツはまるで他人事のように言い、どっこらしょと上がり框に胡座をかいた。権蔵はまた、棒きれをイチマツに突きつける。

「承知してるんなら、女どもを解放しろ。以後は身を慎め」

「それができるんなら、とっくにしてるさ」

イチマツの物言いは、開き直っているとしか受け取れなかった。こんな態度をとられては、意気込んでやってきた男たちも引っ込みがつかない。「なんだと、てめえ」と権蔵がイチマツの胸倉を摑んだのは、必然の反応だった。

「どういう意味だ、そりゃ。体が女を求めてやまねえってことか。だったら、おれらがてめえのそのたちの悪い体を叩き直してやろうじゃねえか。表に出やがれ」

お決まりの台詞を吐くと、そのまま胸倉をぐいと引っ張り、玄関の外に放り出した。「おっとと」とたたらを踏んだイチマツの周囲を、棒きれを持った六人の男が囲む。それでもイチマツは怯えるどころか、何がおかしいのかニヤニヤしていた。そんな表情がまた、男たちの背を押した。

「言ってわからねえ野郎には、お仕置きが一番だ」

そんな言葉とともに、権蔵がイチマツの背後から棒で殴りかかった。距離が近く、イチマツも背を向けているのだから、したたかに脳天を打ち据えられるものと権蔵も思っていただろう。だがどうしたことか、権蔵が振るった棒きれは空を切った。イチマツはまさにひょいといった軽やかさで一歩横に動き、棒きれは一瞬前までイチマツが立っていた地面を打ち据えただけだった。

その身のこなしひとつから、彼我の力の差を悟れるほど冷静な者はいなかった。そもそも全員、剣術などとは無縁の漁師である。たまたまイチマツが動いたから、権蔵の一撃が当たらなかっただけとしか思えなかった。深く考えるより先に、ふたり目の男が棒を振り上げた。

今度は横合いからだったが、またしても棒きれはイチマツを捉えられなかった。イチマツは大仰によけたわけではなく、偶然にしか見えないほど自然に動くものだから、男たちも単に惜しいとしか思わない。さらに三人目と四人目が同時に動き出し、一方の棒がもう一方の手をしたたかに打ってしまって、ようやく何か変だと察した。手を打たれた者は、「痛え、痛え」と騒ぐ。指の骨でも折ったのかもしれない。

「なんだ、てめえ。剣術の心得でもあるのか」

愕然としながら、権蔵が問うた。イチマツは頬を人差し指で掻きながら、「まあ」と曖昧に認める。

「剣術なんて、たいそうなもんじゃないけどな」

このイチマツの返事を聞いて、ようやく男たちの間に動揺が走った。「ど、どうする」と顔を見合わせるが、義憤に燃える権蔵はこれで済ませるわけにはいかなかった。

「か、かまわねえ。全員でいっぺんに殴りかかれば、ちょこまか逃げるわけにはいかねえだろう」

いくぞ、という権蔵のかけ声に押され、全員が棒きれを振りかぶった。権蔵の言うとおり、囲まれているイチマツに逃げ場はない。それでもイチマツは、特に顔色を変えなかった。

イチマツは自ら、ひとりの方に向かって踏み出した。そして棒を持って振りかぶった手を下から押さえると、するりと体を入れ替える。男はイチマツに胸を突かれて後ろによろけると、迫っていた他の四人にまともに頭を殴られてしまった。その場で昏倒した男を囲み、他の者は「おい、留（とめ）」と名を呼んで慌てた。

留が持っていた棒は、いつの間にかイチマツの手に渡っていた。イチマツは男たちの肩越しに留を覗き込み、「大丈夫かぁ」などと心配する。そのことがよけい、権蔵を怒らせた。「野郎」と呻くと、怒りのままにまた殴りかかった。

今度はみぞおちだった。イチマツが持っている棒が、権蔵のみぞおちを突いていた。権蔵は声にならない呻きを漏らし、膝からくずおれた。それを見て、さらにひとりがやけっぱちのように棒を振りかぶる。こちらも同じく、イチマツにみぞおちを突かれて悶絶した。もはや立っているのはふたりだけになった。

「まだやるかい」

イチマツは棒きれでふたりを交互に差しながら、訊いた。ふたりは示し合わせたように、揃って首を左右にぶんぶんと振る。そんな様を見て、イチマツは莞爾（かんじ）として笑った。

「うん、それがいいな。じゃあ、すまないけど他の奴らを連れて帰ってくれるか。置いていかれても困るからさ」

今度はがくがくと頷く。指の骨を折った男も含めた三人で、立っていられない残り三人に肩を貸して、よろよろと屋敷の前から遠ざかった。「悪く思うなよ」というイチマツの声が背後から追ってきたが、馬鹿にされているとはもう思わなかった。

8

イチマツは島の中でなんの仕事も与えられず、無為の日々をのんべんだらりと過ごしているかのようであったが、くがから船が来るときだけは目の色が変わった。船影を見つける子供たちに交じって、じっと海の彼方に視線を向けるのである。その表情は、これまで新吉が見たことないほど真剣で、いささか怖いくらいであった。だからふだんはイチマツにじゃれつく他の子供たちも、そのときばかりは気圧されて誰も話しかけなかった。

船が着くと、イチマツは自ら荷下ろしを手伝った。そしてそれが済むや、船乗りたちにあれこれと話しかけるのだった。その様を見て、イチマツが何を求めているのか、子供の新吉でもわかった。イチマツはくがのことを知りたがっている。ゴイッシンなる大変革が起きているのだから、知りたいと思うのは当然だった。だがイチマツがくがのどんな話を求めているのかまでは、さすがに想像できなかった。ただ、イチマツの必死さだけが印象に残った。

ある日、いつもの遊び仲間たちと浜に行くと、イチマツが棒きれを振っていた。武士が刀を持つように棒きれを構え、海に向かって一心に振り下ろしているのである。顔つきは船が着くのを待つときと同じく、真剣そのものだった。イチマツの周囲を見えない炎が取り巻くようで、近づくことはできなかった。

イチマツは顎の先から汗を滴らせながら、飽くことなく素振りを繰り返していたが、不意に動きを止めると砂浜にへたり込んだ。それまでイチマツを意識しながらも少し離れたところで遊んでいた新吉たちは、皆揃ってイチマツに目を向けた。イチマツはまるで魂が抜けたように、中空を見つめて呆けている。どうしたのだろう、と新吉たちは目を見合わせた。

動いたのは、子供たちの中で一番賢い清太だった。参次が漁に出るようになった今、子供たちの大将格となっている。恐る恐るイチマツに近づいていき、「ねえ、イチマツさん」と話しかけた。

「何か、あったんですか」

イチマツの様子が変なのを察したなら、大人であればあえて声をかけずに静観するという配慮もできたであろう。だがいくら賢いとはいえ、まだ子供でしかない清太はそんな気遣いを知らなかった。子供ならではの率直さで、正面から尋ねたのだった。

その遠慮のなさをイチマツも愉快に思ったか、話しかけられてもいやな顔をせず、逆に笑った。

「ああ」と、いつもより若干屈託を感じさせる声で頷く。

「あったよ、あった。大ありだ」

「何があったんですか」

好奇心を抑えられないように、清太は問いを繰り返した。この世に悩みなど何ひとつないかの如く飄々(ひょうひょう)と生きているイチマツが、憑かれたように棒を振るう様は、常ならぬ姿に見えたのだろう。立ち入ることをまるで恐れなかった。

「清太、お前、蝦夷地(えぞち)って知ってるか」

イチマツは海の彼方を見やったまま、尋ねる。清太は首を左右に振った。

「知らねえか。うんと北の方の、冬には考えられないくらい寒くなるところだ。そこで、おれが一目置いてた人が死んじまったらしいんだよ」

イチマツはぽつりと呟く。死んじまった、という言葉の響きに、子供たちは絶句して黙り込んだ。イチマツは小石を拾い上げると、手首をしならせて海に投げ込む。腕だけで投げているのに、小石は遥か遠くで着水した。

子供たちが何も言えないでいる間に、イチマツは次々と小石を投げた。自分たちはイチマツの邪魔をしているのかもしれない、と新吉は察する。だがこの場を去ろうと持ちかけることもできず、イチマツが小石を投げる様子をただ見守った。イチマツは淡々と石を投げているだけなのに、なぜか怒っているように見えた。

「その人のこと、尊敬してたんですか」

沈黙に耐えかねたように、清太は言葉を発した。問われても、イチマツは聞こえないかのように動きを止めない。しかし、無視はしなかった。

「尊敬、なのかな。むしろ、反発してたけどな。おれはあの人のやり方についていけなくて、離れたんだ。でもこうなってみると、一緒に行くべきだったのかと繰り言が胸の中を駆け回りやがってたまらねえよ」

イチマツは不意に小石を投げるのをやめた。すると、とたんに疲弊しきったかのように生気を失った。肩を落としてうなだれるイチマツは、あの輝くばかりの神々しささえ失っていた。新吉には事情はわからないが、イチマツが憐れに思えてならなかった。

イチマツは傍らに横たえていた棒きれを杖のように使い、なんとか立ち上がった。そして尻の砂を叩いて落とすと、まだ坐っている子供たちを見下ろして言った。

「お前ら、おれみたいな大人になるんじゃないぞ。終生ついて回るような悔いが残る選択は、絶対にするな」

イチマツが何を言っているのか、賢い清太ですらわからなかっただろう。子供たちがぽかんと口を開けて見上げる中、イチマツは唇の端を歪めるようにして笑うと、浜から去っていった。このような、まるで楽しそうでない笑みを浮かべるイチマツを、新吉は初めて見た。

9

次にイチマツの子を身籠ったのは、意外なことに三十路のお兼だった。むろん、三十を過ぎたらもう子が産めないというわけではない。だが三十過ぎに子を産むのは、それまでに何人もの子を持った女だ。三十路に入ってから初産という話は、島で誰も聞いたことがなかった。だからこそ、お兼の孕みは驚きをもって受け止められたのだった。

それは当のお兼自身も例外ではなかったようだ。イチマツの情けを受けるようになっても子を持つことは露ほども考えていなかったらしく、手放しで喜んだ。お兼は常にどこか陰がある風情だったが、そんなことはもうまるで窺えない。誰が見ても、幸せを一心に感じて輝いている女だった。

お兼も若いときから陰があったわけではないと、そんな事態になって初めて新吉は聞いた。今でも艶めいているお兼は、若いときは何人もの男から望まれる美しい女だったそうだ。しかし男たちにちやほやされて喜ぶような素振りはなく、ひとりの男とだけ思い思われる仲になった。思い人と添うことになったお兼は、それは幸せそうだったという。

だが、そんなお兼を不幸が襲った。夫が漁に出て、そのまま帰らぬ人となったのだ。突然の強い風を伴う大雨に対応できず、甲板から海に投げ出された。仲間たちは必死に捜したものの、結局見つからなかった。お兼は三日三晩どころか、たっぷりひと月は泣き続けていたそうだ。毎日港に行き、夫の帰りを待つ姿はそれはそれは憐れだったと、新吉の父は言った。

以来、お兼は陰がある女になったのだった。お兼が微笑んでも、どこか透きとおった笑みに見え、儚げだった。きっとお兼は、夫が海に消えてからこちら、心底笑ったことがないのだろう。子供なりに新吉はそう察しをつけた。幸せそうに笑っている今のお兼を見れば、自分の幼い解釈も間違いではないと思えた。

島の者たちも同感だったようだ。最初はイチマツの無軌道ぶりに眉を顰めていた人も、お兼の変わりようを見れば顔が緩んだ。人が変わった、というより、お兼は元の明るさを取り戻したのだ。つまり十年以上もお兼は塞ぎ込んでいたわけで、それを元に戻したイチマツはむしろ功徳を積んだのではないかと人々は考え始めたのだった。

「あたし、生まれてこの方こんな幸せだったことはないよ」

腹が大きくなってくると、お兼はその膨らみに手を当て、ことあるごとにそう言うのだった。皆、お兼の過去を知るだけに、さもありなんと納得した。いつしか人々の頭に、一ノ屋の色男は島に福をもたらすという言い伝えが甦った。どこが福なものか、と一時は思われていたが、言い伝えはあながち間違いではなかったのではないかと、お兼の笑顔を見れば考えざるを得ないのだった。

十月十日が過ぎ、お兼は男の子を産んだ。美貌の親同士の掛け合わせなのに、生まれた子の顔立ちは凡庸だった。むろん、赤ん坊のことだからこの先どうなるかはわからない。しかし赤ん坊の顔を見た者たちは皆、これはいい男ではないと密かに断じた。普通の子でよかったと、誰もが胸を撫で下ろしていたのだ。

何より、母となったお兼の嬉しげな様子がすべてだった。お兼は生まれたばかりの我が子を抱き締め、はらはらと泣いたという。手伝った女たち皆がその涙の意味を察せられるだけに、一同もらい泣きした。赤ん坊も大泣きし、大人たちは泣きながら笑っているという、なんとも不思議な出産となったそうだ。

赤ん坊は凡庸な顔と見做(みな)されたが、他の赤子と異なる点もあった。右足の裏に、唇に似た形の小さな痣があったのだ。ただ、それを不可思議と言うのは大袈裟すぎた。痣を持って生まれる子も、まれにいる。現にお圭の子にも、痣があった。イチマツの子がふたりして痣を持って生まれたことに意味を見いだす者は、島に皆無だった。

痣といえばむしろ、お兼の体のどこに痣があるかを人々は取り沙汰した。お久、お圭、お千代と、イチマツの情けを受けた者は皆、体のどこかに痣ができて消えなくなった。だがお兼は一見したところ、どこにも痣がなかった。きっと服に隠れて見えない場所にあるに違いないと、男どもは卑猥な笑みを浮かべて噂した。イチマツについて語ることはいつしか、島の者たちにとってひとつの娯楽となっていた。

イチマツ自身も、子が生まれたことを喜んだ。自らお兼の家に出向いて、子をあやしたりしていた。しかしそのうち、イチマツはお兼の家に足を向けなくなった。その理由は、お兼が人々に語った。

「あたしはもう、イチマツさんのところには行かないことにしたんだ」

これまでの女はどうしたことか、イチマツの女たらしぶりを見せられても離れようとはしなかった。イチマツとの別れを宣言したのは、お兼が初めてである。話を聞いた女たちは仰天して、その理由を質した。

「あたしは充分にイチマツさんから福を授かったからさ。次の人に譲るよ。あたしがいつまでもしがみついてちゃいけないと思うんだ」

お兼の言は、女たちに衝撃をもたらした。男女の仲と言えば、好いた好かれたの関係しかないと思っていたからだ。だがお兼の言葉で、イチマツが本来どんな存在だったかを改めて思い出した。言われてみれば、イチマツは特定の女に占有されていい存在ではなかったのである。皆で共有し、それぞれが福を分け与えてもらうためにいるのだった。言い伝えは知っていたのに、それをイチマツの役目とは捉えていなかった。言ってみれば人々は、ようやくイチマツの存在意義を理解したのであった。

　若い女たちは皆、そわそわし始めた。イチマツの放蕩ぶりを冷ややかに見ていた者ですら、どこか落ちつかなげに振る舞うようになった。イチマツと情を通じるのは、もはや破廉恥なことではなくなった。それどころか、順番待ちをしてでも情けを受ける価値があると思われ始めたのである。

　複雑なのは、男たちだった。若い女を根こそぎイチマツに取られてしまう恐怖を感じる一方、福の神みたいなものだから仕方がないという妙な納得もあった。それほどに、お兼の喜びようと潔さが人々に強い印象を与えていたのだ。通過儀礼としてイチマツの許に行き、また戻ってきてくれればそれでいいと考える者も出てきた。

　その流れに拍車をかけたのが、お圭の動向だった。何がどうなってそうなったのか誰にもわからなかったが、お圭はなんと、吾平と所帯を持つことになったのだ。イチマツが戻ってきてからこちら、驚くことを腐るほど目の当たりにしてきた島の者たちも、これには心底度肝を抜かれた。わけがわからない、という感想しか出てこなかった。

「いやぁ、だってお圭がおれの嫁になってくれるって言うからさぁ」

　やに下がった吾平の顔こそ見物だった。こんなにもだらしなく緩んだ顔をした男は、この世に他にいないだろうと誰もが思った。浜で膝を抱いてしくしく泣いていた奴と同一人物とは、とうてい見えない。心持ちでこれほど顔つきが変わるものかと、人々を唖然とさせたのだった。

「お圭の子だったら、おれだっていいとしいしょう。子持ちだろうがなんだろうが、お圭が嫁になってくれるなら誰だって万々歳だろうが。なっ」

島で指折りの美人を射止めたことが、吾平は自慢でならないようだった。腑抜けになっていた体には、見違えるように芯が通った。あまり身が入っていなかった漁にも、根を詰めすぎと仲間に言われるほど精を出すようになった。吾平もまた、お兼と同じく、どう見ても幸せいっぱいだったのである。

そんな中、イチマツの最初の女であるお久が、ついに子を授かった。もはや、そのことに眉を顰める者はいなかった。お久の親までも含めて、皆が手放しで喜んだ。ようやくお久にも福が巡ってきたと、赤飯を炊いて祝ったのだった。

こうしてイチマツは、神棚に祭り上げられる存在になった。イチマツをひとりの男として見る者は、島の中にはもういなかった。

10

新時代の波は、江戸から遠く離れた小さな島にまではなかなか押し寄せない。聞くところによると、江戸は東京という名に変わり、新政府が樹立され、帝が京から東京に都移りされたらしい。武士は髷(まげ)を結うことも刀を持つことも許されなくなり、そもそも身分の隔てがなくなった。暦が西洋式に変わり、季節とずれた。藩がなくなって県となり、殿様は一国の主ではなくなった。年貢は米ではなく、金で納めることになった。武士がいなくなった代わりに、百姓や町民を兵とする徴兵令が発布された。何もかも、急激に変わっていたのだった。

それなのに島は、まるで忘れ去られたかのようになんの変化もなかった。新しい代官こそ来たものの、特に新しいことは持ち込まなかった。島はもともと天領だったので、藩がなくなってもどうということはなかった。年貢を金でと言われても、そもそも島内では金が流通していなかった。徴兵令も、島からの徴発ではかえって手間がかかるため、免除されていた。唯一影響があったのは、暦が変わったことだけだった。

　こうした話はたいてい、イチマツが聞き込んで皆に伝えた。イチマツは相変わらず、くがから船が来ると真っ先に水夫に話しかけ、あれこれと尋ねるのである。そのお蔭で、島随一のくが事情に詳しい人となった。イチマツが何を求めてそれほどにくがの話を聞きたがるのか、新吉にはわかるようでわからなかった。

　イチマツの許に通う女も、数年の間に入れ替わった。福を求めて新しい女がイチマツの家に押しかけ、それをイチマツは必ず受け入れた。イチマツが女を拒むことはなかった。一見したところ、イチマツは女であれば誰でもいいかのようであった。しかしいつの頃からか、イチマツは女を受け入れるのが己の責務と心得ているのではないかと見られるようになった。イチマツは島に福をもたらすために、島の者たちみんなに養われているのである。女の選り好みなど、していい立場ではなくなっていたのだった。

　皆が皆、イチマツの子を授かって去っていくわけではなかった。最初期の女でいえば、お千代はイチマツの子を産まなかった。本音では子が欲しかったのではないかと思うが、あるときけじめをつけるようにイチマツの許を去り、そして一年も経たぬうちに他の男と所帯を持った。気立てがいいお千代は、引く手あまただったのである。今ではその男と、仲睦まじく暮らしている。やはりこれも、イチマツが振りまいた福の一端であった。

　イチマツは相も変わらず、飄々としていて気さくだった。だが、島の者たちの態度が変わった。イチマツを見れば、手を合わせて拝むようになったのだ。そんなときイチマツは何か言いかけ、諦めたように口を噤んだ。イチマツの表情は、新吉の目には寂しげに映った。それなのに誰もそんなことには気づかないのか、気づいていてもどうにもできないのか、人々はイチマツを拝むことをやめなかった。

イチマツの周りには、常に女がいた。もう、ひとりで村の中をふらふら歩き回ったりはしなくなった。以前は女を呼ぶのは夜だけだったのに、今は昼日中から複数の女を侍らせている。といっても女に何をさせるでもなく、自分は縁側に坐ってじっと地面の一点を眺めていたりするそうだ。新吉はその話を聞いて、イチマツがどんな顔をしているか想像がついた。ずいぶん前に浜で一心に棒を振り回していたときの顔、あるいは村の者に拝まれたときの顔と、同じ表情をしているのだろう。イチマツが島に戻ってきたばかりの頃は、次々にいい女を自分のものにするイチマツを羨む男もいたが、今はもうそんなことを言う者はいない。それが、イチマツの置かれた立場を物語っていた。

浜でのイチマツといえば、あのときの意味不明だった言葉も、今はだいたい理解できるようになった。知恵者の清太が、くがから来る船の水夫にあれこれと聞いて、おおよそを把握したのだ。蝦夷地で死んだ男とは、土方歳三という人で間違いないらしい。最後まで徳川方に残り、北方の地まで落ち延びながら闘い続けたのだそうだ。土方歳三は新撰組なる隊を副長として率い、会津藩預かりという立場で徳川に敵対する者を討ち続けた。だが戊辰の戦では、他の徳川方もろとも負け、隊長は捕らえられて斬首となった。土方は残る隊の者をまとめて奮戦したが、最後は遠い蝦夷地で力尽きた。

はっきりしないのは、新撰組の末路だった。全滅したという話もあれば、隊を抜けて生き延びた者もいるとも言われていた。全滅の場所も上野だったり甲府だったり、あるいは流山だったり会津だったり函館だったりと、語る人によって違った。要は、確かなことは誰もわからないのだった。そもそも新吉にとっては、それらの地がどこにあるか見当もつかないから、聞いても無駄だったのだが。

ひとつだけ明らかだったのは、新撰組が全滅したとの話は間違いだということだった。なんとなれば、イチマツが生きているからである。イチマツは浅葱色の羽織を着ていた、と言った。浅葱色の羽織とは、新撰組の隊服に違いない。ならば、イチマツは新撰組に入っていたのだ。しかし戊辰の戦の際は、土方と袂を分かって島に戻ってきた。そう考えれば、あのときのイチマツの言葉がすべて腑に落ちるのだった。

全滅ではなくとも、新撰組は壊滅してもうない。戦はとっくに終わり、今は薩長を中心とした新政府が徳川に取って代わっている。もはや、すべてが定まったのだ。それを思えば、イチマツがくがからやってきた水夫に血相を変えて事情を尋ねる様は、失われたものを求める空しい行為にも思えた。

時は巡り、時代は動いても、島は変わらない。変化はただ、子供たちの成長だけだった。イチマツの子は次々に生まれ、皆、体のどこかに唇に似た形の痣があった。これだけ続けば、誰でも気づく。痣があれば、それはイチマツの血を引いている子なのだ。まるで、母親がイチマツにつけられた痣が、そのまま子に受け継がれたかのようだった。さんざん種を撒き散らせば面倒なことが起きかねなかっただけに、わかりやすくてよかった。

子が生まれ、子が育つ。新吉の背が伸び、姉の貞も年頃になった。十六になった貞は、意を決したような顔つきでイチマツの許に行った。しばらくして帰ってきた貞は、母の膝に顔を埋めてオイオイと泣いた。その様を見て、新吉は嘆いた。やはりイチマツは、貞を拒絶したのだと考えたからだ。

だがよくよく話を聞いてみれば、そうではなかった。貞は嬉し泣きをしていたのだった。イチマツに情けをかけてもらったことが嬉しく、感極まって泣いているのである。貞は切れ切れに、「イチマツさんは、こんなあたしを」と言った。その言葉を聞いて新吉は、初めて貞の心持ちを理解したように思った。

言葉を飾らずに言えば、貞の器量は相当悪い。まだ子供のときは、年頃になればもう少しましになるだろうと構えていられた。しかし長じても、背が伸びただけで他はあまり変わらなかった。棒のような平板な体つき、平べったく鼻の穴が目立つ顔、真っ黒な肌、どこを取っても女らしさがまるでない。弟の辛辣な目を抜きにしても、島で一、二を争う醜女ではないかと思う。

女の価値が見端だけで決まるものではないとしても、あの姿では嫁に欲しいと望む男はなかなか見つからないのではないかと心配せざるを得なかった。弟の新吉がそう思うくらいだから、当人にとってはもっと切実な不安だったのだろう。ふだんは勝ち気に振る舞い、自分の見目をまるで気にかけていないかのようだった貞だが、そんなわけはなかったのである。実は心の奥底で、己の醜女ぶりに引け目を感じていたのだ。

もしイチマツが貞を拒絶していたなら、天地が逆になったような話ではあるが、おそらく傷物同然の扱いをされることになっただろう。イチマツもいやがる醜女は、日陰者として生きていくしかない。だがイチマツは、貞を受け入れてくれた。これで貞は、福を分け与えられた女になった。福持ちの女ならばと、貞を望む男は必ず現れる。貞は今後、島で幸せに生きていく希望を得られたのだ。そのことに安堵し、泣いているのである。貞がどれほど張り詰めた思いでいたかようやく気づき、新吉ももらい泣きした。貞に希望を与えてくれたイチマツに、深く深く感謝した。

11

時は巡り、ご一新から早くも九年の歳月が流れようとしていた。新吉も十四になり、再来年には船に乗って海に出る。新しい時代になろうとも、人が食べるものに変わりはない。漁師が魚を捕り、百姓が米や野菜を作る世が続く限り、時代の変化も人々の暮らしを完全に呑み込むことはできないのだった。

あるとき、新吉は浜でイチマツを見かけた。イチマツはひとりだった。いつだったか、芋をもらったときと同じく、イチマツは海の彼方をじっと見つめていた。イチマツはもう三十の半ばになっているはずだが、その横顔の美しさはいっこうに衰えていない。船で海に出る男たちのように、潮風と日の光で肌を痛めつけられていないだけに、女のように滑らかだった。イチマツは今なお、人ならぬ身のように新吉の目には映った。

「よう、お前か」

イチマツはこちらに気づき、頷きかけてきた。近づいていっていいものかどうか、新吉は迷う。他の者たちのように手を合わせて拝んだりはしないが、近づきがたいことに変わりはなかった。

「ちょっと、こっち来ないか。今日は芋はないが」

何年も前のことを、イチマツも憶えていたようだ。それが嬉しくて、言われるままにイチマツの傍らに近づいた。坐れと促されたので、並んで腰を下ろす。イチマツは新吉を呼んでおきながら、特に何も喋ろうとしなかった。

仕方なく、新吉も海に目を向けた。海は広く、果てがなく見え、この向こうにくがという別の世界があるとはとうてい思えなかった。新吉はおそらく、この島の周辺から一歩も外に出ることなく、他の世界を見ないまま生涯を終える。しかし、そのことに不満はなかった。だから、遠くを見るイチマツの目に浮かぶものを、理解するのは難しかった。

「おれは昔、自分の顔が嫌いでな」

唐突に、イチマツはそんなことを言い出した。驚いて、顔を振り向ける。目が合うとイチマツは、いたずらを見つかった子供のようににやりと笑った。

「一ノ屋にいい男が生まれると吉兆なんて、いったいどうしてそんな言い伝えができあがったんだか。物心ついたときには、親も村の連中もみんな、なんだかおれに期待するような目を向けてたよ。もちろんおれには、村の連中を幸せにする力なんてない。期待されたって、ただ重いだけだったさ」

イチマツが何を思って急に真情を吐露し始めたのか、新吉にはわからない。たまたま語りたいときに新吉が現れたのかもしれないし、新吉が誰にも漏らす心配がないからこそ好きに話せるのかもしれない。新吉は自分が話せないだけに、人の話を聞くのが好きだった。相槌を打たない新吉に、あれこれ話しかけてくれるイチマツが昔から好きだった。

「それで、いったんは逃げ出したってわけだ。堂々と出ていくことなんてできなかったから、島を抜け出すのは大変だったよ。昔、この島には罪人が流されてきたって話は知ってるよな。島抜けなんて、簡単にはできないことだったんだ。おれがあのときやったことは、まさに島抜けだったね」

くがから来る水夫で、話のわかる奴がいたんだ。そう、イチマツは説明した。あいつの助けがなければ、島を抜けるのは無理だった。損得抜きで、おれに同情してくれたから船に乗せてくれたんだよ。あいつには今でも感謝してる。

「一度、江戸って町を見てみたくってなぁ。お前、島から出ていきたいと思ったこと、あるか。ないか。普通はそうだよな。おれがおかしいんだよ。おれは島にいるのが辛かったから、ずっと外の世界に憧れてたんだ。見たことない世界を、どうしても見てみたかったんだよ」

イチマツは語り続ける。イチマツの声は、耳に心地よかった――。

江戸に出て何よりも驚いたのは、人の多さだ。世の中にあんなに人がいるとは、おれは知らなかった。この浜より広くて長い道が、町のど真ん中を走ってるんだぜ。そこを、溢れんばかりの人が往来してるんだ。芝居小屋に芝居がかかったりしたら、まともに歩くことすらできないくらい混み合うなんて、想像できるか。できねえよなぁ。

江戸は四六時中、祭りをやっているようなものだったよ。賑やかで、華やかで、なんでも揃ってた。見る物見る物珍しくて、おれは橋の下に寝泊まりしながら、ずいぶんとあれこれ見て歩いたよ。金がないから、まああんまり胸張って言えないようなこともした。それでも、惨めだとはちっとも思わなかったね。毎日が楽しくて、金がない惨めさなんて感じている暇がなかったんだ。ただ、江戸の華やかさに目が慣れてくると、また別の驚きを感じるようにもなった。おれは何も知らなかったんだ。時代が動いていることを、この島にいるときはまるで感じなかった。今でも感じられない。くがの時代は動いているのに、この島はずっと寝たままなんだ。それがおれには、天地がひっくり返るほどの驚きだった。新しく知ることが多すぎて、頭が破裂しそうだった。

この島も含めて、おれたちが住む国は日本国というんだぞ。知らなかったろ。殿様が治めてる国じゃない。徳川様が束ねていた、北は松前（まつまえ）から南は薩摩まで、それを全部ひっくるめて日本国というんだ。その日本国が、おれが江戸に行った頃には揺らいでた。徳川様の屋台骨が揺らいでたんじゃない。日本国が大騒ぎだったんだよ。

異国から船が来たからだ。異国は日本国と商売をしようと言ってきた。異国は遥か遠くから来られるくらい、すごい船を造ってた。船だけじゃない、すごい武器も持ってたんだ。徳川様や諸藩が束になっても敵わない、とんでもない武器だ。下手すりゃ異国に日本国を乗っ取られちまうってんで、お偉い人たちは顔を青くさせているところだったんだよ。

そんなときこそ徳川様の許で結束しなきゃいけないんだろうに、まあいろいろごたごたがあって、そうはならなかった。異国と日本国として相対するなら、一番上に立つ人は徳川様ではなく帝であるべきだと考える者も現れた。だから、帝がおわす京の都には、いろいろな連中が集まるようになったんだ。徳川様に仇なすことを企む者まで、京には潜んでいた。

そうした不逞の輩を取り締まるために、旗本や御家人で結成された京都見廻組というものがあった。だが、時代を憂う者は直参ばかりじゃない。武士とは名ばかりの下っ端にだって、百姓にだって町民にだって、徳川様のために何かしたいと考える者はいたんだ。それが集まってできあがったのが、新撰組さ。

おれが新撰組のことを知ったとき、ちょうど隊員を募集していた。これだ、と思った。おれはそろそろ、珍しい物を見て回るだけの生活に飽き始めていた。飽きた、というより、焦り始めてたんだ。おれはこんなことをするために、島のみんなを見捨てて江戸までやってきたのか、とね。おれがいなくなれば大勢の人が嘆くのを知ってて飛び出したのに、ただ遊んでいるだけなのか、と。おれは島を出た理由を自分に与えたかった。このために島を後にしたのだという、大きな目的が欲しかった。そんなおれに、新撰組の隊員募集の話はぐさりと突き刺さったんだ。この島は天領だから、どちらにつくかといえば徳川様方しかなかった。新撰組は隊員の資格を問わないというのも、気に入った点だった。

それから、苦労して京まで上(のぼ)った。どんな苦労かは、まあ察してくれ。江戸から京は、この島から江戸までより遠いんだぜ。道中の宿場町でなんとか小金を稼ぎながら、京まで辿り着いた。

知ってのとおり、おれは剣術なんてまるで齧(かじ)ったこともなかった。今から思えば、そんな奴がよく採用されたものだが、剣の筋がいいと見込まれたんだ。おれの相手をしてくれたのは、原田(はらだ)左之助(さのすけ)という人だった。十人いる隊長のうちのひとりだ。

おれは原田さんが好きだったよ。新撰組一のいい男と言われるほど、他のごつい連中に比べれば優男だったんだが、肝が据わってた。怒らせると手がつけられないくらい怖いくせに、ふだんは気のいい人だった。それに、一本筋が通ってた。この、筋が通ってるというのは新撰組では大事なことだったんだよ。まあ、おいおい話すな。

　そうそう、言うまでもないと思うが、新撰組一のいい男の地位は、おれが入るまでのことだったよ。原田さんは別にいい男であることを鼻にかけたりはしてなかったから、おれに一番の座を取られても笑ってたけどな。

　おれは二番隊に組み入れられた。隊長は永倉新八という男だった。この永倉さんは、新撰組随一の剣の使い手で、頭に糞がつくほど真面目な人だったよ。永倉さんは、原田さんとは仲が良かった。つまり、糞真面目な永倉さんと馬が合うくらいだから、原田さんも遊び人と誤解されそうだけど実際は真面目な人だったんだ。永倉さんは少し堅物すぎたが、おれは嫌いじゃなかったね。

　新撰組の局長は、近藤勇という男だ。この近藤さんがまあ、評価に困る人だった。偉物であることに間違いはないんだが、自分でもそう思っちゃうところが始末に悪いというか、人間臭いというか。早い話が俗物だよ。わかりやすい人だったな。

　近藤さんは江戸の牛込というところにある、剣術道場の道場主だったんだ。大して大きい道場じゃない。そんな立場だった人が京に上ったら、会津侯には直接お目通りが叶う、何百両もの軍資金や恩賞を賜る、すっかり有名人になって都の綺麗な女にちやほやされる。そりゃあ、のぼせて舞い上がりもするわなぁ。隊員には女房子供と離れて暮らせと言っておきながら、自分は妾を囲っていい思いよ。挙げ句、殿様にでもなったつもりで他の隊員を臣下扱いだ。この増上慢に怒ったのが、永倉さんだった。

　永倉さんはもともと、牛込の道場の食客だったんだ。食客だから、弟子じゃない。仲間だな。永倉さんにしてみれば、組織である必要があるから近藤さんを局長として認めているだけであって、あくまで同志のつもりだった。臣下になった憶えなんか、さらさらなかった。それなのに近藤さんに顎で使われたりすれば、そりゃあ腹も立つよなぁ。近藤の思い上がりを諫めてくれと、会津侯に訴え出たりもしたんだ。そのときは、原田さんも永倉さんに同調した。

言ってみれば、俗物対真面目の構図だ。わかり合えるはずがない。いったんは近藤さんが頭を下げることで収まったが、最後に亀裂が明らかになった。最後ってのは、戊辰の戦のときだ。

戊辰の戦では、当然のことながら新撰組は徳川様方で戦った。だが薩長の奴らはいつの間にか西洋列強と取引して、最新の武器を手にしてた。おまけに、会津侯を陥れて自分たちは官軍を僭称した。錦の御旗なんて掲げられたら、誰がそれに向かって弓引けるってんだ。徳川様方が総崩れになるのは、どうしようもないことだった。

転戦して、おれたちは江戸に入った。そうしたら、勝っていう徳川様方のお偉いさんが、甲府に行って戦えと言うんだ。そのときはわからなかったが、まあ体のいい厄介払いだな。戦をせずにさっさと降参しちまおうって考えてた勝は、まだ戦う気満々な新撰組が邪魔だったんだ。

で、甲府でもおれたちは負けた。のんびりしてたつもりはないんだが、先に城を取られたら勝てるわけがなかった。これからどうするというときに、意見が割れた。会津まで引いて戦おうという永倉さんの意見に、近藤さんが乗らなかったんだ。

このとき近藤さんは、すでに右肩を銃で撃ち抜かれて剣が持てない体になってた。剣士として生きて立身出世した人が、剣を持てない体になったんだ。近藤さんはもう、腑抜けになってたんだよ。そんな近藤さんを、永倉さんや原田さんは見限った。新撰組を離れて、自分たちの戦いをすることにした。もともと反りが合わなかったんだから、まあなるべくしてなった結果だったな。

おれは、永倉さんの方についた。俗物派と真面目派だったら、真面目派の方が居心地がよかったからな。なんだよ、意外か。そりゃあ、島に戻ってからのおれしか見てなきゃ、意外だわな。でもおれは、京にいるときはほとんど悪い遊びをしなかったんだぜ。女だって作らなかった。人より出遅れてたから、ともかく強くなりたくて、剣の稽古ばかりしてた。遊んでる余裕なんてなかったんだよ。

永倉さんは靖兵隊(せいへいたい)というものを作った。なぜか、原田さんはここに加わらなかった。理由はわからない。まあ、原田さんは変わり者だったからな。彰義隊に入って上野の山で死んだと言われているけど、大陸に逃れて馬賊になったなんて話もある。そっちの方があの人らしいな。

おれも永倉さんと行動をともにして、北の方で薩長軍と戦った。でも、会津が落ちたと聞いて永倉さんもついに諦めたんだ。永倉さんが元いた松前藩に戻ると言うから、おれも島に帰ることにしたわけさ。米沢(よねざわ)からここに辿り着くまでがまたひと苦労だったんだが、まあどうでもいいことだ。

土方さんの話をしてないな。副長の土方歳三だ。新撰組を俗物と真面目に分けたとしたら、土方さんは間違いなく真面目側に入る人だった。永倉さんもかっちん玉だったが、土方さんも負けてなかったよ。ある意味、永倉さんより堅物だったかもしれない。融通が利かないことでは、天下一だった。

土方さんは鬼の副長って呼ばれてた。規律違反をした隊員を、容赦なく切腹させてたからだ。おれの目から見て、そんな些細なことでと思うような咎(とが)で、仲間が何人も死んでいったよ。人情味のかけらもない奴だと、おれは嫌いだった。永倉さん以上の堅物だと言うのは、つまりそういう意味だ。

そんな土方さんが、近藤さんと永倉さんが対立したら近藤さんについた。本当なら、性格的には永倉さんに近いはずなのにな。どうしてそうなったかと言えば、近藤さんと幼馴染みだからなんだ。あのふたりの仲は、特別だった。近藤さんのためならなんでもすると、土方さんは考えてたんじゃないかな。今にして思えば、近藤さんがいい加減な人だから、土方さんは鬼のように真面目に振る舞ってたんだ。そうしないと、新撰組全体がいい加減なものになっちまうから。ずいぶんと自分を殺してたんだろうよ。あの頃のおれは、そんなことには気づきもしなかったが。

土方さんはおれたちみたいに途中で諦めたりはしないで、最後の最後まで戦い抜いた。近藤さんと何か約束でもしてたのかねぇ。その約束のために踏ん張ってたんだとしたら、あの人らしいと思うよ。何せ、糞真面目だからな。

でも土方さんは、近藤さんから解放されてよかったんじゃないか。箱館(はこだて)での土方さんは、人が変わったように柔和だったと聞いたよ。子供相手に笑ったりしてたそうだ。あの鬼の副長がな。おれはその話を聞いたとき、涙が止まらなかった。本当に一本筋が通っていたのは、土方さんだったんだよ。土方さんは意地を通して、最後に死に場所を見つけて、でも鬼ではなく人として死んだんだ。それに引き替えおれは、この眠ったような島で眠ったように暮らし、種付け馬として生きている。情けねえよなぁ。本当に情けねぇ……。

12

イチマツが不意にいなくなったとき、新吉は驚かなかった。いずれそうなるとわかっていた。それは女たちも同じだったようで、動揺している者は少なかった。具体的に島を離れる話を聞いていたとは思えないが、前々から仄(ほの)めかしていたのだろう。寂しがって泣きはしても、女たちの立ち直りは早かった。姉の貞も、ひと月ばかりめそめそと泣き暮らしたら、後はけろりとしていた。今はいつの間にか、清太といい感じになっている。清太の方が年下だが、貞がイチマツから聞いたいろいろな話に興味があってよく話すようになり、なんとなくいい仲になりかけているのだ。イチマツから離れて他の男と懇ろになる女は珍しくなかったから、新吉にとってはこれも驚きではなかった。

むしろ、ふだんはあまりイチマツと接することがなかった者たちほど、仰天してうろたえていた。何しろイチマツは、島に福をもたらしてくれる男である。女たちが幸せになり、そんな女たちと添った男が幸せになっただけではない。どうしたことかこの九年間は、豊漁続きだったのだ。豊漁をたまたまだと考える者は、島にいなかった。皆、イチマツのお蔭だとごく自然に思い込んでいた。

そんな男が、誰にも何も言い残さずに消えた。イチマツがいなくなったことが判明したのは、くがから来た船が帰った後だった。おそらく、あの船に乗っていったのだろう。イチマツは突然帰ってきたときと同じく、突然去ってしまった。島をさんざん掻き回し、終いにはくがではとうてい通用しないだろう妙な常識を作り出して、そして不意に消えた。その有りようは人というより、天変地異に似ていた。それが訪れたとき、人の力ではどうにもできず、ただ通り過ぎるのを待つしかない。お山様がお怒りになっても、人は無力に右往左往するしかないだろう。まさしく、イチマツは人ならざる者だったのだ。新吉はそんな思いを強くする。

イチマツがどこに行ったのか、なぜ去ったのか、島の者たちはしばらく額を突き合わせて論議した。北海道の開拓に行ったのではないかと考えたのは、清太だった。清太はイチマツ本人から、土方歳三の死に対する思いを聞いている。イチマツは土方の遺志を継ぎ、北海道に新政府とは別の国を作ろうとしているのではないか。賢いことで一目置かれている清太がそう言えば、なるほどと頷く者も多かった。

だが新吉は、違う考えだった。イチマツから心情を聞いていたからだ。イチマツはまず間違いなく、鹿児島に行った。鹿児島には今、薩摩藩の武士だった者たちが集結し、新政府に反旗を翻(ひるがえ)している。奇っ怪すぎて新吉には理解できないが、徳川様を倒して新政府を作ったはずの薩摩が、今は新政府の敵になっているのだ。もうそろそろ、新政府軍と薩摩との戦が始まっているかもしれない。イチマツは、そこに加わるために島を去ったのだった。

新吉の耳には、己のことを「情けねぇ」となじるイチマツの声が残っている。イチマツは、思いを心の底に深く沈めるようにして、語り続けた。


――戦なんてのは、勝った方が正義だ。そんなことはわかってる。負けた会津様は今や、帝に弓引いた賊軍扱いだ。戦に負けたからだ。賊軍になりたくなければ、勝てばよかった。

しかしな、あのとき京にいたおれには、こんな理不尽な話はないと思えるんだよ。だって会津様ほど、帝に忠義を尽くした人はいないんだぜ。京都守護職なんて貧乏くじを引かされて、徳川様から金は出ないからいっさいを会津藩が引っ被って、そうまでして京の都と帝をお守り申し上げていたんだ。だから先の帝のご信頼も篤くて、賊軍になんかなる謂われはこれっぽっちもなかった。あの当時は間違いなく、帝の一の臣下は会津様だった。

それなのに、薩摩が裏切りやがった。長州も敵だったが、それでもあいつらは一本筋が通ってたよ。最初からずっと敵だったからな。許せないのは薩摩だ。会津と薩摩はともに手を携えて、朝敵である長州を一度は討ったんだぜ。にもかかわらず薩摩は、いつの間にやら裏でこっそり長州と手を組んでた。会津を騙し討ちして、自分たちが徳川様に成り代わろうと考えやがったんだ。先の帝が崩御されなければ、こんなことにはならなかった。帝が崩御あそばされて、何もかもおかしくなった。すべて、薩摩の思うがままになった。そんなおかしな話があるか。これでも、勝てば正義なのかよ。あまりに理不尽すぎて、腸が煮えくり返るよ。

でもな、やっぱりお天道様はちゃんと見てるんじゃねえかと、最近思うんだ。というのも、新政府でいい思いをしているのは結局一部のお偉方だけで、大半の薩摩の人間は蔑ろにされてたんだ。髷は結うな、刀は差すな、武士はやめろなんて一方的に言われたら、そりゃあ堪忍袋の緒も切れるよな。自分たちは勝った側だって意識があればよけい、なぜいい目が見られないんだと思うだろうよ。

　薩摩の連中は西郷隆盛という奴を担ぎ上げて、なんとかしようとしているらしい。西郷は、戊辰の戦のときに薩摩の総大将だった男だ。そいつが、新政府から飛び出して薩摩に下った。西郷なりに思うところや言い分があるのだろうけど、そんなことはどうでもいい。なんと言っても、会津様を陥れた張本人だからな。おれにとってはにっくき敵よ。西郷のせいで、仲間も土方さんも皆死んだ。会津の忠義の者たちも、大勢死んだ。そいつが今、新政府の敵となって戦をしかけようとしている。おれは嬉しくてならねえ。いくら薩摩の兵が強いといっても、しょせん多勢に無勢だ。いずれは数の勝負で押し潰される。何せ今度は、奴らが賊軍だからな。賊軍となることの辛さを、少しは味わえばいい。会津がどんな目に遭ったのか、新政府の世になってどれほどひどい扱いを受けているか、身をもって知ればいいんだ。

　おれは薩摩の芋侍がばったばったと倒れていく様が見たい。西郷が首級になって晒される様が見たい。新政府は今、征討軍を募集しているそうだ。会津の者ですら、そこに加われるらしいぜ。なんて面白えことになったんだ。わくわくして、脚がむやみに震えやがって、叫び出したい気分だよ。因果は巡るんだ、新吉。因果は巡るんだよ……。


　島に帰ってきたばかりの頃こそ神々しいばかりに輝いていたイチマツだったが、土方歳三の死を聞いてからこちら、目が濁っていた。ずっと、起きていても惰眠を貪っているような状態だったのだろう。女を抱くためだけに生きている己に、倦んでいたのではないか。そんなイチマツが、あのときだけは目の輝きを取り戻していた。子供のような曇りのない目で「わくわくする」と言い、海の彼方を食い入るように見ていた。濁った目のイチマツより、そんなイチマツの方がずっとよかった。イチマツは、嵐なのだ。嵐はひとところにとどまったりはしない。イチマツは長く島にいすぎた。己の場所を見つけたのなら、すぐにも旅立つべきだった。

イチマツから聞いた話を、新吉は誰にも語っていない。もちろん、言葉が出ないのだから語りようがないが、たとえ喋れても誰にも言う気はなかった。なぜなら、イチマツはやはりただの気まぐれではなく、新吉にだけ語ってくれたと思えるからだ。新吉が他言しないからではない。新吉がちゃんとイチマツを見ていることに、向こうも気づいていたのだ。島の他の者たちは、イチマツを崇めるか、福を授かろうとするか、恐れるか、疎んじるか、そればかりでまともに見ようとしなかった。新吉だけが、最初からイチマツを真っ直ぐに見ていた。イチマツはずっと、新吉の視線を感じていたに違いない。だからこそ、旅立つ前に思いを語ってくれたのだ。

目を瞑れば新吉は、征討軍の一員となって鹿児島に進軍するイチマツの姿が思い描ける。剣の筋がよかったというイチマツは、あの端正な顔に似合わず戦場で活躍するのだろう。イチマツが死ぬことは想像できなかった。神様は死んだりしない。きっと大暴れして、そしてまたどこかに消えていくのだ。神が去ったこの島も、いずれはまた静けさに慣れ、眠ったような暮らしに戻っていく。それでいい。神はたくさんの福を残していったのだから。

「イチマツさん……」

新吉は海の彼方を見ていた。くがには何があるのだろう。イチマツはくがで何を見たのだろう。知りたい気持ちはあるが、新吉はこの島で生涯を終える気でいる。イチマツは特別な人だから、くがにも行けた。人は、地べたにしがみついて生きなければならない。そのことに、新吉はなんの悲しみも覚えなかった。当たり前の生を与えられていることを、幸せに思った。

「し、新吉つぁん。今、喋った」

傍らにいた五郎太が、目を剝いていた。ずっと子供扱いされていた五郎太も、今は背が伸び、肩幅が広くなった。腕相撲をすれば、新吉は負けてしまう。そんな大きななりをした五郎太が、子供に戻ったように目を丸くしていた。

「あ」

新吉は己の口に手を当て、初めて耳にした自分の声を不思議に思った。あまりに仰天している五郎太の顔がおかしくて、声を上げて笑った。

時は巡り、時代は移り変わる。島にもようやく、新しい時代が訪れようとしていた。

第二部　人間万事塞翁が馬

1

網を引き揚げ、思わず「ほう」と声が漏れた。めったにお目にかかれないものが、網にかかっている。鯛だ。それも、なかなか立派な大きさの。これは高く売れると、六蔵は頬を緩ませた。

「やあ、鯛か」

「こりゃあ吉兆じゃないか、親方」

「めでたい、めでたい」

網を覗き込んだ他の者たちも、口々に喜びの声を上げた。この船に乗り込んでいる者たちは皆、島に帰れば何が六蔵を待っているか知っている。そんな日に、網に鯛がかかったのだ。さほどの縁起担ぎでなくても、めでたいと声を上げたくなるのは当然だった。

もちろん、吉兆であって欲しい。娘の無事の出産を祈らない親はいない。だがそれだけでなく、鯛はやはり金になる。生まれてくる子の父親がいない今、娘は六蔵の家で赤ん坊を育てなければならない。子を育てるには、金がかかる。そんなときに鯛がかかったのは、ありがたいことであった。

「そろそろ、おぎゃあと生まれてるんじゃないですかい。鯛がかかるめでたい日だ。きっと生まれる赤ん坊は、イチマツ譲りのいい男ですよ」

お調子者のひとりが言った。やあやあ、そうに違いない、と一同が同意する。実は六蔵も、密かにそれを期待しないではなかった。

イチマツは消えた。北海道に向かったと、もっぱらの噂だ。くがから戻ってからこちら、イチマツはさんざんに種を撒き散らした。だがあいにくなことに、生まれてくる赤ん坊は皆、親にはまるで似ずに揃いも揃って不器量だった。一ノ屋の血には数十年に一度しか、美形が生まれない。なるほどそれは確かなことなのだと、生まれた赤ん坊たちの顔を見て島の者らは納得したのだった。

娘のおこうは、イチマツの子を最も遅く孕んだ。腹の中の子は、イチマツの最後の置きみやげとなる。もうこれ以上、イチマツの子は生まれない。つまり六蔵の孫だけが、美形の血を受け継ぐかもしれない最後の望みを残しているのだった。

万が一にもイチマツ並みの器量好しが生まれたら、果たしてどうなるか。イチマツは嫁を娶らなかったから、一ノ屋の家系は絶えてしまう。しかし、一ノ屋は島にとって特別な家だ。子はうじゃうじゃいるのに、家を潰してしまっていいものだろうか。そんな声は、早晩上がる。では、誰に一ノ屋を継がせるか。誰でも条件は同じだが、ここにひとりだけ器量好しがいれば、問答無用でその子が一ノ屋の跡取りということになるだろう。六蔵の孫が、一ノ屋を継ぐかもしれないのだ。喜ばずにいられれようか。

孫が器量好しで、一ノ屋を継ごうものなら、六蔵の家は安泰だ。末永く栄え、六蔵も安楽な生活を送れるだろう。島で一目置かれ、村長並みの権勢を振るえるようになるかもしれない。六蔵はそこまで、夢を思い描いていたのだった。

そこに、この鯛だ。やに下がらずにいられようか。生まれてくる子はイチマツそっくりに違いない。六蔵の頭の中ではもう、それは疑いようのないこととなっていた。

見上げれば、日は中空高くにある。そろそろ漁を終いにしてもいい時分だ。「よし、戻るぞ」と一同に命じ、帆を上げさせた。いい按配に風が吹き、帆を大きく膨らませた。

島に着くと、後の始末は手下の者たちに任せ、真っ直ぐ家に向かった。戸が開いていて、近所の女たちが集まっているのが見える。その中心にいるのは、娘のおこうだ。女たちが明るく喋っているところからすると、おこうや赤ん坊に障りはなく、無事な出産だったのだろう。

「帰ったぞ」

誰もこちらに気づかないので、声を上げて注意を惹いた。女たちがいっせいに振り返り、「あら、あんた」と女房のおよしが間の抜けた物言いをする。

「お帰りなさい。見てくださいよ、生まれましたよ」

こちらに背中を向けていたおこうの肩に手を触れ、向きを変えさせる。おこうの腕の中には、おくるみに包まれた小さいものがあった。

「おお、そうか。どれどれ、顔を見せろ」

男か女かを訊くよりも先に、美形であるかどうかを確かめたかった。近くに寄っておくるみの中を覗き込み、つい低く唸る。赤ん坊の顔に、期待していたような神々しさはなかった。

「なんかさぁ、あんたにそっくりな気がするんだよねぇ」

笑いを含みながら、およしが言った。すると他の女たちも、「本当だ」「そっくりだねえ」「まさに、まさに」と手を叩いて喜んだ。六蔵はどうにも複雑な心地になった。

そんなに似ているだろうか。自分ではよくわからなかった。だが少なくとも、イチマツにまるで似ていないことだけは判別がついた。生まれたての赤ん坊だから器量の良し悪しは判じがたいものの、この子が一ノ屋を継ぐという夢想はどうやら捨てた方がよさそうだった。

考えてみれば、そんなことがあるはずもなかった。六蔵は己が運に恵まれているなどと思ったことは、これまで一度もなかった。むしろ、ついてない男ではないかという気がする。皆でいっせいに漁に出たのに、六蔵の船だけさしたる釣果がないことはざらにあった。そんな自分が一ノ屋の跡取りの祖父になろうとは、大それた望みだった。今はただ、無事に赤ん坊が生まれてきてくれたことだけを喜ぶべきだった。

「で、どうなんだ。痣はあるのか」

イチマツの子には皆、体のどこかに唇に似た形の痣がある。奇態な話ではあるが、それもまた一ノ屋の特別な血がなせる業なのだろう。美形でないなら、せめて一ノ屋の血を引いているという確かな証が見たかった。

「うん、あったあった。面白いねぇ」

おこうは出産の窶れも感じさせない元気な声で答え、赤ん坊の胸を曝け出させた。確かにちょうど心の臓の辺りに、小指の爪ほどの痣があった。

「ほう、なるほど。ところで、これは男か、女か」

いまさら確かめる。「男の子よ」とおこうは嬉しげに言った。そうであろうと、六蔵も見当がついていた。

「この子のてて親はいないから、おっとうが名前をつけてよ」

赤ん坊を突き出して、おこうは求める。言われずとも、すでに名は考えてあった。松造の息子だから、竹造。しかし実際に赤ん坊の顔を見て、気が変わった。

「そうだな。じゃあ、平太はどうだ」

美形とはほど遠い平々凡々たる顔立ちだし、何より実際に顔が平べったく見える。これなら平太で充分だと考え直したのだが、女たちはたわいもなく喜んだ。力強い名前だと言うのだ。まあ、漁師の家では《凪》に通じる《平》という字は好まれる。思いつきでつけた名ではあるが、悪くはなかった。がっかりした勢いでぞんざいにつけたなどとは、口が裂けても言えなかった。

「ところでな、今日はいいことがあったぞ。網に鯛がかかってたんだ」

へえー、それはめでたいねぇ、と女たちは声を弾ませた。間のいいことに、明日はくがからの船が来る。鯛は生かしてあるから、高値で引き取ってもらえるのだ。赤ん坊は美形ではなかったが、これもご祝儀だと思えば素直に喜べた。

翌日、漁から戻るとおよしがほくほく顔で迎えた。「見て見て」となにやら手にした物を突き出してくる。赤黒いそれの正体は、見当がつかなかった。

「牛の肉よ。鯛が高く売れたから、思い切って買ってみちゃった」

「なんだと。勝手なことするんじゃねえ」

牛の肉など、この島では食べたことのある者はひとりもいない。そもそも、魚ではなく獣の肉とは不気味に感じる。それでも、くがで牛の肉が食われるようになったという話は聞いていた。一応およしを叱ってはみたものの、本気ではなかった。

「何よ。めでたいことがあったんだから、いいじゃない。じゃあ、あんたは食べなきゃいいでしょ。あたしたちだけで食べるから」

気が強いおよしは、負けずに言い返す。そんなふうに言われると、たちまち惜しくなった。

「いや、待て。おれも食う。食ってみたい」

わざわざくがから運んできたのだから、島の誰かが買わなければならなかったのだ。他の者に食われるくらいなら、勇気を出してみる。何より、頬がとろけるほど旨いという評判は気にかかっていた。島で一番最初に牛の肉を食ったという栄誉は、他の者に譲りたくなかった。

その夜は、話に聞く牛鍋を皆でつつくことになった。世は文明開化真っ盛りで、牛鍋といえばその象徴である。文明開化の波とはほど遠いこの島でも、話だけは聞こえてきていた。その開化の象徴を、島で誰よりも早く食う。六蔵は鼻が高かった。

牛鍋とは、牛の肉をネギとともに味噌で煮たものだそうだ。牛の肉を買う際に、およしが料理の仕方を水夫から聞いた。なるほど、牛の肉は臭いからネギや味噌の味でそれを消すわけだ。肉だけでは見た目といい臭みといい不気味でならなかったが、こうして鍋でぐつぐつ煮るとなかなか旨そうな匂いを放ち始めた。

「では、行くぞ」

真っ先に箸をつけるのは、家長の役目である。肉を鍋から取り、頬張ると、得も言われぬ味が口の中に広がった。

「これは、旨い」

思わず声を漏らした。なるほど確かに、頬がとろける旨さである。牛とはこんな味だったのか。西洋人が好んで食するわけだと、いたく納得がいった。

待ちかねたように、およしやおこう、倅の七蔵、八蔵が箸を伸ばした。皆、反応は六蔵と一緒だった。目を細め、感激して首を振っている。旨い旨いと、夢中になって食べた。

すっかり満足し、歯をせせりながら横たわっているときだった。なにやらいやな気配が腹の中に生じ、六蔵は身を起こした。慌てて外に出、厠に駆け込む。腹が下っていた。

一歩遅れて、他の者たちも飛び出してきた。どうやら全員、腹を壊したようだ。旨いことは旨かったが、慣れないものを食べて腹がびっくりしたらしい。「早く出てきてー」という悲痛なおよしの声が、厠の中にまで届いた。

鯛を捕らえて喜んでいたら、結局それは腹下りとなって厠に消えた。ついてない男が少し運に恵まれると、最後はこのざまか。六蔵はしゃがみながら、苦笑せずにはいられなかった。

2

赤ん坊は毎年たくさん生まれるから、それを大袈裟に祝う風習はないが、近しい仲では祝い酒くらいは贈る。藤兵衛が酒を持ってきてくれたのは、六蔵一家が代わる代わる厠に駆け込んでいるさなかのことだった。

「ごめんよ。取り込み中かい」

酒瓶を手に、ふらりと中に入ってくる。六蔵も大柄だが、藤兵衛も負けずに上背がある。幼い頃は、どちらの背が高いか常に競い合っていた。長じてみれば、ほぼ同じ背丈で収まっている。

「ああ、食あたりだ」

腹を抱えて唸りながら、六蔵は答えた。だがそれを聞いても藤兵衛は帰らず、上がり框にそのまま腰を下ろした。

「なんだよ、めでたいときに。何を食ったんだ」

「牛の肉だ。慣れないものは食うもんじゃないな」

「へえ。豪勢じゃねえか。そういえばお前、昨日鯛を揚げたらしいな。その金で、牛の肉を買ってみたわけか」

「そういうことだ。牛鍋は旨かったぞ。あんな旨いもの、食ったことねえ」

「いくら旨くたって、腹を下すんじゃごめんだな。お前はいいが、おこうまで腹を壊してるのはかわいそうじゃねえか。赤ん坊を生んだばかりで、さぞ辛かろうよ」

藤兵衛の言うとおり、おこうはしゃがむのも辛い状態なのに、厠に行かずにはいられないのである。親としてはなんとかしてやりたいが、手を貸すこともできない。

「どれ、赤ん坊の顔を見せてもらおうじゃねえか。なんでも、お前にそっくりなんだって。憐れだなぁ。イチマツに似てないだけじゃなく、お前にそっくりなんて」

「うるせえや」

憎まれ口を叩く藤兵衛は、草履を脱いで上がってくる。布団の上で寝ている赤ん坊を覗き込んで、「わっはっは」と笑った。

「なるほど。こりゃお前にそっくりだ。この、顔が平べったい感じはまさにお前譲りだな」

歯に衣着せず、ずけずけと藤兵衛は言う。六蔵も赤ん坊の顔は平べったいと思っていたから、言い返すこともできない。だが、その平べったさが自分譲りとは思わなかった。おれも顔が平べったいのか。

「お前の孫こそ、お前そっくりじゃねえか。鬼瓦かと思ったぞ」

藤兵衛の娘も、おこうに先駆けてイチマツの子を産んでいる。生まれた子はむろん、器量好しではなかった。

「やかましい。鬼瓦でもお前にそっくりよりはましだ」

そんなことを言いつつ、藤兵衛は赤ん坊の頰を指でつついた。すると赤ん坊はむずむずと動き、それをきっかけに泣き始めてしまった。

「あ、まずい」

「おいおい、泣かすなよ」

おこうは赤ん坊の面倒を見る余裕もない状態である。今泣かれては、本当に困る。藤兵衛は責任を感じてか、眉を八の字に寄せていた。

「腹を下してるおこうが乳をやるのも、赤ん坊によくねえよな。よし、お葉を呼んでこよう。もらい乳だ」

言うなり、藤兵衛はさっさと出ていった。お葉というのは、藤兵衛の娘である。まだ赤ん坊を抱えている身だから、当然乳が出る。おこうの代わりに平太をあやさせるつもりのようだった。

藤兵衛はすぐに、赤ん坊を抱いているお葉を伴ってやってきた。お葉は弱っているおこうに声をかけてから、平太に近づいてくる。

「あー、かわいそうにねぇ。お腹空いたのかね。ちょっと待ってて、今お乳あげるから。おっとう、この子抱いてて」

自分の赤ん坊を藤兵衛に預け、平太を抱き上げると、お葉はこちらに背を向けて乳をやり始めた。すぐに平太の泣き声が止む。お葉の方が三月(みつき)ばかり先に赤ん坊を産んでいるから、おこうよりもずっと慣れた様子だった。

同じ年の六蔵と藤兵衛は、幼い頃から競い合うようにして育った。そしてほぼ同じ背丈になり、同じ頃に子供を儲けた。おこうとお葉もまた、同じ年である。だからお葉が先にイチマツの情けを受けるようになったときは、悔しくてならなかった。一ノ屋がもたらす福は、藤兵衛の家には届いてうちには来ないのかと歯噛みした。

そんな親の気持ちを察したのか、あるいはおこう自身にもお葉への対抗心があったのか、ほどなくおこうも一ノ屋屋敷に出入りするようになった。前後して、ふたりとも子を授かった。結果的におこうがイチマツの最後の女となったから、まさにぎりぎり間に合ったといった体である。おこうが孕んでいるとわかったときには、六蔵は大いに胸を撫で下ろした。

生まれてくる赤ん坊が美形ではないかと期待をかけていたのも、藤兵衛の孫が不器量だったからである。ここで藤兵衛に差をつけられるかと夢想したのだが、そううまくはいかなかった。六蔵と藤兵衛の意地の張り合いは、なかなか決着がつかない。他の者たちには、どんぐりの背比べと言われている。

「お前の孫も、顔が平べったいじゃないか」

鬼瓦みたいな顔の藤兵衛が相好を崩しながら抱いている赤ん坊を見て、言ってやった。そもそも赤ん坊は皆、顔が平べったいものである。うちの孫だけではないはずだった。

「いやいや、こいつはどこかイチマツに似ているぞ。将来、女を泣かせるようになるんじゃないか」

「寝ぼけたこと言ってろ」

　思えば、イチマツの子が誰ひとりとして父親に似なかったのは、島のためにはいいことなのかもしれなかった。波風を立てる美形は、イチマツひとりでたくさんである。イチマツがいなくなった今、しばらく厄介事はごめんという気分が島には満ちていた。

　結局その夜は、お葉が平太を預かってくれることになった。おこうはへばって床に就いてしまい、六蔵たちも早々に寝た。藤兵衛に食われるくらいならと牛の肉に手を出したが、この勝負は自分の負けだったと六蔵は思った。

3

　おこうとお葉がそうであったように、平太と藤兵衛の孫もまた、兄弟のようにともに育った。だが、おこうとお葉とは決定的に違う点があった。おこうとお葉は器量といい賢さといい、なかなかいい勝負だった。一方が他方に大きく差をつけている点は、特になかった。

　しかし平太と藤兵衛の孫は、長じるにつれ差が出始めた。同じ年だから比較しやすいが、どうも平太は育ちが遅いのである。むろん、三月の生まれ月の差は大きい。しかし三月前の藤兵衛の孫と比べても、平太は劣っていると言わざるを得なかった。

「なんか、悔しいな」

　未だ寝返りも打てずにいる平太を見て、六蔵は唸った。藤兵衛の孫である市兵衛(いちべえ)は、とっくに元気よく這い回っているのだ。子供の頃から万事に亘って互角の勝負を演じてきた藤兵衛と、この年になってこんな形で差をつけられるとは思わなかった。これが、種が別だというのなら、そちらのせいだと納得できる。しかし、種は一緒なのだ。差がついた理由はこちら側にあると考えざるを得なかった。

「何よ、おっとう。赤ん坊なんてそれぞれでしょ。平太が特に遅いわけじゃないわよ」

「そうか」

六蔵自身、おこうも含めた三人の子を持つ親である。だがそれらが赤ん坊の頃のことなど、もうとうに忘れている。赤ん坊の育ち方の差は、今や比べようもなかった。だから比べる相手は、市兵衛しかいないのだった。

赤ん坊のうちはまだ、単なる不安でしかなかった。だがやがて、それは間違いようのない事実であることが明らかになってきた。残念ながら、平太は愚鈍だった。認めたくない事実であっても、認めるしかなかった。

平太は三歳を過ぎても、喋れるようにならなかった。「あー」とか「うー」とか、赤ん坊のときと変わらぬ呻き声しか発さないのである。それどころか、おむつも取れていなかった。何度取ろうとおこうが努力しても、寝小便や粗相が止まらなかったのだ。たまらずにまたおむつに戻し、以来そのままになっている。六蔵のところの孫はアレだなぁ、と陰口を叩かれるのが悔しくてならなかった。

口が裂けても言えないことだが、本当にイチマツの子なのかと疑う気持ちが湧いたこともあった。おこうが他の男とできて、それが言えない相手であったから、イチマツの子だと言い張っているだけなのではないか。実際、平太は市兵衛に劣っているだけでなく、他のイチマツの子供らと比べてもまるで違うのである。イチマツの子供らは、顔かたちは美形でなくても、それぞれに見るべき点があった。利発であったり、気立てがよかったり、体が丈夫だったりと、何かしらいいところがある。愚鈍なのは、平太ただひとりだったのだ。

しかし六蔵は、生まれたばかりの平太の胸に、例の痣があったのをはっきりと見た。今やその痣は、イチマツ痣と呼ばれている。イチマツ痣がある限り、平太がイチマツの子であることは間違いなかった。何より、おこうがそんな娘ではないことは、六蔵自身がよくわかっていた。

結局、外れということか。そんなふうに納得するしかなかった。昔から六蔵は、くじ運が悪かった。くじで勝負を決めるとき、勝てると予感したことは一度もなく、実際に当たりを引いたこともなかった。そのくじ運の悪さが、こんなところに出てしまうとは。自分のせいと思えて、おこうにも平太にも申し訳なかった。

だからこそ、平太が不憫でならなかった。馬鹿な子ほどかわいいとは、よく言ったものだ。平太を悪く言う奴のことは、拳で黙らせた。平太を仲間外れにする子供にも、容赦なく頭に拳固を落とした。そんなことをすればますます平太が疎まれるとわかっていても、六蔵には他にしてやれることがなかった。救いだったのは、市兵衛だけは常に平太と一緒にいてくれたことだった。

「お前の孫がコレだから、うちの孫が面倒みてやってるんだ。感謝しろよ。わっはっは」

藤兵衛はここぞとばかりに勝ち誇った。他の奴であれば殴りかかっているところだが、市兵衛が平太のただひとりの友達であることは事実である。悔しさを呑み込んで、耐えるしかなかった。

「大丈夫ですよ。そのうち喋り始めます」

そう言ってくれたのは、新吉だった。新吉はつい最近まで、長い間喋らずにいた。そんな新吉が大丈夫だと言ってくれれば、わずかに安堵できた。

とはいえ新吉は、喋らなくても利口であることが誰の目にもはっきりしていた。むしろ喋らないからこそ、その賢さが際立っていたとも言える。それに引き替え平太は、新吉とは違って明らかに阿呆だ。慰めてもらっても、わずかにしか安堵できないのはそのせいだった。

孫の愚鈍さは悩みの種であったが、めでたいこともあった。倅の七蔵が、嫁を取ったのだ。イチマツの手がついていない、真面目な娘だった。イチマツは大勢の島の女に手を出したかのようだが、限界もある。イチマツとは縁がなかった女も、他にたくさんいた。妹のおこうがイチマツの子を産んでいるからには、七蔵はなんとしてもイチマツとは無縁の女を娶る必要があったのだった。

七蔵の嫁は、純朴さを絵に描いたような女だった。派手な美しさはないが、こんな女が一番いいと六蔵も思う。七蔵は親の手も借りず、自力で嫁を見つけた。我が倅ながら、なかなか大したものだと思う。

時をおかず、お葉も嫁のもらい手があった。イチマツの子を産んだ女が嫁ぐのは、もはや珍しくない。いずれ誰かにもらわれるのだろうと、藤兵衛も六蔵も考えていた。だが実際に縁談がまとまってみると、藤兵衛は大いに胸を撫で下ろしたようだ。祝言の席では、人目も憚らずにオイオイと泣いた。そんな藤兵衛を見て、おれは絶対に泣かないぞと六蔵は大笑いしてやった。

笑っていられたのは、おこうも遠からず嫁に行くものと楽観していたからだった。やがて、自分が甘かったと思い知った。おこうの縁談は、いっこうにまとまらなかったのだ。

原因は、平太だった。おこうに問題がなくても、アレと言われている平太まで一緒に引き受けてくれる男はなかなかいなかった。お前ら俠気（おとこぎ）はないのか、と若い男どもの胸倉を摑んで怒鳴りつけたかったが、子持ち娘を押しつける負い目が六蔵にはある。イチマツのお手つきの他の女はなんの障りもなく縁づいたのに、なぜおこうだけ嫁のもらい手がないのかと、その不公平さに六蔵は暗然とした気分になった。やはりこれも、貧乏くじを引いたが故の不運なのかと思った。

「平太よ、お前は一生、おじじとともに暮らすか」

縁側に平太と並んで坐っているとき、ぽつりとそう話しかけた。平太は意味がわかっているのかいないのか、「うん」と頷く。五歳になって平太は、相槌くらいは打つようになった。しかし、言葉が通じているのかどうかは未だ定かでない。常に口をぽかんと開けている平太は、垂れ目と平板な顔も相まって、やはりどう見ても頭が足りなそうだった。そんな孫が憐れで、六蔵は頭をぽんぽんと撫でてやる。平太はぼんやりした顔で、六蔵を見上げるだけだった。

六蔵は意地になって、おこうのもらい手を探した。いざとなれば、平太は六蔵が引き取ってもいいのである。そのことは、およしとも話し合っていた。気っぷがいいおよしは、あっさりと

「ああ、いいよ」と請け合った。

「平太はかわいいからね。ずっとここにいるなら、むしろ万々歳さ」

とはいえ、平太を母親から引き離すのも不憫だ。できるなら平太ごと引き受けてくれる男はいないものかと、あちこちに声をかけて回った。そうしてようやく、首を縦に振ってくれる男を見つけた。男の名は、玄吉（げんきち）といった。

ようやく見つけたはいいが、六蔵自身はあまり玄吉を気に入っていなかった。玄吉が乗っている船の主も、「どうかなぁ」と首を傾げた。

「玄の野郎は別に不真面目というわけじゃないが、どうも小狡いところがあるんだ。人が見てないと、手を抜いて楽をするんだよな。自分から率先して面倒を引き受けようって気持ちは、かけらもねえ。いくら言っても、それは直らねえんだ」

それだけでなく、金遣いも荒いらしい。稼いだ金は全部酒と博打（ばくち）に消えて、蓄えなどはないそうだ。玄吉は二十歳（はたち）をとうに超しているが、未だ独り身である。その理由は、人となりを聞けば納得できた。

とはいえ、もう他に男はいないのだった。小狡い男は好きになれないが、働かないわけではない。金が貯まらないのも、独り身だからだ。身を固めれば、振る舞いも変わるのではないか。そう前向きに考え、おこうを嫁がせることにした。何より、玄吉は平太ごとおこうをもらってくれると言うのである。こんな良縁は、もう見つかりそうになかった。

日をおかず、祝言を挙げた。白無垢を着たおこうを見ると込み上げるものがあり、六蔵はオイオイと泣いた。そんな六蔵を見て、藤兵衛は「情けねえ」と大笑いした。やかましい、と言い返し、祝言の席でひとしきり喧嘩をした。

おこうと平太が家を出ていってしまうと、火が消えたように寂しくなった。平太はべらべら喋ったり暴れ回ったりする子ではなく、至っておとなしいのだが、やはり子供がいるだけで家の雰囲気は賑やかなものである。およしも呆けたように坐り込み、「寂しいねえ」と呟いていた。よけい寂しくなるからそんなこと言うな、と叱りつけたが、気持ちはおよしと一緒だった。

しかしほどなく、ほとほとと戸を叩く音に寂しさが吹っ飛んだ。慌てておよしが開けて見ると、そこには平太が立っていた。驚いて、どうしたのだと問うた。

「しばらく、おじじのところに行ってろと言われた」

平太もこれくらいは喋るようになった。だが、言われたことをそのまま繰り返しているだけにも聞こえる、棒読みの口調だった。平太自身の感情がどこにあるのか、まるで読めない。平板な顔は、相変わらず口を半開きにして間抜け面だった。

「ああ」

嘆息して、およしと顔を見合わせた。初夜の邪魔になるからと、追い出されたのだろう。事情はわかるので、それならば最初から今夜はこちらで預かっておけばよかったと反省した。生まれ育った家だから平太も特にうろたえず、敷いてやった布団ですぐに寝ついた。

翌日、平太は玄吉とおこうの住む家に帰っていった。昨日は祝言があって夜遅くなったから、平太が追い出されることになってしまったが、早く寝かせられる今日は大丈夫だろうと六蔵は考えていた。ところが夕方になると、またしても平太は戻ってきた。いったいどういうことかと、六蔵は腹を立てた。

次の日、漁から帰るとすぐに玄吉の家に乗り込んだ。平太はそのまま家に留め置いてある。子供を邪険にするな、と叱りつける席に、当の子供をいさせるわけにはいかなかった。

「玄吉つぁん、こりゃどういうことだ。平太連れでおこうをもらってくれると約束したんじゃなかったのか」

むかっ腹は立っていたが、いきなり頭ごなしに怒鳴りつけるような真似はしなかった。なんと言っても、こちらが頭を下げて娘をもらってもらった立場である。強気に出るわけにはいかなかった。

「もちろんでさぁ。約束を違(たが)えるような真似はしませんよ。ただ、最初のうちだけはちょっと預かってもらえると助かるんですがねえ。気持ちはわかるでしょ」

玄吉は片頬を歪めるような、いやな笑いを浮かべる。その表情を見て、玄吉を薦めなかった船主の言葉を無視するべきではなかったかと悔いた。こんなことなら、無理矢理にでも自分の船に乗っている誰かに押しつけるべきだった。イチマツのお手つきになったという負い目があったから、相手を他で探したのである。押しつけて夫婦になっても互いに不幸だと考えたためだが、こんないやな笑い方をする男なら結局おこうは不幸になるかもしれない。己の思慮の浅さに腹が立った。

「最初のうちって、いつまでだ」

思いをぐっと呑み込み、質(ただ)した。玄吉は涼しい顔で答える。

「まあ、ひと月くらい厄介になりますかね」

「ひと月だな。それでいいんだな」

「ええ、いいですよ」

玄吉の横に並んで坐っているおこうに目をやると、明らかに困った顔で自分の父と夫を交互に見ていた。おこうをこれ以上困らせるのは本意でない。一応のところ納得して、最後におこうに向けて言った。

「だったらいちいち通わせないで、ひと月の間平太はこっちで預かるぞ。どうする」

おこうは迷いを示すように胸の前で自分の手を握り合わせたが、玄吉と目を合わせるとこくりと頷いた。

「すいません。じゃあ、お願いします」

「わかった」

まるで厄介者扱いだな。六蔵は心の中で吐き捨てた。イチマツは福をもたらすんじゃなかったのか。イチマツのお手つきになった女は、今はそれぞれに幸せになっているらしい。それなのになぜうちだけ、こんな男にしか娘を嫁がせることができず、生まれた子供は厄介者扱いされるのか。イチマツがもたらすはずだった福を、まさかおれのつきのなさが打ち消しちまったんじゃなかろうな。そんなにおれのつきのなさは特別なのか。ますますむかっ腹が立ち、六蔵はいとまを告げた。外に出ると、大きな入道雲が空に浮かんでいる。どこにいるのかわからないイチマツに向かって、話が違うじゃねえかと言ってやりたかった。

4

ひと月後に、平太は戻っていった。以後は、夕方にひとりでやってくるようなことはなくなった。だがその頃から、玄吉が夜に飲み屋に現れるようになったという噂を耳にした。まさか、酒に散財する悪癖が頭をもたげたのではなかろうか。心配になって、ある夜に飲み屋を覗きに行くと、果たして玄吉はそこにいた。仲間たちと卓を囲んで、なにやら陽気に笑っている。どうしたものかと、六蔵は考えあぐねた。

もっとたちの悪い飲み方をしているのではないかと予想していた。だが見たところ、単に楽しく酒を飲んでいるだけだ。その程度の息抜きは、咎め立てするようなことではない。六蔵だって、酒は飲む。それも男の楽しみのひとつかと思い、結局声をかけずに帰った。

しかしまたしばらくすると、平太がやってきた。平太の頰は赤く腫れていた。驚いて、ともかく家の中に上がらせた。およしが水甕（みずがめ）に飛びつき、手拭いを冷たい水で絞った。

「おっとうに殴られた」

およしに手拭いで頰を冷やされながら、平太はいつものぶっきらぼうな口調で言った。なんだと。瞬間的に頭に血が上り、いても立ってもいられなくなった。

「どうしてだ。何をやった」

尋ねても、平太はうまく答えられないのだった。もの言いたげにこちらを見上げるが、言葉が出てこない。阿呆の悲しさだ。六蔵は床板を叩いて泣きたくなった。

「畜生。おれが本人に訊いてやる」

平太の世話はおよしに任せ、家を飛び出した。玄吉の家まで、ずんずんと足音が響きそうなほど地面を強く踏み締めながら歩いた。おこうは貧乏くじを引いた、と何度も頭の中で思った。いや、おこうが引いたのではない。おれが引かせたのだ。玄吉に添わせたおれが悪かったのだ。怒りは玄吉と自分、双方に向かう。

「ごめんよ」

怒鳴るように、おとないを告げた。玄吉は胡座をかき、酒を飲んでいた。おこうは土間に坐り込んでいる。振り向いたおこうは、呆然と「おっとう」と呟いた。

こんな時分まで、酒か。六蔵は眉を顰めた。夜になれば、まともな者は寝る。漁師の朝は早いし、明かりのための油がもったいないからだ。それなのに玄吉は、わざわざ明かりを灯して酒を飲んでいる。自堕落にもほどがあった。

「平太をなぜ殴った」

立ったまま、玄吉に尋ねた。玄吉は片頬を歪め、ちっと舌打ちする。

「来ると思ってましたよ。まあ、坐ったらどうですか」

玄吉は落ち着いたものだった。ふてぶてしい、と思った。胸倉を摑んでやりたかったが、いきなりそんなことはできない。玄吉の正面に、六蔵も胡座をかいた。

「なぜ殴った。相手は年端も行かない子供だぞ」

「躾ですよ、躾」玄吉はうそぶく。「親の言うことを聞かない子供は、きちんと躾けないと駄目でしょ。親が子供を殴ることの、何がいけないんですか」

「平太が何をやったと言うんだ」

平太は愚鈍かもしれないが、決して聞き分けの悪い子供ではない。それどころか、いたずらをするようなやんちゃなところもない。そこが心配ではあるのだが、殴って言うことを聞かせなければならない性格ではないはずだった。

「ちゃんと返事をしなかったんですよ」

玄吉は悪びれもせずに答えた。六蔵はそれを聞いて、思わず腰を浮かしかけた。

「なんだと」

平太は確かに、まともな返事ができない。しかしそれは、躾とは別の問題だ。殴ってどうにかなることでないのは、玄吉もわかっているはずではないのか。にもかかわらず殴ったのなら、単なる憂さ晴らしだったのではと疑いたくなる。

「平太は返事をしないんじゃない。できないんだ。そのことはあんたも知ってるだろう」

摑みかかりたいのをかろうじてこらえ、唸るように尋ねた。玄吉は六蔵に酒も勧めず、ぐいと盃を呷る。

「話で聞いちゃいましたがね、実際に見るまであんな阿呆とは思いませんでしたよ。六蔵さん、あんた、あんな子供を押しつけるたぁ、人が悪いね」

カッと頭に血が上った。口から罵声が飛び出しかけたが、すんでのところで呑み込み、ぐうと呻く。そう言われては、弱いのはこちらだ。平太のことをきちんと説明したつもりではいたが、思っていたよりずっと阿呆だったと言われてしまえば返す言葉がない。ここでもまた、コブつきの娘をもらってもらったという引け目が頭をもたげた。

「だが、あんたももうわかったろう。平太はああいう子なんだ。何も殴ることはないじゃないか」

つい、下手に出た物言いになった。玄吉はますます片頰を吊り上げて笑う。

「あの間抜け面を見てるとイラッとしてね、手が出ちまったんですよ。おれの気持ちはわかるでしょ」

同意を求めてくるが、わかるわけがなかった。おれはこれまで一度も、平太を殴ったことなんかない。内心で言い返したものの、口に出しても空しいので言葉にはしなかった。

「平太を殴る必要はないんだ。もう殴らないと、約束してくれないか」

目の前の男をぶん殴るのは簡単である。殴り合いになっても、こんな若造に負ける気はしない。だが、それではおこうも平太も不幸になるだけだ。ここはなんとかこらえ、玄吉に約束してもらうより他にいい解決策はなかった。

「殴らない約束ね。まあ、絶対とは言えないが、できるだけ殴らないようにしましょう」

玄吉はそんな言い方をする。もっとはっきり約束して欲しかったが、今日のところはこれで満足しなければならないだろう。二度と殴ったりするなよ、と念を押し、腰を上げた。玄吉は岳父が帰るというのに見送りもせず、そのままちびちびと酒を飲み続ける。おこうが立ち上がって、六蔵に頭を下げた。

「おっとう、心配かけてごめんなさい。今日は平太を預かって」

「ああ」

お前も気をつけろ、と言うべきか、あんな男と娶せてすまん、と詫びるべきか迷い、結局「じゃあ」とぶっきらぼうに辞去を告げることしかできなかった。おこうの今後が心配で、その夜はうまく寝つけなかった。

だが玄吉の約束は、反故ほどにも意味がないことがじきにわかった。以後も平太は、何度も頬を腫れ上がらせて訪ねてきたのだ。そのたびに六蔵は玄吉の許に乗り込んで、二度と殴るなと詰め寄るのだが、暖簾に腕押しだった。いっそ玄吉を殴ってやればどんなにいいかと、幾度思ったか知れない。しかしそれをやってしまえば、おこうが悲しむだけなのはわかっていた。それでももう、平太が殴られるのをみすみす見逃すわけにはいかなかった。

「もういい。平太はおれが引き取る。お前のところに帰しても、平太がかわいそうなだけだ」

同じことを四度繰り返され、決意した。玄吉の家に乗り込み、そう宣言する。母子を引き離してしまうのは忍びないが、もはや平太も六蔵の許で暮らした方が幸せなはずだ。いいな、とばかりに土間にいるおこうを見やると、目顔で頷く。おこうもそうして欲しいと望んでいるのだった。

「なんだ。それだったら、最初からそうしてくれればよかったのに」

玄吉はそんなことを言う。このときばかりは堪忍袋の緒が切れかけ、握った拳を玄吉に叩き込む代わりに、床板を殴りつけた。盃がひっくり返り、玄吉もびくりと肩を震わせる。本当は臆病な男なのだな、とその様を見て思った。

話をつけてから家に帰ると、平太はまだ寝ていなかった。およしと並んで縁側に坐り、六蔵を待っていた。六蔵はふたりに頷きかけ、平太の隣に坐る。小さい平太に向かって、語りかけた。

「平太、お前は今日からうちの子だ。もうおっかあのところには帰らなくていい。それでいいか」

問うと、こくりと頷く。それでもやはり心配で、さらに尋ねた。

「おっかあと離れて、寂しくないか」

またしても平太は、首だけを縦に動かして応えた。本当にわかっているのか、と疑いたくなった。

これがイチマツの子なのだからなぁ。輝くばかりの色男ぶりだった平太の父を思い出し、六蔵は密かにため息をつく。しかし、父親に似ていないのは平太のせいではない。まして、あんなひどい継父を持ったことになんの咎もないのだ。

「お前の運が悪いのか、それともおれの運が悪いのか。どっちなのかなぁ」

思わず慨嘆した。おれも運が悪いが、平太も相当ついてない。せめてわずかなりとも父親と似たところがあれば、もっと違う生きる道があったろうに。同じイチマツの子である市兵衛は、お葉が嫁いだ先で大事にされている。あまりの境遇の差に、つきのなさを呪いたくなった。

「どっちでもないよ」

不意に、正面を向いたまま平太が言葉を発した。虚を衝かれ、およしと顔を見合わせる。そして、なにやら愉快な気分が腹の底からじわじわと湧いてきた。

「はははは、そうか。おれの運が悪いんでも、お前の運が悪いんでもないか。そうだな、平太の言うとおりだ」

運を恨んでも仕方ない。平太の言葉に教えられた。六蔵は平太の頭を、髪がくしゃくしゃになるほど撫でてやった。

5

こんな調子でおこうと玄吉の夫婦仲はうまくいくのかと危ぶんでいたら、案の定、翌年には壊れた。平太が一緒に暮らさなくなってからは、玄吉はおこうを殴るようになっていたのだ。長い間、六蔵はそれを知らずにいた。狡猾にも玄吉は、おこうの顔は殴らなかったからだ。見える場所に傷や痣がなければ、傍目にはわからない。おこうが耐えて口を噤んでいたため、六蔵だけでなく周囲の誰も気づかなかったのだった。

だがあるとき、つい手が出たのか、玄吉はおこうの顔を殴った。おこうは左目の周りを青黒くさせていた。それでようやく近所の者が気づき、六蔵の耳に入った。六蔵は今度こそ怒鳴り込み、玄吉を力の限りぶん殴った。そして有無を言わさず、おこうを連れ帰った。おこうも殴られる毎日に倦(う)んでいたのか、抵抗しなかった。六蔵に腕を引かれるままに実家に帰ってくると、そのまま昏々(こんこん)と寝た。あまりに寝続けるので、二度と目覚めないのではないかと不安になる寝方だった。それほどに、おこうは疲れ果てていたようであった。

「もういいよ、おこう。もうあんな男とは別れろ。ここで平太と一緒に暮らせ」

ようやく目を覚ましたおこうに、六蔵はしんみりと言った。自分が悪かったという思いは、どうしても拭えない。おこうはさほど考えもせず、素直に「うん」と頷いた。こうして、おこうと玄吉の離縁が決まった。

狭い島の中で離縁となれば気まずいが、事ここに至ればどうしようもない。狭いのも悪いことばかりでなく、玄吉のしたことはあっという間に広まったから、おこうの落ち度とは思われなかった。六蔵が睨みを利かせているためか、玄吉も悪足掻きして追いすがったりはしなかった。思いの外簡単に、おこうは玄吉と離縁できたのだった。

帰ってきてしばらくは呆然と過ごしていたおこうだが、やがて元気を取り戻し、ふたたび平太と暮らせることを喜んだ。平太はあまり表情を変えないが、嬉しそうだった。それは、一緒に暮らしている六蔵だからこそわかった。平太は己の気持ちを表に出すのが苦手なだけで、決して何も感じていないわけでも、考えていないわけでもない。六蔵とおよしだけは、そのことを理解していた。

おこうはまだ若いが、六蔵はもうどこかに嫁がせようという気がなくなっていた。玄吉ですっかり懲りた。おこう自身も、嫁に行きたいとは思っていないようだ。本人が望まないなら、別にそれでかまわない。親子三代一緒に暮らして幸せならば、充分だった。

幸せといえば、七蔵夫婦も幸せそうだった。ふたりは夫婦になってもう二年だが、子供が生まれる気配がない。それでも、仲睦まじさは際立っていた。七蔵が漁に出ているとき以外はずっと一緒にいるので、よく冷やかされている。七蔵は頭を掻いて照れるが、嫁と離れようとはしなかった。

三年経ってもまだ子を産まない嫁は実家に帰されても文句が言えないところではあるが、この調子では七蔵が嫁を生家に帰すことなどなさそうだった。たとえ子がなくても、夫婦が幸せならばそれでいい。弟の八蔵はまだ嫁を取らずに家にいるから、今のところ平太が六蔵のただひとりの孫だった。

くがからの定期船が来た、ある夜のことだった。宴の席で馴染みの水夫が六蔵に近寄ってきて、「こんな物があるんですよ」と話しかけた。

「どうです。いりませんか」

「なんでぇ、花札じゃないか。そんな物、堂々と出すな」

花札が何であるかはむろん知っているが、売買は禁じられていた。だから島の中にも、花札はひと組も存在していない。博打をやる者はいたが、それはたいていサイコロ博打だ。しかも博打などやるのは、玄吉のような不真面目な奴だけであった。六蔵は博打はもとより、花札も一度もやったことがなかった。

「いやいや、もうかまわないんですよ。ご法度は解かれたんです。知らなかったですか」

「そうなのか」

新政府のお達しは、島に伝わるまで時間がかかる。こうして水夫が話を運んできてくれなければ、知りようがないのだ。時代が変わってあれやこれやが急激に移ろっていても、島にまではその変化がなかなか届かない。くがは今や、島とは別世界になっているのではないかとすら思えた。

「買いませんか。やればけっこう面白いですよ」

勧められ、六蔵は水夫の手の中にある物を睨んで唸った。島には娯楽が少ない。酒が飲める店が一軒あるだけで、話に聞く矢場もなければ、むろんのこと芝居小屋もない。花札はご法度だと思うから手を出さなかったが、こそこそする必要がないなら話は別だった。

「いくらだ」

「へへっ、毎度あり」

水夫の言う値段は、法外ではなかった。それくらいならばと、買うことにする。水夫は花札を三組持ってきたらしく、他の者にも声をかけて売っていた。六蔵の周りには人が集まってきて、さっそくやろうぜと言い出した。

やはり皆、退屈していたのだ。花合わせをやることにし、まず最初の四人で座布団を囲む。だが誰ひとり、遊び方を正確に知らなかった。水夫たちの指導を受け、なんとか役をひととおり憶えた。

「面白えな。もっとやろう」

ひとりが満足げな声を発した。すると背後で見ていた者が、「今度はおれの番だ」と言う。「いや、もう一回」「早く替われ」と少し揉めた。もはや酒を飲むどころではなくなっていた。

いつもなら水夫が来た日の夜は酒が過ぎ、二日酔いの者が続出するのだが、その日ばかりはほとんどの者が酔わなかった。皆、新たな遊びに夢中になったのだ。次の日から、六蔵の家は花札をやりに来る者たちの溜まり場になった。六蔵も賑やかなのは好きだから歓迎したが、困ったのは熱中するあまりなかなかお開きにならないことだった。暗くなっても帰ろうとしない。油代がもったいないだろ、と一喝してなんとか追い出さなければならなかった。

急に客が来るようになったのが珍しいのか、平太はいつも大人たちの背後から札を覗き込んでいた。どうせ憶えられまいと思うから、六蔵は特に遊び方を教えなかった。それなのに、平太は飽きずにずっと札の動きを目で追っていた。そのうち客たちも面白半分に、「ほら、来たぞ、平太」「どうだ、いい手だろ」などと自分の手札を平太に示すようになった。

最初のうちは平太の返事も、「うー」だの「あー」だのといった、赤ん坊が発する声とさほど変わらぬものだった。だがどうしたことか、やがて「違う」とか「そう」などと、一応意味が取れることを言い始めた。むろん、そんなことには誰も耳を貸さなかった。「何が違うんだよ」「うるせえな」と邪険にされるだけだった。

傍らでそれを見ていた六蔵は、おつむが足りないと言われている孫がなんとか遊びに加わろうとしている姿を憐れに思った。平太は子供たちの遊びの輪にも、うまく交じれずにいる。まともに相手をするのは家族と市兵衛だけなので、こうして大勢の客が集まってくればやはり嬉しいのだろう。自分も仲間に入れて欲しいと望む気持ちは、痛いほどよくわかった。

だから、六蔵が座布団を囲む番が回ってきたときは、膝の上に坐らせてやった。平太の目の前で札を開き、よく見えるようにする。「どうだ平太。悪い札じゃねえな」とはったり交じりで話しかけた。

「うん」

平太は返事をする。だが相変わらずひと言だけで、本当に理解しているのかどうかは怪しい。口に出して手札を説明するわけにもいかないので、「見てろよ」とだけ言ってまずは手札を一枚切った。

切ったのは牡丹（ぼたん）の青短だった。場には牡丹のカスが一枚ある。これで青短一枚確保だ。場には他にも、紅葉のカスが一枚あった。山から紅葉の青短を引けば、役まではあと一歩だった。

「来い」

指先で弾くように山札を捲ると、それは藤のカスだった。同じ月の場札はない。そのまま場に加えた。

一巡しても、青短は出なかった。まだ役の目はある。場には芒（すすき）のカスがあった。手札にもある。カス同士を揃えても点にはならないが、揃わない札を捨てるよりはましかと思い、手札の芒を切ろうとした。すると、平太が声を発した。

「駄目」

「えっ」

平太は明らかに、意思を持って発言していた。芒のカスを切るのは駄目なのか。なぜ駄目なのかわからないが、孫の言を無視する気にはなれなかった。どうせカス同士を揃えても点にはならないのだから、平太の言うとおりにしてもかまわない。代わりに桐のカスを捨てた。

「どうだ」

言いながら山札を捲ると、なんとそれは月だった。芒の二十点札だ。場札の芒のカスと揃うので、自分のものになる。芒のカス同士を揃えて場から引き取っていたら、二十点札が場札になるだけだった。平太の言葉に従って、正解だった。

「おいおい、平太。お前、わかっててさっきは止めたのか」

驚いて、平太の耳許で小声で囁く。だが平太は、いつもの感情が籠らない口振りで「ううん」と首を振るだけだった。どういうことなのか、よくわからなかった。

次の番では、菊のカスを捨てようとした。するとまた、平太が「駄目」と言う。今度も従っておいた。

そうこうするうちに、青短が人の手に渡ってしまった。山から紅葉の青短が出て、場札のカスと揃ったのだ。目論見が狂い、六蔵は「ちっ」と舌打ちをする。なかなかうまくいかなかった。

次の男が山札を捲ると、それは菊に盃だった。菊は場札にないので、そのまま場札になる。先ほど菊のカスを捨てていたら、盃は人の手に渡るところだった。順番が回ってきたので、菊のカスを切って盃を手に入れた。

「平太よ。お前の言うとおりにしてたら、月見で一杯が揃ったよ」

半ば呆然として、膝の上の平太に話しかけた。平太は特に誇りもせず、「うん」と応じる。対照的に、座布団を囲む他のふたりも驚いていた。

「あっ、本当だ」

「なんだよ、六蔵さん。これ、平太の言うとおりにしたからか」

六蔵のアレな孫、と馬鹿にされている平太である。その平太が、まるで場札から何が出るかを見抜いているかのように忠告し、役ができるまでに導いた。そもそも六蔵は、月も盃も持っていなかったのである。あったのはただ、カスだけだ。まさかそれで役ができるとは、思いもしなかった。

「ああ、そうだよ。平太の言うとおりにしたら、揃った」

「信じられねえなぁ。偶然じゃねえのか」

「そうだよな。いくらなんでも、平太は何もわかってないだろ」

一瞬の驚きが過ぎると、男たちはそんなふうに言って自分を納得させた。確かに、男たちの気持ちはわかる。平太が先を読んでいたのだとしたら、あまりに鋭すぎて生粋の博打打ちのようだ。だが、そんなことがあるはずもない。偶然と考えるのは、至極当然のことだった。

しかし、実際に札を切っていた六蔵は、ただの偶然とは思えなかった。平太は表情に乏しいから阿呆に見えるが、指示の声は間違えようがなかった。うまく山札から狙ったものが出てきたのは偶然だとしても、平太がそれを見越していたのは確かだった。

結局その回は、六蔵の勝ちだった。役が揃ったのが大きかった。六蔵は愉快になって、平太に言った。

「面白いな、平太。面白いだろ」

「うん」

平太は頷く。平太も楽しんでいることが、六蔵には感じ取れた。

「よし、じゃあもっとやるか。平太、おれが阿呆な手を打ちそうになったら、また教えてくれよ」

「うん」

「六蔵さん、すげえ味方がついてるな」

「ああ、また負けそうだ、負けそうだ」

男たちはからかう。だが六蔵は内心で、『見てろよ』と呟く。平太を見くびって吠え面を掻くのは、お前らだ。

次の勝負では、三光が揃った。これも、平太の言うとおりにした結果だった。芒と桐のカスを大事に抱えていたら、月と鳳凰が転がり込んできた。最後に山札から鶴を引いたときには、他のふたりも絶句していた。

「平太、お前、ちゃんとわかってるのか」

思わずといった体で、負けた男が問う。平太は例によって多くを語らず、ただ「うん」と答える。座布団を囲んでいる男ふたりだけでなく、順番待ちをしている周りの者たちまでが声を揃えて、「へえーっ」と唸った。

結局その夜は、六蔵のひとり勝ちだった。少額ながら金を賭けていたので、けっこう儲けた。

6

どうやら平太は、客たちが花札で遊ぶのを後ろから見ていて、役を憶えたらしい。それどころか、どのように札を切ればどういう結果になるか、先の読み方まで会得していた。それは誰に教わったわけでもなく、自分で考えた結果だった。六蔵は改めて、大いに驚いた。

「平太、お前、博才があったんだな」

実は平太は賢い、とは考えなかった。常に口を半開きにした平べったい顔は、どう見ても阿呆面だった。頭の良し悪しとは関係のない、生まれながらの博才としか思えなかった。

平太は何も答えない。傍で聞いていたおこうが、「いやだよぅ、おっとう。変なこと仕込まないでくれ」と言っただけだった。

その日は平太の博才を確信した六蔵だったが、時間が経つにつれて、たまたまつきに恵まれただけだったのではないかと思えてきた。何しろ平太の顔には、知恵の片鱗すら窺わせる要素がなかったのである。どういう具合か知らないが、あのときだけは運が巡ってきたのだろうと記憶を改竄して納得した。

ところが、たまたまでも運でもなかったことを、平太自身がすぐに証明した。次に客がやってきて花札遊びをしたときも、六蔵の膝に乗った平太があれこれ指示して、何度も勝ったのだ。むろん、毎回勝つわけではない。平太の指示どおりにしても、望む札が来ないことは多かった。それでも平太は、どうやら山札から望む札が出た場合を想定して指示を出しているようだった。欲しい札が来ることを見越して手札を切っているから、いざ望む札が出たときに取り逃さない。だから最終的には、役が揃っていることになるのだった。役はこうして作るのかと、六蔵が教わる心地だった。

「なんだ、平太。お前、花札覚えたのか」

平太の指示どおりに手札を切る六蔵を初めて見た客は、そんな憎まれ口を叩く。「他人(ひと)の孫を、阿呆にも何かひとつ、取り柄があるんだなぁ」

阿呆とはなんだ」と六蔵が胸倉を掴み、場が険悪になりかけた。まあまあ、と周りの男とおよしが執りなして、喧嘩にならずに済んだ。六蔵さんは平太のこととなると怖いなぁ、と発言した男は眉を八の字にした。

その夜はまたしても、六蔵の大勝ちだった。客たちから金をせしめ、いい小遣い稼ぎになった。客たちは「たまらねえなぁ」と負け惜しみを言って帰っていった。

そんなことが何度も続くうち、平太は花札が強いという評判が知れ渡った。それを聞いて、六蔵ではなく平太と花札がしたいと言い出す者も現れた。六蔵は望むとおりにさせてやった。子供たちの輪に加われない平太が、こんなふうに楽しみを見つけるなら祖父として嬉しいことだった。

だが、それもまたしばらくすると風向きが変わってきた。平太は強すぎたのだ。来る客来る客、皆、小遣いを平太に巻き上げられる羽目になる。最初は面白半分に平太に花札をやらせていた客たちも、やがて目の色を変え、それでも勝てずに首を傾げた。そんなことが続くうちに、平太と花札をやりたがる人が減ってきた。

「おう、近頃お前、うちに来ないじゃないか。また花札でもやろうぜ」

水夫から花札を買った日以来、客足が途絶えることのなかった六蔵の家だが、ともすると誰も来ないことが増えた。島の者も花札に飽きたのかと思ったが、どうやら他の家には集まっているようだ。つまり、六蔵の家は避けられているのである。それに気づいて、馴染みの者に声をかけたのだった。

「花札かぁ。いいけど、平太は抜きでだぜ」

相手は困ったように、そんなふうに答える。そういうことではないかと六蔵も察しがついていたが、いざ面と向かって言われると衝撃があった。

「なんだよ、たかが子供じゃないか。仲間外れなんてするなよ」

言い返しはしたものの、相手がどう答えるかはわかっていた。案の定、六蔵が考えたとおりのことを相手は口にする。

「子供ったって、金を賭けてるからなぁ。勝てない相手と、博打はするもんじゃないよ」

「じゃあ、賭けなかったらどうなんだ」

「そんなの、つまらねえじゃないか」

誰に声をかけても、返事は大同小異だった。平太に口出しさせず、六蔵だけが札を打つならやってもいいと言う。だが、そんなことはできなかった。せっかく平太が覚えた遊びである。それなのに爪弾きにして、自分だけ楽しむ気にはなれなかった。

結局、花札は他の者に安く売ってしまった。客が来なくなった家で、六蔵はまた縁側に平太と並んで坐り、小さくため息をついた。

「うまくいかねえもんだなぁ、平太よ」

「うん」

横に坐る小さい子供は、いつものように無表情に頷いた。

7

平太も他の子供たちと同じように貝拾いをするようにはなったものの、それが終わった後に一緒に遊ぶのは難しいようだった。ひとりで不憫だと六蔵は案じていたが、どうやらそうでもないとあるとき気づいた。平太は最近、新吉とよく話をしているのだ。新吉も今は船に乗っているが、午後の三時も過ぎれば体が空く。そんなとき、ふたりでよく話し込んでいるらしい。

話をすると言っても、平太は相槌を打つのがせいぜいのはずだ。そんな子供を相手に、新吉はいったいどんな話をしているのか。孫が世話になっているという感謝の気持ちもあり、六蔵は尋ねてみた。

「いろいろですよ。平太は飲み込みが早いから、なんでも話します」

新吉は当たり前のことを口にするように、さらっと答える。だが六蔵にしてみれば、誰か別の人の話をされたかのようだった。

飲み込みが早いと言えば聞こえはいいが、要は単に頷いているだけではないのか。平太が馬鹿のひとつ憶えのように、「うん」と頷く姿なら想像できる。木のうろに向かって話すよりはましだろうが、新吉は何か買い被っていないか。自分も昔は喋れなかったという同情心があるから、平太を単なる阿呆以上に見ているだけではないのか。

「六蔵さん、平太は学問がしたいそうですよ。お寺で手習いくらいはさせたらどうです」

「が、学問」

　思いもかけないことを言われ、目を見開いてしまった。本当に平太がそんなことを言ったのか。俄(にわか)には信じられなかった。

「学問がしたいと、平太が言ったのか」

「はい、そうですよ」

　何をそんなに驚くと言いたげな、新吉の表情だった。確かに平太は、手習いを始めていてもいい年である。しかし寺に通わせたところで、和尚を困らせるだけだと思っていた。本人も他の子供との差を感じて、辛くなるだろうと配慮してもいたのである。

「いや、まあ、手習いをさせるのはかまわないが、本人にも訊いてみる」

　しどろもどろに、新吉にはそう答えておいた。新吉は丁寧に頭を下げて、「よろしくお願いします」などと言う。今では新吉は、島でも指折りの賢い男になった。そんな相手に言われたら、単なる世迷い言と無視するわけにはいかなかった。

「平太、お前、学問したいって本当か」

　家に帰って、真っ先に尋ねた。平太は口を半開きにしたまま六蔵を見上げ、「うん」と頷く。その様は、これまでと何ひとつ変わっていない。こちらの質問をきちんと理解しているのかどうかすら、定かでない。六蔵としては、念を押さずにはいられなかった。

「学問だぞ、学問。学問ってわかるか」

「うん」

　暖簾に腕押しのような手応えだが、はっきりと頷いていることだけは間違いなかった。ならば、手習いさせることに吝(やぶさ)かではない。大人になったら漁師になるとしても、読み書きくらいはできた方がいいのだ。次の日さっそく、島でただひとつの寺に行って和尚に頼んだ。平太のことを知っている和尚は驚いていたが、読み書きを教えることは快諾してくれた。

くがでは学校なるものができて、子供はそこに通い、学問をすることになったらしい。だが島には未だ、学校はできていない。子供が手習いをする場所は、昔と変わらず寺だ。むろん義務ではないから、平太のように通わない子供もいる。

「和尚、きっと面倒をかけると思うが、無理だと思ったら遠慮なく言ってくれ」

手を焼くだろうと予想したので、そのように断っておいた。六蔵と同年配の和尚は、「承知した」とにこやかに答える。さすがに人間ができている、と六蔵は感心した。

以来、平太の寺通いが始まった。六蔵は心配でならなかったので、二日目には和尚に様子を訊いた。すると和尚は、かっかっかと軽やかに笑った。

「案ずるな、六蔵よ。お前の孫はちゃんと筆を握って字を書いておる。馬鹿にしたものではないぞ」

「いや、馬鹿にしているわけではないが」

もともと足りないのだ、と言いかけ、何もそこまで孫を貶(おとし)めることもないと思い直して口を噤んだ。平太がきちんと字を書いているなら、六蔵がよけいな心配をする必要はなかった。

それでも、平太の学びっぷりをその後も何度も確かめに行った。せめていろはくらいは覚えて欲しいという、親心ならぬ祖父心故だった。最初のうちは、平太が書いたというかなを見せてもらった。なかなか闊達(かったつ)な字を書いている。それだけで喜んでいたが、やがて己の目を疑うことになった。

「これは本当に、平太が書いたのか」

「左様。紛れもなくお前の孫が書いたものよ」

平太はかなを卒業し、漢字を書き始めていたのだった。しかも数字や山川といった簡単な漢字はとうに呑み込み、どんどん難しい漢字を覚えているという。まるで狐に抓まれたような話で、和尚が他の子供と間違えているのではないかとすら思ってしまった。

「六蔵、お前はまだわからんのか。平太は阿呆などではないぞ。むしろ他の子よりもずっと賢いほどじゃ。それは多くの子に手習いを仕込んだ拙僧だからわかることよ」

「へっ」

つい、間抜けな声を発してしまった。平太が賢いだと。そんなことは、これまで一度も感じたことがなかった。賢いどころか、頭が足りないことを長い間不憫に思ってきたのだ。まるで正反対のことを言われても、ただ戸惑うだけだった。

「身内のことは身内が一番わかっていると考えるのは、大きな間違いぞ、六蔵。平太は阿呆などではない。ただ、口が重いだけだ。そのうちお前もわかるであろうよ」

「そ、そうなのか」

本当にそうであるなら、どんなに嬉しいか。しかし、そんなふうに言われてみても、平太の顔を見ればやはりお世辞にも賢げとは言えない。ぬか喜びはするまいと、己を戒めた。その一方、花札が妙に強かったのは、賢いお蔭だったのかと得心する思いもあった。

「平太、お前、難しい漢字を習ってるんだって」

家に帰り着いてから、当人に問いかけた。平太の返事はまるで変わらず、「うん」である。たちまち、和尚の言葉が怪しく思えてきた。

「何を習った」

「孔子」

「こうし」

平太の返事が何を意味するのか、一瞬わからなかった。孔子という昔の偉い人が書物を書いて、武士の子などはそれを学んでいたという話は知っている。しかし、漁師になるのに孔子も儒学も必要ない。むろん、六蔵も齧ったことすらなかった。

「孔子の何を習ったのか、憶えてるか」

和尚が無駄なことをしているのではないかという疑いが拭えず、試すつもりで問うてみた。平太は頷き、滔々と語り始める。

「子、曰わく、徳は孤ならず、必ず隣あり。子、曰わく、学びて思わざればすなわちくらし、思いて学ばざればすなわちあやうし」

六蔵はあんぐり開いた口を閉じられなかった。平太の中に、物の怪でも入り込んだのではないかと本気で思った。いや、賢い物の怪などいないだろう。では、平太に何が取り憑いたのか。ともかく、見た目は平太のままでも別人が目の前にいる気がした。何より、平太が何を言っているのか、六蔵はまるでわからなかったのだった。

「そ、それを教わって、憶えたのか」

「うん」

「意味はわかってるのか」

「うん」

「平太、お前、本当に賢かったのか」

「うん」

返事も表情も、まるで才長けたところのない平太である。しかしもはや、平太が阿呆などではないことを認めざるを得なかった。

「驚いたなぁ。おれは生まれてこの方、こんなに驚いたことはないぞ」

「うん」

「うんうんって、お前がうんしか言わないから、賢いとは思わなかったんだぞ」

「うん」

やはり最前の暗誦は何かに取り憑かれただけではないかと疑わせる平太の態度だが、六蔵は意識を改めた。これが平太なのだ。今まで理解していなくて悪かったと、心底思った。

気づけば、およしとおこうも口をぽかんと開けて目を丸くしていた。その顔があまりに面白いので、六蔵は呵々と笑った。

腹の底から大笑いしたのは、久しぶりのことだった。

8

平太が実は賢いという話を、島の者たちはなかなか信じてくれなかった。無理もない。本人を見れば、相も変わらぬ間抜け面なのである。だが手始めに藤兵衛を摑まえて家に呼び込み、平太が論語を諳んじる様子を見せた。すると藤兵衛も、およしやおこうと同じく顎を落として唖然とした。おそらく最初は自分もそんな顔をしたのだろうと思うと、六蔵の笑いは止まらなかった。

「へ、平太、お前、本当に平太か。狐か狸が化けてるんじゃないか」

藤兵衛もまた、六蔵が思ったことと似たような疑いを口にする。そんなことを言われても平太は気を悪くするでもなく、特に表情を変えない。代わりに六蔵が、「阿呆」と応じた。

「他人の孫を捉まえて、狐呼ばわりするな」

「だって、お前、これ、ええっ」

藤兵衛は平太を指差し、六蔵と平太を交互に見て、最後にまた驚きの声を発した。熱が出そうだ、などと額を押さえながら呟いて、よろよろと帰っていった。

そんな調子で、平太が阿呆ではないことを徐々に島の者たちにわからせていった。ほとんどの者がそれを理解した頃には、もう平太は誰にも馬鹿にされなくなっていた。だが残念なことに、依然として子供たちの遊びの輪には加われなかった。本当は賢いとわかったからといって、平太は平太で何も変わっていないのである。子供たちも、いきなり態度を変えにくいようであった。

平太はますます、新吉と一緒にいる時間が増えた。新吉は平太の賢さを認める故か、水夫にくがの話をせがむ際には平太を伴った。お蔭で平太は、ずいぶんと世の中の動きに詳しくなったようだ。今や六蔵は、平太が何を学んでいるのかまるで把握していない状態だった。

そうして三年近くが経った頃だった。和尚が六蔵の家を訪ねてきて、折り入って話があると言った。和尚がわざわざやってくるなど類のないことなので、六蔵は面食らった。なんの話かと、身構えながら相対した。

「話というのは他でもない。六蔵、お前、平太をくがで学問させてやらないか」

「くがで、学問」

思いもかけない提案だった。くがにわざわざ学問をしに行った者など、島にはこれまでひともいない。そもそも学問をする必要はどこにもなかったのだから、考えもしないことだった。和尚の言は、六蔵の日常を大きく超えていた。

「そうじゃ。もう拙僧には、平太に教えてやれることが何もない。だが、このままではあまりにもったいない。あれほど賢い者を、ただ漁師にするだけでは憐れぞ。学問こそ、平太が生きる道だと拙僧は思う」

はっきりと断ずる和尚の態度に、六蔵は困惑した。考えたこともない話をいきなりされても、どう返事をすればいいのかわからなかった。

「そんなことを言われても、おれが平太のために何をしてやれるのか」

「くがにやること自体は、反対ではないのだな。平太に学問させてやることに、異論はないな」

和尚は念押しをする。そう確認されれば、頷くしかなかった。

「いや、まあ、和尚がそこまで言うなら反対はしないけどな。平太自身はどう言ってるんだよ」

「平太もくがで学問をしたいと言うておる」

そうだったのか。まるで知らなかった。なぜ平太は、六蔵に直接言わないのか。まさか、反対されると思ったのではなかろうな。それどころか、平太の気持ちを理解できないと思われたのかもしれない。だとしたら、大いに心外なことだった。

「わかった。平太が望むなら、学問させてやりたい。でもおれには、何もつてがない。充分な金もない。どうすればいいのかわからないよ、和尚」

和尚には知恵があると考えての、縋る思いの呼びかけだった。和尚は難しい顔で、腕を組む。

「そこじゃ。拙僧も当てがあって言うておるわけではない。つては、くがから来る水夫に頼むしかなかろう。平太が住む家と、通う学校を探してくれれば、なんとかなるのではないか」

「平太はまだ九つだぜ。ひとりで暮らすのか」

「丁稚奉公に出すと思えば、早すぎることはなかろうよ。むろん、丁稚などはさせない。働かずに学問できるよう、手配してやらねばならない。それと、賄いもな。賄いつきの住み処が見つかればいいのだが」

仮にそれが見つかったとして、いったいどれほどの金がかかるのだろう。漁の稼ぎだけでは、とうてい追いつかないのは間違いなかった。平太が賢いのは、もうよくわかった。できるなら、その才を伸ばしてやりたいと思う。だが現実問題として、くがにひとりでやるのは難しい。島の生活に特に不自由を感じたことのない六蔵だが、このとき初めて、くがから遠く離れている身を恨めしく思った。せめて平太がくがで生まれていれば、賢さで身を立てる道があったのだろうか。

「和尚、せっかくだが、先立つものがない。和尚だって島の人間なら、孫をくがで学問させるような余裕なんてないことは、よくわかってるだろう」

「そこを、お前と拙僧で考えようではないか。なんとかしてやろう。お前のかわいい孫のためぞ」

「ううむ」

「なんとかしてやりたい気持ちは山々だ。でも、ない袖は振れない。おれとしては、これまでどおり平太にいろいろ教えて欲しいと和尚に頼むしかないよ」

和尚は唸り、また来ると言い残して去っていった。当の平太は離れたところで、ひとりぽつんと外を見ていた。六蔵は近づき、声をかける。平太は反応しなかった。

「すまんな、平太。聞いてのとおりだ。この島で、できるだけたくさんのことを和尚から学んでくれ」

「うん」

平太の返事はいつもどおりだった。だがそこにはどこか、落胆の気配が交じっているように六蔵の耳には聞こえた。すまない、ともう一度心の中で詫びた。

その話はそれきりになっていたが、ふた月もした頃に、藤兵衛が蒸し返した。訪ねてきて「おい、六蔵」と呼ばわると、いきなり切り出したのだった。

「お前、金がないから平太をくがで学問させられないって言ったそうだな」

「それがどうした。なんでお前がそんな話を知ってるんだよ」

懐具合を探られるようなことを言われ、六蔵は不機嫌になった。和尚が話を持ってきた日以来、誰よりも六蔵こそが忸怩たる思いを抱いていたのである。不用意に触れて欲しくなかった。

「なんでもかんでもねえ。知らないのはお前だけだよ。島の者はみんな、その話を知ってるぞ」

「みんなだと」

どういうことかと、眉を顰めた。まさか和尚が言い触らしたのか。

「そんな目くじら立てるな。平太のためじゃねえか。和尚と新吉がな、なんとか金の工面ができねえかと駆けずり回っていたのよ。でな、おれらはみんな貧乏だけどよ、贅沢したくったって島にいるうちは金の使い道もないじゃないか。大金はなくても、少しずつならそれぞれ金を持ってるんだよ。それを掻き集めれば、平太ひとりくがに行かせるくらいの額にはなるぜ」

「えっ」

藤兵衛の説明が理解できなかったわけではない。話の成り行きを、簡単には呑み込めなかったのだ。島の者たち皆が、平太のために金を出してくれるというのか。なぜそうまでしてくれるのかと、そんな疑問が先に立った。

「どうして、って顔してるな」

長い付き合いの藤兵衛は、すぐにこちらの内心を見抜いた。六蔵が仏頂面でいると、「へっ」と鼻を鳴らしてから続ける。

「わからんか。お前、逆の立場だったらどうだ。うちの市兵衛を送り出すと考えてみろよ。手を貸してやりたいと思わねえか。思うだろ。それと同じだ。残念ながら、市兵衛はそこまで賢いわけじゃない。だが、平太は特別賢い。島に埋もれさせるのは惜しいよ。なら、みんなで送り出してやりてえじゃねえか。くがで学問するほど賢い子供なんて、これまでいなかった。ようやくそんな子供が出てきたかと思えば、みんな誇らしいんだよ」

そうだろ六蔵、と最後に言って、藤兵衛は大きな掌で六蔵の背をどやしつけた。藤兵衛はまるで手加減をしなかったので痛かったが、六蔵は文句を言えなかった。藤兵衛の、そして島の者たちの気遣いが嬉しく、気を抜けば目頭が熱くなりそうだった。かろうじて「ありがとう」と声を絞り出すと、藤兵衛はいかにも照れ臭そうに「よせよ」と言った。

それ以後は、話を具体化させるために奔走した。なんと言っても、平太のくがでの生活を確かにしておかなければならない。顔馴染みの水夫に頼んで、子供が学問するすべを調べてもらった。すると、意欲さえあるなら入れる学校はいくらでもあることがわかった。問題は、住まいだ。子供ひとりを安心して住まわせられるところでなければならない。できるなら六蔵自身がくがに行き、そんな家を探してやりたかったが、一度もくがに渡ったことがない六蔵が行ったところでなんの役にも立たないことは間違いなかった。これもまた、水夫を信頼して任せるしかなかった。

急がないで、ともかくいい住まい先、いい学校を探してくれと頼んだ。だからすべてが整うまでに半年余りかかったが、ようやく目処が立った。東京の日本橋というところに子供の教育に理解がある大店の主がいて、家に住まわせながら学校に行かせてくれるという。むろん、店の手伝いはせず、その一方で食事などの身の回りの面倒はいっさい見てくれる。下宿代は、それで本当にきちんと世話をしてくれるのかと不安になるほど安かった。勉強させてやると言いながら、体のいい丁稚にされるのではないかと疑った。

「大丈夫ですよ。おれはそこの旦那さんをよく知ってるから。本当に奇特な人で、これからの日本は若い者の教育が大事だと常々言ってるんです。そこの店で世話になっている子供は、他にもいるんですよ」

「そうなのか」

水夫の保証は力強く、六蔵も任せようという気になった。だが最後の駄目押しのつもりで、世話になる礼を伝える手紙を書こうと考えた。とはいえ、無学の六蔵は何を書けばいいかわからない。やむを得ず、和尚に代筆を頼んだ。和尚は快く引き受けてくれ、長い文を大店の主宛に書いた。それに対して丁寧な返事が届き、六蔵も得心した。主の返事は、平太を任せるに足ると思わせる誠実なものだったのだ。

　そうしていよいよ、平太が島を去る日がやってきた。くがへの定期船が出航するのは、男衆が漁に出ている時分だったが、六蔵は手下の者に任せて残った。六蔵やおよし、おこうの他、和尚や女子供が港に集まってくる。そんな中、風呂敷に包んだ荷物を担いだ平太は、桟橋に立ってぺこりと頭を下げた。

「おじじ、おばば、おっかあ、和尚様、ありがとうございました」

　平素はろくに喋らない平太が、このときばかりはきちんと礼を口にした。六蔵は平太の肩に手を置き、目を覗き込んだ。

「しっかり学問してこいよ」

「うん」

「口はきちんと閉じておけ。間抜けに思われるぞ」

「うん」

「手紙を書けよ。おこうが寂しがるからな」

「うん」

　結局、頷くだけの平太である。変わらぬ孫がいとおしく、急に別れが辛くなった。後ろに下がって平太から距離をおくと、入れ替わりにおこうが進み出て、息子を抱き締める。平太も両手を、しっかりと母の背に回していた。

　水夫たちとともに平太は船に乗り込み、やがて出航のときを迎えた。おこうとおよしは、船影が見えなくなるまでいつまでも手を振っていた。「行っちゃったねぇ」などと言葉を交わしながら、見送りに来てくれた島の者たちはそれぞれ引き返していく。六蔵も踵を返し、動かずにいるおよしとおこうを促して家路に就いた。

途中の道端に、赤い花が咲いていた。島のそこここで生育している、椿だった。これからは毎年、椿を見るたびに平太のことを思い出すだろうと六蔵は思った。

9

月日は流れ、六蔵も五十の坂を越えた。椿は、平太が旅立ってから三度咲いた。平太はまめに手紙を寄越した。それによると、下宿先の大店では親切にしてもらい、学友もできたという。辛いことを隠しているようではなかったので、六蔵を始めとする家族たちは胸を撫で下ろした。何より、平太に学友ができたことが嬉しかった。くがにやってよかったと、しみじみ思った。

あるとき、平太からの手紙を読んで驚いた。一度、島に帰ると書いてあったのだ。学問がひと区切りついたのであろうか。思いがけない報せに、六蔵一家はもちろんのこと、島の者たち皆が平太の帰還を楽しみにした。さぞや立派になっているだろうと、誰もが期待したのだった。

ところが案に相違して、船から下りてきた平太は単に背が伸びただけで、間抜け面はまるきり変わっていなかった。これには港まで迎えに出た島の者一同が苦笑し、六蔵は天を仰ぎたくなった。相変わらず、口は半開きのままである。口は閉じろと言っただろうがと、叱りつけてやりたくなった。

言葉少なななのも以前のままで、三年ぶりの生まれ故郷だというのに懐かしむ気振りもなかった。島の者たちの歓待の言葉にも、例の調子で「うん」「うん」と頷くだけである。拍子抜けはしたが、同時に安堵もした。別人のようになって帰ってきたら、それはそれで寂しかったろうと思い直した。

　家に連れ帰ってひと息つくと、ようやく平太は自分から口を開いた。しかし、その言葉はいささか突飛だった。およしとおこうに向かって、こう問いかけたのである。

「おっかあとおばばは、髪には椿油をつけてるんだろ」

　およしとおこうは、怪訝そうにしながらもそうだと答える。すると平太は、さらに尋ねた。

「椿油は、自分で作ってるんだよな」

「そうだけど」

「毎年、どれくらい作るんだ」

「どれくらいって、一年保つくらいよ」

「それは、どれくらいだ」

　平太は妙にしつこかった。こんな面は、以前にはなかった。やはり成長しているのだと思ったが、なんのための問いかけなのか今ひとつわからなかった。

　おこうが立ち上がり、油を溜めておく甕を見せてやった。それを覗き込んで平太は、さらにあれこれと質問していた。いったいいくがで何を学んできたのかと、六蔵は首を傾げた。

　その夜は水夫歓迎の宴があったので、平太の質問の意図は翌日に判明した。夕飯を食べている際に、平太は唐突に説明を始めたのだった。

「おじじ、おばば、おっかあ、機械って知ってるか」

「きかい」

　耳慣れない単語に、眉を寄せた。平太によると、鉄を組み合わせて作られた、人力以上の力を出す道具だとのことだった。六蔵が知っている物で言えば、鉄砲が機械だという。そういえば、陸蒸気（おかじょうき）なる乗り物が走っているという話は聞いた。それもまた、機械だそうだった。

「これからは機械の時代だ。くがと島を往復する船も、いずれ帆船ではなく機械の船になる。機械には、油が必要だ。だから島では、売るための油を作るべきなんだ」

「椿油を、機械につけるのかい」

およしが、半ばぽかんとした顔で尋ねた。平太は簡単に頷く。

「うん。機械には鉄と鉄が擦れる部分がある。そこに油を塗る必要があるんだ。油は、いくらでも高く売れるようになる」

「へえー」

およしとおこうは、顔を見合わせて唸った。聞いていた六蔵は、かつて平太が滔々と論語を諳んじたときのことを思い出した。あのときと同質の驚きを、今も味わっていた。

「幸い、椿は島じゅうに咲いてるだろ。人手を集めて、油を作れないかな。もちろん、給金は出す。儲けは、島のみんなに分ける」

平太はさらに、そんな予想もしない話を切り出した。六蔵はついていけずに、言葉をつかえさせた。

「ちょ、ちょっと待て。それはうちだけの話じゃないのか。うちで油を作って、小遣い稼ぎしようってことじゃなかったのか」

「違う。それだけじゃぜんぜん足りない。大量生産、大量供給の体制を作る」

もはや、平太が何を言っているのかよくわからなかった。少なくとも、学問したお蔭で以前にも増して賢くなったことだけは感じ取れた。くがにやった甲斐があった、と的外れな感慨を抱いた。

「で、どうする気だ。一軒一軒回って、油を作れと頼むつもりか」

「いや、できたら工場を造りたい。油を作る工場」

またわけのわからないことを言う。こうなったら、新吉の知恵を頼るしかないかと思った。平太の話を理解できるのは、島では新吉以外にはいそうになかった。

「浜の近くに、漁具をしまっておく小屋があるだろ。あそこを片づけて、工場にできないかな」

新吉さんと相談したんだ、と平太は続ける。六蔵が考えるまでもなく、どうやらすでに新吉と話をしていたようだ。ならば六蔵としては、平太が望むようにしてやるまでだった。

「確かに、あそこはろくに使ってないからな。他の連中にかけ合って、空けることはできると思うぞ」

「じゃあ、お願い」

それを最後に、やり取りは終わった。以後はまた、平太は「うん」としか言葉を発しなかった。

翌日、六蔵が漁に出ている間に平太はあちこち動き回ったようだ。年寄りや女たちを相手に、椿油を作ってくれと頼んで歩いたらしい。もともと、言われずとも必要があって油は作っていた。だがそれは、売るためではなかった。売るのなら、売り物になるくらい大量に作らなければならない。しかし、年寄りや女も暇を持て余しているわけではない。魚を干物にしたり、畑を耕したりと、仕事があるのである。その合間を縫って油を作れと平太は言うのだから、誰も簡単に承知したりはしなかった。

「朝から晩まで働いているわけではないでしょう。余った時間でいいので、油作りに加わってもらえませんか」

そう言って、平太は口説いて回ったそうだ。そのことは、およしから聞いた。どれくらいの人が引き受けてくれたのか、平太の表情からはわからない。平太は無表情なので、うまくいっているのか、はかばかしくないのかまるで見当がつかなかった。およしの考えでは、おそらく今のところ誰も話に乗っていないのではないかとのことだった。

「平太。油を売るとどれくらい儲かるのかという話をしないと、人は動かないぞ」

いくら賢いと言っても、まだ子供である。人の心の機微がわかっていないと思えたので、そう助言した。平太は特に感銘を受けた様子もなく、「うん」と頷く。

だが次の日から、平太は六蔵の助言を踏まえて人々を口説き始めたようだ。具体的な金の話となれば、心が動く者も当然いる。加えて、新吉も力添えをしてくれたようだ。くがに行ってしまった平太より、新吉の方が知恵者として一目置かれている。そんな新吉が口添えをすれば、効果も覿面（てきめん）だった。

働き手の人数が揃ったところで、まず試しにと油を作ってみた。最初は、六蔵も参加した。六蔵はこれまで、ろくに油作りをしたことがなかったので、指示されるままに力仕事をする役目だった。

椿は夏に実をつけ、秋にそれが落ちる。自然に落ちた実を集め、中から種を取り出すために、臼で砕いた。砕いた実を殻と種に選（よ）り分けてから、種を蒸籠（せいろ）で蒸す。蒸し上がった種を布で包んで絞ると、椿油が採れるのである。

実を臼で砕くところが力仕事だが、後は基本的に年寄りや女でもできることだった。手が空いている者で交替しながら作ると、水甕半分近くの油が絞れた。一日でこれだけできるのならば、一週間も集中して作業をすればかなりの量になる。皆で力を合わせてひとつのことに打ち込むのは、存外に楽しくもあった。

以後は、平太が中心になってそれぞれに役割を振り分けた。子供は実を拾ってくる役、まだ元気な年寄りは実を砕く役、女は種を蒸し、油を絞る役。そうした分担を作ってしまえば、作業は流れるように進み始めた。

平太は一度、くがに戻っていった。油の販路を確かにしてくるのだそうだ。翌月に帰ってくると、その間に作り溜めてあった椿油を甕ごと船に運び入れ、また去っていく。三月後には、約束どおり大金を持ち帰ってきた。金は、働いた者たちの間できちんと分けた。

「こんなお金、干物を売ってるだけじゃ絶対に手にできなかったよ」

「平太の言うとおりにしてよかった。賢い人の言うことは違うねぇ」

「平太様々だ」

　年寄りや女たちは、目を輝かせて口々に礼を言った。油作りに加わらなかった男たちは、魚を売った金より女たちの方が儲けたことを面白く思わない者もいたが、おおむね臨時収入を歓迎した。今やくがには、新奇な物が満ち溢れている。それらを手に入れるためには、金は多いに越したことはないのだった。

　実際に大金を手にしてみると、島の者たちの目の色も変わった。以後は、椿の実が採れる限りは自主的に油を作った。その油を、数ヵ月に一度戻ってくる平太が持ち帰って、売り捌く。平太の読みどおり、油はいくらでも高く売れるのだそうだった。

　その翌年には、平太は島に工場を造った。間に合わせの漁師小屋では、手狭になったのだ。油作りの器具も揃え、より大量に生産できる態勢を調えた。それだけでなく、原料となる椿の本数も増やし始めた。これまではただ、野っ原に咲く椿が勝手に実をつけるのを採っていただけだったのである。生産量を増やすためには、椿を計画的に育てる必要があるとのことだった。

　さらに翌年になると、ますます油が必要とされた。噂によると、なんでも清国との戦争が始まるかもしれないとのことだった。清国といえば、日本より何倍も大きい大国だ。そんな無謀なことをするものかと六蔵は本気にしなかったが、油需要が高まっているのは事実だった。島にいれば、たとえくがでできな臭い気配が満ち始めようとも、それを感じることはできなかった。

　明治二十七年、日本政府は清国との戦争に踏み切った。すでに徴兵令は改正され、ほとんどの例外を認めなくなっていた。だから島からも、若い者が何人も徴発された。新吉もそのひとりだった。年老いて徴発対象ではなくなっていた六蔵は、新吉たちの無事を祈るしかなかった。

ただひとつの幸いは、平太はまだ二十歳になっていなかったので、戦場に行かずに済んだことだった。平太はせっせと油を供給することで、戦場に行った者たちを後方支援した。

10

日清戦争に勝った日本は、さらなる発展を遂げた。油製造でもたらされた富は、島にようやく文明開化の実感を与えた。平太の予言どおり、帆船に代わって蒸気船がくがと往復し始めると、物資がいち早く届くようになったのである。人々は洋服を着、肉を食し、酪農のための牛を飼い始めた。昔から作っている炭や塩も高値で取引され、それもまた島を潤した。驚いたことに、くがから島に移り住んでくる人まで現れた。油工場を大きくしたため、人手が足らなくなったのだ。

椿油と炭と塩は、平太が作った会社が一手に売り捌いた。平太は主にくがで働き、島の仕切りは戦争から無事帰ってきた新吉が引き受けた。新吉は漁師をやめて、平太の右腕となったのだった。

若くして商売で成功した平太は、今や大変な長者だった。着るものは立派になり、口髭まで生やすようになった。それなのに相も変わらず口は半開きで、六蔵に情けない気持ちと安堵を両方味わわせた。口数が少なく、必要がなければ「うん」しか言わない点も変わらなかった。

平太がとんでもない美人を伴って帰ってきたときには、腰を抜かすかと思った。その女を嫁にすると言うのだ。間抜け面の平太とはあまりに不釣り合いだったので、財産目当てではないかと心配になった。だが大立て者となった平太を諭すようなことも言えず、気立てがいい人でありますようにと願うだけだった。

平太のお蔭で、六蔵もいい暮らしをするようになった。とっくに漁はやめ、平太が建ててくれた立派な屋敷に住み、およしとおこうとともに安穏な生活を送った。七蔵には結局子供ができなかったが、弟の八蔵は子に恵まれ、孫がちょくちょく遊びに来てくれた。六十を超えるとがくんと体力が落ち、目も腰も弱った。己の生が最晩年を迎えたことを、六蔵はしっかりと自覚した。

あるとき、うっかり風邪をひいた。だが単なる風邪がなかなか治らず、床から起きられなくなった。ああ、これで終わりかと思った。物心ついたときから一緒に育った藤兵衛は、半年前にすでに身罷(みまか)った。自分もそろそろだろうという覚悟はできている。藤兵衛より長生きしたことで勝ったつもりでいるが、あの世に行けば先輩面されるかもしれなかった。そんなことを考えると、自然に笑みが浮かんだ。

「おじじ」

朦朧(もうろう)としていると、枕許で呼ばわる声がした。目を開ければ、そこには口を半開きにした間抜け面があった。社長として日々忙しいはずなのに、祖父の臨終の床に駆けつけてくれたようだ。六蔵は布団から手を出し、孫の口を指差した。

「口を閉じろ。阿呆に思われる」

「うん」

お前はこの期に及んでも「うん」しか言わないのか。苦笑して、平太の膝をぽんぽんと叩いた。気づけば、およしにおこう、平太の美人の嫁、七蔵夫婦に八蔵一家と全員が揃っている。しみじみとした思いが込み上げ、六蔵は述懐した。

「おれはずっと、自分のことを運が悪い男だと思っていたよ。でも、振り返ればそんなことはなかったなぁ」

それどころか、こんな幸せな臨終を迎えられる者が他にいようか。これまでの不運を、一挙に取り戻した心地だった。

　六蔵の手を強く握る者がいた。平太だった。平太は相変わらずの無表情で、だが珍しく強い調子で、言った。

「おれは、自分のことを運が悪いなんて思ったことは一度もないぞ。だって、子供の頃からおじじとおばばがいてくれたからな」

　六蔵の目の前が、不意に滲んだ。空いている方の手で目許を押さえても、次から次へと涙が溢れて止まらなかった。

　その夜、家族たちに見守られて、六蔵は笑顔のまま永眠した。

第三部　一ノ屋の後継者

1

名を書き込む順番は、生まれが早い者からだった。三番目となった晋松には、右ふたつしか残っていなかった。特に迷わず、右から二番目を選ぶ。先のふたりはさんざん思案していたが、考えたところでどうなるものでもない。運を天に任せるしかないのだ。要は、自分が天に選ばれる自信があるかどうかだった。

あみだくじを引く四人は、晋松を含めて皆、七歳から十歳の子供だった。それぞれ、体のどこかに同じ形の痣を持っている。つまりここにいる四人は全員、イチマツの子供なのだった。

四人は腹違いの兄弟ということになるが、晋松は他の三人に対して肉親の情などまったく覚えなかった。それは他の三人も同じだろう。生まれた家も違えば、生い立ちも違う。加えて、どうしたことか顔かたちまでそれぞればらばらだった。父親を同じくしてなぜこうも似ていないのかと人々は不思議がるが、似ていないのがイチマツの子供たちの特徴なのだ。ついでに言えば、他の三人は父親にも似ていない。父の血を色濃く継いでいるのは、この場で自分だけだと晋松は思った。

晋松は横目で、他の三人の顔色を窺った。皆、緊張のあまり顔を蒼白にしていた。揃いも揃って醜男ばかりだと、密かに思う。父親のイチマツは輝くばかりのいい男だったと、村の者たちは口を揃えて言った。ならば、こんな醜男どもは一ノ屋の名にふさわしくない。自分こそが一ノ屋の名を受け継ぐ者だと、晋松は信じて疑わなかった。だからあみだくじの結果を待つ今、緊張はしても恐れは抱いていなかった。一ノ屋の家系は特別な力を持つと言われている。それは天が愛でているからに違いない。天が人の運命を左右するなら、自分が選ばれるのは自明の理だと晋松は確信していた。

「まず、惣太」

一番左端の名前を、和尚は読み上げた。呼ばれた惣太が、固唾を呑む音が響く。和尚は惣太の名前を指差し、線に沿って動かし始めた。左右に頻繁に動く指は、紙の端の折り曲げられていた部分に到達する。紙の端には切れ目が入っていて、四本の線の行き着く先を別個に隠していた。和尚は惣太の結果を、無造作に開いた。そこに印はなかった。ほう、と見守る者たちの間からため息が漏れる。惣太はその結果が受け入れられないのか、目を見開いたまま微動だにしなかった。

「惣太、お前は外れじゃ。残念だったな」

和尚が改めて、結果を惣太に告げる。惣太は顔を上げたが、その目に見る見る涙が浮かび始めた。その涙が呼び水となり、惣太は声を上げて泣いた。見守る者たちの中から、惣太の母が飛び出してくる。ふたりは抱き合って号泣した。

「次、鮫吉」

和尚は泣きじゃくる母子を憐れむように一瞥してから、大きく声を張り上げた。ここは淡々と作業を続けるべきところと考えたのだろう。呼ばれた鮫吉は、惣太と同じく喉を鳴らす。大して暑くもないのに、その顎から汗が滴った。

和尚は左から二番目の名前に人差し指を当て、下に移動させた。最初の線で右に、また下に折れて次は左に。指は隠されていた部分に辿り着き、和尚はまたしてももったいぶらずにあっさりとそこを開いた。何も書かれていなかった。

「鮫吉、お前も外れじゃ」

鮫吉も泣き出した。母親と抱き合って泣くのは、惣太とまったく同じだ。ひとかけらも似ていない兄弟が、こんなときだけ呼吸を揃えている。四人の泣き声が重なって、うるさくてならなかった。

「次は晋松じゃ」

和尚は言って、指で線をなぞり始めた。最後の四人目を待つまでもなく、このくじで結果がわかる。紙を折り曲げた箇所に指は行き着いたが、さすがに今度は一拍おいた。和尚はその場に集う一同の顔を見渡してから、「開くぞ」と宣言した。

晋松は瞬きもせず、食い入るように和尚の指先を見つめた。ここで選ばれなければ、生まれた意味がないとまで考えていた。自分は他の連中とは違うと、幼い頃から感じていた。だがその感覚が正しいと保証してくれるのは、母の言葉だけだった。己の特別な天命を確信していても、ともすれば不安が心に兆す。今こそ、天命を持って生まれたことが証明される瞬間だった。いつしか晋松は、心の中で一心不乱に祈っていた。祈る対象は、自分でもよくわからなかった。それはお山様かもしれないし、あるいは物心ついたときにはすでにいなくなっていた特別な存在である父かもしれなかった。

折り目は開かれた。そこには朱の墨で、「当」と書かれていた。当たりだ。晋松は当たりくじを引いたのだった。

「決まった。一ノ屋の跡取りは晋松じゃ」

和尚が大きな声で宣言した。ふたたびため息が周囲から漏れ、くじを引いた最後のひとりは悔しげに拳で畳を打った。母が駆け寄ってきて、胸で押し潰すように晋松を抱き締めた。「やっぱりね、やっぱりね」と歓喜の声を上げる母の声は、喜びの涙で湿っていた。晋松も、かつて感じたことのない大きな達成感で体がはち切れそうだった。

「晋松、今からお前は一ノ屋を名乗るのじゃ。一ノ屋晋松が、お前の名前ぞ」

改めて和尚は、そう呼びかけてきた。一ノ屋晋松。なんといい響きか。口の中でその名を転がし、晋松は陶然とした。

2

イチマツがいなくなった後、一ノ屋の家名をどうするかが村の中で問題となった。イチマツの両親はすでに亡く、兄弟もいない。正式に妻を娶らなかったから、子はたくさん生まれたのに、誰を跡継ぎとするか決まっていなかった。

一ノ屋をこのまま絶えさせるわけにはいかない、というのが村の総意だった。一ノ屋は島にとって、特別な家系である。子供がいないならともかく、むしろ呆れるほどにいるのだ。その中の誰かに名を継がせ、一ノ屋を存続させなければならないというところまでは、話し合うまでもなく決まった。

問題となったのは、誰に継がせるかだった。順当に行けば、一番最初に生まれた男の子が跡継ぎとなるはずだったが、それには母であるお兼が反対した。

「あたしの子はあたしの子で、一ノ屋の子じゃないよ」

お兼はそう言って、話をしに来た村長たちを追い返した。お兼はそう言うだろうと予想していたから、村長たちもあっさり引き下がった。自らイチマツの許から去ったお兼が、いまさら一ノ屋の名に固執するはずがなかった。

そうなると、跡を継ぐのは誰でもいいのである。顔だけでなく性格すら、イチマツに似ている子供はひとりもいない。痣がなければ、イチマツとの血の繋がりがまったく見いだせないほどだ。長男が駄目なら次男、というのは世の理(ことわり)だが、何せ子供たちは踵を接するように生まれている。生まれた日が一年と違わない子供たちに、兄だ弟だという順序はつけにくかった。

その一方、ならば我が子を一ノ屋の跡取りにと望む親もいた。一ノ屋は島の名家だ。一ノ屋の名を継いだ者は、働かなくても村に支えられて食べていける。うまくすれば、村長に匹敵する権勢を振るうことも可能なのだ。そんな座を望む者がいるのは、決して不思議ではなかった。

我が子を一ノ屋の跡取りにと望む親は、四人いた。イチマツの子は総勢十三人だから、存外に少ないとも言える。だが、ひとりだけなら話は早かったが、四人もいれば決め方に困った。四人の子供は見た目も才もドングリの背比べで、秀でた者はいない。単純に生まれた順とすれば、他の三人が黙っていない。窮した末に、和尚がいっそくじ引きにしようと言い出した。

「くじで跡取りを決めるのか。いくらなんでも、それは乱暴じゃないかね」

和尚もやけっぱちになったかと、それを聞いた一同は考えた。だが和尚は、決して捨て鉢になったわけではなかった。

「乱暴といえば乱暴だが、その昔、室町の将軍をくじで決めたこともあったらしいぞ。将軍をくじで決めるくらいなのだから、一ノ屋の跡取りも公平にくじ引きでよかろうよ」

村で一番の博識を誇る和尚の言葉である。将軍すらくじ引きで選んだ例（ためし）があるなら、別にそれでかまわないんじゃないかという空気になった。手を挙げた四人の子の親も同意したので、いよいよ今日、寺であみだくじが引かれたのだった。

ようやく跡取りが決しても、特にそれを祝う雰囲気にはならなかった。村の者たちからすれば、本当に誰でもよかったのだ。一ノ屋の名と血脈を継いでくれれば、それでいい。色男はめったに生まれないという言い伝えどおり、四人の子供たちは揃いも揃って凡庸な顔をしていた。とうてい、長じてもイチマツのような特別な存在になれるとは思えない。振り返ってみれば、イチマツの父も祖父も、他の者と大差ない顔つきだった。島に福をもたらしてくれる色男がふたたび生まれるのは、次代かあるいはその次か。ともかく、血筋を絶やさないでくれればそれで充分なのだった。

そんな大人たちの内心も知らず、選ばれた晋松の頬は誇らしさに紅潮していた。「はい、決まった決まった。帰ろう帰ろう」と言って腰を上げる大人たちの素っ気なさには、まるで気づいていないようだった。

3

「絶対にお前が選ばれると、母ちゃんは信じてたよ。ああ、でも本当にお前が跡取りになったんだねぇ。やっぱりお前は特別な子供なんだねぇ」

手を繋いでともに歩いている母は、感に堪えないように何度も同じことを繰り返した。少しくすぐったいが、しかし誇らしさはいささかも減じない。むしろ、この万能感を存分に味わっていたいと思う。何しろ、自分は一ノ屋の跡を継ぐことになったのだ。明日から、人々の見る目が変わる。誰もが崇拝し、尊敬し、そして一目置くだろう。父のイチマツは、島の者たちから手を合わせて拝まれていたそうだ。自分もそんなふうにされるかと思うと、晋松の鼻の穴は膨らんだ。

晋松は今や、村長よりも和尚よりも偉い、特別な人間になったのだった。

「他の子らの顔を見たかい。みんなかわいそうなくらい不細工で、お前の父ちゃんには似ても似つかなかったよ。いい男なのは、お前だけだったよ。イチマっつぁんの血を本当の意味で引いているのは、やっぱりお前だけなんだねぇ」

物心ついた頃から、母にずっと言われ続けてきたことだった。父親のイチマツはどんな女よりも美しい男で、お前はそんな父親にそっくりだ。他の女のところに生まれた子は不細工ばっかりなのに、あたしはお前みたいな綺麗な子に恵まれて本当に嬉しい。ことあるごとに、母はそう繰り返した。

だから晋松は、自分が父に瓜ふたつなのだと信じて疑わなかった。話に聞く写真というものはおろか、絵姿すら残っていないのだから、父の容貌は想像するしかない。自分の顔を水面に映して、父はこんな顔だったのだなと考えた。これがいい男の顔なのだと、母の言葉から学習した。

「おれ、絶対当たりを引く自信があったんだよ」

次々と飛び出す母の賞賛に釣られて、晋松も胸を張った。くじを引く前に宣言していればまさに神がかっていたところだったが、さすがにそこまでの度胸はなかった。和尚が紙を捲って「当」の字が現れたとき、まさか本当に当たるとはと驚いたことは、決して誰にも言うまいと思った。

「そうなのかい。すごいねぇ。お前は特別な子なんだよ」

母は感激で胸がいっぱいといった様子で、晋松の頬をしみじみと撫でた。母の喜びようが嬉しく、晋松もまた、心に温かいものが満ちるのを感じた。同時に、自分の前に開けた道の広大さに目が眩む思いだった。

当然のことながら、晋松が一ノ屋の跡継ぎに選ばれた話は、瞬く間に広がった。翌日の朝には、近所の幼馴染みたちがさっそく駆けつけて祝ってくれた。

「すげえな、晋松。お前が一ノ屋の名を継ぐんだって」

「晋ちゃん、すごい。おれ、鼻が高い」

そう褒めてくれたのは、波治(なみじ)と孝吉(こうきち)だった。波治は晋松と同い年、孝吉はひとつ下である。これにもうひとりを加えた四人が、ふだんの遊び仲間だった。その四人目は、転がるような勢いで晋松の家に飛び込んできた。

「晋松。一ノ屋の跡継ぎに選ばれたんだって」

先に来ていた波治と孝吉も目に入っていないかのようだった。ふたりを押しのけ、鼻先がくっつきそうなほど顔を寄せてくる。驚いて晋松は、身を離した。

「そうなんだ。すごいだろ」

「すげえすげえ。あたしらの遊び友達が一ノ屋の跡継ぎなんて、そんなことがあっていいのかい」

そう言うと晋松の襟首を摑み、前後にがたがたと揺する。晋松は舌を嚙みそうだった。

飛び込んできた四人目は、とんだお転婆だが一応女だった。名をお汀という。晋松よりひとつ年下なのに、気づいてみれば呼び捨てにされていた。赤ん坊のときから一緒に育っている仲だから、いつから呼び捨てなのか、もはや定かでない。

お汀は小猿のような女だった。小さく、色が黒く、すばしこい。本気の喧嘩をすれば、相手を引っ搔き、嚙みつくので、決して負けない。もっとも、お汀は晋松を含む幼馴染み三人には摑みかかったりしなかった。お汀が嚙みつくのは、幼馴染みが侮られたときだけである。

「いやぁ、しかし晋松も運がいいなぁ」

お汀の肩越しに、そんなことを言う波治が見えた。晋松は襟首を摑まれたまま、首を振って否定する。

「運じゃないよ。最初から決まっていたことなんだ」

「えっ、なんだって」

晋松の言葉を捉え間違ったらしく、お汀は目を剝く。ほとんど締め上げているかのような力で、また襟首を引っ張った。

「まさか、晋松。いかさまだったのか」

「違うよ、違う。おれは最初から、一ノ屋の跡を継ぐために生まれてきたって意味だよ」

「意味がわからない。何言ってるんだ」

お汀はちょこんと首を傾げる。晋松は胸を張って言い放った。

「イチマツ父ちゃんの子はたくさんいても、顔がそっくりなのはおれだけだろ。だからおれは、生まれたときから一ノ屋を継ぐことに決まってたんだ」

誰も何も言わず、妙な間が生まれた。お汀はようやく襟首を離し、振り返って波治と孝吉となにやら目を合わせる。晋松が襟元を合わせて坐り直すと、お汀はこちらに視線を戻して眉を寄せた。

「あのな、何度も言うけど、別にお前はそんなに父ちゃんに似てないらしいぞ」

「いやいや、だから冗談はやめてくれって」

幼馴染みは三人とも気のいい連中だが、このつまらない冗談をしつこく繰り返すことだけはいただけなかった。いったい何が面白いのか、まるでわからない。実際にイチマツ父ちゃんと懇ろになった母ちゃんが、お前は父親にそっくりだと言うのだから、これ以上確かなことがあろうか。イチマツ父ちゃんの顔を知らないくせに、どうして似てないなどと言うのだろう。

「……いや、まあ、晋松が一ノ屋の跡継ぎに選ばれたのはめでたいけどな」

最前とは打って変わった低い声で、お汀は繰り返す。代わって孝吉が、お汀の横から顔を出した。

「これで晋ちゃんは、もう漁師にならなくていいんだろ。一生働かなくてもいいんだろ。羨ましいなぁ」

紛れもない本音だとわかる口調で、孝吉はしみじみと言った。晋松は「まあな」と頷く。跡継ぎにと手を挙げた惣太を始めとする他の三人は、一ノ屋の家名に誇りを感じたのではなく、働かなくていいという身分が欲しかっただけではないかと睨んでいた。晋松は違う。漁師にならなくていいのはありがたいが、一ノ屋の跡継ぎとしての仕事から逃げる気はなかった。一ノ屋の人間は、決して遊んで暮らしていればいいわけではないのだ。

「でもな、一ノ屋の人間は島に福をもたらさなきゃいけないんだぞ。お前にそれができるか、孝吉。一ノ屋の人間には、大事な仕事があるんだ」

「島に福を、って、晋ちゃんにはできるの」

素朴な問いを、孝吉は向けてくる。真正面から訊かれ、晋松は一瞬言葉に詰まった。

「で、できるよ。というか、やらなきゃいけないんだよ。だから大変なんだぞ」

「島に福を、ねぇ。あんまり大それたことは考えない方がいいと思うけど」

なにやら冷ややかな物言いを、お汀はする。つい先ほどはあんなに喜んでくれたのに、どうしてこんな水を差すようなことを言うのか。お汀は年下のくせに、ときに年長者ぶった態度をとる。今がまさにそうで、あまり自信がない点を衝かれたものだから、晋松の声にも力が籠らなかった。

「お、おれはまだ子供だから、そりゃあ何もできないさ。大人になってからの話だよ」

「そうだね、まだ先の話だよね。大人になるまでに、何ができるか考えておかないと」

お汀の言葉はもっともだった。教えられた気になり、頷かざるを得ない。孝吉がそこに、下卑た笑いを浮かべて口を挟んでくる。

「大人になったら、晋ちゃんの父ちゃんみたいに女を口説きまくるか」

「そうだなぁ。そうするべきかなぁ」

腕を組んで、考えた。イチマツがたくさんの女と懇ろになった話は知っている。だが、「懇ろ」とは具体的にどういうことなのか、実はよくわかっていない。だから女を口説くとひと口に言っても、何をすることなのかも見当がつかなかった。孝吉の横やりに、お汀は眉を吊り上げる。

「馬鹿なこと言わないで。親の悪いところを真似ちゃ駄目でしょ」

「でも、イチマツって人はそれしかしてなかったたって聞いたぞ」

「あんたね、晋松がそんなに何人もの女を口説けるとでも思ってるの」

お汀は孝吉の袖を引っ張り、一応は小声でそう言った。だが、目と鼻の先でのやり取りなので、晋松にも全部聞こえている。心外に感じて、大人になったら絶対に女を口説かなければならないと密かに決意した。といってもお汀だけは間違っても口説いたりしないが、と内心でつけ加えるのを忘れなかった。

4

一ノ屋の屋敷は、主がいないまま村の者たちの手で維持されていた。そこに、晋松親子は堂々と引っ越した。母は心底イチマツが好きだったらしく、イチマツが去った後も別の男の許に嫁いだりせず、独り身を通していた。母も寂しかっただろうが、今となってはかえってよかった。もし母が誰かの嫁になっていたなら、一ノ屋屋敷に越すことができたかどうかもわからない。少なくとも、ひと悶着あっただろうことは確かだった。

「お前がこの家の主だなんてねぇ。ああ、こうしてここにいると、イチマっつぁんの姿を思い出すよ」

掃除はされていたとはいえ、誰も住んでいない家はやはり薄汚れる。親子で屋敷に入ってから、まず最初にしたのは大掃除だった。母は雑巾(ぞうきん)で畳を拭きながら、述懐したのである。晋松も母を真似て、同じく畳を拭いていた。今日は村の者たちが手伝ってくれているからいいが、これまでの家の何倍も広い屋敷になったので、今後は掃除が大変だなと内心でぼやいた。

「なあ、母ちゃん。おれはそんなに父ちゃんに似てるのか」

今朝のお汀の言葉が、実は胸に引っかかっていた。何度も同じことを繰り返すしつこさの理由がわからないためである。母は顔を上げて晋松をじっと見つめると、はっきり頷いた。

「ああ、そっくりだ。お前は本当にいい男だね」

やはり、そうではないか。母が嘘をつく理由はない。力強く断言されて、安心した。お汀のことは嫌いではないが、でたらめを言うところだけは好きになれない。もっとも、お汀ではなくお汀の親がでたらめを吹き込んでいるのだろうが。お汀の母親は、イチマツに振られた苦い過去でもあるのかもしれないと考える。

「父ちゃんはここで暮らしてたんだね。おれも、父ちゃんみたいな立派な男にならないと」

母の述懐を聞き、晋松もしみじみとした気持ちになる。顔も知らない父の姿が、脳裏に思い描けそうだった。

その日は引っ越しの疲れで、早々に寝入ってしまった。そして翌日になると、また幼馴染みたち三人が訪ねてきた。貝拾いに行くぞと言うのである。

「貝拾いだと。おれは一ノ屋の跡取りになったんだから、そんなことしなくていいだろ」

これまでは、島の子供の仕事として毎日貝拾いをしていた。イチマツの子であろうと、例外ではない。だが今や、晋松は一ノ屋の跡継ぎとなったのだ。働かなくていいのだから、当然貝拾いも免除されるはずだった。

「何言ってんの。働かざる者食うべからずよ。あたしたちが貝を獲ってる間、あんたは家で寝てるとでも言うの」

お汀がいつもの調子でつけつけと言う。一ノ屋の跡継ぎに対する敬意など、かけらも見られない。うまく言葉にできないものの、晋松は漠とした落胆を覚えた。どうやら、一夜にして何もかもが変わるわけではないようだ。変化は、徐々に見えてくるのだろう。

「いやぁ、別に寝てる気はないけどさ」

「行こうぜ、晋松。家にいたって退屈だろ。一緒に海に潜るのは、楽しいだろうが」

「……まあな」

波治の言葉に、つい頷いてしまった。言われてみれば、決して貝拾いは嫌いではないのだ。むしろ、この四人で獲れた貝の数を競い合うのは毎日の楽しみでもある。自分だけ抜けるのは、確かに寂しかった。

「じゃあ、行くか」

晋松が答えると、孝吉が嬉しそうに「行こう、行こう」と応じた。そんな反応をされると、誘ってもらってよかったと思えてくる。まあ、一ノ屋の跡取りは働いてはいけないと決まっているわけではない。一ノ屋の跡を継ぐことになったのに、これまでと変わらず貝拾いをしていると村の者たちが知れば、晋松の株はぐっと上がることだろう。そこまで計算高く考えた。

これまでの家は浜に近かったが、一ノ屋屋敷は奥まった場所にあるので、遠くなってしまった。三人は浜とは逆方向に、わざわざやってきてくれたのである。「明日からはお前がうちに来いよ」と波治に言われ、そうする方がいいとわかってはいても、不本意に感じた。一ノ屋の跡取りはもっと敬(うやま)われるものだと思っていたのに、どうも勝手が違う。

浜に着くと、男三人は褌一丁になり、お汀は薄物一枚の姿になった。さっそく海に入り、貝を探す。四人ともまだ子供だから、そんなにたくさん獲れるわけではない。四人がかりでも、魚籠(びく)ひとつをいっぱいにはできない。それでも、味噌汁の具にするくらいは集められる。自分の食い物は自分で獲るのが、島に生まれた者の義務だった。

だから、海に潜っているのは晋松たちだけではなかった。水面のそこここで、子供たちの頭が見える。十になるまでは、男も女も関係なく、皆一緒に潜る。かろうじて、髪が長いと女だとわかるのだった。

息が長く続かなくなると、体が疲れてきた兆しである。それ以上続けると、波に攫われたりする。貝拾いのやめどきであった。晋松たちは浜に上がり、手拭いで体を拭いた。

「お疲れ様。今日はどうだった」

そんなふうに声をかけてきたのは、晋松たちのそばで貝を獲っていた子供だった。その声を聞き、晋松の心臓が高鳴る。声の主が近くで潜っていることには、実は最初から気づいていた。もしかしたら向こうから声をかけてくるかもしれないと、期待もしていた。

「まああかな」

少し気取った調子で、晋松は答える。相手はにっこりと笑った。

「そういえば、一ノ屋の跡取りに決まったんだよね。すごいね。おめでとう」

相手は晋松を正面から見て、そう言ってくれた。嬉しさに、魂が脳天から抜けていきそうだった。

話しかけてきた娘の名は、お美代（みよ）といった。晋松よりひとつ年下、つまりお汀と同じ年である。だが共通するのは年だけで、他はまるで違った。こうして貝拾いをしていれば日に焼けるのは避けられないが、お汀のように浅黒くはなく、肌は艶のある茶色だった。目尻が垂れているので優しげで、鼻や口は控え目と言いたくなるくらい小さい。気性は荒くなく、かといって引っ込み思案でもなく、誰に対しても気さくだ。話をする際は、常に口許に微笑みを湛えている。お汀と並べると、同じ女とは思えないほどだった。

お汀とはそもそも比較にならないが、他の子供と比べても、顔の愛らしさで勝てる者はいないと晋松は思っていた。お美代は間違いなく、大人になれば島一番の美人になる。それはもう、お天道様が東の海から毎日上ってくるのと同じくらい確かなことだった。

あいにくとお美代の家は離れているので、年は近いが一緒に遊ぶ仲ではない。せいぜいこうして、浜で会えば少し言葉を交わす程度である。それなのにわざわざ向こうから、晋松が一ノ屋を継いだことに触れてくれるとは、何か特別な意図を感じてしまう。お美代もおれと話がしたかったんじゃないかと、晋松は推測した。

「あ、ありがとう。そうそう、だからおれ、昨日から一ノ屋の屋敷に住んでるんだ」

遊びに来いよ、と続けたかったが、さすがにそんな勇気はない。お美代は頷いて、「うん、知ってる」と応じた。

「立派ね。なんだか雲の上の人になったみたい」

「そ、そんなことないよ。おれはおれだから。これまでどおりでいいから」

「わかった。あ、そうか。一ノ屋の跡取りになったのに、まだ貝拾いをやってるんだね。偉いね」

お美代は気づいて、褒めてくれる。村の人に褒めてもらうことは期待していたが、まさかお美代が認めてくれるとは。家で寝ていなくてよかったと、心底思った。

「いやぁ、まあ、それほどでも」

「じゃあ、またね」

照れて頭を掻いている晋松に、お美代はあっさりと言って他の娘たちと離れていった。振り返ると、冷笑を浮かべているお汀と目が合った。

「鼻の下、伸びてる」

「えっ」

慌てて、口許を手で隠した。これだから、お汀は苦手だ。お美代が話しかけてきてくれたのは嬉しいが、お汀がいないときだったらもっとよかったと考えた。

「いやぁ、まあ、それほどでも」

先ほどの晋松の口調を、お汀は真似る。それを聞いて、孝吉が笑い転げた。波治も苦笑を浮かべている。

「よかったねぇ、憧れのお美代ちゃんにおめでとうって言ってもらえて。一ノ屋の跡取りになったからには、まず真っ先にお美代ちゃんを口説かなきゃね」

お汀はからかわずにはいられないようだった。そんなに今の態度はおかしかっただろうか。自分の振る舞いを、晋松は顧(かえり)みる。確かに上擦っていたかもしれない。それこそ一ノ屋の跡取りになったのだから、これからはもっと悠然と構えていなければならないと肝に銘じた。

浜から村へと戻る途中のことだった。前方に、手を繋いで歩く小さい子供ふたりの後ろ姿が見えた。年格好は四歳くらいか。近づいて、ふたりの名前がわかった。

「こんにちは、市兵衛、平太」

お汀が声をかけた。ふたりは立ち止まって振り返り、そして一方だけが応える。

「こんにちは」

「いつも仲良くていいわね」

「はい」

利発に答えるのは、市兵衛だけだ。平太は口を半開きにしたまま、目立った反応をしない。

「市兵衛、平太の面倒をちゃんと見てあげるのよ」

「はい」

「いい子ね」

お汀は頷き、子供ふたりを追い抜いて先を歩く。晋松たちも後に続いた。

「晋松、お前も何か声をかけてやれよ。お前の兄弟たちじゃないか」

波治が肘でついて、顎を後方にしゃくった。市兵衛も平太も、イチマツの子供である。血筋的には確かに兄弟だが、別々に育っているので肉親の情はまるで覚えていない。まして市兵衛ならまだしも、口を半開きにした平太と兄弟と言われるのはいささか心外だった。

「よせよ。ぜんぜん似てないじゃないか」

「似てなくたって、兄弟は兄弟だろ」

「聞いたろ。市兵衛はちゃんと返事をするけど、平太は四歳にもなってまだ口が利けないんだぜ。見るからに頭が足りなそうじゃないか。あんなのと血が繋がってるなんて、考えたくもないよ」

平太は一ノ屋の鬼子と言われている。輝くばかりに美しかったイチマツから、あのような阿呆面の子が生まれるとは誰も思わなかったに違いない。本当にイチマツ父ちゃんの子なのかと、晋松は疑っていた。

「晋松、お前も一ノ屋の跡取りになったんだから、兄弟みんなに慕われるようにならなきゃ駄目なんじゃないの」

お汀が諭すように言って、こちらを睨んだ。ああ、跡継ぎとはそういうものか。少し反省はしたが、だからといってあの阿呆面を兄弟と認める気にはなれなかった。平太のような奴を、一族の恥曝しと呼ぶのだなと内心で考えた。

5

一ノ屋の跡取りとしての生活は、拍子抜けするほど以前と変わりなかった。すれ違う人が手を合わせて拝む、などということは一度もない。それどころか、「母ちゃんを大事にしろよ」だの、「屋敷の暮らしはどうだ」といった調子で、気さくに話しかけてくる。一ノ屋の跡取りというだけで島の者たちに尊敬されるわけではないのだなと、遅ればせながら知った。

おそらく父であるイチマツは、尊敬されるだけのことをなしたに違いない。ならば自分も、同じことをしなければならない。そう考えて、晋松はイチマツを知る人たちの許にせっせと通い、話を聞いた。イチマツの記憶はまだ色褪せていないので、たいていの人が事細かに話してくれた。

しかし、語られることはほぼ、同一内容と言ってよかった。目の覚めるような色男で、剣の腕が立ち、女にめっぽうもてた。そして、島でしたことといえば、ただ女を口説いていただけなのだ。口説くという行為の意味が未だによくわからないのだが、仲良くなるということらしいと朧げに判断する。なんだ、ただそれだけでいいのか。女と仲良くなるとなぜ尊敬されるのかが腑に落ちないものの、ともかくすべきことはわかった。女に優しくすればいいのは、厳しくするよりずっと性に合っている。一ノ屋の跡取りになれてよかったと思った。

手始めに、お美代に優しくした。お美代は優しくし甲斐のある娘だった。重い物を持ってやると、にっこり笑って礼を言う。その愛らしさに、つい頬が緩んだ。早くお美代を口説きたいと思う。いったいいくつになったら女を口説いていいのかと、そればかりを気にした。

いささか不本意ではあったが、お汀にも優しくした。なんと言ってもお汀は、母を除けば最も身近な女である。女とは認めがたいものの、間違いなく男ではない。ならば一ノ屋の跡取りとして、優しくしてやるのが務めだろう。そんな義務感でお汀に柔らかな物腰で接しようとしたのだが、相手の方は晋松の気遣いをまったくありがたがらなかった。重い物を持ってやろうとしても、「ひ弱なお前に持てるか」などと言って、逆に晋松の荷物を持ってくれようとする。貝拾いのさなかに、「疲れたら休んでいいぞ」と優しい言葉をかけてやっても、「お前こそ休め」と返ってくるだけだ。そのうち、お汀には優しくする必要がないと判断した。優しくしても、徒労感が募るだけだった。

貝拾いは、結局そのまま続けた。やはり、幼馴染みたちが働いているのに自分だけ遊んでいるのは居心地が悪かった。母も、一ノ屋の跡取りの母親となっても、以前の生活を継続している。干物作りに参加し、畑をいじり、掃除に洗濯、炊事、繕い物と一日じゅう働いているのだ。晋松だけ何もしないわけにはいかなかった。

とはいえ、口に入るものがぐんとよくなったことだけは大きな変化だった。島の者たちが魚や野菜を持ってきてくれるようになったからだ。イチマツもそうして島全体に養ってもらっていたらしい。母はきちんと働いているが、一ノ屋の面倒を島ぐるみで見るという意識は変わっていないのだった。いいものが食えるようになったことは、一ノ屋の跡を継いだ役得だった。

当然のことながら、日々の経過による変化はあった。島の娘は、十になったら貝拾いをしなくなる。代わりに料理や裁縫、干物作りなど、女の仕事を覚えるのだ。島では女の方が、男より先に働き始めるのである。自分たちがまだ子供だということを再認識させられ、晋松たち三人は取り残されたかのような思いを味わった。

「なんかさぁ、お汀ちゃんがいないと物足りないねぇ」

率直な孝吉は、思ったままを口にする。それを聞いて晋松は、言葉にならなかった自分の気持ちを言い当てられたように感じた。そうか、物足りないのか。

「うん、そうだな」

「寂しいね」

「……そうだな」

とはいえ、一緒に貝拾いをしなくなっただけで、お汀がどこかに行ってしまったわけではない。十になったからといって、朝から晩までみっちり働くわけでもない。貝拾いをする代わりに料理や裁縫を教わるだけなので、これまでどおり遊ぶ時間はあった。木の枝を振るっての剣術ごっこなどやっていると、お汀だけ先に大人になったとはとうてい思えなかった。

　むしろ晋松にとって残念なのは、お美代と海で会えなくなったことなのだが、それも案ずるまでもなかった。お汀と遊ぶ時間があるように、お美代と会う機会も減らなかったのだ。お美代は村で晋松たちを見かけると、必ず話しかけてくる。特にお汀と仲がいいわけではないから、目当てはおれに違いないと晋松は思っていた。もちろん晋松だけに話しかけるのではなく、むしろあまり目が合わないが、それは照れているからだろう。そんなお美代もかわいくてならなかった。

　いくつになったら女を口説いていいのかは相変わらず判然としないが、十四にもなれば将来夫婦になる約束くらいはしてもいいのではないかと考えていた。何しろこちらは、一ノ屋の跡取りである。大人になればたくさんの女が言い寄ってくるだろうから、そんな中でもお美代を選ぶとあらかじめ約束しておくのは向こうのためではないかと考えた。きっとお美代も安心するに違いない。

　そう決めてからは、月日が経つのを指折り数えるようになった。ようやく十二、まだ十三、と焦れる思いで過ごしながら、とうとう十四の年を迎えた。正月三が日が明けてすぐ、晋松は勇んでお美代の許を訪ねた。

「なあ、お美代ちゃん。ちょっと話があるんだ」

「なあに」

　呼び出して、海辺の岩陰に行った。晋松は聞かれてもかまわないが、お美代が恥ずかしがるかもしれないと考えたのである。そこなら周囲に人の耳はなかった。晋松は特に緊張せず、むしろようやくこれを口にできる喜びに胸を膨らませて、言った。

「お美代ちゃん、おれたち、大人になったら夫婦にならないか」

「えっ」

お美代は目を丸くして驚きの声を発すると、そのまま固まってしまった。なんだ、それほど仰天することだろうか。もっと素直に喜んでもらえるものと思っていたので、その反応にはいささか戸惑った。だが、喜びが大きすぎても何も考えられなくなるのかもしれないと考え直す。気持ちをほぐしてやるために、もう一度繰り返した。

「なっ、いいだろ。大人になったら夫婦になろうぜ」

なぜかお美代は、下を向いてしまった。気のせいか、その口からは「えーっ」という声が漏れた気がする。おかしいな。晋松は首を捻った。お美代の様子は、ここ数年何度も思い描いた想像とはまるで違っていた。もっと顔をぱーっと明るくし、はっきり「うん」と頷くものと思っていたのだが。

「――ごめんね。あたし、それはできない」

お美代が何かぼそぼそと呟いた。「できない」と言っているように聞こえたが、そんなはずはないので、何か別の言葉だろう。だが、それがなんなのか見当がつかない。耳を近づけ、問い返した。

「えっ、何」

「ごめんなさい。あたし、できないから」

今度は顔を上げ、はっきりと言った。もう間違えようがない。お美代は確かに「できない」と言ったのだ。あまりに予想外のことを言われ、晋松は目を剝いた。脳裏が空白になるという状態を、初めて経験した。

「ごめんね」

もう一度謝って、お美代は小走りで岩陰から出ていってしまった。残された晋松は、天地がひっくり返るような衝撃をなかなか受け止めきれずにいた。

6

理不尽なことが起きたとしか思えなかった。自分ひとりの中で処理することがどうしてもできず、波治と孝吉を誘って話を聞いてもらった。お汀だけは、呼ぶ気になれなかった。

「ええっ、ホントにそんなこと、お美代ちゃんに言ったの」

一部始終を話すと、なぜか孝吉は頓狂な声を上げて驚いた。どうして驚かれるのかわからない。そんなにおかしなことをしただろうか。

「言ったよ。駄目か」

「駄目だよー。そりゃ、断られるに決まってる」

孝吉の言葉は、とても聞き捨てならなかった。断られるに決まってる、とはどういうことか。断られる事態など、こちらは微塵も予想していなかったのだ。

「どうして。おれは一ノ屋の跡取りだぞ。普通は断らないだろ」

「本気でそう思ってるんだ。晋ちゃんはいくつになってもおめでたいね」

年下の孝吉に、馬鹿にしたようなことを言われてしまった。むかっ腹が立ち、「なんだと」といきり立つ。だが孝吉が「だってさ」と続けたので、腰を中途半端に上げたところで止まらざるを得なかった。

「だって、お美代ちゃんは波ちゃんのことが好きなんだぜ。見てればわかるだろ」

「えっ」

孝吉の指摘は、これまで一度たりとも頭をよぎらなかったことだった。お美代は波治のことが好き、だと。そんなことがあるものか。

「何を言ってるんだよ。どうしてお美代が波治を」

「だから、見てればわかるだろうが。お美代ちゃんはいつも、波ちゃんに話しかけてたでしょ。まさか、気づいてないの」

言われて、これまでのことを思い返してみた。お美代はよく話しかけてきたが、確かに晋松と目を合わせようとはしなかった。お美代が何を見ているのかをまるで気にしなかったが、視線の先には波治がいたのか。考えてもみなかったので、まったく気づかなかった。

当の波治はといえば、眉を寄せた難しげな顔をして腕を組んでいる。波治としては、気まずい立場なのかもしれない。しかし否定しないところを見ると、もしや波治もお美代の気持ちに気づいていたのか。何もかも理不尽すぎて、とうてい受け入れがたかった。

「どうして波治なんだよ。なんでおれじゃなく、波治なんだ」

「なんでって言われても、お美代ちゃんに訊かないとわからないことだけど、まあ波ちゃんはいい男だからなぁ」

この孝吉の説明もまた、理解できない。波治がいい男とは、どういうことか。

「おれの方がいい男だろうが」

「いやー、どうかな。波ちゃんの方がいい男だと思うけど」

「お前は目が悪いのか。おれは一ノ屋の血を引いてるんだぞ」

輝くばかりに美しかったイチマツの息子である自分が、顔の造作で誰かに負けることなどあろうか。孝吉は頭がおかしくなったのではないかと本気で疑いかけたが、続く言葉にぐうの音も出なくなった。

「そんなこと言ったって、晋ちゃんの兄弟たちを見てみろよ。晋ちゃんが馬鹿にしてた平太だって、一ノ屋の血を引いてるんだろ」

それを言われると弱い。平太は喋れないほどの阿呆ではなく、むしろ神童と呼んでも大袈裟ではないほど賢いという評判が立っているが、眉唾物だと晋松は思っていた。何しろ、顔つきは幼い頃からまるで変わっていないのである。口を半開きにしたあの間抜け顔を見て、神童だなどという評判を信じるのは不可能だ。今は学問をするためにくがに行っているが、それも何かの間違いに決まっている。平太が兄弟だと指摘されるのは、晋松にとって依然として屈辱だった。

「波治、お前はどうなんだよ。お前もお美代が好きなのか」

強引に話題を逸らした。いや、晋松の主観では逸らしたつもりはなかった。その点こそ、最も大事なことだったからだ。

「――ああ」

波治は言いづらそうに認める。それを聞いた瞬間、寺の鐘を耳許で鳴らされたかのような大きな衝撃に襲われた。それでも現実が認められなくて、晋松はその場から走って逃げた。

辿り着いた先は、お汀の家だった。飛び込んでお汀を捉まえ、問い質す。

「なあ、おれと波治、どっちがいい男だ。おれだよな」

孝吉は男だから、観点が違うのだ。そう考えて、身近な女であるお汀に意見を求めたのである。

お汀は晋松の剣幕に驚いていたが、目を丸くしながらも答えた。

「えっ、そんなの決まってる」

「そうだよな、決まってるよな」

「うん、波治だよ」

「は」

駄目だ、お汀も目が曇ってる。仕方なく、同じ質問をお汀の母親にも向けた。

「おばちゃん、おばちゃんはどう思う。おれと波治なら、おれの方がいい男だよな」

「さあ、どうだろうね。あたしには両方いい男に見えるよ」

角が立たない無難な返事を選択したかのようだった。しかし晋松にしてみれば、波治と同じと言われることも心外なのだ。お汀の母親に躙（にじ）り寄って、はっきりとした返答を求めた。

「どっちなんだよ。おれでしょ。正直に言ってくれよ」

「お母ちゃん、正直に言ってやりなよ」

後方から、お汀がそんな助け船を出す。お汀の母親は、渋々といった体で答えた。

「そうかい。じゃあ言うけど、どっちかと言うと波治かねぇ。ごめんね」

なんなのだ、これは。この母子は揃って目が腐っているのか。話にならないと思い、今度は孝吉の家に駆け込む。孝吉の母親を捉まえて同じことを問うと、果たして返答は「波治」だった。

これまで信じていたことが崩れていく恐怖に急き立てられ、さらに三軒、同じことを訊いて回った。顔馴染みの近所の女たちは、最初はお汀の母親のように言い渋ったものの、答えを迫ると皆「波治」の名を挙げた。晋松は蹌踉（そうろう）とした足取りで一ノ屋屋敷に帰り、最後に母に尋ねた。

「なあ、母ちゃん。おれと波治なら、どっちがいい男だと思う」

「そりゃあお前だよ。決まってるじゃないか」

母の返答は、訊く前からわかっていた。晋松はこれまで、母の言葉に嘘はないと思っていた。むろん、この返事も嘘ではない。母は本気で、波治より晋松の方がいい男だと思っているのだろう。だがもう、母の評価は真に受けられないとわかった。これが、親の欲目というものなのだ。母親であることがこんなにも事実から目を背けさせるとは、この年になるまで知らなかった。晋松は母を恨みたかったが、恨むのは筋違いだとわかっていた。代わりに、天井を見上げて「ああ」と嘆いた。全身から力が抜け、頭が呆けて何も考えられなくなる「ああ」だった。

晋松十四歳の正月のことであった。

7

晋松は完全に納得したわけではなかった。幼い頃から培ってきた価値観を、そう簡単に捨てられるものではない。一歩譲って、自分より波治の方がいい男なのは認めよう。とうてい納得しがたいことではあるが、何人もの人が口を揃えてそう言うのならば事実と認めざるを得ない。そして、お美代が波治を好きだという話も、受け入れるしかなかった。何しろそれは、当人にはっきり拒絶されたのだから疑いようがない。その二点だけでも天地がひっくり返るような衝撃ではあったが、晋松はまだ大地に足を下ろしている。天地がひっくり返るどころか、ごくごく平穏な日々が続いていた。自分という存在のちっぽけさを、肌身で痛感した。

しかし、納得するのもそこまでだ。晋松の身近には、たまたま波治といういい男がいた。波治は現在、この島で一番のいい男かもしれない。だが、ならば自分は二番なのだろう。お美代を波治に取られるのはやむを得ないとしても、他の女は好いてくれるのではないか。なんと言っても自分は、一ノ屋の跡継ぎなのである。蔑ろにされるわけがなかった。

晋松としては、粉々に砕けてしまった自負を取り戻したかったのだった。だから、行動を起こす時機を待ったりはしなかった。すぐに、島で二番目にかわいいと晋松が考える女の許に向かった。お美代ほど接点があったわけではないが、同じ村の住民だから面識はある。自分にはお美代という女がいるからと思って相手にしなかったことを、今になって後悔した。

「おくらちゃん、いい天気だね」

障子を開け放った座敷で針仕事をしていたおくらに、そう話しかけた。あまり言葉を交わしたことがない相手にいきなり声をかけられ、おくらはぽかんとしている。丸顔で目尻が垂れていて、赤ん坊がそのまま大きくなったような愛らしい顔立ちだった。

「ちょっとここ、いいかい」

断って、許可も得ないうちに濡れ縁に坐った。座敷にはおくらだけでなく、母親もいる。母親もまた、図々しく坐り込んだ晋松に面食らっているようだった。ふたりとも動きを止めて、ただ唖然として晋松を見ていた。

「おくらちゃんはもちろん、おれが一ノ屋の跡取りに決まったことは知ってるよね」

島の人間ならば、知らぬ者のないことである。だが話の取っかかりとして、確認をした。おくらは小さくこくんと頷く。

「そういうわけでおれは、一ノ屋の血を残さなければならないんだ。でね、急なことで驚くだろうし、気が早い話ではあるんだけど、大きくなったら夫婦にならないか」

申し出るのは、少しだけ怖かった。しかし、ほんの少しだけだ。依然として、断られるわけがないという気持ちが揺るぎなく存在している。晋松にとって一ノ屋の家名は、それだけ大きいものなのだった。

「は。藪から棒に何を言ってるんだい」

答えたのはおくらではなく、母親だった。眉を寄せ、険しい顔でこちらを見ている。予想と違う反応に、晋松の顔からさあっと血の気が失せた。まさか、ここでも同じことを繰り返すのか。一ノ屋の威光は、この家でも通じないのか。

「一ノ屋がどうしたっていうんだ。あんた、自分の父ちゃんの悪いところを真似しようって気か。一ノ屋の跡取りになったからって、女を選び放題ってわけじゃないんだよ。そんなことができたのは、あんたの父ちゃんが並外れていい男だったからさ。それを、ガキのくせになんだい。自分の顔をよく見て、出直してきな」

おくらの母親の口は悪かった。こんな人とは知らなかった。つけつけと遠慮なく言われ、今度は晋松の方が面食らう番だった。容赦のない言葉に、魚のように口をぱくぱくさせるしかなかった。

「何、間抜け面曝してんだい。おくらは今、一所懸命針仕事を覚えているところなんだ。邪魔だから、とっとと帰りな」

おくらの母親は顎をしゃくる。こうまで言われては、尻尾を巻いて逃げるしかなかった。顔がかあっと熱くなり、茹で蛸のようになっているのを自覚する。生まれてこの方、こんなに恥をかいたことはなかった。

屋敷に逃げ帰り、頭から布団を被って蹲った。ここに至りようやく、一ノ屋の威光は自分が思うほど力があるものではないと悟った。父のイチマツが島の者から崇められていたのは、一ノ屋の当主だからではなかったのだ。父自身が、人々に福を分け与えていたからに違いない。ならば、父が何をしたのか詳細に知らねばならない。羞恥のあまり大声で叫び出したい心地の中、晋松はなんとか今後の方針を決めた。そして、布団の中でうんうんと唸った。

きっと父は、女たちに対して何かをしてやったのだろう。そのことに感謝して、女たちは自ら父の許に通ったのだ。父が女たちに何をしてやったのか、知りたかった。大勢いた女のひとりである母に訊けば手っ取り早いのだが、さすがにそれは照れ臭い。親に訊いていいこととも思えない。だから翌日から、晋松は父を知る人の許を訪ね歩くことにした。

くじを引いて外れた子供の親に尋ねるのは気まずいので、利害関係のない相手にしなければならなかった。そう考えて思いつくのは、イチマツの長男の母であるお兼だ。お兼の息子とは年が離れているし、お兼自身も晋松の母より年上である。イチマツと懇ろになった時期は母とずれているようなので、あれこれ問うには無難な相手だった。

「すみません、お兼さん。ちょっといいでしょうか」

昨日のおくらの母親の態度が強烈に心に残っているので、下手(したて)に出た。お兼は他の女たちとともに、干物作りをしている。魚の腹を割き、腸(はらわた)を出し、洗ってから板に並べるのだ。慣れていてもたまに骨が指に刺さり、それが爪と肉の間だったりすると飛び上がるほど痛いらしい。そんな注意を要する作業をしているところに話しかけるのは恐縮だったが、手が空くまで待つ気にはなれなかった。幸いお兼は情に篤い人だという評判なので、邪険にはされないだろうと考えた。

「あら、晋松つぁん。なんだい、そんなふうにぶらりと訪ねてくると、あんたの父親を思い出すよ」

手を休ませないまま、お兼は気さくに応じてくれた。他の女たちも、「そういえばそうだねぇ」と笑いながら同意している。これは幸先がいい。励まされた心地だった。

「それです。おれの父ちゃんについて知りたいんですよ。おれは一ノ屋の跡取りなので、父ちゃんみたいな男になりたいんです」

別におかしなことを言ったつもりはなかったが、それを聞いた女たちはゲラゲラと笑い出した。

「そりゃ無理だよ」と気遣いのかけらもないことを言っている。ただ、お兼は小首を傾げただけで笑わなかった。それに力を得て、「ねえ」とお兼にだけ話しかけた。

「本気なんだよ。おれは父ちゃんみたいに、立派な男になりたいんだ。父ちゃんの話を聞かせてくれよ」

じゃああんたの母親に訊きゃいいじゃないか、という声が上がった。晋松はそちらに向けて、首を振る。

「どうやったら女と懇ろになれるのか、知りたいんだ。母ちゃんには訊けないよ」

「あらまあ、ませたガキだね」

またしても、遠慮のない笑い。あんたいくつだい、と訊かれたので、十四だと答えると、さらに笑われた。やはり、お兼ひとりのときに尋ねればよかったと後悔した。

「笑い事じゃないんだ。お兼さんはどうして父ちゃんのことを好きになったのか、教えてくれよ」

他の女は無視して、お兼に懇願した。お兼は晋松をじっと見つめると、「うん」と頷いてくれた。

「いいよ。知りたいなら教えてあげるよ。イチマツさんはね、優しかったんだ。それはもう、島の男の誰よりも優しかったよ。あんたが女に好かれたいなら、優しくしなきゃ駄目だ」

それは以前にイチマツのことを訊いて回ったときに、耳にしていた。だから実践してみたが、お美代はなびかず、お汀には優しくするだけ無駄だった。しかし改めて尋ねても同じ返事ならば、優しくする方法が間違っていたのかもしれない。もっと詳しく知りたかった。

「優しくって、どうすればいいんだ」

「そりゃあ、あんた。女を大事にするんだ。壊れ物を扱うように、イチマツさんは接してくれたよ」

「壊れ物を扱うように」

「そうさ。間違っても怒鳴ったり、殴ったりしちゃ駄目だ。あんたの父ちゃんはね、島で一番優しい人だったよ」

島の男は皆、漁師だから気が荒い。自分の女房を怒鳴る男は、ざらにいる。殴る男も珍しくない。だから逆に、殴りも怒鳴りもしないイチマツは確かに異色だったのだろう。島一番の優しい男という説明に、晋松は感銘を受けた。

「怒鳴ったり殴ったりしなければ、それでいいのか。他にするべきことはないの」

何々をする、ではなく、何々をしない、という努力はなかなか理解されにくい気がした。現に、これまで一度もお美代のことを怒鳴りも殴りもしなかったが、向こうは好いてくれなかった。努力を惜しむつもりはない。何をすればいいのか、教えて欲しかった。

「他人に言われて優しくしているようじゃ、駄目だ。あんたの父ちゃんは、誰に教わったわけでもないと思うよ。自分で考えて、女に優しくしてあげなきゃ」

お兼は手を休めないまま、そのように言う。なるほど一理あるが、突き放されたようにも感じた。これといった収穫が得られずに悄然としていると、憐れに思われたかひとりの女が声を発した。

「あんたの父ちゃんは、どんな女にもまんべんなく優しかったよ。綺麗な女だけじゃなく、そうでない女にもおんなじように優しくしてた。見境がないとも言われたけど、けっこう立派なことじゃないかと思ったねぇ」

「綺麗じゃない女にも」

考えてもみなかったことを言われ、なにやら新しい視界が開けた心地だった。そうか、その発想はなかった。一ノ屋の跡取りである限り、女は選び放題と考えていた。それが間違っていたようだ。一ノ屋の当主は、島の者に福を与える立場である。与える相手を、選んではいけなかったのだ。父は選ばなかった。だから今もなお、立派だったと誉め称えられる。晋松自身も初めて、父の立派さが理解できたと思った。

「ありがとう。よくわかりました」

大きな声で礼を言い、頭を下げた。いきなり元気になった晋松に、女たちは怪訝そうな顔をしていた。そんな女たちに笑いかけ、晋松は干物小屋を後にした。

改めて、先ほどの言葉を考えてみる。要は、父は来る者拒まずだったということだ。しかし、なるのだろうか。

誰も寄ってこない晋松はどうすればいいのか。大人になれば、女たちが自然と寄ってくるように

とてもそうは思えなかった。女たちは、父の顔に釣られたのだ。言ってみればそれは、夜の篝火に虫が寄ってくるようなものである。なかなか認めがたいことだが、自分の顔にはそこまでの力がないと考えざるを得ない。ならばどうすればいいのか。

どうやら福とは、誰でも受け取ってくれるものではないらしい。授けようとしても、拒否されることもあるのだ。しかし、全員に拒否されるとも思えない。曲がりなりにも、自分は一ノ屋の跡取りである。一ノ屋という家が大事にされてきたのは、間違いのない事実なのだ。島の者に福を与えようという晋松の努力を、認めてくれる人は必ずいるはずだった。

つまり、最初の一歩はやはり相手を選ぶべきなのだと結論した。先ほどの理解と矛盾するようではあるが、そうでもない。選ぶ際に、選り好みをしなければいいのだ。顔の美醜では選ばない。あくまで、こちらの厚意を受け入れてくれるかどうかだ。それには、気立てのよささこそ重視すべきだろう。気立てのいい娘は、果たして誰だろうか。

ひとり、思い当たる者がいた。名をお菊といい、晋松のふたつ年下だ。見端は、まあ贔屓目に見て中の中といったところではあるが、いつもにこにこしていて感じがいい。よく気が利くので、幼い頃から「いいお嫁さんになる」と言われていた。あのお菊ならば、こちらを邪険にあしらうような真似はしないだろう。そう考えると、急に好ましい相手に思えてきた。

その足で、お菊の家に向かった。おくらの失敗で懲りているので、外に呼び出して母親のいないところで話をすることにする。おくらよりは話をしたことがあったお蔭で、手招きすると特に訝しむこともなく出てきた。家の裏手に連れていって、向き合う。

「あのさあ、おれって優しいかな」

「えっ」

唐突な質問だという自覚はある。しかし、優しさは大事だとお兼に強調されたからには、確認する必要があった。晋松を優しいと認識していない相手は口説けない。果たして、お菊にはどう思われているのか。

「どう。おれ、優しいか」

「うん、優しいと思う」

二度繰り返して尋ねると、お菊はにっこり笑ってそう答えた。これはいつものお菊で、誰に対してても同じように接している恐れがあったが、ひとまず大事な点は押さえた。次の申し出に進みやすくなった。

「いなくなったおれの父ちゃんも、優しい人だったらしいんだ。おれ、父ちゃんみたいになりたいんだよね。父ちゃんは島じゅうに福を振りまいたと言われているだろ。だからおれも、みんなに幸せになって欲しいんだ」

「へえ、晋松さん、立派ね」

立派と言われた。まさにそれこそ、晋松が欲していた評価だ。打てば響くとは、このことではないか。お菊に対して覚えている好意が、ぐんと膨らんだ。今や、中の中と思えていた顔立ちさえ、愛らしく見えている。

「いやぁ、それほどでも。ただ、島のみんなにいっぺんに福を与えるなんて、そんなことはできない。ひとりひとり、地道に幸せにしていくしかないと思うんだよ」

「そうね」

「そこでね。まず最初に、お菊ちゃんに幸せになって欲しいんだ」

「あら。なんであたしなの」

お菊は小首を傾げる。そんな仕種もかわいらしい。晋松はここぞと声に力を込めた。

「お菊ちゃんは気立てがいいからだよ。だからさ、大きくなったらおれと夫婦になってくれないか」

「それは駄目」

「えっ」

まったく覚悟がなかったわけではないが、それでもお菊の口から発せられた言葉には耳を疑った。まさか、このお菊までもがおれを拒否するのか。そんなことは断じてあり得ない。信じたくなかった。

「だってあたし、小平ちゃんと夫婦になる約束をしているから。ずっと前から言い交わしてあるの。晋松さんも優しいけど、小平ちゃんはもっと優しいのよ」

「そ、そう」

堂々とのろけられ、晋松は肩を落とした。お美代といいこのお菊といい、なぜそんなに早く相手を決めているのか。十四になっておもむろに将来の嫁を探し始めた晋松は、出遅れたのか。気づけば周りから人が消えているような、寂寞とした感に襲われる。「ごめん。忘れてくれ」とかろうじて挨拶を絞り出し、その場を退散するしかなかった。

忘れてくれと頼んだのに、お菊は忘れなかったようだ。それどころか、心の中にも秘めておいてくれなかったらしい。その翌日に、お汀が訪ねてきて「おい」と晋松を呼ばわった。女とは思えぬ挙措と声の大きさだった。

「なんだよ、朝っぱらから」

もう貝拾いを一緒にしなくなって長いので、朝一番にお汀の顔を見るのも久しぶりだった。相変わらず色が黒く、鼻が低い。背ばかり伸びているので、以前は小猿のようだったが、今は牛蒡のようだ。庭先に勝手に現れたお汀は、仁王立ちして腕を組み、晋松に冷ややかな目を向けた。

「お前、おくらとお菊を口説いたんだって」

「えっ」

なぜそれを、という言葉が喉から出かけた。しかし、そんなことを言っては認めたも同然だ。晋松が認めなくてもお汀はもう知っているようではあるが、ここは白を切っておくべきだと判断した。お汀は一方的に続ける。

「しかも振られたんだろ。みっともない。お前が父ちゃんの真似をしたって、恥をかくだけだぞ」

「や、喧しいわ。おれは一ノ屋の跡取りとして、いろいろ考えてるんだよ。お前なんかにはわからない悩みを抱えてるんだ」

言い返すと、お汀はわずかに目を細めた。こちらを見る目つきにどんな意味が込められているのか、よくわからない。しばらくしてからふっと息をつくと、今度は先ほどよりずっと弱い口調で言った。

「阿呆が」

そして、踵を返すと庭から出ていった。いったい何をしに来たのか。言われっぱなしなのが悔しく、「誰が阿呆だ」と小声で反論した。だが、確かに自分は阿呆だとの思いもあった。

8

阿呆と言われようと、父のようになりたいという気持ちに変わりはなかった。しかし、その父がどうにも摑み所がない。福を振りまき、人に崇められていたことは確かなようだが、では具体的に何をしたのかと言えば、女を口説いた話以外出てこない。真似をしようにも、晋松には不可能なのだ。自分は一ノ屋の跡継ぎとしてふさわしくないのではないかという考えが初めて頭をよぎり、ぞっとした。そんな恐ろしいことは認めたくなかった。

改めて、島の年長者たちに話を聞いて回ることにした。これまで父は、単に一側面しか語られていなかったのではないか。もっと他に一ノ屋の当主としてふさわしい面があったからこそ、人々の記憶に残ったのだと考えたい。女を口説いただけで崇められるとは、どうにも理屈が通らない気がした。

それでもやはり、目新しい話は聞けないのだった。どうほじくり返してみても、父はただ女を口説いただけだった。同じことをしても、父は崇められ、晋松は阿呆だと罵られる。これはもう、人徳とかそういったことに関わる世界なのだと理解するしかなかった。お前には人徳がないのだ、と言われてしまえば、まだ十四に過ぎない晋松には手も足も出なかった。

「晋松、お前は憐れじゃの」

訪ねていった先の古老に、あるときぽつりとそう言われた。憐れ、という言われように驚く。自分の何が憐れなのだろうか。

「一ノ屋の名を、そう重く感じることはない。お前の父は、実に自由に生きておったぞ。お前も好きに生きればいいんじゃ」

「そういうわけにはいかないよ」

人にはそれぞれ、持って生まれた天命というものがあると以前に和尚から教わった。一ノ屋の名を継いだとき、晋松は己の天命をはっきりと意識した。一ノ屋の名を背負うからには、それ相応の責任も生じる。好きに生きるなど、論外のことだった。

「おれは一ノ屋の当主として、ふさわしい人間になりたいんだ。でも、そのためにどうすればいいのかわからないんだよ。なあ、おれは何をすればいいのかな」

「やはり、お前は憐れじゃ」

古老は悲しげに首を振った。なぜそんな表情をされるのか、晋松には理解できなかった。

「ならば、イチマツではなくそれ以前の一ノ屋の当主の真似をしたらどうじゃ。イチマツはの、あれは何十年に一度の特別な男じゃった。あれを真似しようとしたって、凡人には無理な話じゃよ。イチマツの父親や、さらにその父親の話を聞くがよかろう」

古老の提案には、なるほどと手を打った。凡人呼ばわりは不本意だったが、そこで引っかかっていては話が聞き出せない。言われてみればそのとおりで、一ノ屋の当主は父だけではなかったのだ。歴代当主の話は、ぜひとも知りたかった。

「うん、知りたい知りたい。おれのおじじは、どんな人だったんだ」

身を乗り出して、古老に顔を近づけた。だが古老は、とぼけた返事をするだけだった。

「普通の奴じゃったなぁ」

「普通」

普通とはあまりに拍子抜けだ。そもそも、普通とはどういう意味か。一ノ屋の当主として「並」だったという意味なのか、あるいはその辺の男と同じ平凡な人間だったのか。

「まあ、特に話すこともないという意味じゃ。イチマツみたいに問題を起こしたわけではないし、逆に島の役に立ったわけでもない」

普通の意味を問うた晋松に対しての、古老の返事がこれだった。それは、晋松にとって最も望ましからざる姿だった。一ノ屋の当主になって、後にそんなふうに語られる一生を送るつもりはない。何もしないのならば、特別な家系とは言えないではないか。島の者たちに食わせてもらうのだから、一日置かれる存在にならなければならないと、晋松は強く思っている。

「じゃあ、さらにその父ちゃんはどうだった」

わずかな期待を込めて、尋ねた。しかし答えは、訊かなければよかったと晋松に思わせるものだった。

「普通じゃったなぁ」

なんなのだ、それは。ならばなぜ、一ノ屋の家系は特別扱いされているのか。自分はいったい、何を継いだのか。

「つまり、特別なのはイチマツだけだったということじゃよ。凡人はお前だけではない。気に病むことはないんじゃぞ」

古老は慰めのつもりなのだろうが、晋松の矜持をいたく傷つけるだけだった。おれは凡人なんかじゃないと、心の中で三度繰り返す。しかし、それを口には出せなかった。自分で言うのではなく、周りからそう認められなければならないのだった。

一ノ屋はなんのために存在しているのか。そもそもの根本がわからなくなった。まれに父のような人を生み出す家系だから特別扱いされているのだろうが、その父がしたことと言えば女を口説いただけなのだ。自分が何をすればいいのか、そもそも自分は何者なのか、晋松は何ひとつわからず途方に暮れた。

難しいことを問う相手といえば、島では和尚に尽きる。昔は手習いのために寺に通ったが、一ノ屋を継いでからはすっかり無沙汰していた。もう少し真面目に手習いをすべきだったかと思わないでもないが、後の祭りである。己の不勉強を取り繕わず、素直に頭を下げて教えを乞うにしくはなかった。

和尚は寺の掃除を小僧たちに任せ、自分は本堂で座禅を組んでいるようだった。回廊の雑巾がけをしている小僧に取次を頼んだのだが、しばらく待てと言われる。小僧たちが忙しく立ち働いているのに、自分が何もせずにいるのも気まずいので、雑巾がけを手伝った。以前であれば絶対にやらないことだったが、最近は少し意識が変わった。おれは一ノ屋の当主だぞ、とふんぞり返る気はもうなくなった。

「和尚様がお会いになります」

掃除が終わってひと息ついていたら、呼ばれた。和尚は広い本堂に坐って待っていた。その正面に正座し、頭を下げる。晋松の無沙汰の挨拶に対して、和尚は目尻に皺を寄せて応じた。

「掃除を手伝ってくれたそうじゃの。礼を申す」

「いえいえ、暇だったので」

和尚に感謝されたくてしたことではなかった。礼を言われるのは気恥ずかしいので、すぐに本題に入る。

「和尚様、今日は教えていただきたいことがあって参りました」

「ほう。教えを」

「はい。おれは今、一ノ屋とはなんなのかわからず、迷っております。父はただ女を口説いただけで人から崇められ、さらにその父は何もしなかったと聞きました。一ノ屋という家は、なぜ島に養われているのでしょう。なぜおれは、一ノ屋の当主になったのでしょう」

心の中に渦巻く思いを、言葉にした。口に出してみると、迷いがいっそう膨らむかのようだった。

「ふむ。そこに考えが至ったか。一ノ屋の跡継ぎに選ばれ、ただ浮かれているだけかと思ったが、お前も成長したの」

和尚は嬉しそうに目を細める。だが、和尚に喜んでもらえるほど自分が成長したとは思えなかった。おくらとお菊に振られた話を聞けば、きっと和尚も呆れるだろう。そう考えると、むしろ恥ずかしいだけだった。

「しかしな、その問いに答えてやるわけにはいかん。なぜなら、答えはお前自身が見つけなければ意味がないからだ」

「えっ、そうなんですか」

「そうだ。お前はいつ、その問いを胸に抱いた」

「ええと、ついさっきです」

自然と声が小さくなる。和尚の言う意味が、朧げに理解できてきた。

「さっき迷ったばかりで、すぐその足で拙僧を訪ねてきたのか。それでよいわけはないわな。己の頭で考えなければ、どんな立派な考えも身につかぬぞ」

「はい、すみませんでした」

手をついて、低頭した。自分の安易さに気づかせてもらっただけ、ここに来た甲斐があったというものだ。

「とはいえ、せっかく来たのじゃ。少し手がかりくらいはやろう」

和尚はそう続ける。晋松は慌てて頭を上げた。

「一ノ屋はな、拙僧と同じじゃ。拙僧はこの島でただひとつの寺を預かっておる。お前は一ノ屋を継いだ。立場は似ておる。違うのは、拙僧にはやるべきことがきちんと決まっているということだ。わかるか」

問われても、即座には理解しかねた。一ノ屋の当主と和尚の立場が同じとは、どういう意味か。和尚のように振る舞えばいいのだろうか。

「わかりません」

正直に答えた。和尚は呵々と笑った。

「よい、よい。すぐわかるようなら、誰も苦労はせん。お前には時間がある。ゆっくり考えるがよかろう」

その言葉に送り出されて、寺を後にした。頭の中で和尚の言ったことを嚙み締める。いずれ、答えを見つけなければならないと思った。

帰り際に、ふと気まぐれを起こしてお汀の家を訪ねた。お汀は昔から、周りの物事をよく見ている。一ノ屋とはなんぞや、という話をするなら、相手は波治でも孝吉でもなく、お汀だった。

お汀は母親の炊事の手伝いをしていた。それを手招きして呼び出す。お汀はにこりともせず、「なんだよ」と言いながら出てきた。

「女を口説くのに忙しいんじゃないのか」

「それを言うなよ」

つけつけとしたお汀の物言いは、今は腹が立つというより晋松を恥じ入らせるだけだった。晋松の様子がいつもと違うと気づいたか、初めてお汀は憂わしげに眉を寄せ、「どうした」と訊く。

「何かあったのか」

「まあ、ちょっと」

「少し、歩くか」

お汀は浜の方へと顎をしゃくる。それも悪くないので、歩きながら話すことにした。

夏の盛りにはまだ早く、潮風が肌に心地いい。これで一緒に歩く相手がお美代であれば嬉しいのだが、とつい考え、それがいけないのだと思い直した。わかってはいても、そう簡単に考えを改められない。

「おれは一ノ屋の跡取りとして、何をしたらいいんだろうなぁ。父ちゃんみたいに振る舞えばいいのかと思っていたけど、どうやら違うみたいだし」

足許を見ながら、こぼした。自然とうなだれてしまう。お汀はすぐには応じなかった。

「なんか、晋松らしくないな。そんな難しいこと考えるなんて」

ようやく声を発したかと思えば、不本意な物言いをする。まったく、幼馴染みというのは遠慮がない。

「おれだって、いつまでも子供じゃない。自分が一ノ屋を継いだ意味を考えてるんだ」

「だから、おくらとお菊を口説いたのか。阿呆だな」

お汀はまた繰り返す。もうそれはわかったと言いたかった。

「そうだよ、阿呆だよ。でも、阿呆なりに考えてるんだ」

「そうみたいだな」

そうこうするうちに、浜に達した。お汀は着物が汚れるのも厭わず、さっさと砂に腰を下ろす。十三になっても、こんなところはまるで変わらない。だからいつまでも真っ黒に日焼けしているのだ、と思った。

「そんなに気負わなくていいんじゃないか。晋松は晋松だ。一ノ屋の跡取りになったからって、そのことは変わらないんだから」

お汀は足を投げ出し、海の彼方を見ながら言った。隣に腰を下ろした晋松は、お汀に顔を向けずに応じる。

「いや、変わりたいんだ。一ノ屋の跡取りにふさわしい男になりたいんだよ」

「一ノ屋の人は、別に何もしないじゃないか。そこにいるだけでいいんだよ。それが一ノ屋の役目だろ」

お汀は言う。確かにそのとおりなのだ。だが、それが納得できなかった。

「いるだけでいいって、どうしてだよ。おれはいるだけで認めてもらえるような、そんな立派な人間じゃないよ。それなのに働きもせずに養ってもらうなんて、申し訳ないんだ」

「じゃあ、働けば。漁師でもいいし、畑仕事でもいいじゃないか」

「違うんだ。誰でもできることがしたいわけじゃない。おれにしかできない、一ノ屋の人間にしかできないことをして、人に認められたいんだよ」

「ふうん」

お汀は鼻から息を吐き出すようにした。また馬鹿にしているのかと思って横顔を見たが、お汀はすこぶる真面目な表情をしていた。

「あのさ、もしかして、平太のことを気にしてるのか」

「えっ」

海を見ていたお汀は、顔を動かしてこちらに視線を向けた。真っ直ぐに見られ、たじろぐ。たじろいだことで、お汀の言葉を認めてしまった形になった。

「やっぱり、そうか。なんだかやたら焦ってるから、そうじゃないかと思ってたよ」

お汀は膝を自分の体に引き寄せ、そこに両腕と顎を載せた。なにやらお汀の目には、これまで見たことのない色が浮かんでいるようだった。憐れまれているのか、と感じた。

「平太が阿呆どころか、実は神童だったとわかって、焦ってるんだろ。平太が一ノ屋を継ぐべきだったと言われないかと、恐れてるんじゃないのか」

図星だった。いや、明確に意識していたことではなく、むしろ自分の気持ちから目を逸らしていた。だから言葉にならないもやもやを抱えて、人々に話を聞いて回っていたのだ。お汀に指摘されると、内心を悟られてしまったことを恥じると同時に、自分を悩ませるものの正体に気づいて楽になる面もあった。晋松を落ち着かなくさせているのは、間違いなく最近の平太の評判だった。

「大丈夫。誰も平太が跡を継ぐべきだったなんて思ってないよ。さっきも言ったとおり、一ノ屋の人は何もせずにただそこにいればいいいと、みんな思ってるんだから。平太は平太、晋松は晋松だって。気にするな」

お汀の口調はぶっきらぼうだが、慰めてくれているのは伝わってきた。それでも、素直に頷くことはできなかった。

「だって、あの平太なんだぜ。一ノ屋の面汚しって内心で蔑んでいた平太が、誰にも負けないほど賢かったなんて。じゃあ、おれはなんなんだよ。おれにはどんな力があるんだ。父ちゃんみたいにいい男でもない、平太みたいに賢くもないおれは、なんのために生きてるんだよ」

言葉を重ねているうちに、悲しみがどっと胸に溢れてきた。自分でいることが悲しくてならなかった。なぜ、跡継ぎを決めるくじで当たってしまったのか。誰か他の人が一ノ屋を継ぐべきだったのだ。お汀に倣って、膝を抱き寄せた。そこに顔を埋めると、情けないことに涙が湧いてきた。お汀に悟られまいと、必死に嗚咽をこらえた。

「なんのために生きてるって、お前は馬鹿だな。お前が晋松だからだよ。他の誰でもなく、お前が晋松だから生きてるんだ。馬鹿なこと言うな」

お汀は拳で、晋松の肩を軽く殴ってきた。晋松は歯を食いしばり、膝を強く抱いた。

波の音が、やけに大きく聞こえた。

9

以後も晋松は、人々を訪ね歩いて話を聞いた。自分ひとりで考えてもどうにもならず、何か行動せずにはいられなかったのだ。主に年寄りを中心に話を聞いて回った結果、お汀の理解で正しかったと徐々にわかってきた。島の人は誰も、一ノ屋の者に大きな期待などしていないのだ。一ノ屋は一ノ屋として存在していればそれでいいと、皆が言う。要は、ダルマや招き猫といった置物と同じなのだ。縁起物に、本気で御利益を求める人はいない。島にとって一ノ屋とは、その程度の存在なのだった。

そうとわかると気負いは抜けたが、なにやら腹立ちにも似た思いも湧いてきた。何も期待されていないとは、小馬鹿にした話ではないか。父であるイチマツは、確かに島に福を振りまいた。ただの飾りなどではなかった。一ノ屋の家系には、やはり存在意義があるのだ。そのことを、自分の代でも知らしめてやりたいという野心を抱いた。

晋松の興味を惹いたのは、ある年寄りが語った、ほとんど言い伝えに近い昔話だった。一ノ屋の当主が、島の役に立ったことがあると言うのだ。

「本当か。それはどんなふうに」

食いつかずにはいられなかった。背中の曲がった年寄りは、歯が抜けた口でもごもご答えた。

「あたしが子供の頃に聞いた話だからねぇ。本当かどうかは知らないけど」

「ああ、いや、本当かどうかはともかく、ぜひその話が聞きたい」

「えっ、なんの話が聞きたいって」

「だから、一ノ屋の当主の話」

「一ノ屋はお前が継いだんじゃないのか」

なかなか埒が明かなかったが、晋松は根気よく聞き出した。ついに年寄りの口から語られた話は、こんな調子だった。

「大昔のこと、島の周りの海では大不漁で、ほとんど魚が捕れないときがあったんだと。畑で穫れるものだけでは村の者の腹はくちくならず、小さい子供が飢えて死ぬような事態になった。そんなとき一ノ屋の男が、お山に向かったんだ」

「お山に」

島の真ん中にある山は、それ自体が山神様として崇められている。島の者は海神様を大事にしているが、それと同じくらいお山様も敬っていた。

「お山の腹に、洞窟があるのはお前も知ってるじゃろ。お前の先祖は、そこに入ったそうな」

「ほう」

洞窟の存在は昔から知られているが、危ないから絶対に入るなと子供の頃から言われていた。奥が広く、一度迷うと抜け出すのが難しいそうだ。中を探りに行き、結局帰ってこなかった者も少なくないと聞く。お山様の本体は洞窟の一番奥にいる、とまことしやかに言う者もいた。

「なんのつもりだったんだろうのう。海の不漁をお山様に頼んでなんとかしてもらおうというのが、突飛というかとぼけているというか。まあ、並の者の考えることではないわな」

確かにそのとおりだ。やはり頼むべきは海神様であり、思いつくのはせいぜい、海に供物を捧げるくらいが関の山である。しかしおそらく、そんなことはとっくにやったのだろう。それでも効果がなかったから、お山様に縋る気になったのか。

「一ノ屋の男が洞窟に入ったと聞いて、もう戻ってくることはなかろうと皆が思ったそうな。しかし、一ノ屋の男は帰ってきた。なんと、一番奥まで辿り着き、そこにいたものを捕まえてきたと言うのだ。一ノ屋の男は、両手に余るほどの大きさの、金色の鯰（なまず）を抱いていたという」

「金色の、鯰」

またなにやら話が混同している気がした。地震を静めるために鯰を捕まえるというならわかるが、不漁に鯰とは筋が通らない。しかも、洞窟の一番奥にいたならば、それはお山様の化身ではないのか。そんなものを捕まえていいのか。

「不思議なことにそれ以来、不漁がぴたっと止まり、また魚が捕れるようになったそうな。さすがは一ノ屋と、皆がもてはやしたそうだぞ。ちなみに鯰は、腹が減っていたから皆で食ってしまったらしい。金色の鯰とは、縁起がいいからの」

食ったのか。よく祟られなかったな。ずいぶんと罰当たりな話に思えるのだが。

「これが、一ノ屋の当主が島の役に立ったと言われている話だ。そうそう、その男はたいそうな色男だったらしいぞ。そんなことがあったから、一ノ屋の色男は島に福をもたらすと言われるのだろうのう。しかしお前は別に色男でもなんでもないから、何もしなくていいのだ。よかったのう。ふぉっふぉっふぉっ」

年寄りは歯がない口を開けて笑う。最後のくだりはよけいだよと、晋松は内心で毒づいた。

結局、さんざん聞いて回ってめぼしい話はこれだけだった。他に、そもそもの起こりとして一ノ屋の先祖は天皇のご落胤だとか、源氏の傍流だのといった話もあったが、いずれも遥か大昔のことだし、人によって言うことがまちまちなので眉唾物だった。そんなことを信じて自分の血筋を誇るほど、晋松はもう幼くはない。結論としては、己自身の価値を高めるしかないということだった。

ともかく、人の役に立ちたいのだ。さすがは一ノ屋、と言われてみたい。いるだけでいいと人々が考えているのはわかったが、それはただの無駄飯ぐらいではないか。人々が受け入れても、晋松自身がそんな境遇は耐えられなかった。

話を聞く際の目先を変えることにした。もう過去の例は参考にならない。ならば具体的に、今現在困っていることはないかと訊くのだ。それを晋松が解決してやれば、一目置かれるではないか。人の役に立つとは、つまりはそういうことのはずだった。

まず手始めに、お兼が働く干物小屋に行った。以前に話を聞かせてもらった礼のつもりだった。

何か困っていることがないかと尋ねると、女たちは口を揃えて言った。

「あとひと月もすれば夏だからねぇ。暑いのが困るわ」

「ほんと、夏はこの小屋が暑いこと」

「風が吹いていれば、まだましなんだけどねぇ」

「そうそう。風がない日はたまったもんじゃないわね」

なるほど、夏の暑さか。基本的に島の家は開放的だが、干物小屋は虫や獣が入り込まないように開口部が小さくなっている。ここに数人が集まって作業をするのだから、夏はさぞかし暑かろう。女たちの悩みはわかった。

さて、では晋松に何ができるのか。屋敷に帰って、しばし思案した。まず真っ先に思いついたのは、「扇ぐ」ということだった。風が吹かないなら、団扇(うちわ)などで扇ぐしかない。だが、皆は作業で手が塞がっている。誰かが扇いでやるにしても、ひとりかせいぜいふたりしか涼めない。全員の暑さを解消してやることはできないのだった。

ひとりで数枚の団扇を使えればいいのだが。そう考えてはみたが、両手に持っても二枚だ。足の指に挟んでも、うまく扇げるとは思えない。一度に数枚の団扇を動かす方法はないものか。

そのことだけを、三日かけて考えた。そしてようやく、妙案らしきものを思いついた。うまくいくかどうかは、作ってみないとわからない。晋松はあまり手先の器用さに自信がなかったが、人の力を借りては意味がなかった。ひとりでやり遂げてこそ、さすがは一ノ屋と言ってもらえるのだ。

まず、適当な竹を探した。さほど長くなくていい。割れていなければ、それで充分だった。幸い、村共同の物置の中にいい塩梅の竹を見つけた。長さは三尺(約九十センチ)ほどか。ほどよく乾燥しているので、丈夫そうだ。使われなくなって久しい竹のようだから、これを拝借することにした。

竹に、等間隔で細長い穴を空けた。三つで一列として、三列。合計九つの穴を空ける。穴の大きさは、団扇の柄が入るほどだ。団扇を手許に置いて、何度もあてがいながら穴を彫ったから、大きく空けすぎることはなかった。

竹の一端には切れ目を入れた。そこに、竹の径よりも長い板を嵌め込み、釘で固定する。板の反対側の辺に持ち手をつけ、同じく釘で固定した。

団扇を九枚用意した。これは、あちこちの家を回って手に入れた。それだけの数の団扇を揃えるのは、なかなか難儀な作業だった。どこの家でも、余っている団扇などなかったからだ。自分が作っているものを説明し、賛同を得た上で提供してもらうしかなかった。ここに最も時間がかかったが、なんとか数は揃った。

その団扇を、膠で竹に固定した。膠は船底に塗るため、村には常にある。だが晋松自身は扱ったことがなかったから、この作業もまた大変だった。手がかぶれてしまって難儀した。

最後に、ふた股になった枝を探した。簡単には折れない太さで、同じ程度の長さのものが二本いる。これは山を歩くことで見つけられた。勇んで家に帰り、作った物と組み合わせた。

原理はこうだ。二本のふた股の枝を地面に突き立て、その股に両端が載るように団扇を挿した竹を載せる。竹の一端には取っ手がついているから、回すことができる。すると合計九枚の団扇が回り、大きな風を起こすのだった。

回してみたら、見事に風が生じた。試しに母を前に坐らせてみたところ、「涼しい」と言う。これならば、何人もの人たちに涼を感じさせることができるだろう。我ながら、なかなかの発明だと思えた。

さっそく、干物小屋に行って披露した。最初は訝しんでいた女たちも、風を浴びると歓声を上げた。

「ああ、涼しいよ」

「うん、これはありがたいねぇ」

「晋松、あんたすごいね」

「ありがとうよ。助かるわ」

口々の賛嘆や感謝の言葉が嬉しかった。これだ、これこそ欲していたことだ。ようやく一ノ屋の当主として面目を施せた心地だった。

みんなで使ってくれ、と言い残して去ろうとしたときだった。ちょっと待て、と呼び止められて振り返った。女たちは皆、晋松の工作物を指差している。

「ちょっと、あんたがそれを回してくれなきゃ、誰が回すのさ」

「えっ、誰って」

戸惑って言い返したが、女たちは昂然として胸を張るだけだった。

「あたしたちはみんな、干物作りで忙しいんだよ。手が空いてるのは、あんたしかいないじゃないか」

「えっ、おれが回すんですか」

「当然だろ」

考えてもみないことだった。この工作物を干物小屋の数だけ作って配れば、島の尊崇が得られると楽観していた。誰が回すかなど、まったく考慮していなかった。

「せっかくそんな立派な物を作ったんだ。飾っておくだけじゃもったいないじゃないか。回しておくれよ」

「はあ」

求められれば、逃げるわけにはいかなかった。晋松は夕方近くなるまでずっと団扇を回し続け、腕がだるくなった。こんなことなら干物作りを手伝った方がよっぽど楽じゃないか、と思った。

「明日も来てくれよ」

最後に、そう声をかけられた。今日は涼しくて助かったよ、などと喜ばれれば、いやとは言えない。仕方なく、翌日は朝から干物小屋に行った。そして、腕が上がらなくなるまで団扇を回し続けた。

三日やって、音を上げた。腕の筋が切れそうだった。もう勘弁してくださいと泣きを入れ、ほうほうの体で逃げ帰った。なんだだらしないねぇ、という声が背中を追ってきたときには、絶望感で目の前が暗くなりそうだった。

これは失敗だと見做(みな)さざるを得なかった。実際、以後は回し手もなく干物小屋の片隅にうっちゃられているだけだった。さすがは一ノ屋、とは誰も言ってくれなかった。

気落ちしたが、人の役に立ちたいという熱意が失せたわけではなかった。困りごとを解決する物を作る、という発想は悪くないと思う。何か別のことで悩んでいる人はいないかと捜した。

近所に、この夏から漁に出始めた子供がいた。晋松より二歳年上のその人が、あるとき波治相手に喋っているところに出くわした。

「漁でまず最初に覚えなきゃならないのは、風を読むことだ。風向き次第で船が走る方角が決まるし、潮の流れも決まる。風が読めないことには、半人前とも見做されないぞ」

なるほど、そうなのか。それはいいことを聞いた。ならば、工夫で風を読めるようにならないだろうか。

これには、団扇の工作物ほど思案に時を使わなかった。簡単に、完成形を思い描けた。すぐに材料を集め、作り始める。作業自体もさほど手間ではなかった。

できあがったのは、軽い板に軸をつけた物だった。軸は台座に挿さっているが、くるくると回るようにしてある。風を受ければ板が回り、風向きが一目瞭然という仕掛けだった。

「なあなあ、波治。お前が漁に出るようになったら、これを使ってくれないか」

孝吉もいる場で、工作物を差し出した。なんだこれ、と訝るふたりに、どういう物か説明をする。てっきり感心してもらえるものと思っていたら、ふたりとも複雑な表情で顔を見合わせるだけだった。

「これは、風向きがわかるだけか」

遠慮がちに、波治が尋ねる。だけ、という質問の意図がわからなかった。

「そうだよ。漁では風向きを知るのが大事だって、この前言われてたじゃないか」

「いや、風向きを知るじゃなくて、風を読むだよ」

「どう違うんだ」

「お前、知らないのか」

半ば驚いたように、波治は問い返した。晋松が眉を寄せると、何を思ったか波治は己の人差し指を根元まで口に含んだ。

「こうやって指を舐めて、立てれば、どっちから風が吹いてくるかはわかるだろう。お前の工夫はありがたいが、別にこんな手間をかけずとも風向きくらいは簡単にわかるんだ」

「えっ、そうなの」

納得できず、自分でもやってみた。すると確かに、風が吹いてくる方を涼しく感じた。この程度のことで風向きはわかるのか。まるで知らなかった。

「なに驚いてるんだよ。島で育ったくせに、そんなことも知らないなんてこっちがびっくりだ」

孝吉までもが呆れたように言う。晋松は七歳で一ノ屋の跡継ぎと決まってから、漁にはまったく興味を持たなかった。自分がすることではないと考えていたからだ。そのため、誰でも知っているような常識が欠け落ちていたらしい。恥じ入らずにはいられなかった。

「じゃあ、風を読むってどういう意味なんだ」

いまさらと思いつつ、言葉の意味を問うた。波治は諄々（じゅんじゅん）と説き聞かせるように教えてくれた。

「大事なのは風向きだけじゃなく、強さとか、いつまでその風が続くかという予想とか、あるいは日や季節によって変わる潮目とか、そういったことなんだ。それを全部ひっくるめて、風を読むと言うんだよ」

「そうだったのか」

自然と肩が落ちた。手にしている工作物を持て余す。念のため、「じゃあこれは必要ないのか」と問うと、波治は申し訳なさそうに首を振った。

「ああ、船に持ち込んでも邪魔になるだけだからなぁ」

波治は言葉を選んでくれたのだろうが、それでも「邪魔」と言われて目の前が暗くなった。さすがは一ノ屋、と言われるようになるまでの道のりは、果てしなく長そうだった。

10

その後も晋松の努力は、ことごとく実を結ばなかった。なぜこれほどまでに、と嘆きたくなるほど、常に空回りした。人の役に立ちたいという気持ちは誰にも負けぬほどあるのに、何をやっても喜ばれない。あるときなど、船の帆に工夫を加えようとしていたら、逆に穴を開けてしまって大目玉を食らった。頼むから何もしないでくれ、とまで言われてしまった。

「そんなに人の役に立ちたいなら、普通に働けばいいだろ」

以前にも言っていたことを、お汀は繰り返す。晋松は気が進まないのだが、その理由をうまく説明できない。

「一ノ屋の人間が漁師になっちゃいけないって法はないだろうが。漁師になって、かわいい嫁をもらって、普通に生きたらどうだ」

「いまさら漁師は」

口にして、己の中に恐れがあることに気づいた。そう、いまさら、なのだ。一ノ屋の跡取りに決まる前は、ごく自然に漁師になる心構えができていた。だが一度働かなくていい立場になると、そんな心構えは霧散した。もう一回心を固めるのは、至難の業だ。漁師稼業は生半可な気持ちでは務まらない。時化（しけ）の場合など、命を落とす危険もあるのだ。誰ぞの船に乗せてもらい、甲板拭きから始めて一人前の漁師になるまでには、いったい何年かかるのか。辛い下働きを耐え抜く覚悟は、いまさら取り戻せなかった。

「お前、漁師を馬鹿にしてるのか」

お汀は眉を顰めて、こちらを睨む。晋松は首をぶんぶんと振った。

「とんでもない。いや、そうじゃなく、漁師は辛そうだからさぁ」

「はっ、そういうことかよ。島生まれのくせに」

お汀の方こそ、晋松を馬鹿にしたように鼻を鳴らした。お汀だからつい本音を言ったが、こんなことはとても他の人には聞かせられなかった。今後は口が裂けても、漁師になる覚悟がないなどとは言わないようにしようと決めた。

「じゃあ、あたしと一緒に干物作りをやれよ。手はいくらあったっていいんだ」

「干物作りかぁ」

それは女の仕事、という意識が晋松の裡（うち）にはあった。干物作りを手伝っても、島の者たちの尊敬は得られないだろう。むしろ、漁師になりたくない気持ちを見透かされるだけではないか。そんな事態は絶対に避けたかった。

「男のおれが干物作りはなぁ」

「なんだ、お前。本気で人の役に立ちたいと思ってるんじゃないのかよ」

お汀はこちらの気持ちを疑うようなことを言う。晋松は気色ばんだ。

「思ってるよ。思ってるから悩んでるんじゃないか」

「お前の悩みは、単なる格好つけだ」

断じると、お汀は晋松から離れて家に戻っていった。単なる格好つけ。お汀の言葉は耳に痛く、いつまでも胸に残りそうだった。

その夏は、大きな台風が立て続けにいくつも来た。台風が来るとなると、島総出で備えなければならない。船を陸に揚げて繋ぎ止め、家の雨戸は釘で打ちつける。晋松はこんなときこそ人の役に立ちたかったが、何せ一ノ屋の屋敷は島でも指折りの大きさである。母とふたりで雨戸に釘を打つだけで手いっぱいで、とても人の手伝いをしている余裕はなかった。

そんなことを何度も繰り返していたら、あるときぴたっと凪が訪れた。まるで風が吹かず、太陽の日差しがまともに降り注いでくるかのようだった。今年の夏はおかしい、と人々が言い始めた頃、異変は海にも現れた。島の周りの海に、魚影がまったく見られなくなったのだった。

島で最も恐れられていること、それは不漁であった。不漁は、人々の生活を直撃する。魚が捕れなければ、食うものがないのだ。もちろん、干物にした魚は数日後でも食べられる。だが干物にするのは保存のためではなく、売るためだった。売って金を稼ぎ、島では手に入らないものを買う。水田がない島では、干物を売って米を買っていた。手許に残してあるわずかな干物と、買い置きの米、それから畑で取れる芋を食べきれば、もはや口に入るものはなかった。

正確に言えば、不漁であっても貝や海藻は採れる。しかしそれだけでは、島の者全員の腹を満たすことはできなかった。芋と貝と海藻で食いつないでいるうちに、魚が戻ってきてくれないか。島の者たちが願うのは、ただそれだけだった。

日が経つにつれ、人々の顔に翳が差し始めた。不漁は一日二日のことではないとわかったからだ。そうなれば、食糧を計画的に食べていかなければならない。何しろ、蓄えはわずかだ。不漁に備えて食べ物を取っておくほど、島に余裕はない。子供や女はせっせと海に潜り、貝や海藻を採った。男は遠くまで船を出し、魚影を捜した。だが魚は見つからず、風がないので船を櫓で漕がなければならず、そうまでして遠征をしてもろくに魚を捕らえられずに帰ってきて、疲れは倍加した。男も女も子供も、ふだん以上に働いて消耗しているのに、食べる量は減らさなければならない。島の雰囲気は淀んだ。

しかしそんな際でも、村の者たちは一ノ屋に食べ物を運んでくれるのだった。受け取るのに気が引けたが、かといっていらないと言うわけにはいかない。決して望んでではなく、むしろ掟だから渋々といった様子がはっきりと窺えたものの、村の者たちのお蔭で晋松母子が食べ物に困ることはなかった。せめてもと、晋松も母も海に潜って貝と海藻を採った。

なぜこんな事態になっても、島の人は一ノ屋を養ってくれるのか。晋松は考えざるを得なかった。一ノ屋は恐れられているのだろうか。大事にしなければ祟られると思われていたなら、人々が食べ物を運んできてくれるのもわかる。だが晋松はこれまで一度も、一ノ屋が恐れられていると感じたことはなかった。話を聞いて回っても、一ノ屋が人を祟ったという逸話は耳にしなかった。一ノ屋は島の者にとって、決して祟り神ではない。それは、自信を持って断言できた。

ならば、何故か。逆に慕われているのか。そう考えた方がまだしっくりくるが、しかし自分の扱われようを思えば慕われているとはとても言えない。慕われている者が、「頼むから何もしないでくれ」などと言われるだろうか。一ノ屋はあくまで、お飾りだ。それはよくわかっている。飾りは役に立たない。役に立たないものを、人々はなぜ保とうとするのだろう。

期待か。考えに考えた末、ぽんと答えが出た。人々は一ノ屋に期待をしているのか。晋松に、ではない。一ノ屋への期待だ。晋松は役立たずだと思われている。悔しいが、それが事実だ。しかし一ノ屋の血は、いつか島に福をもたらす者を生むと人々は信じていた。村の者は今の窮地を晋松にどうにかしてもらおうと期待して、食べ物を運んでくるのではない。将来、晋松の子か孫に優秀な者が生まれることを願って、一ノ屋の血を絶やさないようにしているのだった。それが真実だと、晋松は卒然と悟った。

悔しかった。自分は何も期待されておらず、それなのにただで食べ物を分けてもらっているのだ。期待どころか、憐れみですらない。一ノ屋という名前の威光。もしかしたらそれは、父の影がなせることなのかもしれなかった。父の記憶は、人々の間に今も残っている。父が島にいた頃は、常に豊漁だったそうだ。父には何か、特別な力があったのか。自分にはそれがないから、島の者が苦しむのか。晋松には力がないと、皆が知っている。こんなときの助けにはならないとわかっていて、将来のために食べ物を運んでくる。これほど悔しいことがあろうか。

島の年寄りから聞いた、黄金の鯰のことを思い出すのに時間はかからなかった。いや、不漁かもしれないと言われ始めたときから、年寄りの話は常に頭にあった。筋の通らない、単なる言い伝え。そんなことはわかっている。しかし特別な力がない晋松に、他にできることがあるだろうか。一ノ屋の跡取りとして、島を救いたいのだ。黄金の鯰を捕まえて持ち帰ること以外に、やれることは思いつかなかった。

洞窟に入っていくのは怖かった。中に入ったきり出てこなかった者の話は、よく聞いている。自分もそうなるかもしれない。だが、入念に準備をすればどうか。きちんと必要な物を揃え、迷ったら帰ってこられるようにしてから入れば、さほど危険ではなかろう。大事なのは、下準備だった。それが、恐れを振り払ってくれるだろうと考えた。

さらにもうひとつ、同行者が欲しかった。ひとりで行くのは、いくらなんでも無理だった。一緒に行ってくれる者、そう考えて思いつくのは、波治と孝吉以外にいなかった。ふたりとも誘うか。いや、波治が一緒では手柄を取られてしまう。波治にその気がなくても、島の者は波治がいたから鯰を捕まえられたのだと考えるだろう。それでは駄目なのだ。鯰を捕まえて帰るのは、晋松でなければならない。ならば同行者は、孝吉だけにすべきだった。

「孝吉、ちょっと話がある」

家でぐったりと寝そべっていた孝吉を、外から呼び出した。孝吉は大儀そうに起き上がり、「なあに」と言いながら出てくる。おそらく、動かなければ腹は減らないから、ただ寝ていたのだろう。他の子供たちも似たような感じでいることを、晋松は知っていた。

「孝吉、お前を見込んで頼みがある」

「ない袖は振れないよ」

何を思ったか、孝吉はそんなふうに警戒心を示した。一ノ屋は食べ物に困っていないことを知らないのだろうか。人間、腹が減ると性格が刺々しくなる。そんな真理を、孝吉の態度から思い知らされた。

「そうじゃない。お前のそのひもじさをどうにかしてやろうって話だ」

「えっ、なになに」

たちまち興味を示し、畳の上を四つん這いになってこちらに近づいてきた。まったく、現金な奴だ。

「おれはな、一ノ屋の者として、この不漁をなんとかしたいんだ」

濡れ縁に腰を下ろし、そう切り出した。孝吉は坐り直して、神妙な顔で問い返す。

「なんとかって、どうやって」

「昔の話だけど、一ノ屋の当主のお蔭で不漁が治まったことがあったそうだ」

年寄りから聞いた話を、そのまま語った。聞き終えた孝吉は、「うーん」と唸る。

「それ、本当なのかなぁ。晋ちゃんは本気にしてるのか」

「やってみなくちゃわからない。一ノ屋の血に特別な力があるなら、もしかしたらうまくいくかもしれないだろ」

「特別な力、ねぇ」

一ノ屋の血に特別な力があっても、それは晋松には受け継がれなかったんじゃないか、と言いたげな顔をしていた。孝吉がよけいなことを言い出す前に、肩を摑んで迫る。

「だからおれは、洞窟に行く。洞窟の奥で、黄金の鯰を捕まえる。孝吉、お前も一緒に来てくれ」

「えっ、おれが」

晋松の申し出を、孝吉は予想もしていなかったようだ。顔を顰めて、首をぶるんぶるんと振る。

「いやだよ、冗談じゃない。洞窟の中に入ったら、生きて帰れないんだろ」

「ちゃんと準備をしてから入れば、大丈夫だ。お前が一緒ならなおさら、慎重にするさ。お前を死なせるわけにはいかないからな」

「準備って、何をするの」

不安げな孝吉に、晋松は自分の考えを話した。「なるほど」と孝吉は一応のところ納得している。

「でもなぁ、それだったら晋ちゃんひとりで大丈夫なんじゃないの。なんでおれまで」

「心細いんだよ。仲間が欲しいんだ。頼れるのはお前しかいないんだから、頼む」

両手を合わせ、拝んだ。絶対に断らないでくれと、心底祈った。孝吉は「えーっ」だの「うーん」だのと唸っていたが、最終的に承諾してくれた。晋松にここまで頼まれて、断れる孝吉ではなかった。

「ありがとう、ありがとう。一生恩に着るよ」

孝吉の手を握って、何度も頭を下げた。大袈裟な物言いに聞こえたかもしれないが、紛れもない本心だった。これでようやく、一ノ屋の跡取りとしての面目を施せるかもしれない。そんな期待に、胸が高鳴った。

11

この計画のことは、誰にも言わないつもりだった。だが、孝吉に口止めをするのを忘れていた。考えなしの孝吉は、あっさりとお汀に話したらしい。次の日に、眉を吊り上げたお汀が屋敷に押しかけてきた。

「晋松、お前、阿呆なことを考えてるそうだな」

「えっ」

お汀に問われ、孝吉が話したことを悟った。口止めをしなかった、自分の失態だ。とはいえ、孝吉の口の軽さを怨じたくなった。

「馬鹿なことはやめておけ。死ぬぞ」

庭に回り込んできたお汀は、坐りもせずに仁王立ちのまま、そう断じた。お汀の剣幕に、晋松はなかなか返す言葉を見つけられない。

「ば、馬鹿ってなんだよ。おれなりに考えてのことだ」

　かろうじて反駁したが、お汀の険しい顔は変わらなかった。

「その考えを阿呆だと言ってるんだ。黄金の鯰だと。そんなものがいると、本気で考えてるのか。仮にいたとしても、それを捕まえればまた魚影が戻ってくると、本気で信じてるのか」

　筋道を立てて言われれば、確かに晋松の考えは阿呆に思える。だが、一ノ屋の血には特別な力があるのだ。それは理屈ではないはずだった。

「やってみなきゃわからないだろ。不漁が治まらなくたって、捕まえてきた鯰を食えば腹がくちくなる。無駄ではないさ」

「鯰がいればな。洞窟に鯰なんているかよ。馬鹿馬鹿しい」

　お汀は吐き捨てる。頭から否定されて、晋松も意地になった。

「だから、行ってみなきゃわからないだろ。洞窟の奥に辿り着いた人の話は、おれの先祖の話しかないんだ。その人が、黄金の鯰を捕まえてきたんだぞ。そんなものはいないと、どうして言い切れるんだよ」

「そんなの迷信だよ。今は文明開化の世の中だぞ。迷信なんか信じるな」

「文明開化って言ったって、島には何も文明なんか伝わってないじゃないか。ガス灯が来たか。汽車が来たか。それどころか、洋服を着てる人だっていない。文明開化なんて、関係ないんだよ。だからこの島では、迷信が現実だっておかしくないんだ」

　お汀を言い負かせるとは、まったく思っていなかった。それなのにどうしたことか、お汀は黙り込んだ。自分の弁がお汀を黙らせたことに、密かに驚く。いったい何が功を奏したのだろうか。

「――そもそも一ノ屋を大事にしていることが、文明開化とはほど遠い習わしだもんな」

　なんとなく悄然とした気配で、お汀は呟く。迷信を否定することは一ノ屋を否定することになり、ひいては晋松の心のよりどころを否定してしまうと考えたのかもしれない。そこまで気を使ってもらわなくてもいいのだが、お汀がうるさいことを言わなくなってくれるならありがたかった。

「どうしても行くのか」

改めて、お汀は問う。晋松はきっぱりと頷いた。

「行く」

「わかった。じゃあもう止めないけど、準備はしっかりするんだぞ。それから、無理をせずに駄目だと思ったらすぐ戻ってこいよ」

「ああ。大丈夫だ。おれは必ず帰るよ」

晋松が言い切ると、お汀はなおも何か言いたげではあったが、諦めて帰っていった。晋松は大いに胸を撫で下ろした。

すぐその足で、孝吉に口止めをしに行った。孝吉は涼しい顔で、「お汀ちゃんと波ちゃんにしか話してないよ」と言う。そのお汀がいけないのだと思ったが、もう一段落したので強くは咎めなかった。その後は、洞窟に行く準備の相談をした。

ぐずぐずしている暇はない。不漁はいつまで続くかわからないのだ。明日、洞窟に入ると決めた。そのことは、母にも言わなかった。

明くる朝、まとめておいた荷物を手に、屋敷を出た。孝吉とは、村外れで待ち合わせている。そこまで行くと、半ば予想していたことではあったが、お汀と波治がいた。肝心の孝吉は、まだ来ていなかった。

「おはよう。行くんだな」

腕組みをして、お汀は睨むような視線を向けてくる。少し怯みかけたが、晋松は強がって「ああ」と応じた。

「行くぞ。必ず黄金の鯰を捕まえて帰ってくるから、待ってろよ」

「おれも一緒に行こうか」

波治は案じるようにそう言ってくれた。だが、その好意を受け入れるわけにはいかないのだ。

「いや、いい。おれと孝吉で行ってくるよ」

「そうか」

こちらの考えていることがわかったとは思えないが、波治はあっさりと引き下がった。晋松の決意が伝わったのかもしれない。

「ごめんごめん、遅くなった」

この場に漂う緊張感をまるで察しない、能天気な声が響いた。孝吉だ。孝吉はお汀と波治を見て、「あれっ」と頓狂な声を上げる。

「もしかして、見送りに来てくれたのか」

「そうだよ。心配だからな」

波治が答える。孝吉は「ありがとう」と太平楽に礼を言った。

お汀と波治は、洞窟の入り口まで付き合ってくれるとのことだった。四人で連れ立って、歩き出す。山に入ると歩きにくくなったので、無駄口を叩いている余裕はなくなった。洞窟の場所は漠然とわかるが、そこまでの道があるわけではない。森の中で迷って、初手から躓くような間抜けなことは避けたかった。

何度か方向を見失いかけたが、そのたびに波治に助けられた。波治が一緒に来てくれなければ、洞窟に辿り着くまでで日が暮れていたかもしれない。ようやく洞窟の入り口が見えてきたときには、日は中天高く上がっていた。夜になる前に洞窟から出るつもりだったが、半日しかないとなるとどうなるかわからなかった。

「山を下りることも考えると、そんなに時はないぞ。早めに出てこいよ」

波治は天を睨みながら、そう言った。お汀も同意する。

「そうだ。無理に奥まで究めようなんて思うな。何日かかるか知れないぞ」

「わかった」

晋松は口ではそのように応じたが、奥に辿り着くまでは絶対に引き返さないと決めていた。途中で諦めたら、自分はもう一ノ屋の跡取りたる資格がない。そう思い詰めていたのだった。

担いできた風呂敷を広げて、中から糸巻きを取り出した。糸巻きには、かなりの長さの糸が巻かれている。細い木綿糸だが、これが晋松たちの文字どおりの命綱になるのだ。この糸がなければ、洞窟の奥から帰ってくることは不可能だろう。

入り口に最も近い木の幹に、糸を括りつけた。簡単にはほどけないことを、入念に確認する。よし、大丈夫だ。孝吉は蠟燭に火を点け、それを提灯に入れていた。蠟燭は何本も持ってきてある。途中で火が絶える心配はなかった。

「じゃあ、行ってくる」

入り口の前に孝吉とともに立ち、お汀と波治と向き合った。ふたりとも、もう何も言おうとしない。ただ無言で頷くだけだった。晋松は踵を返し、口を開いている暗闇に向かって歩き出した。背中には、お汀と波治の視線を痛いほどに感じた。

12

糸巻きと提灯を、孝吉と交換した。晋松が先を歩くためである。提灯で周囲を見回すと、洞窟の天井は思いの外高かった。晋松が孝吉を肩車しても、おそらく孝吉は手が届かないだろう。幅は、ふたりが並んで手を広げれば、それぞれの片手が壁に触れそうだ。岩壁は濡れているのか、提灯の明かりを照り返した。

「やっぱり、けっこう怖いかもね。ははは」

孝吉は乾いた笑い声を発した。しかしまだ、振り返れば入り口の明かりが見える段階である。本当に明かりが提灯だけになったときこそ、真の恐怖を味わうことになるだろう。そう内心で思ったが、口には出さなかった。孝吉をさらに怖がらせても、まったく意味はない。

「こ、怖いと思うから怖いんだよ。怖くないと思えば怖くないさ。ははは」

強がったが、孝吉に「声が震えてるよ」と指摘された。励ましてやっているのに、察するということを知らない奴だ。ムッとしたので提灯を持ったまま走り出したら、「待ってよー」と情けない声を出して後を追ってきた。

「いいか。これから先は、おれたちふたりの協力が大事なんだ。助け合っていくぞ」

「うん」

立ち止まって心構えを説くと、孝吉は素直に頷く。それでいいんだ。満足して、改めて前方に提灯を掲げた。明かりが届かないところには、何があるのかまったく見えない。それでも、奥に進むしかなかった。あえてすたすたと歩き出すと、孝吉はぴったり後ろについてきた。

足許にも少し水が溜まっているようで、一歩踏み出すたびにピチャピチャと音がする。夏だというのに、水は冷たい。今はまだいいが、そのうち足が冷えてくるかもしれないと不安になった。西洋の履き物である靴というものなら、こんなとき足が濡れずに済むのだろうが、島ではまだ履く人がいなかった。文明開化なんて関係ない、とお汀に向かって言い切った啖呵(たんか)が、己に返ってくるかのようだった。

しばらくは一本道だったので、迷うことはなかった。いっそこのまま奥まで一本道であればいいのにと思ったが、そんなわけはないのだ。迷って出られない人が過去にいたくらいなのだから、いずれは分かれ道に行き着くのである。歩き続けていたら、ついにふた股に分かれている箇所に来た。

「さあ、どっちに行くか」

声に出して、己に問うた。だが孝吉は自分が聞かれたと受け取り、答える。

「それは晋ちゃんが決めてよ」

「わかってる。右だ」

考えても仕方がないので、あっさり決めた。たとえ行き止まりになっても、引き返せばいいだけのことだ。おそらく、分岐は序の口である。こんなところで判断に迷っているわけにはいかなかった。

右の道に入って少し進むと、また分かれ道があった。今度はふた股というより、脇道が口を開けている形だ。立ち止まらず、直進した。これまで洞窟に入った者も皆、直進を選んだはずだと考えた。

もうすでに、振り返っても入り口の明かりは見えない。今ここで提灯の火が消えれば、真の暗闇に包まれる。そんなことを考えていたら、頭上で何かが羽ばたく音がした。孝吉が「ひっ」と声を上げる。晋松も身を縮み上がらせたが、かろうじて声は出さなかった。

「き、きっと蝙蝠(こうもり)だよ」

わざと口に出した。孝吉も「そうだね、そうだね」と同意する。蝙蝠くらい、夕方になれば洞窟の外でも飛んでいる。怖がることは何もなかった。

「蝙蝠の他にも、きっと何かいるよね」

心細くなったのか、孝吉が話しかけてきた。喋っていた方が気が紛れるのは、晋松も同じだ。振り向かずに、応じた。

「いるだろうな。虫とか、百足とか」

「百足はいやだなぁ。嚙まれたらどうする」

「嚙まれないよう、祈るしかないな」

「えーっ、祈るって、誰に」

「そりゃあ、お山様だろう」

「ああ、そうか。お山様ぁ、お守りください。ついでに、魚が捕れるようにしてください」

孝吉は本気で祈っているようだが、やはり言葉にしてみると妙だった。お山様に漁のことを願って、果たして意味があるのか。いまさらながら、自分たちの行動に疑問を覚えた。

だが、それを言えば孝吉が帰ると言い出すかもしれないので、疑問は胸の裡に収めた。ともかく、一番奥を目指すしかないのだ。おれは一ノ屋の跡取りだ、と心の中で繰り返す。そうすると、萎えかけた気力も復活した。

奥に進むにつれ、自分たち以外のものが立てる音がするようになった。虫や百足の類だろう。明かりを壁や足許に向けるとさっと逃げていくので、正体が知れない。正体が知れないものは不気味だが、襲われないだけましだった。晋松もまた、虫が嚙みついてこないようお山様に祈った。

ふと気づくと、足許の水気がなくなっていた。上り傾斜になっているようだ。果たしてこの道でいいのだろうか。洞窟の奥に鯰がいるなら、池のような水溜まりがあるはずである。このまま上っていくだけでは、水溜まりに行き着かないのではないか。下りの道を探すべきか。

迷いつつも引き返せずにいたら、そのうち道は下り始めた。密かに安堵する。急な上り坂ではなかったものの、やはり上りの方が体力を消耗した。まだ休むほどではないが、そのうちどこかでひと息つかなければならないだろう。

「孝吉、疲れたか」

足は止めずに振り向いて、尋ねた。孝吉は首を振る。

「ううん、まだ大丈夫だよ」

「洞窟に入って、どれくらいになるかな」

「どうだろう。一時間くらいか」

そんなになるだろうか。そう言われればそうかと思うが、三十分と言われても納得できる。真っ暗だと、時間の感覚があやふやになっていた。

「疲れたら、言えよ。休憩にするから」

「うん」

水と、それから干し芋を持ってきている。途中で食べて元気を補給し、さらに探索を続けるつもりだった。水はともかく干し芋はわずかしか持ってこなかったから、腹が減ったからといって簡単に食べるわけにはいかなかった。

「もうけっこう奥まで来たよねぇ」

さらにしばらく黙々と歩いた末に、孝吉が声を発した。定期的に喋っていないと、暗闇に押し潰されそうになるので、話しかけたくなる気持ちはわかる。「そうだな」と応じた。孝吉は口を噤まない。

「これ、この糸がないと怖いよね。糸なしで潜ったら、帰れるわけないな」

「ああ」

孝吉の言うとおり、すでにいくつもの分岐を通り過ぎている。最初のうちは「右、次も右」といった調子で記憶していたが、やがて憶えきれなくなった。振り返って、孝吉の手許の糸巻きを見る。まだ糸はたくさん残っていた。

「意外と糸は減らないもんだな。この調子なら、かなり深いところまで行けるか」

「そうだね。あれっ」

ふと、孝吉が歩みを止めた。晋松も立ち止まる。孝吉は糸巻きをしげしげと眺めていた。

「どうした」

何も言わない孝吉に問いかけた。一蓮托生の今、気になったことはすぐに言って欲しいと思う。孝吉は顔を上げると、恐ろしいことを口にした。

「糸が減ってない気がする」

「なんだって」

どういうことか。とっさには、体が動かなかった。孝吉は伸びた糸を摑み、引っ張っている。その顔にはたちまち、驚愕の色が浮かんだ。

「手応えがない」

「なんだと」

冗談ではない。その糸が命綱なのだ。糸がないと帰れないと、たった今言ったばかりではないか。まさか、糸が切れたわけではないだろうな。

「貸してみろ」

晋松も糸を手にして、静かに引いてみた。なるほど、確かに手応えがない。引っ張ればいくらでも引けそうな頼りなさがある。外と繫がっているなら、もう少しピンと張っているはずではないか。

「切れたのか」

呆然と呟き、孝吉と目を見交わした。糸が切れたなら、もうこれ以上進むわけにはいかない。

すぐに引き返して、糸を繋ぎ直さなければならなかった。迷う余地はなく、宣言した。

「戻ろう」

孝吉を促し、踵を返した。地面に落ちている糸を辿って、来た道を帰る。糸は巻き直させなかった。下手に引っ張って、辿れなくなったら元も子もない。

帰路は互いに言葉がなかった。ただ焦りだけが、体全体を支配している。糸が足許にあるうちは、まだいい。問題は、糸が途切れたときだ。見える範囲にもう一方の切れた糸があればいいが、気づくのが遅く、しばらく歩いてしまっていたとしたら。糸のもう一端が見つからない場合など、考えたくなかった。

往路よりも早足になって、糸を追った。最初のうちは、すぐに切れた地点に到達したかった。切れた直後に気づいたのであったなら、取り返しがつく。また糸を結び直して、奥に進むだけだからだ。

だが、そう甘くはないと、歩き始めてじきにわかった。かなり前に切れていたのに、孝吉も晋松も気づかずに歩き続けていたのだ。ならば逆に、糸にはできるだけ長く続いていて欲しかった。入り口のそばで切れていたのであれば、それだけ外に出られる可能性が高くなる。途切れてくれるな、と祈る心地だった。

果たしてどれくらい歩いたろうか。ずいぶん長く歩いた気もするし、さほどでもないようにも感じる。ついに、糸の端が見つかった。立ち止まって、提灯を道の先に向ける。糸のもう一端は見えなかった。

「進もう」

このまま道を引き返すしかなかった。分岐がないうちに糸のもう一端があれば、それが最も望ましい。だが果たして、そううまくいくだろうか。一歩踏み出すごとに不安が大きくなり、そのうちちょっとしたひと突きでそれが破裂してしまうのではないかと思えたときだった。

「あ――」

孝吉が呆然とした声を発した。晋松にも見えている。提灯の明かりの先には、四つ股に分かれた地点があった。そしてそれらの道のいずれにも、糸のもう一端はなかった。

13

どの道を歩いてきたのか、なんとか記憶を辿ろうとした。だがいくら考えてみても、暗闇の中を進んでいたから思い出す手がかりなどない。こんな四つ股は、見憶えがなかった。孝吉に訊いても、それは同じだった。

「真ん中を行こう」

すぐに決めた。孝吉とふた手に分かれることは、まったく考えなかった。蠟燭の替えはあるが、提灯がない。手が火傷するのを我慢して蠟燭を直接握ったとしても、ふた手に分かれた後また合流できるとは限らなかった。ここで別れ別れになるのは、下策だ。そんなことは、考えるまでもなくわかった。

先ほどまでとは、歩く速度が違った。とてもではないが、速く歩く気にはなれない。ゆっくりと、足許の糸を見逃さないように歩かなければならなかった。糸の端を見落としたとしても、そのまま糸は続いているのだから行き過ぎる心配はないのだが、それでも慎重にならざるを得なかった。

怖いのは、さらなる分岐だった。分岐があるたびに、正しい道を選ぶ可能性が低くなる。そもそも、すでに先ほどの選択で間違っていたかもしれないのだ。間違ったまま進んだら、果たしてどうなるのか。上り傾斜を辿っていれば間違いない、という判断にはならない。往路でも、上がったかと思ったら下がったではないか。左右の壁にも目印はないから、正しい道を示すものは本当に糸しかなかった。

そうか、分岐に来るたびに目印をつけておけばよかったのだ。今になって気づいたが、まさに後の祭りだ。このことを孝吉に教えても、後悔する者をひとり増やすだけなので、黙っておく。糸はまだ見つからないかと、足許に目を凝らした。今こそ神頼みしたい心地だった。

またしても分岐に行き当たった。しかし今回は、右手からもう一本の道が近づいてきて合流した形である。合流した後の道が、正しい選択のはずだった。迷わず、そのまま進んだ。

だがほどなく、恐れていた瞬間がやってきた。四つ股の分岐。一応上り傾斜を辿ってきたが、この先はどの道が上りなのか見当がつかない。右手の道は下りのようでも、残りふたつは選ぶための手がかりがまるでなかった。

心を決めなければならなかった。ここで道を間違え、万が一にも二度と外に出られなくなったとしたら、孝吉も巻き添えにしてしまうのだ。自分ひとりが野垂れ死ぬなら、それもかまわない。しかし孝吉にはそもそも、なんの義務も義理もなかった。ただ、晋松が付き合わせてしまっただけだ。孝吉のためにも、絶対に生きてここを出なければならなかった。

何も言わずに、道を選んだ。来た道から見て、最も直進に近い道。分岐で大きく曲がった憶えはないから、この選択が正しいはずだと信じる。お山様、助けてください、と心の中で何度も唱えた。

お山様への祈りは届かず、むしろ絶望に襲われた。すぐにまた、似たような分岐に達したのだ。ふた股のうち、どちらから来たのかわからない。依然として、糸のもう一端は見つからない。ここまで現実を直視せずに来たが、もう道に迷ったことは認めざるを得なかった。

ままよと、右の道を選んだ。黙って歩き続ける。すると、道は下り傾斜になっていた。間違えたか。立ち止まって、孝吉を振り返った。

「道が下ってる。さっきのところで間違えたのかもしれない」

「戻ろう」

すぐに孝吉は答えて、引き返そうとした。だが晋松が先に立たなければ、真っ暗闇を歩くことになる。入れ替わって、先ほどの分岐まで戻った。今度はもう一方の道に入って、先を目指した。

急に寒気を覚えたのは、こちらの道もまた下り始めたからだ。ならば、どちらが正しいのかはもはやわからない。いや、もっと前の分岐でそもそも間違えていたのかもしれないのだ。孝吉も背後で、「晋ちゃん」と情けない声を発した。

「こっちも下ってるよ」

「わかってる。でも、来るときにも途中で一度上りになった。正しい道でも、下りはあるはずだ」

「そうか。そうだよね」

晋松の言葉に納得したというより、納得しなければいけないと己を説得しているかのような、孝吉の物言いだった。孝吉は完全に怖じ気づいている。自分がしっかりしなければならないと思った。

その後も、何度も分岐が現れた。分岐で道を選ぶたびに、神経が磨り減る思いを味わった。分岐があればあるほど、正しい道から遠ざかる。もはや、自分が正しい道を選んでいるとはとても思えなかった。

洞窟内はこんなにも複雑だったのか。改めて、甘く考えていたことを思い知らされた。中に入ったきり出てこない人がいたと聞いていても、なんとかなると楽観していた。その根拠はなんだったのか。自分は特別な存在ではないともう痛感していたはずなのに、まだ己を恃む気持ちが残っていた。いや、己の血を恃んでいたのだ。一ノ屋の血が、自分を奥まで導くと思い込んでいた。特別でいたいという欲が、今のこの事態を招いたのだった。

己の愚かさに、涙が出た。怖くて泣いているのではない。自分が情けなくて、泣けてくるのだった。おれは阿呆だ。生粋の阿呆だ。今このときこそ、お汀に阿呆と罵倒して欲しかった。別れてからまだ数時間しか経っていないお汀の声が、懐かしく感じられてならなかった。

後ろからも啜り泣く声が聞こえてきた。孝吉も泣いているのだ。立ち止まって、提灯の明かりを孝吉の顔に向けた。孝吉は恥ずかしがりもせず、腕で目許を擦って泣いていた。孝吉は小声で、「ごめん」と言った。

「おれが、おれが糸が切れていることに気づかなかったから、こんなことになっちゃったんだ。ごめん。本当にごめん」

「何を言うんだ」

詫びられたことに驚き、思わず孝吉の肩を摑んだ。詫びなければならないのは、こちらの方なのだ。

「おれの方こそ、お前を連れてきたからいけなかったんだ。こんなことはやっぱり、おれひとりでやるべきだった。ごめんな。孝吉、ごめんな」

晋松の言葉を聞き、ついに気持ちの抑えが効かなくなったのか、孝吉は幼子のようにおんおんと声を上げて泣いた。晋松は居たたまれなくなり、ひとまずこの場に坐らせることにした。気づいてみれば、水も飲まずにただ歩いていた。そろそろひと息入れるべきときだった。

竹筒に入っている水を、回し飲みした。竹筒は二本しか持ってきていない。水は洞窟内でも汲めるだろうと考えたからだ。しかし今のところ、湧き水は見つかっていない。この点も考えが甘かったかもしれないと思うと、不用意に水をたくさん飲むわけにはいかなかった。孝吉には好きなだけ飲ませてやり、自分はひと口だけにした。

「干し芋、食うか」

「うん」

なけなしの食べ物ではあるが、気持ちを落ち着かせるためには何かを腹に収めた方がよかった。いずれにしろ、何日も食いつなげるほどの量ではないのだ。動けるうちに外への出口を見つけられなければ、どのみち終わりである。わずかな量の干し芋では、終わりの瞬間を先延ばしにはできなかった。

ちぎって渡すと、孝吉はがつがつと食べた。そして小さく息を吐き出すと、「おいしいね」と囁く。

「甘くて、おいしいな」

「そうだな」

心の底から同意した。この甘さが、元気を与えてくれると思った。まだ歩ける。出口が見つかるまで、ひたすら歩いてやる。

孝吉が落ち着いたのを見て、立ち上がった。重い気分と重い足を引きずりながら、道の先を目指す。このまま野垂れ死ぬという恐怖は、一歩進むたびに大きくなっていった。巨大に膨れ上がった恐怖に、今にも押し潰されそうだった。

もはや自分が上り傾斜を歩いているのか、地の底に下っているのか、それすらもよくわからなくなっていた。こうなったらいっそ、偶然にも一番奥の鯰がいるところに辿り着かないかと期待したが、そんな虫がいいことは起きなかった。時間の経過もわからない。もう何時間も延々と歩いているのは確かだが、外がまだ昼なのか、それとも日が暮れたのか、見当がつかなかった。

た。

「おれ、もう駄目」と孝吉が音を上げたときには、晋松の足も草履の鼻緒に擦れて血を流してい
「また休む。しばらく動けない」

「ああ、休もう」

坐って、水を飲んだ。まだ干し芋は残っているが、今度は孝吉も欲しがらなかった。残りが貴重であることが、先ほどにもまして切実に感じられたのだろう。水すら、孝吉はほんのひと口しか飲まなかった。

「迷って外に出てこなかった人は、最後はどうなったんだろう。飢えて動けなくなったのかな」

そんなことを孝吉は言い出す。晋松は力なく窘(たしな)めた。

「よけいなことは考えるな。ただ、外に出たときのことだけを考えろ」

「晋ちゃん、牛鍋って知ってるか。おれ、一度食べてみたかったなぁ。頬がとろけるくらい旨いらしいからなぁ」

「牛鍋か。おれも食ってみたいな」

同意すると、空腹がますます身に応えた。孝吉の腹と晋松の腹が、同時に鳴った。思わず声を揃えて笑ったが、すぐに乾いた笑いに変じた。最後はため息になった。

「別に牛鍋じゃなくてもいいから、せめて腹いっぱい食べてから死にたかった」

ぽつりと、孝吉は寂しいことを言った。不漁になってからも晋松はひとまず食べるものに困りはしなかったが、孝吉はひもじい暮らしをしていたはずだ。己の恵まれた境遇に気が引けて、晋松は何も言えなかった。

「歩いてるうちは感じなかったけど、けっこう寒いね」

「そうだな」

沈黙が怖いのか、孝吉はまた口を開いた。孝吉の言うとおり、洞窟内は肌寒かった。明らかに、外とは違う。薄着で来てしまったが、このまま洞窟内で寝ることになったら、寒さが身に沁みそうだった。きちんと準備をすれば問題ない、と孝吉には言い切ったものの、準備はまったく不充分だったと今になって判明した。何もかも、まさに子供の浅知恵だった。

「おれが死んだら、おっかあ悲しむなぁ。親不孝だなぁ」

孝吉は縁起でもないことを言う。晋松は自分が責められているように感じて、辛かった。晋松の母も、同じく悲しむだろう。いや、母ひとり子ひとりだっただけに、孝吉の母親より嘆くに違いない。晋松こそ、島一番の親不孝者かもしれなかった。

「そんなこと言わないでくれ。お前はおれが絶対外に出す。おれの命に替えても、生きて外に出られるようにするから」

「命に替えてって、晋ちゃんが命を犠牲にしなきゃいけないようなことが起きるのか。死ぬときは一緒だよ。せめてそれが救いだなぁ」

孝吉は冷静に反論した。晋松はぐうの音も出ない。こんなときに言い負かさなくたっていいじゃないか。文句を言いたかったが、空しいのでやめた。

いつまでもへたり込んでいたい気持ちをどうにか抑えて、また立ち上がった。ふたたび延々と、地下の迷宮をさまよう。蠟燭は、すでに三本使い切って四本目に入っている。これだけが、時間の経過を正確に物語っていた。少なくとももう、外は昼ではなかろう。晋松と孝吉が洞窟に入ったきり出てこないと、お汀と波治が騒いでくれている頃だろうか。それとも、そのうち出てくると楽観して家に帰ったか。騒いでくれたところで、どうなるものでもないのだが。

四本目の蠟燭が残りわずかになったところで、歩みを止めた。もう足が棒のようになっている。「休もう」と声をかけると、孝吉は崩れるように腰を下ろした。晋松も坐り、蠟燭の火を消す。

蠟燭はたくさん持ってきたつもりだったが、今やこれもまた貴重品だった。

「今日はこのまま寝よう。もうこれ以上動けない」

「そうだね。おれももう、無理だ」

孝吉は力なく言った。暗闇の中で水を飲むと、そのまま寝そべる気配がした。晋松も地べたの上に寝る。ごつごつしていて、寝心地は最悪だった。だがすぐに、孝吉の寝息が聞こえてきた。まさに、倒れるように寝たらしい。気持ちはわかると思っていたら、晋松の意識もあっという間に眠気に呑み込まれた。

14

目覚めたのが朝か夜かも判然としなかったが、ともかく充分に寝た感覚はあったので起きることにした。孝吉も起こす。孝吉は真っ暗闇の中で目を覚ますと、「ここは地獄か」と寝ぼけた。苦笑しかけたが、笑っている場合ではなかった。もしかしたら、本当に死んで霊魂だけになっていたとしても、晋松にはもうわからないと思われたからだった。

「干し芋を食ったら、また歩こう。外に出られるまで、歩いて歩いて歩き抜こう」

「そうだね。外に出るのが先か、おれたちが倒れるのが先か」

また孝吉は現実的なことを言う。きっと倒れるのが先だろうなとつい考えてしまったが、そんな不吉な予想は頭を振って捨てた。干し芋を食べ終え、「行くぞ」と気合いを入れて立ち上がった。

歩き通した。ときどきは休んだが、ともかく歩いた。また、蠟燭を三本使い切った。残りは一本である。ただ、最後の一本を使い終えたとしても歩くことはできると考えた。壁に手をついて、伝い歩きをすればいいのだ。真の暗闇の中で、いつまでも歩き続けるふたり。それは地獄の亡者のようで、やはり自分はもう死んでいるのではないかと思えた。亡者として、これからも永遠に歩き続けるのだ。

そして、最後の一本の蠟燭が尽きた。孝吉がべそべそと泣き出す。まだ早い気がしたが、そこで歩くのをやめた。また横になって、寝ることにする。前回とは違い、孝吉はなかなか寝入らずに泣き続けていた。気が滅入って、晋松も少し泣いた。

暗闇の中での目覚めは、最悪だ。朝日は希望を与えてくれるのだと、晋松は知った。暗闇の中での目覚めは、絶望を伴う。死がすぐそばまで近づいていることを、はっきりと感じ取れる。

孝吉とともに食べた干し芋が、最後のひとかけらだった。水もついになくなった。いよいよ最後が見えてきた。「行こうか」という晋松の呼びかけに、孝吉は言葉を返さない。会話はもうなくなっていた。

もはや蠟燭もないので、時間の経過がわからない。足の疲れ具合も、判断材料にならない。目覚めたときから、すでに足はだるくてならなかったからだ。生と死の境目が見える。あともう少しで、その境を越えるだろうと思った。

「あれっ」

不意に、孝吉が声を発した。暗闇の中では、互いを見失わないように手を繋いでいる。孝吉が立ち止まったので、晋松も足を止めざるを得なかった。どうした、と問うた。孝吉は「しっ」と言ったきり、先を続けようとしなかった。

「なんだよ、いったい」

待っても何も言わないので、痺れを切らしてもう一度尋ねた。孝吉は恐る恐るといった響きの声で、答える。

「何か、聞こえないか」

「えっ」

口を噤んで、耳を澄ませた。だが、耳鳴りのような静けさが辺りを満たしていると感じるだけだった。気落ちして、文句を言った。

「何も聞こえないじゃないか」

「そんなことないよ。黙って」

強い調子で、孝吉は言う。やむを得ず口を閉じ、また耳に意識を集中した。

それは、空耳のようであった。助けに来て欲しいという願望が、ありもしない声を作り出しているのだと思った。遥か遠くで、「おーい」と呼ぶ声が聞こえる気がする。だが、そんなことがあるわけもないのだ。洞窟の中を捜索するとしたら、ひとりやふたりでは手が足りない。島の者総出で捜さなければならないだろうが、漁を休んでまで助けに来てくれるとは思えなかった。島にとって、漁は最も大事なことである。子供ふたりを捜すために、その大事な漁を休んだりするはずがなかった。

「ほら、聞こえるじゃないか」

だが孝吉は、空耳に固執した。元気が出たのか、晋松の手を強く握り返す。いきなり晋松の耳許で「おーい」と大声を発した。晋松にも「さあ」と促す。

「ここにいるってわかってもらわないと。返事をしようよ。ここだよー。孝吉だよー」

「何言ってるんだよ。空耳だよ」

ぬか喜びをさせるなという意味を込めて現実をわからせようとしたが、孝吉は耳を貸さなかった。なおも「ここだよー」と言い続ける。下手をすると晋松の手を振り切って走り出しそうだったので、そんなことにならないよう必死で握り続けなければならなかった。

「孝吉だよー。晋松もいるよー。ここだよー」

大声が洞窟に反響する。少し遅れて声が聞こえるが、それは単に孝吉の声が跳ね返ってきているだけだった。今の自分たちを見つけることなど、不可能だ。深い諦めが、晋松の足を重くさせていた。

しかし、ふと顔を上げた。跳ね返ってくる声の中に、違う言葉が交じっていたようだったのだ。「孝吉かー」と言っていないか。「どこにいるんだー」と聞こえるではないか。

「ここだよー。助けてくれー」

孝吉はついに走り出した。晋松は引きずられるようについていく。絶対に手を離してはならない。この暗闇の中で、孝吉と離れ離れになるわけにはいかなかった。

晋松は走りながらも、左手で洞窟の壁を感じていた。それが、途切れた。まずい、分岐だ。全身の力を込めて、孝吉を引っ張った。分岐では、闇雲に走ったら危険だ。下手をすると、壁に衝突する。

「待て。道が分かれてる。ここで待とう」

ふたりとも、息が荒かった。だから静寂は破れ、小さい音が聞き取りにくい。だが音の代わりに、晋松の感覚を刺激するものがあった。暗闇の中にぽつんと、蛍のような明かりが見えたのだ。気のせいではない。明らかに、火明かりだった。

「あっ、あそこだ」

孝吉も同時に気づいたようだった。あそこに、確かに人がいる。晋松たちを助けに来てくれた人がいる。心を満たしていた絶望は今、希望に入れ替わった。晋松と孝吉は、声の限りに自分たちの居場所を知らせた。

火明かりが徐々に大きくなっているように見えた。こちらに近づいてきているのだ。大声を出しているので、向こうの声は聞こえない。だが、気づいてくれたのは確かなようだ。走り出したいのをこらえ、その場で待ち続けた。安堵のあまり、小便をちびりそうだった。

そして、ついに人の姿が見えた。提灯の背後に、人影が浮かび上がっている。村の男だった。男は駆け寄ってくると、いきなり晋松と孝吉の頭に拳骨をくれた。目から火花が出るほど痛かった。

「何やってるんだ、お前たち。どれだけ大人に迷惑をかけたと思ってるんだ」

「ご、ごめんなさい」

まるで示し合わせたかのように、孝吉と声が揃った。しょげかえった晋松たちを、男は太い腕一本でまとめて抱き寄せた。あまりに力強いので、息ができなくなる。男は何度も、「よかった、よかった」と繰り返した。それを聞いて晋松は、張り詰めていた気持ちが緩んだ。つい、涙が出る。孝吉も同じだったようで、男の胸に顔を擦りつけて泣いた。

男は太い紐を腰に巻いていた。それが洞窟の入り口まで伸びているようだ。やはり糸ではなく、これくらいの太い紐でないと切れる危険性があったのだ。何もかも、考えが甘かった。

紐を手繰り寄せながら歩いていると、足許が上り傾斜になった。出口が近づいている実感がある。まだかまだかと思いながら歩くうちに、ついに出口の光が見えた。男は腰の紐に摑まっている晋松たちに、「見えたぞ」と言った。

走り出したかったが、助けに来てくれた男を置いていくわけにはいかず、やむを得ず後ろから押した。男は「おい、押すな」と笑いを含んだ声で言ったが、小走りになってくれた。光がぐんぐん大きくなる。そして最後は、転げるように洞窟を飛び出した。

「あー、出たー」

外の空気を思い切り吸った。日の光が眩しかった。大きく手を広げて伸びをしていると、どすんと体にぶつかってきたものがあった。先ほど晋松たちが男にしたように、顔をぐりぐりと押しつけてくる。「馬鹿、馬鹿、心配させやがって」と悪口(あっこう)を垂れているお汀は、泣いているようだった。あれっ、と晋松は首を傾げた。

15

想像どおり、というよりも微かな望みをかけていたとおり、晋松と孝吉が洞窟に入ったきり出てこないと、お汀と波治が騒いでくれたそうだった。想像と違っていたのは、大人たちが大勢で晋松たちを探してくれたことだった。大人たちは腰に紐を結んで決して迷わないようにし、分岐が来るたびにふた手に分かれるという方法で、複雑な洞窟内を虱潰し(しらみつぶ)に探したという。紐の長さには限界があるから、紐が届かないところにまで晋松たちが潜ってしまっていたら諦めるしかないと、最初から決めていたらしい。晋松たちはさんざんさまよい歩いてしまったが、致命的なほど奥にまでは達していなかったようだ。そうしたことを後から聞いて、冷や汗が出た。まさに、生きて出られたことは僥倖(ぎょうこう)以外の何物でもなかった。

晋松たちを探してくれた大人は、総勢十五人にも及んだ。皆、漁を休んで洞窟に入ってくれたのだ。晋松と孝吉はそれぞれの母親たちに伴われ、一軒一軒詫びと礼を言って回った。むろん、心配してくれたのは他の家も同じだ。村で人とすれ違うたびに、晋松はぺこぺこと頭を下げなければならなかった。

そうして騒動が一段落してみると、晋松は全身から力が抜けるような感覚を味わった。あらゆる努力が無駄に終わり、もう何も残っていない。生きて帰れた昂揚感が過ぎ去ってしまえば、己の無力さに果てしなく気持ちが落ち込んだ。いっそ洞窟で死んだ方がましだったのではないかとすら思った。

夕方の浜で、膝を抱えて海を見ていた。一ノ屋の跡取りとして何かを成し遂げるどころか、島の人々に迷惑をかけてしまった。おれはいったいなんのために生きているのだろう、と思う。なんのために一ノ屋を継いだのか。いっそ、平太に跡目を譲るべきではないかと考えた。今や、平太を馬鹿にする者はいない。むしろ、島始まって以来の神童ともっぱらの評判だ。平太は阿呆面に生まれついた代わりに、賢さで一ノ屋の特別な血を色濃く受け継いだのだろう。それに引き替え、自分は何も父親から分け与えられなかった。どうしてだよ、と顔も知らない父親に恨み言を言いたかった。

「やっぱり、こんなところにいた」

不意に背後から、声が聞こえた。驚いて振り返ったが、なんとなくこうなるのではないかという予感もあった。お汀はいつもと違い、なにやら困ったふうな顔をしている。近づいてきて、勝手に晋松の隣に坐った。

「また、なんのために生きているのかって考えてたのか」

幼馴染みはなんでもお見通しだ。以前はそれを不愉快に感じたが、今はもうどうでもいい。洞窟を出た際にお汀を抱きとめた感触が、未だに腕や胸に残っていた。

「和尚様が言ってたけどさ、人には天命ってものがあるんだって」

お汀はぼそりと言った。唐突に何を言い出したのか、よくわからない。隣に坐るのはいいが、黙っていてくれないものだろうかと思った。晋松の悩みは、どうせ誰もわかってくれないのだ。

「天命ってのは、天から授けられた役割のことだ」晋松の内心など知らず、お汀は続ける。「大きい天命を背負っている人もいれば、小さな天命の人もいる。でも、どっちが偉いってことはないって言ってたよ。人は、それぞれ自分の天命を生きればいいいんだってさ」

途中から、お汀の説明につい引き込まれた。これは聞き逃してはいけないことだと、直感が訴える。今お汀は、非常に大事な話をしているのだ。たとえそれが和尚の説教の受け売りであっても、晋松の心に届いてくる。もしかしてお汀は、己の言葉だけでは晋松を慰められないと思い、和尚の知恵を借りたのではないか。晋松は海から自分の横へと視線を移したが、お汀は海を向いたままだった。

「晋松に与えられた天命は、そんなに大きくないんだよ。でも、それを恥じることはないんだ。だからお前は背伸びしないで、自分の天命は何かを考えればいいんじゃないかな」

お汀は自分の膝を引き寄せ、両腕で抱いた。体を丸めたまま、海に沈みゆこうとしている夕日をじっと見ている。晋松は、そんなお汀から目が離せなかった。

「お前だけでなく、誰にもこの不漁を終わらせるような力はないんだ。お前の父ちゃんにもだ。お前の天命は、一ノ屋の血を残すことだろ。無茶して死んでたら、お前は天命に逆らったことになるところだったんだぞ」

ああ、そうか。お汀の指摘が胸に刺さる。おれはあのまま死んでいたら、一ノ屋の跡取りとしての役割を果たさずに終わるところだったのだ。それこそ、無意味な一生だったことになる。自分は大人になって子を残すまで、なんとしても生きなければならないのだった。

なにやら、これまで見えていなかったものが見えてきた気すらした。体がふっと軽くなる。まるで、憑き物が落ちたようだった。

「お前はお前でいいんだよ、晋松」

お汀はあくまで、夕日を見つめ続けている。晋松は「うん」と素直に頷き、そして尻半分だけ体をずらした。お汀もまた、少し体を動かした。ふたりの腕は、ほとんど触れそうなほど近くなった。

夕日に照らされた水面は、綺麗な橙色に染まっていた。

16

渡し板が上げられ、船は岸から離れ始めた。岸で見送る人たちが、「達者でな」「生きて帰れよ」と口々に言う。甲板の上に立った晋松は、何度も大きく手を振った。岸に立っているお汀も、右手を振り返す。左手では、晋松との間に生まれた息子の手を握っていた。そしてお汀の腹にも、新しい命が宿っていた。大きな腹を抱えたお汀は、立っているのがしんどそうだった。

これから向かう先に待つのは、死かもしれない。晋松は覚悟をしていた。怖いが、後込(しりご)みはしていない。自分は自分の天命を生ききったからだ。一ノ屋の血は、確かに残した。今は、大きな仕事を成し遂げた達成感があった。おれは一ノ屋の当主だと、胸を張って言える。

明治二十七年、日本と清国の間で戦争が始まった。改正された徴兵令によって、島にも召集令状が届いた。二十一歳になった晋松も、それを受け取ったひとりだった。

兵となる若い男たちを乗せて、船は走り始める。晋松たちが送り込まれるのは、異国の戦場だった。

第四部　君死にたまふことなかれ

1

幼馴染みの春子（はるこ）の様子がおかしいことには、前から気づいていた。そりゃあおかしくもなるだろう、と思う。夫を兵隊に取られ、それきり二度と帰してもらえないのでは、とうてい納得できない。怒りも悲しみも宙に浮いたまま、どこにもぶつけられないでいるのではないか。小さい頃からよく知っている間柄だからこそ、勢子（せいこ）には春子の気持ちが理解できた。

日本は清国相手の戦争に勝利しただけでなく、なんと大国露西亜（ロシア）にも勝った。とはいえ、勝って得たものは少なく、むしろ大勢の命を犠牲にした、薄氷を踏む勝利だった。死者の人数を考えれば、本当に勝利したと言えるのかどうかも怪しい。実際のところは、痛み分けといったところだったのではないか。なんのための戦争だったのか、女の勢子にはよくわからない。

聞くところによると、日本陸軍は清国の二〇三高地という場所で、血みどろの戦いを繰り広げたそうだ。そこで何千人という兵隊が命を落としたという。なぜそうまでして、露西亜本土でもない場所を攻めなければならなかったのか、これまた勢子には理解できない。島には逐一戦況報告が届くわけではないし、そもそも聞いてもちんぷんかんぷんだと思う。

その一方、日本海海戦において、日本海軍は奇跡的な大勝利を収めたらしい。東郷平八郎（とうごうへいはちろう）というお偉い大将様のお蔭で、世界最強とも言われる露西亜のバルチック艦隊を、ほとんど壊滅させたそうだ。この勝利によって、一応のところ戦争には勝ったということになった。もし東郷平八郎大将がいなかったら、日本は露西亜に攻め込まれていたのだろうか。それを思うと、東郷大将が神様のような人に思えてくる。

そんな大勝利だったから、海軍は陸軍ほど悲惨な犠牲を出さなかった。とはいえ、誰ひとり死なない勝利ではなかった。海軍にも、死んだ人はいる。島の男は泳ぎが達者だからたいてい海軍に配属され、お蔭で生きて帰ってきた者も多いが、春子の夫は数少ない例外だった。戦艦の近くに敵の砲弾が落ち、その煽りを受けて傾いた際に、甲板にいた春子の夫は海に落ちたそうだ。そしてそれきり波に呑まれ、死体すら見つからなかった。春子が受け取ったのは、夫が戦死したことを知らせる紙切れ一枚だけだった。

　春子は三日三晩泣き暮らした。本当に身も世もなく泣き続け、食事すら摂らなかった。勢子は春子のことも心配だったが、ひとり娘の秋子(あきこ)を案じた。秋子はまだ三歳でしかない。母親が面倒を見なければ、ただ飢えるだけなのだ。やむなく、秋子の面倒は勢子が見た。秋子は最初、号泣する母親を見て自分も泣き、次には空腹のあまり泣いたが、勢子の家に連れてこられて腹いっぱい食べると、以後はけろりとしていた。春子がいつまでも泣き続けるだけに、その子供らしい変わり身の早さに気持ちが和んだ。

　勢子は春子を、精一杯慰めたつもりだった。だが自分の言葉が春子に届いているかどうかは、心許なかった。なんとなれば、勢子の夫もまた兵隊に取られたが、死ななかったからだ。特に怪我もなく生きていると報せる手紙が届いた。勢子はその手紙を読んで飛び上がるほど喜んだが、それだけに春子に対してはどこか引け目を覚えた。そんな気持ちが言葉に滲むのか、それとも誰が何を言ってもそもそも無駄だったのか、春子の悲しみを和らげてやることはできなかった。

　三日三晩という言葉そのままに、四日目に様子を見に行くと、春子はもう泣いていなかった。畳にへたり込み、呆けたようにあらぬ方を見ている。その目は虚(うつ)ろで、勢子はぞっとした。大泣きしているうちの方が、まだましだったのではないかと思った。

「春ちゃん、泣き止んだんだね。よかった」

　庭に回り込んで声をかけると、春子はゆっくりと首を動かした。まるで浄瑠璃人形のような、人間でないものみたいな動きだった。もっとも勢子は、浄瑠璃など観たことがないのだが。ともかく、普通の動きではなかったのである。

「ああ、勢ちゃん」

春子はこちらに顔を向けたが、目の焦点が微妙にずれているようだった。本当に見えているのか疑問に思いつつ、勢子は春子の膝に手をついて揺する。

「春ちゃん、秋ちゃんはあたしが預かってるからね。連れてこようか。それとも、もう少し預かっておこうか」

「ああ、ありがとう。助かる」

春子は生気の抜けた声で言う。だが徐々に、目に光が戻ってきた。どうやら秋子の名を聞いて、頭がはっきりしてきたらしい。

「そうだ、秋子。ありがとう。あたし、秋子を放ってたのね。ぜんぜん面倒を見なかったのね」

「大丈夫よ。困ったときはお互い様だから。頼ってくれていいのよ」

「ああ、秋子。あたしの大事な秋子」

そう言って、春子は子供を抱き締める真似をした。とはいえ実際にはこの場にいないので、見えない相手に頬擦りをしている異様な仕種になっている。秋子をこの家に戻した方がいいのか、それとも預かったままの方がいいのか、勢子には判断がつかなかった。

春子夫婦は、本当に仲が良かった。仲睦まじいとはこういう夫婦のことを言うのだと、傍で見ていて思った。勢子も夫とうまくいっているつもりでいるが、春子たちには負ける。荒い気性の者が多い島の男には珍しく、春子の夫は優しかった。夫婦になる前は、花を摘んできて春子にあげる気遣いまで見せた。結婚した後も、自分の妻を腐すようなことは一度も言わなかったのではないか。照れ臭いのか、男は往々にして妻を鬼嫁のように言う。それが男同士の挨拶なのかと考えたくなるほど、己らの妻の悪口で盛り上がったりしている。しかし春子の夫は、そんな話には加わらなかったらしい。お前は女房がかわいくてならないんだよな、とからかわれても、へへへと笑って頭を掻くだけだったそうだ。春ちゃんはなんといい男と結婚したのかと、そんな話を聞くたびに勢子は思ったものだった。

そういう優しい男に限って、戦場に出れば生きて帰ってこられない。なんと皮肉なことか。殺し合いの場では、優しさは命取りなのだろう。春子の夫の死に方は単に不運に起因するものではあろうが、やはり優しさが仇になったのだと勢子には感じられた。そうでなければ、あんないい人が死ぬという現実を呑み込めなかった。

だから、春子が少しおかしくなってしまうのも無理からぬことと思えるのだった。もし勢子の夫が生きて帰らなくても、同じように泣き暮らすだろう。まして春子の場合、あんな優しい男は日本じゅう探し回ったって見つからないはずだ。それが喪われたときの悲しみは、とてつもなく深いに違いない。戦争なんて嫌いだよ、と勢子は毒づく。

「よかったらさ、春ちゃんもうちに来ないかい。秋ちゃんと三人で、気持ちが落ち着くまで暮らそうよ」

実は、秋子を連れ帰る際、自分がこの家に移ってこようかとも考えた。だが春子の泣き声を聞き続けるのはさすがに辛く、心配ではあったが秋子だけを引き取ることにしたのだった。泣き止んでくれたなら、そばにいてやることができる。春子は何も食べていないのだろうから、まずは腹に入るものを作ってあげたかった。

「うん」

春子は童女のように、素直に頷いた。ああよかった、と勢子は胸を撫で下ろす。勢子の夫が戻ってくるまではまだ日がかかるし、子供もいない。ひとりで家にいて春子たち親子を案じているよりは、一緒に暮らした方がよほど安心できた。

よろよろ歩く春子に手を貸しながら帰宅すると、隣家の女に面倒を見てもらっていた秋子が気づいて、走り寄ってきた。おっかちゃん、と大きな声を張り上げながら、春子の膝にひしとしがみつく。そのまま大泣きする様を見て、やはり寂しかったのかと勢子は胸を痛めた。平気なふうに見えたが、あれは子供なりに健気に我慢をしていたのだ。こんな秋子のためにも、春子には早く悲しみから立ち直って欲しかった。

春子は秋子を抱き上げ、頬擦りをして自分も泣いた。せっかく泣き止んだのに、また元の木阿弥ではないかと不安になったが、秋子が泣き止むと春子も落ち着いた。秋子の面倒を見てくれていた隣家の女に、礼を言う気遣いも示した。どうやら大丈夫そうだと、勢子は安堵した。

そうして、三人で暮らし始めた。春子は依然として呆けた顔をしていることがあったが、勢子と一緒に食事を作っている際は普通に振る舞っていた。干物作りの作業場にも行けるようになった。夫を喪った悲しみはそう簡単に癒えないだろうが、日常生活の中で徐々に薄れていってくれればそれが一番だと勢子は考えた。

勢子の目から見た春子の変化は、他にもあった。以前より、秋子を猫かわいがりするようになったのである。家にいるときは、まるで秋子が赤ん坊に戻ったかのようにずっと抱き締めている。秋子が飽きて抱擁から逃れようとしても、放さないのだ。その様子にはただならぬものを感じたが、大事な夫を喪った今、血を分けた娘によりいっそう愛情を注ぐのは人として当然かもしれないとも思う。自分も早く子供が欲しいものだと、勢子は密かに考えた。

そんなある日のことだった。庭で盥に水を張り、春子は秋子を行水させていた。水を含ませた手拭いで秋子の体を拭いていた春子は、ふとその手を止めた。そして濡れ縁に坐っている勢子に顔を向けると、唐突に奇妙なことを言った。

「うちの人は、秋子の中に生きているのね。うちの人は死んだわけじゃないんだわ」

勢子には春子の言葉の意味がわからなかった。春子が手に持つ手拭いの下からは、秋子の左肩にある痣が見えている。イチマツ痣と呼ばれる、奇妙な形の痣だった。

2

「そうね、秋ちゃんがいることが、旦那さんが生きていた証だもんね。秋ちゃんが生まれててよかったね」

わからないなりに、こういう意味だろうと解釈して言葉を返した。それが聞こえているのかいないのか、春子は「うちの人は生きているのよ」と繰り返している。その様子に、勢子はなにやら不穏なものを感じた。

次は、夕餉の際だった。春子はおかずを口に運びながらも、目ではじっと秋子を見ていた。まったく視線を外さないので、勢子は気になっていた。

「ああ、箸の使い方がうちの人だ」

春子はしみじみと言った。なるほど、親子はそんなところが似るのかと、勢子は改めて秋子を見た。だがまだ三歳に過ぎない秋子は、あまり箸をうまく使えていない。握るように持っているだけだ。春子の夫は、本当にこんな箸の使い方をしていたのだろうか。

「見てよ、勢ちゃん。うちの人が秋子の中にいるわ」

ようやく娘から視線を逸らしたかと思うと、春子はそんなことを言うのだった。親子なのだから、当然どこかが似ている。亡き夫を偲（しの）ばせる点を娘の中に見つけ、春子は己を慰めているのか。まだ心の傷が癒えていないらしい幼馴染みが憐れで、勢子は「そうね」とだけ相槌を打っておいた。

「うちの人、一ノ屋の血を引いてるでしょ。だから、特別なのよね。死んだりしないのよ」

春子はなにやら楽しげだった。だが、またしても勢子は何を言っているのか理解できない。死んだりしない、とはどういう意味か。一ノ屋の人は死なない、などという話は聞いたことがないが。

昔、イチマツというとんでもない色男がいた話は知っている。そのイチマツが島の大勢の女と契り、子がたくさん生まれた。春子の夫は、大勢生まれた子の中のひとりだ。とはいえ、とんでもない色男などということはなく、見た目はごく普通だった。特別なのはただ、春子に示す優しさだけであった。

一ノ屋がこの島で特別な家系であることは、子供の頃から認識していた。だが、どう特別なのかはわからなかった。先代の当主など、父親を真似しようとして大勢の女を口説いたが、ことごとく撥ねつけられるという醜態を曝した。勢子はその頃子供だったから口説かれたりはしなかったが、みっともないと思ったことはよく憶えている。その先代も、先の戦争で兵隊に取られて帰らぬ人となった。一ノ屋の人は死なない、なんてことはないのだった。

「そうよね、旦那さんは秋ちゃんの中で生きてるのよね」

しかし勢子は、春子に言葉の意味を問うたりはしなかった。尋ねても、さらにおかしなことを言うだけではないかと思ったからだ。死んだ夫が娘の中で生きている、と考えたくなること自体は理解できる。ならばその理解のまま放っておいて、不用意に触れたりしない方がいいと考えた。

以後も、春子は似たようなことを言い続けた。子供らしいたどたどしい秋子の口振りが、亡き夫そのままだと言うのだ。春子の奇妙な言動は悲しみから来る一時的なものだと勢子は捉えていたが、もしかしたら本当に頭がおかしくなってしまったのかもしれない。そんな不安がよぎり始めた。

春子は外でも同じ調子だった。秋子を連れ歩いていても、それが幼い娘ではなく、夫であるかのように振る舞うのだ。秋子のことを「うちの人」と呼ぶ様子を見て、最初は誰もが首を傾げた。だがそのうち、春子は己の娘を夫と思い込んでいると知れ渡り、不気味なもののように見られた。春子は嘆くあまりに頭がおかしくなった、と島では認識されてしまった。

そんな春子を憐れむ人がいれば、疎んじる人もいた。そして中には、熱心に耳を傾ける者もいたのだった。春子の話を聞きたがったのは、同じく戦争で夫を亡くした女だった。

「ねえねえ、春子ちゃん。秋ちゃんが旦那って、どういう意味なの」

その女は佐代子(さよこ)といった。勢子たちより少し年上で、子供が三人いる。小さい子供三人を女手ひとつで育てることになったので、春子より大変だ。しかし、大変だからこそか、春子のようにいつまでも泣き暮らしてはいなかった。少し沈んでいるようには見えたものの、女同士で冗談を言って笑ったりもしていた。

その佐代子が、春子の話に興味を持った。同じ痛みを知る者同士、わかりあえるものがあると思ったのかもしれない。春子がどんな返事をするか、勢子ははらはらしながら見守った。

「うちの人は死んでないのよ。ここで生きてるの」

案じたとおり、春子はわけのわからないことを言った。これでまた春子の頭がおかしくなったと考える人が増えた、と勢子は思ったが、そんなことはなかった。佐代子は呆れたりせず、先を促した。

「生きてるって、どういうことよ。幽霊になって取り憑いてるの」

春子の奇妙な物言いを正面から受け止め、訊き返す。春子は気安い調子で「ううん」と首を振った。

「幽霊じゃないのよ。ちゃんと生きてるの。わからないかしら。見た目は小さい女の子だけど、魂はうちの人なのよ」

「つまり、魂は死なないって意味ね。じゃあ、うちの人も子供の中にいるのかしら」

「いるわよ。よく見てご覧なさい」

一ノ屋の血筋だから特別だ、と言っていたことなど春子はけろりと忘れているようだ。一ノ屋が特別な家系として扱われていることから始まった妄想のはずなのに、すでにそこから離れて話が膨らんでいる。そんなことを吹き込んでいいのかしら、と勢子は危ぶんだ。

「例えば箸の上げ下ろしとか、ちょっとした仕種とか、口癖とか、そういうところに魂が現れるから。見てれば絶対わかるわよ」

春子はなおも言葉を重ねた。佐代子は目を輝かせ、「わかったわ。よく見てみる」と応じる。そんな様を見て、勢子は胸を痛めた。春子ほど嘆いていないと見えた佐代子も、実は深く悲しんでいたのだ。春子のおかしな主張に縋りつく姿は、憐れだった。

後日、佐代子は訪ねてくると、興奮して「本当だったわ」と言った。

「本当に、上の息子の中にうちの人がいたわよ。春子ちゃんの言うとおりだった。息子の喋り方は、うちの人そのままなの。あれは絶対、魂が宿ってるわ」

「そうでしょ、そうでしょ」

春子は当然の話だとばかりに、胸を張った。やり取りが奇妙だと感じているのは、この場で勢子だけだった。

そうこうするうちに、出兵していた男たちが帰ってきた。女たちは港で待ち受け、男たちを歓待した。夫の生還を喜ぶ女がいれば、そのことでよりいっそう欠落感を大きくする女もいる。紙切れ一枚ではまだ実感できなかった夫の死と、何人かの女はついに直面したのだった。夫がもう二度と帰ってこないという現実を痛感し、未亡人となった女たちは改めて泣いた。

　夫が帰ってきたことで、春子親子との同居は解消となった。勢子はまだ春子が心配だったが、夫も含めて四人で暮らし続けることはできない。春子たちには自分の家に帰ってもらうしかなかった。せめて、こまめに様子を見に行ってやろうと決めた。

　だが、訪ねていっても留守のことが多かった。どこに出かけているのか、見当がつかない。何度かそんなことが続いたが、あるとき村の中で春子を見かけた。春子は別の家で話し込んでいた。その家もまた、一家の主を戦争で亡くしていた。

「死んだ人の魂は、消えてなくなったりはしないのよ」

　家に近づいていくと、春子のそんな言葉が聞こえた。また、あの主張をしているようだ。しかしこの家の夫婦はまだ若く、子供がいなかったはずだ。子供の中に魂が帰ってくるのでないなら、女は救われない。かえって傷つけるだけではないかと、勢子は心配した。

「その魂は、どこに行っちゃうの。春子さんや佐代子さんのところは、子供の中に戻ってきたんでしょ。でも、うちにはいないのよ。あたしはうちの人の子を産めなかったのよ」

　女の名は沢子といった。沢子はそう言って、さめざめと泣く。ほら、言わんこっちゃない。どうやって慰めようかと勢子が頭を捻っていたら、春子が堂々と言い切った。

「大丈夫。うちの秋子の中に戻ってきてもらえばいいのよ」

　勢子は驚いて、足を止めた。今度は何を言い出したのだ。まったくわけがわからない。魂とはそんな簡単に出し入れできるものなのか。

「えっ、秋子ちゃんの中に。そんなこと、できるの」

　当然、沢子は訊き返す。春子は自信たっぷりに答えた。

「できるわよ。だってうちは、一ノ屋の家系なのよ」

ああ、出た。また一ノ屋か。一ノ屋なんて特別じゃないことは、先代を見れば明らかではないか。なぜそんなに一ノ屋を特別視するのか。

「そうか。春子さんの旦那さんも、一ノ屋の人だったのよね。すごいわ。一ノ屋の血を引く秋子ちゃんなら、うちの人の魂も受け入れてくれるのね」

しかし一ノ屋の名の神通力は、まだ有効だった。沢子はすっかり、春子のおかしな話を鵜呑みにしていた。言葉を挟む気がなくなり、勢子は踵を返した。春子の言葉で悲しみが紛れるなら、それもいいかと考え直したのである。

とはいえ、沢子が秋子の中に亡き夫の面影を本当に見いだすかどうかはまた別問題だった。血縁でもなんでもないのだから、そんなことは無理だろうと思った。春子は嘘つき呼ばわりされるかもしれない。そのときには、自分が庇わなければと勢子は決意した。

沢子が訪ねてくる日を聞き出し、自分も立ち会うことにした。沢子は日中にやってきて、「こんにちは」と朗らかに秋子に話しかける。疑っている様子も、緊張している気配もなかった。

さて、春子はどうする気か。勢子は危ぶみながら話の輪に加わっていたが、世間話をするだけでいっこうに儀式めいたことをする気振りはない。沢子はといえば、そんな春子を不審がるでもなく、ちらちらと秋子に目をやっていた。秋子目当てでやってきたのだから気になるのは当然としても、目を向ける回数がやたらと多い。何をそんなに見ているのかと、勢子は訝った。

「あっ」

すると沢子は、突然声を上げた。秋子を指差し、目を大きく見開いている。

「本当だった。今、うちの人が秋子ちゃんの中にいた」

そんなことを言い出したのだった。勢子は沢子が本気で言っているのか疑ったが、冗談ではなさそうだ。ならば、春子と示し合わせて勢子をからかっているのか。赤の他人の子供を見て、どうしてそこに亡き夫の面影を見つけられるのだろう。筋が通らないとは思わないのか。

「見てたかしら。今、秋子ちゃんは人差し指で鼻の下を擦ったのよ。それ、うちの人の癖だった。すごいそっくりだったわ」

　沢子は興奮気味だった。それを聞いて、勢子は奇異に思った。少しの間一緒に暮らしていたから、秋子がどんな仕種をするのかはわかっている。勢子が見る限り、鼻の下を人差し指で擦ったことは一度もなかった。そもそもそれは、三歳の女の子がすることではない気がする。まさか本当に、沢子の夫の魂が降りてきたのだろうか。

　いやいや、そんなはずはない。一瞬信じかけた己を、勢子は笑い飛ばした。文明開化の世と言われて、すでに久しい。魂だの霊だのといった話をすれば、くがの人にはきっと呆れられるだろう。離島の人間はいつまで経っても未開のままだと、鼻で嗤われるに違いない。魂が子供の中に降りてくるなんて、決してあり得ないことだ。沢子が本気で信じたのであれば、まさにそれは鰯（いわし）の頭も信心からというやつでしかなかった。

　そのときの勢子の感想は、実は非常に的確だった。というのも、春子の言うことを真に受ける人は、その後も次々と現れたからだ。露西亜との戦争で死んだ人は少なかったとはいえ、十年前の清国との戦争でも死者は出た。戦争で家族を亡くした者は、島の中にもそれなりにいたのだった。そうした人々が、秋子の評判を聞いて春子を訪ねてきた。皆、家族の理不尽な死を受け止め切れていなかったようだ。

　やることは、沢子のときと同じだった。じっと秋子を観察し、勝手に亡き家族の面影を見いだす。そのうち、「ありがたやありがたや」と手を合わせる者も出てきた。当の秋子は、何事かわからずきょとんとしている。そんな幼子を大の大人が拝むのだから、鰯の頭もなんとやらと言わずにはいられなかった。

なぜ皆がそう簡単に春子の話を信じるのか、勢子にはわかるようでわからなかった。島の者はやはり文明とはほど遠いのだと、半ば諦め気味に見ていた。だがあるとき、話を信じる者たちにはひとつの共通点があることに、卒然と気づいた。皆、一橋(いちはし)産業で働いているのだった。

勢子自身は干物作りや畑いじりなど、昔ながらの仕事しかしていなかったので、なかなか思い至らなかった。しかし今や、島の大半の者がなんらかの形で一橋産業で働いている。一橋産業は、くがで学問を修めた者が作った会社だった。島に椿油工場や酪農の牧場を作り、成功を収めている。くがと島の間に蒸気船が運航するようになったのも、島の暮らしが豊かになったのも、すべて一橋産業のお蔭だった。

そして、その一橋産業の社長こそ、一ノ屋の血筋の人だった。一橋平太社長は、島の大恩人として一目も二目も置かれている。かつてない大立て者となった一橋平太社長のことを、社員たちは皆、さすがは一ノ屋の血を引くだけのことはあると誉めそやしていると聞いた。つまり、一橋産業で働く者は未だ、一ノ屋の血筋を神聖化しているのだった。

だからか。納得がいった。だから皆、勝手に秋子を神秘的だと思うのだ。島の生活を一変させるという奇跡を起こした一ノ屋の者なら、魂を降ろすくらいのことは簡単だと頭から信じるのだ。勢子が鈍かっただけで、一ノ屋の名前は依然として力を持っていたのだった。

秋子を拝む者たちは、やがて手みやげを持参するようになった。米や野菜、肉などを持ってきて、食べてくれと春子に差し出すのだ。もっと直接的に、現金を包んで置いていく者もいた。おそらく、寺の檀家のような気分なのだろう。お蔭で春子親子は、夫を喪っても食うに困ることはなかった。

しかし、そんな状況を面白く思わない者も現れた。一ノ屋の現当主の母親である、お汀だった。あるときお汀は、眦(まなじり)を吊り上げんばかりの血相で春子の家に乗り込んできた。たまたまその場にいた勢子は、あまりの形相に肝が縮み上がった。

「ちょっとあんた、一ノ屋の名前を利用して食わせてもらってるんだって。冗談じゃないよ。一ノ屋の本家はうちだよ」

色黒で吊り目のお汀が怒ると、まさに鬼のようになる。もともとお汀は、気性が荒いことで知られていた。そんな相手に怒鳴り込まれては、勢子だけでなく、春子も秋子も怯えて動けなくなっていた。

「べ、別に一ノ屋の名前を利用したりはしてません」

かろうじて、蚊の鳴くような声で春子は言い返した。頭がおかしくなったかと思われた春子だったが、秋子に魂が云々と言っているとき以外はまともである。この反論も、事実をそのまま口にしているだけだった。

「嘘つくんじゃないよ。一ノ屋の血はすごいって言われて、やに下がってるそうじゃないか。娘拝ませて、食い物持ってこさせたり、金取ったりしてるんだろ。ふざけるな。そういうことをしてもらう権利があるのは、一ノ屋の本家であるうちだけなんだよ」

しかしお汀は、聞く耳を持たなかった。男にも負けない怒声を張り上げ、春子を非難する。たまらず秋子は泣き出し、勢子が抱き締めてやった。春子も泣きそうになりながら、なんとか相手の言葉を否定する。

「あたしは何もお願いしてません。みんなが厚意でそうしてくれてるんです」

「だから、その厚意を受けるのは本来うちだと言ってるんだ。金持ってきた人がいるなら、それを受け取るのは一ノ屋本家だと言ってやりな」

一ノ屋の先代当主が戦争で死んだとき、ふたり目の子供はまだお汀の腹の中にいたという。幼子をふたりも抱えて、お汀もさぞや苦労をしたのだろう。そのことはわかるが、だからといって春子が受け取った金まで奪おうとするのはどうか。戦争で夫を亡くしたのは、春子も同じなのだ。お汀は顔だけでなく、性根まで恐ろしいと勢子は思った。

「そんなこと言われても困ります」

「困るもヘチマもあるか。一ノ屋本家を蔑ろにするのも、たいがいにしろよ」

お汀は憎々しげに言った。その口調は怖かったが、お汀が単に金目当てで怒鳴り込んできたわけではないと朧げにわかり始めた。本家を蔑ろ、とお汀は言う。きっと、そここそが最も大事なのだろう。現当主である松太郎は、まだ子供だ。亡き夫から託された一ノ屋本家の威厳を、自分が守らなければならないとお汀は考えているのかもしれなかった。

「蔑ろなんて、そんな」

春子の声に力はなかった。このままでは、お汀の言いなりになってしまうかもしれないと勢子は危ぶんだ。

そこに、加勢する人が現れた。お汀の背後から、「何を言ってるんだ」と言い返す声が聞こえた。勢子が顔を振り向けると、見知った相手がふたり立っていた。ふたりとも、春子の許に通っている戦争未亡人だった。

「あんたの息子が一ノ屋の当主だって言うなら、秋子ちゃんみたいに奇跡を起こしてみろってんだ。特別な力もないのに、当主だなんて威張るな」

「な、なんだと」

正面から反論され、お汀は目を白黒させた。奇跡を起こしてみろ、とは無体な要求だが、一ノ屋の威厳を保とうとするお汀には最も応える言葉だったかもしれない。口をぱくぱくさせた末、かろうじて怒鳴り返した。

「奇跡だなんて言ったって、どうせインチキだろうが。インチキで金を取るなんて、胡散臭いんだよ」

「インチキなんかじゃないよ。本物の力がないからって、僻むな」

「なんだと、この女郎」

「さっさと帰れ、帰りやがれ」

未亡人ふたりが交互に声を張り上げていると、騒ぎを聞きつけたか、さらなる加勢が現れた。皆、秋子を拝む者たちである。多勢に無勢となり、さすがに気の強いお汀も旗色が悪くなった。「憶えてろよ」と、まるで男のような捨て台詞を残して、すごすごと退散していった。

騒ぎが収まって勢子は胸を撫で下ろしたが、それで終わったわけではなかった。このことは以後も、本家と分家の争いにも似た摩擦を引き起こす火種となる。しかし当座は、それどころではなかった。話をややこしくする迷惑な女が、ひとり登場したのだった。

3

女は容子と名乗っていた。もともとの名はお容といったのだが、最近になって自分で変えたのである。この容子もまた、イチマツの落とし胤のひとりだった。一ノ屋の血筋にはどうしたことか、絶対に美しい女が生まれないという。女は例外なく、醜女なのだそうだ。容子のご面相も、その法則に忠実に従っていた。輪郭が細く、顎が異様に尖っていて、一重の目は目尻がこめかみに向けて吊り上がっている。鼻は高いというより長く、唇はないに等しいほど薄い。おまけに、イチマツ痣が左の頬に現れていた。一ノ屋の血を引く者は皆、体のどこかに痣があるのだが、よりによって女である容子の顔に出るとは憐れでならない。もっとも、痣がなくても美しくないことに変わりはなかったのだが。

見るからに意地悪そうな容子は、三十を過ぎても嫁に行かない大年増だった。意地悪そう、というのはあくまで見かけの話であり、実際の性格を勢子は知らない。だが、あの顔では嫁に行かないのではなくもらい手がないのだろうと、少し残酷とは思いつつもそう考えていた。あまり近づきになりたくないので遠目から見るだけではあるが、最近になってますます容子の顔つきは険しくなったように思う。常に眉間に皺を寄せ、何かひとつでもきっかけがあればキャンキャン怒鳴り散らしてやろうと、虎視眈々と狙っているようにすら見受けられる。すべて一方的な偏見なのだが、あの険しい顔を見て中身は優しいと想像するのは難しかった。人間、長く生きていればいるほど、性格が顔に出るものである。

容子もまた、一橋産業で働いていた。だが女工として一橋産業に入ったのではなく、血縁を頼って押しかけたと噂されている。容子もイチマツの子であるから、社長の一橋平太からすれば腹違いの姉に当たるのだ。一緒に暮らしていないから家族とは言えないにしても、実の姉に働かせてくれと頼まれれば社長も拒否はできなかろう。かくして、工場で働くでもなく、かといってあれこれ差配するでもなく、何をやっているか傍目にはよくわからないのに給金だけはもらっている存在となっている。一橋平太社長が容子をどう思っているかは、誰も知らない。

その容子が、お汀が押しかけてきた日から間をおかず、春子を訪ねてきた。勢子はそのときのことを後から聞いたのだが、またしても一ノ屋の血筋がどうこうと文句を言われるのかと春子は身構えたそうだ。だが案に相違して、容子は喧嘩腰ではなかった。「戦争は恐ろしいわねぇ」と、春子の手を握って泣いたのだという。

春子は当初、容子が何を泣いているのかよくわからなかった。容子の家族といえば母親だけで、父親であるイチマツは行方知れずだ。自分も身内を喪って同類意識を抱いているというわけではないのだから、単に春子に同情して泣いてくれているのだろうか。だとしたら、訪ねてくるのがちと遅い。戦争が終わってから何ヵ月もしてのこのこやってきて、自分のことでもないのに号泣する容子の真意が、春子にはどうも理解できなかった。

「でも、もしかしたら本当にいい人なのかもしれない」

その話をしたとき、春子はそんな解釈をした。春子こそ人がいい、と勢子は思ったが、口には出さなかった。勢子も容子のことはよく知らない。本当に他人のために泣ける人であったなら、見た目だけで意地悪そうと考えたのは申し訳なかったと反省しなければならないかもしれなかった。

「ともかく容子さんは、戦争が許せないみたい。戦争は怖い、もう二度と起こしちゃ駄目だ、って何度も言ってたわ。あたしもそう思う」

なるほど、それはそうだ。勢子は春子の言葉に頷く。戦争がいやだという意見に、異論はない。勢子の夫はたまたま生きて帰ってきたからまだいいが、次にまた戦争が起きたときも生還できる保証はどこにもないのだ。もう戦争はまっぴらだという気持ちは、まったく同じだった。

「容子さんは、うちに出入りする他の戦争遺族とも話をしてみたいって言ってたわ。きっと理解し合える、って」

「ああ、そうなの」

秋子を拝む者たちを勢子は認めたわけではないが、気持ちはわからないでもない。自分の夫や息子を理不尽にも戦争に奪われたら、何かに縋りたくもなるだろう。ただ、容子のことはどうもピンと来ない。ただの同情で近寄ってくるつもりなら、遺族たちとはずいぶん立場が違う気がした。

「次に容子さんが来たときは、あたしもいていいかしら」

だから勢子は、自分も同席することを望んだ。容子本人から直接、何を考えているのか聞いてみたかった。

　後日、容子の求めに応じて戦争遺族の集いが開かれた。これまでは特に集まる日を決めていたわけではなく、銘々が勝手に春子の家を訪ねては秋子を拝み、食べ物や金を置いて帰っていたので、こうして集いを開くのは初めてだった。皆で座敷に集まり、幼い秋子に手を合わせて念仏を唱える様は、やはり異様である。勢子は白けた気分で、最後尾から集いの様子を眺めていた。

　容子はといえば、他の遺族たちに交じって手を合わせていた。その様は殊勝で、気が強そうな気振りはまるでない。少し身構えてしまったが、実は単に信心深いだけの人なのかもしれないとも考えた。まあ、秋子相手に信心すること自体に、問題ありとも言えるのだが。

　拝み終えると、容子は周りの者たちとお喋りを始めた。「あなたは確か、旦那さんを亡くしたのよねぇ」、「あなたは息子さんを戦争に奪われたのね」と同情的な言葉をかけている。それぞれの手を握り、「戦争は二度とごめんだわ」と涙ぐんでいる姿は、春子から聞いたとおりだった。容子は自分から積極的に声をかけているので、自然と座の中心のようになった。

「皆さんは与謝野晶子という人をご存じかしら」

　周りの者たちが自分の話に耳を傾けていると見て取ったか、容子はそんなことを言い出した。誰のことか、勢子はわからない。島の人間ではないはずだった。

「くがで有名な歌人です。『みだれ髪』という、女性の手によるものとしては画期的に新しい歌集を出し、一躍有名になりました。私はこの『みだれ髪』が大好きで、これからの女は与謝野晶子さんのように己の欲望を堂々と主張できるようにならなければならないと考えました。皆さんにもぜひ、ご一読をお薦めします」

　勢子は与謝野晶子という人だけでなく、『みだれ髪』という歌集ももちろん知らない。そもそも、歌などというものとはまったく縁がなかった。島に生まれた女で、歌を詠んだことがある者なんてひとりもいないのではないかと思うが、もしかしたらこの容子は違うのかもしれない。そういえば、容子は小さい頃から賢く、学問をしたがっていたという話を以前に聞いたことがあるのを思い出した。

昔の話である。女子に学問など不要と言われ、そもそも女手ひとつで育てている母親には娘に学問をさせてやる余裕はなく、容子は寺の和尚様から読み書きを教わるのがせいぜいだったという。たとえくがであったとしても、女子が学問をするのは難しいだろう。まして島では、どう足掻いたところで読み書き以上のことを学ぶのは不可能だった。

ところが、その後に生まれた平太は、くがに渡って学を積んだ。学費は、なんと島の者たちが出し合って賄った。それを聞いて、容子は激怒したらしい。自分には島の者たちは何もしてくれなかったのに、平太には金を出してやるのか。女であるという理由だけでこんな憂き目を見るとは、島の者たちの振る舞いはまさに後進国のそれである。これでは百年経っても、諸外国から馬鹿にされているだろう。そんなふうに憤って、地団駄を踏んだと言われていた。

容子の怒りはわからないでもない。不公平な話だと、勢子も思う。ただ、そのようなかわいげのない物言いをしては、誰も同情してくれなかったのではないか。容子の言動そのものが、女子に学などいらないという考えを助長しかねない。容子はそれを理解していたのだろうか。

噂には、さらに続きがある。容子が一橋産業に潜り込んだのは、同じ父親を持つ身なのに平太だけくがで学問をしたという負い目につけ込んだからだというのだ。いささか悪意がある解釈のように思えなくもなかったが、賢しげな容子の弁を聞くにつけ、そんなこともあるかもしれないと考えを改めた。容子の言葉からは、きちんと学問できなかったという恨みが染み出てくるかのようだった。

「その与謝野晶子さんが先だって、新しい歌を発表しました。『君死にたまふことなかれ』という歌です。君とは、与謝野晶子さんの弟のことです。弟を戦場に送らなければならない哀切を込めた、反戦の歌なのです。弟を戦場に奪われた私は、いたく共鳴してしまいました」

容子は声を張り上げた。

容子の弟とは誰か。勢子は首を傾げて考え、「ああ」と思わず声を上げた。言われてみれば、先代の一ノ屋当主は容子の弟に当たるのだ。確かに容子も、戦争遺族ではあったのである。もっとも、容子と先代当主の間に姉弟の情が存在したとは、聞いたことがなかったが。

「これが、その歌が載った雑誌です。読んでみましょう」

容子はどこからともなく雑誌を取り出すと、掲げて皆に表紙を見せた。「明星」と書いてある。島には最近、くがで発売された雑誌もすぐ入ってくるようになった。それも、平太のお蔭だった。

「ああ弟よ、君を泣く。君死にたもうことなかれ」

堂に入った様子で、朗々と声を張り上げながら、容子は読み始めた。けっこう長い。途中から、そこここで啜り泣きが聞こえ始めた。歌に感情移入してしまったのだろう。気持ちはわかる。とはいえ、何を言っているのか理解できない部分も多々あった。学がない勢子には、少し難しかったのだ。それは他の女たちも同じだろう。なんとなく、雰囲気や気分に呑まれて泣いているに違いなかった。

「旧家を誇る主にて、親の名を継ぐ君なれば、ですよ。まさにこれは、私の弟のことではないですか」

読み終えて、容子はしみじみと言った。皆がうんうんと頷く。

「弟は一ノ屋を継いだ身なのに、戦場で命を落としてしまいました。一ノ屋という特別な血を受け継ぐ人ですら、死ななければならないのです。戦争とはなんと恐ろしいのでしょう」

よくもまあ、都合のいいくだりがあったものだと勢子は思うが、くがでは旧家がごろごろあるのかもしれない。だとしたら、これは偶然でもなんでもないのか。しかし、島に住む身には本当のところはわからない。他の者たちは勢子のように皮肉な見方はせず、食い入るように容子の言葉を聞いていた。

「戦争は絶対になくさなければいけません。この世に絶対悪があるとしたら、それは戦争です。問答は無用です。みんなで戦争反対と言い続けようではありませんか」

そうね、そうよね、と賛同する声が控え目に上がった。皆、容子のように声を張り上げることには慣れていないのだ。容子はそれが不満らしく、もう一度繰り返す。

「戦争反対と言い続けましょう。言い続けなければ、また新しい戦争が起きるかもしれません。いいですか、いきますよ。戦争、はんたーい」

容子は拳を作り、それを振り上げた。おずおずといった気配で、一同も「戦争はんたーい」と声を上げる。声が小さいとばかりに、容子は「戦争はんたーい」と繰り返した。唱和が続く。三度目には、声が大きくなってきた。容子は満足そうに、さらに拳を突き上げた。

戦争に反対すること自体はいい。特に文句はない。しかし、ここでこんなふうに声を揃えてなんの意味があるのか。勢子は白けた気分で、徐々に昂揚し始める場を後方から眺めていた。

4

容子の毒気に当てられ、また同じように集まることを一同は約束させられていた。といっても強制ではなく、皆それぞれ思うところがあったらしい。戦争反対、と声に出して言えたことで、心の中の鬱屈が晴れたようだ。来たときに比べ、すがすがしい顔で帰っていく者ばかりだった。

家を勝手に使われるようになった春子でさえ、「容子さんはすごいわね」などと言っている。

勢子は水を差すようなことは言えず、「そうね」とだけ応じて春子の家を後にした。

だが後日、参加者たちに訊いてみると、やはり与謝野晶子の歌は難しくてよくわからなかったそうだ。なんだやっぱりそうなのか、と勢子は苦笑したが、女たちの反応は違った。あんな難しい歌がわかる容子はすごい、さすが一ノ屋の血を引くだけある、などと誉めそやすのだった。

まあ、確かにそういう見方はある。寺で読み書きを教わっただけにしては、容子は学があると言えた。おそらく、独学で読めるようになったのだろう。その努力には、一目置かざるを得ない。

女たちは、歌の正しい意味を理解したがった。そのため、次の集会は戦争反対を叫ぶだけではなく、まるで学校のような雰囲気になった。島にも学校はできた。今や子供は皆、学校に通って勉強をしている。だが勢子たちは、子供の頃に学校がなかった世代だった。容子が僻むように、女子に学問なんて無意味だと思われていたのである。学がないという点では、皆同じだった。

読み書きができれば、不自由はないはずであった。ところが女たちは、突然に学問をする意欲に目覚めたかのようだった。容子を先生として、このくだりはどういう意味かと質問攻めにしている。容子は島では珍しい洋装なので、いかにも女教師然としている。勢子も説明を聞いているうちに、なんだか面白くなってきた。

なるほど、これが学問の面白さというものか。学問なんて生まれつき頭がいい人がすればいいと思っていたが、どうやらそうでもないらしい。今の子供たちは皆、こんなふうに勉強をして頭がよくなっているのなら、古い世代として取り残されてしまうのではないかという恐怖も覚えた。戦争反対とこの家の中だけで叫ぶことには意味を見いだせないが、容子からあれこれ教えてもらうのは有意義だと思えた。

結局集まりは、ふたつの顔を持つこととなった。秋子に手を合わせて拝み、その後で容子を先生にして勉強をする。寺で読み書きを教わった世代としては、まったく違和感がなかった。信仰と教育は、むしろ不可分のものだった。

信仰だけでは戦争遺族しか集まってこなかったが、教育の力は大きかった。噂を聞いて、戦争で身内を亡くしたわけではない女も顔を出すようになったのだ。話を聞いてみればやはり、子供たちは学校に行っているのに自分たちは行かなかった、ということに焦りを感じているのだった。春子の家はますます、女たちの学びの場の様相を呈してきた。

教える側に回った容子も、なかなか立派だった。自らの知識を高めるべく、足繁く港に通い、船乗りたちにあれこれ注文をしているようなのだ。取り寄せているのは、昨今評判の本らしい。勢子はいささか疑いの目で見ていたが、容子は本当に、神童と言われた平太に匹敵するほど頭がいいのかもしれない。ならば、女だというだけで学問させてもらえなかったことに憤るのも、むべなるかなだった。

容子は人にものを教える立場になったのに、対価を取らなかった。いや、正確には違うのだが、あくまで金は秋子に払うという形にしていた。容子と春子は相談し、その一部を授業料という形で容子が受け取るようにしたのである。そのため、単に勉強がしたいためにやってきた女も、秋子を拝んでお布施をするようになった。秋子はいつの間にか、島の生き神様になっていた。

そんな状況に黙っていないのが、お汀だった。一ノ屋本家の権威は、今やないも同然だった。一ノ屋と言ってまず名が上がるのは、一に平太であり、次には秋子か容子だった。当主の松太郎は凡庸な男で、十三にもなって人前で堂々と鼻をほじっているような虚(うつ)けである。経済では平太、信仰では秋子、教育では容子とそれぞれに大きな役割を担っている今、鼻をほじっている松太郎が敬意を集めるわけがなかった。

「冗談じゃないよ。一ノ屋の名前を使って金集めをするのはたいがいにしろと、何度も言ってるじゃないか」

あるとき、またお汀が怒鳴り込んできた。しかしこのときは、容子がいた。容子に教えを乞う、他の女たちもいる。容子は毅然と言い返した。

「何を勘違いしているのですか。一ノ屋の名前なんて使ってませんよ。みんな、秋子を生き神様と信じて集まってきたのです。一ノ屋の名前は関係ありません」

それは半分事実で、半分はそうでもない。やはり一ノ屋の名がなければ、秋子に神秘性は生まれなかっただろう。しかしもう、一ノ屋だからと拝む人も少ない。容子の言うとおり、秋子を拝む行為は一ノ屋の特別性とはなんら関係がなかった。

「な、何を言ってやがる。お前だって、一ノ屋の血を引いてるんじゃないか。それなのに、一ノ屋を蔑ろにするのか。どういう了見だ。そのイチマツ痣が泣くぞ」

お汀は容子の左頬を指差して、捲し立てる。容子は手で痣を隠すと、いやそうな顔をした。

「私にとって、一ノ屋の血など唾棄すべきものです。私の血縁上の父は、それこそ生き神様のように扱われていたようですが、実際はただの女たらしではないですか。女の敵です。女は子を産むためだけに存在しているのではないのです」

容子は高らかに宣言した。自分の体に流れる血を容子がどう捉えていたのか、勢子は聞いたことがなかったので、この言いようには驚いた。なんとなくだが、てっきり一ノ屋の血を誇っているのかと思っていた。そうではなかったのか。

「な、なんだと。一ノ屋の血は特別じゃないか。この島が栄えているのだって、一ノ屋の平太のお蔭だろ。それを忘れたのか」

旗色が悪いお汀はなんとか反論したものの、それは己の首を絞めるだけだった。当然のことながら、容子はお汀の言い分の矛盾を衝く。

「そのとおりです。島の繁栄は平太のお蔭ですよ。あなたの亡き夫のお蔭でも、あなたの息子のお蔭でもありません」

これで勝負あった。「そうよそうよ」「帰れ帰れ」と女たちが言葉を投げつけ、お汀は唇を噛んだ。肩を落として帰るお汀は、もう「憶えてろよ」という捨て台詞を残すこともなかった。まさにぐうの音も出ないほどやり込められ、少し憐れだった。

お汀が帰ってから気づいたが、そもそも容子は弟を戦争で亡くしたからこそ、与謝野晶子の歌に感じ入ったのではなかったか。それなのに、その弟の未亡人をやり込めて、心は痛まないのだろうか。自分も戦争遺族だと言い張るのは、やはり単なる口実ではないかと勢子は怪しんだ。

5

「胸の清水、溢れてついに濁りけり、君も罪の子我も罪の子」

容子が本を読み上げる。容子が与謝野晶子に惚れ込む契機となった、『みだれ髪』という本である。与謝野とは結婚後の姓らしく、この本の作者名はまだ鳳(ほう)晶子だった。

「この歌はどういう意味かわかりますか。実は晶子さんの夫である鉄幹(てっかん)は、晶子さんと出会ったときはすでに妻子持ちでした。それなのに鉄幹と晶子さんは、道ならぬ恋に落ちてしまったのです」

おお、とどよめきが起きた。勢子も、容子の説明を聞いた瞬間に頬が熱くなった。なんというふしだらな話だろう。この島では、道ならぬ恋なんて聞いたこともない。あまりの刺激の強さに、体の芯がかっと熱くなった。

「人を恋う気持ちは清水にもなぞらえることができるほど清廉なのに、それが溢れて濁ってしまったのです。あなたも罪の子、私も罪の子。ああ、情熱的な歌ではありませんか」

容子は本を胸にかき抱き、身悶えるように体をくねらせた。説明を聞いている女たちも、「ああ」と切ない息を吐く。なんと背徳的な、そして刺激的な歌だろう。くがではこのようなものがもてはやされているのか。最近ではくがの新しい物もすぐに島に持ち込まれるから、もはやこの島も田舎とは言えないのではないかと考えていたが、とんでもない。やはり島とくがは違うのだと、歌を聞いて改めて思った。

「先生、鉄幹と晶子さんが結婚したということは、鉄幹は妻子を捨てたのでしょうか」

手を挙げた女は、容子を「先生」と呼ぶ。もはや、その呼称に違和感はなかった。

「はい、そうです」

えーっ、ひどーい、すごーい、と上擦った声が飛び交う。島でも離縁はあるが、乱倫の果てに別の女の許に走るなどというためしはない。くがではよくあることなのか。それとも、くがでも珍しいからこそ、晶子と鉄幹の夫婦は有名になったのだろうか。

何にしろ、勉強は面白かった。こんな面白いものとは知らなかった。子供たちも、学校でこうしたことを教わっているのだろうか。とんでもない話だ。もしそうだとしたら、今の子供たちが大きくなった頃には風紀が乱れきった世の中になっているに違いない。勢子は先を憂えたくなったが、しかし自分が学ぶのをやめる気は毛頭なかった。

家に帰って、夫の圭助(けいすけ)にこの話をした。圭助は素朴な漁師なので、勢子と同じように面食らっている。「うわー」と声を上げると、しばし勢子を正面から見つめた。

「女たちで集まって何をやってるのかと思ったら、そんな話をしてたのかよ」

「ただのお喋りじゃないわよ。勉強よ」

「勉強って、そういうことを学ぶのか。女たちも助平なことが好きなんだな」

「失礼ね。何が助平よ。くがではこんなことは普通みたいよ。この島は遅れてるのよ」

夫の言いようが面白くなかったので、少し誇張した。圭助は「そうなのかぁ」と首を傾げている。

「まあ、別に遅れててもいいや。おれは他の女に走ったりしないからな。お前ひと筋だ」

そんなことを言って、太い腕で勢子を引き寄せる。圭助は顔の輪郭が横広で、お世辞にもいい男とは言えないが、笑うと愛嬌がある。笑ったときにできる目尻の皺が、勢子は好きだった。

「ふふふ、知ってるわよ。嬉しい」

甘えるように圭助の胸に顔を埋めると、太い腕に力が入った。少し苦しいくらいが幸せだった。

容子の授業は評判を呼び、聞きたがる女が日に日に増えた。そのうち島の女全員がやってくるようになるのでは、と思える勢いだった。もう春子の小さい家では入りきらないので、授業日を決め、割り振ることになった。完全に学校の体である。そうなると容子も責任を感じたらしく、ますます独学に励んでいた。どことなく容子に胡散臭さを感じていた勢子ではあるが、そんな姿勢は素直に立派だと思えた。

やがて容子は、独学に限界を感じたか、学校の先生に教えを乞い始めた。平太のお蔭で、島には尋常小学校と高等小学校が両方ある。どちらの先生も、くがから赴任してきた人だ。容子は高等小学校の先生に頼み込み、自分も授業を聞かせてもらうようになった。学問がしたかったという容子の夢が、ついに叶ったのである。それには島の大立て者である平太の口添えがあったのかもしれないが、詳細はわからない。容子は嬉々として学校に通い、そしてそこで学んだことを女たちに還元し始めたのだった。

容子の授業を受ける女の中に、糸子(いとこ)という若い娘がいた。今年で十六になる、まだ初々しさの残る子である。こんな子に『みだれ髪』の説明をしていいのだろうかと勢子は思うが、本人は自ら望んで熱心に通っていた。まあ、授業内容は『みだれ髪』ばかりではないし、容子が高等小学校で学び始めたことによって、本当の学校っぽくなった。糸子は尋常小学校しか出ていないから、もっと勉強がしたいそうだ。熱意ある若い娘が勉強をしたいと望むのはいいことだと、勢子も今はそう考えるようになった。

「勢子さん、こんにちは」

春子の家にやってくると、糸子はにっこり笑って挨拶をする。左頰にえくぼができて、女の勢子が見ても非常に愛らしい。もう十六だからそろそろ嫁入りの話が出るのではないかと勢子は考えていたが、どうやら本人にはまるでその気がないようだ。嫁入りなんかしたら勉強ができなくなる、というのが糸子の言い分だった。

「聞いてください、勢子さん。あたし、この春から一橋産業で働くことになったんです」

人なつっこく寄ってくると、嬉しげに糸子はそう言った。「あら」と声を上げて、勢子は改めて糸子を上から下まで眺める。

「それはよかったわねぇ。糸ちゃんは花嫁修業じゃなく、働くのか。今どきの娘だねぇ」

「そうですよ。十六で花嫁修業なんて、とんでもない。今はくがでは、女の大学校まであるんですよ。行ってみたいけど無理だから、せめて働くことにしたんです」

「はあ、すごいねぇ。時代は進んでるね。女の大学校なんて、あたしは想像もしなかったよ」

「はい、そういう時代なんです」

勢子と糸子は十も違わないのだが、今や二、三歳の差は大きい。時代が大きく動いている証拠だった。こうやってどんどん、新しい女が現れるのだなぁと勢子は感慨を覚えた。

6

「なんかさぁ、最近女房が賢しげになったという話を、よく聞くようになったぜ」

ある日、圭助が唐突に言った。圭助は淡々とした口調なので、自分ではどう思っているかはわからない。おそらく、ただの世間話のつもりなのだろう。

「前は『はいはい』って言うことを聞いてた女房が、あれこれ言い返すようになったって文句垂れる男が増えたよ。みんな、女房があの一ノ屋の女のところに通ってる人だった」

さもあろう。女たちは勉強をして、賢くなっているのだ。だが夫たちは、それを歓迎していないらしい。文明開化などという言葉自体が遠い過去のものになった昨今でさえ、女が勉強するのを苦々しく思う男は絶えない。それまで従順だった女房が、なまじ勉強をしたせいで口答えするようになったのなら、なおさら面白くないだろう。

「みんな、ちゃんと自分の頭で考えるようになったのよ。悪いことじゃないと思うわ」

頭が悪いよりは、いいに越したことはない。女たちは、勉強が楽しいことであると知ってしまったのだ。勢子も今は、自力で本が読めるようになりたいと望んでいる。そうすれば、容子に内容説明をしてもらうまでもなく、くがの出来事を島にいながらにして知ることができるのである。すごいことだった。

「うん、おれはいいことだと思うよ。勉強したことが、いつどんな形で役に立つかわからないからな。ただ、そんなふうに考える男は少ないんだよ」

「そうよね」

子供がいないせいか、圭助は未だに、夫婦になり立ての頃のように勢子をかわいがってくれる。勢子を大事に思っているから、物わかりもいい。春子の死んだ夫は優しい男だったが、圭助も負けていないと密かに思っていた。

「勢子はおれに言い返したりしないしな」

そう言いながら、圭助は勢子を抱き寄せた。勢子は圭助の目を見つめながら、答える。

「だって、言い返さなきゃいけないようなことをあんたは言わないいんだもん」

「かわいい奴だな」

勢子の家の中を覗いていた者がいたとしたら、全身がこそばゆくなっていたことだろう。勢子は圭助に抱かれて幸せだったが、その一方で、今の話はやはり気がかりだった。夫たちの不満は、そこここで小さな火種になりはしないかと心配だった。

しかしいまさら、女たちの勉強意欲はとどめようがないのだった。必然であったかのように、容子の授業に行きたい妻と行かせたくない夫の間で諍いとなり、近所じゅうに怒声が響き渡る夫婦喧嘩が一軒の家で起きた。島に住む男は今や漁師ばかりではなくなったが、基本的に気性が荒いことには変わりない。夫婦喧嘩となれば、平気で女房を殴る男も珍しくなかった。「なんだと、このアマ」という罵声とともに、平手打ちの音が響いたらしい。なんだなんだ、と近所の者たちが集まり始めた。

勢子も遅れて伝え聞いて、家を飛び出した。勢子が到着した頃には、喧嘩の様相も変化していた。女房を殴った夫は外に出ていて、女たちに囲まれて困り果てた顔をしていた。女たちはキャンキャンと甲高い声で、夫を糾弾していたのだった。

「女が勉強することの、何がいけないのさ」

「女はお人形じゃないんだよ。黙ってにこにこしていろって言うのかい」

「殴るなんて、最低だ。暴力はんたーい」

「こんな最低男は、絶対に許すなー」

勢子が来たときには、夫を囲む女は四人だったが、見る見るうちに増えた。皆、容子の授業を受けている女たちだ。戦争はんたーい、と日頃から拳を振り上げて叫んでいるから、まるで事前に練習してあったかのように一致団結している。こんな数の女たちに取り囲まれてやいのやいの言われる男は、さぞや居たたまれない心地だろう。

「や、喧しいわ。おれの女房を殴って、何が悪い」

男がなんとか言い返したのが、かえって火に油を注いだ。聞いていて勢子も「あーあ」と思ったが、案の定、女たちは自分のことのように怒り出した。

「自分の女房なら殴っていいなんて、誰が決めた」

「女は家畜じゃないんだぞ」

「こいつは女の敵だ」

「人を殴る人間は、自分が殴られたって文句は言えないはずよ」

「そうだそうだ」

頭に血が上ったらしき女たちは、拳で男の背中や肩をぽかぽかと殴り始めた。むろん、女のことだから大した力はない。殴られている男は逞しいから、特に痛くもないだろう。しかし、近所の女たちに寄ってたかって殴られるという状況は、かなり恐ろしいのではないか。さすがに他人の女房を殴り返すことはできず、頭を抱えて「すまんすまん」と詫びることになった。

「ごめんごめん。もうしないから勘弁して。なっ」

男は手を合わせて、自分を囲む女たちに頼み込んだ。女たちが手を止めた隙に、家に逃げ込んで戸をぴしゃりと閉める。「なんだ、逃げるのかー」と言葉で追い討ちをかける女もいたが、皆どこかすがすがしい顔をしていた。明らかに、勝利の余韻に浸っていた。

「女は怒らせると怖いなー」

「いや、くわばらくわばら」

「おれも気をつけよう」

野次馬の男たちが、ひそひそ声を交わし合うのが耳に入った。今のひと幕を見ては、そう思うのも当然だろう。だが、だからといって夫婦間の諍いが二度と起きないとは思えなかった。何せ、島の男たちは気が荒い。考えるより先に手が出るような者たちなのだ。同じようなことはまた繰り返されると、勢子はほとんど確信していた。

次の日、容子は授業でこの件について言及した。野次馬の中に容子の姿はなかったが、話で聞いたらしい。

「女を暴力で従えようとする男なんて、最低ですね。でも、それを皆さんでキュウダンしたのは素晴らしいことだと思います。キュウダンとは、悪いことは悪いときちんと言うことです。昨日、キュウダンの輪に加わった人はいますか」

容子が尋ねると、ふたりがおずおずと手を挙げた。昨日の勢いとは、まるで違う。昨日はおそらく、集団の勢いに乗せられていたのだろう。ひとりずつでは、絶対にあんなことはできなかったはずだ。団結の力を感じた。

「立派でしたね。女はどうしても、ひとりでは男に対抗できないのです。力に訴えられたら、勝てないのですから。女こそ、力を合わせる必要があります。力を合わせれば、男にも勝てます。もう、男に勝手なことをさせている場合ではありません」

「はいッ」

女たちは、声を揃えて応じた。こんなことを言う人は、かつて島にいなかった。夫と円満な勢子ですら、ものすごく新鮮に感じる。ましてふだんから夫に虐げられている女ならば、目の覚める思いがしたことだろう。女たちの目が生き生きと輝いているのを、勢子は見て取った。

「それにしても、男という生き物はどうしてこう好戦的なんでしょうねぇ。好戦的とは、戦が好きと書きます。男はすぐ暴力に訴えます。だから戦争が起きるのです。女は決して、戦争を起こしません。他国との戦争を起こすのは、いつも男です」

そうよねぇ、としみじみ同意する声がそこここで起こった。女が総理大臣だったら、絶対戦争なんかしないのにね。露西亜の皇帝が女だったら、きっと仲良くしたのに。皆、ここで自分の思いを言葉にするすべを覚えたから、なかなか雄弁だった。確かにそうだよな、と勢子も同意する。女が起こした戦争など、古今聞いたことがない。

「やはり今後も、戦争反対を訴え続けましょう。そして、男の暴力も許してはいけないのです。卑近な男の暴力を許しているから、ひいては戦争も受け入れてしまうのです。島からすべての暴力を一掃しましょう」

容子に煽られ、女たちは「おー」と拳を振り上げた。だが勢子は、それに同調する気にはなれなかった。大筋では同意するのだが、自分の夫が暴力を振るわない人だからか、もうひとつ気が乗らない。ひとりだけ冷めているのを見つからないように、身を小さくした。

恐れていたとおり、やはりまた別の家で夫婦喧嘩は起きた。「おれに口答えするな」と言って、夫は妻を殴ったらしい。その後に起きたことは、前回とほぼ同じだった。たちまち女たちがやってきて、夫を囲んだ。夫は顔を青ざめさせ、もう二度と女房を殴らないと約束させられたのだった。

7

容子の教え子の中でも、糸子は目立って利発だった。やはり若いだけに、頭が柔らかいのだろう。同じことを教わっていても、他の者より呑み込みが早い。見る見るうちに漢字を覚え、今はかなり難しい本でもすらすら読めるようになった。勢子はまだその域に達していなかったので、先を行く糸子が羨ましかった。

　そんな糸子を、容子はかわいがっていた。他の女たちを帰した後に糸子とだけ、読んだ本の感想をあれこれ語り合っていることもあった。そのときの容子は、顔つきすら変わっていて意地悪そうには見えなかった。やはり容子は若いうちから学を積んで、教師になるべきだったのだと勢子はつくづく思った。

「先生、この本、すごく面白かったです」

　あるとき糸子が、興奮した様子でそう言って、容子に本を手渡した。容子は嬉しそうに、「そうでしょう」と応じる。

「糸子ちゃんなら楽しめると思ったわ。主人公と年が近いもんね」

「そうなんです。だからよく気持ちが理解できました」

　勢子はそのとき秋子と遊んでいたが、どんな本なのか気になって、ふたりに近づいていった。容子が手にしている本を覗き込むと、「たけくらべ」と表紙に書いてある。子供たちの成長の話なのだろうか。

「作者の樋口一葉（ひぐちいちよう）は、これを書き上げて二十五で死んじゃったのよ。もったいない話よね。生きてたら、その後どんな傑作を生み出していたことか」

　容子の説明に、糸子は目を丸くする。

「そんな若い人だったんですか。その年でこんな作品を書けるなんて、才能豊かだったんですね」

「……そうね」

　心なしか、容子の声が少し曇ったように聞こえた。勢子はそこに割って入った。

「それ、そんなに面白いんですか。あたしも貸してもらえないですか」

「ああ、いいわよ。どうぞ」

容子はこだわりなく差し出してくれる。礼を言って、受け取った。

自分も、ふたりが交わしていたような会話に加わりたかった。糸子ほどではないが、けっこう漢字も読めるようになった。表題作の「たけくらべ」は短編のようだから、がんばれば自力で読み切れるのではないかと考えた。

家に帰り、夕食を食べ終えた後に本を開いた。圭助は「何それ」と尋ねてきたが、あまり興味はなさそうだった。電灯の明かりを点けて、活字を目で追い始める。すぐに、困惑が先に立った。何が書いてあるのか、まるでわからなかった。

糸子はこんな難しいものを読んで、面白かったと言っていたのか。勢子の先を行く、どころではない。もう遥かに引き離され、同じ段階とは言えなかった。そうか、同時に勉強を始めても、こうして差がついていくのだな。寂しさや情けなさを感じながらも、糸子の優秀さを勢子は認めた。

またあるとき、糸子は勢子を見つけると、嬉しげに近づいてきた。「聞いてください」と声を弾ませる。

「私、今度、会社で副社長付になったんです。副社長の仕事を補佐する役目になったんですよ」

「あら、すごいわね」

副社長というのは、平太の右腕の濱口(はまぐち)新吉のことだ。平太はくがと往復の生活を送っているため、島の仕事は主に新吉が差配している。その補佐とは、大出世ではないか。

「一橋産業に入って、まだ一年でしょ。それでそんな仕事を任されるなんて、糸ちゃんは本当に優秀ねぇ」

僻む気持ちは、まるで起きない。糸子と自分では、頭の出来がそもそも違うと思っていた。

「運がよかったんです。たまたま私の仕事ぶりが副社長の目に留まって、それでそういうことになって」

糸子は小さく首を振って、謙遜した。そんな奥ゆかしいところも、好まれる理由なのかもしれない。

「運もあるだろうけど、糸ちゃん自身の力よ。一所懸命勉強した甲斐があったわね」

「はい」

隣の座敷にはすでに容子がいたが、こちらの会話はまるで聞こえていないかのように、無反応だった。容子も一橋産業で働いているから、すでに知っている話なのだろう。だから特に何も言わないのだと、勢子は解釈した。

しかしそうではなかったことを、後日知った。意外にも、容子の心情は春子から聞かされた。春子は夫を亡くした当初こそ少しおかしくなっていたが、一年経ってだいぶ落ち着いた。神がかった言動は影を潜め、昔の春子に戻っている。まともに話ができるようになったので、勢子は胸を撫で下ろしていた。

「昨日さぁ、勢ちゃんが帰った後、容子さんが一緒にご飯を食べないかって言ってきたのよ」

「へえ」

容子は春子の家に勝手に出入りするようになっていたが、未だに特に親しくなったわけではなかった。容子にとって春子の家は、単に教えの場でしかなかったのだろう。そんな容子が、春子と夕食を摂りたがるとは珍しい。反射的に、隣の座敷で無言を貫いている容子の姿を思い出した。

「びっくりでしょ。でもきっと、何か話したいことがあるのかなと思って、承知したのよ。なんと言っても、あの人はあたしの義理の姉なわけだから。向こうも独り身だし、一緒にご飯食べるくらいは大歓迎よ」

「そうなのよね。春ちゃんの義理の姉なのよね」

容子の兄弟はごろごろいるので、つい血の繋がりを忘れてしまう。もっとも、容子は秋子のことはかわいがっている。それは血縁という意識があるからかもしれなかった。

容子は一度帰り、作ってあった総菜を持ってまたやってきたそうだ。そうして秋子も交えて三人で、卓を囲んだという。容子は最初のうちこそどうでもいい話をしていたが、やがて本当に話したかったことを訥々と語り始めた。

『私、足し算引き算は誰に教わらなくても、自力でできるようになったのよ』

容子は幾分俯き気味に、そんなことを言った。唐突だったので、春子は容子の意図がわからなかった。ただ、これこそがきっと容子が話したかったことだろうと思ったので、黙って先を待った。

『指を折って考えてたら、できるようになったの。簡単なことだから、誰でも気づいていることだと思ってた。でもそうしたら、他の人はお寺や学校で教わるまで、足し引きなんて考えてもみないのね。むしろそのことにびっくりしたのを、はっきり憶えてる』

『容子さんは本当に頭がいいのね』

春子は相槌を打った。言葉だけだとただの自慢のようだが、そんなはずはないとわかっていた。容子は決して人好きのする性格ではないが、己の自慢話をするようなことはない。容子が人に好かれない理由を探すなら、それはにこりともしない表情のせいだと思っていた。

『うん、私の母もそう言ったわ。あんたは特別に頭がいい。一ノ屋の血を引くからだ、って。そうなのかな。私、血なんて関係ないと思う。私が頭がいいなら、それは一ノ屋のお蔭なんかじゃなく、私の手柄だと思うんだ』

『そう、かもね』

血のお蔭ではなく自分の手柄、という物言いは傲慢に聞こえる。やっぱり自慢だったのかしら、と春子は訝った。

『私は小さいときから、あんたは頭がいいと母にずっと言われ続けてたの。他の子とは違うと、母は早くに気づいてたのね。一ノ屋の血は特別という意識があったから、よけいにそう思ったんでしょう。私も子供だから、親に言われれば鵜呑みにするわ。自分は頭がいいんだと、小さい頃から自信があった』

容子をよく知るようになったのはこの一年のことだが、頭がいい女がいるという話は前から聞いていた。そうした評判が耳に入ってくるくらいだから、子供の頃から頭のよさを発揮していたのだろう。別に間違いではないので、それでいいではないかと春子は考える。誰も、容子の頭のよさに異論は唱えていない。

『ただ、昔のことだから、母は私を褒めるだけだった。私の賢さを伸ばしてくれる気は、ぜんぜんなかった。それも無理はないんだけど。何しろ、まだ当時は学校もなかったし。何かを学ぶにしても、寺で和尚さんに読み書きを教わるしかなかったのよ。私はすぐに呑み込んじゃって、退屈だった。そうしたら和尚さんにはやる気がないのだと思われて、それ以上かまってもらえなくなった。正直に言うと、私も和尚さんのことを田舎の坊主と馬鹿にしていたのよ。和尚さんから教われることは、全部教わったと考えてた』

それはなかなか衝撃的な告白だった。容子が読み書きを教わった和尚さんといえば、亡くなった先代のはずである。春子の記憶では、先代和尚は徳が高そうな知識人だった。少なくとも、この島一の物知りであったのは確かだ。あの人を馬鹿にしていたとは、大した傲慢ぶりだと驚いた。

『和尚さんから教わることがないと、この島ではもうどうにもならないのよね。今でこそ汽船がくがと往復するようになったから、くがの物がすぐ入ってくるけど、昔は違ったのよ。くがの本を手に入れるなんて、考えてもみなかった。そんなことができるなんて、知らなかった。そもそも本というものの存在すら、小さい頃の私はまったく知らなかったのよ』

その焦りなら、わかる。春子の家にやってくる女たちは、皆同じ焦りを抱えているのだろう。春子自身は何かを学びたいという気持ちがあまりないが、だからといって理解できないわけではない。娘の秋子には、ちゃんと勉強をさせてやりたいと思っている。

『島の中のことしか知らなかったから、くがで学問するなんて道があるとは、想像もしなかった。もし知ってたら、何がなんでもくがに行かせてもらいたかった。私は何も知らないまま大きくなって、他の人みたいに年頃になったら嫁に行くって気も起きなくて、あっという間に三十を超した大年増になっちゃった。私の人生、なんだったんだろうと思う』

容子の箸はすっかり止まっていた。悄然としていて、肩も落ちている。だが春子は、慰める言葉が見つからなかった。嫁に行かなかったのか行けなかったのかよくわからないが、どちらにしてもそれは容子自身の問題ではないのか。今の人生は、容子が自分で選んだとしか思えなかった。

『だからね、平太がくがで学問をすると知ったときは、本当にびっくりした。どうして、ってぽかんとして、しばらく意味がわからなかった。平太って、見た目は間抜けそうでしょ。それを本当は賢いと見抜いたのは、他ならぬ和尚さんだって聞いたわ。和尚さんは私の頭のよさは認めてくれなかったのに、平太は認めたのよ。しかも、くがに行くための金は島のみんなで出し合ったじゃない。どうして私のときには、そうしてくれなかったの。誰ひとりとして、くがで学問をしろなんて言ってくれなかったのよ。和尚さんは私に勧めなかったし、島の人も金を出そうなんて言ってくれなかった。どうして平太だけなの。私と平太は、何が違うの。そう考えると、私が女だからだとしか思えないのよ。私が男に生まれていれば、今頃は私こそが今の平太みたいにになってたんだわ』

容子は平太のことを僻んでいる、という噂は耳にしていた。それは噂ではなく、本当だったようだ。ただ、こうして本人の口から聞いてみれば、僻みと言ってしまうのはかわいそうではある。容子と平太は、同じイチマツの子とは思えぬほどに境遇が違ってしまった。自分の扱われ方は不当だと考えるのは、無理からぬことだった。

とはいえ、容子と平太の頭の出来は同等であることを前提として話しているが、果たして本当にそうなのだろうか。和尚様は女だからと容子に学問を勧めなかったのではなく、単に平太の方が賢かっただけではないか。春子はそうした疑問も持ったが、口には出さなかった。

『そんなふうに考えていたら、今度は糸子ちゃんよ。副社長の補佐なんて、会社の中では大出世だわ。糸子ちゃんは女なのに、重要な仕事を任された。時代が変わったからだと、私は考えた。私はもう少し遅く生まれていれば、島にいてもそうして仕事に生きるという道があった。女に生まれたこと、早く生まれてしまったこと、何もかも、私は運に恵まれなかったと思った』

ここに至ってようやく、なぜ今日、一緒に夕食を食べようなどと容子が言い出したのか理解した。原因は糸子だったのか。平太のことを僻んでいると見るのはかわいそうだと思ったが、糸子に関してはれっきとした僻みではないか。なぜなら、容子も一橋産業で働いているのである。真面目に働いていれば、糸子のように出世する道があったはずだ。容子は平太との血縁に頼って入社しただけで、ろくな仕事をしていないとも聞いた。やはり容子自身がよくないのではと思えてならなかった。

『でも、もしかしたら違うのかもしれない』

不意に容子は、声の調子を変えた。少し激したふうだったのに、いきなり気弱になったかのようだ。春子は改めてまじまじと容子の様子を見る。一緒に卓を囲んでいる秋子はといえば、容子の言葉などまるで耳に入っていないようで、黙々と食事を続けていた。

『女に生まれたせいでも、早く生まれたせいでもなく、結局は私の不心得が原因だったのかもしれないとも思うのよ』

『不心得』

　春子は己の内心の声が容子に伝わったのではないかと、どきりとした。不心得とは、まさに今春子が考えていたことだ。もちろん、春子は心の中だけで思っていることを口に出したりはしていない。自力でそこに思い至ったのなら、容子はやはり賢いと言わざるを得なかった。

『私は、和尚さんの教えることが簡単だからと、身を入れて学ぼうとはしなかった。和尚さんのことを内心で馬鹿にしていた。平太がくがで学問をしたら、依怙贔屓だと腹を立てるだけだった。せっかく平太の会社に入れてもらったのに、心のどこかにわだかまりがあって、真面目に働く気になれなかった。だから、後から入社してきた糸子ちゃんにも抜かれちゃうのよね。実は全部、私自身が悪いのよ。原因が他にあるんじゃなく、自業自得なの』

　こんなふうに素直になられると、それはそれでそんなことないと言ってあげたくなってしまう。容子自身の不心得は確かにあったかもしれないが、女だからとか、時代のせいという面も間違いなくあったはずだ。なんだか、いろいろな点で狭間に生まれてしまった人なのだなぁと、春子は思う。付き合いができて一年にしてようやく、容子のことを憐れだと感じた。

『悔しいのは、気づくのが遅すぎたことよ。今から態度を改めたって、もうどうにもならない。勉強をするにも、会社で出世を目指すにも、いまさら遅すぎるのよ。私はおばさんになっちゃった。私にできることといえば、他の女の人が私と同じ間違いを犯さないよう、悪い見本になるだけ。賢しげでかわいげのない行かず後家だと、後ろ指を差されることが私の役目なのよ』

『いやぁ、何もそこまで思い詰めなくても』

なにやら物言いに僻みが滲んでいるように聞こえるのは、この際見逃してあげるべきだろう。ここまで後ろ向きの思いに囚われてしまったということは、よほど糸子の抜擢が応えたようだ。なんとか慰めてあげなくてはと、春子は言葉を探した。

『いまさら遅すぎるなんてことはないんじゃないの。会社でもがんばって働けば、認めてもらえるでしょうに。それに、勉強をするのに遅すぎることなんてないわよ。現に、容子さんに教わっている女の人の中にも、容子さんより年上の人もいるじゃない』

『ううん、もう遅いのよ』

春子の慰めの言葉は、容子に届かなかった。思い詰めている様子が、どうにも気がかりだった。

「いまさら遅いって、それも不心得じゃないのかなぁ」

そこまで聞いて、勢子は率直な感想を口にした。確かに春子の言うとおり、容子の境遇には同情の余地がある。しかし、もう遅いと決めつけて諦めてしまう姿勢はどうかと思った。そういう態度だから、平太と差がついたのだ。勢子はどうしても、そんな辛辣な思いを抱いてしまうのだった。

「あたしもそう思うんだけどねぇ」

春子はまだ、勢子に比べれば同情的な口振りだった。直接聞けば、感想も違うのかもしれない。だが、容子の愚痴を聞いてやる気にはなれなかった。

それよりも、容子が思い詰めている様子だったというのが、春子と同じく不安だった。容子がこのままおとなしくなるとは、とうてい思えない。この先にさらなる騒動が待ち受けているのではあるまいかと、不穏な予感を覚えた。

8

島の男たちは、学習した。うっかり女房を殴ろうものなら、一致団結した女たちに容赦なく責め立てられると学んだのだ。その後もカッとなって暴力を振るう男はいたが、数は間違いなく減った。男たちも対策を考え始めたのだった。

男たちは、手を上げなくなった。殴るから、女たちに責められるのである。ならば殴らなければいいだろうと考えた。そのため、男たちが己の女房を怒鳴る際には、言葉がさらに激しくなった。罵倒と評した方がいいほど、女房を悪し様に罵る男が現れた。

女の側も当初は、殴られるよりはましと我慢していた。もちろん、我慢せずに言い返す女もいた。そんな女は、まだよかった。鬱屈を溜め込まなかったからだ。問題は、溜め込んでしまうたちの女だった。

耐えに耐え忍んでも、いずれ限界が来る。人間の心は、一方的な罵倒にいつまでも耐えられるほど強くできてはいない。そうしてあるとき、今の辛い境遇を大泣きしながら語る女が駆け込んできた。容子に縋りついて、自分がいかに夫に蔑ろにされているかを、切々と訴えたのだった。

「お前はクズだとかゴミだとか、家畜の餌以下だとか、生きている価値がないとか、そりゃあもうひどいのよ」

しゃくり上げながらだから、聞き取りにくい。だが、おおよそはわかる。自分の女房に向けるとは思えない、聞くだけでもいやになるひどい言葉の数々だった。世の中には、女房にこんなことを言う男がいるのか。それが勢子には衝撃だった。

「それもね、あたしが晩酌用の酒をうっかり切らしてたとか、ただそれだけのことでなのよ。そこまで言われなきゃならないような、ひどい失敗なのかしら。人の顔をした豚だとか、犬の方がまだ役に立つとか、毎日毎晩、ずっとそんなことを言われてるのよ。どうしてこんな目に遭わなきゃいけないの」

女は黙って夫に従え、と考える男は多い。圭助のように、いつまでも女房を大事にしてくれる男の方が珍しいのだろう。だとしても、これはいくらなんでも限度を超えていまいか。女も同じ人間であることを、すっかり忘れているとしか思えない。容子のやることをいつも懐疑的に見ていた勢子ではあるが、このときばかりは容子の行動に期待した。この憐れな人のために、何かしてあげられることを容子に教えて欲しかった。

「許せないわね」

容子はきっぱりと言い切った。その明確な口調に、それでこそ容子だと勢子も嬉しくなった。許せないなら、何をするか。期待を胸に、次の言葉を待った。

「許せない。そんな横暴な男には、己の非を思い知らせてやらなければならないわ。男が一番懲りることは何かしら。あなたの旦那は、何が好きなの」

容子は眉を寄せて、思案するふうだった。まだ策が立てられないらしい。問われた女は、困惑げに首を傾げた。

「さあ、何かしら。酒は好きだけど」

「酒。なら、酒を買ってこなければいい」

「そんなわけにはいかないわ。どうせ、もっとひどく怒鳴りつけられるだけだから」

「ううむ。なら、どうすれば」

「また、囲んで吊し上げればいいいんじゃないの」

勢子は口を挟んだ。容子の煮え切らない態度に、痺れを切らしたのだ。容子は難しい顔で、首を振る。

「約束させたって、そんなものは守らないに決まってる。ひどいことを言ったでしょと責めても、言ってないと言われればそれまでだから。白を切られたら、対抗手段がないのよ」

「ああ、そうか」

さすが容子は、先が見えている。目先のことしか考えられない勢子とは大違いだった。

「他に、あなたの旦那が好きなことはないの」

重ねて容子は問うた。すると女は、なにやら恥ずかしげにもじもじし始めた。

「何。あるなら言って」

焦れたように、容子は促す。女は無意味に畳をいじりながら、こちらが赤面するようなことを言った。

「酒以外だったら、あの人はあれが好きなのよ」

「あれ、とは」

「あれって、あのぅ、そのぅ、あれよ。夜の夫婦のこと」

ああ、と内心で声を上げ、苦笑してしまった。娯楽が少ない島だから、それが好きという男は多い。酒以外で男が好きなことと言えば、まあそれだろう。

「わかった」

しかし容子は、赤面などせず、苦笑もしなかった。硬い表情のまま、大真面目に命じた。

「だったら、それを拒否なさい。絶対に応じては駄目。向こうが音を上げるまで、いやと言い続けるのよ」

これまた大胆なことを言い出したものだと、勢子は皮肉でなく感心した。こう言ってはなんだが、独り身なのによくそんなことを思いついたものだ。いや、独り身だからこそ言えるのか。己自身の問題であれば、なかなか出てこない発想かもしれない。

「えーっ、そんなこと」

命じられた女は、下を向いてもじもじする。勢子も夫がいる身だから、気持ちはわかる。まるで口振りを変えずにいる容子の方が、普通ではないのである。

「たぶん、それは無理だと思う。きっと無理矢理」

「断固拒否するのよ。男は今、私たちの抗議のお蔭で暴力を封じられています。死ぬ気で抵抗すれば、男でもどうにもできないはず。そして、なぜ拒否するのか理由をきちんと言うのです。あなたは私のことを豚や犬だと思っているのでしょ、豚や犬とまぐわいをするのですか、と」

まぐわいをする、とはなんとも露骨な物言いだが、容子は依然として顔色ひとつ変えない。容子にとってまぐわいとは単なる知識であって、実践を伴うものではないのだろうと推察した。

「はあ」

女はあまり乗り気ではなさそうだった。そんな返事を聞いて、容子は眉根を寄せる。

「いいですか。あなたは馬鹿にされているのです。人間とは見做されていないのです。ならば、あらゆる手段で抵抗しなければなりません。相手に反省を促さなければならないのです。俗に女の武器などと言いますが、まさにこれは武器になります。武器を使わないことが、闘う手段なのです」

なるほど。戦争反対と言い続けている容子だから、武器を使わないことが闘いとは確かに矛盾がない。またしても感心してしまった。

「わかりました。そうですね、闘います」

女はようやく得心がいったようだった。きっぱりと頷き、晴れ晴れとした顔で帰っていった。来たときの惨めな様子とは違い、背筋まで伸びていた。

さて、果たしてこれでうまく収まるのだろうか。期待半分、不安半分で勢子は去っていく女を見送った。容子はといえば、なにやら鼻の穴を膨らませていた。

9

翌朝、女は春子の家に飛び込んできたらしい。容子に会いたくてだったそうだから、完全に誰の家だかわからなくなっている。容子がいないと知るときょとんとした顔をしたが、相手は誰でもいいとばかりに春子に滔々と昨夜のことを語り始めた。だから何があったかは、春子から聞いたことである。

「旦那はやっぱり求めてきたらしいんだけどね、絶対いやって突っぱねたんだって。そうしたら、『なんだこの女郎、それしか役に立たないくせにどういうつもりだ』なんて言ったそうよ」

容子と勢子相手の、春子の説明である。それしか役に立たないとは、相変わらずひどい言い種だ。他人の夫ながら腹が立つ。

「で、どう答えたんだって」

勢子は先を促した。あの気弱そうな人が、どんなふうに言い返したのか知りたくてならない。

「いや、って言って旦那に背を向けたそうよ。あなたがあたしを馬鹿にする限り、金輪際いや、って」

それを聞いて容子は、よくやったとばかりに大きく頷いた。まさに容子の指示どおりだ。そんな女房に対して、旦那はどう出たのか。

「旦那はそりゃあびっくりしたみたいで、怒るのも忘れて戸惑ってたみたいよ。『何言ってるんだ』とか、『そんなこと言うなよ』とかぶつぶつ文句言ってたらしいけど、結局諦めてふて寝したって。またひどいことをさんざん言われると覚悟してたから、拍子抜けだったたって言ってたわ。容子さんの言うとおりにしてよかった、って」

「そうでしょう」

再度、容子は頷く。すべて自分の思い描いたとおりと言いたげな顔をしているが、果たして本当にそうなのだろうか。失礼ながら、容子に男女の機微がわかるとはとうてい思えなかった。たまたま思い切った助言をしたら当たっただけ、ではないのか。

「まあ、殴られたりしなくてよかったわ」

これが勢子の感想だった。下手に逆らって、事態が悪化する可能性もあったのだ。たまたまであろうとなんであろうと、女の立場が悪くならなくて本当によかった。

「ただし、これを続けないとね。男の側が、自分が悪かったと認めるまで、闘いは続くのよ」

容子は特に喜ぶでもなく、淡々と言った。なにやら目が据わっているようで、少し怖かった。

誰が言い触らしたわけでもないのに、この話は瞬く間に広まった。女房の扱いがひどい夫にはまぐわいを拒否するのが一番、という情報を女たちが共有したのだった。いちいち勢子の耳には入ってこなかったが、さっそく実行に移した女が少なからずいたらしい。そのときの夫の反応が面白かったと、一夜明けると女たちは笑い合った。

思えばそれは、この島に人が住み始めて以来初めて、女が男に一矢報いた瞬間だったのかもしれない。男に従うことを強要され続けてきた女たちが、勝利に喜ぶのは止めようがなかった。だが、笑うのはよくないのではないかと勢子は見ていた。女たちは単に楽しくて笑っているのだろうが、男の側からすれば笑いものにされていると受け取られかねない。男を怒らせても、いいことは何もなかった。

まぐわいを拒否されても、これまでの己の非を認めた男はいなかった。そうそう簡単に、長い間培ってきた男女の関係は覆るものではない。反省まではなかなか至らず、女たちの突然の反乱にきょとんとしているというのが実情のようだった。そりゃあ驚くよね、と女の側にいる勢子ですら思う。

女たちの抵抗は、しばらく続いた。初めて得た勝利に、味を占めたのだ。まぐわいを拒否するだけでいいなら、実践は簡単である。すぐにできる、という点がまた、女たちを気軽に反乱に向かわせたのだった。

しかし、男たちがいつまでもおとなしくしているわけがなかった。男たちの不満は、着実に溜まっていたのである。女たちがそこを察してうまく宥められればよかったのだが、何せ指揮している容子は頭でっかちで男女の機微などわかっているとは思えない。ひたすら闘うことだけを女たちに求めていたのだから、男の側の鬱屈は蓄積する一方だった。

だからそれは、起こるべくして起こった。夫婦なのに、夫が妻を無理矢理手込めにするという事件が起こったのである。

妻は声を張り上げて「やめて」と抵抗したそうだが、夫はその口を押さえ、強引にしたいことをした。まさに手込めだ。妻は容子の許に逃げ込み、自分が受けた仕打ちを涙ながらに語った。

この事件に対する人々の反応は、見事に二分された。夫婦だから別にいいんじゃないか、と考える者と、こんなことは絶対に許されないと憤る者に分かれたのである。前者は男とわずかな女、そして後者は全員が女だった。この事件は図(はか)らずも、島にはふたつの考えがあり、両者は相容れないということを明るみに出したのだった。

「夫婦間といえども、暴力による性行為は犯罪です。警察に逮捕してもらいましょう」

容子は躊躇なく、そう言った。いかにも生真面目な、原則論で物事を考える容子らしい発言だった。勢子はそれを聞き、「いや、いきなり警察に訴えるのはどうかと思うけど」と異を唱えたものの、聞く耳を持つ容子ではなかった。島の駐在所にさっそく向かい、問題の夫を逮捕するよう訴えた。

「えっ、自分の女房とした男を逮捕しろって言うんですか。それは単なる夫婦喧嘩じゃないですかね」

案の定、くがから来た駐在さんは端から及び腰だった。そうなることは目に見えていた。なぜ賢い容子が、それを予想できないのだろう。実は顔色を変えないだけで、内心では怒り狂っているのではないかとふと考えた。

「ただの夫婦喧嘩ではありません。れっきとした犯罪です。駐在さんは、犯罪を見逃すのですか」

女教師然とした容子からそう詰め寄られては、駐在も逃げるわけにはいかなかった。「じゃあ、話だけでも聞きますか」といかにも気が進まなさそうに言い、腰を上げた。また春子の家に戻り、手込めにされた女と駐在を引き合わせる。女は駐在を見ると、取りすがって泣き始めた。

「うちの人はひどいんです。いやがるあたしを無理矢理。もう痛くて痛くて」

駐在は若い独身の男である。正確な年は知らないが、二十歳を少し過ぎたくらいではないだろうか。そんな若い男に、この話は刺激が強すぎたようだ。抱きつかれた駐在は、顔を真っ赤にして立ち竦んでいた。

「い、痛いのですか。怪我をしたのですね」

「怪我、といえばまあそうかな。見せられないところだけど」

「えっ」

駐在はますます茹で蛸のようになる。ふたりだけのやり取りに任せていては埒が明かないのではないかと勢子が考えたところに、容子が口を出した。

「そういうわけで、被害を受けています。この人の夫を逮捕してください」

「ええと、今旦那さんはどちらに」

「海だよ。漁に出てる」

「ああ。ではお戻りはいつ」

「午後三時過ぎには戻ってくるけど」

「じゃあ、そのとき出直してきます」

どう見てもホッとした様子で、駐在さんは逃げるように去っていった。傍観していた勢子は、容子が無理難題を吹っかけたかのように思えてしまった。

「あのう、容子さん。この人の旦那を逮捕させるなんて、無理なんじゃないかな」

言わずにはいられなかった。すると容子は、承知しているとばかりに頷く。

「きっと無理でしょう。でも、これは警察に訴えられても仕方のないことだと、島の人々に知らしめる必要があるのです。男たちの意識は、一朝一夕（いっちょういっせき）には変わりません。ひとつひとつ、積み重ねていくことが大事なんです」

「はあ」

なんだ、容子もわかっていたのか。ひとつひとつ積み重ねとは、なんとも遠大な計画を立てていたものだ。先が見えているならいいが、果たして男の意識が改まるのはいつなのか。本当にそんな日は来るのだろうか。勢子は首を傾げずにはいられなかった。

午後に、渋る駐在の尻を叩いて、手込め夫の許に向かわせた。だが夫は、「自分の女房とやって、何が悪い」と一喝し、駐在を追い返してしまった。若い駐在は、「すみません、すみません」と頭をぺこぺこ下げていた。こうなるんじゃないかと勢子は予想していたので、苦笑するしかなかった。

10

「女は自分の身を守らなければなりません」

容子は糞真面目な顔で言った。それは確かにそうだが、力勝負になれば絶対に男に負ける。相手が本気になれば、抗するすべはないのだ。容子はいったい、どうやって自分の身を守れと言うのか。

「ひと晩考えました」

容子はさらりと言う。容子がひと晩考えたと言えば、それは誇張ではなく本当なのだろう。そういう点では、芯から真面目な人なのだ。

「男に抵抗する方法です。要は、力の入れ方なのです」

容子が話しかけている相手は、夫に無理矢理手込めにされた女である。二度と手込めにされないよう、助言を与えようとしているらしいが、果たしてそんなことが可能なのか。訝りながら見ていると、いきなり容子は畳に横になった。そして左の脇腹を下にして、己の両膝を抱え込むようにする。額をしっかり膝につけ、小さく丸くなった。まるでダンゴムシのようだった。

「さあ、私を力で組み敷いてみてください」

容子はそう促した。言われた女は、戸惑いながらも容子の腕に手をかける。まずは遠慮がちに引っ張ったが、容子の体勢は変わらなかった。「もっと強く」と言われ、女は体重をかけて腕を引き剥がそうとした。

びくともしない。次に女は、容子の脚を引っ張った。同じく、伸びることはない。せめて仰向けにしようと体の向きを変えさせたが、すぐに脇腹を下にした体勢に戻ってしまった。何をどうやろうと、丸まった容子の体を開かせることはできなかった。

「どうです。どうにもならないでしょ」

容子の声は誇らしげだった。だがダンゴムシのように体を丸めたままだから、いささか間抜けである。「よし、次はあたしが」と勢子は自ら手を挙げた。単に女が非力で、容子の抵抗を打ち破れないだけではないかと疑ったのだ。

そんなことはなかった。押しても引いても、容子の丸まった体は開かなかった。なるほど、これは確かに力の入れ方の問題だった。こうして体の中心に向けて力を集中させると、無駄がなくなるのだろう。男に対しても通用するかもしれなかった。

「今晩から、こうして抵抗してください」

ようやく身を起こした容子は、頰を火照らせて女に話しかけた。女も嬉しげに、「わかりました」と応じた。

効果のほどは、すぐ翌日にわかった。ダンゴムシの体勢は、見事に女の体を守ったのである。「すごいわ容子さん、本当にすごい」と興奮しながら女は春子の家に飛び込んできたそうだ。前回と同じく、そこには春子と秋子しかいなかったのだが。

「旦那とさんざん力勝負をしたけど、結局負けなかったって。旦那は疲れたと言って、ふて寝したって」

春子経由であっても、勝利の報告は嬉しかった。頭で考えた容子の抵抗手段が、実際に役に立ったのだ。容子にはどうも頭でっかちの一面があるが、知恵は確かにある。その知恵には、素直に感服する勢子だった。

この話は、またもやあっという間に島じゅうに広まった。ひょっとしたら、表沙汰にしないだけで、夫に強引に従わせられていた女は他にもいたのかもしれない。女たちは実践的な抵抗手段を与えられ、ようやく男と対等に闘えるようになった。兵糧を断つことを兵糧攻めというなら、さしずめこれはまぐわい攻めといったところか。まぐわい攻めは、男たちを参らせるのに非常に有効なのだった。

ふた月三月と時間が経つと、ついに音を上げる男が現れた。ある女はとうとう、「おれが悪かった」という言質を夫から引き出したのである。それを聞いた容子を含む女たち一同は、歓喜の雄叫びを上げた。

「女の勝利だ」

「男に謝らせたぞ」

「これで女と男は対等だ」

容子に感化された女たちは、口々にいっぱしのことを言った。学がなかった女たちも、今やこれくらいのことは言えるようになったのである。男たちがいやな顔をするのも、ある意味無理からぬところがあった。

「そうです、皆さん。諦めなければ、男に頭を下げさせることもできるんです。ひとつの勝利は大きい一歩ですが、ここで満足していてはいけません。次の勝利に向けて、みんなでがんばりましょう」

あくまで容子は、皆を煽動する。女たちは拳を突き上げ、「おー」と叫んだ。まだ男女の争いは続くのか。夫と仲がいい勢子は、興奮の輪に入ることもできず、いささかげんなりする。容子も皆を導く器量があるなら、島の者全員が仲良くできるように話を持っていけないものか、と勢子は思う。容子がいるせいで、男女の争いはよけいに激化しているように感じられるのだった。

11

庇を貸して母屋を取られる、とはまさに春子と秋子親子にぴったりの言葉だ。女たちは容子に会うために、春子の家を訪ねてくる。容子の家に行けばいいものを、春子の家こそ集いの場と認識されてしまったのだ。春子の家はもはや、集まる女たち全員の家になってしまった。

ひっきりなしに人が出入りする家で育てば、影響を受けないわけがない。秋子は人見知りをしない子になったが、それだけではなかった。最近でこそ秋子を拝む人はめっきり減ったものの、一時期は大の大人が手を合わせていたのである。こまっしゃくれた子供になるのは、避けがたいことだった。

月日が流れるのは早いもので、秋子は五歳になっていた。女の子は五歳にもなれば、口は相当達者である。まして秋子は、大勢の女たちのお喋りをさんざん聞いてきたから、耳年増と言ってもいい。同じ年くらいの子供たちに比べて、言動に子供らしさがなかった。勢子は密かに、その点を案じていた。

物言いのせいで、秋子が子供たちの輪の中に入れずにいることには気づいていた。秋子はあまり、子供同士で遊ばないのである。爪弾きにされているというより、秋子の方から望んでひとりでいるようだ。あるとき、なぜ友達と遊ばないのかと勢子が尋ねてみたら、こんな返事が返ってきた。

「だってみんな、子供なんだもん」

まだ五歳に過ぎない秋子がこんなことを言うのだから、笑ってしまってもおかしくないのだろうが、勢子は笑えなかった。これは大人の口振りを真似た子供の言葉ではなく、紛れもなく秋子の本心だ。秋子は同年代の者たちとの付き合いに、物足りなさを覚えているのだった。

そうかと思えば、こんなこともあった。村の外れに近いところで、勢子は秋子を見かけた。秋子はひとりではなく、老婆と一緒にいた。いったいどういう組み合わせかとふたりの様子を眺めていたところ、老婆が秋子になにやら渡していた。遠目には、紙幣に見えた。そして秋子は、老婆の頭に手を翳(かざ)した。老婆は地べたに跪(ひざまず)き、秋子を拝み始めた。

勢子は驚きのあまり、その場に立ち尽くしてしまった。自分の家ではすっかり生き神様として振る舞わなくなっていた秋子だが、外では続けていたようだ。春子の家に通う女は皆、男と闘うことに血道を上げている者ばかりになってしまったから、信仰心を捨てずにいる人はむしろ外に存在していたのかもしれない。勢子にとって衝撃だったのは、秋子がきっちり対価を受け取っていたことだった。払う方はお布施という意識なのだろうが、秋子のすることは手翳しだけである。その程度のことで金が得られると知ってしまうのは、五歳の子供にとって決していいことではないと思えた。

すぐに咎めるわけにもいかず、やはりまずは親である春子の耳に入れようと考えた。秋子の先回りをするために足を速め、春子の家に着く。集まっている女たちの耳を避け、春子を家の裏に呼び出した。

「ねえねえ、春ちゃん。今さっき秋ちゃんを見かけたんだけど、お金をもらっておばあさんの頭に手を翳してたわよ。もう生き神様はやめたのかと思ってた」

「あら、そう」

春子はさして驚いているようでもなかった。その反応を見て、春子は知っていたのだと悟った。同時に、自分の考えが足りなかったことにも気づいた。

秋子は五歳にして、生活費を稼いでいたのだ。秋子も稼がなければ、母ひとり子ひとりの春子親子の生活は苦しいのだろう。そんなことは、改めて考えてみるまでもなく自明のはずだった。春子の家はいつも賑やかなので、困窮が見えにくくなっていたのである。秋子を咎めることなど、勢子にはできなくなった。

「春子ちゃん、もしかして、秋子ちゃんがもらってくるお金でけっこう助かってるの」

幼馴染みだから、こんなときもつい言葉にして尋ねてしまう。春子は逆に、目を見開いて驚いた。

「そりゃ、そうよ。だってうちは、金を稼いでくれる一家の大黒柱がいないのよ。戦争未亡人が生きていくのは、大変なんだから」

何をいまさら訊くのか、と春子は驚いているのだった。春子もまた、平太との血縁を頼って一橋産業で働いている。だが今や椿油絞りも機械でやるようになったので、あまり女手が必要ではなくなっている。容子と同様、働き手として認められて籍を置いているわけではないようだった。給金の額まで考えたことはなかったが、そんな立場であればさほど高給を得ているのではなかったのだろう。気づかずにいたのはやはり鈍感の誹り(そし)を免れず、勢子は自分が咎められているかのように思えた。

引き上げる気にはなれず、かといって容子を中心とした女たちの群れにも加われず、勢子は座敷の端で皆の顔を遠巻きに眺めていた。そうこうするうちに、秋子が帰ってきた。秋子は土間で、春子と話をしている。座敷の端にいたので、そのやり取りは勢子の耳にも入った。

「今日はこれだけだったよ。しけてるなぁ」

「みんな大変なんだから、そんなこと言うもんじゃないわよ。お布施をいただけるだけ、ありがたいと思わないと」

「仮にもあたしは一ノ屋の血を引いてるんだから、この島ではもっと楽な生き方ができるんじゃないの。あたし、大きくなったらもっともっと金儲けして、おっかあを楽にさせてあげる」

「うん、ありがとう」

盗み聞きしようとしたわけではないが、聞いてはいけないやり取りを聞いてしまったように感じた。うまく言葉にはできないものの、秋子はなまじ一ノ屋の血を引いたばかりに、不幸な育ち方をしているように思えてならなかった。普通の家に生まれていれば、たとえ貧しくとも今頃は他の子供たちと無邪気に遊び転げていただろう。一ノ屋の色男は島に幸をもたらすという。しかし、一ノ屋に生まれた女は例外なく不細工なのだそうだ。容子がまさにそうだし、そして秋子もまた、とても器量好しとは言えない。何世代かに一度生まれる色男が島の者たちに福を振りまく代わりに、一ノ屋はその血の中に翳りを蓄え、そして翳りは女の中に煮凝りのように溜まるのではないか。

ふと勢子は、そんな考えを抱いた。

12

島にはなかなか子供が生まれなくなった。原因ははっきりしている。容子のダンゴムシ作戦のせいだ。長い間虐げられてきた女たちは、横暴な夫に抗うすべをついに得て、闘争を開始した。その結果として、男女の仲は険悪になり、孕む女はいなくなった。男と女は和解に向かうどころか、日を追うごとに対立が深まっていったのだった。

そんな中、勢子には嬉しいことがあった。圭助と祝言を挙げて以来、ずっと望んでいた子が、ついにできたのだ。産婆に診てもらってそのことを確認すると、圭助は手放しで喜んだ。勢子の腹に向かって「おーい」と話しかけたり、耳を当てて鼓動を聞こうとしたり、「男の子かな、女の子かな」と毎日のように同じことを口にした。時間があるときは外に出る勢子に付き添い、絶対に転ばないよう警戒した。仲睦まじくふたりで歩いていると、島の者たちには珍獣でも見るような目を向けられた。

「男と女で争ったって、いいことなんかないのにね」

子を孕んだ幸せが、勢子にそう言わせた。「まったくだ」と圭助は同意してくれる。なぜ皆、こんなふうに仲良くできないのだろう。横柄に振る舞う男が悪いのか、それとも夫を責めるばかりの女が悪いのか、もはや勢子には判断がつかなくなっていた。有り体に言ってしまえば、どっちもどっちという気がした。

やがて生み月を迎え、勢子はまるまるとした男の子を産んだ。島で久しぶりの赤ん坊を、近所の女たちは大いにもてはやした。「やっぱり赤ちゃんはいいわねぇ」と、赤ん坊の福々しい頬をつついて若い女たちは言った。ならば自分も産めばいいではないかと勢子は内心で考えたが、よけいなことは言わなかった。夫婦喧嘩は犬も食わないという。それが島ぐるみの話になったところで、同じことだった。早くこのぎすぎすした雰囲気が去ってくれればいいのに、と願うだけだった。

しかし勢子の願いに反し、男女の対立はそれからさらに続いたのであった。容子の煽動はますます先鋭化し、顔つきは以前にも増して険しくなった。男との闘いは、もはや容子の生き甲斐になっているのではないかと密かに多くの女たちが考えたが、誰も指摘できずにいた。いまさら態度を軟化させるわけにはいかず、男の側も意地が邪魔をして頭を下げられず、なにやら悶々とした雰囲気が常に島の上空に垂れ籠めているかのようだった。小金がある者は、くがと頻繁に往復するようになった。くがに行って何をしているのかわからないが、売春婦を買っているのではないかというのが女たちの見立てだった。女房は怒り、夫を責める。夫は白を切り、夫婦の営みに応じようとしない女房を責める。まさに悪循環で、男女の溝はよりいっそう深くなっていくだけだった。

そんな状態が、なんと延々六年間も続いた。よくもそんな不自然な状態が六年にも亘ったものだと、外部の人は思うだろう。実は当事者である島の者たちも、いつまでも終わらない対立には嫌気が差していた。男はもちろんのこと、抵抗する女の側も悶々としていたのである。家庭内での営みがなくなっただけに、あちこちで面倒な揉め事も起きていた。あそこの旦那とあっちの女房が密会していた、などという噂が始終飛び交い、人々は疑心暗鬼になった。

子供がいないので活気がなくなり、誰もが苛々していて常に喧嘩が起き、島の治安は悪化した。雰囲気が殺伐としているので、くがから来て島に住みついたはずの者が、次々に帰っていった。くがとの行き来がなくなれば、顔を突き合わせるのは島生まれの者たちだけになり、いっそう諍いが増えた。喧嘩には倦んでいるのに、喧嘩しかすることがない。内心では皆がうんざりしていたが、誰も雰囲気を改善するすべを持たないのだった。

対立を煽りに煽った容子は、すっかりおとなしくなった。もう容子の言葉に耳を貸す者がいなくなったからだ。容子のせいで島がひどいことになったと、誰もが知っている。居たたまれなくなったか、容子はあるとき不意にくがに行ってしまって帰ってこなかった。そんな無責任な話があるかと、勢子はもちろんのこと島の者一同が啞然とした。島を掻き回すだけ掻き回して不意にいなくなるという点で、容子は己の父親を忠実に模倣していた。違ったのは、イチマツが福を振りまいたのに対し、容子が島に不幸をもたらしたことだった。

秋子はますますこまっしゃくれ、やはり誰も拝んだりはしなくなった。平太は島の雰囲気を嫌ったか、めったに戻ってこなくなった。もはや一ノ屋の神通力は、完全に尽きていた。島の雰囲気を抜本的に変えてくれる人がいるとすれば、それは一ノ屋の者であるはずなのに、もうそんな力はない。島はこのまま年老い、いずれ消滅してしまうのではないかとすら思えた。

　そこに、ひとつの訃報が届いた。なんと、今上（きんじょう）天皇が崩御したというのだ。くがの情勢を知らなかった島の者たちは皆、突然のことに愕然とした。天皇も死ぬという単純な事実を、明治の世になってすっかり忘れていたのである。あたかもそれは、天に輝く太陽が翳ったかのようだった。あり得ないことが起きたとき、人は周章狼狽する。うろたえた人は、怒りや諍いなど持続できない。頼れるのは身近な者であり、地面が揺らぐような心許なさ故に、家族の存在を心底ありがたく感じた。まるで憑き物が落ちたかの如く、なぜ夫を嫌っていたのか、なぜ妻に腹を立てていたのか、もう誰ひとり思い出せなかった。

　翌朝、人々の頭上に垂れ籠めていた悶々たる暗雲は、綺麗に一掃されていた。久々に寝過ごした人々は、晴れ渡った青空を妙に眩しく感じたのだった。

13

　その日勢子は、持っている中で一番いい生地の着物を身に着けた。息子の幸太（こうた）の晴れの日だからである。成長した幸太は、ついに小学校に入学する年になった。大正と年号が改まって、初めての新入生だった。

「同級生はふたりだけか。寂しいなぁ」

　圭助はわかりきったことを、いまさら嘆く。そう言いたくなる気持ちは、勢子も理解できた。何せ、今年に入ってから赤ん坊が続々と生まれているのである。あちこちからおぎゃあおぎゃあと赤ん坊の泣き声が聞こえる雰囲気は、心を和ませてくれた。

「あっ、みっちゃん」

小学校に行く途中で、同じ年の女の子と出くわした。幸太はみっちゃんに駆け寄り、手を繋ぐ。小さいふたりの背中を見て、仲が良いのはいいことだなぁと、勢子はしみじみ思った。

第五部　夢に取り憑かれた男

1

お前のおじいさんはシンセングミの隊員だったんだよ、と死んだ祖母からよく聞かされた。幼い小五郎(しょうごろう)はシンセングミが何であるかわからなかったが、祖母がそのことを誇らしく思っているのは口振りから感じ取れた。シンセングミを肯定的に語る者は、他にもたくさんいた。皆の話を総合すると、どうやら悪い奴をやっつける正義の味方らしい。自分の祖父が正義の味方だったと知り、小五郎もまた誇りに思った。実際、イチマツの孫だからと特別視されることも少なくなかった。祖父はくがに戦いに行き、二度と戻ってこなかったという。そんなに素晴らしい人なら、一度会ってみたかったと小五郎は思った。

晩年の祖母は、少しぼけていた。人はぼけると、昔のことの方が鮮明に思い出せるのかもしれない。何かというと祖母は、小五郎の祖父であるイチマツの話をした。どんなにいい男だったか、剣の腕に優れていたか、そして女に優しかったか、飽かずに語った。何度も同じ話を聞かされたのには閉口したが、小五郎は邪険にはしなかった。女手ひとつで母を育てた祖母を、大事にしたかったからだ。祖母の話をゆっくり聞いてやれるのは、働いていない小五郎しかいなかった。

話を聞いていてよくわからなかったのは、祖父が何をしていたかだった。どうやら仕事はしていなかったらしい。では、どうやって生きていたのか。遊んで暮らせるはずはないのだが。

『昔は、島のみんなで一ノ屋の生活の面倒を見ていたのさ。まあ、今でも一ノ屋に食べ物を持っていく人はいるけどね。昔はその程度じゃなく、一ノ屋の当主は何不自由ない暮らしができたんだよ。一ノ屋は特別だったからね』

一橋産業の社長が、イチマツの息子だという話は聞いている。社長は一ノ屋の名を高めたと言う人もいる。しかしそれは息子の手柄であって、親であるイチマツまで立派であるということにはならないのではないか。イチマツが偉かったのは、やはりシンセングミの隊員だったからか。

『そうだよ。お前のおじいさんはシンセングミの隊員だから、特別な仕事を言いつかってこの島に戻ってきたんだ。毎日、島をぶらぶらしているだけのように見えたかもしれないけど、あれは仕事だったんだよ』

島をぶらぶらする仕事とは、いったいなんだろう。小五郎にはまるで見当がつかなかった。

『それは誰にも言っちゃいけないことだったんだよ。だからあたしも知らない。でも、イチマツさんはただ遊んでいたわけじゃないんだ。絶対に、何か大事なミツメイを帯びていたんだよ』

ミツメイとは、秘密の任務だと祖母は教えてくれた。幼い小五郎の胸は高鳴った。正義の味方であった祖父は、秘密の任務を授かっていた。子供の心をこんなにも躍らせる話があろうか。しかし、その秘密の任務とはなんだったのか。ぶらぶらすることが任務と言われても、どうにも捉えどころがなかった。

また別のときには、祖母はこんなことも言った。

『イチマツさんは村の中だけを歩き回っていたわけじゃなく、よく山にも行ってたな』

山に何をしに行ったのか。山菜でも採っていたのだろうか。

『絵図面みたいなものも書いてた。あれはなんだったんだろうねぇ』

そんな話を聞けば、確かに秘密の任務らしく思えてくる。とはいえ、任務の正体がわからないことに変わりはなかったが。

ぼけた祖母の話はとりとめがなく、祖父が帯びていた密命とやらもむろん、真偽のほどは定かでなかった。やがて祖母は、天寿を全うして死んだ。優しい祖母だったので、小五郎は大いに泣いた。祖母に聞かされる話に退屈したこともあったが、振り返れば幸せな時間だったと思った。

時が経つにつれ、祖母の話は記憶から薄れていった。祖父がどんな男だったか、小五郎も成長して正確に理解した。なぜイチマツの子と名乗る者が島にたくさんいるのか、昔から不思議だったのだ。わかってみれば、なんとも複雑だった。祖母は、たくさんいたイチマツの女のひとりだったわけである。大勢の女を孕ませて不意に消えてしまうなんて、そんな正義の味方がいるものかと思った。

　高等小学校に入ったとき、くがから来た子供と同じ組になった。親の仕事の都合で、島に引っ越してきたのだそうだ。席が隣になり、それがきっかけで話をするようになった。生い立ちはまるで違うのに、妙に馬が合った。昔からの知り合いより、そいつと一緒にいる時間の方が増えた。そいつの名は、真鍋(まなべ)耕一(こういち)といった。

　耕一は物知りだった。くがで生まれ育ったからというわけではなく、もともと頭がいいのだろう。小五郎が知らない話をたくさん披露してくれ、その都度感心した。こんなに頭がいい子供なら、くがで勉強をしていれば東京帝大にも入れたんじゃないかと思った。なんとももったいないことだ。

「新撰組ってさぁ、本当に正義の味方だったの」

　あるとき、ふと思いついて尋ねてみた。学校の先生にはなんとなく質問しづらいことでも、耕一になら訊ける。祖父が女にだらしのない男だったとわかった今、新撰組が正義の味方だという話も眉唾物だと思っていた。

「新撰組が正義の味方。ああ、そうか。この島は徳川時代、天領だったんだっけ。だから新撰組贔屓の人が多いんだ」

　同じ年とは思えないほど、耕一は理知的な話し方をする。徳川時代がなんであるかはかろうじてわかるが、天領という言葉は初めて聞いた。まして、天領だから新撰組贔屓の人が多い、という理屈はまるで理解できなかった。

「何が正義で何が悪かなんて、ものの見方で変わるんじゃないかな。新撰組が正義だったと考える人がいるのは当然だけど、逆の見方もある。むしろ本土では、新撰組は悪の集団だったと思われてるよ」

「えっ、そうなの」

それは初耳だった。まったく正反対ではないか。いったいどういうことなのか。

「新撰組は薩長の敵だったからね。明治政府は薩長閥が作ったものだから、未だに新撰組憎しという感覚が残っているんだよ。ただ、さっきも言ったように、徳川方についた人にとって新撰組は正義だった。だから、正義の味方という物言いも、決して間違いじゃないよ」

なんだか難しい話になってしまった。要は、単純にいい悪いで決められる話ではないということか。なにやら少し大人になったような気がした。

「耕一はどっちなんだ。政府側か、それとも徳川方か」

島の人々は、特にお上に逆らったりはしない。そのため、政府に敵対する考えを皆が持っているとは想像もしなかった。かく言う耕一は、新撰組をどう考えているのか。新撰組を正義の味方と捉えるのは、狭い世界で生きる島の者だけではないかと恐れた。

「ぼくは別にどっちでもないよ。もうぼくらくらいの世代になれば、政府も徳川もないじゃないか。先祖も小さい藩の出だから、単に長いものに巻かれただけだしね。ぼく自身は、新撰組が正義だとは思わないけど、悪の集団とも思わないよ。あの時代は、それぞれの正義がぶつかり合っていたんだよ」

またしても難しくて、よくわからなかった。そのため、自分の祖父が新撰組の隊員であったとは言いそびれてしまった。

「そうそう、徳川で思い出した」

話は一段落したと見たのか、耕一は話題を変えた。また、小五郎が聞いたこともない話を披露してくれるのだろう。気分を切り替え、耳を傾けた。

「徳川幕府が倒れたとき、御金蔵の中が空っぽだったって話は知ってるか。官軍側はさんざん探したけど、結局金は見つからなかったらしい。だから、どこかに隠されたんじゃないかって話があるんだ」

「へえ、すごいね。それはいくらくらいなの」

「勝海舟という幕臣が日記の中に、軍用金として三百六十万両あると書いていたんだ。今のお金でいくらくらいになるのか計算するのは難しいけど、一万円とか二万円なんてものじゃないと思うよ」

「い、一万円」

とんでもない大金である。途方もなさ過ぎで、想像もできない。まさに、お宝と言うにふさわしいのではないか。

「そんな金が、消えちゃったんだ。当時の勘定奉行という、まあお金を預かる一番偉い立場の小栗上野介という人が、群馬の赤城山に隠したとも言われている。それを見つけようと、けっこうたくさんの人が赤城山を掘り返しているらしいよ。ただ、まだ見つかってないけどね」

「もしそれを見つけた人がいたら、大金持ちだね」

「そうそう、そりゃあ目の色も変わるよな」

群馬がどこなのか、まして赤城山がどの辺りにあるのか、小五郎はまるで知らなかった。ただ、それはこの島から遠く離れた場所なのだろうと考えただけだった。

2

「小五郎のおじいさんは、新撰組の隊員だったんだってね」

数日後に、耕一からそう言われた。どこかからそのことが耳に入ったらしい。とぼけるのも変なので、素直に認めた。

「実はそうなんだ」

「だからこの前、新撰組は正義だったのかって訊いたのか。そのとき、言ってくれればよかったのに」

「いや、なんとなく言いそびれて」

「ぼくが、新撰組は本土では悪の集団と思われてる、なんて言ったからだね。まさか、小五郎が新撰組隊員の孫だったとは思わなかったからさ。悪かったね」

耕一はちょこんと頭を下げて、詫びる。小五郎は慌てて首を振った。

「謝ることなんかないよ。おれだって、じいさんが正義の味方だったなんて単純に考えてるわけじゃないから」

「そうなの。それならいいけど」

耕一は安心したように笑った。その笑顔につられ、ついでに尋ねた。

「そうそう。その新撰組のことだけど、生き残った人が何かの密命を帯びていたなんてことはあるのかな」

「密命を。まあ、それはあったかもしれないね。何があってもおかしくなかった時代だろうから」

やはり、そうなのか。あれはぼけた祖母の戯言(たわごと)ではなかったのだ。

「実はね、おれの死んだばあさんが、じいさんは密命を帯びてこの島に来たって言ってたんだ。密命を果たすために、昼間からぶらぶら村や山を歩いていたらしい。山に入っては、絵図面みたいなものも書いてたんだって。でも、こんな小さい島での密命なんて、何があるのかな」

「へえ。それは面白いね」

そう言って耕一は、軽く首を傾げて考え込んだ。だが、なかなか次の言葉を続けようとしない。島での密命など、何も思いつかないのだろう。

「面白いからさ、ちょっと考えてみるよ。いろいろ調べてみなきゃいけないし。待ってて」

「ああ、いいよ」

耕一の知性には一目置いているが、いくらなんでも徳川の密命を少し考えただけで見抜けるとは思えない。あまり期待しないでいることにした。

ところがそれからさらに数日後、「こんなこと思いついた」と耕一は話しかけてきた。目がきらきら輝いていて、いつもより顔つきがどこか子供っぽい。わくわくする気持ちを抑えられないでいるかのように見えた。

「ちょっとした思いつきだったんだけどさ、調べてみたらあながち妄想でもないようなんだ。聞いてくれるか」

「もちろん。聞かせて欲しいよ」

「じゃあ、話が長くなるから場所を変えようか。浜にでも行こう」

耕一がそう言うので、連れ立って学校を出て、浜に向かった。浜には他にも子供の姿があったが、充分に離れているのでやり取りを聞かれる心配はない。砂に直接腰を下ろし、「さあ」と促した。

「何を思いついたんだ。おれのじいさんの話だろ」

「そうそう。新撰組の残党に言い渡されたかもしれない密命のことだよ」

そんなふうに前置きされると、期待するまいと思っていたのにどうしても先が楽しみになってしまった。もし密命が本当なら、祖父はただの遊び人ではなかったことになる。祖父に対しての印象が、また変わるかもしれなかった。

「この前、江戸城の御金蔵が空っぽだったって話はしただろ。御用金は小栗上野介が赤城山に隠した、と噂されてるって。でも、そんな噂を聞いて何人もの人が赤城山を掘り返してるのに、まだ何も見つかってないんだ。だから、噂自体が実は囮（おとり）ではないかという説もある」

「囮」

「うん。本当に隠した場所から目を逸らすための、嘘の噂だってことだ。それはありうると思うんだよね。隠した場所が簡単に漏れるようじゃ、意味がないから」

「それはそうだな」

そこまで聞いただけで、耕一が何を言おうとしているのか、朧げに察することができた。しかし、そんなことがあるのか。他の場所ならいざ知らず、ここは島なのである。やはり話半分に聞くべきかと、軽く落胆した。

「小五郎のおじいさんは、村や山をぶらぶらしていたんだろ。それは、御用金を隠す場所を探していたんじゃないのかな。むろん、そういう密命を帯びていたのは小五郎のおじいさんだけじゃないと思うよ。関東近辺では、何人もの人が同じことをしていたはずなんだ。だから単に、小五郎のおじいさんは探していただけだったのかもしれない。実際にここに御用金が運び込まれたとは限らないよ」

本気か冗談か、耕一は滔々と語った。だが小五郎は、首を傾げざるを得ない。

「ちょっと待てよ。ここは、くがから離れた島なんだぜ。こんな島にどうやって、大量の金を運び込むんだ」

「榎本武揚って人を知ってるか。徳川方で最後まで抵抗して、函館まで行って戦った人だよ」

「ああ、うん」

そういう人がいたという話はなんとなく憶えているが、名前までは知らなかった。その人がどうしたのか。

「榎本武揚は戊辰戦争当時、軍艦頭という地位にいた。まあ、艦隊の隊長みたいなものかな。新政府軍は江戸に乗り込んできたとき、艦隊の引き渡しを要求したんだけど、榎本はそれを拒んで艦隊八隻を率いて逃げたんだ。で、しばらくの間、房総半島から神奈川周辺をうろうろしていたんだよね。最終的には東北経由で函館まで行くんだけど、この辺りの海にいた期間はけっこう長かった。御用金を運び込む時間は、充分にあったと思うんだ」

「そうなの」

そんなふうに説明されると、眉唾物の話とも思えなくなってきた。金を運ぶ手段があったのなら、単なる大法螺ではなくなる。本当に祖父であるイチマツは、御用金を隠す場所を見つけるという密命を帯びていたのか。

「ただ、榎本武揚が御用金を運んだという証拠は何もないよ。仮に榎本が運んだのだとしても、この島が隠し場所に選ばれたと決まったわけでもないしね。せめて少しでも小判が出てくれば、見込みはあるんだけど」

耕一も完全に妄想の世界で遊んでいるわけではないようだった。密命を帯びていたのが祖父だけでないなら、他の場所に隠された可能性も大いにある。一度は気持ちが盛り上がりかけたのに、残念だった。

「小判か」

そのつもりで山を探し歩いてみるかな、と思った。誰も探していないのだから、案外簡単に見つかるかもしれない。もし万が一にも見つかったら、大変なことだ。

「逆に訊きたいけどさ、金や小判にまつわる言い伝えとか噂はないの」

耕一はまた目を輝かせている。この顔からすると、三割くらいは本気なのかもしれない。言われて考えてみたが、そんな話は聞いたことがなかった。もし大量の金が運び込まれたなら、少しくらいは噂になっていてもおかしくないはずである。やはり、この島には運び込まれなかったのだろうか。

「金じゃなく、金の鯰の話ならあるけどなぁ」

「何それ。金の鯰って」

耕一が笑うのも無理はない。一ノ屋を特別視する島の者でも、当時は笑ったのではないか。昔のことなので、小五郎は話で聞いただけだが。

「何年も前の話だけど、金の鯰を探しに山の鍾乳洞に入って、迷子になって大人に助けられた子供がいたんだ。その人も実は、おれのじいさんの息子だったんだけどね」

「えっ、ということは、小五郎のおじさんか」

「そういうことになるかな。ただ、うちはちょっとややこしいんだ」

くがから来た耕一は、一ノ屋という名前は聞いていても、それがどういう家であるかはおそらくわかっていない。一ノ屋が島にとって特別な存在で、鍾乳洞で迷ったのは先代当主であることをかいつまんで説明した。すると耕一は、なにやら身を乗り出した。

「鍾乳洞に入ったのは、一ノ屋の当主なんだね。つまり、小五郎みたいに傍系の生まれの人には聞かされていない話を聞いていた可能性もあるわけだ」

「どういうこと」

笑い話のつもりだったのに、どうやら耕一はそう受け取ってはいないようだ。最前までよりずっと真剣な顔つきになって、続ける。

「大不漁で島が苦しんでいるからと、先代当主は山の鍾乳洞に入ったんだろ。でもその目的が、金の鯰を探すためなんておかしいじゃないか。金の鯰を見つけたら、魚が戻ってくるのか。いくら子供でも、そんな言い伝えを真に受けるとは思えないよ。その話にはきっと、裏があったんだ」

「裏」

言われてみれば、確かにおかしい。実際にあったことだから特に疑わなかったが、冷静に考えると何か別の意味がありそうにも思えた。

「金の鯰って言うのが、真実を断片的に語っていると思わないか。徳川御用金とは言えないから、金の鯰なんて言い方をしたんだよ。そのとき島は、大不漁で苦しんでいた。それを救うには、徳川御用金を使うしかない。そう考えた先代当主は、島のために御用金の一部を持ち出そうとしたんじゃないのかな。でも子供だから、隠し場所に辿り着けずに迷ってしまった。見つけられなかったなら、考えなしの子供がしたこととして済ませるしかない。本気で島を助けようとしたのに笑われて、先代当主はきっとすごく悔しかったろうね」

耕一はその気持ちを推し量るように、しみじみとした物言いをした。

3

「だったら、今の一ノ屋の当主も本当のことを知ってるかもしれないよな」

ふと思いついて、小五郎は言ってみた。まさか一ノ屋の家系に、そんな秘密が託されているとは考えもしなかった。自分は何も知らないが、一応は一ノ屋の血を引く者である。己の血筋を誇らしく感じた。

「そうだね。今の当主とは付き合いがあるのかい」

耕一は問い返してくる。付き合い、と言えるほどのことかどうかはわからないが、同じ血を引く者として面識はあった。現当主である松太郎とは、従兄弟(いとこ)同士の関係にあるのだ。

「話はできる。でも、挨拶くらいしかしたことはないな」

「訊いてみるか。小五郎も親戚なんだから、秘密を打ち明けてくれるかもしれない」

耕一は言うが、そんな簡単なことならとっくに秘密は漏れていたのではないかと考えた。今まで誰も知らなかったのは、やはり一ノ屋本家だけに託された重大機密だからではないのか。とはいえ、まずは行動してみないことには何も始まらない。松太郎に会うのは、いい考えに思えた。

「行ってみよう」

膝を叩いて、立ち上がった。松太郎は小五郎の一歳年上でしかないから、まだ高等小学校に通っている。しかし今日の授業は終わったので、帰宅しているはずだ。一ノ屋屋敷にいなければ、また出直せばいいだけのことである。尻についた砂をはたいて落とし、耕一と連れ立って一ノ屋屋敷を目指した。

一ノ屋の屋敷は、村の一番奥の少し高台になった場所にある。立派さでは、村長の家も敵(かな)わない。こんなところに住んでいることもひとつを取っても、一ノ屋が島の中で特別な存在であることが窺える。小五郎も一ノ屋の血を引くのに、ずいぶんと境遇が違うものだと思う。

「こんにちは。松太郎さんはいますか」

物怖じをしない耕一は、玄関で堂々とそう呼びかけた。もともとあまり喋らないたちの小五郎には、とても真似できない芸当だ。耕一が一緒でよかったと思った。

中から、小五郎の母親と同じ年頃の女が出てきた。この人が、松太郎の母親なのだろう。名前は知らない。色が浅黒く、目が吊っていて、あまり女らしくない。にこりともせずこちらを見るので、少し怖かった。さすがの耕一も気圧されたのか、先ほどよりは小声で「松太郎さんはいますか」ともう一度尋ねた。

「浜に行ったよ。勉強もしないで」

女はぶっきらぼうに答える。浜か。ならば、入れ違いだったようだ。浜といっても広いが、子供が行く場所はだいたい決まっている。順番に回ってみるかと考えた。

「捜しに行くのかい」

女はなおも言葉を重ねた。口調に迫力があるので、とてもよけいなことは言えずに「はい」と頷く。女は目を細めると、小五郎たちの後方に顎をしゃくった。

「だったら、あいつに言ってやってくれ。平太ほどとは言わないが、少しは勉強をして賢くなって、一ノ屋の名を高めてくれ、ってな。あいつの父ちゃんは、それだけを考えていたんだ」

そして踵を返し、後ろ手に戸をぴしゃりと閉めた。圧倒されて、小五郎も耕一もしばらくその場を動けなかった。どちらからともなく「行こうか」と声をかけたときには、すでに疲労感を覚えていた。

松太郎はあっさり見つかった。浜辺の、少し草が生えているところにひとりで坐り、ぼんやりと海を眺めていた。今度は、血縁者でもある小五郎が声をかける。松太郎はゆっくりと首を巡らし、こちらを見た。

「誰だ、お前は」

「小五郎です。おれも一ノ屋の血筋です」

「ああ、そうだったな」

あまり生気のない声で、松太郎は言う。拒絶された感じはなかったので、そのまま近づいていった。「いいですか」と断り、横に坐る。耕一はさらにその隣に腰を下ろし、顔を突き出して小五郎越しに松太郎を見ていた。

松太郎は隣に坐られても、「なんの用だ」と尋ねたりはしなかった。特に興味がなさそうに、また視線を海の方へと戻す。松太郎は島の中で、「腑抜け」と呼ばれていた。何をするでもなく、ただ毎日をぼんやりと生きているからそんな呼ばれ方をするらしい。今、隣にいる松太郎は、そうした評判とまるで違わなかった。

「あのう、松太郎さん」

一歳しか離れていなくても一応年上なので、さんづけで呼びかけた。松太郎は鼻から息を吐き出すような音で「ん」と応じるが、顔は海に向いたままだ。何をそんなに一心に見ているのかと、小五郎もつい海の方を見やる。見えるのは青い海と、白い水平線、そして少し灰色に近い空だけだった。

「同じ一ノ屋の血を引く者として、教えてください。一ノ屋本家にだけ伝わる秘密とか、口伝とか、そういうものってありますか」

「あ」

ようやく松太郎は、こちらに顔を戻した。不思議なものでも見るように、小五郎の顔をまじまじと眺める。そして、小さく首を振った。

「ないよ、そんなもの」

「本当ですか。おれが本家の人間じゃないから、言えないだけなんじゃないですか」

「なんの話だよ」

松太郎は不思議そうに目を眇める。日頃付き合いがないから、とぼけているのか本当のことを言っているのか、見当がつかなかった。

「松太郎さんのお父さんが、子供の頃に山の鍾乳洞に入っていきましたよね。あれは金の鯰を捕まえるためだと説明していたそうですけど、本当は違ったんじゃないですか」

思い切って、その点に切り込んでみた。もし松太郎が白を切っているなら、いきなり核心に迫られれば少しは動揺するはずである。その反応を見たかったのだが、松太郎は眉根を寄せるだけだった。

「その話はやめろ。お前もおれの親父を馬鹿にするのか」

「そんなつもりはないです。だから、先代の行動には別の目的があったんじゃないかと言ってるんです」

「別の目的。あんな鍾乳洞に、他になんの用があるって言うんだ」

「例えば、隠し財宝とか」

こらえきれず、自分から言ってしまった。できれば松太郎に言わせたかったのだが。

「は。隠し財宝だと。馬鹿馬鹿しい」

松太郎は鼻で嗤った。依然として、とぼけているのか本気なのかわからない。あまり表情が変わらないので、それも心が読めない理由のひとつだった。

「こんなちっぽけな島に、どんな財宝があるって言うんだ」

「徳川の御用金ですよ」

それまで黙っていた耕一が、不意に口を挟んだ。松太郎は今になって、もうひとりいたのかとばかりに耕一に視線を向ける。

「徳川の御用金だと。それがなんで、この島にあるんだよ」

「あなたたちの祖父は、新撰組の隊員だったんでしょ。つまり、徳川方だ。生き延びた新撰組の残党なら、勝海舟から密命を授かっていてもおかしくない」

「そんなこと言っても、運ぶ手段はどうなんだ」

「榎本武揚の軍艦がありました」

耕一がすぐさま答えると、松太郎は黙り込んだ。耕一の言葉の意味がわからないのか、わかっていて沈黙しているのか、それも判別できない。

「おれはなんにも知らねえよ」

ようやく言葉を発したかと思うと、大儀そうに立ち上がる。そして小五郎たちには何も言わず、村の方へと歩き出した。小五郎たちは追いかけなかった。

「どうなんだろう、あれは」

小さくなっていく松太郎の背中を見送りながら、耕一の意見を求めた。耕一は首を捻って、

「なんとも言えないねぇ」と応じる。

「あんまりとぼけている感じでもなかったけど、わからないな。なんか、いろいろ反応が薄い人だね」

「そうだな」

まったく同感だった。腑抜け、という陰口を思い出した。

4

松太郎に訊いてもなんの収穫もなかったことで、隠し財宝に対する小五郎の熱は冷めかけた。だが、その熱をふたたび高めてくれたのは、他ならぬ松太郎だった。話しかけた日の翌々日に、

小学校の中庭に呼び出された。耕一も一緒だった。

「この前の話、あれは冗談じゃないのか」

先日の松太郎は、まだ子供のくせに濁った目をしていた。焦点がどこか遠くに合っているような、眠たげで覇気がない目だった。ところが今日は、その目に輝きが宿っているように見えた。

小五郎の勘違いかもしれないが。

「冗談ではないですよ。ただの思いつきなのは確かですけど」

小五郎が答えると、松太郎は不満そうに眉根を寄せた。

「思いつき。何がきっかけで、そんなことを思いついたんだ」

「小五郎のおじいさんが新撰組の隊員だったと聞いたから、ぼくが考えたんです」

今度は耕一が答える。松太郎は耕一に目を向けた。

「じいさんが新撰組だってことだけじゃ、隠し財宝なんて話になるのは突飛じゃないか。他に何かあるんだろう」

「ぼくのおばあちゃんが、イチマツさんは密命を帯びていたって言ってたんです」

「なんだと」

松太郎の態度が変わった。いきなり小五郎の胸倉を摑んだのだ。怒らせてしまったのかと、驚いた。年長の人に胸倉を摑まれれば、肝が縮み上がるほど怖かった。

「それは本当か。おれたちのじいさんが密命を帯びていたというのは、本当のことなのか」

「わ、わからないです。おばあちゃんは半分ぼけてたから」

「松太郎さんのおばあさんは、まだ生きてるんですか。生きてるなら、松太郎さんも訊いてみてくださいよ」

横から耕一が助け船を出してくれた。松太郎はそれを聞き、手を緩めた。どうやら怒ったのではなく、激しく興奮しただけだったようだ。なぜそんなに興奮するのか、小五郎にはよくわからなかった。

「わかった。訊いてみる」

存外に松太郎の返事は素直だった。そう言い残して、校舎に戻っていく。残された小五郎と耕一は、呆気に取られるだけだった。

「なんなんだろう。やっぱり何か、知ってるのかな」

校舎の方を見やりながら、小五郎は自分の考えを口にする。だが耕一は、別の意見を持っていた。

「というより、考えてもみなかったことを言われてびっくりしている感じじゃなかったか。少しは本気にしてくれたのかな」

「これで松太郎さんのおばあさんも何か知ってたら、いよいよ本当っぽくなってくるな」

「そうだね」

そんなやり取りをしたものの、本気で期待していたかというと、やはりそれは違う。小五郎にしてみれば、徳川御用金の話は夢物語でしかなかった。面白いから、少し調べてみようと考えただけだったのである。この島に本当に御用金が眠っていると信じられるほど、小五郎はもう幼くはなかった。

しかし、松太郎にとっては単なる夢物語ではなかったようだ。松太郎は自分の祖母に話を聞き、そしてがっかりしてそのときのことを報告に来た。

「おれのばあさん、密命なんて話は聞いたことがなかった」

昨日と同じく、小学校の中庭でのことである。なぜわざわざそれを知らせるのかと、小五郎は不思議に思った。

「ああ、じゃあやっぱり、ぼくのおばあちゃんがぼけておかしなことを言っただけだったのかな」

「いや、そうじゃないかもしれない。詳しいことを聞かせてくれ」

明らかに松太郎の目の色は変わっていた。少し気圧され、祖母から聞いた話をそのまま語った。イチマツが山に行き、絵図面らしきものを書いていたというくだりに、松太郎は強く反応した。

「本当か。そんな話、ぼけた頭が作り出せることじゃないんじゃないか」

「確かに、そうですね」

耕一が合いの手を入れる。松太郎は我慢がならないかのように、なにやらそわそわし始めた。

「絵図面か。絵図面。そんなものが残っているとしたら、屋敷内だよな。おれ、帰ったら探してみる」

そうか。残っているかもしれない絵図面を探すという考えはなかった。そもそも思いついても、松太郎の協力なしには不可能だったのだが。

「いいことを聞いた。ありがとうな。というか、お前ら今日、うちに来ないか」

松太郎は思いがけないことを言った。小五郎と耕一が声を揃えて「えっ」と驚くと、幾分恥ずかしそうに続ける。

「いや、お前らも興味があるだろうから、一緒に屋敷の中を探さないかと思ってさ。特に小五郎、お前にとっても実のじいさんのことなんだから、探してみたいだろ」

「はい」

思わず声が弾んだ。一ノ屋の縁者とはいえ、本家の屋敷に入ったことはない。招いてもらえるのは嬉しかった。

「じゃあ、学校が終わったら来いよ」

松太郎はそう言って、軽く手を上げると校舎に戻っていった。なにやら快活になったようで、浜辺で会ったときとはまるで別人だった。何が松太郎をそんなに変えたのか、見当がつかずに小五郎は首を傾げた。

そして下校後、耕一とともに一ノ屋屋敷に向かった。松太郎より先に着いたら、あの怖い母親と問答をしなければならなくなるので、わざとゆっくり行った。玄関でおとないを告げると、幸いなことに松太郎が出てきた。小五郎は密かに胸を撫で下ろした。

「よく来た。さあ、入ってくれ」

腑抜けの松太郎とは思えぬほど、松太郎の声には張りがあった。浜辺での覇気がない姿は、実は本当の松太郎ではなかったのかと思えてくる。因果関係はよくわからないが、徳川御用金の話が松太郎に活力を与えたのは間違いなかった。大金の匂いを嗅いで目が覚めたということだろうか。

「古い家だから、あれこれ溜まっているのは確かなんだよ。とてもひとりじゃ探しきれないから、手分けして探そう」

「はい」

三和土(たたき)でそんなやり取りをしていたら、奥から先日の女が出てきた。相変わらず目つきが鋭く、愛想笑いのひとつも浮かべない。小五郎と耕一は、ふたり揃って「お邪魔します」と頭を下げた。松太郎の母親は「ふん」と鼻を鳴らして奥に戻っていった。

「あのう、ぼくら、嫌われてますか」

居心地悪く感じ、小声で松太郎に確認した。松太郎は肩を竦めて、首を振る。

「いや、母ちゃんはいつもあんな感じなんだ。気にするな」

「そうですか」

気にするなと言われても、気になる。だが、ここで恐れをなして退散するつもりはなかった。イチマツが残したかもしれない絵図面が残っているなら、ぜひこの目で見たい。それは耕一も同じはずだった。

「さあ、始めよう」

促され、屋敷に上がり込んだ。座敷には松太郎の母親の他に、弟もいた。確かこの弟は、小五郎の一歳年下のはずだ。先ほど同様「お邪魔します」と挨拶をすると、この弟は「こんにちは」と気さくに返してくれた。

「なんだ、兄ちゃんが友達を呼ぶなんて珍しいじゃないか。しかも、年下だろ。どういう付き合いだ」

弟は露骨に興味を示した。それに対して松太郎は、「探し物だ」とぶっきらぼうに答える。どうやら徳川御用金の話は、弟にはしていないらしい。弟は陽気そうだが、それだけに口が軽そうにも見えるので、だから話していないのかもしれなかった。

母親と弟がいる座敷を突っ切ると、さらに奥に同じくらいの広さの座敷があった。やはり一ノ屋本家の屋敷は大きい。小五郎の家など、この座敷ひとつより狭いのだ。あまりに違うので、羨ましく感じるより、掃除が大変そうだなという現実的な思いが浮かんだ。

「取りあえず、ここの押し入れと天袋にあれこれ入ってる。好きに引っ張り出していいから、漁ってみてくれ」

「はい」

いいのか、と訝り(いぶか)ながらも返事をした。松太郎自身は、廊下の突き当たりにある納戸を探すと言う。何かあったら呼んでくれと言い残し、座敷を出ていった。

ためらいながらも、押し入れの戸を開けた。すると上段には、布団が重ねられていた。やはり

新潮社
新刊案内

2021 8 月刊

邯鄲(かんたん)の島
遥かなり 上

貫井徳郎
8月26日発売
●2695円
303873-3

神生島(かみおじま)は百五十年の時を映す不思議な鏡。明治維新から「あの日」の先までプリズムのように映し出す。畢生の大河小説、三ヵ月連続刊行。

帆神(ほしん)
北前船を馳せた男・工楽松右衛門

玉岡かおる
8月26日発売
●2200円
373717-9

2021年8月新刊

■新潮クレスト・ブックス

地上で僕らはつかの間きらめく

オーシャン・ヴオン
木原善彦［訳］
8月27日発売
●2420円

ベトナム生まれの詩人が書いた、文字を読めない母への手紙――。母と僕の苦難、生きる歓び。全米で話題沸騰の鮮烈なデビュー長篇。

590173-8

ア開催!

赤いモレスキンの女
アントワーヌ・ローラン 吉田洋之［訳］

島——それは百
時…す不思議な

貫井…

…またその子供たちにも同じ痣が——。
明治維新から「あの日」の先までを、
…彩な十七の物語がプリズムのように映し出す。

…に入れた女は、全てを知る女は姿を消した。美しい顔と
鄙びた温泉地で働き始めるが……。

8月31日発売
●1760円
336174-…

■とんぼの本

谷内六郎 いつか見た夢

谷内六郎　谷内達子　橋本 治
芸術新潮編集部
8月31日発売
●2200円
602299-9

生誕百年記念、《とんぼの本》増補改装版。新たに「週刊新潮」表紙絵名作30点を厳選掲載。日本中で愛されたあの懐かしい絵が甦る。

■新潮選書

…78-4-10です。

新潮クレスト・ブックス

▼8月26日発売◎2695円

海と山のオムレッツ
カルミネ・アバーテ　関口英子［訳］
590168-4 ●2090円

アコーディオン弾きの息子
ベルナルド・アチャガ　金子奈美［訳］
590166-0 ●3300円

わたし…ク
松永美穂［訳］

ガ…
ジュンパ・ラヒリ　中嶋浩郎［訳］
590159-2 ●1870円

ピアノ・レッスン
アリス・マンロー　小竹由美子［訳］
590154-7 ●2420円

帰れない山
パオロ・コニェッティ　関口英子［訳］
590153-0 ●2255円

□ご注文について

＊表示価格は消費税（10%）を含む定価です。

勝手に開けてはよくないのではと腰が引けたところに、「何をやってるんだ」と声が響く。母親がこちらを睨んでいた。

「他人の家の押し入れを勝手に開けるとは、なんて礼儀知らずだ。あんたら、どこの子だ」

「い、いいえ、勝手にじゃなく、松太郎さんに頼まれたんです」

耕一が答えた。小五郎は隣でがくがくと頷くだけだった。

「なんだって。なんのために」

母親は腰を上げて、こちらに近づいてこようとしている。耕一は肘で小五郎をつつき、「松太郎さんを呼んできてくれ」と囁いた。小五郎はこれぞ脱兎の如しという勢いで、廊下に出た。

「松太郎さん、お母さんに怒られた。ちゃんと説明してくださいよ」

身を屈めて納戸に頭を突っ込んでいる松太郎に、背後から声をかけた。松太郎は振り向いて、

「ああ」と言う。ああ、ではなく、自分の母親なら性格がわかっているだろうから、事前に根回ししておいてくれればよかったのにと小五郎は密かに考えた。

「どうせ、説明してもしなくても、母ちゃんは面白くないんだよ」

そんなことを言いながら、松太郎は座敷に戻る。小五郎はその背後に隠れるようにして、ついていった。

座敷では、耕一が身を縮めて俯いていた。その前に、松太郎の母親が仁王立ちしている。松太郎は近づいていき、「母ちゃん」と呼びかけた。

「一ノ屋の大事なものを探そうと思ってるんだ。それで、こいつらに手伝ってもらうことにしたんだよ。この小五郎も、一ノ屋の血を引いている」

「知ってるよ。お駒（こま）の子だろ」

松太郎の母親は、小五郎の母親の名前を口にする。母ちゃんを知っているのか、と驚いた。

「一ノ屋の大事なものって、なんだい」

続けて、松太郎の母親は尋ねた。松太郎は素直に答える。

「じいさんが書き残したものだよ。絵図面みたいなもの、母ちゃんは知らないか」

「絵図面。それがなんだって言うんだ」

「いや、それは」

初めて松太郎が言い淀んだ。正直に言えばいいのに、なぜためらうのだろう。小五郎は松太郎と母親の顔を、交互に見た。

「山の地図か、それとも鍾乳洞の地図かもしれない」

「なんでそんなものをイチマツさんが書き残すんだ。それのどこが大事なんだ」

「こいつら子供の、ちょっとした思いつきなんだ。もちろんおれも、本気になんてしてないよ」

「だから、何を本気にしてないんだよ。要領を得ない子だね」

母親は明らかに苛立っていた。松太郎はくねくねと核心を避けているのだから、聞いていて苛立つのも無理はない。松太郎が言えないのは、言えば母親が怒ると思っているからだろう。しかしなぜ怒るのか、小五郎には見当がつかなかった。

「一ノ屋には秘密の隠し財宝があるんじゃないかって、こいつらが言い出したんだ。じいさんが、それを山に隠したんだって」

ついに松太郎は白状したが、その説明は微妙におかしかった。子供の戯言に聞こえるようにしたのかもしれない。果たして母親は、呆れたように鼻を鳴らした。

「はっ。隠し財宝だって。そんなもんがあるなら、お目にかかってみたいよ」

「子供の言うことだからさ、夢があっていいじゃないか。おれも少し付き合ってみようと思って」

松太郎はすっかり責任を小五郎たちに押しつけようとしている。だがそれは、ただの責任逃れとは思えなかった。こう説明しておいた方が、母親は納得するという判断なのだろう。一ノ屋の隠し財宝より、徳川御用金の方がずっと現実味があると思うが、現実味があった方がよくないらしい。

「夢ねぇ。まあ、ほどほどにするんだね。お前もそろそろ、夢なんかじゃなく現実を見る頃合いだろうよ」

そう言って、母親はようやくその場を離れた。隣の座敷に戻り、途中だった縫い物を始める。松太郎の弟はこちらのやり取りをずっと見ていたのか、ニヤニヤしていた。

「すまない。続けよう」

松太郎はそう促すが、もう勝手に押し入れの中を探す気にはなれなかった。耕一も同じだったらしく、提案をしてくれる。

「やっぱりぼくらだけで押し入れを漁るわけにはいかないから、見ていいものを松太郎さんが選んで外に出してくれませんか。ぼくらはその中から探しますので」

「ああ。まあ、その方がいいか」

松太郎も納得して、押し入れの中から行李(こうり)などをどんどん外に出し始めた。布団以外ほとんど出してしまったのではないかというくらい引きずり出すと、自分は納戸に戻っていく。小五郎は耕一と顔を見合わせた。これをまた元に戻すのは大変だな、と声に出さずに会話をしたつもりだった。

夕方までには、荷物の半分しか開けられなかった。その中に、絵図面らしきものは存在しなかった。徒労感を抱えて、今度は行李を押し入れに戻した。

5

さらに二度、一ノ屋屋敷を訪ねて押し入れ以外の場所も漁ってみたが、結局絵図面は見つからなかった。本当に絵図面など存在するのか、小五郎には怪しく思えてきた。

探しているのは徳川御用金だと母親に明かさなかった理由を、松太郎は教えてくれなかった。向こうから言わないのなら、聞くのは憚(はばか)られる。そのままうやむやになった。

絵図面が見つからなければ、それまでのことだ。この件はもう諦めるしかないのだろう。小五郎はそう考えたが、松太郎は違った。次にするべきことを考えて、小五郎たちに持ちかけてきた。

「じいさんの子を産んだ人たち全員に、絵図面のことを訊いて回ろう」

「えっ、全員に」

なるほど、それはひとつの手だ。小五郎の祖母以外にも密命云々といったことを聞いた人がいたなら、話に信憑性が出てくる。ただ、小五郎の祖母がそうであるように、すでに死んでいる人もいる。頭の働きが不確かな人もいるだろう。果たしてどれだけの人が答えてくれるか、心許なかった。

イチマツの子を産んだ人なら、小五郎から見て、皆姻戚だ。とはいえ、これまでほとんど言葉を交わしたことのない人たちばかりである。小五郎が自分の血にも、イチマツという祖父にも興味がなかったからだ。しかし今は、祖父が本当は何をしたのか知りたかった。政府の目を逃れた大金がこの島に眠っているかもしれないと考えると、心の奥底が熱く滾(たぎ)るような興奮を覚える。イチマツの子を産んだ人たちを訪ね歩こうという松太郎の提案は、小五郎にとって魅力的だった。

耕一は一ノ屋の縁者ではないから、同じ心持ちのはずはない。それでも、この話から降りようとはしなかった。自分も訪ね歩きたいと言う。乗りかかった船と思っているのかもしれなかった。

そもそも誰がイチマツの子を産んだのかわかるのだろうかと小五郎は危ぶんだが、そこはさすが一ノ屋の本家、松太郎は全員わかるのだそうだ。訪ねていく先がはっきりしているなら、ためらう必要はない。さっそく、ひとり目の許に向かった。

本来ならまず最初に訪ねるべきは、イチマツの子を一番最後に産んだ人だった。後の方になるほど、存命している可能性が高くなるからだ。しかしイチマツの最後の子とは、平太である。島の大立て者である平太の母親ともなると、気軽に訪ねていけるような相手ではなかった。

そこで、最後から二番目にイチマツの子を産んだ人の許に足を向けたのだった。その人の名はお葉といい、イチマツの子を産んだ後に別の男に嫁いだ。その男との間にも子を儲けたが、イチマツの子である市兵衛は日露戦争で命を落としている。夫が他界した後は、夫との間の子と一緒に暮らしているという。お葉という名を小五郎は知らなかったが、嫁が怪しい宗教みたいなものを始めた人だと聞いて「ああ」と頷いた。娘を生き神様に仕立てて、同じ戦争未亡人を集めては崇めているらしい。一ノ屋の血を引く人もいろいろであり、小五郎はあまり関わり合いになりたくないと思っていた。幸い、お葉は嫁とは距離をおいているそうだ。

お葉は物腰の柔らかな人だった。松太郎の母親みたいな人だったらどうしようと危ぶんでいただけに、密かに胸を撫で下ろした。もっとも、話をするのはもっぱら松太郎だったので、たとえ怖い人であったとしても小五郎は後ろに隠れていればよかったのだが。積極的に問いかける松太郎は、虚(うつ)けだの腑抜けだのと陰口を叩かれていた人とは思えぬほど生気に満ちていた。

「突然すみません。おれは一ノ屋本家の松太郎と言います。こっちは従弟の小五郎。それからその友達の耕一です」

玄関先で、松太郎はてきぱきと一同を紹介する。迎えてくれたお葉は、「あら、一ノ屋の」と親しげな声を上げた。

「ようこそいらっしゃいました。でも、一ノ屋本家の方があたしになんのご用かしら」

お葉は確かに初老ではあるが、腰も曲がっておらず、まだまだ元気そうだった。髪も半分方黒い。目もしっかり見えているようで、小五郎たちの顔にひとりひとり順番に視線を向けた。

「おれのじいさんである、イチマツさんの話を聞きたいのです」

「あら、イチマツさんの。それは嬉しいわ。イチマツさんの話を、イチマツさんの孫たちが聞いてくれるなんて」

お葉は声を弾ませ、上がってくれと小五郎たちを促した。座敷に小五郎たちを坐らせると、「たくさん食べて」と菓子を振る舞ってくれる。一ノ屋という名に対し、今でも親近感を覚えているようだった。

「さて、イチマツさんの何を聞きたいのかしら」

座卓を挟んで、お葉は小五郎たち三人と向かい合った。柔和な笑みを浮かべていて、見るからに優しそうな人である。そういえば、戦死した市兵衛は島の男とは思えぬほど優しい人だったと、風の噂で聞いた。そんな優しい人が死んだから、嫁は頭がおかしくなったのだ、と。市兵衛が優しかったのは、母親であるお葉が優しいからなのだろう。お葉の顔をただ見ているだけで、小五郎は得心がいった。

「じいさんは新撰組の隊員だったと聞きました。じいさんから、新撰組当時の話を聞いたことはありますか」

松太郎はためらうことなく本題に入る。それに対してお葉は、あっさり「いいえ」と答えた。

「くがでのことは、ぜんぜん喋らない人だったわ。あまり話したくなさそうだったから、あたしも訊かなかったし」

いきなり出鼻を挫かれたようなものだった。これでは、この先あれこれ質問を浴びせても、まるで期待はできない。どうするつもりかと、松太郎の横顔を盗み見た。だが松太郎は、意気阻喪してはいなかった。

「言葉にはしなくても、自分は新撰組の一員だという気持ちが残っていれば、殺気というか緊張感というか、どこか張り詰めたものがあったんじゃないかと思うんです。そういう気配はありませんでしたか」

この問いに対しては、お葉は即答しなかった。「そうねえ」と言って考え込み、ようやく言葉を発する。

「言われてみれば、そうだったのね。あたしは島の生まれで、ご一新とか官軍とか、そんな言葉も聞いたことなかったから、気づかなかったのよ。でも、イチマツさんが突然島を出ていったのは、やっぱりここで燻(くすぶ)っていたくないって気持ちがあったからなのよね。近くにいたつもりなのに、何も知らなかった」

イチマツに去られた際の悲しみを思い出したのか、お葉の物言いはしんみりしたものになってしまった。お葉を悲しませるために来たわけではないので、小五郎は申し訳ない気持ちになる。松太郎はそんな気配にも気づかぬように、続けた。

「じいさんはこの島で何か仕事をしていたんじゃないかと、おれは考えています。山に入って絵図面を書いたりとか、そういうところを見たことはありませんか」

「えっ、仕事。なんの仕事」

思いもよらないことを言われたかのように、お葉はぽかんとした顔をした。やはり、何も知らないのだろう。松太郎の質問を横で聞いているうちに、小五郎はあることに思い至った。

「新撰組隊員として、徳川方の仕事を務めていたのではないかと考えているのですが」

松太郎は説明をするが、言葉から勢いが失われていた。もうこれ以上尋ねても、何も出てきそうにないとわかったのだろう。案の定お葉は、首を傾げるだけだった。

「聞いたことないわねぇ。絵図面を書いているところも、見たことないわ」

「そうですか」

松太郎は俯く。そんな姿を見て、子供をがっかりさせてしまったとお葉は考えたのか、言葉をつけ加えた。

「そうだ。イチマツさんのことを知りたいなら、詳しい人がいるわよ。あたしは後から聞いたんだけど、ふたりきりでよく話し込むことがあったらしいわ」

「えっ、誰ですか」

「一橋産業の、濱口新吉さん。子供の頃の新吉さんは、イチマツさんに気に入られて話し相手になってたのよ」

「へえ」

一橋産業の濱口新吉といえば、平太の片腕の副社長である。平太の母親に話を聞きに行くのも憚られるのに、副社長などとんでもなかった。だが松太郎は神妙に頷き、ありがとうございますと礼を言う。それを最後に、お葉の家を後にした。

「考えたんだけどさ、お葉さんがじいさんと付き合ってたのは、最後の方なんだろ。つまり、もう密命を果たした後だったんじゃないかな。話を聞くなら、やっぱりじいさんがくがから帰ってきた直後に付き合ってた人たちにするべきなんじゃないの」

先ほど思いついたことを、外に出てすぐに口にした。イチマツがいなくなったのは、西南戦争が始まった頃だという。それならば、戊辰戦争からかなり時間が経っている。お葉が、イチマツが姿を消す直前まで付き合っていたのであれば、絵図面もとっくに書き終えてのんびりしていた時期なのではないか。何かを知っているはずもないのだった。

「ああ、そうか。それは気づかなかった」

答えたのは松太郎ではなく、耕一だった。「小五郎、冴えてるな」と褒めてくれる。賢い耕一に褒められ、気分がよかった。

「一番最初にじいさんの子を産んだのは、お圭さんって人だ。まだ生きてる。会いに行ってみるか」

松太郎はそう答えたが、あまり乗り気ではなさそうだった。なぜだろうかと小五郎は訝ったが、実際にお圭に会ってみて理由がわかった。お圭はかなり耳が遠くなっていたのだ。

「おれのじいさんの話を聞かせて欲しいんです」

「えっ、あんたのじいさん。誰のことだ」

「イチマツさんです」

「一橋。ああ、あんたは平太の孫か。平太のことなんて知らないよ」

こんな調子で、まったく埒が明かなかった。「新撰組隊員としての密命」だの、「絵図面」だのといった言葉になると、完全にお手上げでまるで通じない。諦めて引き下がるしかなかった。

結局、その後も似たようなことの繰り返しだった。イチマツの子を早く産んだ人は、体か頭のどちらかに難があり、遅く産んだ人は何も知らない。イチマツの子を産んだ人から新しい話を引き出すという案は、不発に終わったのだった。

6

「なかなか厳しいねぇ」

耕一は口ではそう言うが、さほどがっかりしているようではなかった。単なる思いつきなのだから、結果はこんなものだろうと達観しているのかもしれない。それとは対照的に、松太郎の落ち込みようはひどかった。肩が落ち、顔は下を向き、まさに打ちひしがれている。そんなに御用金の話を本気にしていたのかと、その姿を見てかえって驚いた。

「おれは、浜に行くわ。じゃあな」

そう言って、ひとりで立ち去る。小五郎は耕一と一緒に自分の家を目指したが、どうにも気になって足を止めた。

「ちょっと、松太郎さんの様子を見てくるよ」

「ああ、そう。じゃあ、ぼくはこれで」

耕一は関わり合いになりたくないようだ。松太郎の落ち込みは一ノ屋の血筋に起因しているのだろうから、耕一は無関係である。耕一らしい、賢い判断だった。

松太郎が消えた方に向かってみると、初めて声をかけたときの浜辺で、同じように海の彼方を見やっていた。その横顔は、なにやら切なげに見える。小五郎にとって徳川御用金の話は遊び半分だったが、松太郎にはそうではなかったのだなと理解した。

「松太郎さん」

名を呼ぶと、ゆっくりと頭を巡らし、「ああ」と言う。だがそれだけで、小五郎が隣に坐っても言葉を発しようとしなかった。仕方なく、ふたり揃ってずっと海を見ていた。落ちかけの太陽は、水面を橙色に染めている。綺麗だが、切なさを助長するようでいやだった。なぜか、小五郎の胸も締めつけられるようであった。

「おれの死んだ父ちゃんが鍾乳洞に入ったのは」

特にきっかけがあったわけでもないのに、唐突に松太郎が口を開いた。なんの話かと、小五郎は松太郎の横顔を見る。松太郎は顔を海に向けたままだった。

「不漁に悩む島をなんとか助けたかったからなんだ。父ちゃんは、一ノ屋の当主として何ができるかを、常に考えている人だったらしい。一ノ屋を継いだときは今のおれより小さい子供だったのに、そのときからそんなことを考えていたんだよ」

松太郎の父である晋松の無謀な冒険譚は、子供らしい考えとして半ば笑い話のように伝わっている。小五郎もそれを鵜呑みにしていたのだが、そんな話を聞くと見方が変わってくる。笑っていい話ではないと思えた。

「母ちゃんは、そんな父ちゃんを誇らしく思ってるんだ。母ちゃんは父ちゃんと幼馴染みで、ずっとそばで見ていたらしいよ。父ちゃんが一ノ屋の跡継ぎに選ばれて喜ぶ様も、立派な当主にならなきゃと空回りするところも、全部見守ってたんだ。父ちゃんも幸せだよな」

あの、にこりともしない怖い母親にも、そんな若い頃があったのか。こうして話を聞いても、なかなか想像できない。むしろ、夫を尻に敷きそうな人だと思っていた。

「だから母ちゃんは、何もしないおれに苛立ってるのさ。母ちゃんはいっつも不機嫌だろ。あれは、おれに対して腹を立ててるからなんだ」

松太郎の口振りは、半ば諦め気味だった。実の母親をずっと苛立たせてしまっていることに気づいていて、どうにもできないという状態は、きっと辛いのだろう。松太郎とはもう何度も会っているのに、初めて心持ちに思いが至った。憐れな親子関係だと思った。

「おれは小さい頃から、死んだ父ちゃんがどんな馬鹿らしいことをしたかをさんざん聞かされてきた。島の人はみんな、父ちゃんのことを嗤った。おれが二歳のときに父ちゃんは戦争に行ったから、実は顔も憶えてない。でも、実の父親のことを嗤われれば恥ずかしいし、悔しかった。とはいえ、おれが聞いても父ちゃんがしたことはみっともないと思えた。おれは、父ちゃんのような真似だけはするまいと幼心に誓ったよ」

　先代当主の晋松の話は面白おかしく伝わっているが、決して馬鹿にしているのではなく、むしろ親しみを持って語られているように小五郎は感じている。しかし、実の息子である松太郎はそのようには受け取れないのだろう。立派な父を持っても重荷になるが、嗤われる父親も屈辱的に違いない。松太郎の陰気さが何に起因するか、今初めてわかったように思った。

「話で聞く限り、おれらのじいさんは特別な人だったみたいじゃないか。平太さんも、この島では特別な人だろ。でも、おれの父ちゃんは何も特別じゃなかった。それなのに、じいさんや平太さんみたいになりたいと考えて、ずいぶん阿呆なことをした。その挙げ句、死んだ後まで人に嗤われる始末さ。結局、なんの才もない人間が努力したって、特別な人には敵わないんだよ。それはもう、どうしようもないことなのさ。おれは、自分が凡人だとわかってる。だから何もしないんだ」

　それは、悲しい考えに思えた。凡人の努力が無意味とは思いたくない。これまで深く考えたことはないが、小五郎は己に特別な才がある気はしなかった。つまり、小五郎もまた凡人である。凡人の自分は、この先何もなし得ないのだろうか。

　ぼそぼそと語る松太郎は、ここ数日の松太郎ではなかった。以前の腑抜けに戻っていた。目が濁った、腑抜けの松太郎。そう呼ばれるようになった理由を聞き、小五郎は憐れみを覚えた。本家を継いだ者の悲しみ。小五郎には想像もできない世界の話だった。

「以前に、絵図面を探しに来てもらったとき、徳川の御用金を探していると母ちゃんに言わなかったろ。あれは、おれが出来もしない夢を抱いていると知ったら、母ちゃんが怒るからなんだ。母ちゃんも、おれがじいさんや平太さんとは違うのはわかってる。かといって、父ちゃんみたいに阿呆なことをして欲しいと考えてるわけじゃないんだ。母ちゃんは、おれに地道に生きて欲しいと思ってるんだよ。そのくせ、ほら、秋子って子が教祖様みたいに祭り上げられたら、一ノ屋の名を使って人集めをするのかと怒鳴り込んだりするんだ。本音では、一ノ屋の名を高らしめるようなことをおれにして欲しいんだよ。だからおれは、ひとまず御用金のことは母ちゃんには秘密にしておきたいんだ。見つけて、あっと言わせてやりたかったんだよ」

小五郎はもう、何も言えなかった。松太郎の気持ちはわかるし、その一方で、母親の気持ちもなんとなく察することはできる。一ノ屋とはいったい、なんなのだろう。なんのために存在し、当主は何をするべきなのか。小五郎には難しすぎる問題だが、ひとつだけ言えるのは、自分は本家を継ぐ身でなくてよかったということだけだ。傍系の小五郎は、そんな悩みとは無縁でこれまで生きてこられた。松太郎には悪いが、きっとこれからも無関係のこととして生きていくだろう。できるのはただ、同じ一ノ屋の血を引く者として、こうして話を聞いてやることだけだった。

「徳川の御用金がこの島に眠っているなら、おれはなんとしても見つけ出したい。それ以外に、一ノ屋の当主としておれにできることはないと思うんだ。ただ、もう手がかりは何もない。後は、実際に鍾乳洞に入ってみるしかないだろうな」

「えっ、でも、鍾乳洞に入ったら松太郎さんの父ちゃんと同じでは」

思わず、言い返してしまった。それは愚策ではないのか。父親と同じことを繰り返すだけでは、松太郎まで嗤われてしまう。

「もちろん、準備をきっちりしてから入る。父ちゃんは準備不足だったんだ。ただ、準備には金がかかる。下手したら、とんでもない金がかかるかもしれない。もしそうなら、おれには無理だ。大人になっても、おれには金を稼ぐ手段がないからな。おれは平太さんの情けに縋って生き延びさせてもらっている存在だから」

そうなのか。それは知らなかった。松太郎が平太に養ってもらっていたとは。平太は親戚としてて、一ノ屋を陰から支えていたのだ。

「金のせいで諦めなければならないなら、おれは悔しい。そんなことなら、おれは働きたい。島の外に出て、実入りのいい仕事をしたい。でも、おれにはそんなこと許されないんだ。一ノ屋の当主は、この島にいて子孫を残さなければならないからな。島にいたって何もできない。でも、島の外に出るのは許されない。おれは籠の中の鳥みたいなものだよ」

「だったら、おれが金を稼ぐよ。おれが島の外に出て、金を稼ぐ。で、一緒に御用金を探そう」

深く考えもせず、衝動的に言ってしまった。そこには松太郎に対する憐れみもあったが、単純に自分も御用金探しを続けたいという気持ちが強かった。一ノ屋はお飾りなのかもしれない。まして小五郎のような傍系ともなると、存在意義すらない。しかしイチマツの手引きでこの島に運ばれた徳川御用金が、松太郎と小五郎によって発見されれば、一ノ屋の名を高らしめるどころの騒ぎではない。こんなに夢のある話があろうか。小五郎はこのとき初めて、夢の魔力に魅せられたのだった。

「そうか。そうしてくれるか」

松太郎はようやく海から小五郎の方に顔を向け、表情を崩した。それは笑みのつもりなのだろうが、ほとんど泣き顔に近かった。松太郎は小五郎の肩を摑み、嗚咽をこらえた。そんな松太郎を見て、小五郎も泣いた。

7

子供の頃のちょっとしたやり取りが、その後の生涯を決めてしまうことがある。小五郎の場合が、まさにそれだった。以後も小五郎は、くがに行って金を稼ぎ、島に眠っているはずの徳川御用金を見つけることだけを夢見て過ごした。生活のすべてが、御用金探しのためになったと言っても過言ではなかった。小学校の勉強も、少しでも御用金探しに役立ちそうだと思えば身が入った。その一方、役に立ちそうになければまるで興味が持てなかった。だから学校の成績は、伸びた科目もあればそうでもない科目もあり、総合すれば平均的だった。自分で考えたとおり、小五郎はなんの才も発揮しなかった。

小学校を卒業後は、迷わずくがで働くことを選んだ。この決定には、母が悲しんだ。母は、小五郎は当然、一橋産業で働くものと考えていたのだ。小五郎の父も一橋産業の社員だったし、何より小五郎は一ノ屋の血筋である。望めば迎え入れてもらえるのは間違いなく、実際にそうして縁故を頼って入社した一ノ屋の血を引く者もいた。今は昔に比べて往復が容易になったとはいえ、くがとの心理的距離は未だに大きい。くがで働くのは、外国で働くも同然だった。

「どうしても、くがに行きたいのかい」

最初は単なる世迷い言と軽く考えていた母だが、何度も問答を繰り返すうちに、小五郎の決意が単なる思いつきではないとわかったようだった。小五郎の気持ちを確かめるためというより、己に言い聞かせるかのようにそう確認してきた。小五郎は迷いなく頷く。

「うん、くがで金を稼いで、必ず戻ってくる」

「一橋産業で働けば人並みの暮らしができるっていうのに、それじゃあ足りないのか」

「ああ、足りない」

御用金探しには、何年かかるかわからない。その間、働かなくても済むほどの金を蓄えなければならないのだ。一橋産業に勤めれば、確かに日々の暮らしには困らないだろう。真っ当な生活ができるだけの給金を、一橋産業は与えてくれるはずだ。だが、数年遊んで暮らせるほどの貯金が、果たしてできるだろうか。絶対に無理だと言わなければならない。島で働かずに生きている者など、松太郎以外にいない。皆、日々を生きるために働いているのだ。御用金探しの時間を作るには、圧倒的に金を稼げる職に就く必要がある。

「なんでそんなに金が欲しいんだ」

これを尋ねたのは、父だ。父はずっと、難しい顔をして腕を組んでいる。

「夢のためだ」

すかさず小五郎は答えた。父もまた、問い返す。

「夢とはなんだ」

「それは言えない。言っても笑うだけだから」

「笑ったりしない。お前の夢なら、ちゃんと尊重する」

そう言ってもらい、心が揺らいだ。だが、すんでのところで思いとどまった。やはり、言えない。言ったなら、必ず反対される。

「ごめん。夢は、叶えるためのものだ。語るためのものじゃない」

小五郎もこんなことが言えるまでには成長していた。父も、息子の成長を感じてくれたのだろう。しばらく黙り込んでから頷いて、ひとつの条件を提示した。

「だったら、勤め先は一橋産業に紹介してもらえ。会社の紹介なら、おれも安心だ。それが、くがに行くための条件だ」

「うん、わかった」

むしろそれは、ありがたいことだった。何も知らずにくがに行き、職探しをするのは怖い。一橋産業が紹介してくれるなら、願ったりだった。

「そんなこと、できるの」

母は不安そうに問う。父は難しい顔のまま、首を縦に振った。

「おれも勤めてそれなりに長いし、小五郎は一ノ屋の血を引いている。頼めば聞いてもらえないこともないだろう」

後日、父の口利きで一橋産業の人と会うことになった。会社に出向いて一室で待っていると、中年の男性が入ってきた。島には珍しく、きちんと背広を着てネクタイまで締めている。ずいぶん偉い人なのではないかと、俄に緊張が高まった。

「君が、花岡小五郎君か」

入ってくるなり、席にも着かず男性は確認してきた。小五郎は立ち上がり、身を固くする。

「はい、そうですッ」

「私は濱口新吉という。ここの副社長をやっている」

濱口新吉。イチマツをよく知る人物として、お葉が名を挙げていた人ではないか。そんな大物が出てくるとはまるで予想していなかったので、小五郎は声が出ないほど驚いた。

なにやら新吉は、面白がるようにまじまじと小五郎を見た。笑みこそ浮かべていないものの、目尻に寄った皺はどこか親しみを感じさせる。ずっと見られていることに小五郎が居心地を悪く感じ始めた頃に、「坐りたまえ」と言ってもらえた。

「じろじろ見て、すまないね。ちょっと、懐かしい人を思い出したものだから」

懐かしい人。まさかそれは、祖父のことではなかろうか。小五郎はそう問おうとしたが、緊張で口がうまく動かず、ただぱくぱくと開閉させるだけだった。

「その懐かしい人とは、イチマツさんじゃないかと言いたいのか。そうだよ、君の祖父のイチマツさんだ」

やはり。しかし祖父は、輝くばかりのいい男だったと聞く。ならば、小五郎は似ても似つかないのではないか。

「もちろん、そっくりというわけじゃない。似ている、とも言えないな。男なのにあんなに美しい人は、後にも先にも見たことないからね。ただ、どことなくイチマツさんを思わせるものがあると感じただけだ。少なくとも、うちの社長よりはイチマツさんを思い起こさせるよ」

そう言って、新吉は笑った。社長の平太の顔を小五郎は直接見たことがないが、話で聞く限り、切れ者というよりむしろ阿呆のような顔をしているらしい。だから子供の頃は、ずいぶんと馬鹿にされていたと聞いた。ならば、男なのに美しいと言われる祖父とは似ても似つかないに違いない。新吉が面白がる理由の一端を、少し理解できたように思った。

「さて、くがで仕事を得たいと聞いた」

前置きはここまでとばかりに、新吉は本題に入った。イチマツの話を聞く千載一遇の機会だったのに、緊張のあまりそれを逃してしまった。しまった、と内心でほぞを噛んだが、新吉の言葉を遮って話を戻す勇気もない。質問に対して、「はい」と答えるだけで精一杯だった。

「なぜ、くがなんだ。うちで働けば、高給取りとまでは言わないが、それなりの給金を得られるようにはなるが」

新吉は両親と同じことを問うてくる。当然の質問なのだろう。小五郎は乾いた舌で、なんとか答えた。

「それなり、ではなく、大金が欲しいからです」

「ほう、大金。簡単に言うが、くがに行けば大金が手に入るというわけではないぞ。それはわかっているのか」

「わかって、います」

本当にわかっているのかどうか、自分でも心許なかった。何せ、くがに行くという発想は数年前に浜辺で聞いた松太郎の嘆きの受け売りなのだ。正直に言えば、くがでどんな仕事があるのかもわからない。ただ、辛い仕事も厭わない覚悟はあった。

「なぜ大金が欲しいんだ」

「それは」

　両親への説明と同じところで、言葉に詰まる。イチマツをよく知る新吉には正直に打ち明けるべきなのかもしれないが、それがいい方に転ぶという保証はどこにもなかった。むしろ、言下に否定されて終わってしまう可能性もある。小五郎はすっと息を吸って、覚悟を決めた。

「夢のためです」

「夢。どんな夢か、訊いてもいいか」

「すみません。言えません」

　こんな生意気なことを言えば、仕事を紹介してもらえなくなるかもしれないと思った。だが、だとしてもくがに行くしかないのだ。この決意がある限り、自分はどこへでも行けるだろう。小五郎はそう確信していた。

「言えない。仕事を紹介しろと頼んでおいて、その目的は言えないのか」

　言葉だけを聞けば、新吉は気を悪くしたかのようだが、また目尻には皺が寄っていた。その皺はおそらく、一ノ屋に対する親愛の情なのだ。そう信じて、新吉の好意に賭けることにした。頑として口を噤んでいると、新吉の方から先を続ける。

「紹介してくれないなら、自力でくがに行くという顔をしているな。ふらりとくがに行って、それきり帰ってこないか。さすがはイチマツさんの孫だ」

　果たして新吉は、そんなことを言った。自分の読みは正しかったと、小五郎は胸を撫で下ろした。

「金を稼いだら、必ず帰ってきます」

「ほう。つまり、夢というのはこの島で叶えるものなのか」

「そうです」

「なんだろう。まるで思いつかないな」

新吉はこちらの心底を読もうとするように、じっと小五郎を見つめた。気圧されるものを感じるが、負けるわけにはいかない。胸を張って、新吉の視線を受け止めた。

「じゃあ、長生きして君が帰ってくるのを楽しみにするか。君の夢とやらがなんなのか、非常に興味深いよ」

「えっ、では」

現金にも、ぱっと顔を明るくしてしまった。新吉は苦笑めいた表情を浮かべて、頷く。

「大金を稼ぎたいなら、相当辛い仕事に耐えなければならないぞ。それでもいいのか」

「はい」

「愚問だったようだな。だったら、探しておこう。君はくがに渡る準備をしておきなさい。再来週までには、勤め先を探しておいてあげる」

「ありがとうございます」

立ち上がって、深々と頭を下げた。顔を上げると、新吉は目尻に皺を寄せていた。

8

小五郎は九州の炭鉱に向かった。ひと昔前は、炭鉱夫といえば酷使されるだけで実入りの少ない、搾取される仕事だったそうだ。だが今は待遇がずいぶんと改善されて、金を稼げる仕事になったらしい。ただ、過酷さでは昔と何も変わっていないという。稼ぎと仕事内容をきっちり説明した上で、新吉は「お薦めしない」と言った。初めて金を稼ぐなら、もう少し労働自体を楽しめる仕事にした方がいい、と。

それでもかまわない、と小五郎は答えた。金のためなら、どんな労苦も厭わない。そうした思いは、いつの間にか胸の底に居坐っていた。いまさら、仕事内容を説明されて後込(しりご)みすることはなかった。両親も炭鉱勤めには反対したが、小五郎の気持ちは変わらなかった。

船と鉄道、そしてまた船を乗り継ぎ、北九州に辿り着いた。覚悟はしていたが、炭鉱の仕事は想像を絶した過酷さだった。一日に交替は一度だけなので、実質十二時間労働である。十二時間もの間、地の底に潜って石炭を掘り、ようやく外に出てきたかと思うと疲れきった体は泥のような眠りに落ちてしまう。お天道様を拝む暇すらなく、島暮らしで日焼けしていた小五郎の体は見る見る白くなった。

粉塵が常に鼻と口に入ってきて、坑道に入っている間は飲み物や食べ物の本来の味が味わえない。最初はそれが辛かったが、じきに慣れた。むしろ辛いのは、体力が追いつかないことだった。他の炭鉱夫の中でも、小五郎は最年少だった。当然体は小さく、細く、当初は役に立たなかった。他の炭鉱夫たちの三分の一も働けないのである。組の足を引っ張ってしまうのが情けなく、かといって体は動かず、小五郎は毎日悔し涙を流した。他の炭鉱夫は慰めこそしてくれなかったが、泣いている小五郎を放っておいてくれた。無理もないと、内心で思っていたのだろう。変に慰められなくてよかったと、後に小五郎は考えた。炭鉱夫同士の乾いた優しさが、新入りの小僧にはありがたかった。

あまりに疲れきって食欲すらなくなっていたので、小五郎の体重は減った。だが仕事に慣れてくるにつれ、食べられるようになった。食べてさえいれば、若い体は力を蓄えていく。細かった小五郎の腕は太くなり、一年も経った頃には炭鉱夫らしくなっていた。穴の外に出ればそのまま寝入ってしまうなどということもなく、他の炭鉱夫たちとともに遊ぶ余裕も出てきた。博打は金を蕩尽するのでやらなかったが、酒の味は覚えた。酒は仕事後の楽しみになった。

体を酷使する仕事には慣れても、どうしても慣れないことがあった。死の恐怖だ。炭鉱では、死は突然やってくる。落盤事故は、個人の努力で避けることはできない。生きて穴の外に出られるかどうかは、運任せである。己には運があるのか、ないのか。そんなことを考えながら穴の底に潜っていく生活は、すぐそばに死を感じる毎日でもあった。だから炭鉱夫は、誰もが験を担ぐ。穴に必ず左足から入る者や、ぼろぼろになった手拭いをいつまでも首に巻いている者、女房の陰毛を襟元に縫い込んでいる者、作業中にずっと卑猥なことを口にしている者、様々だった。

小五郎は、己の体に流れる血を強く意識するようになった。一ノ屋の血筋は特別だと、島の者たちは言った。それをこれまで聞き流していたが、炭鉱に来てからは心のよりどころになった。おれには特別な血が流れている。ちょっとやそっとのことでは死なない。そう己に言い聞かせ、左肩にあるイチマツ痣を触ってから、穴に入る。それが小五郎の験担ぎだった。

事故は、必ず起こる。小五郎も一度、落盤事故に巻き込まれた。突然崩れた土に埋められ、身動きが取れなくなった。だが幸い、梁と梁がぶつかり合ってできた狭い空間にうまく入り込んでいた。下半身は土に埋まっているが、顔は出ているし周囲の空間に空気もある。「おーい」と助けを呼ぶ元気すらあった。

数時間後に助け出されたが、自分が並外れた強運に助けられただけだったのだと、他の者たちの顔を見て察した。落盤によって、組の仲間が三人も死んだ。炭鉱で人死には珍しくないが、いっぺんに三人はやはり多い。生きていた者も、手足の骨折は避けられなかった。どこの骨も折れずにいたのは、小五郎だけだった。

それ以来小五郎は、組の中で幸運の象徴のように扱われた。誰も気にしていなかった左肩を触る験担ぎの由来を訊かれ、島における一ノ屋の立場を説明した。するといっそう、炭鉱に福をもたらす者だと周囲に目された。島ではなく遠く離れた九州の地で、小五郎は奇しくも祖父と同じ立場に立つことになったのである。炭鉱夫たちの多くは、穴に潜る前に小五郎の左肩をぽんと叩くようになった。それがただの験担ぎであっても、皆に幸運を分け与えているかと思うと誇らしかった。

炭鉱夫の楽しみといえば、昔から飲む打つ買うと決まっている。炭鉱内に居場所を見つけた小五郎には親しい仲間ができ、遊びに誘われることも多くなった。だが金を貯めることが目的の小五郎は博打に手を出さず、女遊びもしなかった。それを仲間たちは堅物故と考えたが、そうではなく単に金が惜しいだけだった。女に対しての興味は人並みにあったが、松太郎との約束が小五郎を縛りつけていたのである。徳川御用金を発見したときの圧倒的な喜びを想像すると、女遊びの楽しさなどごくごく小さいものに思えてしまうのだった。

そんな小五郎の生活範囲にも、女っ気がまったくないわけではなかった。たまの休みに飲み屋街に繰り出せば、そこで働いている女がいる。小五郎は料理が旨(うま)い居酒屋の馴染みになり、店で働いている若い女とひと言ふた言、言葉を交わすようになった。女の名は里子(さとこ)といった。

まだ二十歳前だという里子は、小五郎と同じくらいの年格好だった。世慣れておらず、気性が荒い炭鉱夫たちのからかいにすぐ顔を赤くする純情さを保っていた。だからなのか、同じ年くらいであり、からかいの言葉を口にしない小五郎に、安堵するものを覚えていたのだろう。さして会話が弾むわけではなく、親しくなった実感はなかったのに、店に行けば注文していない小鉢をつけてくれたりするようになった。これは、と尋ねると、顔を赤らめて厨房に去っていってしまう。お前だけにくれたんだよ、と仲間たちが囃し立てた。

それが幾度も続くので、きちんと礼をしなければと小五郎は考えた。何かを買おうと思いつついたものの、女がどんな物を喜ぶのかまるで見当がつかない。仕方なく、炭鉱で働いている女のひとりに相談したところ、あっという間に噂が広まってしまった。外堀を埋められたような状態になり、抜き差しならなくなった。里子を遊びに誘い出さなければ人でなしだ、と周囲にやいのやいの言われ、小五郎も腹を固めた。周りに唆されたようなものだったが、悪い気はしなかった。

今度の日曜日、太宰府天満宮に行かないか。緊張でガチガチになりながら、里子を誘った。里子は顔を真っ赤にしたが、はっきり「うん」と頷いた。その返事を聞いて、小五郎の胸に喜びが満ちた。女に受け入れられる喜びを、小五郎は知った。

太宰府天満宮では、門前町で女物のハンカチーフを買った。むろん、炭鉱の女たちの助言に従ったのだ。里子は最初遠慮し、小五郎が強引に受け取らせると俯いた。気分を害したのかと不安になったが、そうではなく、嬉しさのあまり涙ぐんでいたのだった。一生大事にする、という里子の言葉は、その場限りのものとは思えなかった。小五郎もまた、里子のことを一生大事にしたいと思った。

里子は決して器量好しではなかった。おとなしい性格も相まって、いるかどうかもわからない目立たない容姿である。だが心が通じ合ってみれば、どんな女よりもかわいらしく思えた。小さい目も、歯並びが悪い口許も、何もかも愛らしかった。

問題は、小五郎の側にあった。小五郎は里子と親しくなっても、九州の地に骨を埋める気はなかった。いずれはここを去らねばならないのである。それを言い出しかね、付き合って一年もする頃から関係がぎくしゃくし始めた。思い煩う小五郎の気配を察し、自分に問題があるなら言ってくれと里子は懇願したが、いつかは島に帰ると宣言すればそこで里子との仲が終わってしまうと恐れ、言えなかった。里子は泣いた。

気づくのが遅かったが、里子は食事が喉を通らなくなっていたのだった。もともと細かった里子はさらに痩せ、ついに倒れた。その知らせを聞き、小五郎は里子の枕許に駆けつけた。自分の態度のせいで里子が倒れたのかと思えば、申し訳なさで消え入りたくなる。里子の骨と皮ばかりになってしまった手を握り、己の夢を語った。おれはいつか、島に帰らなければならない。でも、その日がずっと先ならいいと望んでいる。相反する思いに苦しむ胸の裡(うち)を、すべて吐き出したのだった。

あたしも連れてって。里子は言った。あたしもついていく。一緒に島に行く。あなたと一緒に御用金を探す。寝床に就いたままの里子は、うわごとのように何度も繰り返した。それは、小五郎が予想もしない言葉だった。九州生まれの里子を、遥か遠くの島まで連れていくという発想はなかった。だが里子は、ついてきてくれると言う。里子と別れずに済む方策があったことに驚き、やがて歓喜が込み上げてきた。一緒に帰ろう、そう言って里子を強く抱き締めた。

そして小五郎は、島に帰ってきた。金と、愛する女を手に入れ、島に帰ってきた。船の甲板から島影が見えてきたときは、不覚にも目に涙が浮かんだ。傍らに立つ里子が、心境を察したように小五郎の手の甲に己の手を載せる。小五郎はその手に、さらに自分の右の手を重ねた。

9

港には母と、それから松太郎がいた。船の甲板に立つこちらに気づくと、大きく手を振ってくれる。小五郎も振り返し、あれが母と松太郎だと里子に説明した。里子は手を振らず、律儀に頭を下げた。義理の母となる人との対面に、緊張しているようだ。

両親と松太郎には、この日に帰ると電報で報せてあった。父がいないのは、仕事があるからだろう。母は心持ち老けたが、松太郎は何も変わっていない。だが向こうは、小五郎を見て目を丸くしていた。少年の体型だった小五郎は、今や筋骨隆々の逞しい男になっている。その変貌は、衝撃的だったようだ。

「おっかあ、帰った。松太郎さん、帰ってきたよ」

渡り板を歩いて港に降り立ち、ふたりに挨拶をした。母は瞬きも忘れた様子で、上から下まで小五郎をまじまじと見た。

「小五郎、ずいぶん立派になって」

「嫁まで連れて帰ってくるとは、小五郎も一人前だな」

横から松太郎が口を挟み、小五郎の左肩を軽く叩く。里子は硬い声で、己の名を名乗って頭を下げた。母は「まあまあ、よくこんな島までいらっしゃいました」と応じた。

「小五郎がお嫁さんを連れてきてくれるなんて、こんな嬉しいことはないよ。島にいたら、嫁取りどころじゃなかったからねぇ」

母は奇妙なことを言う。嫁取りどころではないとは、島で何かあったのだろうか。しかし見渡したところで、特に変わった様子もない。どういう意味だと問うても、そのうちわかるよと返されるだけだった。

「島は今、ひどいもんさ。お蔭でおれも、一ノ屋の跡取りだというのに嫁の来手もなくて未だに独り身だ」

松太郎は肩を竦めて、小五郎と里子を代わる代わる見る。「いいなぁ」とぼやく声は、本気で羨ましそうだった。

「なんだよ、何があったんだ」

「説明が難しいというか、馬鹿馬鹿しいというか、まあそのうちわかるよ」

松太郎は母と同じことを言う。隠しているわけではなく、ひと言では言えない何かがあるらしい。そのうちわかるなら、無理に説明を求めることもない。そう考えて、引き下がった。

やっぱり炭鉱の仕事は辛かったのか、とか、九州はどんな場所なんだ、などと、ふたりには質問攻めにされた。炭鉱で年上の者たちに交じるうちにすっかり口数が少なくなっていた小五郎だが、この日ばかりは喋らざるを得なかった。母は近隣の者を集めて宴会をするつもりだという。その支度に台所に立ったので、里子が手伝うと申し出た。島の風習を知らない里子に手伝いは難しいのではないかと思ったが、坐らせておくわけにもいかない。台所の方を案じつつも、松太郎の好奇心に応え続けた。

幸い、母と里子はうまくやっていたみたいだが、料理の味つけなどを手伝ったわけではないようだ。九州とここでは、味つけがあまりに違いすぎる。小五郎は九州の味に慣れたから里子の味つけでかまわないのだが、この家に同居するからには里子が島の味を覚えなければならないだろう。馴染むまでの苦労を思うと、わかっていたことではあるが里子に対して申し訳ない気持ちになった。

夜には近隣の者だけでなく、耕一も駆けつけてくれた。耕一は結局、一橋産業に就職したのだ。耕一は様変わりした小五郎に驚いていたが、耕一もまた大人になっていた。きちんと七三に分けた髪型が、いかにも勤め人である。互いに、「立派になったなぁ」と同じことを言い合った。

「ひょろひょろしていた小五郎がこんなに逞しくなるなんて、まるで別人だな。道ですれ違ってもわからないよ」

耕一は面白がるように、小五郎の二の腕を揉んだ。小五郎の二の腕は今や、痩せた女の太腿くらいある。たとえ漁師であっても、ここまで腕が太い男はまれなのではないか。力仕事は無縁の耕一とは、もはや比べるべくもなかった。

「耕一こそ、背広が似合いそうじゃないか。まさか島で働いているとは思わなかったよ。くがに帰ろうとは考えなかったのか」

　父親が未だに島にいるからそのまま残ったのだろうが、望めばくがで働く道はあったはずだ。耕一は笑って首を振る。

「ぼくはもう、この島の人間だよ。本土は行く場所であって、帰るところじゃないね」

　そう言って、ビールを呷る。小五郎もまた、今日はビールを飲んでいた。九州でも島でも、ビールは同じ味がした。

「立派になったと言えば、嫁さんまで連れ帰ってくるとは大したもんじゃないか。嫁がいる若い男なんて、今や数えるほどしかいないんだぜ。本土で嫁を見つけてくるのは、大正解だったよ」

　立ち働いている里子を目で追って、耕一は言う。またこの話だ。なぜ、島では嫁が見つけられないのか。

「つまり、耕一も女はいないのか」

「いないねぇ。やっぱり本土に行こうかな」

　冗談めかして、耕一は口をへの字に曲げた。もう、そのうちわかるなどと言われて引き下がるのは難しかった。小五郎は直截に問うた。

「何があったんだ」

「小五郎のおばさんのせいだよ」

　おばと言われても誰のことだかわからなかったが、じっくりと聞かせてもらっておよそのことが理解できた。いや、理解できたとは言いがたいが、どういうわけか男女の仲が険悪になったことだけは了解した。周りにいた者たちが、口を挟んでくる。

「くがで女を見つけてくるなんて、小五郎は賢いよ。島の女はみんな、生意気でかわいくないからな」

「賢しげなことばっかり言いやがって、こっちも島の女を相手にする気なんかないから、くがまで行く船賃がかかっていけねえ。お蔭で毎月、火の車だ」

「お前の嫁さんはおとなしそうでいいなぁ。羨ましいよ」

よほど鬱積が溜まっているのか、島の女に対する愚痴がとめどもなく溢れ出した。数年留守にしただけで、これほど島の雰囲気が変わるとは驚きだった。それがひとりの女の仕業とは、むしろ大したものではないか。だからといって、その容子という人に会ってみたいとはさらさら思わなかったが。

酒がたくさんあったわけではないので、宴席は小一時間ほどでお開きになった。小五郎が帰ってきたことを知らせるための席だったので、それで充分なのである。加えて、近隣に里子をお披露目する意味もあった。里子は一度も坐ることなく働き、島の者たちに好印象を与えた。里子が受け入れられることを、小五郎は疑っていなかった。

ほとんどの者が帰っても、松太郎と耕一は残った。三人で庭に出て、並んで立つ。松太郎は月を見上げて、切り出した。

「ところで、小五郎。くがに行ったときと気持ちは変わっていないのか」

「もちろんだよ。おれは徳川御用金を探すために帰ってきたんだ」

「そうなのか。さすがは小五郎だ。ぼくたちはずっと、お前が帰ってくるのを待ってたんだぞ」

松太郎と反対側に立つ耕一が、嬉しげに言った。まさか、それが理由で耕一は島に残ったのか。驚いて顔を見ると、耕一は苦笑した。

「変か。もともとこの島に徳川御用金があるかもしれないと言い出したのは、ぼくだぜ。ぼくを仲間外れにしないでくれよ」

「耕一は賢いから、大人になってまでこんな話に加わるとは思わなかったんだよ」

あまりに意外だったので、松太郎の前だというのに「こんな話」と言ってしまった。しかし松太郎は気を悪くしたりせず、小五郎の肩を平手で叩く。

「耕一もただ待ってただけじゃないんだぜ。島にはもともと、わかっている範囲を書き留めた鍾乳洞の地図があった。それを頼りに、おれとふたりで鍾乳洞に入って少しずつ地図を書き足してたんだからな」

「そうなのか」

小五郎と松太郎が徳川御用金にこだわるのは、自分たちの中に流れる血を意識するからだ。つまり耕一は、付き合う義理がないのである。それなのに子供の頃の約束を反故にせず、いつ帰るかわからない小五郎を待っていてくれたとは、胸が熱くなる思いだった。一ノ屋の血など関係ない、おれたちは財宝を探す仲間だと、この瞬間初めて小五郎は強く思った。

「あいにくぼくは勤めがあるから、日曜日しか加われないけど、仲間に入れておいてくれよ。実際に鍾乳洞に入れない分、知恵は出すからさ」

「耕一の知恵があれば、百人力だ」

むしろ、耕一の知恵なくして御用金は見つけられないだろう。一ノ屋の正嫡である松太郎、知恵袋の耕一、そして資金を準備した小五郎。この三人が揃えば、いずれ必ず御用金を見つけられると確信した。

「日曜日しか参加できないけど、御用金が見つかったらちゃんと三分の一はもらうぞ」

耕一はちゃっかりと、そんなことをつけ加えた。その現金さに、思わず大声で笑った。松太郎も吹き出し、耕一もまた自分の言葉に笑う。ああ、島に帰ってきた。小五郎は実感した。

10

島に帰ってきて最初の大仕事は、里子との祝言だった。祝言とは具体的にどういうことか、小五郎は何も知らなかったが、母が準備を始めてくれていた。女を連れて帰ると小五郎から連絡を受けたときから、花嫁衣装を作り始めていたらしいのだ。親の反対を押し切って九州を出てきた里子は、ほとんど身ひとつで来たようなものである。だが母のお蔭で、里子は恥をかかずに済んだ。

祝言は、島じゅうの人が集まったのではないかと思えるほど盛況だった。大して親しくもない人や、誰だかわからない人までがやってきて、家の周りで勝手に酒盛りをした。どうやら、祝言自体が久しぶりのことなので、関係ない人まで祝いたい気分になったらしい。こんなにも盛大に祝ってもらえる自分たちは幸運だと、小五郎は思った。母が縫った白い花嫁衣装をまとった里子は、いつもよりずっと美しく見え、それもまた小五郎の幸福感を高めてくれた。祝言の間、里子は恥ずかしいのか終始俯いていた。

祝言が終われば、いよいよ財宝探しである。まず最初に、一ノ屋屋敷に集まって現状の確認をした。松太郎は「驚くなよ」と前置きして、小五郎の前に木札を置いた。掌より少し大きいくらいの木札には、なにやら文字が書いてあった。

「これは、おれと耕一で見つけたんだ。鍾乳洞の中にあったんだ」

「へえ」

道しるべみたいなものだろうか。字は掠れていて、なんと書いてあるのかわからない。改めて覗き込むと、横合いから耕一が説明した。

「これ、一って書いてないか」

「ああ、そうだな。確かに一だ」

「何、呑気な声を出してるんだ。一だぞ。一ノ屋の一だ」

焦れたように、松太郎が強調する。そうか、といまさら驚いた。

「これはきっと、じいさんが残した道しるべだ。財宝のある場所に繋がっている道に、これを残していったんだよ」

「すごいじゃないか。見つかったのはこれだけか」

確認すると、ふたりは少し残念そうに頷く。本当ならいくつも見つけておき、財宝への道筋をつけておきたかったのだろう。だが、ひとつだけでもこのようなものが見つかったのは大きな前進だ。鍾乳洞にはやはり、何かがあるのだ。

「これが、おれたちふたりで書き足していた地図だ。この木札は、ここにあった」

畳に広げた地図は、思ったより大きかった。ここまでが村で作ってあった範囲、ここから先が書き足した部分と、耕一が説明してくれる。そして木札は、書き足された部分にあった。つまり、まだ村の者が踏み入っていなかった場所にあったのだ。

「そうなのか。地図に書いてなかった場所にあったなんて、おかしいな」

小五郎の感嘆の声に、松太郎は嬉しげに胸を張る。

「そうだろ。おかしいんだよ。だからおれたちは、この道をどんどん先に進むべきだと考えている。それが、当面の方針だ」

「いいね」

異論はなかった。くがに行く前は雲を摑むような話だと考えていたが、自分がいない間にこんなにも手応えを感じられる状況になっていたとは。もはや財宝探しは、夢物語ではないと思えた。

木札があった場所までは片道小一時間ほどで行けると言うので、鍾乳洞に入ってみることにした。といっても、穴に潜るのは馴染みの感覚である。炭鉱と違うのは、穴が自然にできたものだという点だ。坑道に入れれば汗だくで働かなくてはならないが、鍾乳洞の中はむしろ寒いだろう。しかし、暗闇に対しては耐性がある。暗い穴の底に潜っていくことには、まったく恐怖を覚えなかった。

松太郎たちはカンテラを用意していた。さすがにもう、蠟燭と提灯ではないようだ。そのことに感心しながら、カンテラを持って先頭を歩く松太郎についていく。やはり鍾乳洞の中は、坑道よりずっと寒かった。

「カンテラの油代も馬鹿にならないから、そうしょっちゅう中に入っていたわけじゃないんだよ」

歩きながら、松太郎が説明する。それはやむを得ないだろう。そのために、小五郎がくがで金を稼いできたのだ。油代に関しては、今後任せて欲しかった。

炭鉱で経験したことなどをつらつら話しながら進むうちに、目指す地点に着いた。「ここだ」という松太郎の言葉とともに、立ち止まる。カンテラが照らす先は、三つ叉に分かれていた。

「たぶん、この道のどれに進めばいいかを、木札は示していたんだろう。でも、おれたちが見つけたときは地面に落ちていた。だから残念ながら、どの道が正解なのかまだわからないんだ」

「釘で打ちつけてあったようだから、その跡がないかと岩壁をさんざん探したんだけどね。釘の穴が開いていていた部分が欠け落ちてしまったらしくて、跡は見つけられなかったんだ」

松太郎と耕一が、交替で説明をする。そういうことなら、仕方がない。三つ叉のすべてを探すまでだ。

「要は、次の木札が見つかればいいんだろ。根気よく探していれば、いずれ必ず見つかるよ。当てもなく鍾乳洞に潜っていかなきゃいけないと思っていたから、それに比べればずっとましだ」

「そうだな。あの木札は、すごく大きな手がかりだと思うよ」

松太郎が頷く気配がする。暗闇の中に紛れて顔が見えないが、きっと今の表情は腑抜けの松太郎ではないはずだと思った。

今日は鍾乳洞に入った時刻が遅かったから、探索はここまでとした。外に出て改めて、前途に希望があることを喜ぶ。その夜は小五郎の家で、三人で酒を飲んだ。里子は給仕に忙しく動いていて、最後まで座に加わらなかった。

そして翌日から、本腰を入れて鍾乳洞探索を開始した。耕一は勤めがあるので、松太郎とふたりで穴に入る。島に来る前は、里子も一緒に探したいと言っていたのだが、実際にここでの生活を始めてみれば母を置いて財宝探しに加わるわけにはいかないとわかったようだ。少し心苦しかったが、里子は家に残してきた。

木札があった三つ叉から、松太郎と耕一は少しだけ先に探索を進めていた。今後はそれを、小五郎が引き継ぐことになる。やるべきは、命綱のロープをしっかりと張り、鍾乳洞を奥へと進んでいくことである。地図が大きくなっていくほどに、財宝に近づいていくはずだった。

鍾乳洞に入っては出てくるだけの毎日が始まった。変化がないようだが、そんなことはない。地図に記す範囲が広がっていくのは、小五郎にとって快感だった。何より、すでに開いている穴をただ辿るだけの作業は、炭鉱での労働に比べて格段に楽だった。楽しいと言ってもいい。そんな小五郎の気分につられ、財宝探しに少し飽き始めていたらしい松太郎も気分が浮き立ったようだ。「やっぱり小五郎がいると、頼もしいな」と言ってくれた。

「お帰りなさい」

家に帰ると、里子が迎えてくれる。小五郎の帰宅を受けてぱっと表情を明るくする里子は、いとおしくてならなかった。汚れた足を里子に洗ってもらいながら、今日の出来事を尋ねる。

「近所に話し相手はできたか」

最近の質問は、いつもこれだった。里子と同年代の女も、島にはたくさんいる。そうした女たちと親しくなってくれれば、里子を家に置いて鍾乳洞に向かう後ろめたさも少しは減じるのだがと考えている。だが、今日も里子は首を振った。

「ううん。挨拶くらいはするけど」

よそ者を爪弾きにするような空気は、島にないはずだった。昔はともかく、今は一橋産業のお蔭でくがと島とを大勢の人が行き交うようになった。とはいえ、小五郎の記憶とは少し様相が違っていることにも気づいていた。くがから来た人が減っているようなのだ。それは、男女がいがみ合うこのぎくしゃくした雰囲気と大いに関係しているのだろうと察しがついた。

そのせいもあり、夫がいる里子は受け入れられずにいるのかもしれない。ふと、小五郎は思い至った。同じ年くらいの女たちは、結婚どころか男と口も利かない。男を汚らしいものとでも思っているかのようだ。それでは、夫持ちの里子とは話が合わないだろう。まして、育った環境も違う。爪弾きにする意地悪さはなくても、なんとなく交わりにくくなっているのが実情なのかもしれなかった。

「そのうち、仲がいい友達もできるよ」

小五郎は楽観的に言った。こんないがみ合いがいつまでも続くはずがない。いずれ雰囲気が和らぎ、また普通に男女が付き合えるようになるだろう。小五郎は高を括っていた。

「そうだといいけど」

小五郎の言葉を受けた里子の声は、先ほどの笑顔とは打って変わって低くくぐもっていた。

11

　木札が落ちていたのは、三つ叉に分かれる岐路の、ちょうど真ん中辺りだったそうだ。それは三差路の中央こそが正しい道であると示しているかのようだが、必ずしもそうではないと松太郎と耕一は言う。地面に落ちた弾みに、真ん中に転がったかもしれないからだ。

　とはいえ、まるで手がかりなしに先に進むのも上策とは言えないので、一応真ん中の道を探索しているらしい。しかし今のところ、次の木札は見つかっていない。三差路の中央の道も、先でいくつにも分岐している。それらの分岐をまだ潰し切れていないそうだ。

「でも、そもそもこの木札があった場所が、入り口からかなり奥に入ったところじゃないか。そんなにたくさん木札を置かなかったのかもしれないぞ。まだ次が見つからなくても、当然だよ」

　小五郎は自分の考えを述べる。松太郎と耕一は頷くが、そんなことはすでに考慮済みだったようだ。

「もちろん、おれたちもそう考えている。ただ、もっと入り口に近い木札は、誰かが意味もわからずに回収しちゃったのかもしれない。何しろこの範囲までは、村の人も入って地図に書き残していたんだから」

「ああ、そうか」

　財宝が眠っているかもしれない、と疑っていなければ、木札もただのゴミだ。わざわざ持ち帰らなくてもいいだろうとは思うが、親切のつもりで拾って帰った人がいてもおかしくない。つまり、確かなことはまだほとんどわかっていないということだ。そう思うと、この木札だけが確固とした事実として非常に大事になってくる。

「やっぱり、次の木札だな。次の木札を見つけることに、全力を注ごう」

「ああ」

小五郎の呼びかけに、ふたりは真剣な顔で頷いた。御用金探しは、まだ緒についたばかりなのだった。

だが、時間の制約がないのは小五郎だけだった。耕一は会社勤めがあるし、松太郎もそれほど頻繁ではないが村での務めがあった。一ノ屋の当主として、挨拶に駆り出されることがあるらしい。例えば島で新しい家を建てるときは、地鎮祭を行う。島には寺はあっても神社がないので、地鎮祭は仏式となる。しかし普通の仏式と違うのは、その場に松太郎も加わることだ。仏式ではあるが、神事という側面もあるためだという。松太郎は神主の代わりなのだった。

他にも、誰かが死ねば必ず葬式に顔を出すし、村の寄り合いにも出る。もし祝言があれば、それにも出席しているところだったろうと松太郎は言う。一ノ屋の当主にそんな務めがあるとは知らなかったので驚いたが、どうやら松太郎の代になってからのことらしい。松太郎の母親が、一ノ屋の存在意義を示すためにそうした行事には必ず出ろと命じたそうだ。今や一ノ屋の当主も、ただ遊んで暮らしているだけの存在ではなくなっていたのだった。

だから、御用金探しの主導権は自然と小五郎が握ることになった。松太郎がいないときは、ひとりで鍾乳洞に入って探索した。松太郎が忙しいときは自分も休めばいい、とは考えなかった。何しろこの三年、御用金探しのために身を粉にして働いたのである。一日ですら休むのは惜しかった。

とはいえ、夜になれば必ず家に帰る。小五郎としては里子に寂しい思いをさせているつもりはなかったものの、どこか表情に憂いを感じさせるようになったことには気づいていた。母と折り合いが悪いのかと案じたが、別にそうでもなさそうだ。何しろ今は、どこの家にも嫁が来ないのである。せっかく遥か九州から嫁いでくれた嫁を、母がいびったりするわけがなかった。母は優しく島の風習を教え、里子も素直にそれを聞いているらしかった。

だから里子の憂いは、もっぱら友達がいないことが原因だろうと小五郎は考えていた。話し相手が母だけでは、いくら優しい姑でも息が詰まるのかもしれない。同年代の友達と、気兼ねなくお喋りしてこそ羽を伸ばせるというものだ。島の女と親しくなるのは時間の問題と思っていたが、残念ながらなかなか解決しなかった。

心配なのは里子だけではなかった。島に帰ってきて三ヵ月ほど経った頃から、松太郎がまた沈みがちになったのである。御用金が見つかる明るい未来しか思い描いていない小五郎からすると、松太郎の暗い表情は不思議でならない。なぜもっと物事を楽観的に考えられないのかと思うが、生まれ持っての性質は自分でも変えられないようだった。

「もし御用金が見つからなかったら、おれはどうなっちゃうんだろう」

あるとき、鍾乳洞の暗闇の中でそんなことをぽつりと言い出した。耕一がおらず、小五郎とふたりだけのときである。鍾乳洞に入る前から、なんとなく様子がおかしいとは思っていた。松太郎の暗い声は、暗闇の中で陰[illegible]と響いた。

「どうなっちゃう、って、どう[illegible]ならないだろ」

小五郎は答えたが、松太郎はそ[illegible]に届いているのかいないのかわからない反応をした。

「もし見つからなかったら、きっとお[illegible]じゅうの笑いものになるんだ。馬鹿みたいな夢を見て、結局何もできやしない穀潰し(ごくつぶ)だ、って[illegible]は二代続けて阿呆が当主になった、って」

「何言ってるんだよ。誰もそんなこと言わないよ[illegible]そも、松太郎さんの父ちゃんだって阿呆なんて呼ばれてないだろ」

半ば呆れて、言い返した。どうしてそう、後ろ向きの考え[illegible]のだ[illegible]見つからなかった場合など、小五郎は想像したこともなかった。いずれ必ず見つかると、頭から信じているのである。

「いや、呼ばれてるよ。父ちゃんは島じゅうの人に馬鹿にされてたんだ。小五郎が知らないだけだよ」

それはただの思い込みではないか、と小五郎は思うが、いくら否定しても無駄だろうことはわかった。父親のしたことが面白おかしく語られ続けている環境で、松太郎が鬱々とした日々を送っていたことは知っている。目標を得たことでそんな生活も終わりにしたものと思っていたが、どうやら三ヵ月経っても進展が見られないことでまた憂鬱な気分が舞い戻ってきたらしい。

「父ちゃんを馬鹿にされているのが悔しいからこそ、御用金を探してるんだろ。父ちゃんの名誉回復のためにも、絶対に御用金を見つけないと」

「そうだな」

一応、松太郎は納得した。しかしそれからも、松太郎はたびたび同じ愚痴を垂れた。松太郎の気分には波があるのだった。気分が上向きのときは至極明るく、率先して鍾乳洞探索に臨む。だが一度沈むと、聞いている方がうんざりするほど延々と後ろ向きのことを言い続けるのだった。明るいときの松太郎はいいが、落ち込んでいる松太郎と一緒に鍾乳洞に入るのはいやだった。そんなときは、付き合わなくてもいいから家にいてくれと密かに思った。

そうしたこともあって、耕一が来てくれる日曜日は松太郎を休ませることにした。耕一は情緒が安定していて、いつ会っても快活だった。そのことに救われる心地がして、耕一との探索は楽しかった。小学生の頃、徳川御用金のことを考えて胸を躍らせた日々が甦る。日曜日が待ち遠しくなり、たまに耕一に用があって同行してくれないときはひどく残念に感じた。

松太郎の愚痴は、埋蔵金に関することだけではなかった。将来の不安を口にされるだけでも滅入るのに、松太郎は女房持ちの小五郎をしつこいほどに羨むのだった。「いいよなぁ、小五郎は」というぼやきを、何度聞かされたかわからない。いつまで経っても独り身の己を、松太郎は託つのである。

「一ノ屋の当主の役目なんて、子を残すことだけだろ。いつか生まれるかもしれない、幸運を招く色男に望みを託すために、おれは生かされてるんだ。それなのに、嫁の来手がないんだぜ。こんなに空しいことがあるか。おれはなんのために生きてるんだ。まったく無意味じゃないか」

こんなに男女がいがみ合う雰囲気でなければ、一ノ屋の当主である松太郎にはとっくに縁談が寄せられていただろう。どこかの育ちのいい女と、仲睦まじく暮らしていた頃のはずである。それを思うと確かに気の毒だが、小五郎にしてやれることは何もない。羨まれるのも、気が重かった。

「一ノ屋はおれの代で終わりか。いやいや、そんなわけにはいかない。もしおれがこのまま独り身で死ぬようなら、一ノ屋は小五郎の子供に継がせるよ。いいだろ」

そんなことまで言い出した。さすがにそれには、ひと言言い返さずにはいられなかった。

「馬鹿を言うな。松太郎さんだってまだ若いじゃないか。生まれてもいないおれの子供のことなんて、考えるな。そのうち、松太郎さんにもいい人が見つかるよ。心配するなって」

心配性の人間に「心配するな」と言っても、空しいだけである。それはわかっていても、他に言葉がなかった。一ノ屋の跡取りという立場がこの松太郎の性格を形成したのであろうし、そのことは理解しているつもりではあるが、さすがに小五郎も辟易し始めていた。できることなら一喝して、松太郎の心に強い芯を植えつけてやりたかった。

それもこれも、小五郎が戻ってきても御用金探しにまるで進展が見られないのが原因だった。次の木札が見つからないまま、あっという間に一年が過ぎようとしていた。

12

「九州は楽しかったな」

あるとき、ふと内心の本音が漏れたかのように、里子がぽつりと言った。聞き捨てならず、小五郎は目を見開く。里子がそんなふうに思っているとは気づかなかった。いや、正確に言えば違う。そう考えていてもおかしくないと思っていても、あえて気づかない振りをしていたのだった。目を背けていた現実をついに突きつけられ、しかしどうすることもできず、小五郎は絶句した。

「き、九州に帰りたいのか」

しばし言葉に迷った末に、そんな直截な問いかけになった。うん、と答えられたらどうしよう。そんな恐怖が、背中に冷や汗をかかせる。里子はふと我に返ったように顔を上げ、「あ」と小さい声を発した。

「あたし、何か言ったかしら」

「い、いや、何も」

己の呟きに気づいていないはずがない。これはおそらく、発言を取り消したいという里子の意思表示だろう。そう解釈して、小五郎も何も聞いていない振りをした。ただそれは、問題を先送りしただけのことだとわかっていた。

確かに、里子は九州時代の方がもっと朗らかに笑っていた。島に来てから、めっきり笑顔が減った。食べ物や風土、言葉まで違う遠方にひとりでやってきて、親も知人もおらず、新しく友達ができるわけでもなく、ただひとりの頼りである小五郎は里子を置いて毎日鍾乳洞に行ってしまう。心細く、かつつまらなく感じるのも、考えてみれば当然だった。もっと里子に気を使ってやるべきだった。

とはいえ、小五郎が里子に友達を与えてやれるわけではないし、鍾乳洞に行くのをやめることもできない。人並みに日曜日くらいは休めばいいのかもしれないが、そうすると耕一とともに鍾乳洞に入る機会が失われる。松太郎との気が滅入る同行に耐えているのも、日曜日は耕一が来てくれると思えばこそだ。日曜日に休むことは、どうしてもできなかった。

考えた末に、当初の約束どおり里子も鍾乳洞に連れていくことにした。もともと里子は、小五郎の探索を手伝う気満々だったのである。母に気兼ねして家にいさせるようにしたが、一年も経てば充分ではないか。もっと夫婦の時間を増やすためにも、里子を連れていこうと決めた。

「うん、行く」

久しぶりに里子は表情を明るくした。里子のこんな顔を見るのは、もしかしたら島に来てから初めてかもしれないと気づく。だとしたら、本当に悪いことをしていたものだ。この明るい表情こそ、小五郎が惚れた本来の里子だった。

母は快諾してくれるものと思っていたが、いざ話してみると少し予想と違った。反対こそしなかったものの、どこか渋々といった体だったのだ。「里子まで連れていくのかい。まあ、しょうがないね」というのが、母の返事だった。それを聞いて初めて、実は小五郎の行動を母は面白からず思っていたのだと気づいた。

それはそうか、といまさらながら悟る。他の家の息子は、漁師になるか会社勤めをするか、ともかく真面目に働いているのだ。対して小五郎は、ぷいっとくがに行ってしまったかと思うと、ようやく帰ってきてみれば道楽にしか見えないことをやっている。親としては、まともに働いて欲しいと願うのは当然だろう。しかし小五郎には蓄えがあるから、文句が言えない。加えて嫁まで道楽に連れていくとなれば、面白く思わないのは自然なことだった。

己の夢を追い続けるのは難しいものだ、小五郎は認識する。周りの理解は得られず、たとえ誰にも迷惑をかけていなくても、決して歓迎はされない。小五郎はまだ、松太郎と耕一という仲間がいるだけ幸せだった。夢を見るという行為は本来、孤独なことなのかもしれなかった。

里子は炭鉱の坑道の雰囲気は知っていても、鍾乳洞に入ったことはなかった。だから初めて連れていったときは、子供のように「うわーっ」と声を上げ、はしゃいだ。見るものすべてが珍しいらしく、「どうして中は寒いの」「どうして地面が濡れてるの」「どうしてあちこちにとんがった岩があるの」と何度も問いを投げかけた。それに対して答えるのは、こちらもまた久しぶりに陽気な松太郎だった。「地の底の冷気が込み上げてきているからだよ」「鍾乳洞の奥には大きな湖があって、その水があちこちの壁に沁みているんだよ」「これは岩に見えるけど、珊瑚みたいな生き物なんだ。ものすごくゆっくりと成長しているらしいぜ」などと、少し眉唾物の説明をする。里子はいちいち、「へーっ」「すごーい」と感嘆の声を上げた。暗くて顔は見えないが、松太郎が得意げにしている気配は伝わってきた。

そんな調子で、里子を鍾乳洞に連れていくのは楽しかったが、しばらくすると「あたしは行かない」と言い出した。小五郎は驚かず、むしろ「やはりか」と内心で思った。というのも、里子が鍾乳洞に行くようになってから、母との仲がぎくしゃくし始めたからだ。

母は遠回しに嫌みを言うようになった。「この煮物はひとりで作ったから大変だったわぁ」だの、「もう年だから、ひとりで家の掃除をするのも辛くてねぇ」などと、聞こえよがしにぼやくのである。母がそんな人とは思わなかったので驚いたが、そもそも母が御用金探しをどう捉えているかにも思いを巡らさなかったのだから、まるで理解していなかったも同然なのだ。いまさら母が意外な反応をしたところで、本来は驚くには値しない。こうなることを避けられなかった己の非力さを、小五郎は情けなく思うべきだった。

里子の辛さを説明して母を諭すべきかとは考えたが、結局小五郎は簡単な道を選んだ。里子を家に残しておくことにしたのだ。「おっかあに何を言われても気にするな」と慰めても、「もうあたしは鍾乳洞に行かない」の一点張りなのである。無理に連れていくわけにもいかず、置いていくしかなかった。

父も含めた四人での食卓は、重苦しい雰囲気に包まれることになった。かつては母がひとりで喋り、それに対して里子が笑って反応するのが常だったのに、今は母がむっつりと黙り込んでいる。そうなると、他の三人は誰も自ら口を開こうとはしない。ほとんど会話がないまま、ぼそぼそと食事を終えて、女ふたりが洗い物をするという夕食になった。母と里子は、ふたり並んで食器を洗っていても、言葉ひとつ交わさなかった。

その朝、小五郎はいつものように家を出た。玄関先で里子に「行ってくる」と告げ、「行ってらっしゃい」という言葉に送り出されて鍾乳洞に向かった。里子はここ最近の、少し俯きがちな態度だった。気にはなるが、昨日までとまるで変わらないのも確かだった。

松太郎とは、鍾乳洞の入り口でいつも待ち合わせていた。そこで合流し、命綱をきちんと張ってから中に入っていくのである。だがその日は、いつまで待っても松太郎が現れなかった。三十分は待ったが来ないので、痺れを切らしてひとりで中に入っていった。

夕方に外に出て、帰宅した。すると母が、険しい顔で出迎えた。里子が帰ってこない、と言うのだ。

「買い物に行くと言って出ていったのに、まだ帰ってこないんだよ。どこで道草食ってんだか」

「出ていったのは何時頃だ」

「お昼過ぎだったよ」

昼過ぎに買い物に行ったのにまだ戻らないとは、おかしいではないか。何かあったのではないかと、俄に不安になった。捜してくる、と言い置き、家を飛び出した。里子がふだん、家の外で何をしているか、どこで楽しみを見つけているのか、小五郎はまるで知らない。だから、捜すと言っても当てはひとつもなかった。自分はあまりに里子をかまわなすぎたと、わかっていたことを今になって反省する。その反省が遅すぎないことを、強く願った。

島にもいくつか、店屋はある。それらをすべて回ってみたが、里子を見た人はいなかった。里子は買い物になど来ていなかったのだ。やはりおかしいと改めて感じ、店に限らず行き合う人に片っ端から尋ねてみた。すると、里子を港の方で見たと言う人が見つかった。

「港。どうして港に」

「さあ。ただ、今日は定期船が来る日じゃないか。何かくがから取り寄せた物でもあったのかなと思ったけど、違うのかい」

そんな話は聞いていない。小五郎が聞いていないだけでその推測は正しいのかもしれない。小五郎は慌てて港に走った。だが、定期船はすでに出航し、空っぽの港を夕焼けが赤く染めていた。船がない港には、人の姿もなかった。里子はいないし、里子を見なかったかと問える相手もいない。しかし赤く染まった水面を見ていると、答えは目の前にある気がしてきた。九州は楽しかったな、という里子の呟きが耳に甦る。おれもあの頃は楽しかった、と遅すぎる言葉を小五郎は胸の中で転がした。

13

松太郎が鍾乳洞に来なかったことを思い出したのは、日が落ちて辺りがすっかり暗くなった頃のことだった。立ち尽くしたまま黒い海を見ていた小五郎は、それが里子の出奔と無関係ではないのではないかと気づき、愕然とした。慌てて引き返し、一ノ屋屋敷を目指した。

「すみません、松太郎さんはいますか」

玄関で松太郎の母に問うた。すると松太郎の母は、ただでさえきつい顔立ちをさらに顰（しか）め、不機嫌に言う。

「えっ」

「どこ行ったんだか、まだ帰ってこないよ。あんたと一緒にいたんじゃないのか」

やはり、そうなのか。誰にも何も言わず、突然姿を消した男と女がいる。これを偶然と考える者は、世の中にひとりもいないだろう。とても信じられないが、里子と松太郎は駆け落ちしたのだ。ふたりはもう、島にはいないのだった。

「実は、里子も帰ってこないんです」

思考がうまく焦点を結ばないまま、ぼんやりと言葉を発した。耳のそばで鐘を鳴らされたかのように、周りの音がうまく聞き取れなくなっている。だから、松太郎の母が何かを言ったようだが、まるで頭に入ってこなかった。ふらふらとした足取りで帰宅し、あれこれ問いかける母にもきちんと答えることができず、そのまま倒れるように床に伏した。眠ることなどできないと思っていたが、むしろ気絶するように意識が途絶えていた。気づいてみれば朝だった。

島は騒ぎになった。松太郎の母が村じゅう駆け回り、松太郎を捜したせいである。お蔭で松太郎の失踪は誰もが知るところとなり、鍾乳洞の中で迷ったのではないかと心配された。当然、松太郎を捜しに行こうと村の者たちが小五郎の家にもやってくる。小五郎としては断腸の思いだったが、無駄な鍾乳洞捜索をさせるわけにはいかないので、里子もいなくなったことを告げた。村の者たちは一瞬黙り、次の瞬間には「えらいことになった」と叫んで駆け出した。噂はあっという間に広まった。

「あんたのところのふしだらな嫁が、うちの松太郎を誘惑したんだ」

当然と言えば当然のように、松太郎の母が怒鳴り込んできた。むしろよくひと晩我慢したものだと、小五郎は他人事のように思う。言い返す言葉もない小五郎は、坐り込んだまま鬼の形相の松太郎の母を見上げた。眉も目尻も吊り上がり、まるで夜叉のようだと思った。

「冗談じゃないよ。どうせ松太郎がうちの嫁に色目を使ったんだろうが。やってることは父親と同じだ。いや、人の女房に手を出すなんて、父親よりひどいよ」

応じたのは母だった。この言葉は松太郎の母を大いに怒らせた。ほとんど取っ組み合いの喧嘩になりかけ、見かねた近所の人が慌てて間に入った。憤懣やるかたない様子の松太郎の母は、両腕をそれぞれ村の者に抱えられ、ほとんど引きずられるように去っていった。母はその場にくずおれ、オイオイと泣いた。

どちらが誘惑したという話ではないのだろう。ぼんやりと、小五郎は考えた。誰が悪いのかと言えば、それは他でもない小五郎だ。里子が寂しがっているのは、かなり前からわかっていた。母と折り合いが悪くなっていることにも気づいていた。それなのに御用金探しにかまけ、なんの手も打たなかった。里子の寂しさは、小五郎が想像するよりもずっと辛かったのだろう。何しろ、生まれ故郷から遥か遠くのこんな島まで来て、頼れるただひとりの相手である夫は力になってくれない。どんなに心細かったことか。叶うなら、今からでも土下座して詫びたかった。

誰かに頼りたいという点では、松太郎も同じだったのではないかと思う。松太郎の気持ちは、振り子のように揺れていた。御用金を見つけ一ノ屋の名を高からしめるという希望に満ちているときは、至って前向きだ。だが一度暗い未来を想像してしまうと、気持ちは果てしなく沈んでいく。一ノ屋の名を継ぐ重圧、親子二代に亘って嗤われる恥辱、御用金探しにすべてをかけて失敗した場合の恐怖、それらに松太郎の弱い心は耐えられなかった。女房がいれば違っていたのだろうが、あいにくと島の事情で独り身だった。そんなときに、寂しさで胸が張り裂けそうになっている里子と出会った。後はふたりがどうなろうと、どちらの責任も問えないだろう。責められるべきは、里子を放置していた小五郎なのだった。

里子が最後に楽しそうにしていたときのことを思い出す。あれは、松太郎も含めた三人で鍾乳洞に入っていったときだった。松太郎のくだらない冗談に、里子はびっくりするほど笑っていた。里子の反応に、松太郎も嬉しげだった。あの時点ではまだ、ふたりの間に怪しい空気などなかったが、あれがきっかけになったことは間違いない。里子を気にかけようとしなかった小五郎は、ただただ鈍かった。

この狭い村ではこっそり会うことも難しそうなものだが、工夫すればそうでもないのだろう。山の中でも、人が来ない岩場でも、会おうとすればいくらでも手立てはある。松太郎は村の用事があると言って、鍾乳洞に入らない日もあった。日曜日は、小五郎は松太郎を置いて耕一とだけ鍾乳洞に向かった。一度鍾乳洞に入れば、小五郎は夕方まで出てこない。里子と松太郎が関係を深める暇は、実はたっぷりあったのだった。

それもこれも、今から思えばということばかりである。己の鈍さ、気遣いのなさ、優しさの欠如に改めて愕然とする。出会った頃の里子の笑みが、目の前に浮かんで消えなかった。小五郎は失ったものの大きさを知り、打ちのめされた。「里子」と名を呟くと、喉からは獣のような咆吼が飛び出した。後悔は、喉が裂けて血が迸(ほとばし)らんばかりの痛みだった。

14

松太郎と里子はどこに行ったのだろうと、ひとしきり噂の種になった。小五郎は、おそらくふたりは九州に行ったのだろうと思った。寂しさに耐えかねて島を出たのなら、里子が行く場所は生まれ故郷しかない。松太郎はこの島以外に縁などないのだから、ただついていくだけのはずだ。そう考えると、そもそも里子を九州から連れ出してしまったことが罪だったと思えてくる。

ふたりには恨みなどなかった。恨める立場ではないからだ。松太郎には、ただただ里子を幸せにして欲しいと頼みたい。そして里子には、心から詫びたい。九州の地でふたりが幸せに暮らせるなら、今の小五郎にとってそれが一番の望みだった。

息子に去られた松太郎の母は、気の毒なほど落ち込んでいた。この騒動でようやく、松太郎の母の名前がお汀というのだと小五郎は知った。お汀は意外にも、息子の駆け落ちをもう里子のせいにはしなかった。あまりの落胆に、他人のせいにする気力もなかったのかもしれない。息子が何も言わずに消えた衝撃、そして一ノ屋の跡取りがその責任を放擲(ほうてき)して逃げたという事実に、お汀は傷つけられたのであった。

そんなお汀を慰めたのは、次男の松次郎(まつじろう)だった。いつもへらへらしている松次郎は、兄の失踪という事態にも態度を変えなかった。へらへらとしたまま、「おれがいるから大丈夫だよ、おっかあ」と言ったらしい。その話を聞いて小五郎は、お汀には男の子供がふたりいてよかったと思った。そして、しなやかな柳の枝が暴風にも折れないように、軽薄な松次郎の方が一ノ屋の当主としての重圧には耐えられるかもしれないと考えた。

小五郎の母もまた、ひどく落ち込んでいた。自分が嫁をいびって追い出してしまったと、この事態を受け止めているのだった。「お前にはすまないことをした」と、泣きながら何度も小五郎に詫びた。そんなことはない、悪いのはおれだと答えても、母は自分を責めることをやめない。小五郎が御用金探しばかりを考えて生きていたことが、大勢の人を傷つけてしまったのだった。

「せめて、松太郎さんに嫁が来ていればねぇ」

母は繰り言を口にする。確かに、それはそうかもしれない。松太郎はしつこいほどに、嫁がいる小五郎を羨ましがった。その羨望は、自分も嫁が欲しいという望みから、里子が欲しいというものにいつしかすり替わっていたのだろう。心が弱い松太郎を支えてくれる女がいれば、里子を求めることもなかったはずだ。その意味では、今の島の雰囲気がふたりを駆け落ちに走らせたとも言えた。

しかし、そもそも男女がいがみ合うこの風潮は、同じく一ノ屋の血を引く容子という女が作り出したのだった。結局、一ノ屋だ。松太郎は一ノ屋の名に押し潰され、小五郎は一ノ屋の存在意義を示す御用金の夢に取り憑かれ、島は一ノ屋の女が作り出したぎすぎすした空気に満たされた。すべて一ノ屋の血のなせる業(わざ)かと思えば、やはり誰を恨むこともできない。恨むとすれば己の血であり、己自身だった。

救いは、耕一が変わらずにいてくれたことだった。松太郎と里子の駆け落ちを知った耕一は、眉を寄せて「こんなことになるなんて」と言った。

「松太郎さんはひどいよ。何も、里子さんでなくたっていいだろうに。働いたこともない松太郎さんが、くがでいったいどうやって生きていくんだか。里子さんもきっと、苦労させられるよ」

それは、小五郎も心配したことだった。松太郎に炭鉱仕事ができるとは思えない。だが、炭鉱で働く以外にあの炭鉱町で仕事を見つけるのは難しいだろう。里子が生まれ故郷に執着するのではなく、博多(はかた)辺りに出て松太郎にもできる仕事を探していればいいのだが。願うのはふたりの幸せなのに、具体的に考えれば考えるほど、里子たちのこれからに暗い翳が差すように思えるのだった。

「松太郎さんがこんな人とは思わなかった。一ノ屋を継いだことを苦にしていたのは知ってたけど、まさか逃げ出すなんて考えられない。本当に情けないし、逃げ出すなら自分ひとりで逃げればよかったんだ。里子さんまで連れていくなんて、最低の人だよ」

耕一の方が、小五郎よりもずっと松太郎に腹を立てているようだった。考えてみれば、松太郎と一緒にいた時間は小五郎より耕一の方がずっと長い。それだけ信頼していたのかもしれず、だから裏切られた怒りも大きいのだろう。加えて、小五郎の嫁との駆け落ちという没義道(もぎどう)に、義憤を覚えているのかもしれない。耕一がそこまで腹を立ててくれるのは、小五郎にとっては嬉しいことだった。

「ありがとう。でも、もういいよ。松太郎さんのことも、里子のことも、忘れよう」

小五郎は静かに、微笑みさえ浮かべて言った。小五郎の反応に、耕一は面食らっている。目を丸くして、「えっ」と声を上げた。

「忘れるのか。忘れられるのか。それでいいのか」

「いいんだ。悪いのはおれなんだよ。里子が幸せになってくれれば、それでいいのさ」

「そう、なのか」

他人にはわからない夫婦の間のことを垣間見たと感じたか、耕一は己を納得させようとしているかのように頷いている。そうしてしばらくしてから、問いかけてきた。

「で、これからどうするんだ。もう、御用金探しなんていやになったか」

「とんでもない。いやになるどころか、おれにはもう御用金探ししか生きる目的がないんだ」

さほど悲愴な物言いをしたつもりはなかったが、耕一はそれを聞いて絶句してしまった。口にしてみて小五郎自身も、己の今を自覚する。そうだ、おれには他に何もない。御用金を探し当てることが人生の最大にして唯一の目的であり、それ以外のことは何もいらないとすら思えた。なにやらあれこれ余剰のものが削ぎ落とされ、身軽になったようにも感じられた。己の前に道が一本しかないとはっきり知ってしまえば、ただそこを進むだけだと心が定まる。ざわめくことなく凪いだ心は、澄みきっているとすら言えた。悟りとはこういう境地かと、小五郎は他人事のように考えた。

「そうなのか。まあ、そういうことならわかった。ぼくも御用金探しをやめるつもりはないから、これからはふたりで続けていこう」

耕一はぎこちなく答えた。頷く小五郎の肩を、耕一はぽんぽんと二度叩いた。

以後は、そのとき交わした言葉のとおり、耕一とふたりで御用金探しをする日々となった。といっても、仕事がある耕一は日曜日しか鍾乳洞に入れないので、ほとんどは小五郎ひとりでの探索だった。連れもなしに暗い鍾乳洞に潜っていくことには寂寥感を覚えそうなものだが、澄みきった心を得た小五郎にはなんら苦でなかった。カンテラを手に黙々と奥に進み、地図に道を書き加え、夕方になる頃合いを見計らって引き返す。単調ではあるが、それこそがまさに小五郎が望んだ人生だった。

ただ一度、澄みきったはずの心が波立ったことがあった。男女のいがみ合いが、ある日を境にぴたっと収まったのだ。それは、今上天皇の崩御がきっかけだった。天地がひっくり返るような大事件を前にして、くだらないいがみ合いは馬鹿馬鹿しくなったのだろう。見事なまでにいがみ合いはなくなり、ぎすぎすした雰囲気は一掃された。小五郎が子供の頃に見ていたように、島ではごく普通に男女が言葉を交わすようになった。まさに、島全体に取り憑いていた憑き物が落ちたかのようだった。

そんなことなら、もっと早く諍いが終わっていればよかったのに。小五郎は考えずにはいられなかった。男女のいがみ合いが収まっていれば、松太郎には順当に嫁が来て、里子と駆け落ちすることもなかった。もう少しだけ早く帝が崩御していれば、と不敬なことすら考えてしまった。

だがむろん、そんなことは他言できず、小五郎は波立った心を抱えたまま、ひとり鍾乳洞に潜っていった。小五郎の心の内を知る者は、島にいなかった。
元号が改まり大正の世となっても、小五郎の御用金探しは続いていた。

15

分岐で立ち止まり、辺りをカンテラの明かりで照らした。地図に分岐を書き込む必要があるからだが、それだけでなく、以前に耕一と松太郎が見つけた木札と同じものがないかどうかを確認するためだった。これまで、木札は見つかっていなかった。木札がないのは、そもそも木札が落ちていた分岐で真ん中を選んで進んだのが間違いだったからではないか。どの道を選べばいいのかを示しているのが木札であるなら、分岐のたびに木札がなければおかしい。ようやくにしてそのことに気づき、木札が落ちていた分岐まで戻って別の道を辿り始めたところだった。そして次の分岐に到達した今、辺りを眺め渡している。カンテラを持つ小五郎の手は、ぴたりと動きを止めた。

鍾乳洞の壁に、木札が打ちつけられていたのだ。

慌てて駆け寄った。カンテラを高く掲げ、木札を覗き込む。そこには確かに、文字が書いてあった。文字は「十二」だった。

二枚目の木札を見つけた喜びと、そこに書いてある文字への困惑が同時に込み上げてきて、小五郎を戸惑わせた。なぜ「十二」なのか。「二」でも「三」でもなく、「十二」。あまりに意外な数字に、思考が混乱する。そして、十二の意味がわからないままに、別のことを思いついた。

最初に見つけた木札の「一」は、一ノ屋の一ではなかったのではないか。

これをどう受け止めればいいのか、小五郎には判断がつかなかった。木札に「一」と書いてあったからこそ、その意味は一ノ屋の一であり、イチマツが関わったはずの御用金のありかを示すものだと解釈した。しかし、「二」が一ノ屋を意味しないのなら、御用金とも直結しない。何か別の物のための目印なのではないか。

考えても結論が出ないので、木札が示す分岐を選んで先に進んだ。だがさらに次の分岐は遠く、これ以上進めば夜になってしまうので、引き返すことにした。外に出た足でそのまま、耕一の家を目指した。「十二」の木札について、耕一の意見を聞かずにはいられなかった。

「えっ、十二だったの。ううん」

外に出てきた耕一は、小五郎の報告を聞いて唸った。耕一も、うまい解釈ができないようだ。腕を組んで首を傾げたまま、ぼそりと言う。

「最初に見つけた『二』は、一ではなく十一だったのかもしれないね」

そうなのか。それは思いつかなかった。今日見つけた木札の数が「十二」なのだから、そういう理屈になる。耕一が見つけた木札には、一の他にも文字が書いてあったが、それは掠れて読めなかった。掠れた文字に「十」があったのかもしれない。

「だとしたら、これは道順を示す目印だとしても、御用金とは関係ないかもしれないな」

考えていたことを、小五郎は口にする。耕一は渋い顔をしながらも、頷いた。

「そうかもしれないなぁ。でも、まだ関係ないとは断定できないよ」

耕一は言うが、可能性は五分五分どころではなくもっと低いと小五郎は考えていた。よくよく考えてみれば、大事な御用金のありかをこのようにあからさまに明示しておくわけがない。これでは隠していることにならないではないか。思い至ってみれば自明のことに思えるが、なかなか気づけないものだ。二枚目の木札を見つけた昂揚は、今やすっかり落胆に置き換わっていた。

「まあともかく、何も見つからないよりは見つかったことは進展だよ。そう考えておくことにしようぜ」

耕一は明るい声を出した。それは、口に出しても仕方のないことをぐちぐちと言い募っていた松太郎とは対照的で、小五郎の心を慰めてくれた。耕一がくがに帰らず、島に居着いてくれたのは小五郎にとって幸せなことだった。

「そうだな。ありがとう。邪魔した」

「いやいや、こちらこそ、ふだんは手伝えずにすまん」

耕一はそう詫びた。なんでもないやり取りのようだが、小五郎の胸には引っかかった。耕一は「手伝えずにすまん」と言った。加われずに、ではなく、手伝えずに。耕一にとって御用金探しは、もはや自分のことではなく小五郎のためのことになったようだ。

ひとりで鍾乳洞に入っていく日々を、小五郎は思う。凪いだ心は、孤独を感じない。仲間がいてくれるだけ、幸せなのだ。小五郎は帰る道すがら、己に言い聞かせた。

翌日、十二の木札の先に行くと、次の分岐で十三の木札が見つかった。さらに奥へと進むと、十四、十五と続く。だが、木札はそこで終わりだった。十五の先の分岐に、木札はなかった。

十一のように下に落ちてしまったのではないかと、かなり時間をかけて探した。だが、木札はなかった。なくなったのではなく、もともと木札は置かれなかったのかもしれない。これまたよく考えてみると、鍾乳洞に何かを隠しているなら、道しるべをその隠し場所まで配置しておくのは危険だ。近くまで来たら、後は木札など置かない方がいい。その先は記憶だけに頼っていれば、第三者に見つかる危険性は低くなる。つまり何かがこの先に隠されているとしても、自力で見つけ出すしかないのだ。もっとも、木札が導く場所が近くであることは確かだ。それが、小五郎が目指す場所であるかどうかはさておいても。

カンテラの明かりで、前方を照らした。分岐はふた股だった。この先さらに、いくつかの分岐があることだろう。それらを虱潰しに探していくのには、どれくらいの時がかかるのか。簡単ではないだろうが、小五郎は怖じなかった。迷うことなく、右の道を選んで進んだ。

16

小五郎と耕一がやっていることに、島の者たちは不干渉だった。冷ややかな目で見ている、というほど呆れられているわけではないが、変わり者とは思われているだろう。徳川の御用金などあるはずがないと、皆が皆考えているのではないか。それが当然の反応と思うので、小五郎は腹も立たない。あからさまにからかわれたり、邪魔されたりしないだけましだった。

そんな状態が長く続いていたのだが、ある日曜日のこと、耕一が「そういえば」と言い出した。

「会社で、ぼくたちのやっていることにえらく興味を示す奴がいたよ。新入社員の若い奴なんだ」

「へえ」

変わったことをやっている者に、興味を示す人がいても不思議ではない。耕一の言葉を、小五郎はなんとも思わなかった。何も見つかっていないと知れば、あっという間に興味をなくすだろう。

「おれたちが徳川の御用金を探していると知って、何を根拠にそう考えたのかとか、鍾乳洞の中にあるのは確かなのかと、あれこれ訊かれたよ」

「まさか、そいつも御用金を狙うんじゃないだろうな」

ふと、不安が芽生えた。誰も御用金の話を本気にしなかったからこれまでは心配不要だったが、ある程度の確からしさを認めて独自に御用金探しを始める者がいても不思議ではなかったのだ。

むしろ、よく今までそういう人がいなかったものだと、興味を示されて初めて気づく。争いになったら、負けるわけにはいかない。御用金は、一ノ屋の血を引く自分が見つけなければならないのだ。反射的に、そんな固い決意が胸に芽生えた。

「いやあ、そういうつもりじゃないと思うぞ。自分で探そうとしたって、おいそれと見つけられるものじゃないだろうが。まあ、ただの興味だろ」

だが耕一は、至って太平楽な物言いをした。興味を示した者は、耕一から見て脅威にはなり得ないのだろう。耕一がそう判断するなら、目くじらを立てるほどではない。物好きがいる、のひと言で片づけてしまっていいことと判断した。

ところが翌週の日曜日に耕一と会うと、少しばつが悪そうな顔でこんなことを言った。

「なあ、先週話した、ぼくたちのやっていることに興味を示している奴、憶えてるか。そいつが、自分も一度鍾乳洞に入ってみたいと言ってるんだ。どうしようか」

「鍾乳洞に」

島に娯楽は少ない。せいぜい居酒屋がある程度だ。毎日の平穏さに退屈して、鍾乳洞探索に非日常的な楽しさを求めたのかもしれない。だが、遊び半分で考えられても困る。御用金探しは小五郎にとって、一生をかけるに値することなのだ。

「遊びじゃないいんだ。断ってくれ」

取り合うつもりはないので、答える言葉は短くなった。だが耕一は、「いや、それが」と続ける。

「遊びとは思ってないようなんだ。むしろあれは、ぼくたちの仲間に入りたがってるんじゃないかなぁ」

「仲間だと」

そんなことを考える人がいるとは思わなかった。松太郎が抜けた今、小五郎の仲間は耕一だけである。耕一の他に仲間が欲しいとは、一度たりとも考えたことがなかった。

「耕一はどう思ってるんだ」

こうして話をするということは、考慮に値すると考えているのだろう。ならば、邪険にするわけにもいかないかもしれない。小五郎は耕一の判断力に一目置いていた。

「ごめん。どういうつもりなのか、ちゃんと確認してから話せばよかった。ただ、小五郎に引き合わせてもいいかなとは思ってる。ともかく、まずは本人に確かめてみるよ」

「そうか」

耕一がそう言うなら、無下に断るつもりはなかった。新しい仲間が加わるとは予想だにしなかったが、それも面白いかもしれないと考え直す。鍾乳洞への出入りをひたすら繰り返すだけの単調な人生に、久しぶりに訪れた刺激だった。俄然、その人物に対する興味が湧いてきた。

次の日曜日を待たず、顔合わせをすることになった。小五郎は夕方に鍾乳洞を出て、居酒屋に足を向けた。そこに、耕一が後輩を連れてくるという。小五郎が店に着いてみると、すでに耕一は席に着いていた。

「よお」

手を上げて、こちらを呼ぶ。耕一の隣には、まだ子供の面影を残したような男が坐っていた。立ち上がり、硬い挙措で頭を下げる。小五郎が近づいていくと、「初めまして」と幾分甲高い声で挨拶をした。

「大原啓太(おおはらけいた)といいます。今日はよろしくお願いします」

会社帰りなので、耕一も啓太と名乗った若い男も背広を着ている。対してこちらは、野良着のような風体だ。自分が社会から落伍した人間であることを、そんな点から感じ取った。だとしたところで、恥じる気持ちはなかった。

「花岡です。初めまして」

小五郎も姓を名乗り、椅子に腰を下ろす。啓太は珍しいものでも見るかのように、小五郎の顔に視線を向けたまま逸らさなかった。目がきらきらしている、と思った。

「大原は歴史に興味があるらしくてね。特に幕末から維新にかけての激動期の話を聞くのが好きなんだって。それで、ぼくたちのやっていることに興味を持ったそうだ」

横から耕一が言葉を添えた。そのとおりだと、啓太は大きく頷く。

「徳川が持っていたはずの金が消えたことは、以前から不思議に思っていました。どこかに隠したことは間違いないです。ただ、この島にある可能性なんてぜんぜん考えませんでした。おふたりが御用金を探していると聞き、なるほどそうか、それはすごいと驚きました」

啓太の口振りには熱意が籠っていた。耕一が連れてくるだけのことはある、と認める。単なる興味本位でないのは、この前のめりになるかのような態度を見ればすぐにわかった。

「花岡さんのおじいさんは、新撰組の生き残りだったそうですね。すごいなぁ。あの新撰組の生き残りが、この島にもいたなんて。おれがもう少し早く生まれていれば、ご本人から直接話を聞けたんですよね」

啓太は祖父のイチマツにまで言及する。小五郎にとっても新撰組が活躍した時代は遠いが、さらに若い啓太にはもう歴史上のことなのだろう。歴史好きが高じて小五郎たちのやっていることに興味を覚えたという説明は、納得できる話だった。

「じいさんは、あんまりくがでの話をしたがらなかったそうだよ」

小五郎はそう答えた。もっとイチマツがたくさんのことを語り残してくれていたら、小五郎たちの苦労も少なかったのである。だが啓太は、そんな説明を聞いても落胆するどころか、むしろさらに目を輝かせた。

「そうなんですか。御用金の隠し場所に関わっていたとしたら、それも当然ですよね。勝、榎本、新撰組の繋がりには説得力があるんだよなぁ。なんで今まで、誰もそれに気づかなかったんだろう」

　啓太はずいぶん詳しいようだ。お前が話したのか、との意を込めて耕一を見たが、違うとばかりに首を振る。どうやら独学で、この島に御用金が運び込まれた可能性を理解したらしい。

「えっ、何か秘密でしたか。ああ、そりゃあ秘密ですよね。でも、おふたりが御用金探しをしていることは、誰でも知ってますよ。そうじゃないと思ってましたか」

　啓太は小五郎たちの反応を見て、不安に思ったようだ。まずいことを言ったかと、小五郎と耕一の顔を交互に見る。そんな態度が面白く、小五郎は口許に笑みを刻んだ。

「いや、秘密にしてるつもりはなかったよ。ただ、本当にこの島に御用金があるかもしれないと考えたのは、おれたち以外では君が初めてなんだ。みんな、おれたちが馬鹿げた夢を追っていると思ってるからな」

「馬鹿げてなんていないと思います。すごい着眼点です。おれはもっと、花岡さんのおじいさんについて知りたいです」

　啓太が面白半分でも、御用金狙いでもないことはもうよくわかった。若い熱意に触発され、こちらまで初心に返れる気がする。祖父のイチマツに興味を示してもらえるのは、小五郎には嬉しく感じられた。松太郎に去られて、小五郎はかえって己の一ノ屋の血統に誇りを抱くようになっていた。

「この島には、特別な血を引く一族がいるんだ。知ってるか」

「知ってます。花岡さんがそうだし、うちの社長もそうなんですよね」

啓太はくがからやってきたらしいが、すでに一ノ屋についての知識もあるようだ。耕一が話したか、自然に耳に入ってくるのか。しかし、祖父であるイチマツが島でどのような存在だったのか、逃げた松太郎がいったいどんな重圧を感じていたのか、それらまではさすがに知らないだろう。追い追い、そうしたことを語ってみたいものだと思う。一ノ屋の話を誰かに聞かせたいと考えたのは、これが初めてだった。

「今度の日曜日、鍾乳洞に入ってみるか」

「はい」

啓太は大きな声で、満面の笑みを浮かべて答える。弟がいたら、こんな感じなのだろうか。目に素直な情熱が宿っている啓太を見て、小五郎はふとそんなふうに思った。

17

啓太の反応は、見ていて微笑ましくなるほどだった。鍾乳洞に入ること自体が初めてだとのことで、見るものにいちいち驚き、口に出す。それはちょうど里子が初めて鍾乳洞に入ったときと同じで、小五郎の胸を鈍くつついたが、微笑ましく感じる気持ちの方が強かった。やはり啓太がいると、初心が甦る。松太郎とともに鍾乳洞を探索した日々を、懐かしく思い出した。

「ここだ。ここが、最後の木札があった場所なんだ」

どこまで探索が進んでいるか、当面の問題はなんなのか、すでに啓太には説明してある。謎の木札についても、話して聞かせた。啓太は「そうなんですか」「それはすごい」と興奮気味に相槌を打つので、あまり期待しても肩透かしを食うかもしれないことは言っておいた。もう小五郎も耕一も、木札が示す先にあるものが御用金とは考えていない。

「けっこう奥なんですね」

啓太は率直な感想を口にする。この地点に来るまでに、たっぷり二時間以上は歩いた。小五郎と耕一にとっては慣れた道程なので休憩も取らずに来たが、初めての啓太は疲れただろう。地図を広げる必要があるので、一度ここで休みを入れることにした。

乾いた地面を探し、そのまま腰を下ろす。啓太は持参した水を、喉を鳴らして飲んだ。鍾乳洞の中は肌寒いのだが、長い距離を歩けば喉が渇く。小五郎も耕一も、同じように水を飲んだ。

小五郎は持ってきた干し芋を、啓太と耕一に分け与えた。甘いものは、そのまま活力になる。もうしばらく歩くので、ここで力尽きられても困るのだ。啓太は興奮していたから、よけいに疲れたことだろう。少し俯き気味に「はあ」と息を吐いている姿は、消耗しているように見えた。

「きついか」

尋ねると、顔を上げて「いえ」と答える。

「大丈夫です。まだまだぜんぜん行けます」

多少強がりが交じっているのだろうが、心意気は感じられる。小五郎と耕一が未踏の場所まで行かないことには、とても引き返す気になれないのだろう。体は疲れていても、気力はまだ充実しているようだった。

「これだけ奥が深いんだから、何かを隠そうと思えば格好の場所だろ」

改めて、感想を求めた。「そうですね」と答える啓太の声は弾んでいた。

「これなら闇雲に入ってきた人には絶対に見つからないし、物を大量に運び込むこともできます。実際に入ってみて、ここに御用金が隠されていても決しておかしくない、むしろこんないい場所は他にないんじゃないかと思いました」

小五郎は思わず、耕一と顔を見合わせた。耕一は笑っている。おそらく小五郎も、同じ表情をしているのだろう。小五郎と耕一は、何度も鍾乳洞に入っているので新鮮な目を失っている。初めて中に入った人がそのように感じるなら、小五郎と耕一の着想も独りよがりではなかったのだ。それが確認できて、嬉しくなったのだった。

「ただ、大量の金を運び込むなら、それだけ人手も必要だったはずですよね。夜陰に紛れて運び込んだのだとしても、誰にも見られずにそんな作業をすることは可能でしょうか」

啓太は続けて、そんな疑問も提示した。無条件に小五郎たちの考えを受け入れているわけではないらしい。それまた頼もしく感じられ、小五郎としては歓迎だった。考えもなしにただついてくるだけの人材なら、特に必要とはしない。

「この島で船が一番着岸しやすい場所は港になっているが、他にいい浜がないわけじゃない。例えば南の入り江は、底が深いから船を着けるには好都合だ。村から遠いので港として使ってはいないが、真っ直ぐ山に入るならかえって入り江の方が近い。おれはあの入り江から運び込んだと考えている」

すでに耕一たちとは話し合っている仮説を披露すると、啓太は眉を吊り上げて明るい表情を浮かべた。

「なるほど。おれはその入り江を知らないですけど、そんな場所があるんですね。島をよく知らないのに、よけいなことを言いました。おれが考えつくようなことは、小五郎さんも当然考えてますよね」

自分がよけいな差し出口をしたと感じたのかもしれない。ただ、嬉しそうな顔をしているので、自己卑下には聞こえなかった。小五郎は首を振って、「いいんだ」と応じた。

「思いついたことがあったら、なんでも言ってくれ。それはすでにおれたちが考えたことかもしれないが、そうじゃないかもしれない。お前の思いつきが、御用金探しの大きな力になるかもしれないんだ」

「そうですかね。へへっ」

照れ臭そうに、啓太は首を前に突き出した。そんな態度も、小五郎にはかわいいと思えた。

充分に体が休まったので、立ち上がって先に進んだ。木札がなくなったふた股の分岐は、右の道だけでもまだ調べ切れていない。鍾乳洞に行き止まりは少なく、いつまでも奥に行けてしまうからだ。今日はこの道を辿ると、地図を示してあらかじめ啓太には伝えてある。今はひたすら、分岐があれば右を選んでいるところだった。

新しい分岐にぶつかるたびに、地図に書き込む。すぐに次の分岐に行き当たることもあれば、一本道が長く続くこともある。どこまで行くかは、時間次第だった。いつも、午後四時を切り上げの目安としている。復路で二時間以上かかることを思えば、四時は決して早くなかった。

結局、目新しい発見もないままに引き返すことになった。それでも啓太は、「地図が少し広がりましたね」と嬉しげに言う。ただそれだけのことを喜べる啓太は、小五郎たちに明らかにいい影響を与えてくれた。なんの収穫もないままに鍾乳洞を出ることには慣れたつもりだったが、心のどこかで空しさを覚えていたのかもしれない。啓太の言葉を聞いて、小五郎は明日もがんばろうという気になれた。

「お前が来てくれて、嬉しいよ」

だから、鍾乳洞を出てから啓太にそう言葉をかけた。唐突だったため啓太はその意味がわからないらしく、きょとんとした顔をしている。それがおかしく、小五郎は久しぶりに声を出して笑った。こんなふうに笑ったのは、もしかしたら里子がいなくなって以降初めてかもしれないと思った。

その夜はそのまま、三人で居酒屋に行った。楽しい宴になった。

啓太も加えた三人の探索行は、新鮮だった。啓太と耕一が来ない平日も、自分が張り切って鍾乳洞に入っていくことを小五郎は自覚した。地図が大きくなっていると、啓太が喜ぶからだ。啓太を喜ばせたくて、どんどん探索を進めているという面が確かにあった。

しかし悲しいことに、人は刺激に慣れる。啓太が加わって一年も経つと、当初のような喜びは薄れていた。啓太はもう、初々しい反応を示さなくなったし、むしろいろいろな疑問を投げかけるようになった。このまま同じことを続けるだけでいいのか、何か新しい手を考えるべきではないのか、そもそも鍾乳洞の中ではなくどこか別の場所に埋められている可能性はないのか、などと次々と小五郎の方針に異を唱える。それがまったくの的外れというわけではないのが、探索行の気勢を削いだ。

「よく何年も、ずっと同じことを続けてましたね。どうしてそんなに、鍾乳洞の中に御用金があると確信できるんですか」

ついに啓太は、根本の部分に疑問を呈した。先々代の一ノ屋の当主が、金の鯱を求めて鍾乳洞に入った話は啓太にも聞かせてある。それなのにそんなふうに尋ねるのは、金の鯱の話だけでは根拠とするには弱いと考えたからだろう。それは、小五郎もわかっていることだった。

「あれほど物を隠すのに向いた場所があるのに、違うところに隠したと考えるのか」

「もちろん、鍾乳洞の中の方が可能性は高いと思いますよ。ただ、だからといって別の場所があり得ないことにはならないでしょう。山の中を、少しは探してみたんですか」

鍾乳洞以外は、まったく手をつけていない。可能性があることは認めていたが、せっかく鍾乳洞があるのにわざわざ他の場所に埋めたりはしないだろうと、特に根拠もなく考えていたからだ。しかし、こうして指摘されてしまうと、自分の判断に自信が持てなくなる。これまでの努力を台なしにするようなことを言う啓太に苛立ちを覚えたが、別の角度から見た意見が大事なのもわかっていた。

「人手が足りないおれたちは、探す場所を絞り込む必要がある。山全体まで手を広げたら、切りがなくなるからな」

現状を踏まえた反論をしたつもりだったが、啓太は納得しなかった。

「そんなことないでしょう。むしろ、鍾乳洞の方こそ切りがないんじゃないですか。山をざっと見て回るくらいのことは、やっても損じゃないと思いますよ。一度やってみませんか」

簡単に言うが、山をざっと見て回るだけでもどれだけの日数がかかることか。村人総出でも、一週間はかかるに違いない。啓太は若いだけに、物事を軽く考える傾向がある。意見を撥ねつけるのは忍びないが、無理なものは無理と言うしかなかった。

「山の大きさが、見てわからないのか。三人で見て回ったって、ひと月で済むかどうかわからないぞ」

「山を全部見て回る必要はないじゃないですか。案外あっさり見つかるかもしれませんよ。ねっ、ちょっと目先を変えてみましょうよ」

要は、なんら進展がない鍾乳洞探索に啓太は飽きたのだ。ちょっと目先を変えよう、という提案は、まさに本音なのだろう。しかしそんな理由で、軽々しく方針を変えるわけにはいかない。啓太には覚悟がない、と思った。

「駄目だ。探索範囲を広げるのは、鍾乳洞を探し尽くしてからのことだ」

「わからず屋だな」

啓太は目を逸らし、ぼそりと言った。酒を飲みながらの席だったが、とたんにまずくなった。啓太は便所に行くと言って席を立ち、そのまま帰ってこなかった。小五郎は耕一とふたりで、言葉を交わさず黙々と杯を乾した。

18

次の週の探索に啓太は顔を出さないのではないかと思っていたが、案に相違して約束の時刻に鍾乳洞入り口までやってきた。だが、同行するつもりで来たわけではないことを、すぐに宣言した。

「おれ、今日から山の方を見て回りますよ。ふた手に分かれましょう」

あくまで自分の考えに固執するようだ。それならばそれでいい。鍾乳洞に三人で入る意味はないのだ。むしろ、啓太の気持ちが御用金探しから離れていないことを知り、小五郎は密かに安堵した。

「わかった。ただ、無理はするなよ。道のないところを歩くんだから、足を踏み外したりしないよう注意しろ。それから、必ず地図を書いて無駄足を踏まないようにするんだ。急なところは、近くの木に命綱を結びつけておけ」

とっさに思いついたことを伝えたが、山登りに関しては小五郎も知識がない。そんなことなら、山歩きに精通している者に話を聞いて、下準備をしたのにと思った。

「わかってますわかってます。もう、小五郎さんは心配性なんだから」

啓太は苦笑して、小五郎の注意を受け流した。小言を言う母親を適当にあしらうかのような態度だ。ますます心配になったが、そんな啓太はやはりやんちゃな弟のように感じられる。しつこいと思われようとも、最後に「気をつけるんだぞ」と言わずにはいられなかった。

「あいつ、もう来ないかと思った」

山にひとりで分け入った啓太を見やって、耕一はぽつりと言った。その声には小五郎と同じく、安堵の色が滲んでいるように聞こえる。不用意な言葉に苛立たせられたり、勝手な行動に気を揉んだりするが、啓太が加わってくれて停滞感が払拭されたのは確かだった。啓太は必要な人材だと、別行動をとることになって改めて強く感じた。

夕方の合流時刻は決めていなかったので、いつものとおり居酒屋に向かうと、一歩遅れて啓太もやってきた。下半身が泥だらけで、店の人にいやな顔をされている。椅子ではなく踏み台に坐るということで、入店を許してもらった。まず水を一杯飲んだ啓太は、「いやー」と声を上げる。

「山登りって大変ですねぇ。あれだったら、鍾乳洞の中を歩く方がよっぽど楽だ。損な役回りを引き受けちゃったなぁ」

特に悔いているわけでもないような口調で、慨嘆する。そんなことは考えてみればわかることだろうと思うが、啓太の思慮の浅さについ笑みを誘われた。馬鹿な子ほどかわいい、というのはこういう気分か、とも思った。

「そんなに泥だらけになって、ずいぶん滑ったのか」

怪我はしていないようだが、一歩間違えば大惨事になるような真似をしたのではないか。啓太は慎重さなどかけらも持ち合わせていない性格なので、不安になる。

「準備不足でした。いつも見てる山だから、もっと簡単に考えてました」

だから言っただろう、と応じたくなることを啓太はぬけぬけと口にする。自分で経験してみないと納得できないのが、若さというものか。何にしろ、特に怪我がないようなのはよかった。今後も啓太が山歩きをしたいなら、小五郎も準備を手伝ってやらなければならないと考える。

歩き回った範囲では、人の手が加わっているような場所は見つからなかったという。それはそうだろう。山にはけっこう人が入っている。半日歩いただけで見つかるような場所に、御用金が隠されているわけがない。ともかく、いろいろな意味で啓太は見通しが甘いのだ。言っても聞かないのだから、無駄骨を折って懲りるのを待つしかない。

「でも、もうちょっと続けてみますよ。なんか、暗くないところを歩くのが新鮮でした」

しかし啓太は、まるでめげた様子もなく明るく言う。この明るさが啓太の取り柄なのだから、小五郎は耕一と顔を見合わせて苦笑するだけだった。

翌週も啓太は、鍾乳洞ではなく山歩きを選んだ。夕方になって居酒屋にやってきたときには、前回よりも疲労困憊しているようだった。今度は下半身だけでなく、全身が泥だらけだった。また店主にはいやな顔をされ、隅の席に移動させられることになった。

「どうしたんだ、その姿は」

さすがに心配になって尋ねると、いつもなら悪びれずに頭を掻きそうなところなのに、啓太は難しそうな顔をする。心なしか、顔色も青くなっているようだ。

「滑って落ちました」

そうであろうとは思った。背中一面に泥がついているのだ。おそらく斜面に背中をつけたまま、かなりの距離を滑り落ちたのだろう。怪我をしなかったのかと、まずそれを心配した。

「骨は折れてないのか。痛そうじゃないが」

「大丈夫です。擦り傷はありますけど」

そう答えて、啓太は酒を呷る。酒など飲まずに家に帰って寝た方がいいのではないかと思ったが、腹は間違いなく減っているはずだ。何かを食わせてから帰した方が、啓太のためだと考え直した。

「無茶をするなと言っただろう」

つい、説教口調になってしまう。小五郎たちと一緒に行動しているなら助けてやれるが、啓太はひとりで山に行くのだ。足を挫いたりして動けなくなったら、いったいどうするつもりか。口調が険しくなるのは、啓太を思ってのことだった。

「無茶をしようとしたわけじゃありませんよ」

危ない目に遭ったことでばつが悪いのか、啓太の口振りは幾分つっけんどんだった。陽気さが影を潜め、怒ったように食べ物を口に運ぶ。小五郎は耕一と顔を見合わせ、かける言葉を考えた。

「で、どうだった。人の手が加わっていそうな場所はあったか」

啓太の顔を見ていれば、どんな首尾であったかは見当がつくが、訊かないわけにはいかなかった。訊かなければ、啓太にはまるで期待していないと受け取られてしまう。

「いえ、特には」

やはり啓太は口数が少ない。自分だけが危険を冒していると、不公平感を持ったのだろうか。

「鍾乳洞の中も、いきなり割れ目があったり、急な段差があったりして、おれたちも何度か危ない目に遭った。でも大怪我をしなかったのは、助け合ってきたからだ。啓太、お前もひとりで行くのは懲りただろう。万が一のことがあるから、おれたちと一緒に行動しろ。山歩きは、いずれきちんと準備をして全員で行こうじゃないか」

決して頭ごなしではなく、優しく言い聞かせたつもりだったが、啓太は首を縦に振らなかった。頑固に、「いや」と硬い声で答える。

「もう少し、がんばってみます。山歩きのコツがわかってきたんです。なんというか、おれの勘が、自分は正しいことをしていると言ってるんです」

啓太にはこういうところがあることを、小五郎は理解していた。初志貫徹と言えば聞こえはいいが、要はひとつのことに固執して他人の意見には耳を貸さないのだ。しかし、何があっても己を枉(ま)げないほど根性があるのかと言えば、そうでもない。それをわかっているだけに、危ういものを感じた。

啓太は食うだけ食うと、「今日は疲れました」と言ってさっさと帰ってしまった。啓太が店を出ていくと、小五郎は思わず「大丈夫かな」と呟いてしまった。耕一は同感だとばかりに、大きく頷いた。

小五郎の心配は、的中した。といっても、それは決して悪いことではなかった。翌週は、小五郎たちが鍾乳洞を出て居酒屋に行くと、すでに啓太が来ていた。しかも、泥だらけではなく身綺麗にしていて、顔にも疲労の色はない。山に行かなかったのか、と一瞥して考えた。

「やあやあ、お帰りなさい」

先週とは打って変わって、また明るい口調に戻っていた。手を振って、小五郎たちを卓に招く。小五郎は耕一と目だけで会話してから、近づいていった。互いに言いたかったことはもちろん、「あいつ、どうしたんだ」だった。

「なんだ、山に行かなかったのか」

尋ねると、啓太は涼しい顔で「行きましたよ」と言う。

「ただ、やっぱり違うかなと思って早めに切り上げたんですよ。あんな道もない急斜面を上るくらいなら、鍾乳洞に隠しますよねぇ」

なんとも脱力させることを、啓太はしゃあしゃあと言ってのける。だから言ったではないか。聞く耳を持たなかったのはそちらだろ。小五郎はそう言ってやりたかったが、なんとかこらえた。

「まあ、おれもそう思うよ。それでずっと、鍾乳洞の中を探しているんだ」

「先人の知恵ってやつですね。先輩の言うことは聞かないと駄目ですね」

啓太は悪びれずに言う。その変わり身の早さに、呆れるよりもなんとなく安堵して、笑みを誘われた。耕一も同じく、しょうがない奴だなとばかりに目を細めて笑っている。ともあれ、啓太が戻ってきてくれるのは嬉しかった。暗闇の中で啓太の馬鹿話を聞いているのは、思いの外(ほか)に慰めになっていたのだと、この二週間で実感していたのである。

明るい啓太と飲む酒は、旨かった。

19

啓太が三人の和を乱すのがそれで終わったかと言えば、そうではなかった。むしろそのときを境に、自分の意見を強く表明するようになった。例えば、むやみに鍾乳洞に入っていくのではなく、何か文書が残っていないか一ノ屋屋敷を探すべきだと啓太は主張した。それはすでにやったと言っても、探し足りないだけだとこだわるのである。一ノ屋の現当主である松次郎は御用金探しにまるで興味がないし、母親のお汀は小五郎の顔を見れば睨みつけてくる。とても協力してもらえる状況ではないのだが、自分で足を運んでいない啓太は理解できないのだった。行っても無駄だ、頼んでみなければわからない、と押し問答を繰り返し、結局耕一が間に立って収めた。

「まあ、行くだけ行って頼んでみよう。そうしないと、啓太も納得しないだろうから」

「おれは行かないよ。お汀さんは苦手なんだ」

小五郎は啓太に付き合って無駄足を踏む気にはなれなかった。一ノ屋屋敷に行っても、どうせ不愉快な思いをするだけなのである。自分で経験してみるまで主張を引っ込めないのは、山歩きのときと同じだった。人の言葉を聞かない啓太の頑固さに、小五郎はいささか辟易し始めていた。

案の定、啓太はお汀にけんもほろろの扱いを受けた。お汀は御用金探しに対して、今も苦々しい思いを抱いているのである。屋敷の中を探すことなど、許してくれるはずがなかった。だが啓太はそれを誤解し、「あの人は何かを隠している」と言い張った。さんざん説明しても理解しようとしない啓太に、小五郎は言葉を尽くす気がなくなった。

一事が万事こんな調子で、探索に必要な物を買う際の価格や、地図の書き方、鍾乳洞内の分岐で左右のどちらを選ぶかまで、啓太はいちいち小五郎に逆らった。意図的に小五郎と逆の意見を言っているのではないかと思えるほどの逆らいようだった。やがて小五郎も啓太とぶつかるのに疲れ、耕一とふたりきりのときに愚痴をこぼすようになった。愚痴をこぼせる相手は、耕一だけだった。

「なんであいつはああなんだろう。おれのやることなすこと、すべて気に入らないみたいじゃないか。おれがあいつに何をしたんだ」

「うーん、難しいねぇ。ぼくが思うに、あれは小五郎に甘えてるんじゃないかな」

耕一は思いがけないことを言った。逆らっているのに甘えているとは、どういうことか。まじまじと耕一の顔を凝視してしまった。

「喧嘩するほど仲がいい、って言うだろ。よくぶつかり合う兄弟も、実は互いのことを思っていたりするじゃないか。啓太はそんな感じで、安心して小五郎にぶつかってるんだよ」

「なんだ、それ。そういう面倒なことは、自分の父親でも相手にしてやってくれ」

本心だった。耕一の言うことはわからないではないものの、面倒だという気持ちが先に立った。口には出さないが、これ以上楯突くようなら仲間から抜けてくれないものかとすら思っている。小五郎が他人と親しく付き合ったのは、学校以外では炭鉱でだけだ。炭鉱では、力仕事をする者同士ということもあり、さばさばした付き合い方だった。甘えて逆らうという心理は、小五郎にとって面倒事でしかなかった。

「まあ、そう言うなよ。まだあいつも子供なんだ。そのうち落ち着くんじゃないかな」

耕一はそう執りなす。耕一はいつも情緒が安定していて、接するのが楽だ。耕一がいてくれなければ、小五郎は決定的な言葉を吐き、啓太を追い払っていただろう。耕一の温厚さが、三人の仲を繋ぎ止めてくれているのだった。

「カンテラの油って、足りてますか。調べたんですけど、いっぺんに買うとずいぶん安くなりますね。いっそ、一年分くらいまとめ買いしたらどうですか」

あるとき、啓太はそう提案した。一橋産業は油も扱っているから、そうした情報はすぐに入ってくるのだろう。油の残量にまで気が回る啓太に感心しつつも、また揉め事を予感して小五郎は若干憂鬱だった。

「まとめ買いはしてるけど、一年分は多すぎる。半年分くらいがちょうどいいんだ」

「どうしてですか。油なんて、腐るものじゃないでしょう」

案の定、自分の提案を否定されて啓太はむきになる。果たして今回はこちらの説明を理解してくれるだろうか、と小五郎は嘆息したい気持ちで口を開いた。

「以前に、台風が来て油を入れていた甕がひっくり返り、全部流れちゃったことがあるんだ。それ以来、あまりたくさん買い置きはしないことにしたんだよ」

「そんなの、気をつければ済む話でしょ。甕は土間に入れておけばいいじゃないですか」

「うちの土間は狭いし、油が入っている甕は重いからおいそれと動かせない。お前がおれの懐具合を心配してくれるのはありがたいが、いろいろ考えてまとめ買いは半年分にしてるんだよ」

さて、納得してくれたか。半ば祈るような気持ちで啓太の反応を待っていたところ、口を尖らせて「ふうん」と言う。さらに反論しそうな気配ではなかった。

「小五郎さんって、九州の鉱山に行って金を貯めたんですってね。すごい執念だな。その金は、まだ残ってるんですか」

「ああ」

いまさら隠すことではないので、短い言葉で認める。啓太は眉を吊り上げ、「へえ」と感心した。

「いくらくらい貯めたんですか」

さすがにこの質問には、答えていいものかためらいを覚えた。耕一ならともかく、啓太相手に貯金の正確な残高は言いたくない。その一事をもって、耕一と啓太は自分の中で同列の存在ではないのだなと自覚した。小五郎にとって啓太はまだ、耕一と同様に信じられる相手ではないのだ。

「まあ、向こう二年はまだ食っていけるかな」

少しぼかして答えたが、それでも啓太はヒューと口笛を吹いた。

「そんなに貯めたんだ。それなら、油の値段なんかいちいち気にする必要もないですよねぇ」

これは嫌みなのだろうか。初めて会った頃の素直さが、どんどん薄れてきているように感じられる。かわいい弟、と思っていたのは、いったいいつ頃までだったか。失われていくものが悲しかった。

熱意や情熱が冷めているのが原因なのだと、小五郎はわかっていた。啓太は明らかに、御用金探しへの興味を失いかけている。なんの成果もないのだから、いやになるのも当然だ。小五郎自身も、探索が惰性になっていたことがないわけではない。ここを乗り越えればまた気持ちが戻ってくるのだが、果たして啓太は乗り越えるだけの執念を持ち続けられるだろうかと訝った。

「あいつ最近、本土を懐かしがるようなことをよく言うんだよね」

ふたりきりのときに、耕一はそう教えてくれた。やはり、と小五郎は頷く。もう啓太は、御用金探しだけではなく、島暮らしそのものに倦んでいるのだ。くがの暮らしを経験している小五郎には、理解できることだった。

「子供の頃にここに来たぼくと違って、あいつは就職と同時に島暮らしを始めただろ。最初は無我夢中で働いているからなんとも思わなくても、そのうちここでの暮らしに退屈し始めたんだよ。

銀座や浅草にまた行きたいなんて、愚痴っぽく呟いてる」

「くがに転勤する可能性はないのか」

啓太のためを思って、そう尋ねた。もはや、啓太が仲間から抜けるのは仕方のないことと思えていた。

「あるけど、啓太は当分ないだろうなぁ。あいつは最初から、島で働くために採用されたんだろうから。啓太もそれはわかってて、うちに就職したはずなのに」

わかっていたとしても、くがを懐かしむ気持ちは抑えられないのだろう。啓太が気の毒なような、こらえ性のなさを叱ってやりたいような、複雑な気持ちになった。こんなふうに案じてやるのは、まだ啓太を弟のように思っているからなのかと、己の気持ちを再確認もした。

何か目立った進展があればいいのだ。なんらかの手応えがあれば、啓太の情熱は戻ってくるだろう。そう考える小五郎自身も、空しさを感じていないわけではなかった。この辺りで成果が欲しいと考えるのは、小五郎の思いでもあった。

その願いが叶ったと言っていいのだろうか。日曜日に三人で鍾乳洞に入っているときに、ついにそこに行き当たった。見つけたのは啓太だった。そのときは先頭を歩く小五郎がカンテラを持ち、耕一が地図を確認し、啓太が左右に目を配っていた。啓太は「あっ」と声を上げ、立ち止まった。小五郎と耕一も足を止め、振り返った。

「そこ、何か見えた」

啓太は左側の壁を指差した。言われて小五郎は、そちらにカンテラを向ける。すると、壁には亀裂が見えた。亀裂の奥には、明らかな人工物があった。

「あった」

啓太は叫んで、亀裂に突進した。小五郎も駆け出したかったが、今は啓太の足許を照らしてやらないといけない。カンテラを掲げたまま、歩いてそちらに向かった。

小五郎の代わりに、耕一が啓太を追っていた。ふたりの姿が、亀裂の向こうに消える。「あったぞ」という声は、果たしてふたりのどちらなのか。あまりに大きく反響しているので、誰の声かわからなかった。

いったい何があったのか。急激に期待が膨れ上がり、小五郎は何も考えられなくなった。脳裏を空白にしたまま亀裂に到達し、中を覗き込む。亀裂の内側は、思いの外に広い空間になっていた。

大人ふたりが両腕を左右に伸ばせそうなほど、そこは広かった。そして足許には筵（むしろ）が敷かれ、その上に木箱が五つあった。ずっと自然が作り出す光景ばかりを見ていた目に、その有様は新鮮に映る。明かりが来るまで手をつけかねていたらしい啓太と耕一は、木箱を見て飛びついた。

木箱の蓋は釘で打ちつけられているかと思いきや、そんなことはなくあっさりと開いた。小五郎はカンテラを近づけ、中身を照らす。小さく、「えっ」という啓太の声が響いた。

「何、これ」

啓太が戸惑うのも無理はなく、木箱の中に入っていたのは小判ではなかった。啓太が手を突っ込み、中身を取り出す。広げられたそれは、女物の着物だった。それも、質屋に出しても値がつきそうにないほどありふれた粗末な着物だった。

「なんなんだよ、これは」

呆然と呟く啓太は、次々に中身を取り出した。すべて着物だった。女物、男物、子供用、それから襦袢（じゅばん）、下穿き、褌（ふんどし）など、わざわざこんなところに隠す価値があるとは思えないものばかりだった。

「こっちも照らしてくれ」

耕一に言われ、明かりを向けた。耕一が蓋を開けた木箱の中身も、一見したところなんであるかわからなかった。どうやら小さな壺や袋のようだが、そこに何が入っているかは不明だ。耕一が壺の蓋を開け、顔を近づける。指を突っ込み、「これは、塩だな」と言った。

「間違いない、塩だ。こっちは、梅干しか」

耕一が次々確認したところによると、こちらの箱の中身はすべて口に入るものだった。腐るものはなく、保存が利くものばかりだ。海苔（のり）や乾燥させたわかめ、魚の干物、燻製、もう古くなった米などが、小分けされて詰められている。一度膨らんだ期待は、あっという間に萎んだ。ここにあるのは、御用金などではなかった。

そもそも、御用金だとしたら木箱の数が少なすぎた。たった五つしかないのだ。他の三つも開けてみたが、どれも日常で使うものばかりだった。朧げに、この場の意味が理解できてきた。

「なんだよ。御用金じゃないのかよ」

すべての箱を検（あらた）めた啓太が、己の腿（もも）を叩いて悔しがる。悔しい気持ちは小五郎も同じだが、やはりと思う部分もあった。ここはおそらく、謎の木札が示していた場所なのだろう。そして小五郎と耕一は、木札は御用金とは無関係と考えていた。だからこの場に御用金がないのは、落胆すべきことではないのだった。

「これは、避難場所だな」

ぽつりと耕一が言葉を吐き出した。小五郎も同じ考えだった。木箱の中身はすべて、いざというときに必要な物ばかりだ。荷を運び込んだ人は、ここに逃げ込むことを想定していたのだ。

「避難場所」

筵の上にへたり込んでいる啓太が、ぼんやりとした口調で繰り返す。「ああ」と頷く耕一の声も、力がなかった。

「いつ頃のものかわからないけど、相当古そうだから、もしかしたら維新の頃だったのかもしれない。薩長が攻め込んでくるとでも噂になって、そのときにはここに逃げ込もうと準備した人がいたんじゃないかな。こんな奥に隠していたんだから、よっぽど怯えていたんだろうね。あまりに奥過ぎて、必要がなくなっても取りにくるのが面倒だったのかもしれない」

なるほど、そこまでは考えられなかった。さすがは耕一だ。小五郎は素直に感心した。

だが啓太は、そんなふうに淡々とは受け止められなかったようだ。「畜生」と叫び、木箱の蓋を壁に投げつけた。割れはしなかったが、鋭い音が四方に響く。「畜生、畜生、畜生」と、啓太は何度も自分の腿を拳で叩いた。

「ようやく見つけたと思ったのに。やっと、やっと辿り着いたと思ったのに。なんだったんだよ。これまでの苦労はいったいなんだったんだよ」

啓太は泣いているようだった。小五郎はカンテラを逸らし、俯いている啓太を闇の中に隠してやった。

20

啓太が出社してこなかった、と夕方になって耕一から聞いた。始業時間になっても姿が見えないので、病気になっているのではないかと上司が心配し、家に人をやった。だが家にはおらず、どこに行ったかもわからないという。それを聞いて小五郎は、失望のあまり泣く啓太の姿を思い出した。啓太が出社してこなかったことと、あれが無関係とは思えなかった。

一時的な気の迷いであればいいと願っていたが、翌日も啓太は現れなかった。これは異常事態だと、留守の家に会社の者が入ってみたところ、荷物がなくなっていたそうだ。大きな家具はそのままだが、服や日用品は見当たらない。つまり病気や事故ではなく、啓太は自発的に姿を消したのだ。無断欠勤どころか、失踪が疑われる状況だった。

社員が港で訊いたところ、くがへの船に乗る啓太らしき人物が目撃されていた。島をくまなく探したわけではないが、少なくとも集落にはいないから、くがに行ったことは最初から疑われていた。島の生活がいやになったというぼやきは、何人もの同僚が耳にしている。転勤希望が受け入れられないことに絶望し、啓太は強硬手段に出たのだろう。社会人として許されざる行動だが、いなくなってしまった者は咎めようがない。怒りや呆れとともに、啓太の失踪は社内で受け入れられたそうだった。

「やっぱり、あれで気力が尽きたんだな」

小五郎は耕一とふたりで、酒を酌み交わしていた。いつになく、しんみりとした酒になっている。いなくなって改めて、啓太の陽気さが思い出された。欠落感は大きかった。

「ぼくも、もうこいつは御用金探しから抜けるなと思ったよ。これ以上は無理だろう、って。でも、まさか会社を勝手に辞めて島から出ていくとは思わなかった。そんなに島の生活がいやだったとは、ぼくも辛いよ」

耕一はぼそぼそと喋る。耕一自身がくが出身だからこそ、自分のことのように責任を感じるのかもしれない。要約すれば、こんな島にいられるかと啓太は出ていったのだ。後足で砂を引っかけられた側の人間としては、悲しさと不快さ、そしてもどかしさを抱えてこらえるしかない。啓太のためにもっと何かできなかったのかと、小五郎は今も自問している。

「おれ、あいつの言葉にまるで耳を貸さなかったかな。あいつの言うことを、ことごとく撥ねつけてたかな。だから、悩んでても相談もせずに、いきなり去っていったんだよな」

人に去られるのは初めてではない。比較すれば、里子に逃げられたときの方が辛かったはずだ。

しかし、何度経験しても慣れるものではない。さらに言えば、里子のときよりも今回の方が傷ついている気がした。

里子の場合は、己に非があるというはっきりとした自覚があった。おれから離れて里子が幸せになるならそれでいいと、他人事のように考える自分がいた。そんな小五郎だからこそ里子は去っていったのであり、やむを得ないことだったと諦めがついた。松太郎を選んだ里子を、見る目がないなと嗤ってやりたい気持ちもあった。

しかし今回は、避けることができたのではないかという悔いがある。啓太の鬱屈は、かなり前からわかっていた。わかっていたのにどうしてやることもできず、啓太の意見を受け入れもせず、結局は追い込んでしまった。己の狷介さを、これほど疎ましく思ったことはなかった。

「いや、ぼくはそうは思わないよ。前にも言ったけど、啓太は甘えてたんだ。公平に見て、小五郎の方が正しいことばかりだったよ。意見を聞いてもらえないからっていじけるのは、啓太が子供だったからだ」

耕一は慰めてくれる。だが、まだ小五郎の胸には染み透らなかった。

「子供だからこそ、もっと気を使ってやる必要があったんじゃないかな。おれは、あいつをわかってやろうとしなかった。向こうがそのうちわかってくれると、簡単に考えてた。おれは、人との付き合い方を知らないんだ。松太郎さんが去り、里子が逃げ、そして啓太もいなくなった。みんな、おれから離れていくんだ」

涙は出なかった。しかし、悲しみがしんしんと胸の底に積もっていくのを感じていた。悲しみだけがおれを満たしていく。おれはどこで間違い、何を捨ててここまで来てしまったのだろう。そうした問いが、悲しみが積もる心の中で反響した。

「そんなことを言うな、小五郎。ぼくがいるじゃないか。ぼくは去らないよ。ぼくはずっとここにいるから。お前が悪いんじゃない。人が去っていくのは、定めだ」

そうだ、耕一がいる。耕一がいてくれる。究極の悲しみが孤独なのだとしたら、おれはまだ悲しみに呑み込まれてはいない。むしろ、こんな友を持てた定めを幸運に思うべきだった。

「ありがとう」

小五郎は万感の思いを込めて、礼を言った。小五郎の思いが、耕一に伝わったかどうかはわからない。ただ耕一は、よけいなことはつけ加えずに「うん」と頷いただけだった。

小五郎には、それで充分だった。

21

悲しみが胸の底に降り積もる。悲しみの嵩は、さらなる追い討ちをかけられることで増した。それはある意味、啓太の出奔を知ったときより衝撃だった。

小五郎は九州で稼いできた金を、簞笥にしまい込んでいた。ふだん使う分は小分けにしてあるから、簞笥の中を毎日のように確認するわけではない。必要になったときにそこから金を取り出すだけなので、せいぜいひと月に二度ほどだ。だから、金がいつ消えたのか、定かではなかった。最初は、母が置き場所を変えたのかと思った。「あれっ」と呟いて、他の抽斗を開けただけだった。だがどの抽斗の中にも、金は見当たらない。ざっと探して見つからないことで、ようやく小五郎の顔から血の気が引いた。

もう一度、今度は抽斗を簞笥から抜き出して検めた。抽斗の中に入っている物を畳にぶちまけ、確認する。あれはただの金ではない。命を危険に曝して得た、言わば己自身の生命の金なのだ。そんな大切なものが見つからなければ、我を忘れる。小五郎はすべての抽斗をひっくり返したが、金は消えていた。

　途中で物音に気づいた母が、顔を見せた。母は金をいじっていないと言う。おそらくそうだろうと思っていた。いくら親でも、息子が命を懸けて稼いできた金に触れるようなことはしない。それは父も同じはずだった。

「盗まれたのかな」

　母は不安そうに言った。そうなのか。空き巣に入られたのか。島では盗難の心配などないから、夜でも家に鍵をかける習慣はない。それは昼も同じで、母が小用で外出した際には忍び込み放題だったはずだ。そんな状態の家に大金を置いておいた小五郎も迂闊と言えば迂闊だが、他人の物を盗む奴がいるとは想像もしなかったのだから、用心のしようもない。起きるはずのないことが起きた現実に、魂を抜かれたような状態になった。

「お巡りさんに届けた方がいいんじゃないか」

　母に言われ、我に返った。そうすべきだろう。小銭ならまだしも、あれは簡単に諦められる額ではない。何者が盗んだのか知らないが、絶対に追い詰めて金を取り返してやると思った。とはいえ、いつ盗まれたのかすらわからないのだから、まったく手がかりがない。こんな状態でどうやって盗んだ者を見つけ出せるのかと気を揉んでいたが、島の駐在は意外なことを言った。簞笥についている指紋を採ると言うのだ。

　最初は意味がわからなかったが、手汗でついた指紋が簞笥に残っているはずだから、それを採取するということだそうだ。なぜなら、指紋は人ひとりひとりそれぞれ違うから、ついている指紋を見れば犯人がわかるのだという。これが科学捜査というものかと、大いに感じ入った。

　調べた結果、父母や小五郎のものとは違う指紋が見つかった。これが盗人の指紋だろう。問題は、島の者全員の指紋を採取して回る手間暇はかけられないという点だった。盗んだ者に心当たりはないのかと、小五郎は駐在に問われた。

　言われてふと、あるひと幕を思い出した。カンテラの油をまとめ買いするかどうかという話をしたとき、啓太に貯金額を訊かれた。あのときはぼかして答えたが、少なくない額であることはわかったはずだ。まさか、と思った。

　考えてみれば、啓太がいなくなる前に簞笥を見たときには、確かに金はあった。あのときから今に至るまでの間に起きた大きな出来事は、啓太の出奔なのである。会社を勝手に辞めて今後どうするのかと啓太を案じていたが、当面の金に困らない目処があったのだとしたら、無謀な行動に走ったわけも理解できる。信じたくはなかったが、様々なことが符合するのは事実だった。

　駐在にそのことを告げると、啓太が住んでいた家に行ってまた指紋を採取した。次の住人は入っていなかったので、そのまま空き家だったのである。そしてすぐに照合して、簞笥に残っていた指紋が啓太のものであると断定した。小五郎は目の前が暗転したかのように感じた。

　駐在の行動は早かった。くがに連絡をとり、啓太を指名手配するよう要請したのである。こうして啓太は、単に勝手に会社を辞めた愚か者というだけでなく、罪を犯して逃亡するお尋ね者になったのだった。

　ひと月ほど後、啓太が逮捕されたという一報が島に届いた。啓太は金を使い果たし、手許にはほとんど残っていなかったらしい。小五郎の胸に、錐（きり）で刺されたような鋭い痛みが走った。それは決して、金が消えたことによる痛みではなかった。

22

　啓太を責める気になれないのは、里子のときと同じだった。おれが悪い、という思いが小五郎の裡にはある。おれが里子を駆け落ちするところまで追い込み、啓太を犯罪に走らせた。すべて、おれの未熟さのせいだ。そう考えることで、小五郎はなんとか事態を受け止めた。

しかし、心の傷は諦念で覆い隠すことができても、先立つものがない状況には困らされた。今や小五郎は、御用金探しにうつつを抜かしていられる身分ではなくなったのである。生きていくため、そして御用金探しを続けるためにも、働かなければならない。そうは言っても、もう一度炭鉱に行って金を貯める気力はなかった。ならば、頼れる相手はひとりしか思いつかなかった。

小五郎は一橋産業を訪ね、新吉に面会を求めた。すぐに会ってもらえるとは思わなかったので、取りあえず約束だけを取りつけるつもりだった。ところが案に相違して、そのまま応接室に通された。素早い応対に、いささか戸惑った。

というのも、礼を欠くことに、小五郎は島に戻ってきてから新吉に挨拶をしていなかったのである。向こうが忙しい身だから遠慮したのだが、こんな形で不義理を詫びるのは気が引けた。

通されたのは、島を発つ前に新吉と会った部屋だった。あのときと同じように少し遅れてやってきた新吉は、硬い表情をしていた。不義理を咎められるのかと思いきや、机の天板に両手をついて頭を下げる。予想もしない相手の行動に、小五郎は面食らった。

「うちの社員が本当に申し訳ないことをした。君にはとんでもない迷惑をかけてしまった」

ああ、そういうことか。詫びて欲しい気持ちは露ほどもなかったので、そういえばそうかと他人事のように考えた。新吉に謝ってもらう筋合いのことではない。だから首を振り、不明瞭な声で答えた。

「いえ、それはもういいんです」

「君の金を盗んだとき、大原はまだうちの社員だった。社員の不始末を詫びるのは、副社長として当然のことだ。本来ならこちらから出向かなければならないのに、申し訳ない。こちらとしても、きちんと謝意を示したいという気持ちはあった」

どうやら、啓太のことで文句を言いに来たと受け止められたようだ。そうではないと、早くわかって欲しかった。

「違うんです。本当にそのことはもういいんですよ。今日はお願いがあってやってきました」

「願い」

顔を上げた新吉は、怪訝そうな表情を作った。互いに坐ってから、改めて向き合う。

「そういうわけで、私は九州で貯めた金を失い、困っています。もし可能なら、こちらで雇っていただけないでしょうか」

「ああ」

この申し出は新吉の予想外だったようで、しばしぽかんとしていた。だがやがて納得したように、「うん」と頷く。

「もちろん、こちらにはそうしなければならない義務がある。君を雇おう。仕事内容についても、ある程度希望を聞く。何かしたいことはあるかね」

「いえ、何もわからない素人ですから、希望なんてありません。私でもできる仕事を与えてください」

「そうか。そういうことならば考えておく。しかし、うちに勤めると御用金探しが疎かになるな。君の夢というのは、御用金探しだったんだろう」

新吉はまだ、小五郎が島を出る前に話したことを憶えていた。あのとき小五郎は、夢の詳細を語らなかった。今こそ、聞いてもらうべきときかもしれなかった。

「はい、そうです。徳川御用金が祖父の手引きでこの島に運び込まれたと、私は考えています」

「祖父。つまり、イチマツさんか」

「はい」

本来ならもっと早く、イチマツの話を聞きに来るべきだった。大会社の重役という肩書があるから、後込みしていたのである。まさか、こんな形で祖父の話を聞くことになるとは思わなかった。啓太の導きのようにも感じられた。

「なぜそう考えるか、訊いてもいいかな」

「はい、もちろん」

小五郎はこれまで積み重ねてきた推論を語った。今や、己の半生を支えることになった推論だった。とりわけ、祖父がよく山に行っていたという祖母の言葉の裏づけが欲しかった。あれはぼけた祖母の、事実とは違う妄想だったのか。あるいは本当に、祖父は山に行って絵図面を書いていたのか。

「濱口さんは祖父と親しく接していたと聞きました。そこで、伺いたいのです。祖父は徳川の密命を帯びていたと思いますか。祖父はただぶらぶらしていただけでなく、目的があってこの島に帰ってきたのだと濱口さんは考えますか」

最後にそう問うた。首を縦に振って欲しいという、切なる思いを込めた問いだった。新吉の返事次第で、小五郎を支えてきたものは失われるかもしれない。それが怖かったから、新吉に帰還の挨拶ができなかったのだと、今になって己の心の動きに気づいた。

「確かに、私はイチマツさんに目をかけてもらっていた。四六時中、一緒にいたわけではないが、私にだけ語りかけてくれたことが何度かあった。とはいえ、私が見ていたのはイチマツさんのほんの一面だ。私はまだ子供だったからな」

新吉はそう前置きをした。その前置きは、続く言葉を予想させた。

「私が知る限り、イチマツさんが山で何かをしていたということはなかった。絵図面を書いているところも、見たことはない。悪いが、私の目にはイチマツさんは毎日ぶらぶらしているだけの人に見えたよ」

「そう、でしたか」

こんな答えもありうると、覚悟はしていた。しかし、それでも襲いくる衝撃は小さくなかった。足許が不確かになる感覚。縋れる確固たるものが溶け崩れていく中、必死に足掻く自分の姿を小五郎は思い浮かべた。

「失礼ながら、この島に御用金があると考える根拠は、さほど強くないな。少なくとも私は、君の考えを補強してやることができない。それでも君はまだ、御用金探しを続けるのか」

「はい」

この問いかけには、無意識のうちに答えていた。これ以外の答えは見つからなかった。里子が去り、啓太が金を持って逃げた今、自分には御用金探ししかないのだ。御用金探しは、おれの人生だ。どうか、おれの人生を奪わないで欲しい。

「そうか」

新吉は小五郎の目を覗き込み、何かを諦めたように小さく頷いた。新吉の態度は、まるでこちらを憐れんでいるかのようだった。憐れまれる筋合いはない、そう反発を覚えたが、自分はまさに憐れな存在なのだろうという自覚もあった。いいのだ。理解者は耕一だけでいい。わかってもらおうとは思わない。

仕事を見つけて後日連絡する、と新吉は言って、面会を終わらせた。一橋産業の社屋を出る際、せめて顔を上げていようと小五郎は意地を張った。自分が夢を信じないで、いったい誰がこの夢を信じるのか。そう、心の中でうそぶいた。

23

月日は流れ、人は老いる。晩年を迎えた人は、己の生まれた場所に帰りたいという念を募らせるようだ。耕一の両親も例外ではなく、会社を退職した後、くがに戻っていった。耕一だけが島に残った。

二十代半ばにして、耕一はようやく妻を娶った。男女の奇妙な諍いがなければ、もっと早く結婚していただろう。相手もまた、くがから来た一家の娘だった。島生まれ、くが生まれの隔てはずいぶんなくなったはずだが、やはりどこかにまだ存在するのかもしれない。あるいは、たまたま選んだ相手がくが生まれだったというだけかもしれない。耕一が娶った女は朗らかで気立てがよかったので、小五郎にとっては生まれがどこであろうとかまわなかった。耕一が幸せになってくれれば、それでよかった。

耕一はふたりの男の子供に恵まれた。特に上の男の子は、小さい頃から賢さを発揮した。あっという間にかなを覚え、学校に入る前に九九を唱え始めた。あの子は神童だ、との評判が立った。

小五郎と耕一の友情は、変わらず続いていた。しかし家庭を持った耕一は、もう日曜日ごとの鍾乳洞探索には付き合ってくれなくなった。それも当然のことなので、小五郎に不満はなかった。小五郎も今や、平日は会社に出勤する身なので、さほど孤独は感じなかった。

それでも耕一は、小五郎の相談相手でいてくれた。たまに会い、探索の状況を話す。特に進展があるわけではないが、地図を前にしてああでもないこうでもないと話し合っている間は、耕一とともに探索を行っているのだという実感があった。小五郎はもう、耕一以外の仲間は求めていなかった。たったひとりの戦友。連れ立って鍾乳洞に潜ることはなくなっていても、暗闇の中を歩いている間、心は常に耕一に語りかけていた。この状況をどう耕一に報告しようか、そう考えることが足を前に運ばせる原動力だった。

たとえ友情が壊れなくても、彼我の境遇の違いが双方を隔てることもある。あるとき耕一に呼び出され、小五郎はそのことを知った。居酒屋で待っていた耕一は、少し硬い顔だった。最近、耕一が何かを思い悩んでいる様子であることには気づいていた。その何かを、これから話してくれるのだと直感した。

「実は今度、本土に転勤することになったんだ」

簡単な挨拶を終えてから、耕一はすぐに切り出した。それを聞いた小五郎は、強い衝撃を受けたわけではなかった。漠然と、そんな日がいつか来るかもしれないと予想していた。だが最初は小石を投げ込んだ程度のさざ波が、やがて大きな波紋となり、小五郎から言葉を奪った。何かを言おうとしても、声が出ない。自分が今、最後に残った最も大切なものを失おうとしているという現実の前に、小五郎は声すら出せなくなったのだった。

「ぼくの親も年を取ったから、本土で自分たちだけで暮らしているのが不安になったみたいなんだ。少し前から、こっちに帰ってこないかって言われてたんだよ。ただ、ぼくにとってはもう、島が故郷だからね。いまさら本土に移り住む気にはなれなかったんだけど、糸子が乗り気でさ」

糸子というのは、耕一の妻である。糸子の両親は島に住んでいるが、耕一の両親と同じく、いずれはくがに帰りたいという気持ちがあるのかもしれない。糸子は、自分がまず先にくがに帰り、両親を待つという意図なのだろう。

「それと、吉男(よしお)のことがね。ぼくはこの島が大好きだけど、吉男を育てるのにいい場所なのかどうか、迷ったんだ」

一橋産業の社長である一橋平太もまた、かつて神童と呼ばれたそうだ。島ではろくな学問ができないからと、島の者たちが金を出し合ってくがに送り出し、学ばせたと聞いている。時代が下っても、島にいい学校がないことに変わりはない。耕一の息子である吉男が、一橋平太社長以来の神童であるなら、当然くがのいい学校に通うべきだった。

「島には愛着があるから、なかなか決められなかったんだけど、やっぱり吉男のためを思えば本土に行くべきだと思ったんだ。それでしばらく前から、転勤願を出していた。幸い聞き届けられて、本土への転勤の辞令が出た。ぼくたちは一家で、本土に引っ越すよ」

「そうか。よかったな」

安堵したことに、ようやく出た声は震えても掠れてもいなかった。ごく普通に、友の新たな生活を祝う言葉になっていた。これでいい。くがに移り住む耕一に、思い残すことを作らせたくない。友は、笑って送り出したい。

「お前とも長い付き合いだから、別れるのは辛いんだけどな。ただ、お前も本土で暮らしたことがあるからわかるだろうが、そんなに遠いところじゃない。こっちが落ち着いたら、お前も一度遊びに来てくれよ。歓迎するから」

「ああ。それはいいな」

自分が島を離れ、くがに住む耕一を訪ねる様を思い描こうとしてみる。まるで想像できない。おれがいるべき場所は、鍾乳洞の暗闇の中だと改めて思う。九州の坑道の中ならまだしも、華やかな東京は遥かに遠い場所だった。

その夜、小五郎と耕一は小学校以来の思い出をさんざん語り合った。思い出せることには果てがなく、いつまでも話が続けられそうだった。友と語り合うひとときが楽しければ楽しいほど、そこには悲しみが忍び寄る。小五郎の心の底に降り積もる悲しみは、またひっそりとその嵩を増した。

24

月日は流れ、人は老いる。足腰が弱くなっていた父は寝込むようになり、やがて消え入るように身罷(みまか)った。母はその後三年生きたが、ある冬の朝に土間で倒れているところを小五郎が見つけた。見つけたときには、すでに事切れていた。

父の死の際には声を忍んで泣いた小五郎も、冷たくなっている母を抱き上げたときには号泣した。自分がもう少し早く起きていれば母を助けられたのではないかと考えると、どうにも涙が止まらなかった。年老いた母にいつまでも朝食の支度をさせていたことすら、寿命を縮めた原因に思えた。己のことは、いくら責めても足りなかった。

そうしてついに、小五郎はひとりになった。真の意味でのひとり。少しずつ少しずつ、鉋(かんな)で削られるように人間関係が剝落していった。だから覚悟はできていたが、その分、まったき孤独は心に染み入ってくる冷たさを伴っていた。心がしんしんと冷えていく。胸を大きな手で鷲摑みにされたかのような痛みがあった。

小五郎は鍾乳洞通いをやめなかった。鍾乳洞に潜ることは、己の存在意義そのものだった。やがて小五郎は、暗闇の中で自問をするようになった。お前は何を探しているのか。なんのために鍾乳洞に入るのか。お前はなぜ生きているのか。お前の生に、意味はあるのか。

小五郎は答えを求めて、鍾乳洞に入った。自分が探しているのが御用金なのか、それとも自問に対する答えなのか、よくわからなくなっている。御用金が見つからないのと同様に、自問の答えも見つからない。なぜおれは生きているのか。暗闇の中を歩き続けること自体が生きる目的だった。

月日は流れ、人は老いる。小五郎にも、確実に老いが忍び寄っていた。髪に白いものが交じり、目が霞み、体のあちこちが痛み始めた。一日のうちに歩ける距離が短くなり、鍾乳洞を奥まで探索するのが難しくなってしまった。小五郎は暗闇の中で胡座(あぐら)をかき、見えない相手に向かって語りかけるようになった。その相手は里子であったり、松太郎であったり、あるいは耕一だった。まれに啓太が現れることもあり、父や母のこともあった。相手は誰であっても懐かしく、慕わしく、心が震える喜びだった。皆、御用金は見つかったかと小五郎に問うてきた。いや、まだだよ。でもそのうち、必ず見つける。小五郎は自信たっぷりに言い切った。きっと、もうすぐなのだ。すぐそこに、御用金はある。そう信じ続けた数十年だった。

あなたは馬鹿ね、と里子は言った。そうなんだ、お前にはすまないことをした、小五郎は答える。小五郎なら必ず御用金を見つけられる、松太郎は言う。ああ、任せてくれ、小五郎は請け合う。お前はおれのただひとりの親友だよ、耕一がそう言ってくれたときには、涙が溢れた。結局一別以来、小五郎は耕一に会っていない。親友に会いたいと、強く思った。

母が来てくれた。もういいよ、と母は言った。もう、お前は充分がんばった。そうかな、小五郎は考えた。そうかもしれない。振り返ってみて、悔いはまったくない。それでいいではないか。生が尽きようとする前に、会いたい人が皆会いに来てくれた。こんな幸せなことがあろうか。

小五郎は暗闇の中で微笑んだ。長い眠りが、すぐそこまで近づいている。小五郎はゆっくりと目を閉じた。

第六部　お医者様でも草津の湯でも

1

鈴子の顔立ちが整っていることに気づいたのがいつだったか、禎子はもう憶えていない。物心ついた頃にはすでに、鈴子が特別に愛らしい顔をしているのだと知っていた気がする。というのも、周りの大人たちがしつこいほどにそう口にしていたからだ。「鈴子は一ノ屋の血を引くのに、どうして器量好しなのか」と大人たちはことあるごとに言い、首を傾げていた。禎子は一ノ屋がなんであるかもわからず、また器量好しがなぜ不思議なのかも知らず、ともかく鈴子は特別なのだと認識していたように思う。鈴子の顔を基準にして、器量好しとは何かを学んだとも言えた。

五歳くらいになると、大人ではなく同じ年頃の男たちが、鈴子の魅力について教えてくれた。男たちの態度が、鈴子に接するときだけ違うのだ。乱暴者で知られた男の子でも、鈴子の前に出るとたんにもじもじし始める。それだけでなく、綺麗な貝殻や摘み取った花を渡したりするのだ。禎子が見る限り、男の視線はすべて鈴子に集まっていた。だから禎子は、同世代の男から見られた記憶がない。それはおそらく、他の女の子も同じだろう。

当の鈴子はそのことを、まるで気にしていなかった。器量好しと言われることも、男の視線を惹きつけることも、生まれたときからであれば当たり前のことになる。長じてから己の美貌に気づけば鼻にもかけようが、鈴子にとっては整った顔立ちも、それに対する反応も、ごく自然なことなのだ。自惚れなど抱きようもなかった。

思えば、幼い頃は鈴子の顔立ちが美しくてもどうということはなかった。器量好しとはいえ、しょせんは幼児である。大人たちが皆「かわいいねぇ」と言おうと、同じ年頃の男たちがそわそわしようと、問題は起きなかった。

鈴子の美貌が最初に騒動を巻き起こしたのは、十歳のときだった。十歳といえば、子供もそろそろ色気づいてくる頃である。総じて男の方が遅いものだが、中にはそうでない者もいる。大柄で、力で周りを従えるような真似をしてきた宗次(そうじ)という男が、同じ年の者の中で最も早く色気づいた。

「なあ、昼休みに校舎の裏に来てくれないか」

宗次は二時間目と三時間目の間の休み時間に、わざわざ女子の教室までやってくると、鈴子の机の横に立って言った。鈴子はきょとんとして、問い返す。

「なんで」

「いや、ちょっと話があるんだ」

隣の席に坐っていた禎子の目に、宗次は照れているように映った。だがその時点では、宗次の照れが何を意味するのかわからなかった。鈴子も禎子も、まだ子供時代の真っ直中で、色気づいてなどいなかったのである。宗次はそれだけを言って去ったが、用件に見当がつかないので、鈴子は不安げな顔を禎子に向けた。

「なんだろう。なんだか怖い」

「そうだね。先生に相談してみたら」

それ以外に、思いつくことはなかった。宗次は喧嘩っ早く、殴られたことがある者はひとりやふたりではない。いくらなんでも女の子を殴るような真似はしないだろうが、それに近い怖い目に遭わされるのではないかと恐れた。

「でも、先生に言ったらもっと怒るかも」

鈴子は美しい形の眉を寄せ、困惑を示す。確かにそうかもしれないので、禎子もさらなる助言ができかねた。

「すっぽかしちゃうわけにもいかないしねぇ」

そんなことをしようものなら、宗次が激怒するのは目に見えていた。学校では逃げ場がないから、相手の感情を逆撫でするような真似はするべきではない。となると、鈴子は昼休みに校舎裏に行くしかないだろう。宗次の用件が穏当なものであることを、禎子は祈った。

「ねえ、禎ちゃん。ついてきてくれない」

鈴子は上目遣いになって、そう言った。こんな表情をすると、鈴子は本当にかわいらしいと禎子も思う。鈴子に頼み事をされて、断れる人はいないだろう。

「あたしがついていっても、宗次は怒るんじゃないかな」

「でも、あたしひとりじゃ怖い」

鈴子は今にも泣きそうな顔になった。仕方ない。他ならぬ鈴子の頼みだから、ついていくことにした。

昼休みなんて永久に来なければいいと思っていたが、無情にも時間は坦々(たんたん)と過ぎる。禎子は鈴子と手を握り合って、校舎の裏に向かった。

そこにはすでに、宗次が来ていた。宗次は腕を組み、仁王立ちしている。大柄な宗次がそんなふうに構えていると、威圧感があって怖い。鈴子は禎子の手をぎゅっと握ってきた。

「なんでお前もいるんだ」

当然、宗次は禎子に向かってそう文句を言う。禎子は気を張って、言い返した。

「鈴ちゃんに頼まれたからよ。あたしが一緒じゃないと、鈴ちゃんはここには来なかったんだからね」

「邪魔だ。帰れ」

「だったらあたしも帰る」

禎子の背後に隠れるようにしながら、鈴子が声を発した。なけなしの勇気を振り絞ったのだろう。声は震えているが、その本気はしっかりと宗次に伝わったようだ。

「ちっ」

宗次は顔を歪めて舌打ちすると、しばし禎子を睨みつけた末に、顎をしゃくった。

「じゃあ、向こう向いて耳を塞いでろ」

宗次がそう出てくるとは思わなかったので、鈴子と目を見合わせて無言のままに相談する。鈴子は悲しげに、小さく首を振った。

「駄目。耳は塞いでてもいいけど」

鈴子の気持ちを汲み取り、半分だけ妥協した。ともかく、鈴子から目を逸らすわけにはいかない。禎子が見ていないと、宗次は何をするかわからなかった。

「仕方ねえ。それでもいいから、早く耳を塞げ」

ようやく折り合えるところを見つけた。鈴子も、それならいいとばかりに頷く。禎子は鈴子の手を放し、両耳を塞いだ。とはいえ、これなら声は聞こえてくるよなと思った。

「なあ、鈴子」

案の定、音量は小さくなっているものの、ほとんどそのまま聞こえる。ただ、馬鹿正直にそれを言ってやる必要はないので、聞こえていない振りを装った。

「お前、大人になったらおれの嫁になると約束しろ」

「えっ」

鈴子が驚きの声を発した。実は禎子も小さく声を発してしまったのだが、うまいこと鈴子の声と重なったので宗次には気づかれなかった。宗次はいったい何を言い出したのかと、つい顔を凝視してしまう。

「おれの嫁になれと言ってるんだ」

宗次は照れ臭くなったのか、顔を赤らめ俯いた。もしかしてこれは、愛の告白だったのか。鈴子はどう答えるのかと、視線を移した。言われた鈴子は、ただぽかんとした顔をしている。

「大人になったらって、そんな先のことは約束できないよ」

目をぱちぱちさせながら、答える。宗次はもう、鈴子の顔が直視できないようで、大きい体を窄めてもじもじしていた。

「別に、許嫁がいることは珍しくもないだろ。なあ、約束してくれよ」

弱気になったのか、言葉が懇願調になった。禎子は噴き出しそうになるのを、必死にこらえる。

「だって、そんなこと言われても」

鈴子はじりじりと後ずさっている。今にもくるりと踵を返し、この場を逃げてしまいそうだ。そのことに気づいたか、宗次は一歩近づいた。しかしそれは逆効果で、鈴子に逃走のきっかけを与えるだけだった。「きゃー」という悲鳴を残し、おまけに禎子も残し、鈴子は一目散に駆け去っていった。

思わず禎子は、宗次と目を見交わしてしまった。宗次は世にも情けない顔で、すっかりしょげかえっていた。禎子はかける言葉を見つけられず、何も言わずに鈴子の後を追った。

それでそのひと幕は終わったかと思ったのだが、そうではなかった。あの場にいたのは禎子も含めた三人だけだったはずなのに、宗次が鈴子に求愛したことはあっという間に学校じゅうに広まったのだ。おそらく、校舎内にいた誰かが立ち聞きしたのだろう。あんな面白いことを聞いてしまっては、人に言わずにいられないのはよくわかる。誰が言い触らしたかは、結局判明しなかった。

次に行動を起こしたのは、学年で一番運動ができる康介だった。康介もまたわざわざ女子の教室までやってくると、鈴子に近づいた。

「話があるから、昼休みに校舎の裏に来てくれないか」

康介は他の者に聞かれないよう、囁くように鈴子に話しかけていたが、禎子の耳には入ってしまった。驚いて、鈴子と康介の顔を交互に見る。鈴子は目を丸くしているが、対照的に康介は至って真剣な面もちだった。冗談ではなさそうだ。

「まさか、康介くんもかな」

康介が立ち去ってから、鈴子に顔を寄せて話しかけた。鈴子は首を振って、否定する。

「いくらなんでも、そんなわけないよ」

「じゃあ、何」

「わからないけど」

鈴子の声は沈んでいる。康介の申し出が、厄介事以外の何物でもないとわかっているのだろう。

禎子は鈴子が気の毒になった。

「ねえ、また一緒に来て」

鈴子は頼む。そう言われるだろうと、禎子は予想していた。

「宗次と違って怖くないから、あたしが行かなくても大丈夫でしょ」

「駄目だよ。怖いよ」

康介は勝ち気だが、女の子を泣かせて喜ぶような性格ではない。とはいえ、康介が何を言うかは見当がつく。そんなわけない、と言いつつ、鈴子も察しているからついてきてくれと頼むのだろう。鈴子の気持ちを思えば、無下に断るわけにもいかなかった。

康介は学年一、女子に人気がある男子だった。すらっと背が高く、細面の顔は整っていて、おまけに運動ができる。これでもてないはずがなかった。つまり康介もまた、鈴子と同じように異性の目を惹きつける存在であったのだが、禎子に言わせればとても同列ではなかった。康介にはどこか、異性の目を意識して格好をつけているようなところがある気がするのだ。鈴子が身にまとう、本当の無垢さとはまるで違う。康介の格好よさは、禎子には金メッキのように思えていた。

　昼休みになったので、鈴子とともに校舎裏に行った。すると、まるで先日の繰り返しのように、宗次が立っていた場所とほぼ同じところに康介が立っていた。違いは、腕組みをしていなかった点だけだ。ついてきた禎子を見ていやそうな顔をするところまで、先日の繰り返しである。宗次の告白を立ち聞きしていたのは、この康介ではないかと禎子は疑った。

「なんで笠原さんまで一緒なんだ」

　康介は鈴子に向かって問いかける。完全に、禎子の存在を無視していた。そんな扱われ方は面白くなく、ただでさえあまりよくなかった康介に対する印象が一気に悪くなった。鈴子も同じように感じたか、抗議するように応じてくれた。

「あたしが一緒に来てって頼んだの。駄目なら帰る」

　宗次より康介が与しやすいからか、それとも二度目で慣れたか、鈴子は前回より強気だった。康介は眉根を寄せ、情けない顔になる。

「ちぇっ。しょうがないな。じゃあ笠原さん、ここでの話は誰にも言わないでくれよ」

　康介はようやく禎子に目を向けた。不愉快な気分が収まったわけではないが、いやとは言えない。わかった、と頷くと、康介はまた鈴子だけを見た。

「ええと、森内さん、大きくなったら結婚してくれって前原に頼まれたんだって」

　前原とは宗次のことであり、森内は鈴子の姓だ。康介は律儀に、皆を名字で呼ぶ。

「うん、そうだけど」

　鈴子は警戒心を隠さずに、硬い顔で頷く。康介は顔を鈴子に近づけた。

「で、承知したの」

「まさか」

鈴子は首をぶんぶんと振る。正確には断ったわけではなく、ただ逃げただけだが、鈴子の気持ちは宗次に充分伝わったことだろう。

「ああ、断ったんだね。それならよかった」

康介は大袈裟に息をつき、安堵を示す。この話の流れが行き着くところは、もはやひとつしかないなぁと横で聞いていて禎子は思った。

「じゃあ、ぼくも同じことを頼むよ。大人になったら、ぼくのお嫁さんになってくれないか」

ほら来た。なんなんだろうか、これは。何かの冗談なのか、それとも根性試しみたいなものか。しかし康介はこんなことを言って女子をからかう性格ではないし、からかう相手として鈴子はあまりにふさわしくない。むしろ本気で言っていると考えた方がしっくりするのだが、だとしても宗次と同じことを繰り返すのはなんのつもりか。真意がよくわからなかった。

「えっ、どういうこと。なんでそんなこと言うの」

鈴子も大いに戸惑っているようだ。それしか返す言葉はないよね、と禎子も思った。

「なんでって、そりゃあ他の男に森内さんを取られたくないからだよ」

康介は大胆なことを言う。宗次と違い、特に顔を赤らめたりもしない。なんだかずいぶん図太いな、と禎子は感想を抱いた。こういうところがあるから、かえって康介は信用できないのだ。

「なんで、あたしを取られたくないの」

対して鈴子は、素朴に訊き返す。これは手練手管(てれんてくだ)などではなく、鈴子の本気なのだ。本気で鈴子は、康介の言葉の意味を解(かい)しかねている。

「なんで、って」

さすがにこの問い返しには、康介も絶句した。しばし言葉に迷ってから、意を決したように口を開く。

「それは、ぼくが森内さんを好きだからだよ」

ようやく康介は、頬をわずかに赤らめた。それは照れのためというより、興奮したせいにも見えた。ただ、堂々としすぎているより好感が持てた。先ほどと違い今度は、そのことを口にした勇気に感心した。

「どうしてあたしが好きなの」

しかし鈴子は、容赦がなかった。いや、容赦がないと受け取るのは傍で聞いている者であり、鈴子自身は純粋に不思議だから訊いているのである。鈴子に愛の告白をする者は、相当覚悟を据えてかからなければいけないのだなと禎子は考えた。

「い、いや、それは、森内さんが美人だからだよ」

気圧され気味に、康介は答える。でもそれはいい答えじゃないぞと内心で禎子が思っていたら、案の定鈴子の追及はなおも続いた。

「どうして美人だと好きなの」

もはや、ほとんどいじめである。当人は無邪気に訊いているだけだから、よけいに始末が悪い。とはいえ、美人だから好きというのは理由になっていないと禎子も感じた。そんな理由で女の心は動かないことを、康介は学習するべきだった。

「だって、それが普通だろ。男は美人が好きなんだよ」

ついにたまりかねたか、半ば怒ったように康介は開き直った。うん、これまた男の本音なのだろうね、と禎子は思う。鈴子の幼馴染みとして物心ついた頃から一緒にいると、男が顔だけに惹きつけられる様をいやになるほど見てきた。禎子はこのとき初めて、鈴子のこの先の人生はかなり大変なものになるのではないかと予感した。

「で、どうなの。約束してくれるの、くれないの」

怒気を残したまま、康介は返答を迫った。鈴子はようやく、禎子に助けを求めるような視線を向けてきた。禎子は小さく首を振った。

「ごめんなさい。大人になったときのことなんて、まだ約束できない」

「えーっ、ここまで言わせておいて、それはないだろう。約束してよ」

確かにそうかも、と禎子もつい思った。無邪気さは、ときに残酷さに繋がる。しかし男の側も告白するからには、これが鈴子だと理解しておかなければならない。

「ごめんなさい。行こう、禎ちゃん」

無慈悲にもきっぱり拒絶すると、鈴子は禎子に手を伸ばしてきた。禎子はその手を握り返し、鈴子に引っ張られるようにその場を後にする。歩きながら振り返ると、なにやら呆然とした体で立ち尽くす康介が見えた。こんな目に遭う男は康介が最後ではないのだろうなと、禎子は確信を込めて予想した。

2

宗次が康介を殴った、という話はすぐに禎子たちの耳に入った。これまたどうしたことか、康介が鈴子に求愛したという噂はたちまち広がり、それを聞きつけた宗次が激怒したということらしい。宗次の求愛が受け入れられたわけではないから怒る権利などないと思うし、康介もまた拒否されたのだから怒る筋合いでもないと思う。ただ宗次としては、真似をされたのが面白くなかったのだろう。振られた腹いせ、という気持ちもあったのかもしれない。

康介も、殴られっぱなしでいる性格ではなかった。殴られて参るどころか、体が大きい宗次に反撃をしたらしい。体格差はあっても、康介には抜群の運動神経がある。宗次の殴打をかいくぐって相手の腹や顔に拳を叩き込むくらいの芸当は簡単だったようで、仲裁が入らなければ宗次は返り討ちに遭っていたかもしれない。だが先生が割って入って喧嘩をやめさせたときは、双方ともに顔に拳を食らって痣を作っている状態だった。

自分を巡ってふたりの男が争ったのだから、鈴子はさぞや身の置き所がない気持ちでいるだろうと思ったら、あに図らんやまるで気にしていなかった。「喧嘩なんていやね」のひと言で終わりである。これでは争ったふたりの立つ瀬がないが、鈴子は何も悪くないのは事実だ。鈴子が必要以上に責任を感じる性格でなかったことは、当人のためによかったと禎子は考えた。

ただ、鈴子のそんな態度が次なる事態の呼び水になったという面はあったかもしれなかった。この騒動を一歩引いて見ていた者たちは、鈴子が宗次にも康介にも完全に興味がないことを知った。で、その先の思考経路が禎子にはよくわからないのだが、ならば自分の求愛は受け入れてもらえるかもしれないと考えた者が続出したのだった。

宗次も康介も、それぞれ別の意味で目立つ存在である。そんなふたりがあっさり玉砕したのだから、他の者たちに勝ち目などないと思うのだが、当人たちの考えは違ったのだ。まあ禎子も、地味でも光るところがある男の価値を認めないわけではない。まだ異性に興味がないからどうでもいいが、自分が将来結婚するならそういう人の方がいいかもしれないとも考える。だから密かに己を恃(たの)んで、鈴子に求愛する者たちの度胸までを否定する気はないが、無理なものは無理と学習する頭脳は持ち合わせていないのだろうかと呆れる気持ちがあった。

以来、鈴子の昼休みは大忙しになった。一日数人に、校舎裏に呼び出されるようになったのである。数人だから、一対一の話し合いはできない。やむを得ず、禎子の仕切りで行列を作り、順番に告白してもらう形になった。行列を作らせる役目の禎子はかなり馬鹿馬鹿しかったが、順番待ちをする男たちはそうでもなさそうなのが不思議だった。

「将来結婚してください」「ごめんなさい。できません」

「大きくなったら結婚して」「できません」

「おれとなら結婚してくれるだろ」「ごめんなさい」

こんなやり取りを、数回繰り返すのである。どんな気持ちで行列に並んでいるのかと、男どもの顔をじろじろ見てやったが、当人たちは至って真剣な面もちだった。真剣すぎて、視野には鈴子しか入っていないらしい。禎子はもちろん、前後に並ぶ男たちすら眼中にないようだから、完全に自分の世界に入り込んでいる。鈴子に断られて泣き出す、情けない男子までいた。

数人からの求愛が、数日続いた。自分の将来の嫁を気にする男子がこんなにもいたのかと驚いたが、おそらく周囲のそわそわした態度に触発されて、それまではそんな気もなかったのに便乗して告白した者も多かったのだろう。浮き足だった雰囲気、とはまさにこのことだった。

小競り合いも頻繁に起きた。宗次と康介が殴り合ったように、鈴子が原因の喧嘩が幾度かあったらしい。争ったところで鈴子の気持ちを得られるわけではないのに、まったく愚かしいことだ。男は本質的に、争い事が好きなのだなと禎子は実感した。

困ったのは、女子たちの目だった。鈴子は何も悪くないとわかるはずにもかかわらず、冷ややかな目を向ける者が何人かいたのだ。学校じゅうの男子が鈴子だけを好きになれば、嫉妬する者が現れるのはやむを得ない。感情は理屈で抑え込めるものではないから、嫉妬心を抱くこと自体はどうしようもないだろう。

だが、それを表に出すかどうかは別問題ではないかと禎子は思う。嫉妬して鈴子に意地悪したところで、何も変わらないのだ。それなのに自分を抑えられない者がいるのは、まだ子供だからなのか、そもそも人間はそうしたものなのか。鈴子は日常的に嫌がらせを受けるようになったのであった。

まず最初は、陰口だった。教室で数人が固まり、なにやらひそひそと話している。そこに鈴子が現れると、示し合わせていたかのようにぴたっとお喋りをやめる。なんとも感じが悪い態度だった。それは、口を閉じることでかえって、鈴子の噂話をしていたと雄弁に語っていた。

そんなことが何度も続けば、最初はわからなくても、やがて自分に関する話をしていたのだと鈴子も気づく。それでもあえて気づいていない振りをして「おはよう」と普通に話しかけるのだが、やがて露骨に無視されるようになった。ぷいっと顔を逸らし、その場を去ってしまう女子が現れたのである。禎子も初めてそれを見たときには、唖然とした。

ひとりがそこまで大胆なことをやれば、意地悪な気持ちはあっという間に伝染する。他にも何人もの女子が、鈴子を無視するようになった。鈴子は校庭の片隅で、禎子を相手にさめざめと泣いた。

「あんな人たち、どうでもいいじゃない」

禎子はそう慰めた。いや、慰めというより、禎子自身が本気でそう思っていた。嫉妬は醜い。それを表に出して相手を傷つけるのは、もっと醜い。そんな人たちとの付き合いなど、こちらからお断りだ。鈴子にもそう考えて欲しかった。

「でも……、あたし、誰にも嫌われたくないのに……」

鈴子はしゃくり上げながら、言う。これが鈴子の、偽らざる気持ちなのだろう。鈴子はどちらかといえば引っ込み思案で、目立つことが嫌いだった。いつも禎子の陰に隠れ、おどおどと周りを見ていた。それなのに、美しく生まれついてしまったせいで面倒なことが降りかかってくる。綺麗に生まれるのは、決して得なことではないなと禎子は悟った。

「鈴ちゃん。みんなに好かれたいなんて、無理なんだよ。鈴ちゃんが何もしてなくても、勝手に嫌う人は悲しいけどいる。そんな人にまで好かれたいと思っても、意味ないよ。鈴ちゃんを嫌う人は、もともと縁がない人なんだから」

鈴子が憐れだったので、せめて強い気持ちを持って欲しいと思った。気持ちが強ければ、辛いことにも立ち向かっていける。これからの鈴子には、強い気持ちが必要になると禎子は予感した。

「うん、そうだね」

鈴子は目許を何度も拭いながら、納得してくれた。ともかく自分だけは鈴子の友達でいようと、禎子は硬く心に誓った。

しかし禎子の慰めも、すぐにその効力を失った。いじめがますますひどくなったのだ。無視されるくらいは、まだ序の口だったと禎子は知った。次の段階では、鈴子の持ち物が消えるようになった。

最初になくなったのは、筆箱だった。禎子と便所に行ったちょっとした隙に、机から消えていたのである。当然誰かが隠したのであり、教室に残っていた者たちはそれを見ていたはずなのに、訊いても皆が「知らない」と答えた。鈴子は泣き出してしまい、禎子は憤った。

「どういうことよ。さっきまでここにあったんだから、誰かが持っていったんでしょ。誰よ。出しなさいよ」

返事はなかった。禎子の声など聞こえていないかのように、誰も顔すら向けない。禎子はなおも声を張り上げようとしたが、鈴子に服の裾を引っ張られた。「もういいよ」と涙声で鈴子に言われては、それ以上続けることもできなかった。

その後の授業は、禎子が鉛筆を貸すことで乗り切ったが、筆箱は思いもかけないところから出てきた。教室のゴミ箱に入っていたのだ。

見つけたのは禎子だが、幸運に助けられたわけではない。教えてくれた女子がいたのだった。

「ごめんね、さっきは言えなくて」

その女子は小声で、そう詫びた。捨てた人に睨まれるのが怖くて、声を上げられなかったようだ。気持ちはわかるので、咎めようとは思わなかった。むしろ、よく教えてくれたと感謝した。

誰が睨みを利かせているのかも、おおよそ見当がついた。露骨に鈴子を無視している者たちのうちのひとりであることは、最初からわかっていた。その一方、誰もが言いなりになっているわけではなく、密かに鈴子に同情する人がいると判明したのは収穫だった。声を出せない大多数の人たちは、そんなに意地悪ではないはずだと考えた。

以後も続けて三度、鈴子の持ち物は消えた。帳面、ふたたび筆箱、教科書。いずれも、捨てられた場所を教えてくれた人がいたので回収できた。人の悪意を感じると同時に、善意もまた再発見した事件だった。鈴子の顔にも、やがて笑みが戻った。

3

噂とは、どこをどう巡って人の耳に入るのだろう。鈴子がいじめを受けているという話は、なぜか男子にも伝わった。しかも、首謀者とその取り巻きの名前まで、正確に知れ渡っていたらしい。そして、義侠心に燃える無神経な男子三人が、文句を言うために女子の教室に乗り込んできた。

「おい、五十嵐(いがらし)。お前、森内さんを苛めてるんだって」

昼休みにそれぞれがのんびりと過ごしていたところに、男子三人はやってきていきなり大声を上げた。先頭に立っているのは、大越(おおこし)という男子である。宗次や康介ほど目立つわけではないが、気が強く考えたことをはっきりと言うたちだった。物事をいいことと悪いことのふたつにきっぱり分け、曖昧さを許さない融通の利かないところがある。だから声の主が大越と知って、禎子は頭を抱えたくなった。

「何よ、いきなり」

名指しされた五十嵐という女子こそ、鈴子を苛める一団の中心人物だった。数人を子分のように従え、大きい顔をしている。父親が網元ということで、小さい頃から大事にされて育った女子だった。大人でさえ頭を下げる環境で育てば、どういう性格になるかはだいたい決まっている。

「いじめって、なんのこと。苛めてなんかないわよ」

五十嵐は堂々と開き直った。よくまあ、良心に恥じることもなくそこまできっぱりと嘘をつけるものだと、いっそ感心しかける。そもそも、こんな人間だからこそ他者を苛めるような真似ができるのだろう。わかっていたつもりではあったが、五十嵐の心ばえを改めて知った思いだった。

「嘘つけ。森内さんを無視したり、森内さんの物を盗んだりしてるそうじゃないか」

愚直なだけで思慮が足りない大越は、真っ正面から五十嵐を糾弾する。駄目だよそんな言い方じゃ、と禎子は窘(たしな)めたかったが、割って入るわけにはいかなかった。

「誰がそんなことを言ったのよ」

言い返す五十嵐は、なかなか老獪(ろうかい)だった。情報源を明かせと迫れば、たいていの場合、相手は黙る。大越も例外ではなかった。

「だ、誰がって、風の噂だよ」

「噂。そんな曖昧な話で、あたしのことを責めるわけ」

五十嵐の反論を前に、大越は「うっ」と唸って言葉を失ってしまった。情けない。禎子は小さく首を振った。

「と、ともかく、お前が森内さんを苛めてることは、みんなが知ってるんだ」

大越の斜め後ろに控えていた男子のひとりが、意を決したように発言した。田端というその男子もまた、真面目な性格である。いじめは許せないと考え、義憤に燃えて乗り込んできたのだろう。

「みんなって、誰よ」

「誰って、その辺にいる女子とか、それから男子もみんな知ってるぞ」

田端は顎をしゃくって、教室じゅうの女子を指し示す。五十嵐は首を巡らし、教室内を睥睨した。皆、慌てて目を逸らす。五十嵐を怒らせたくはないのだった。

「誰もそんな話は聞いてないみたいよ。変な言いがかりはやめてよ」

護衛のつもりか、子分たちも五十嵐の後ろに立って男子どもを睨み据えている。「そうよそうよ」という合唱は、まるで事前に練習してあったかのように息がぴったり合っていた。田端も大越も、明らかに後込みした顔でおどおどしている。五十嵐の面の皮の厚さに跳ね返されている状態だった。

こりゃあ駄目だ、と禎子は内心で見切りをつけた。男はなんて役に立たないのだろうか。ちなみに、大越も田端も、それからまだ何も言わないもうひとりも、三人ともに鈴子に求愛して玉砕した男子だった。それなのにこうして連帯して立ち上がったのは、少しでも鈴子の覚えをよくしたいという未練なのか、はたまた本気の義憤か。当人たちは義憤のつもりでいても、鈴子の前で格好をつけたいという気持ちが少なからず混入しているのではないかと禎子は見て取った。

「森内さん本人に訊けば、はっきりするじゃないか。なあ、森内さん。五十嵐に苛められてるんだろ」

大声でそんなことを言ったのは、機微だの場の空気だのといった概念がすっぽり欠け落ちている大越である。あ、馬鹿、やめろ。禎子は思わず声に出しかけた。鈴子当人を巻き込むなんて、無神経にもほどがある。

鈴子は目を大きく見開いていた。どう対応していいかわからず、そのまま硬直してしまったようだ。かわいそうに。お前らも鈴子を困らせている点では同罪だ、と大越たちに言ってやりたかった。

「あ、あたしにはわからない」

蚊の鳴くような声で言い、鈴子は首を振った。そうとしか答えられないよなぁ。禎子は同情する。五十嵐に苛められていると認めたりすれば、火に油を注ぐようなものだ。今後、何をされるかわかったもんじゃない。どうしてその程度のことが想像できないのかと文句を言いたかったが、物事を勝ち負けでしか測れない短絡的な男子には思いも及ばないことなのだろう。

「わからないって、そんなことはないだろ。なあ、森内さん。五十嵐が怖くて言えないのか」

大越はしつこく尋ねてくる。いいから帰れ。禎子は内心で罵ったものの、鈍感な大越に届くことはなかった。

今や、教室じゅうの注目が鈴子に集まっていた。鈴子は顔を真っ赤にして俯いている。仕方ない。禎子は腹を括って立ち上がった。

五十嵐の取り巻きたちの人垣を回り込み、男子たちの背後に立った。そして、取りあえず大越と田端の肘を摑む。力を込めてぐいと引き、ふたりを廊下に連れ出した。もうひとりも慌ててついてくる。

「な、なんだよ」

大越が文句を言った。禎子はわざと肘を摑む手に力を入れる。「痛てて」と大越は眉を顰めた。

「なんだよ、じゃないわよ。鈴ちゃんの味方をしてくれるのはいいけど、あんなやり方じゃかえって困らせるだけでしょ」

「どうしてだ。五十嵐が森内さんを苛めてるのは、間違いないだろ」

大越は不本意そうに口を尖らせる。そんな顔をすると、年齢より遥かに幼く見えた。実際、女子よりも精神はずっと幼いのだろう。そんなガキのくせに、いっちょ前に鈴子を好きになったりするな、と文句を言いたかった。

「間違いなくたって、あんなふうにみんなの前で認めたりしたら、さらに苛められちゃうでしょ。よけいなことしないでよ」

「ああ」

大越だけでなく、他のふたりも初めて気づいたかのような声を発する。まったくもう、もうちょっと頭を使ってよね。そう言いたい気持ちを、禎子は全力で抑えた。

「わかったんなら、ほら、帰った帰った。女子の教室に来ていることを先生に知られたら、怒られるよ」

男女七歳にして席を同じくせず、と言われているくらいである。実際はもう少し寛容で、小学校二年生までは男女が同じ組にいるのだが、十歳になった今は分かれた。校舎まで別々になったわけではないからこうして行き来はできるものの、教師たちはいい顔をしない。見つかれば怒られるのは事実だった。

「でも、なんか悔しいなぁ。森内さんがかわいそうじゃないか」

大越はまるで納得していないようだった。言い足りなそうな顔で、ちらちらと教室の方を見る。いやいや、もういいから。そんな思いを込めて、大越と田端の背中を押した。こんな奴らはさっさと送り出し、早く鈴子の隣に戻ってあげたかった。

不承不承といった体の男子どもを帰らせて振り返ると、そこに鈴子が立っていた。ひとりで教室にいるのが居たたまれなくなったのだろう。思い切り眉を寄せて呆れた顔を作ると、泣きそうだった鈴子はようやく少し笑ってくれた。笑った鈴子は、本当にかわいかった。

それで終わりかと思いきや、納得していなかった大越たちはさらによけいなことをしてくれた。禎子は当事者ではなかったので、すべてを後から聞いた。一部始終はこうである。

大越たちは大越たちなりに、自分たちの行動の何がいけなかったかを考えたようだった。しかし連中は、ここで間違った。皆が見ている前で五十嵐を糾弾したからいけないのであって、誰も見ていないところで責めればいいのだと結論したのだった。

大越たちは下校後、五十嵐の後を尾けて文句を言う機会を窺った。そして五十嵐が取り巻きたちと別れてひとりになったところを摑まえて、鈴子を二度と苛めるなと迫った。五十嵐も負けずに応戦したらしいが、前回と違って今度は周囲に味方がいない。結局、男子たちの剣幕に屈する形になったようだ。気が強い五十嵐としては、さぞや屈辱だったことだろう。

むろん、そのまま泣き寝入りする五十嵐ではなかった。男子三人に寄ってたかって苛められたと、父親に訴えたのである。驚いた父親は、翌日学校に乗り込んできた。そして大越たちの名前を挙げ、か弱い女の子を囲んで苛めるとは何事だと怒鳴り散らした。校長と男子三人の担任たちは、平身低頭謝ったらしい。

当然、大越たちは教師に呼び出され、こっぴどく説教された。だが、大越たちは叱られることを理不尽に感じ、五十嵐こそ悪いのだと反論した。そうなると、鈴子の名前が出てくるのは時間の問題である。五十嵐が何をやったのかという話になり、鈴子が苛められた理由が詮索され、そうしてついに男子たちの求婚騒ぎが教師の耳に入ったのだった。

結局大越たちは、五十嵐を取り囲んだことよりも、鈴子に求婚したことで大目玉を食らったのだった。男女七歳にして席を同じくせず、なのだから、将来の結婚の約束などもってのほかである。そんな破廉恥な話があるかと大問題になり、大越たちだけでなく、求婚した者全員を特定する事態に発展した。

実際は、求婚しなかった者を探した方が早いくらい、ほとんどの男子が鈴子に言い寄っていた。校長を始めとした教師たちは、さぞや目を回したことだろう。男子たちは校庭に整列させられ、教師たちに延々と説教をされる羽目になった。女子たちは好奇心いっぱいでその様子を覗こうとしたが、立ち聞きするなと見張り役の教師に叱られて追い払われた。だから説教の正確な内容はわからなかったが、ともかく破廉恥な真似はするな、学校始まって以来の恥だ、といったことを校長たちはねちねちと繰り返したようだ。さして中身のない説教を一時間以上も聞かされたらしいと知り、禎子は男子たちに同情した。

その間の鈴子の居たたまれなさは見るも気の毒なほどだったが、結果的には悪くなかった。大騒動になってしまったことで、五十嵐たちによるいじめも自然消滅したのである。ここでさらにいじめを続ければ、自分たちの不利になると判断したのだろう。五十嵐たちは何事もなかったかの如く、鈴子に対して「おはよう」と挨拶をするようになった。

さらに当然のことながら、求婚する男子もいなくなった。一過性の熱病のようなものだったのだから、教師たちに一喝されてもなお情熱を持ち続ける気骨のある男子はいなかった。異性の教室への訪問も禁止され、学校内で男女は画然と分かたれることになった。かくして、鈴子の美貌が巻き起こした騒動は収束したのだった。

禎子は事の成り行きに安堵の吐息をついたが、しかしこれはまだ序の口ではないかという不吉な予感をどうしても捨てられなかった。この先、成長するにつれて鈴子がますます美しくなっていくことは明らかだったからだ。

4

義務教育は尋常小学校の六年間だけなので、卒業後は働く者と高等小学校に進む者に分かれる。島では産業が安定しているため、高等小学校への進学者も多かった。禎子もまた、幸いにも両親が女にも教育をと考える人たちだったので、高等小学校に進んだ。鈴子と一緒だった。

くがでは進学すれば別の尋常小学校から来る生徒がいるのかもしれないが、島ではそんなことはない。学校の名称こそ変わったものの、見渡せばそこにいるのは馴染みの顔である。つまり男子たちは、二年前に熱病に浮かされたように鈴子に求愛した者たちばかりなのだった。あれは一過性のことだったと笑って済ませられればいいが、そうではなくいつまた再燃するかもしれない熾火（おきび）のようなものではないかと禎子は警戒していた。

禎子の心配は、半ば外れていて半ば当たっていた。男子たちの胸に鈴子への憧憬は確かに眠っていたのだが、そこに火を点けたのは高等小学校の生徒ではなかった。高等小学校には進まず、漁師見習いをしている宗次だったのである。学校教師の監視下から脱した宗次は、堂々と鈴子に求愛できる立場になったのであった。

五月も半ばを過ぎた頃のことだった。尋常小学校以来の習慣で、禎子は鈴子とともに下校していた。しばらく歩いて校舎からかなり離れた辺りで、道の前方になにやら大柄な男の姿が見える。禎子はいやな予感がしたが、引き返すわけにもいかず、そのまま歩き続けた。立っていたのは宗次だった。

「よう、鈴子。あいかわらずかわいいな」

軽薄にも、そんなふうに声をかけてくる。しかも、禎子の存在はまったく無視だ。二重の意味で腹が立ち、禎子は宗次を睨みつけた。

「まるで不良ね。男子がそんなふうに、女子に話しかけていいと思ってるの」

「おれはもう、学校に行ってるわけじゃない。誰に文句を言われる筋合いでもねえよ」

「あんたのお父さんが、あんたを叱るでしょうが」

「親父が。親父は漁の手伝いをしてりゃ、他に何も言わないよ」

本当なのだろうか。禎子は宗次の父親を知らないから、なんとも言えない。

わかるのはただ、こんなふうにやり取りすることは宗次の思う壺だということだった。そのことに気づき、「行こう」と鈴子を促して立ち去ろうとした。しかし、鈴子は立ち止まった。それ以上、歩けなかったのである。鈴子は宗次に肘を摑まれていた。

「待てよ。笠原に用があるんじゃない。鈴子に話があったんだ」

それはそうでしょうよ、と禎子は思う。だからといって、ああそうですかとこの場に鈴子を残して立ち去ることはできない。むしろ鈴子を庇うように、宗次との間に割って入った。

「話って何よ」

「だから、お前に用があるんじゃないって言ってるだろ。どけよ」

「また鈴ちゃんにおかしなことを言うんじゃないでしょうね」

「おかしくなんかねえよ。嫁になってくれと頼むことの、何がおかしいんだ」

やっぱり。宗次はまだ諦めていなかったのだ。

「あたしたちはあんたと違って、学校に通ってるのよ。おかしいでしょうが」

「別に、今すぐってわけじゃねえよ。将来の約束だ。特におかしくないだろうが」

親同士が子供の将来の結婚相手を決めることは、確かにある。だが鈴子も宗次も、そんな立派な家に生まれたわけではない。当人同士が約束し合うのは勝手だが、鈴子がそんな申し出に応じるはずもなかった。

「鈴ちゃん、いやよね。ほら、いやって言ってる」

後ろを振り返り、しかし鈴子の返事は待たず、勝手に代わりに答える。宗次は焦れたのか、禎子の肩に手を当ててぐいとどかせた。力強さに負けて、少しよろけた。

「どうなんだ、鈴子。今のうちに約束してくれないか」

厳つい顔を近寄せ、宗次は鈴子に尋ねる。しかしその口調は思いの外に自信なさげで、禎子は少し面白くなった。ちょっとこのまま様子を見てやろうと考え直す。

「えー、そんな」

鈴子は顔を背け、助けを求めるように禎子を見る。むろん禎子は、断れという意味を込めて首を小刻みに振った。それに力を得たか、鈴子は俯いたままだが、きっぱりと答えた。

「あたし、まだ子供だし、そんな約束できない」

「はいはいはい。ほら、鈴ちゃんはそう言ってるよ。残念でした。いい加減、諦めな」

再度、ふたりの間に割って入った。勝算があったわけでもないだろうに、宗次は振られて落ち込んだようだ。禎子に文句も言わず、その場でうなだれている。今のうちとばかりに、鈴子の手を引いて小走りで宗次から遠ざかった。

学校外のことだったし、あの場にいたのは三人だけだったから、噂になって広まるようなことはないだろうと思っていた。ところが案に相違して、今度もまたなぜか、いつの間にか皆が宗次の求婚を知っていた。禎子は誰にも言っていないし、鈴子が話すとも思えない。噂の出所は、宗次当人しかいなかった。おそらく、また断られたけど諦めないぞといったことを喋って回ったのだろう。諦めない精神は立派だが、本当に迷惑な男だった。

そして、そんな話が広まると黙っていられない者もいるのだった。尋常小学校当時は水と油でまるで交わることがなかったはずなのに、鈴子を巡る恋敵という不思議な連帯感でも覚えたのだろうか、康介が行動を起こした。康介は高等小学校に進学したので、教師に叱られるのを承知の上で鈴子に言い寄ったりはできない。そんな康介がとった行動は、予想外のことであった。

なんと、宗次自身に文句を言ったのだった。その場にいたわけではないから正確な言葉はわからないものの、抜け駆けするなみたいなことだったらしい。鈴子当人の意思をまるで無視しているが、尋常小学校当時の、列を作って求愛の順番待ちをしている風景が頭にあったのかもしれない。

しかしそんなことを言われて、宗次がすみませんと反省するわけもない。おれの勝手だろ、といったことを言い返したのは間違いなかった。折り合いをつけられなかった両者は、最終的に決闘を選んだ。

「決闘」

それを聞いた禎子は、頓狂な声を発してしまった。決闘とはまた、ずいぶん大袈裟な話である。しかも、決闘をしてまで何を争っているのかが、実はよくわからない。鈴子に求愛する権利なのだろうか。そんなこと、別に決闘しなくても行列に並べばいいことだと思うのだが。

「どうしよう」

鈴子は動揺を隠せずに、両手を握り合わせて涙ぐんでいる。まったく、なんだっていつもいつも鈴子を困らせるのか。本当の愛情とはなんなのか、あいつらに教えてやる人はいないものかと禎子は嘆いた。

「どうしようもないよ。放っておけばいいんじゃない」

「でも、どっちかが死んだりしたら」

「そこまで本格的な決闘なんて、しないでしょ。子供なんだし」

決闘といえば銃や剣を使うと話に聞くが、宗次も康介もそんな物は持っていないはずだ。せいぜい取っ組み合いの喧嘩をする程度のことを、陶酔して決闘と称しているだけだろう。どうせ、数発殴り合って終わるはずだ。気を揉んでやる必要はなかった。

そもそも、ふたりが決闘するという話が流れてきたこと自体がおかしいのだが、決闘の日時と場所まで広まっていた。まるで、見に来てくれと言わんばかりだ。実際、そういう意図があるのだろう。鈴子の将来の夫の座を巡って争うふたり。その姿を見てもらいたいのだとしたら、やはり陶酔しているとしか思えなかった。

だが、ふたりが本当に見に来て欲しいのは、鈴子だけなのだろう。鈴子当人もそれはわかっているので、知らぬ顔はできずにいた。

「あたし、見に行く」

「まあ、しょうがないよね」

行く義理はないと思うものの、もし行かなければ鈴子は周囲から白い目で見られることになる。災難以外の何物でもないが、面白い見世物になるかもしれないという予想もあった。禎子も興味があったので、一緒に行くことにした。

5

決闘の場所は砂浜だった。娯楽の少ない島でこの決闘騒ぎは大いに注目を集めたらしく、なにやら大変な人だかりができている。ざっと見て、五十人は下らないのではないか。禎子と同学年の者だけでなく、上の者や、大人まで交じっていた。彼ら見物人は砂浜に腰を下ろし、互いに和やかに会話をしていて、まさに今から見世物が始まる風情である。こんな雰囲気の中での決闘に、宗次と康介は恥ずかしさを覚えないのだろうかと禎子は考えた。

だが、人のことを心配している場合ではなかった。禎子が鈴子と連れ立って砂浜に下りていくと、気づいた者たちがいっせいに拍手したのだった。完全にこれからの見世物の主賓扱いである。鈴子は顔を真っ赤にして、禎子の後ろに隠れてしまった。

「なんだか、のどかだねぇ」

心の底から飛び出た感想だった。決闘という言葉に伴う殺伐とした気配は微塵もなく、うららかな日差しも相まって、のどかという表現がぴったりである。馬鹿馬鹿しいにもほどがあった。

「こっちこっち。一番見やすい場所を空けておいたよ」

人垣の中央辺りに坐る者が、鈴子を手招いた。そこには茣蓙が敷いてあって、確かに特等席である。誰がこんな気を利かせたのだろう。いえ、あたしは、と鈴子は後込みするが、せっかく空けておいてくれたのならば遠慮する必要はない。坐ろうよ、と促して禎子もちゃっかりいい席を確保した。

「鈴ちゃんも、もてもてだねぇ。その年で男ふたりが争ってくれるなんて、末恐ろしいよ」

なぜか交じっている中年女が、そんなことを言って鈴子を冷やかした。鈴子は耳まで真っ赤になる。禎子は眉を寄せてその女を睨んだが、鈍感そうな丸い顔相手にはなんの効果もなかった。

「なあ、鈴子。今日はどっちが勝つと思う」

「どっちを応援してるんだ」

「勝った方と、将来本当に結婚するのか」

中年女の冷やかしを皮切りに、周りから次々に言葉が浴びせられた。内気な鈴子が、こんな質問に答えられるはずもない。俯いて肩を窄めているだけなので、やむを得ず禎子が応じた。

「今日の決闘の結果と鈴ちゃんは、なんの関係もないの。鈴ちゃんは賞品じゃないんだからね」

出しゃばった禎子に、「お前に訊いてないよ」というヤジが飛んだが、雰囲気が和やかなので笑いの中に紛れた。まったくもう、と心の中で呆れながら、禎子は浮かせた腰を落ち着かせた。

　そうこうするうちに、まずは康介が現れた。先ほどと同じように、皆いっせいに拍手をする。予想外の状況だったのだろう、康介は面食らった様子で立ち止まった。そしてすぐに事態を理解したのか、手を上げて「やあやあ」と挨拶をした。

「なんだ、みんな、おれの応援か。おっ、森内さんまでいるじゃないか。嬉しいなぁ。がんばろうっと」

　康介は男子の中では見た目がましな方だが、しょせんは阿呆のひとりである。この能天気な言葉が、阿呆っぷりを大いに物語っていた。「森内はお前の応援に来たんじゃないってよ」という声が飛び、場がどっと沸いた。それでも康介はめげず、「いやいやいや」と首を振る。

「森内さんは奥ゆかしいから、本当の気持ちが言えないだけだよ。だから、ちゃんと勝負で白黒つけようとしてるんじゃないか」

　何が「だから」なのか、理屈がよくわからない。「幸せ者だなッ」という罵声は、まさに禎子が言いたいことだった。

「それにしても、前原はまだ来てないのか。遅いな。恐れをなして、逃げたかな」

　辺りを見回し、またしても自分に都合のいいことを康介は言う。こんな人だったっけ、と禎子は首を傾げたくなった。ここしばらく付き合いがなかったので、康介の変化についていけない。

「後から決闘の場にやってくる、宮本武蔵(みやもとむさし)の気分なんじゃないの」

　見物人の中から、そんな意見が出た。なるほど、宗次なら考えそうなことだ。康介は顎をさすり、にやりと笑う。

「じゃあ、苛々したら負けか。まあ、のんびり待とうか」

そんなことを言って、鈴子の真正面にどっかと腰を下ろす。逃げ場を失った鈴子は、禎子の袖を摑んで肩に顔を埋めた。そんな鈴子の肩を、「大丈夫だよ」と言いながら軽く叩いてあげる。露骨に避けられた康介は、さすがに少し悲しそうな顔をした。

それからしばらくして、康介だけでなく見物人たちも少し苛々し始めた頃に、悠然と宗次が登場した。宗次は康介のようにこの状況に驚いたりせず、むしろ「何をしてやがる」とばかりに見物人たちをじろりと睨みつけた。尋常小学校当時に比べて、迫力が増している。もし島ではなくくがに生まれていたら、ヤクザになっていたのではないかと思わせるほどだ。体も同じ年の者たちと比べ、ふた回りは大きい。こんな大男を相手に、康介は勝算があるのだろうか。当の康介は、宗次の威圧感などまるで気にしていない様子で、「よう」と気軽に声をかける。

「遅いな、前原。宮本武蔵気取りか」

「そうだよ。お前は佐々木小次郎だ。負ける運命にあるんだよ」

「へええ」

康介は馬鹿にしたように、語尾を伸ばす。それを聞いて宗次は、目を眇めた。苛々させることが作戦ならば、むしろ康介の方が作戦勝ちのようだった。

「逃げるなら、今のうちだぞ」

宗次は低い声で言ったが、あまり格好よくないなと禎子は感じた。なんだか、単に強がっているだけのように響いたのだ。体格の比較で言えば圧倒的に宗次が有利だが、この勝負はそれだけが結果を左右するわけではなさそうだと思った。

「いやいや、こんなに見物の人たちがいるのに、逃げるわけないでしょ。だいたい、どうして逃げなきゃいけないんだ」

康介は言いながら、のんびりと立ち上がった。自分の尻を叩き、砂を落とす余裕まである。対して宗次は、見物人たちからも離れた場所で立ち止まったまま、近寄ってこようとしなかった。

「どうした。お前の方こそ、足が竦んで動けなくなったか」

康介は口の端を吊り上げ、揶揄した。すると宗次が、いきなり康介に向かって突進した。

「おっ」

康介は驚きの声を発したが、ぎりぎりのところでするりと身を躱した。行き過ぎた宗次は、砂を巻き上げて止まる。だが康介に背中を見せた形になり、相手はそんな隙を逃さなかった。

「おら」

康介は声を上げ、宗次の尻を蹴った。勢いを完全に殺し切れていなかった宗次は、顔から砂に突っ込んでしまった。わははは、と容赦のない笑い声が見物人たちから起こる。宗次はすぐさま顔を上げたが、砂まみれの上に怒りで真っ赤になっていた。

「てめえ」

低く唸ると、康介に殴りかかった。だが大きく振りかぶっていたので、康介からするとよけるのは簡単だったようだ。難なく躱して、今度は左膝を宗次の腹に叩き込む。宗次は「ぐっ」と呻いてよろけた。

「康介くん、妙に喧嘩がうまいね」

禎子は鈴子に囁いた。「そうだなぁ」という同意の声が、周りからも上がる。まるで、今日のために訓練していたかのようだ。運動が得意な康介だから、実際に訓練を積んできたのかもしれない。

ただし、組み合ったら地力で勝る宗次が俄然有利になる。お互いにそれがわかっているから、康介は離れて打撃を与え、宗次は相手を摑まえようとしているのだろう。勝敗の分かれ目は、宗次が康介を摑まえられるかどうかだなと読んだ。

康介は、一度攻撃したらすぐさま離れるという戦法を徹底して用いた。康介の動きが速いので、宗次はまったくついていけない。一度康介の袖を摑んだが、すぐさま背後に回り込まれ、手放してしまった。康介の拳は、面白いように宗次に当たる。その一方、宗次の攻撃は一度として康介に入っていないのだった。

「こりゃあ、勝負あったな」

そんな声が見物人たちから上がるのも、当然だった。宗次の顔は今や腫れ上がり、対照的に康介は単に息を弾ませているだけなのだ。予想以上に一方的な闘いになったことに、見物人たちは不満を漏らした。

「何やってんだ、宗次。情けないぞ」

「そのでかい体は見かけ倒しか」

「一度摑んでぶん投げれば、勝負がつくじゃないか」

当事者でなければ、なんでも言える。こんな無責任なヤジを飛ばしたくて、皆はこの場にいるのだろう。最初は禎子も楽しんでいたが、あまりに一方的なのでさすがに宗次が憐れになってきた。そろそろ勝負を決めてあげればいいのに、と思う。

そんな禎子の考えが伝わったわけでもないだろうが、康介はふたたび「おら」と気合いの声を上げると、右脚をピンと伸ばして踵を宗次のみぞおちにめり込ませた。宗次は顔を青くさせ、尻から砂浜に落ちた。そして横倒しになると、腹を抱えたまま起き上がらない。ついに勝負が決したのだった。

「おお」

どよめきが起きた。康介の勝利があまりに鮮やかだったので、本当に見世物を見たかのような気分になる。少なくとも、子供の喧嘩を超えた攻防だった。康介が何か格闘技を学んできたのは間違いなかった。

「やったー」

康介は両腕を頭上に伸ばし、勝利の声を上げた。そして転げるように鈴子の前に膝をつくと、顔をくっつけんばかりに近づけてくる。

「ねえねえ、見てたろ。おれの闘いぶり、かっこよかったろ。おれ、強かったろ」

康介は手放しで勝ちを誇っていた。子供っぽい振る舞いと言えるが、格好いいと感じる女子もいるだろうとは思う。さて、肝心の鈴子の反応は、と禎子は横に目を向けた。鈴子は悲しそうに、砂浜に横たわって苦しんでいる宗次を見ていた。

「で、どう、森内さん。将来、おれと結婚してくれるか」

ああ、そうだ。そういう話だった。なんのための決闘なのか、すっかり忘れていた。周囲の注目の視線が、とたんに熱を帯びる。空気がピンと張り詰め、固唾を呑む気配すらしそうだった。

雰囲気に呑まれて頷いたりしないでよ、と禎子は内心で祈った。気弱な鈴子ならそんなこともあり得そうな、周囲の圧力である。だが鈴子は、そこまで弱くはなかった。俯いたままではあるが、はっきりと首を振った。

「ごめんなさい」

小声だったのに、後方の見物人にまでその声は届いたようだ。またしても「おおっ」とどよめきが起き、ふたたび振られた康介は「ええーっ」と嘆いて空を見上げ、そのまま砂浜に大の字に倒れた。見事な振られっぷりに、見物人たちは爆笑する。拍手の音まで響き、砂浜に倒れた康介はなにやら満足そうだった。男って馬鹿だなぁ、と禎子はしみじみ思った。

一度面白いものを見物したら、また見たくなるのは人の常である。康介と宗次の決闘はかなり面白かったので、いつまでも話題になった。また決闘してくれないかなぁ、と率直な気持ちを口にする者までいた。その要望に、康介は応えようとしなかったが。

6

康介が学んでいた格闘技がなんであったかは、ほどなく判明した。ボクシングという、西洋の格闘技だそうだ。島にはそんなことを教えてくれる人はいない。なんと、康介は本を読んで学んだらしい。生来運動に秀でている康介だからこそ、可能なことだろう。普通は本を読んだだけで、体得できるものではないはずである。もっとも、相手の宗次は格闘技などまるで齧っていなかったからこそ、通用したのかもしれないが。

康介と宗次の再戦が見られないとわかると、少し雰囲気が変わった。男子の間では、〝決闘〟という言葉がはやりだしたのである。決闘の語感が、よほど男子の胸に響いたのだろうか。決闘にわくわくするという感覚は、女の禎子にはわかるようでわからなかった。

決闘といっても、康介と宗次のように殴り合いの喧嘩をする者はさすがにいなかった。伝聞なので確かなことは不明だが、どうも男子たちの言う決闘とは、喧嘩と同義ではないらしい。要は勝負事をすべて、決闘と言い表しているようだ。話を聞いてみれば、なんとも幼稚なことである。

例えば、小さいことであればじゃんけんやくじ引きといったことまで、男子たちは〝決闘〟と称しているのだった。「じゃあ決闘で決めようぜ」などという言葉に続いて、「じゃんけんぽん」とやっているのだろうか。その光景を想像すると、滑稽でもあり微笑ましくもあった。

むろん、本来の意味で喧嘩を決闘と呼んでいることもあるようだ。諍いの原因は様々だが、康介と宗次たちに続いて、鈴子への求愛権を争っての喧嘩も未だあるらしい。性懲りもない、と禎子は考える。決闘なんかしたところで、鈴子の心を射止められはしないことは、大の字にひっくり返った康介が証明しているではないか。どうして男子たちは、わかっていても鈴子を好きになるのだろう。そんなにも、顔の綺麗さは大事なことなのか。

ある日のことだった。母親に頼まれて買い物に行くと、田端とばったり出くわした。この真面目で鈍感な男子もまた、高等小学校に進学している。だから学校で見かけることはあるものの、言葉を交わす機会はなかった。本来ならこうして道端で出会ったとしても話をしていいものではないが、積年の疑問をぶつけてみたいという衝動がふと生まれた。

「ねえねえ、田端くん。ちょっと訊きたいことがあるんだけど、いいかな」

「えっ、なんのこと」

禎子の方から話しかけるとは予想していなかったらしく、上体を仰け反らせるようにして田端は驚く。田端は高等小学校に入ってから急に背が伸び、妙にひょろひょろとした体格になった。強い風が吹けば飛ばされてしまいそうな、頼りなさげな外見になっていた。

こっちこっち、と呼んで人目につかない場所に移動した。商店の裏手なので、ほとんど人の出入りがない。そこで立ち止まり、改めて田端と向き合った。田端はこの事態を恐れているのか、顔を引きつらせていた。

「ねえ、田端くんってさぁ、尋常小学校の頃は鈴ちゃんのことが好きだったよね」

「うん」

鈴子の前に行列して求愛したのだから、いまさら恥ずかしがることでもないと思ったか、田端はなかなか堂々と認める。それなら話が早いと、禎子は質問を重ねた。

「今はどうなの」

「えっ、今。今もそりゃあ、好きだけど」

今度は弱気になったたか、語尾が尻すぼみだった。ああ、やっぱりそうなのか、と改めて禎子は思う。当時は好きだったけど今は違う、という男子はいるのだろうか。もしかしたら、そんな心変わりをした人はひとりもいないのかもしれない。

「じゃあさ、教えて欲しいんだけど、鈴ちゃんのどこが好きなの」

「どこって」

この質問には、即答しかねるようだった。顔が好き、とは答えにくいか。でも、正直なことを教えて欲しい。綺麗な顔には男に及ぼす特別な力があるのか、禎子は知りたいのだった。

「なんだろう。存在そのものかな」

「えっ、存在そのもの」

これは意外な返答だった。顔だけではないのか。まあ、あの楚々とした雰囲気は男から見て魅力的かもしれない。男子が鈴子の顔以外も見ているとは、正直意外だった。

「そう、森内さんは存在自体が強烈で、なんというか無視できないんだよね。すごい吸引力で、視線を奪われるというか」

田端はなにやらうっとりした顔つきで、そんなふうに語った。なんだ、それってやっぱり顔に見とれているだけではないのか。あの内気な鈴子の存在が強烈と言われても、説得力がなかった。

「それは、鈴ちゃんが綺麗だからでしょ」

端的に指摘してやった。しかし田端は、少し考えて首を左右に振る。

「もちろんそれもあるけど、なんというか、磁力みたいな感じかな。自分の意思とは関係なく、見ずにはいられなくなるんだよ」

「へえーっ」

美人にはそんな力があるのか。すごいことだと思うが、それが当人にとって得か損かは判断しかねた。もし自分なら、四六時中男の視線に曝されるのはいやだなと思った。

「うん、そう。おれの意思とは関係ないんだよね。好きになりたくてなったんじゃなく、勝手に好きって感情が心に舞い込んできた感じなんだ。いや、舞い込んでくるなんて言い方じゃあ、少しおとなしいな。好きって感情を捻り込まれたと言った方が近い」

「捻り込まれた」

話がおかしくなってきた。感情を外から捻り込まれるなんてことがあるのだろうか。催眠術みたいなものか。

「ともかく、自分ではどうしようもなかったんだ。ひと目惚れを、雷に撃たれたようだって言うだろ。それとも違ってて、吸い寄せられるというか、逆らえないというか、どうにもならない心の動きだったんだよ」

「うーん」

田端の言っていることは、予想とかなり違った。恋愛感情とは、そうしたものなのだろうか。禎子自身は経験がないから確としたことは言えないが、本来の恋愛感情とはかけ離れている気がする。むしろ、魔力とか妖術とか、そんな世界の話を聞いているかのようだった。

「それ、みんなそうなのかな」

田端だけが特殊で、他の男子は普通に鈴子を好きになっているのではないかと考えた。だが田端は、あっさり否定する。

「たぶん、そうだよ。だって、ほら、あのときほぼ同時にみんな森内さんのことを好きになったじゃないか」

言われてみれば、確かにそうである。まるで熱病に罹ったかのように、男子たちは皆、求愛の衝動に取り憑かれたのだ。流行のようなものかと思っていたが、違ったのか。やはりあれは、本当に熱病だったのか。

「じゃあ今でも、鈴ちゃんのことを好きな気持ちは自分の中から湧いてきたんじゃないいって気がするの」

少し気味悪く感じて、確認した。田端は少し首を傾げてから、答える。

「どうだろう。もうずっと好きだから、今となってはわからないな。もはや、森内さんを好きでいるのが当たり前って感じだ」

そう答えたときの田端の顔は、今にもとろけそうなほど腑抜けになっていた。やはり魔力じみている、と禎子は感じた。

7

鈴子が高等小学校に通っているうちは、周囲の反応もまだかわいいものだった。教師の監視下にあったお蔭で、行動にも抑制が利いていた。そもそも子供にできることには限度があり、その幼稚さに笑える面もあった。

だから禎子は密かに、高等小学校卒業後のことを不安に思っていた。

禎子の不安を煽る一因は、ますます凄みを増していく鈴子の美しさだった。もともと整った顔立ちではあったが、まだ頬はふっくらしていてあどけないとも言えた。それが成長とともに薄れ、頬から顎に至る線に優美さが加わると、見慣れているはずの禎子ですら息を呑むような別格の美しさになった。鼻筋が他の女に比べて明らかに飛び抜けて高く、杏仁(きょうにん)形の目は目尻が切れ上がり、眸(ひとみ)は夜の闇よりもなお深く底が知れなかった。その眸を正面から覗き込もうものなら、なるほど確かに魂を奪われそうである。自分の意思とは関係なく好きになった、と田端はかつて説明したが、今となってはそれが納得できる気がした。

「いやー、鈴子は一ノ屋の血を引くくせに、なんでこんなに美人になったのかねぇ」

鈴子の顔を見ると、大人たちは同じようなことを飽かず口にした。昔は意味がわからなかったけれど、今は禎子も知っている。一ノ屋と言われる一族の血を引く者は島に少なくないが、女は皆醜女と、昔から言われていたそうだ。それを聞いて改めて眺め渡してみれば、一ノ屋の血を引くと言われている女性の中に、器量好しはいない。むしろ、穏当な表現を用いるなら中の下以下といった容貌の人ばかりだ。一ノ屋の女で綺麗なのは、鈴子ひとりだけだった。

「イチマツさんにそっくりだ。鈴子はイチマツさんの生まれ変わりだよ」

そんなことを言う年寄りもいた。不思議なことに一ノ屋の血を引く者は皆、体のどこかに痣がある。その痣をイチマツ痣と呼ぶのは知っていたが、どうやらその由来の人物がいたらしい。イチマツという名前からすると男だが、鈴子にそっくりとは、どれだけ美しい男だったのだろう。本当にそんな人がこの世に存在したとは、ちょっと信じられなかった。

興味を覚え、イチマツなる人物について聞いて回った。するとイチマツを直接見たことがある人は皆、口を揃えて「とんでもなく綺麗な男だった」と言った。示し合わせたはずはないのに、鈴子を男にしたような顔だったと言うのだ。鈴子は女としても特別に美しいのに、あの顔が男だったらほとんどこの世の人ではないかのようだっただろう。根掘り葉掘り訊いてみると、案の定、イチマツを巡って女たちは色めき立ち、大変な騒ぎが起きたそうだ。それは、鈴子を巡る男子たちの滑稽な諍いとはまるで規模が違っていたらしい。島じゅうの女が皆、イチマツに惚れていたかのようだったと人々は言った。

「イチマツさんはただの色男だったんじゃないんだよ。一ノ屋の色男は、島に幸をもたらすのさ。

イチマツさんのお蔭で、島のみんなが幸せになったんだ」

そんな話も飛び出した。島のみんなが幸せ、という部分はどうにも曖昧で、具体的に何が起きたのかをさらに尋ねたが、なぜか誰もが言葉を濁した。要は、言い伝えのようなものなのだろうと解釈した。

「じゃあ、鈴ちゃんも島に幸をもたらすのかな」

短絡的に禎子が考えると、首を傾げる者が多かった。一ノ屋の女は醜女と決まっている、という話はこのときに聞いた。一ノ屋に美人が生まれたことなど、かつて一度もなかったのではないか。常にないことは、人々に不安を植えつける。幸どころか、不吉なことが起こらねばいいが、とよけいな心配をする者までいた。

なんの根拠もない心配に禎子は腹を立てたが、冷静になってみると、鈴子の美貌はいささか不吉な感があるのは確かだった。何事も、度が過ぎるのはよくないのだ。鈴子の美しさが、本人のためになっていないのは小さい頃からのことである。美しさに磨きがかかった今、それが鈴子自身に向けられる刃となっても、決して不思議ではなかった。

というわけで、禎子の不安はもっぱら鈴子本人に関してのことだった。鈴子が周りを不幸にするとは、まるで考えていなかった。何しろ鈴子は、引っ込み思案で自分からは何もしない人である。鈴子を守ってやらなくては、という覚悟しか禎子は固めていなかった。

ここに、山田吾郎（やまだごろう）という人物が登場する。山田吾郎は禎子や鈴子より二歳年上なので、付き合いはない。どんな人かも知らない。何もなければ、存在すら意識しないままに終わるだけの、禎子や鈴子の人生にまったく無関係な人だった。

禎子が山田吾郎の存在を意識したのは、怯えた鈴子に相談されたからだった。

「最近、私のことを尾け回してる人がいる気がするの」

そんなふうに鈴子は切り出した。鈴子は高等小学校卒業後、家業の干物作りを手伝っている。対して禎子は、一橋産業に就職した。高等小学校の頃のように頻繁には会えなくなったが、禎子の休みの日にはほぼ必ず顔を合わせていた。

「尾け回してるって、誰」

いつかそんなことが起きるのではないかとぼんやり予想していたので、驚きはしなかった。ただ、不快に感じただけだった。

「たぶん、山田吾郎って人」

「山田吾郎」

名前を言われても、心当たりがなかった。どこの誰だろうか、と首を傾げただけである。

「ほら、ふたつ上の、あんまり喋らないで暗そうな人」

鈴子はそう説明するものの、やはりわからない。禎子が知らないようなそんな人が、なぜ鈴子を尾け回すのか。

「うーん、私は知らない人だと思う。鈴ちゃんはその人と付き合いがあるの」

訊き返すと、鈴子はぶるんぶるんと首を振る。

「ううん、付き合いなんてないよ。話をしたこともないと思う」

「あー、そう」

ならば、その山田吾郎なる人物が勝手に鈴子を見初め、尾け回しているのだ。そういうおかしな人が現れるのは、時間の問題だった。

「いつ頃から尾け回されてるの」

「気づいたのは、ここ二週間くらい。でも、その前から尾けられてたかも」

「毎日なの。その山田吾郎って人は、何をしてる人なのよ」

「毎日ではないけど、週に五回くらいはうちの周りに来てる。お母さんに訊いたら、山田吾郎さんは酒屋さんだって言ってたよ」

「酒屋」

それでは禎子や鈴子が縁がないわけである。酒屋は島に一軒しかないが、料理酒すら買いに行ったことがなかった。

「週に五回って、そんなに暇なのかしら」

「配達のついでとかに寄ってるんじゃないかな」

「尾け回すって、家を見張ってるの」

「そう。で、私が出かけるとついてくるのよ」

「うわー。怖いね」

「そう、怖いの」

鈴子は眉を寄せ、肩を竦ませる。話で聞いても怖いのだから、追いかけ回される当人の恐怖はいかばかりだろう。

「お父さんに言って、追い払ってもらえばいいじゃない」

「もちろん、言った。お父さんは怒って、山田さんに注意してくれた。でも、昼間はお父さんは家にいないから」

「酒屋の息子なの。だったら、酒屋に直接文句を言いなよ」

「それも、言った。酒屋さんは平謝りしてたけど、でもまだうちに来る」

「うーん」

そうだとしても、尾け回しをやめるまで酒屋に文句を言い続けるしかないのではないだろうか。文句を言うのも辛いのはわかるが、鈴子に何かがあってからでは遅いのだ。

「夜に出歩いたりはしないだろうけど、昼間でも出かけるときはお母さんと一緒とか、できるだけひとりにならないように気をつけな。襲われちゃうかもしれないよ」

「うん、そうだよね」

憂鬱そうに、鈴子は頷く。この程度のことしか助言できないのが、禎子は悔しかった。

日曜日に、鈴子の家を訪ねた。家の周りに目を配ったが、それらしき人はいない。中に入ってから、真っ先に尋ねた。

「例の男、今日は来てないの」

「うん、来てないみたいね」

そうなのか。山田吾郎の顔を見に来たのだが、その目的は叶えられないかもしれない。しかし鈴子に会えれば、無駄足ではない。お茶を飲みながら、いつものようにお喋りに興じた。

一時間ほどもした頃だった。鈴子が突然、「あっ」と声を上げた。視線が禎子の背後に向いている。振り返ると、垣根の向こうに男の姿が見えた。

「あれが、山田吾郎ね」

「そう」

鈴子は頷いて、山田吾郎の視線から逃げるために死角に隠れた。禎子は玄関まで走り、外に飛び出した。間近で山田吾郎の顔を見ようと考えたためだった。

しかし山田吾郎は、いち早くその場から逃げ出していた。禎子が見ることができたのは、遠ざかっていく後ろ姿だけである。禎子はしばし、その背中を凝視した。

禎子が外に出てきただけで逃げるくらいだから、無害と言えるかもしれない。きっと本人は、かなり臆病なのだろう。だがそんな人でも、鈴子本人には何をするかわかったものではない。警戒を解くわけにはいかなかった。

禎子ひとりの手には余る。鈴子の父親も、四六時中娘を守ってやることはできない。ならば、どうすればいいのか。もっと人手が欲しい。

そこまで考えて、卒然と名案が閃いた。「あ、そうだ」と思わず声が漏れる。家に取って返し、すぐに鈴子に話した。

「いいこと思いついた。鈴ちゃんを守る方法」

「えっ、何」

山田吾郎を見かけるのが毎度のことになっているからか、思いの外に鈴子は怯えていなかった。ぱっと表情を明るくし、顔を突き出してくる。そんな表情をされると、禎子ですらどきりとするほどの異常な魅力が発散された。男が鈴子を見ておかしくなるのも、最近はよくわかるのだった。

「鈴ちゃんを好きな男どもを集めればいいんだよ」

「何、それ」

すぐには意味がわからないようだった。禎子はにやりと笑って、続ける。

「鈴ちゃんが危ないと聞けば、守るために喜んで集まってくる男がたくさんいるでしょ。今こそ、あの連中の力を借りるときよ」

「ああ」

禎子は名案だと思ったのに、あまり鈴子は気が進まないようだった。男たちの好意を利用する形になるのが、気に入らないのかもしれない。しかし、それは違う。鈴子に頼られれば、男たちは尻尾を振って馳せ参じるはずだ。男たちは喜び、鈴子は安心を得られるのだから、ためらう必要はどこにもない。

「ねっ。ひとりふたりだと借りを作るようになっちゃうけど、もっと大勢を呼べばいいんだよ。十人くらい呼んで、交替でここを見張らせればいい。寝ずの番だって、連中は喜んで引き受けるよ、きっと」
禎子は自信たっぷりに言い切った。鈴子も、現状ではそうするのが一番いいと理解したのか、渋々頷いた。

8

予想どおり、鈴子の窮状を訴えると男どもは色めき立った。そんな野郎は簀巻き（すまき）にしてやる、といきり立つ者までいたので、宥めるのが大変だった。山田吾郎を集団で痛めつけるような真似をされては、かえって鈴子が恨みを買う。あくまで男どもには、鈴子を守ることに徹して欲しかった。

予想外だったのは、集まった人数だった。三十人以上が、我も我もと集ったのである。そんなにいらないし、そもそも平日は仕事がある勤め人では用が足りない。その観点から厳選し、十人に絞った。勤め人でも日曜日なら見張りができるので、ふたりだけは残した。

勤め人でない者の中には、当然のように宗次がいた。乱暴者ではあるが、こんなときには役に立つ。魔除けの鬼瓦みたいなものだった。

そして、宗次の力を借りるなら、康介を外すわけにはいかなかった。どちらかだけに期待を持たせるような真似はできなかったからだ。康介は一橋産業で働く会社員だから、日曜日担当である。互いに顔を合わせなければ、いがみ合うこともなかろうと禎子は計算した。

家の見張りはひとりだけに任せるのではなく、必ずふたり以上で行う輪番制にした。ひとりだけを家のそばに立たせておくのでは、山田吾郎に尾け回されているのと本質的に変わらない。ふたりであれば、互いに牽制し合っておかしな真似もしないだろう。山田吾郎に何ができるとも思えないが、万が一にも向こうが暴挙に出た場合、こちらの戦力がふたり以上であれば安心という面もあった。

こうして、姫を守る忠義者の家臣の如く、十人の男どもが交替で鈴子を守る態勢ができあがったのだった。基本的に多くても週二回、一日二交代制で、現状は夜は見張らないということにした。山田吾郎は、いつも昼間に鈴子を尾け回していたからだ。見張りがいて近づけなくなり、夜にやってくるようにでもなれば、そのときまた人員を増やすなりなんなりで対応する。何しろ、ひと声かければ三十人以上の男が集まるのだから、心強かった。

加えて、宗次の張り切りぶりが鬱陶しいほどではあるが戦力になった。宗次は自分の割り当ての日時以外にも、見張りに立ったのである。強面（こわもて）の宗次が鬼の形相で腕を組み、周囲を睥睨していれば、山田吾郎ならずとも近寄れないだろう。まさに魔除けの鬼瓦だった。

そんな宗次も、日曜日にはやってこなかった。むろん、日曜日には康介がいるからだった。決闘で完膚なきまでに叩きのめされたことで、できるだけ顔を合わせるのは避けているようだ。日曜日は鈴子の父親もいるし、何より康介もまた頼りになるから、宗次がいなくても問題なかった。

山田吾郎は、鈴子の家の周囲に出没しなくなった。おそらく近くまでは来たのだろうが、見張りが立っているのに気づいて逃げたに違いない。そうなると、いつまで見張りを続けるかが問題だった。もう必要ないのか、それとも見張りがいなくなったとたんにまた山田吾郎は現れるのか。なかなか難しい判断を迫られる羽目になった。

そして、日曜日のことだった。その日はたまたま、禎子も鈴子の家に遊びに来ていた。外には忠犬のように、康介ともうひとりが立っている。家に入る際に「ご苦労様」と声をかけると、康介は陽気に「よう」と応じた。

禎子が忠犬たちの存在をすっかり忘れて、お喋りに花を咲かせていたときである。「あっ」という声が外から聞こえ、現実に引き戻された。慌てて立ち上がり、濡れ縁から外を覗く。見えたのは、走っている康介の後ろ姿だった。

「待てっ」

康介は叫んでいた。康介が向かう先には、もうひとりの男の背中が見える。あっという間に康介は追いつき、後ろから飛びかかると、相手を地面に這わせた。何が起きているのか、禎子はすぐに理解した。

「康介が山田吾郎を掴まえた」

鈴子と顔を見合わせ、現状を言葉にした。慌てて外に飛び出し、康介の許に向かう。山田吾郎は俯せに倒れていて、その右手を康介に背後に捻り上げられていた。康介は涼しい顔で、「掴まえてやったぜ」と勝ち誇った。

「お前、森内さんの家のそばで何をしようとしてた」

相手が年上であろうと、康介は容赦しなかった。お前呼ばわりして、詰問する。腕が痛いのか、山田吾郎は顔を歪めていた。

「通りかかっただけだよ。それなのになんで、こんな目に遭わないといけないんだ」

「通りかかっただけだと。森内さんの家を覗こうとしてたんだろうが」

「なんの証拠がある。濡れ衣だ」

苦しげにしながらも、山田吾郎は言い張った。それを聞いて禎子は、思わず鈴子と顔を見合わせた。そんなふうに自己弁護されては、追及のしようがない。証拠など、あるわけがないからだ。

「むしろ、お前の方こそ犯罪者だろ。普通に歩いていただけの人に、いきなり暴力を振るったんだからな。警察を呼べ。お巡りさんを呼んでくれ」

ふてぶてしく、山田吾郎はそう絶叫する。さすがに康介も困ったように、「どうする」と言いたげにこちらを見た。

解放してやるしかないだろう。取り押さえておく権限は、康介にはない。いくらなんでも、山田吾郎も警察に訴えたりはしないはずだ。逃がしてやれば、懲りて二度と近づいてこないのではないか。

禎子は顔を顰め、小刻みに康介に頷いた。意味は通じたらしく、康介は手を放す。山田吾郎は「痛えなぁ」と言いながら腕をさすり、地べたに胡座をかいた。すぐに逃げようとしないのは、開き直っているようでいやな印象だった。

「あんた、名前は」

坐ったまま康介を見上げ、なぜかそんなことを問う。康介は明らかに困惑した様子で、眉を顰めた。

「そんなことが、あんたになんの関係がある」

「ふん、まあいいよ。あんたの顔は憶えたからな」

負け惜しみのようなことを言い、ようやく山田吾郎は立ち上がった。ぽんぽんと尻を叩き、顔を鈴子の方に突き出して、「またな」と捨て台詞を残す。山田吾郎の顔は頬が削げ、骨の上に直接皮が載っているかのようだった。そんな幽鬼じみた男が薄ら笑いを浮かべて「またな」なんて言うと、かなり不気味である。鈴子は怯えて、禎子の背後に隠れた。

「いやな感じの奴だなぁ」

去っていく山田吾郎を見送りながら、康介は率直な感想を口にした。まったく同感である。あんな男が現れてみると、鈴子への求愛者として康介や宗次はかなりましな方だと思えてきた。強面の宗次ですら、強引に鈴子に迫るようなことはなく、むしろ今は身辺警護に精を出してくれている。救いは、鈴子の味方の方が圧倒的に多いことだった。山田吾郎のような輩は、ひとりだけであって欲しかった。

それ以後、山田吾郎は鈴子の身辺に出没しなくなった。諦めたのか、時機を見ているのかはわからない。しかし山田吾郎本人を知った今、あの執念深そうな男があっさり鈴子を諦めるとは思えなかった。不安が拭えず、男どもによる警護は継続してもらった。取り押さえの一件以来、なんとなく頼る形になった康介にも相談したところ、続けた方がいいだろうという意見だった。

そんな状態がひと月ほど続いた後だった。思いもかけない一報が舞い込み、禎子を仰天させた。なんと、康介が刺されたというのだ。刺した相手は、山田吾郎だった。

「大変大変」

そう言って禎子の家に飛び込んできたのは、近所の女性だった。顔が広いことで知られていて、情報が早い。島で何かが起きたときは、たいていこの女性が報せてくれる。女性の声が切迫していることで、禎子も変事の出来（しゅったい）を悟った。

「どうしたんですか」

玄関先に出た母が尋ねる。女性は上がり框に坐り込み、禎子を手招きした。

「禎子ちゃん、康介くんって友達でしょ」

友達かと訊かれると、微妙な表情になってしまう。決して親しいわけではないが、しかし最近は鈴子の警護の関係で口を利くことが多くなった。宗次など他の連中と比べて、話しやすいのも確かである。だから否定はできなかった。

「まあ、そうですけど。康介くんが何か」

「背中を刃物で刺されたってよ」

「えっ」

想像もしないことだった。目玉が飛び出んばかりに目を見開き、そのまま固まってしまう。

だ。

「だ、だ、だ」と口から音が漏れたのは、気持ちばかりが先に立って体が追いつかなかったからだ。

「誰がそんなことを」

「名前はまだわからないけど、ガリガリに痩せた男だったって。駐在さんが捕まえて、駐在所に引っ張っていったってよ」

山田吾郎だ。ガリガリに痩せた男と聞いて、直感した。鈴子の家のそばで取り押さえられたとき、康介の名前を問うたのは復讐をする意図があったからか。やはり、蛇のように執念深い男だった。

「それで、康介くんは大丈夫なんですか」

そこが気がかりだった。命に関わるような怪我ではないのかと、心配が膨らむ。

「一応診療所に担ぎ込まれたけど、そんなに深い傷ではないみたい。死ぬようなことはなさそうよ」

「ああ、そうでしたか」

肺の底から空気が漏れるような、深い安堵の息を吐いた。それはよかった。とはいえ、鈴子の件が遠因で康介が怪我を負ったのは確かである。鈴子は気に病むだろうから、一緒に見舞いに行かなければと考えた。

「おばさん、それ、どこで聞いたんですか」

今はすでに日が暮れ、あちこちで夕餉(ゆうげ)の煙が上がっている時分である。よくそんな話を聞き込んだものだと思った。

「うちの亭主が聞いてきた話だよ。康介くんは会社の帰りに刺されたんだって。見てた人がいて、それを亭主が聞いてきたのさ」

「そうでしたか」

ならば、つい先ほどのことなのだろう。外は暗いが、こんな話を聞いたからには家で安穏としてはいられない。診療所まで、康介の様子を見に行くことにした。鈴子を伴うのは、後日でいい。女性に礼を言って引き取ってもらい、身支度を整えて家を出た。小走りに、診療所に向かう。家々の気配はふだんと変わりないので、刃傷沙汰などという異常事態が起きたことが未だに信じられなかった。

診療所に到着したときには、息が切れていた。だが呼吸が落ち着くのも待たず、そのまま中に飛び込む。するとすぐに康介と目が合い、面食らった。待合室に坐っていた康介は、何事もなかったかのように「よう」と言った。

「どうした。急患か」

「違うわよ。康介くんが刺されたと聞いて、様子を見に来たんじゃない。でも、大丈夫そうね」

「大丈夫じゃないよ。二センチくらいは刺されたみたい。痛かったし、縫わなきゃいけなかったし、もう大変だぜ」

そんなふうに康介は説明するが、言葉の割に口調は淡々としていた。痛みに顔を歪めたりもしない。ただ、服は借り物を着ているらしく、下半身は洋服なのに上半身は野良着のようなものをまとっていて、少しちぐはぐな感じだった。背中から刺されたなら、服には穴が開き、血もついたのだろう。ちぐはぐな服が、凶行があったことを物語っていた。

「でも、それくらいの怪我でよかった」

ふたたび、安堵の吐息が漏れた。急に力が抜け、待合室の椅子に坐り込む。康介はここでようやく、眉根を寄せた。

「聞いたか。おれを刺した奴。あの山田吾郎だよ」

「聞いた聞いた。やっぱり、あのときのことを恨まれてたんだね」

同情を込めて頷くと、なぜか康介は困った顔になった。どういうことか。康介を困らせるようなことを、何か言っただろうか。

「いやー、恨みなのかなぁ。あいつはきっと、頭がおかしいんだよ。頭がおかしい奴の考えることは、よくわからないね」

禎子から目を逸らした康介の口調は、明らかに空々しくなっていた。何かを隠しているな。それも、山田吾郎のためではなく康介自身の疚しさに発することだ。鈴子が理由で刺されたわけではないのか。

「なんなの。康介くんが何かをやらかしたわけ」

「やらかしたとは、人聞きが悪いなぁ。刺されるほどのことはしてないよ」

それはそうなのだろう。人を刺す輩の方がおかしいのは確かだ。だとしても、その原因を作ったのが康介なのは、どうやら間違いなさそうだ。鈴子のためにも、ここは追及の手を緩めるわけにはいかなかった。

「正直に話しなさいよ。鈴ちゃんのせいじゃないのね」

「うーん、まったく関係ないわけじゃないけど、森内さんのせいではないよ。そう伝えて、安心させてあげて」

この期に及んで、鈴子を気遣うことを康介は言う。まあ、いい奴には違いないのよね。禎子は内心で、そう評価した。

「あのね、山田吾郎はここ最近、森内さんじゃなくおれを尾け回していたのさ」

「えっ、そうなの」

まったく知らない話だった。どうりで鈴子の周囲から消えたわけだ。そんなこと、康介はおくびにも出さなかった。毎週日曜日には顔を合わせていたのに。

「どういうつもりなのか知らないけど、やっぱり恨みだったのかな。鬱陶しかったから、また掴まえてやり込めてやろうとしたんだが、向こうも警戒しててちゃんと距離をとってるんだ。何度か追いかけたけど、すぐ逃げられた」

康介は肩を竦めた。だがそんな仕種が傷に触ったらしく、「痛てて」と顔を歪める。どこを刺されたのかといまさらながら確認すると、右の肩甲骨の下辺りだった。なるほど、急所は外れている。よかったわねぇ、という言葉がしみじみと漏れた。

「それでな、あるときおれは、見られたくないところを奴に見られちゃったみたいなんだ」

「見られたくないところ」

ばつが悪い部分に差しかかったようだ。康介はまた、わざとらしく視線を逸らす。「大したことじゃないんだけどね」と前置きしてから、続けた。

「ぜんぜん深い意味はないんだよ。ちょっとした立ち話だったんだ」

「なんのことよ」

意味がわからない。さっさと具体的に説明して欲しい。

「いや、あのな、ちょっと女の子と話をしてたのさ。ただの立ち話だよ。それを山田吾郎は見てやがったのさ」

「見られたくないところ、ってことは、ただの立ち話じゃなかったんじゃないの」

指摘してやった。すると康介は、はっという顔をしてから慌てて首を振る。

「違う違う。おれは別に見られてもよかったんだけど、こんなことになってみると結果的に見られたらまずい場面だったのかな、と考えただけだよ。ホントだよ」

「どうだか」

少し話が見えてきた。求愛してもいっこうになびかない鈴子を諦め、康介は他の女にちょっかいを出していたのかもしれない。ならば、それを禎子に知られるのはいかにも気まずいだろう。だとしても、そのことがなぜ山田吾郎に刺される事態に繋がるのか、まだわからない。目で先を促した。

「あいつ、おれに斬りかかってきたとき、『この浮気者が』って言ってたよ。すごい誤解だよな。それじゃあまるで、おれが森内さんから他の女に気を移したみたいじゃないか」

「違うの」

「違うよ、もちろん」

康介は語気を強めて否定する。まあ、この際どうでもいいが、鈴子の友達としては見過ごしにできない。目を細めて、斜に康介を見てやった。康介はまたわざとらしく視線を逸らす。

「あの言葉からすると、おれが森内さんひと筋じゃなく、他の女にちょっかいを出しているのが、山田吾郎は気に入らなかったみたいだね。奴も奴なりに、森内さんに一途な気持ちを抱いているのかもしれない。だからって、刃物で斬りかかってこなくてもいいよなぁ。こっちもたまったもんじゃないよ」

康介は口を尖らせた。禎子は意外な話を聞いた思いで、相槌が打てなかった。

康介の言うとおり、山田吾郎もまた純粋な気持ちで鈴子を思っていたようだ。そうでなければ、他の女に目をやる康介に腹を立てたりはしないだろう。歪んだ形で表に出ただけで、山田吾郎も他の連中と同じように鈴子の磁場に吸い寄せられていたのだ。そのことに、なにやら空恐ろしさを感じた。

医者は傷口に塗る塗り薬を調剤していたらしい。それができたからもう帰れと、待合室に促しに来た。禎子は康介とふたり、連れ立って診療所を出た。暗いから家まで送っていくと言う康介に遠慮し、禎子はひとりで帰宅した。

単なる喧嘩ならまだしも、刃物を持ち出しては犯罪である。山田吾郎は逮捕され、くがに送られることになった。その際、山田吾郎が言っていたことが駐在さんから伝えられた。駐在所に連行された山田吾郎は、なぜかきょとんとした顔をしていたそうだ。自分のしたことを憶えていないわけではないが、どうしてそんなことをしたのかよくわからないと言ったらしい。熱に浮かされたように、頭の中がかっと熱くなって、何も考えられずにしでかしてしまったのだという。罪を逃れるために、自分に都合のいいことを言ってるんだよ、と駐在さんは肩を竦めた。

だが禎子は、熱に浮かされたようにという言葉に引っかかりを覚えた。自分の意思ではなかったという点で、かつて田端が語ったことと同じではないか。自分ではどうすることもできずに鈴子を好きになってしまったと、田端は語った。どちらも、そんな状態になった原因は鈴子なのである。

田端の話を聞いたとき、鈴子の魅力はまるで魔力や妖術のようだと感じた。そのことを、禎子はまた思い出した。

9

鈴子に惚れておかしくなったのは、山田吾郎だけではなかった。山田吾郎は真似をする者を生み出さなかったから、ある意味、たちは悪くなかった。関根友一という男はそうではなかったので、かなり困った存在と言えた。

関根友一は、鈴子より三歳年上だった。三歳も違えば、接点はまるでない。鈴子は関根友一の顔も知らなかったそうだ。それなのに、向こうが勝手に鈴子を見初め、惚れた。しかも鈴子とは一度も言葉を交わさずに、騒ぎを起こした。鈴子からしてみれば、降って湧いた災難のようなものだった。

後から聞いたところによると、関根友一はかなり内気な男だとのことだった。つまり、鈴子を見初めても話しかける勇気がなかったのだ。ただ遠くから眺めて胸を高鳴らせ、その気持ちをどんどん膨らませた挙げ句、どうにもならなくなって持て余した。完全な独り相撲である。はた迷惑もいいところだった。

関根友一は恋煩い(わずら)の果てに、自殺しようとしたのであった。幸いにも、それは未遂で終わった。関根友一は家の鴨居に紐をかけて、踏み台に乗ってそこに首を通した。そして踏み台を蹴飛ばして見事にぶら下がったのだが、ちょうど母親が帰ってきて息子を見つけ、驚いて抱きついた。足はつかないが、母親に死に物狂いで抱きつかれては死ねない。誰か来てくれ、と絶叫する母親の声に呼ばれた近所の人が関根友一を鴨居から降ろし、かくして自殺は未遂に終わったのだった。

律儀にも、関根友一はしっかりと遺書を書いていた。それを近所の人が見つけて読んだので、自殺の理由がたちまち広まった。関根友一は鈴子を見かけて惚れたものの、声をかける勇気がない。だが、胸に秘めた思いは募り、自分でも持て余すようになった。何もかも手につかなくなり、食事すら摂れない。その反面、妄想は膨らんでいく。悶々としている間に、他の男が鈴子を手に入れてしまうかもしれないと先を憂えた。そんなことになったら、絶望のあまり胸が張り裂けてしまうだろう。それくらいなら、鈴子が他の男の許に嫁ぐ日を迎える前に、この世から去ってしまう方がいい。関根友一はそう考えたのであった。まあ、悩みに悩んだ末の結論であることはわかるが、はた迷惑な独り相撲なのは間違いなかった。

「私のせいなのかしら」

人がいい鈴子は、そんなふうに案じて眉根を寄せた。お茶を飲みながらその話をしていた禎子は、ばっさりと断じる。

「気にしなくていいのよ。鈴ちゃんと言葉を交わしたこともないのに、勝手に絶望して死のうとするなんて、どれだけ内気なのか」

「そうは言っても、原因は私なんでしょ。もし亡くなってたら、すごく後味が悪いところだった。死ななくてよかったし、怪我もなくて本当によかった」

鈴子は胸に手を当て、小さく息を吐く。鈴子の言うとおり、関根友一は首に擦り傷を作っただけで、特に深刻な怪我は負わなかった。自殺に失敗した挙げ句、体の自由が利かなくなるような後遺症を患うこともあるらしいから、鈴子のためにも幸いだった。

鈴子は見舞いに行きたいと言ったが、それは禎子が止めた。鈴子が自ら訪ねていったりしようものなら、今度こそ本当に関根友一の心臓は止まってしまうかもしれない。このまま会わずにいる方が、関根友一のためだった。

鈴子恋しさのあまり死のうとした人が現れたことは、衝撃を伴って島の男どもに伝わった、らしい。何が衝撃なのか禎子には今ひとつ理解しがたかったが、そこまで鈴子のことを思う者がいたのか、という驚きだったようだ。それに比べて自分はどうか、と男どもは考えた。そしてまた、阿呆な方向へと皆がいっせいに向いてしまったのだった。

男どもの競争心は、どこまで己の命を賭して鈴子への恋心を表せるかどうか、という点に発揮された。要は、誰が一番真に迫った自殺未遂をできるか、という根性試しがはやったのである。阿呆と言えば阿呆だが、しかし危険な競争ではあった。本当に死者が出たらどうするのか、と島の者たちは気を揉むことになった。

ある者は、水を張った盥(たらい)に顔を突っ込み、溺れ死のうとした。もちろん、そんなことが可能であるはずもなく、たらふく水を飲んだ末に耐えられなくなって諦めた。

ある者は高台の上から飛び降り、己の勇気を示そうとした。しかし下は浜辺だったので、足を挫いただけで終わった。

ある者は断食をして命を断とうとしたが、五日目に空腹感に負けた。

ある者は包丁で手首を切ったが、単に皮一枚に傷をつけただけで、かすり傷程度の血しか出なかった。

関根友一と同様に首を吊った者もいたが、そいつの体重は人並み外れて重かったので、紐の方が重みに耐えきれずに切れた。

いずれも、とても本気で死ぬつもりとは思えなかった。深刻なのかふざけているのか、傍目にはまるで見分けがつかない。まあ、当人たちは決してふざけているつもりはないのだろうけれど、滑稽であることは確かだった。

熱に浮かされていない者たちははらはらしどおしだったが、やがて案ずるのが馬鹿馬鹿しくなってきた。誰ひとり、実際に命を落としはしなかったからだ。そもそも男どもが試みているのはあくまで自殺未遂であり、自殺そのものではない。最初から死ぬ気がないのだから、誰も死なないのは当然だった。心配してやるだけ損である。勝手にやりな、と傍観している者たちが冷ややかな気持ちになったのは、至極自然な帰結であった。

しかし皆が皆、自己完結しているわけではなかった。大勢の人がいれば、中には邪(よこしま)な考えを持つ者も紛れ込む。邪な者は山田吾郎ひとりでたくさんだったが、残念ながら思い詰めた者はまだいたのだった。

その男の名は、西部勝造(にしべかつぞう)といった。名前は勇ましいが、優男(やさおとこ)である。ただあいにくと、関根友一のように内気なたちではなかった。西部勝造は鈴子に接触する勇気を持っていたのだった。

西部勝造が鈴子に惚れた経緯は、もはやどうでもよかろう。皆、その過程は大同小異なのだから、問題ではない。問題視すべきは、惚れたことによって何をするかだった。他の阿呆どものように、他人に迷惑をかけずに自殺ごっこをしていればよかったものを、西部勝造はなまじ行動力があったために、大変な騒動を引き起こしてしまった。

以下はすべて、禎子が後に聞いたことである。禎子はその場にいなかったので、怯えて震える鈴子から聞き出したのだった。後から話を聞くだけで何もできなかった自分に禎子は苛立ったが、ともかく鈴子が無事でよかった。そして、鈴子を護った幸運にひたすら感謝したのだった。

その日鈴子は、家業の一環で港に行っていた。港といってもくがと往復する船が着く波止場ではなく、漁船が使う漁港の方だ。干物にするための魚は、当然のことながらこちらから来る。引っ込み思案な鈴子でも、親を助けて漁師とやり取りするようになっていたのだった。

漁師との話し合いを終えて、家に帰ろうとしていたときだった。どこからともなく、ふらりとひとりの男が現れた。鈴子はその男と面識がなかったから、自分に用があるとは思わなかった。特に会釈もせずに通り過ぎようとしたら、後ろから声をかけられた。

「すみません、森内鈴子さんですよね」

「はい、そうですが」

鈴子は立ち止まり、振り返った。男は若く、二十代前半に見えた。となると、鈴子の脳裏にいやな予感が走る。何せ関根友一は、ひと言も言葉を交わしたことがないのに勝手に鈴子に惚れ、勝手に絶望して自殺しようとしたのだ。この男も自分に特別な感情を寄せる人ではなかろうかと、鈴子が反射的に警戒したのは、これまでのあれこれを考えると自惚れが過ぎるとはとうてい言えなかった。

「あのう、大変不躾で申し訳ないのですが」

男は丁寧に、そう前置きした。この部分だけを聞けば、至って常識的な人という印象である。

しかし続く言葉は、異常極まりなかった。

「よかったら、おれと一緒に死んでくれませんか」

「え」

当然、鈴子は訊き返す。自分が何か聞き間違ったと考えたのだ。男は苛立つこともなく、もう一度繰り返す。

「よかったら、おれと一緒に死んでくれませんかね」

二度聞いても、内容は変わらなかった。だが、言葉の意味はわかっても、男が何を言っているのかさっぱり理解できない。なぜ鈴子が、見ず知らずの男と一緒に死ななければならないのか。無視してもいいところだったものの、今に至るまでの数々の経験が鈴子に正しい判断をさせた。これは危険だと、本能的に察したのだった。

鈴子は走って逃げようとはしなかった。頭のおかしな人間に背中を向けるのは愚策と、経験から学習していたからである。むしろ鈴子は、男から目を逸らさずにじりじりと後ずさった。そして大きい声で、助けを呼んだ。

「誰か、助けてください。襲われます。助けてください」

禎子が後から検証しても、そのときの鈴子の判断は最も適切だったと思う。逃げ出さず、相手を軽んじず、恥も外聞もなく助けを求める。それ以外に、鈴子が助かる方途はなかったかもしれない。その正しい判断が、幸運を呼び込んだのだった。

鈴子の声は、港から自宅に帰ろうとしていたひとりの男の耳に届いた。こんなとき、最も頼りになる男。そのとき宗次はたまたま海から帰ってきて、寄り道もせずに家路に就いていた。

声を聞いた宗次は、その悲鳴を上げた人が鈴子であると瞬時に聞き分けた。惚れた男の聴覚は敏感である。一瞬の遅滞もなく、宗次は声のした方へと走り出した。そして、男に肘を摑まれている鈴子を見つけたのだった。

宗次の頭に、躊躇などまったく生まれなかったのだろう。走ってきた勢いのままに、宗次は男の頬に拳を叩き込んだ。男は鈴子の肘から手を離し、後方に吹っ飛ぶ。歯が二本折れていたというから、まさに手加減なしの一撃である。普通の人は、何が起きているのか確認してから止めに入るのではないだろうか。いきなり殴りかかった宗次は暴力的だが、鈴子を救う者としては誰よりも適任だった。

「なんだ、てめえは」

宗次は男に罵声を浴びせかけた。それだけでなく、近寄って胸倉を摑んだ。そのまま立ち上がらせ、顔を近づけて睨む。宗次の目が血走っていただろうことを、禎子はありありと思い描くことができた。

男は返事をしなかったが、宗次は無駄に言葉を重ねなかった。相手の胸倉を摑んだまま、引きずるように歩き出す。言葉が少ない男たちの振る舞いは、かえって鈴子を戸惑わせた。思わず、宗次の背中に問いかけた。

「宗次くん、どこに行くの。その人をどうするの」

「駐在所に連れていく。そこで、鈴子に何をするつもりだったのか吐かせる」

宗次にしては冷静な対応だった。その場で相手を半殺しにしてもおかしくない気性なのである。鈴子のためなら、理性的にもなるのかもしれない。これが恋の力かと、禎子は妙に感心した。

男は逃げようとしたが、手首をしっかりと宗次に握られていて、逃走などできなかった。男を引きずるようにしてずんずんと歩く宗次の後を、鈴子はついていく。駐在所に到着すると、宗次は鈴子が襲われていたと説明した。早くこいつの身柄を拘束するべき、と主張する。襲われていたのくだりを鈴子が認めたので、駐在さんはひとまず男を留置場にぶち込んだ。そして改めて被害状況を尋ねたが、当の鈴子がよくわかっていないのだった。やむを得ず、鉄柵越しに男に尋問することになった。

「あんたは確か、西部さんのところの息子だなぁ」

駐在さんは、男の顔を知っていた。下の名前までは憶えていなかったので、当人に問い質す。ここでようやく、男が西部勝造という名前だと判明した。

「あんた、このお嬢さんの腕摑んで、いったい何をするつもりだったんだ」

一緒に死んでくれと言われた、という説明はしたが、それだけで納得できるものではない。鈴子自身が、西部勝造の真意を理解していないのだから、駐在さんや宗次がわかるはずもなかった。鈴子は一歩引いて駐在さんに尋問を任せていたが、傍らにいる宗次は腕を組んで仁王立ちになり、恐ろしい目つきで西部勝造を睨んでいる。こんな威嚇をされれば、朴訥な駐在さんの尋問に対しても正直になるだろう。西部勝造は言い淀みもせずに答えた。

「一緒に死んでもらおうと思った」

しかし相変わらず、西部勝造の説明は意味不明である。駐在さんの声も、少し険しくなった。

「そりゃ、なんでだ」

「一緒に死んでもらえれば、幸せだから」

実際にはそうしなかったものの、鉄柵の外側にいた三人は皆、内心で首を傾げたのではないだろうか。一緒に死ねば幸せとは、依然として言葉の意味がわからない。だがここは年の功か、仕事の経験がものを言ったか、駐在さんは思いついたことを口にした。

「あんた、無理心中しようとしたのか」

怖い話ではあるが、鈴子はそれを聞いて、なるほどと腑に落ちたそうだ。なるほどなんて言ってる場合じゃないだろうと禎子は思うものの、理解できなかったことがそのひと言で明らかになったのは確かだ。つまり西部勝造の考えは、自殺ごっこの流行と無関係ではなかったのだった。

駐在さんの問いに、西部勝造はこくりと頷く。畳の上に正座した西部勝造は、両手を膝の上に置いてうなだれているから、反省の素振りが顕著だった。そんな態度を見て鈴子は、この人もまた、一時的に頭がおかしくなっていただけではないだろうかと考えたそうだ。優しい鈴子ならではの思考だが、頭がおかしくなっていたという点では禎子も同意する。鈴子を見た若い男は皆、頭がおかしくなってしまうのだ。そのことは最近、顕著になりつつある。

「つまりあんたも、自殺しようとしたんだな」

改めて、駐在さんが確認する。西部勝造はまた素直にこくりと頷いた。

「自殺しようと考えたのは、このお嬢さんに恋い焦がれたあまりか」

こくり。

「気持ちを打ち明けても、どうせ受け入れてもらえないと思ったか」

こくり。

「それくらいだったら、いっそ死のうと考えたか」

こくり。

「でもどうせ死ぬなら、このお嬢さんと一緒に死にたいと考えたわけか」

こくり。

「それで無理心中か」

こくり。

ここまで心の中をお見通しだと、駐在さんはほとんど西部勝造の代弁者のようである。鈴子はすべてを、駐在さんの解説で理解したようなものだった。

「あんたはこのお嬢さんと、ひと言も口を利いてないそうじゃないか。それなのに無理心中とは、いかにも虫がよすぎないか」

ようやく駐在さんは咎めた。ここでもまた、西部勝造は頷く。いや、今度は頷くというより、深くうなだれたといったふうだった。虫がいいのは、西部勝造自身もよくわかっていたのかもしれない。

「あんたね、無理心中といえば大変な罪だよ。お説教をして無罪放免というわけにはいかないぞ。何せ、殺人未遂だからね。わかってるか。あんたのことを逮捕するよ」

駐在さんは諄々(じゅんじゅん)と言い聞かせた。西部勝造は頷くたびに、肩が落ちて体が縮こまっていく。そして鈴子は、殺人未遂という言葉を聞いてようやく、自分が殺されかけたのだと実感した。急に恐怖が押し寄せてきて、己の両肘を抱えて震えた。

それを見た宗次が、向こうへ行こうと言ってくれた。西部勝造の前を離れても、鈴子の震えは止まらなかった。駐在さんは察して、調書作りは後でということにしてくれた。鈴子は宗次に送られて帰宅し、母親の顔を見ると安堵のあまり泣き出したのだった。

この事件のことを禎子に教えてくれたのは、宗次だった。宗次は真っ直ぐ家に帰らず、禎子の家に寄ってくれたのである。鈴子が震えて泣いていたと聞き、禎子は家を飛び出して駆けつけた。胸に飛び込んできて泣く鈴子を抱き締め、綺麗すぎる顔の不幸を思った。美人であることは、当人にとって必ずしも幸せではないのだ。泣きじゃくる鈴子を抱き締めていると、その真理がひしひしと実感できるのだった。

鈴子の美しい顔は、男を狂わせる。それはもう、厳然たる事実と見做すべきだった。

10

気になるのは、鈴子の魅力が及ぶ範囲が、徐々に広くなっていることだった。尋常小学校に通っている頃は、同学年の男だけに効力が及んでいた。しかし山田吾郎はふたつ年上、関根友一は三つ年上、さらに西部勝造は五つも年上だった。これは何を意味するのか。単に小学生の頃は、世界が狭かったので同学年の男にしか知られていなかったのかもしれない。しかし卒業して働き出してみたら、他の大勢の男の目に留まるようになった。そういうことなのか。

それもあるかもしれない。しかし、もっと強力な理由があると禎子は睨んでいた。鈴子の美しさそれ自体だ。小学生当時に比べ、鈴子の美しさには磨きがかかった。凄味を増したと言ってもいい。島一番の美女に成長したのはもちろんだが、くがにもこれほどの女はいないのではないか。下手をすると、今日本で一番の美女は鈴子ではないかとすら、本気で考えた。

果たして、鈴子の魅力に反応する男の範囲はどこまで広がるのか。魅力に取り憑かれた男どもの奇行を振り返ると、それはまるで疫病のようにも思える。今や鈴子を見かけてポーッとなっている男は、同じ年や年上の者だけでなく、年下にも現れている。まさに燎原(りょうげん)の火の如く、熱病はじりじりと蔓延し始めていた。

そしてその認識は、禎子だけのものではなかった。島の者たちも、男どもの熱しぶりはおかしいと気づき出したのである。禎子が衝撃を受けた出来事があった。鈴子と連れ立って歩いているとき、小さな男の子を連れた母親が道の向こうからやってきた。島ではよくある、どうということのない一風景のはずである。ところが、前方からやってきた母親は鈴子に気づくと、顔色を変えた。そしてなんと、自分の息子の両目を手で塞いで、「見ちゃいけません」と言ったのだ。さすがにこれには驚いた。

呆然と立ち竦む禎子と鈴子の横を、母親は顔を背けるようにして通り過ぎていった。少しは申し訳ない気持ちがあったのかもしれない。母親は会釈をして禎子たちの傍らを歩き去っていった。しかしその態度は、明らかに鈴子を恐れていた。まるで祟り神に出会ったかのような恐怖が、顔に浮かんでいる。ついに鈴子は、そこまでされるほどの存在になってしまったのだった。

「私、そんなに怖いのかしら」

母親の振る舞いの意味を正確に理解したのだろう、鈴子は悲しげにぽつりと呟いた。これはなんとしても鈴子を元気づけなければならないと、禎子は慌てて言葉を掻き集めた。

「い、いや、ほら、あんまり眩しすぎるものを直接見たら、目を痛めるでしょ。それと同じよ。鈴ちゃんの美しさは、子供の目には毒だと思ったんだよ。ははは、心配しすぎだよねぇ」

心配しすぎとは思う。男の子は、まだ十にもならないくらいの年格好だった。そんな子供が鈴子を見てのぼせ上がると、あの母親は本気で考えたのだろうか。冗談のような話だ。

だが、そんな馬鹿らしい心配をする人が出てくるほど、鈴子の魅力が異常であると島では認識され始めているのだ。笑い事では済まなかった。

「違うと思う。あれは、化け物を見るような目だった」

鈴子は小さく首を振った。それを否定する言葉を、禎子は見つけられなかった。

禎子の不安は増殖する。禎子が今恐れることは、妻帯者までもが鈴子に惚れることだった。独り身の男が鈴子に惚れて騒動を起こす分には、中には深刻なこともあったが、基本的には「馬鹿だねぇ」のひと言で済ませられた。だが妻帯者が我を忘れて鈴子に惚れるようなことがあれば、修羅場になる。決して鈴子が誘惑したわけではなくても、その男の妻は憤るだろう。自分の夫ではなく、筋違いでも鈴子を責めるかもしれない。禎子としては、そんな事態にならないことを切に願うだけだった。だが、己の意思ではどうにもならず鈴子に惹かれてしまうという現象が起きているなら、禎子の不安は早晩現実化してしまうだろうとも思えた。

その日は、予想よりも早くやってきた。ひと月もしないうちに、騒動は起きた。騒動を鈴子が認識したのは、ある女が怒鳴り込んできたからである。だが事の発端から語るなら、その女の亭主が唐突なことを言い出したのが始まりだった。

亭主の名は、平八（へいはち）といった。平八は妻とふたりの幼い子供を持つ、ごく平凡な漁師だった。酒は飲むが酔い潰れるようなことはなく、女遊びもせず、たまに漁師仲間と飲みに出ても深夜零時以前には帰ってくる。どちらかというと真面目で、それだけに特に個性もなく、目立つようなことをする人物ではなかった。

そんな平八が、なんの前兆もなくいきなり、離婚してくれと妻に言った。驚いた妻が理由を質しても、なかなか口にしない。それでは離婚なんか応じられるわけがないと妻が涙ながらに訴えるとようやく、他に好きな人ができたと白状した。

平八としては、相手の名を伏せたまま離婚できたらと考えていたようだ。だが、そんな虫のいい話が罷（まか）り通るわけもない。さらに妻からがんがんと追及され、とうとう根負けして惚れた女の名を出した。それが鈴子だったという次第であった。

悔しいやら情けないやら落ち込むやらで、妻は混乱状態だったようだ。そしてその千々に乱れた気持ちのまま、鈴子の家に怒鳴り込んできた。よくもうちの亭主を誘惑してくれたな、というわけである。むろん、鈴子にはまるで心当たりがなかった。

「えっ、なんのことでしょうか」

目を丸くして、鈴子は問い返した。男を誘惑するどころか、道ですれ違う際にもできるだけ顔を隠すようにして歩いている鈴子である。相手の言うことに、ただぽかんとするだけだった。

「なんのことじゃないよ、この泥棒猫。うちの亭主とわりない仲になったんだろうが。そんなかわいい顔して、よくもまあ恥知らずなことをしてくれたもんだよ」

相手は眦を吊り上げ、唾を飛ばして喚く。鈴子は相手の言葉の何ひとつ理解できず、ただおろおろした。

「し、失礼ですが、どちら様でしょうか。旦那さんというのは、どなたのことですか」

そもそも相手の素性すらわからないのである。そこから問うと、女は少し意表を衝かれたように喚くのをやめた。

「うちの亭主の名は平八だよ。知ってるだろ」

「平八さん。どちらの平八さんですか」

平八などという名に、心当たりはない。だから訊き返したのだが、女は白を切っていると受け取った。

「とぼけるんじゃないよ。あんた、港によく出入りしてるんだろ。そこでうちの亭主を誘惑したんじゃないのか。漁師の平八と言われて、まだとぼけきれるとでも思ってるのかい」

「いえ、あの、存じ上げませんが」

「はあ」

おそらく鈴子の表情が、とても悪女のそれではなかったのだろう。ただ困惑していることが、逆上した女にも見て取れたのかもしれない。そして女はここでようやく、相手が特別な美貌の持ち主であることに気づいた。若い独身の男どもが滑稽な騒ぎを繰り広げていることも、当然耳に入っていただろう。鈴子を巡って、自殺ごっこをする連中の大半は、鈴子と言葉を交わしたこともないまま、恋い焦がれて死ぬ真似をしているのである。もしや自分の亭主も同じではないかと、はたと思い至った。

「本当に。本当にうちの亭主を知らないのかい」

「はい。もしかしたら、お顔くらいは知っているかもしれませんが」

この返事に、女は黙り込んだ。もっと亭主にきちんと白状させるべきだったと、内心で反省していたようである。わかった、と言い残して、女は去っていった。平八の家が修羅場になったことは、想像にかたくなかった。

後日、女はきちんと謝りに来た。やはり亭主の平八は一方的に鈴子に惚れ、言い交わしたわけでもないのに妻との離婚を考えたらしいのである。離婚してどうするつもりだったのかと質すと、一応鈴子に求婚する気はあったようだ。声をかけてくる前にまず離婚を考えたのは、順序を違えてなくてそこはまあ認めてやってもいい。とはいえ、妻子持ちだった男が言い寄ってきても、鈴子が応じるはずもないのである。夢想が過ぎるという点では、他の男どもとなんの変わりもなかった。

後からそれらを聞いた禎子は、ついに来るべきものが来たと考えた。しかし禎子が恐れていたのは、それだけではなかった。鈴子に迷う妻帯者は、平八ひとりにとどまらないだろうと予想したのである。その予想は見事に当たったのだが、これまでの経緯を考えると、誰でも予想できることではあった。

平八夫婦の間で起きたことを皮切りに、同じような騒動があちこちで持ち上がった。どこの家でも、夫が妻に離婚を切り出したのである。そしてその原因が鈴子と知った妻の数人は、平八の妻と同じように文句を言いに来た。だがすぐに、鈴子には罪がないと知れ渡り、妻たちは冷静になった。自分たちの夫が馬鹿なだけだと気づいたのであった。

これもまた、傍目には滑稽なことだった。しかし当事者にとっては、深刻な事態である。鈴子自身に罪はなくても、その存在自体が今や、島全体の大きな問題となっていたのだった。

11

ある日、女たちが揃って禎子に会いに来た。皆、禎子より年上で、ほとんど付き合いのない女たちである。いったいなんのことかと訝ったら、用件は鈴子のことだった。鈴子にお願いしたいことがあるから、その場に立ち会ってくれないかと言うのだ。

「あたしたちだけだと、険悪になっちゃうかもしれないからさ。鈴子さんにも味方がいた方が、吊し上げみたいな格好にならなくていいから」

「吊し上げ。いったい何をするつもりですか」

物騒な言葉に、禎子は目を剝いた。女たちの大半は面識がなかったが、年格好からすると、すでに結婚していそうである。となると、例の離婚騒動の当事者か。そこまではすぐに察しがついたが、女たちの用件までは見当がつかなかった。

「そんなに心配しなくていいよ。お願いしたいだけだから。ともかく、話を穏便に済ませたいのさ」

「はあ」

何はともあれ、禎子が立ち会った方が鈴子のためになりそうである。女たちは全部で八人もいた。こんな人数と対峙したら、それだけで鈴子は畏縮してしまうだろう。自分が味方にならなければならないし、わざわざ声をかけてくれた女たちに感謝もした。

そのまま、女たちに同行して鈴子の家を訪ねた。鈴子は怖がって顔を引きつらせたが、禎子がいることに明らかに安堵もしていた。「なんなの」と小声で訊いてきたが、禎子も答えられない。「わからない」と応じると、ますます顔を強張らせた。

「あたしたちはみんな、離婚してくれと亭主に言われたんだよ」

座敷で向き合うと、代表してひとりの女が口を開いた。もちろん禎子は、鈴子の傍らにいる。だから女たちの顔を見渡すことができたのだが、怒りに狂っている気配はなかった。むしろ、すっかり困り果てているといった表情に見えた。

「原因は、鈴子さん、あんたさ。もちろん、あんたが亭主を誘惑したなんて思ってないよ。阿呆な亭主どもは、勝手にあんたに惚れて、離婚したいとほざいているのさ。男はいくつになっても馬鹿だからねぇ」

代表の女はしみじみと言った。これには禎子も、もっともだと深く頷く。小学生の頃から、男どもの愚行をつぶさに見てきた。結婚してまで変わらないなら、いくつになっても馬鹿という評価がまさに当たっていた。

「聞いたけど、亭主どもはあんたとろくに口も利いたことないんだってね。つまり、あんたのその綺麗な顔を見て、のぼせ上がっただけなんだ。普通なら、そんなことあるかいと鼻で嗤うところだけど、こうしてあんたの顔を真正面から見れば、男がおかしくなるのもよくわかる。お人形みたいというか、むしろ人間離れして綺麗だねぇ」

女は遠慮なく、真っ向からまじまじと鈴子の顔を見た。鈴子は顔を伏せ、「そんな」と小声で呟く。褒められているのだかなんだかよくわからないから、鈴子は居心地が悪いだろう。

「それでね、あたしらは話し合ったんだ。どうすればいいかって。もちろん、離婚なんかしないよ。子供じゃあるまいし、口を利いたこともない女があまりに綺麗だから離婚してくれなんて、そんな話呑めるわけもない。ただ、このままじゃ亭主たちののぼせ上がった頭は冷えない。どうすればいいのかさんざん頭を絞って、ひとつ思いついたのさ。それを鈴子さん、あんたにお願いしたいんだ」

「お願い。なんでしょう」

恐る恐るといった体で、鈴子は訊き返す。どんな無理難題を女たちが言い出すのかと、禎子も身構えた。

「要は、あんたのその綺麗な顔が問題なのさ。あんたの顔を見ると、枯れ果てた年寄りか毛も生え揃わない子供以外、男という男はみんなおかしくなりそうじゃないか。だから、あんたの顔を隠しておいて欲しいんだよ」

「顔を」

願いとはそれかと、禎子は眉を顰めた。まさか、頭巾を被って暮らせとでも言うのか。鈴子に罪はないのに、あまりに無体な要求だ。冬はまだしも、夏は拷問に等しいだろう。そもそも、そんなことを本気で要求しているのかと、相手の正気を疑った。

「わかりました。これから外に出るときは、必ず顔を隠しておけばいいんですね」

しかし鈴子は、そんな無理難題をあっさりと受け入れた。毅然とした態度に、禎子の方が慌てた。

「ちょ、ちょっと待って。本当にいいの。必ず顔を隠すなんて、大変じゃない」

「いいのよ。それで皆さんが納得するなら」

気弱な鈴子とは思えない、きっぱりとした物言いだった。頼みに来た女たちの方が、気を呑まれたように言葉を失っている。かろうじて、ずっと喋っている女が口を開いた。

「あ、ああ、いや、本当に申し訳ないいわね。そちらにしてみれば、言いがかりに思えるだろうに」

「とんでもない。むしろ、いいことを教えていただいたと思っています」

この鈴子の言葉は、女たちには通じなかったようだ。理解していない顔をしていたが、わざわざ意味を問い返したりはしない。むろん、横で聞いている禎子は痛いほどわかった。美しすぎる顔のせいで降りかかってきた面倒事を思えば、外に出るときは顔を隠すという考えは、鈴子にとって救いになったのだろう。もっと早くそうしていればよかった、と考えているのではないか。だからこそ、無体にも思える要求をあっさり受け入れたのだ。

女たちは丁寧に頭を下げ、去っていった。残った禎子は鈴子とともに、どう顔を隠すのが一番いいかの試行錯誤を始めた。最初はまず口許だけを布で覆って、頭の後ろで縛った。しかし鏡を見た鈴子は、「これじゃあ、泥棒みたい」と笑った。確かにそうなので、もう少し工夫が必要だということになった。

鈴子の母親も交えて、様々な形を試してみた。そうして結局、御高祖頭巾が無難であろうという結論に達した。上品だし、違和感がない。頭から口許まで隠し、目だけを出しておくことにした。

「これでいいわね」

御高祖頭巾で顔を隠した鈴子は、鏡を見て満足そうに微笑んだ。満足そう、というのはもちろん目許だけを見ての、禎子の感想である。だが笑う鈴子とは裏腹に、またもや禎子は不安を覚えた。露出しているのが目許だけでも、鈴子の美しさは充分感じ取れたからだ。

「試しに、外を歩いてみよう」

鈴子は無邪気に言った。禎子は不安を抱えつつも、駄目とは言えずに付き合う。特に当てもなく散策するうちに、何人かとすれ違った。皆、ぎょっとしたように頭巾姿の鈴子を見た。かえって人目を集めているのではないかと、禎子は心配になった。

三十分ほどで家に帰り、鈴子は頭巾を外した。特に苦しかったわけでもなさそうで、「これで問題解決ね」と楽観的なことを言っている。果たしてそうだろうか、と禎子は危ぶんだが、何も言わずにおいた。嬉しそうにしている鈴子を前にしては、不吉なことは言えなかった。

なにやら最近、禎子の予感はよく当たるようになった気がする。不安は、またしても的中した。妻に離婚を切り出す男は、減るどころかむしろ増えたのだった。

「森内さんはなんで、御高祖頭巾を被ってるの」

たまたま出会った康介に、そう訊かれた。禎子はこれこれこうと事情を説明する。すると康介は、「ふうん」と唸って顎を擦りつつ、首を傾げた。

「それ、むしろ逆効果なんじゃないかなぁ。頭巾姿は目立つし、何より目許だけ見えているのは色っぽくてさぁ。おれこの前、道ですれ違ったんだよ。そうしたら森内さん、横目でちらっとおれを見たんだ。その流し目がもう本当に素敵で、その場で倒れるかと思った。あれはまずいだろ」

何も知らない人が聞けば、言うことが大袈裟と受け取るだろうが、禎子はまったくそうは思わなかった。康介が倒れなかっただけで、本当に倒れる人はいるかもしれない。心臓が弱い人なら、ぽっくり逝ってしまうかも。それほどの破壊力が、鈴子の目許にはあった。

鈴子の美しさに迷う男は、最初のうちはせいぜい二十代半ばから後半くらいの年格好までだった。しかしその範囲は徐々に広がり、三十代から四十代、下手をすると五十を超えた男までおかしくなった。鈴子から見れば自分の父親ほどの年齢の男が、女房と別れるから結婚してくれ、と懇願するのである。もはやこれは伝染病の域だった。恋の病という伝染病が、男という男どもの心を蝕んでいるのであった。

12

鈴子の落ち込みようはひどかった。一度は御高祖頭巾を被ればすべて解決するかと楽観しただけに、その反動が大きかったようだ。禎子が訪ねていっても、口が重く沈み込んだ姿を見せられるだけである。なんとか力になりたかったが、禎子ひとりではどうにもならなかった。

そしてあるとき、鈴子は「決めた」と言い出した。いつものように、禎子が様子を窺うために訪ねていった際のことである。鈴子は思い詰めた表情で、禎子を真っ直ぐに見た。

「私、尼になる」

「は」

それは予想しなかった。なぜなら、この島には尼寺などないからだ。寺はあるにはあるが、むろん男だけの寺である。そんなところに行って、尼になれるのだろうか。

「ええと、そこまで思い詰めた鈴ちゃんの気持ちはわかるし、同情もするけど、無理じゃないの」

「駄目かな」

「駄目でしょ、きっと」

「でも、一度和尚さんに相談してみたい」

「ああ、相談ね」

相談するくらいならいいと思うが、それで万が一にも尼になる手立てが見つかったりしたら、鈴子がかわいそうだった。鈴子に落ち度はいっさいないのである。そんな人がなぜ、世間との関わりを絶って尼にならなければならないのか。綺麗に生まれたことは、そんなにも罪なのか。

寺に一緒に行って欲しい、と鈴子が望むので、やむなく同行することにした。御高祖頭巾は、結局被った。被った方が被害の範囲が広がったように思うが、もはや鈴子は顔を曝して外を歩くのが怖くてならないようだ。せいぜい禎子が目を配り、熱い視線を送ってくる男を睨んで撃退してやるしかないと考えた。

寺の境内には、子供の頃にはかまわず入れたものの、今は遠慮があった。女人禁制というわけではないのだろうが、修行中の身の若い男が何人もいるかと思うと、ためらってしまう。特に、鈴子を連れて境内に軽々しく踏み入る気にはなれなかった。そこで門の前で鈴子を待たせておき、禎子だけが恐る恐る中に入り、おとないを告げた。

　和尚は四十代半ばほどの年格好である。学がある人格者として知られている。鈴子とも面識があるので、「どうした」と気軽な調子で顔を出した。禎子はきちんと頭を下げてから、「お話があります」と切り出した。

「この島で尼になるには、どうしたらいいのでしょうか」

「尼だと。尼になりたいのか」

　和尚は眉を顰めた。いかにも突拍子もない申し出だと、禎子もわかっていた。

「いえ、私ではなく友達が」

「友達。誰のことだ」

「門の前で待たせてますけど、呼んでもいいですか」

「おお、かまわない。呼びなさい」

　和尚は簡単に言う。いいのかなぁ、と思いつつ、門の前まで鈴子を迎えに行った。

　若い女が訪ねてきたということで、もともと寺の小僧たちは禎子に注目していたようだ。だが鈴子が門の陰から姿を見せると、目に見えない衝撃のようなものが寺の中を走った。音が聞こえたわけではないのに、禎子にもはっきりと感じ取れるほど気配が揺れたのである。日頃、若い女と接点がない小僧たちにとって、たとえ御高祖頭巾を被っていても鈴子は刺激が強すぎたようだ。

「まずいよ、鈴ちゃん。早く本堂に入って」

　慌てて鈴子の目許を隠し、袖を引っ張って本堂に導いた。飛び込むように中に入り、待っていた和尚と引き合わせる。和尚は頭巾姿の鈴子を見て、すぐに事情を理解したようだ。驚きが、その声に滲んでいた。

「尼になりたいのは、お前か。なるほど、そういうことか」

「そういうことです」

あまり説明はいらないようなので、そのまま和尚の言葉を肯定した。鈴子は縋る思いだったのだろう、一歩踏み出し和尚に近づいた。すると和尚は、猛犬に近寄られたかのようにびくりとして身を引いた。そんな様を見て、「ああ、そうか」と禎子は思う。和尚もまだ、四十代の男なのだ。鈴子の破壊的な美しさに惑わされるのを恐れているのだろう。

怖がられていると知り、鈴子は何も言わずにうなだれた。和尚は距離をおいたまま、言った。

「知ってのとおり、当寺は尼寺ではない。女人を修行させるわけにはいかない。無理な相談だから、諦めてくれ」

「駄目ですか」

鈴子は蚊の鳴くような声だった。それも無理はない。困り果てた末に、一縷(いちる)の望みを託してやってきたのである。それをほとんど門前払いも同然に拒否されれば、落ち込むのも道理だった。

がたっ、と和尚の背後で音がした。かと思うと、木の引き戸がバタンとこちら側に倒れ、坊主頭の若い男どもが折り重なって現れた。皆、鈴子の姿を見に来たのだろう。和尚は自分の背後を振り返ると、「こらっ」と一喝した。

「何をやっておる。女人の色香に迷う者は、滝行をさせるぞ」

そう叱る和尚が、鈴子から顔を背けているのである。見てはいけないと、得度した者の克己心でこらえているようだ。これはもう、鈴子の訪問はこの寺にとって迷惑でしかない。鈴子も同じことを悟ったのだろう、失礼しましたと一礼し、踵を返した。

「私、どうしたらいいんだろう」

そう吐き出す鈴子の落胆ぶりは、痛々しいほどだった。あまりに落ち込んでいるので、自殺を考えやしないだろうかと不安になった。鈴子が消えれば解決することとはいえ、鈴子がすべての責を負う必要はないのである。これは病なのだから、罹った方も原因となった側も、どちらも悪くないと考えるべきだった。

「なんとか策を考えようよ。ねっ。きっといい知恵が生まれるよ」

いい知恵などないのだが、今はそんなことでも言わなければとても鈴子を慰められなかった。ともかく、他の者を頼ってでも、いい知恵を出さなければならない。だが、誰を頼ればいいのか。

「取りあえず私、もう家から出ない。私が家に籠っていれば、何も起きないんだから」

諦めきったように、鈴子は宣言した。なるほど、確かにそのとおりである。だが、鈴子の家は狭い。鈴子を閉じ込めておけるような部屋はないから、障子を開け放つ夏は外から丸見えである。鈴子に恋い焦がれた男どもが覗きにやってきて、また別の騒ぎが起きやしないかと禎子は危ぶんだ。

案の定、閉じ籠り作戦は一定の成果を挙げたが、鈴子の家の周りを男どもがうろつくという反作用も生み出した。以前に山田吾郎ひとりにまとわりつかれたときより、さらに悪い。入れ替わり立ち替わり大勢の男がやってくるから、鈴子の家は四六時中見張られているようなものだった。だから鈴子はおちおち便所にも行けず、体を拭くことすらできなくなってしまったのだった。

山田吾郎のときのように、鈴子に惚れた男どもの力を借りるわけにもいかなかった。何せ、あのときは鈴子を護る側に回った男どもが、今はなんとか鈴子の姿をひと目見ようと、家の中を覗こうとしているのである。力になってくれる男は、もはやひとりもいないと考えるべきだった。

男どもを頼ることはできない、寺も力になってくれない。この八方塞がりの状況を、いったいどう打破すればいいのか。禎子はさんざん悩んだ末に、あるときふと、大きな屋敷を目に留めて、ひとつの着想を得た。ここならば、鈴子を男どもから隔離しておける。だが、そんな解決策が鈴子にとって幸せなのだろうか。それを思うと、安易に鈴子に提案することもできず、己の肚(はら)の中に収めておいた。

しかしそれからさほど間をおかず、鈴子自身が同じ結論に達してしまった。結局、他に手がないのだ。呼ばれて訪ねていくと、雨戸を閉め切ったその陰でうなだれていた鈴子が顔を上げた。短い間に、ずいぶん面窶れしている。だがそれでも、破壊的な魅力はまるで損なわれていなかった。むしろ、憂いがあっていいと言う男も多いだろう。本当に厄介な美貌だと、半ば呆れ気味に感心した。

「ごめんね、禎ちゃん。禎ちゃんしか頼れないから」

鈴子はまず最初に詫びる。禎子は鈴子の前に坐り、その手を握った。

「ううん、そのとおりだからいいのよ。私はずっと鈴ちゃんの味方よ。なんでも頼って」

「ごめんね。私、考えたことがあるの」

そうして鈴子が切り出したことは、禎子が先日思いついたことと同じだったので、最初は驚いた。しかしすぐに、そうするしかないのだから結論が一致するのは不思議でもなんでもないと、悲しい思いで考えた。鈴子はその道を選ぶのか。本当にそれでいいのか、と問いたかった。

「私が一ノ屋の血を引いているのは、禎ちゃんも知ってるでしょ。本家とはぜんぜん付き合いがないから、同じ一族とは言えないんだけど、こんなときこそ頼るべきだと思うの。だって私の顔は、イチマツという人にそっくりみたいだから」

鈴子は淡々と、乾いた声で言った。いろいろな感情を、すべて心の底に封印したかのような声音だった。禎子は驚いて、握った鈴子の手を離せなかった。

「一ノ屋本家の屋敷なら、私を閉じ込めておく部屋くらいあるでしょ。できるなら、座敷牢を作って欲しいくらい。話をしてみて承知してもらえたらだけど、私はすぐにでも一ノ屋屋敷に行きたい。あそこなら、人目を避けて生きていくことができると思う」

鈴子の命をただ保つ、という意味でなら、それはひとつの解決策であろう。だが、そんな人生になんの楽しみがあるのか。こんなに若くして、しかも綺麗に生まれついて、なぜ座敷牢に押し込められたかのような人生を送らなければならないのだろう。鈴子の悲惨な境遇を思い、禎子ははらはらと涙した。頬を伝った涙が、握り合った互いの手の甲に落ちた。

「泣かないで、禎ちゃん。もうこれしかないのよ。私がこの島で生きていける場所は、一ノ屋屋敷しかないの」

「あくまで一時的によ。一時的に、鈴ちゃんは一ノ屋屋敷に逃げ込むだけ。一生閉じ籠るなんて、そんなの悲しすぎる。絶対にすぐ、鈴ちゃんをそこから出してあげる」

感情が高ぶるままに、禎子は言い募った。鈴子を外に出すすべなど、あるとは思えない。それでも、言わずにはいられなかった。鈴子をここまで追い込んだ男どもの頭を、ひとりひとり殴って歩きたかった。

「ありがとう、禎ちゃん。そこで禎ちゃんにお願いなの。一ノ屋の本家に行って、事情を話してきてくれないかしら。私が食べるものは毎日、母に運んでもらう。本家はただ、私に部屋を貸してくれればいいの。非常識なお願いだってことはわかってるけど、同じ血を引く者の誼(よしみ)としてぜひ受け入れて欲しいと頼んでみて」

「わかった。必ず話を通してくる」

禎子は決意を込めて頷いた。そしてそのまま、すぐに一ノ屋屋敷を目指した。

現在の一ノ屋当主は、なにやら常にへらへらと笑っているような、軽薄そうな男だった。名を松次郎という。松次郎は禎子の話を聞くと、「ああ、なるほどね」と簡単に言った。

「そう来たか。そりゃ、おれはかまわないよ。家の中に絶世の美女がいるなんて、嬉しいからな。でも、おれとひとつ屋根の下に住んで、襲われたりしたらどうするの」

「えっ」

そうか。そんな心配もしなければならなかったのだ。これがもっと人格者であったなら鈴子を託すこともできたのだけれど、なんとなくだが松次郎は信頼に値する人物とは思えない。当主の人となりを事前に調べておかなかったのは、大きな誤算だった。

「冗談冗談。おれも噂の鈴子さんの顔は知ってるけど、どういうわけだかあの美しい顔を見ても特にのぼせ上がったりしないんだよね。体に流れる血のなせる業なのかな。鈴子さんに狂う男の中に、一ノ屋の血を引く者はいるか。いないだろ。たぶん、親戚だから大丈夫なんだよ」

松次郎は軽い口調ながら、傾聴に値することを言った。確かに、同じ一ノ屋の血を引く者は誰も、鈴子を追いかけ回したりはしていない。きちんと確認したわけではないが、小さい頃から鈴子の受難を見てきた禎子が思い当たらないのだから、おそらく間違いないだろう。ならば、松次郎に鈴子を託せるということか。

それでも不安で、話を一度持ち帰った。鈴子にありのままを話したのだが、「だったら私は行く」と即決してしまった。一ノ屋の血を引く者は鈴子に惚れない、という法則を信じたようだ。禎子も今は、そこに賭けるしかないと考え始めていた。

13

一ノ屋屋敷に身を隠すという策は、見事に当たった。鈴子の姿を求めて屋敷周辺をうろうろする男が増えたが、近隣に他の家はないので誰にも迷惑がかからず、実害はなかったのだ。ただふたりだけ割を食ったのは鈴子と松次郎だったが、鈴子は望んで閉じ籠ったのだし、松次郎は何を考えているのかよくわからないが、どうやらこの状況を楽しんでいるらしい。鈴子目当てに屋敷のそばまでやってきた男に声をかけ、そのまま飲みに行ったりしているようだから気楽なものだ。鈴子の面倒は、常に怒っているかのように顔を顰めている松次郎の母親が見てくれていた。

「大丈夫なの、鈴ちゃん」

禎子は屋敷に様子を見に行き、無愛想な母親に迎えられてから、鈴子と座敷で相対した。鈴子は思いの外に明るい表情だった。

「大丈夫よ。松次郎さんもお汀さんも、親切にしてくれてるわ」

お汀というのが、松次郎の母親らしい。見るからに不機嫌そうな顔をしていると思うのだが、鈴子がそう感じていないのなら幸いだった。

「松次郎さんが夜這いをかけてくるような素振りはないのね」

一番の心配はそれだった。だが鈴子は、破顔して首を振る。

「ぜんぜんないわよ。だって私たち、親戚なのよ」

確かに血の繋がりはあるらしいのだが、従兄弟といっても親は腹違いの兄弟だ。そもそもまったく接することなく育っているから、親戚意識もないだろう。鈴子の方は親戚だと思っていても、松次郎がどう見ているかはわからなかった。

「心配ないって。松次郎さんはいい人よ」

鈴子は無邪気に言うが、疑うことを知らないから禎子は案じるのである。とはいえ、母親も同居している屋敷内では、松次郎も無体なことはできないだろうとも思った。

ともかく、松次郎親子との同居に問題はなく、ただ外に出られない無聊を持て余しているだけだそうだった。座敷にひとりでいてもつまらないから、お汀を手伝って繕い物やおさんどんをしているらしい。それではまるで松次郎の嫁ではないかと考えたが、よけいなことは言わずにおいた。口に出してしまえば、本当にそんなことになりかねない。ただ、必ずしも鈴子にとって悪い話ではないかもと思い直した。鈴子が結婚してしまえば、男どもも諦めがつくのではないか。その相手として一ノ屋の当主は、男どもを納得させる力があった。

以後禎子は、そうした目で松次郎を見るようになった。しかし当の松次郎は、どうにも摑み所のない男だった。常にへらへらしていて、何を考えているのかわからない。鈴子に気があるのか、そうでないのかすらも推し量れない。鈴子を預かってからひと月が経っても手を出そうとしないから、どうやら本当に鈴子の美貌に何も感じていないようだ。だとすると、鈴子の結婚相手として考えるのは難しそうだった。

ともあれ、鈴子が姿を見せなくなったことで島は落ち着きを取り戻した。いや、一見そう思えた。しかし実際は、まだ厄介の火種が燻り続けていたのである。そのことを、またしても女たちから相談を受けて禎子は知った。以前に訪ねてきた女たちは、同じく禎子の家にやってくると、こう持ちかけたのである。

「実は、あたしたちで考えたことがあるんだけど」

代表格の女は、なにやら顔を近づけてきて声を潜めた。まるで、内緒話をするかのようである。いや、まるでではなく、話を聞いてみたら実際そうだったのだ。これは、男どもには絶対に聞かれてはならない内容だった。

「禎子さんは知らないだろうけど、あたしらの亭主どもはまだ浮き足立ってるのよ」

「えっ、そうなんですか」

初耳だった。鈴子が閉じ籠ったのに、男どもはいったい何をしているのだろう。

「もちろん、もう離婚したいとは言わなくなったし、他の男と争って喧嘩することもなくなったわよ。でも、それよりもっと悪くなったかもしれない」

女はうんざりした顔をする。他の女たちも、同じような表情で頷いた。

「もっと悪く。どういうことですか」

「男連中はみんな、心ここにあらずって感じなのさ」

聞けば、男どもは腑抜けのようになってしまったらしい。仕事が手につかず職場では叱られ、家にいてもただぼーっとしているという。外を眺めているかと思うと、その視線は一ノ屋屋敷のある方角に向かっているのだった。屋敷周辺を無意味にうろつく者も、少なくなかった。

「腹が立つじゃないか。あたしたちっていうれっきとした女房がいるのに、他の女を思って呆けているなんて、馬鹿にしてるだろ。こんな悔しいことはないよ」

女は怒りを口に出すことで感情が高ぶったのか、涙ぐみ始めた。他の女も、怒り顔で泣いている。

「そのうち諦めるんじゃないですか」

慰めの言葉が思いつかず、禎子はそんなことを言ってみた。実はそれは、そうなって欲しいという禎子の願望だったのだが。

「あたしたちもそう思ってたんだけど、ひと月経っても変わりやしないのさ」

「ご主人には文句を言ってみましたか」

「言ったよ、むろん。でも暖簾に腕押し。喧嘩にもなりゃしない。うん、とか、ああ、とか、空返事をするだけなんだ」

なるほど、それはひどい。女たちが憤るのも無理はなかった。

「なんというか、お気の毒に思いますが、あたしに相談とはなんでしょうか」

鈴子が原因とはいえ、すでにできることはやった。後は夫婦の間の問題なのだから、各自でなんとかしてもらうしかない。まして禎子は、この際なんの関係もないのではないか。女たちの言う相談事の内容に、まったく見当がつかなかった。

「結局、鈴子さんが独身でいる限り、男連中は諦めきれないのさ。だから、結婚してもらえないかと思って」

女はさらりと言った。禎子は驚いて目を瞠った。

しかし驚くまでもなく、禎子自身も考えたことではあったのだ。松次郎と結婚してくれれば丸く収まると、あまり本気ではなかったが漠然と想定した。どうも松次郎にその気がなさそうだからと諦めたのだが、女たちは誰か別の当てがあるのだろうか。

「結婚って、誰とですか」

身を乗り出して、問い返した。女は眉を顰める。

「それを相談したいのさ」

「ああ」

要は、いい相手がいないかと禎子に尋ねたいのだった。鈴子に思い人がいるかもしれないとも考えたのだろう。だが、そんな人はいない。鈴子が男を好きになる機会など一度もなく、むしろ鈴子にとって男は恐怖の対象でしかなかった。鈴子は幼い頃から、ずっと男に迷惑をかけられ続けてきたのである。

「いやぁ、それは難しいんじゃないですかねぇ」

深く考えるより先に、不安が口から飛び出た。鈴子が誰かと結婚することにでもなれば、また諍いが生じる。鈴子の夫の座を巡って男どもが角突き合わせるのは、火を見るよりも明らかだった。

「誰からも文句が出ない、いい男はいないもんかね」

　女たちも、下手なことをすると大騒動になるとわかっているのだろう。鈴子を一番よく知る禎子に、なんとかいい知恵を捻り出して欲しいと望んでいることが、食い入るようにこちらを見つめる視線からひりひりと感じ取れた。気持ちはわかるので、つい口走ってしまった。

「いや、まあ、文句が出ないと言えば、ひとりだけいなくもないですけど」

「いるのか」

　まさに愁眉を開くといった感で、女たちはいっせいに表情を明るくした。口にしてしまってから、しまったと禎子はほぞを噛んだ。

「それは誰。そんな人がいるの」

　女たちは膝で禎子の方に躙り寄ってくる。囲まれてしまい、ごまかすわけにもいかなくなった。

「一ノ屋の当主の、松次郎さんです」

　禎子が渋々その名を出すと、女たちは一瞬きょとんとしてから、「ああ」と声を上げた。鈴子は一ノ屋の血を引くと知られているから、まったく考慮の外だったらしい。言われて初めて、なるほどと納得したようだ。

「確かにそれなら、文句は出ないわね」

「松次郎さんって、まだ独り身だもんね」

「でも、一ノ屋の当主なら嫁をもらわなきゃいけないんでしょ。どうなってるのかしら」

「ほら、お兄さんのことがあるから、なかなか結婚する気になれないんじゃないの」

　女たちは禎子を差し置き、あれこれ話し始める。お兄さんのこととは、なんだろうか。禎子は松次郎に兄がいたことも知らなかったが、よくよく考えてみれば松次郎という名前は長男のものではなかった。興味がないので、気づかなかった。

「松次郎さんのお兄さんに、何かあったんですか」

強引に割って入って訊いてみると、女たちは嬉々として答えた。

「駆け落ちしたのよ。それも他の男の女房と、くがから来た女と」

「そうそう。あのときは大騒ぎだったわ」

そんなことがあったのか。おそらく禎子はまだ幼かったから、大人が耳に入れなかったのだ。こんな狭い島で、他人の妻と懇ろ（ねんご）になった上に駆け落ちとは、一大事件である。兄がそんな真似をすれば、松次郎が結婚に怖じ気づくのも無理からぬことだった。

「松次郎さんならちょうどいいわねぇ。いずれ誰かと結婚しなくちゃいけないんだし、その相手があんな別嬪（べっぴん）さんなら文句はないでしょ。さっそく話を進めましょうよ」

これ以上の策はないとばかりに、女は声を弾ませた。よけいなことを言ってしまったと、禎子はただただ悔いた。

14

女たちはさっそく、一ノ屋屋敷にその話を持ち込みに行くと言い出した。松次郎の名前を出してしまった手前、禎子も知らぬ顔はできない。気は進まなかったが、女たちに同行することにした。女たちは姦（かしま）しくお喋りしながら、意気揚々と一ノ屋屋敷に乗り込んだ。

「なんの用だい」

例によって、無愛想なお汀に迎えられる。女たちはお汀の渋面に面食らったようではあったが、尻尾を巻いて逃げ帰ったりはしなかった。

「あのう、松次郎さんはいらっしゃいますか」

「いるけど、なんの用なんだ」

顔の筋ひとつ動かすのも億劫とばかりに、お汀はぶすっとした表情で応じる。聞けばお汀は亭主を戦争で亡くし、そして長男には駆け落ちで去られたのである。笑顔を忘れるのも無理はないと、禎子は内心で密かに同情した。

「ええとですね、松次郎さんに縁談を」

「縁談」

いきなり玄関先で持ち出す用件ではなかったが、お汀の渋面に気圧されたらしく、口に出してしまった。お汀はわずかに目を眇める。

「松次郎の嫁取りが、あんたらになんの関係があるんだ」

「いや、あの、それが関係あるんですよ。よければ松次郎さんに直接話をしたいのですが」

「縁談。なんだよ、唐突に。そもそも、あんたら誰」

奥から出てきた松次郎が、これまたいつもどおりニヤニヤしながら顔を覗かせた。当人が出てきてくれて、女たちはホッとしたようだった。

「あたしたちは、亭主が鈴子さんに岡惚れして困らされてる者ですよ。その鈴子さんのことで、相談をさせてもらえればと思ってお邪魔しました」

「まさか縁談って、おれと鈴子を娶せようってことじゃないだろうな」

もう本題に辿り着いてしまった。膝突き合わせてどころか、ただの立ち話である。これは駄目そうだと、最後尾から事態を窺っていた禎子は感じた。

「そのまさかです」

こうこうこういう順番で話そうと、一応は段取りを組み立てていたはずである。それが脆くも崩れ去り、女の声は悄然としていた。賢明なことに、鈴子は姿を見せない。

「おれと鈴子は親戚だぜ」

面白そうに、松次郎は言い返す。代表格の女もまた、用意してきたらしき言葉で切り返した。

「親戚といっても、親が腹違いの兄弟の従兄弟でしょ。充分遠縁じゃないですか」

「まあね。でもどういうわけか、血が繋がってると思うと、鈴子のことを女として見られないいんだよなぁ。これは、他の一ノ屋の血筋の者も言ってることだぜ」

「そうなんですか」

女たちは驚いているようだが、禎子も気持ちは同じだった。以前に松次郎から、鈴子に言い寄る男の中に一ノ屋の血を引く者はいないはずだと言われたが、確かめたことはなかった。鈴子以外に、一ノ屋の血筋に知り合いはいなかったからである。松次郎はわざわざ、血縁者たちに訊いて回ったらしい。

「だって、あんなに美人なんですよ。他の男連中なんて、女房がいようがなんだろうが、みんな鈴子さんにのぼせ上がってるのに」

まるで理不尽なことを言われたとばかりに、別の女が食い下がった。自分たちがさんざん悩まされた鈴子の美貌に、何も感じない男がいるのは納得できないのかもしれない。鈴子の魅力がわからないのかと抗議するのは、まったく本末転倒な話だが。

「そんなこと言われたって、なんとも思わないんだから仕方ないじゃないか」

困ったように、松次郎は言い返す。それはもっともなので、女たちも言葉に窮したようだった。

「松次郎さんが鈴ちゃんをもらってくれれば、八方丸く収まるんですけど。鈴ちゃんもきっと喜びますよ」

無駄とは知りつつ、結局これが一番鈴子のためになると思い至ったので、禎子は助け船を出した。松次郎は初めて気づいたとばかりに、こちらを見て「よう」と言う。

「あんたも意外と無粋だなぁ。おれも鈴子もそんな気はないんだから、よけいな嘴挟むなよ」

そう返されて、禎子は恥じ入った。鈴子が喜ぶと言ったのは、ようやく落ち着きどころを見つけられるからであって、松次郎を好いているからではなかった。互いにその気がないのに娶されても、不幸な夫婦ができあがるだけである。無粋と言われれば、まったくそのとおりだった。

ごめんね鈴ちゃん、と内心で謝った。このやり取りが聞こえているのかいないのか、結局最後まで鈴子は現れなかった。

それで話は終わったかと思いきや、まだ続きがあった。呆れたことに松次郎は、女房連中が鈴子との縁談を持ってきたと、あちこちで触れ回ったのである。松次郎としては単に面白がってのことなのだろうが、それがどんな波紋を呼ぶかまるで考えていない。案の定、島は大騒ぎになった。

「どういうことだよ。森内さんの縁談に、君もひと口嚙んでたそうじゃないか。ひどいだろ。どうして相手はぼくじゃないんだ」

そう怒鳴り込んできたのは、康介である。鈴子に縁談があるなら自分の名が挙がると思い込んでいるのはおかしいのだが、当人はまったくおかしいとは感じていないようだ。当然の権利を侵害されたと言いたげな口振りなので、苦笑させられる。あんたは何度も振られてるでしょ、と言ってやりたかった。

「だって、鈴ちゃんは誰と結婚したって角が立つじゃない。一ノ屋の当主なら、文句を言う人もいないかなと思って」

禎子が納得したように、この説明で康介も納得するものと考えた。だが、まるで納得などしなかった。

「いるよ。文句言う人は山ほどいる。だって、森内さん自身が一ノ屋の血筋だろ。どうして親戚同士で結婚しなくちゃいけないんだ」

「親戚って言っても、遠縁よ。従兄弟同士なら、別に珍しい話でもないでしょ」

「いや、駄目駄目、絶対に駄目。昔ならいざ知らず、この大正の世にそんな野蛮なことはさせられないよ。近親婚なんて、とんでもない」

松次郎との縁談が破廉恥極まりないことだとばかりに、康介は言下に否定する。そんな言い方をされると、確かによくない考えだったかもしれないと思えてきた。しかし、他に手がなかったのだ。文句を言うなら、代案を示してくれ。もっとも、そんなことを康介に求めても、自分が鈴子の夫になると言い出すだけだろうが。

康介を皮切りに、顔見知りからそうでない者まで、次々に男どもが禎子に文句を言いに来た。なぜ私が文句を言われなければならないのかと、禎子は天を仰ぎたくなった。いちいち相手をするのも馬鹿馬鹿しいので、居留守を使って母に門前払いしてもらった。すると不満の捌け口を失った男どもは、またしてもあちこちで喧嘩を始めたのだった。

一日のうちに何度も、流血騒ぎが起きた。今度ばかりは皆、頭に血が上ったのか、ただの口喧嘩では済まなかった。本気で殴り合い、怪我をする者が続出したのである。あまり笑えない状況になり、この事態を招いたのが自分の浅慮かと思うと、禎子は深く反省せざるを得なかった。同時に、言い触らしてくれた松次郎を恨みもしたのだが。

この騒ぎは、思わぬ副産物を生み出した。最終的に、松次郎が結婚したのである。なぜそんなことになったかと言うと、あるとき誰かが松次郎の存在こそ元凶だと考えたからだった。松次郎が独り身でいるから、鈴子との縁談なんて不愉快な話が持ち上がった。今も松次郎は、鈴子とひとつ屋根の下に暮らしている。こんなに胸をざわつかせることがあろうか。ならば、松次郎を結婚させてしまえばいい。松次郎が妻帯すれば、自分たちは気持ちを落ち着かせることができる。

話はそんなふうに転がったそうだった。

　なんのことはない、鈴子を結婚させるという発想とまったく同じだった。違うのは、松次郎の縁談がうまくまとまったという点であった。何しろ、島の男たちが総出で良縁を探したのである。まとまらないはずがない。鈴子ほどではないにしても器量好しで、気立てのいい、松次郎にはもったいないほど若い女に白羽の矢が立った。その女の兄が、嫁に行けと懇々と説いたそうである。説かれた妹こそ災難だが、別に島の平穏のためなどという悲壮な覚悟で承知したわけでもないらしいから、当人にとっても結局は悪くない話だったか。鈴子には見向きもしなかった松次郎が、その娘と見合いをするとひと目で気に入ったというから、そういう運命だったのかもしれない。かくして、女性不信だかなんだかの理由で長く続いた松次郎の独身生活も、ついに終わりを告げたのだった。

　ついでに言えば、それは一ノ屋という特別な家系の慶事であり、禎子が驚くほど大勢の人が喜んだ。ふだんは気に留めていなくても、一ノ屋本家の血が絶えることを皆が案じていたのである。松次郎と添うことになった加世子（かよこ）という娘は、島じゅうの人に拝まれんばかりに感謝され、顔を紅潮させていた。最初は渋々だったのかもしれないが、一ノ屋に嫁ぐことになって本当によかったと考えを変えたに違いない。松次郎の結婚式は盛大に執り行われ、なんと花嫁花婿が村じゅうを練り歩くという大仰な行事で締め括られた。こうなったことが自分の不用意なひと言から始まったのだと思うと、禎子はなんとも不思議な気分になった。

15

松次郎の結婚はめでたいことだが、喜んでばかりもいられない人もいた。鈴子である。鈴子は単に、細い縁を頼って居候(いそうろう)をしている立場だった。それは松次郎が独り身だから可能なことであったので、嫁が家に入ってしまえば居心地悪いことこの上なかった。

松次郎の嫁の名誉のために言っておけば、加世子は決して意地悪な性格ではなかった。むしろ、気立てはいいのである。しかしそんな人でも、ほとんど他人の女が家の中にいるのは面白くないことだったようだ。ましてそれが、自分より遥かに美しい、島じゅうの男がのぼせ上がる絶世の美女であったら、耐えられる女の方が少ないだろう。

一ノ屋屋敷で暮らし始めてひと月もすると、加世子は鈴子を煙たく思い始めたらしい。鈴子はなるべく控え目に、与えられた座敷からほとんど外に出ずに過ごしていたそうだが、存在自体を意識してしまえば姿が見えるかどうかは関係なかった。たまに台所などでばったり出くわすと、「あっ」と声を上げたきり言葉を続けず、冷ややかな気配でじっとりとした視線を鈴子に向けてくる。鈴子は身を小さくし、ぺこぺこと頭を下げながら、自分の居場所である座敷に逃げ帰る。そうして、詰めていた息をそっと吐き出すのだった。

「私、もうこれ以上ここにはいられないかもしれない」

あるとき禎子が訪ねていくと、弱りきったように鈴子は言葉をこぼした。何があったのかと事情を聞き、加世子の冷ややかな応対を知った。祝言の際のにこやかな表情しか知らないから、禎子は意外に感じる。だが、鈴子に嫉妬する加世子の気持ちも理解できてしまうのだった。

「ごめんね、あたしがよけいなことを言ったばかりに。まさか松次郎さんが結婚することになるなんて、想像もしなかったよ」

自分の不用意な思いつきが巡り巡って鈴子を苦しめてしまったのだと知り、心底申し訳なく感じた。だが鈴子は、「ううん」と首を振る。

「松次郎さんの結婚は、当然考えなければならないことだったのよ。だって松次郎さんは、一ノ屋の当主なんだから。本家の血筋を絶やさないために、いずれ嫁取りをするのは決まっていたことだったんだし。いつまでもここに置いておいてもらえると考える方が間違いだった」

確かに、鈴子の言うとおりである。禎子自身も、ここに逃げ込むのは一時的なことであり、できるだけ早く鈴子を外に出してあげたいと願っていた。しかし残念なことに、鈴子がここから出ていくための妙案は、まだ何も思い浮かんでいない。今のまま外に出れば、またしても大騒動が巻き起こるのは必定だった。

「私、どうしたらいいんだろう。どこに行けばいいんだろう」

鈴子は俯いて、首を小さく振る。どこに行けば、という言葉の裏には、この島にはどこにも居場所がないという絶望がはっきりと滲んでいた。鈴子が憐れでならなかった。

「くがに行くしかないのかしら。でも、くがには知り合いなんてひとりもいないし。くがに行って、どうやって生きていけばいいの。誰も知らないところで、ひとりで生きていく自信なんてないよ」

鈴子の慨嘆が胸に刺さる。私が一緒に行くよ、と言えたらどんなにいいか。だが、たとえ禎子が同行したところで、生きていくすべがないことに変わりはないのだ。女ふたりが身寄りも知人もいない地に行って、生きていけるわけがない。禎子はもちろんのこと、鈴子もこの小さな島が世界のすべてなのだった。

それに、と禎子は密かに考える。鈴子がくがに行けば問題が解決するというわけではない。禎子はもっと悪い想像をしている。くがでもまた、同じことが起きるのではないかという最悪の想像だった。

鈴子のような美しい女が、くがにはごろごろいるなどということがあるはずもない。鈴子の美貌は、くがに行っても抜きん出ているのだろう。ならば、男どもが魂を抜かれて騒動を起こすのは確実だ。島を出ても、厄介事は鈴子を追いかけ続ける。

「私いっそ、この顔を傷つけちゃおうかと思ってる」

鈴子はぽつりと言った。禎子は目を瞠った。鈴子の言に驚いたからではない。鈴子がいつそれを言い出すかと、恐れていたためだった。

「この顔が、すべての厄介事を呼び寄せてるのよ。だったら、傷をつけるなり火傷を負うなりすれば、言い寄ってくる男の人もいなくなるんじゃないかな。自分で顔を傷つけるなんてすごくいやだけど、今よりはましなんじゃないかと思う。台所で包丁を握ると、最近はいつもそのことを考えてるんだ」

「やめてよ、鈴ちゃん。絶対にそんなことは考えないで。だって、鈴ちゃんは何も悪くないんだよ。それなのになんで、鈴ちゃんがそんな目に遭わなきゃいけないの」

禎子は必死に思いとどまらせようとしたが、鈴子の沈んだ表情は変わらなかった。

「私、この顔は呪いだと思ってる。私にかけられた呪い」

「そんな」

美しい顔が呪いだなんて、そんな理不尽なことがあるだろうか。美しく生まれることの、何が罪なのか。過ぎたるは及ばざるが如しとは、まさにこのことだ。例えば加世子のように、人並みの美しさであればきっと女は幸せな人生を送れるのだろう。度外れたことはそれが何であれ、当人に不幸しかもたらさないのかもしれない。

「呪いを振り払うのは、ただ勇気だけなんじゃないかなと考えてるんだ。本気でこの呪いから逃げたいなら、私は勇気を振り絞るべきなのよ」

思案中ではなく、すでに決意を固めたかのように、鈴子は淡々と言う。禎子は焦燥を覚えた。

「ちょっと待って。絶対に早まったことはしないで。なんとかする。私がなんとかするから。もう少しだけ、時間をちょうだい」

「なんとかって、もう何もできないでしょ。これまでさんざん、一緒に対応策を考えたじゃない」

「ううん、まだ手はある。最後にひとりだけ、頼ってみようと思う人がいるの」

「えっ、誰」

「うちの社長」

禎子の勤め先である一橋産業の社長もまた、一ノ屋の血を引くと聞く。一介の女子社員でしかない禎子は、社長と会ったことはない。社長はくがにいることが多く、島に帰ってきてもおいそれとは会えない雲上人である。だからこそこれまで、社長を頼ろうという発想を持ち得なかったのだが、鈴子が己の顔に傷をつけるとまで言い出すならばためらっている場合ではなかった。駄目でもともとのつもりで、なんとか面会を求めてみようと気持ちを固めた。

「禎ちゃんの会社の社長って、一橋平太さんでしょ。そんな偉い人に会えるの」

「当たって砕けろよ。いや、違う。砕けちゃ駄目ね。虚仮の一念なんとやら、よ。絶対に会ってみせる。社長も一ノ屋の血を引く人なんだから、きっと相談に乗ってくれると思うわ」

「仮に会えたとしても、社長さんが何をしてくれるかしら」

期待は抱くまいとばかりに、鈴子は小声で疑問を口にする。疑うのはもっともであり、禎子にも確たる考えがあるわけではない。ただ、もし鈴子がくがに逃げることになったら、生活を助けてくれないだろうかと期待しているのだった。

「ともかく、自分の顔を傷つけるなんて馬鹿なことは考えないで。ねっ。金輪際、二度と考えないって約束して。お願い」

禎子は懇願したが、鈴子は頷いてくれなかった。それは約束できない、でも禎子の交渉の首尾を待つ、というのが鈴子の返事だった。

禎子は両肩に、ずっしりと重い責任を感じた。だが、だからこそいっそう、なんとしても鈴子をこの窮地から救ってみせるとの決意を強く胸に抱いた。

16

とはいえ、雲上人である社長に会う手立ては、何も思いつかないのだった。上司を通じて面会を求めるなんてことは、できるわけもない。だが、それ以外の方法も見つからない。いっそ直訴するしかないかと、覚悟を固めた。手紙をしたため、島に社長が帰ってきたときに港で手渡す。大名行列に直訴する農民の姿を頭に思い描いたが、気分はまさにそれだった。

密かに、社長が島に帰ってくる予定を探った。社内のことなので、まったく足がかりがないわけではない。常に耳をそばだてていれば、いずれきっと社長の帰島日が聞こえてくるだろう。それまでに禎子は、渡す手紙の文面を練っておかなければならなかった。

しかし、実際に直訴する機会はやってこなかった。その前に、思いがけない人物がひとつの道を授けてくれたからだった。それは、寺の和尚だった。ある日和尚は一ノ屋屋敷にやってきて、鈴子に面会を求めた。

禎子はその場にいなかったので、和尚が持ってきた話の内容はすべて、鈴子から聞いたことである。鈴子は禎子を屋敷に招くと、特に喜ぶでも落ち込むでもなく、淡々と言った。

「私、やっぱりくがに行くことにした」

「えっ」

唐突な言葉に、禎子は目を丸くした。くがに行って、どう生きていくつもりか。その算段をつけようと、禎子が社長にお願いしようとしているのではないか。社長の後ろ盾なしには、くがに行っても途方に暮れるだけではないかと思った。

「昨日、和尚様が訪ねてきてくれたの」

「和尚様が」

　寺の和尚のことは、失礼ながらすっかり念頭から消え失せていた。和尚がいったい、鈴子になんの用があったのだろう。

「和尚様は私に訊いたわ。本気で尼になるつもりがあるのか、と」

　尼か。禎子は驚きで、言葉を失った。もしや和尚は、鈴子が尼になる道を模索してくれていたのだろうか。島には尼寺がないから、尼になるにはくがに行くしかない。だから鈴子は、くがに行くと宣言したのか。

「もちろん私は、はいと答えた。和尚様は私の目をじっと見て、大きく頷いたの。私の覚悟を探っていたのでしょうね。納得してくださり、くがの尼寺を紹介してくれた」

「そうなの。鈴ちゃんはそれでいいの」

「うん。だって私の望みは、静かに生きていくことだもの。尼になって心穏やかな生活が送れるかと思うと、楽しみでならないわ」

「尼にならないで生きていく方法だって、あるだろうに。そのために、社長にかけ合おうと思ってたのよ」

　自分の力が及ばず、鈴子を尼にしてしまうことが悔しかった。もう少し早く社長に会えていれば、と唇を噛む。だが鈴子は、意外なことをつけ加えた。

「実は、和尚様もくがにつてがあるわけではなく、頼ったのは一橋社長だったのよ」

「えっ、そうなの」

島でただひとりの住職である和尚は、一橋社長と面識があった。禎子と違い、会おうと思えば会える立場だったのである。島を離れている時間が長い一橋社長は、鈴子を巡る数々の騒動の一部しか知らなかったので、和尚が順を追って説明したという。そして、同じ一ノ屋の血の誼で、鈴子に生きていく道を開いてくれないかと頼んだのだった。

「私たちが和尚様にお願いに行ったすぐ後に、和尚様は一橋社長に相談してくれてたの。でも尼寺なんて簡単に見つからなくて、ようやく今になって受け入れる寺を見つけ出してくれたわけ。後は私次第。私が身辺の整理をつけられたら、いつでも行けるのよ」

そうか。そこまで話はまとまっているのか。ならばもう、止めることはできない。尼になるのが憐れと感じるのは、禎子だ。本人は憐れとも犠牲とも思ってなく、それこそが望む生活と言うなら、むしろ幸せなのかもしれない。

「でも、鈴ちゃんが尼になったら、もう簡単には会えなくなっちゃうね」

「そうだね」

鈴子の声が、初めてしんみりとした響きを帯びた。禎子が手を握ると、鈴子もしっかりと握り返してきた。

その日は飽かず、これまでの楽しかった思い出を語り合って過ごした。

17

鈴子がくがに行くことは、当然のことながら秘密にした。知っていたのは鈴子の両親と和尚、一橋社長と一橋産業のごく数人、そして禎子だけだったのではないだろうか。禎子は両親にすら話さなかった。両親を信用しなかったわけではないが、鈴子の今後の幸せを願うなら誰にも言うべきではないと思ったのだ。

だから、出発当日に港まで見送りに来たのは、鈴子の両親と禎子だけだった。尼僧の生活の実態を禎子は知らないが、もしかしたらこれが今生の別れになるかもしれない。そう思うと、涙が出て止まらなかった。鈴子も同じく、出航ぎりぎりまで両親と禎子と抱き合って泣いた。

いざ船が離岸してからは、船影が見えなくなるまで手を振り続けた。そしてもう一度、顔を手で覆って号泣した。鈴子の両親に促されなければ、立ち上がる気力は湧かなかっただろう。両脇を支えられて、なんとか帰宅した。

そんなふうに激しい感情に囚われていたから気づかなかったが、港には他に何人もの人がいたので、鈴子の旅立ちはすぐに知れ渡った。それが一時的なものではないと暗に示してしまったのは、禎子の悲嘆である。あれだけ大泣きすれば、見ている人はただごとでないと気づく。鈴子は二度と島に戻ってこないのではないかと、男どもが騒ぎ出した。

「なあ、森内さんはくがに何しに行ったんだ」

噂を聞きつけて、康介が血相を変えてやってきた。真っ先に来るなら康介だろうと思っていたので、禎子は驚かなかった。

「あんたたちが馬鹿騒ぎして鈴ちゃんを追い詰めたから、鈴ちゃんはくがで尼になることにしたのよ」

どうしても、責める口調になってしまった。男どもを恨む気持ちは癒えない。だがそんな禎子の気持ちは、康介にはまるで伝わっていなかった。目を剝いてしばし口をぱくぱくさせると、禎子の両肩を摑んで揺さぶった。

「なんだって。本当なのか。それは本当なのか」

「本当よ。こんな嘘、つくわけないでしょ。離してよ」

「尼になったら、もう島には帰ってこないのか」
「そりゃあ、帰ってこないわよ。どんな覚悟で鈴ちゃんが尼になったと思ってるの」
突き放した物言いをしたら、ようやく言葉が康介の胸に刺さったようだ。禎子の両肩を離し、「なんてことだ」と呆然と呟きながら、よろよろと帰っていく。相当な衝撃を受けたことは、その様子から見て取れた。

そして、男どもの嘆きが始まった。鈴子の出家を聞いた男は皆、人目も憚らず泣いた。集って肩を抱き合って泣く者ども、ひとり家の中に籠って泣き暮らす者、無意味に泣きながら殴り合いを始める者ども、地面に突っ伏して号泣する者、呆然と空を見上げてただ滂沱の涙を流す者、様々だった。

いずれも、簡単には泣き止まなかった。悲嘆のあまり、泣く以外のことをする気力を失っていた。皆が腑抜けになり、動けなくなった。仕事にも行かず、ただただ泣き続けるのである。老いも若きも男すべてがそうなのだから、島の活動が止まってしまった。最初は呆れて見ていた女たちは、ついに怒って男の尻を叩き始めた。だが男どもは、長い小便をしている牛も同然に動こうとしなかった。

その中に、無理に息子を家から叩き出した母親がいた。居場所を失った息子は、ふらふらと海沿いの崖に行き、そのまま飛び降りてしまった。足を滑らせたのか、自殺したのか。最後に目撃された際の嘆きようからすると、おそらくそれは自殺だろうと思われた。

それが、呼び水となった。嘆きの激しい者から、次々と海に飛び込んで死んでいった。女たちは慌てて男を引き留め、死なないでくれと泣いて懇願した。しかし、その声が男どもに届いているかどうかは定かでなかった。隙を見て自殺する者は、その後も続いたのである。

禎子は責任を感じた。やはり鈴子をくがに送り出したのは間違いではなかったかと、激しく悔いた。まさかこんな事態になるとは、想像もしなかったのだ。男どもの思いの強さを、見誤っていたのだろう。彼らはまさに、命懸けで鈴子に惚れていたのだった。その鈴子が永久に消えてしまえば、胸が張り裂けるのは理の当然であった。

禎子は和尚を訪ねた。禎子の悔いを聞いてくれるのは、和尚以外にいなかったからだ。突然訪ねていった禎子を、和尚は寺の本堂に迎え入れてくれた。正座で相対すると、勝手に涙がはらはらと流れた。

「和尚様、私は間違っていたのでしょうか。やっぱり、何がなんでも鈴ちゃんを引き留めるべきだったのでしょうか」

おそらく用件はわかっていたのだろうが、それでも和尚は即答せず、腕を組んで瞑目した。しばらくそのままでいてから、唸るように声を発する。

「それを言うなら、拙僧こそ過ちを犯した。幾人もの若者の死に、拙僧は責任がある。浅慮だった」

悔いの深さで言えば、和尚の方がより深く悔いていたのかもしれない。なんとなれば、和尚も同じ男なのだから、禎子よりも男どもの悲嘆を想像できたはずだからだ。しかし実際の悲嘆は、和尚の想像を大きく超えていたのだろう。誰も、まさか失恋で次々に男どもが自ら命を断つとは思わない。鈴子を巡る騒ぎは、最後の最後になって悲惨な様相を呈してしまった。

「しかしお前は、自分を責める必要はない。お前は友達のことを思って、行動したのだ。それは尊いことだし、誇ってもいい。若い男が命を断ったことに、お前は責任がない」

「そうでしょうか」

和尚がきっぱりと言い切ってくれて、ありがたく感じた。だが、本当に責任がないとは思えない。禎子ですら罪悪感を覚えるのだから、鈴子の耳には絶対に入れたくないと考えた。鈴子がくがに行ってくれて、幸いだった。

「亡くなった者たちを呼び戻すすべはない。我々ができるのは精一杯の供養と、それからこれ以上命を断つ者が出ないよう気をつけることだけだ。お前の知り合いの若い男にも、できたら声をかけてやってくれ」

「はい。そうします」

確かにそのとおりだ。失われた命は帰ってこない。この上は、新たな死者を出すことだけは絶対に避けなければならなかった。

禎子は女たちを集め、飛び降りの名所となってしまった崖を交替で見張ることにした。ここしか海に飛び降りられる場所がないわけではないのだが、何かしら感応するものがあったのか、死んだ者たちは皆ここから飛び降りたのである。禎子の策は功を奏し、自殺の連鎖はぴたっと止まった。男どもは渋々と働き始めた。

ただ、島には倦怠感が満ちていた。一応働いてはいるが、大半の男が無気力なままだったのだ。会社で機械的に書類を捲る者がいるかと思うと、漁に出てもほぼ手ぶらで帰ってくる者もいる。このままでは島の経済と産業が停滞し、やがては大問題になるのは明らかだった。だが、そんな男どもに活を入れられる人は、島にいなかった。こんなときに限って、一橋社長はくがに滞在したまま戻ってこなかった。

そんなさなか、島にひとりの男がやってきた。くがから人がやってくること自体は珍しくないが、たいてい仕事絡みである。しかしその男は特に目的があるふうではなく、下船した後はぶらぶらと村の中を散策して歩いた。風貌も捉えどころがなく、作務衣(さむえ)を着ているところからすると何かの職人のようではあるが、それ以上の手がかりはない。年の頃は五十前後であろうか。蓬髪(ほうはつ)に無精髭を生やし、身なりは決して綺麗とは言えなかった。

そんな男がうろうろしていることは、いつぞや康介が襲われた際にいち早く報せてくれた近所の女から聞いた。さすがの早耳の女も、男の正体まではわからないと言う。得体が知れない男がうろついているから気をつけてね、とだけ言い置いて、女は去っていった。禎子は首を傾げたが、取り立てて男に興味は持たなかった。

次の噂は、社内で聞いた。男はどうやら、寺に滞在しているようなのだ。お寺の客だったのか、と禎子は得心する。職人ふうだったと言うから、宮大工なのだろうと勝手に解釈した。きっと、寺の修繕のために呼ばれたのではないか。ひとりでは無理だろうから、おそらくこれから他の大工たちも来る手はずなのだと考えた。

意外だったのは、その週末に和尚に呼ばれたことだった。小僧がやってきて、寺に来てくれと言う。言われるままに訪ねると、そこで噂の男と引き合わされた。和尚は男のことを、仏師と紹介した。

「ぶっし」

そう言われても、すぐにはわからなかった。仏様を彫る人だと補足され、ようやく仏師という漢字が頭に浮かぶ。そうか、男は仏様を彫るために呼ばれたのか。しかし、なぜ仏師に来てもらうのだろう。いまさら新しい仏様など必要ないだろうに。

「この湧谷（わくや）さんには、鈴子の似姿の仏を彫ってもらうのだ。そのために、お前を呼んだのだよ」

「鈴ちゃんの似姿の」

思いがけないことを言われ、禎子はぽかんとした。鈴ちゃんが仏様になるのか。しかし、なんのために。

「もちろん、男たちの心の欠落を埋めるためだ。手配をしてくださったのは、一橋社長だ。社長が湧谷さんを見つけ、仏像の作成を頼んだ。ここにいい木を送ってくれる手配もしてくれた。木が届き次第、鈴子の写真を見ながら湧谷さんが彫り始める。お前には、仏が鈴子に似ているかどうか、随時確認をして欲しいのだ」

「そうだったのですか」

想像外の解決策を示され、禎子はそれ以上のことが言えなかった。うまくいくのかどうかも、見当がつかない。本当にそんなことで、腑抜けになった男どもが立ち直れるのか、危ぶむ気持ちはある。だが、やってみる価値はあると思った。今は仏の力に縋りたい心地だった。

「よろしく」

ずっと黙っていた湧谷という仏師は、ようやくひと言だけ言うと、目礼をした。禎子は慌てて、「こちらこそ」と頭を下げた。

ほどなく、くがから木が届き、寺の境内で湧谷が像の作成に着手した。正確には、木と睨み合い始めた。鑿（のみ）を手にしないまま、じっと木と相対しているのである。禎子が様子を見に来た際にもその状態だったので、おそらく木と対話しているのだろうと解釈した。木の声を聞き、木が望むままに彫る。仏師とはそういうものなのではないか。素人考えだが、的外れとは思わなかった。

湧谷の傍らには、鈴子の両親から借りたという写真があった。むろん、鈴子の写真である。少し前の写真なので、頰の辺りがふっくらとしていて愛らしい。島を出たときはもう少し大人になっていたと禎子が説明すると、湧谷は無言で頷いた。そしてまた、胡座を組んだままじっと木を見つめるのだった。

寺の者の話によると、湧谷は三日間、そうして過ごしたそうだ。そしてあるとき、おもむろに鑿と木槌を手にすると、木に刃を入れた。大きく削る段階だからか、下書きなどはしない。ほとんど無造作とも見える勢いで、湧谷は木を削り続けた。

湧谷が鈴子の似姿の仏を彫るという話は、すぐに島じゅうに広まった。しかし禎子が観察した限りでは、興味を持った男はひとりもいなかった。ふうん、と鼻から抜けるような音を漏らし、それきりである。まあ、それも当然の反応だろうと禎子は思った。ただの木像では、鈴子の代わりにはならない。

だからまず最初に湧谷の作業に興味を持ったのは、子供たちだった。子供たちは寺の境内までやってくると、湧谷の周りを囲んで様子を見守った。仏像を彫る過程など、子供でなくても誰も見たことがない。まだ人形(ひとがた)も現れていないのに、木槌の音が心地よいのか、口を開けて湧谷の手許に見入っている。湧谷は周りを子供たちに囲まれても、気を散らすことなく一心に作業に打ち込んでいた。

禎子はまめに寺に顔を出した。まだ顔の造作に取りかかるには遠くても、頼まれたからには責任を感じる。無愛想な湧谷は禎子が視野に入っても会釈もせず、ただ木槌で鑿の尻を叩いていた。職人とはそういうものだと思うので、禎子も子供たちに交じってその様を見守った。

やがて徐々に、大まかにではあるが人の形が見え始めた。子供たちは飽きたのか、その頃にはやってこなくなっていた。その代わりに、意外な人物が寺にやってきた。宗次だった。宗次は禎子がいることに気づくと、いやそうに顔を歪めた。何もそんな顔をしなくてもいいじゃない、と思いつつ、手招きした。

「どうしたの」

「いや、鈴子に似た仏様を彫っていると聞いたから」

ぶっきらぼうに宗次は答える。ばつが悪いのか、必要以上に不機嫌そうな顔をした宗次は、湧谷の肩越しに鈴子の写真を見つけた。

「あの写真のとおりに彫るのか」

「もう少し大人びたふうにしてもらうけどね」

「そうか」

写真の頃はまだ、男に煩わされる度合いもさほどではなかった。だから鈴子は、曇りのない笑みを浮かべていた。写真であっても、本当に愛らしいと思う。宗次も同じ感想を抱いたのか、

「いい写真だな」とぼそりと言った。そして、ちょっと手を上げると去っていった。

宗次が呼び水になったのか、作業を見に来る男がぽつぽつと出てきた。男どもは鈴子の写真を見ては悶絶したり、涙を流したり、あるいは手を合わせたりした。鈴子の写真を盗もうとする者が現れないかと禎子は危ぶんだが、そんな不届き者はおらず、単なる杞憂だった。むしろ、日が経つにつれ、手を合わせに来る男が増えてきた。男たちの目的はいつしか、写真ではなく未完成の仏に手を合わせることになっていた。

湧谷はろくに風呂にも入っていないのか、次第に体が臭うようになってきた。近くまで行くのが辛いほどだったが、しかしそれだけに鬼気迫るものがあった。見る見る湧谷は痩せていき、目だけがぎらぎらと輝き、無精髭は濃くなっていった。湧谷の入魂の仕事ぶりは、はっきりと木像に刻み込まれていた。三ヵ月もすると、仏は木の中からその姿を見せたのである。それはまさに、奇跡のようだった。

湧谷は細かい造形に着手し始めた。様々な太さの鑿を駆使して、刻みを入れていく。呼応して、寺にやってくる男も増えた。かつて子供たちがそうしていたように、大の大人が湧谷を囲んでじっと作業を見守っていた。子供たちと違うのは、男どもが皆、仏に向かって手を合わせていることだった。気づいてみれば、祈る顔には生気が戻っていた。一心に祈る男たちの顔は、もう腑抜けには見えなかった。能動的に何かを願う者の顔だった。

四ヵ月を経て、大人の男の背丈より少し低いくらいの仏像ができあがったとき、見ていた者たちは等しく息をついた。できた、という湧谷の言葉と同時に吐息が漏れ、そして皆が手を合わせ

る。そのときの祈りほど、手を合わせた者たちの思いがひとつになった祈りはなかったと、禎子は考える。彫り始めからずっと見守っていたから確言できるが、仏には確かに魂が入っていた。鈴子に似た、神々しいまでに美しい仏だ。それが、淡い笑みを浮かべて禎子たちの前にある。自然と、敬虔な思いに駆られて頭が垂れた。

仏像は寺に安置され、以後、島の者はいつでも好きなときに来て拝んでいいことになった。島の男たちは、ひっきりなしに寺に通った。最初のうちは仏を見て泣く者が少なくなかったが、やがて落ち着いてくると、誰もが丁寧に手を合わせて拝んだ。拝んだ後は皆、さっぱりした顔で帰っていく。そして次の日から、きちんと仕事に精を出すようになった。

禎子は想像する。尼になった鈴子は、この仏と同じように神々しいまでに美しいのだろう。男たちも仏を見てその様を思い描けるから、気持ちを落ち着けたのではないか。仏がここにこうしてあれば、遠く離れたくがにいる鈴子とも繋がっていられる気がする。鈴ちゃんも島も、やっと平穏な生活を送れるようになったんだね、と心の中で語りかけた。

仏は静かに、淡い笑みを浮かべていた。

仏像には恋愛成就の御利益があるとして、島の観光名所になるのは、後の世の話である。

第七部　才能の使い道

1

他の子に比べ、良太郎が特に度が過ぎてやんちゃとは思わない。男の子なら、いたずらばかりする時期があるのはごく普通のことだろう。しかしだからといって、大目に見てやるわけにはいかない。いたずらをしたなら、きちんと叱るのが親の務めだ。そのように思うからこそ、惣一郎は声を荒らげた。

「こら。何をやってるんだ」

良太郎は小刀を使い、壁に切り込みを入れていたのだった。まだ六歳の良太郎が小刀を使うのは危ないし、そもそも壁に切り込みなど入れられてはたまらない。すぐに取り上げ、頭を軽く叩いた。だが良太郎は悪びれるどころか、小刀を返せと惣一郎の腕に縋ってきた。最近、良太郎は自己主張が強くなってきている。叱ることの効き目が弱くなったと惣一郎は感じていた。だから、単に頭をはたくだけでなく、罰の度合いを一段上げることにした。

「危ないから、こんなことしちゃ駄目だろう。親の言うことを聞けないような奴は、こうしてやる」

そう宣言して、良太郎の襟首を摑んだ。良太郎は足をじたばたさせ、「離せ」と喚く。むろん、離してやる気などない。摑んだ首根っこを引きずり、家の裏手に回った。

そこには物置があった。大きな物置ではない。広さは畳二畳ほどだ。しかし、子供を閉じ込めるには充分な大きさだろう。惣一郎は物置の中に良太郎を投げ込み、外から戸に心張り棒をかった。良太郎は戸をだんだんと叩き、「開けて」と叫ぶ。

「開けてよー、開けて」

「悪いことをしたんだから、しばらくそこで反省しろ」

　引き戸越しにそう語りかけ、母屋に戻った。良太郎は強情だから、三十分程度ではめげないだろう。一時間は閉じ込めておく必要があるかと考えた。

　改めて、壁の切り込みを見た。良太郎が何を考えてこんなことをしたのか、さっぱりわからない。やんちゃとは、そもそも無意味なものなのだろう。もしかしたら惣一郎自身もこうしたいたずらをしたのかもしれないが、憶えていない。母に訊けばわかるものの、同じことをやったと言われたらばつが悪いので、触れないでおくことにした。

　しばらくは喚く良太郎の声が届いていたのだが、十分もすると諦めたのか、おとなしくなった。泣き疲れて寝たのだろうか。だとしても、今は冬ではないから風邪をひく心配もない。最初の予定どおり、一時間は放っておくことにした。

　そして、そろそろ頃合いと見て腰を上げた。聞き分けのない年頃とはいえ、さすがに良太郎も反省しているだろう。そう予想して、心張り棒を外した。戸を開けてまず真っ先に目に入ってきたのは、なぜか良太郎のつむじだった。

　良太郎が何をしているのか、すぐにはわからなかった。どうやら地べたに坐り、下を向いているようだ。だから頭頂部を見下ろす形になり、つむじがよく見えるのである。しかし良太郎がどうしてそのような姿勢を取っているのかは、頭が邪魔になって判然としなかった。

　一歩後ろに下がり、良太郎の体全体を視野に収めて、ようやく理解した。良太郎は物置内で紙切れを見つけ、そこに落書きをしているようだ。板を敷き、これまたどこかから見つけ出した鉛筆を使って、なにやら一心不乱に描いている。身を屈めてその絵を覗き込み、惣一郎は瞠目(どうもく)した。良太郎の描いている絵が、六歳児の落書きとはとても思えなかったからだ。

「なんだ、これ。何を描いてるんだ」

反省したか問うのも忘れ、つい尋ねてしまった。良太郎は顔を上げないまま、「港」と答える。確かにそれは、船が数艘停泊している、港の眺めに見えた。

驚くのは、それがかなり精緻なことだった。むろん、実物そのままではない。記憶に頼って描いているせいか、惣一郎が憶えている風景とは若干異なる。しかしそんなことは問題ではなく、ひと目で港とわかる絵になっているのが衝撃的だった。

港には日差しが降り注ぎ、波がたゆたい、人が忙しく行き来して活気があることが、静止している絵から感じ取れる。幼子が描くただの一本線の輪郭ではなく、鉛筆を少し寝かせて描いたのか、線には陰翳があった。光が当たっているところ、影になっているところがきちんと描写され、奥行きが生まれている。子供の絵にありがちな平板さとは、まったく無縁だった。

「お前、どこでこんな絵の描き方を覚えたんだ」

惣一郎は教えていない。妻の寿子(としこ)も、絵心などない。誰か近所の人が、知らぬ間に教えたのだろうと考えた。

「自分で」

しかし良太郎は、短い言葉でそう答えた。自分で考えた、という意味だろう。それを聞いて、惣一郎はさらに驚愕した。こんな技法を凝らした絵を、まだ六歳に過ぎない子供が自力で描けるものだろうか。

惣一郎が考えたのは、この絵がもともとこの物置にあったのではないかという推測だった。それを見つけ、単に手を加えているだけではないのか。なぜこのような絵が物置に紛れ込んでいたのかはまた別の謎になってしまうが、良太郎がいきなり達者な絵を描くよりは納得がいった。

「これ、お前が描いたのか」

だから、改めて尋ねた。すると良太郎は、こくりと頷いて「うん」と言う。それでも信じられないので、しばらくそのまま眺めることにした。良太郎が描き足している線が明らかに違えば、惣一郎の推測が正しかったことになる。

すぐに、後から描き足しているわけではないとわかった。良太郎が描く線は、すでに描かれている線の中に違和感なく溶け込んでいった。我が目で見ても信じられない。良太郎は黙々と、ためらいなく、鉛筆を動かす。その小さな手の下から、白黒ではあるが確かに海風を感じさせる風景が生まれつつあった。

「お前、絵を描くのが好きなのか」

もっと小さい頃に、ごく普通のいたずら書きをしていたことは記憶している。だが、このような風景画を描いているところを見るのは初めてだ。今日になって突然、こんな絵を描き始めたのか。それとも惣一郎が知らなかっただけで、前から描いていて上達したのか。なにやら急に、良太郎が我が子ではなく見知らぬ子供のように思えてきた。

「うーん」

惣一郎の問いかけに対し、良太郎は首を傾げて唸る。特に好きというわけではないようだ。好きでないなら、修練を積んだ結果ではないのか。ならばこれは、なんなのだ。突発的に芽生えた才能とでも言うべきなのか。

「りょ、良太郎。そんなところに蹲(うずくま)ってないで、家で描けよ。なっ」

折檻(せっかん)として物置に閉じ込めていたことなど、もうどうでもよくなっていた。ともかくこのまま、この絵は完成させてやらなければならないという使命感を覚えた。良太郎はようやく顔を上げ、素直に「うん」と応じる。その表情は惣一郎がよく知る幼い良太郎のもので、少し安堵した。手を繋いで、母屋に戻った。

「なあ、良太郎が絵がうまいこと、お前知ってたか」

台所にいた寿子に、そう問いかけた。寿子はこちらに顔を向け、「えっ」と声を上げる。数拍おいてから、答えた。

「知らないですよ。うまいんですか」

逆に問い返された。ならば、惣一郎だけが気づかなかったわけではないようだ。考えてみれば、それはそうだろう。こんな絵を描いているところを見れば、寿子が惣一郎に言わないはずがない。ならば、これまで親に隠れて絵を描いていたのだろうか。どうもよくわからない。

「ほら、見ろよ、これ」

左手で良太郎から絵を取り上げ、寿子に示した。寿子は首を突き出すようにして近づいてきながら、「あら」と驚く。

「なんですか、これ。良太郎がこんな絵を描けるわけないですよね。誰の絵ですか」

「だから、良太郎が描いたんだよ。物置の中で、これを描いてた」

「あら、やだ」

何がいやなのか不明だが、寿子はそんなことを言う。まあ、気持ちはわかる。驚きのあまり、適切な言葉が出てこないのだろう。おそらく先ほどは、自分も似たような反応をしていたに違いないと惣一郎は考えた。

「信じられるか。大人顔負けじゃないか。こいつ、絵の才能があったんだなぁ」

寿子の驚く様を見て、惣一郎は逆に落ち着いた。これは狐憑きなどのおかしな話ではなく、良太郎の才能なのだ。そのことが、ストンと胸に落ちる。すると、不意に喜びが込み上げてきた。我が子が非凡であったことを知った喜びだ。繋いだままの良太郎の手が、温かく感じられた。

「絵の才能。あれま」

寿子は目を丸くしたまま、意味のない言葉を吐く。明らかになった事実に、まだ心が追いつかないようだ。惣一郎は良太郎に向けて顎をしゃくり、「絵の続きを描きな」と促した。良太郎は頷き、座敷に上がって座卓に向かった。

「なあ、これは一ノ屋の血なんじゃないか」

ごく自然に、納得のいく答えが見つかった。この島において、一ノ屋の血は特別と見做されている。とはいえ、一ノ屋の血を引けば誰もが非凡な才を発揮するというわけではない。現に寿子は、一ノ屋の一族であるにもかかわらずごく普通の女だ。いや、一ノ屋には醜女しか生まれないと言われるとおり、見た目に関しては並み以下だろう。しかし、気立てはよい。むしろ、取り柄はそこだけと言ってもよかった。

寿子の父が、驚くほど美しい男だったという話は伝わっている。そしてこの島の経済を支える一橋産業の社長もまた、一ノ屋の血を引き、神童と謳われるほど賢かったそうだ。そんな血が今、良太郎の中で目覚めたのではないだろうか。そうとでも考えなければ、突然の才能の開花に説明がつかなかった。

「ああ、一ノ屋の」

寿子もまた、得心がいったらしく大声を張り上げる。父の話を聞いて育った寿子の方が、一ノ屋の血のなせる業という理解はしっくりくるのだろう。丸くなったままの目で良太郎を見、そしてこちらに顔を戻すと、満面の笑みを浮かべた。おそらく、惣一郎と同じ喜びが胸の裡に生じたのだ。

我が子が余人を凌駕する才に恵まれていた。親として、こんな嬉しいことがあろうか。一ノ屋の女を娶ってよかったと、惣一郎は初めて感じた。

2

良太郎は結局、その日一日絵に没頭していた。だがひと晩明けるとまったく興味を失ったらしく、もう紙に向かい合おうとはしなかった。細かい部分に凝ろうと思えばいくらでも凝れそうな画風なので、どこまで手をかければ完成なのか判然としないが、一応のところできあがった絵に見える。本人はそれで満足したのかもしれなかった。

続けて別の絵に取りかかるかと思いきや、そうではなかった。もう絵を描くことに飽きてしまったのか、見向きもしない。その移り気はいかにも六歳児らしく、少し安堵させられた。だが同時に、惜しいと思う気持ちもあった。

「なあ、良太郎。また絵を描こうとは思わないのか」

だから、本人にそう尋ねてみた。すると良太郎は、「うーん」と首を傾げてから答えた。

「描こうかなぁ」

「そうか」

ならば、画材を買い与えてやろう。惣一郎はそう考えた。何も大人が使うものでなくていい。子供用の画用紙と色鉛筆でも買ってやれば、充分ではないか。鉛筆一本であれだけの絵を描いたのである。さらに色がつけば、もっといい絵になるかもしれなかった。

善は急げと、日曜日に雑貨屋に良太郎を連れていった。八色入りの色鉛筆を買ってやると良太郎は大喜びし、また画用紙に向き合い始めた。今度は最初から、絵が描かれる過程を見られる。惣一郎は期待しながら、息子の様を眺めた。

良太郎は特に考えるでもなく、無造作に茶色の色鉛筆を摑み、動かし始めた。三分余りも見ていたら、何を描いているのかわかった。その輪郭からして、どうやら猫のようだ。目の前に実物がいるわけでもないのに、良太郎はさらさらと色鉛筆を走らせる。特別に記憶力がいいのだろうか。息子の才に、惣一郎は改めて驚きを覚えた。

最初は大雑把な輪郭だったが、やがて徐々に、猫の毛並みがわかるようになってきた。無造作に描いているように見えるのに、猫は見る見る立体感を得ていく。少し背を丸め、何かに飛びかかる直前であることが判明した。脚の曲がり方や背の丸みに不自然なところはなく、まるで写真をそのまま引き写しているかのようだ。まさに、瞠目と言うよりなかった。

輪郭ができあがると、良太郎は黒い色鉛筆も併用し始めた。茶色と交互に入れ替え、猫に柄を入れていく。猫は三毛だった。柄が浮き上がってくると、ますます生きているかのような躍動感が生まれた。

小一時間も描くと、良太郎は不意にその絵を投げ出した。できあがったのだろうか。すぐもう一枚の画用紙に取りかかるから、飽きたわけではないらしい。その気まぐれさも、なにやら天才性を惣一郎に感じさせた。

次の絵は、どうやら町の風景のようだった。建ち並んでいる商店が、また一時間ほどして画用紙に浮き上がってきた。人の姿も多い。夕方なのかもしれない。何を思ったか、良太郎はその絵を今度は鉛筆一本で描いているのだった。

「どうして色鉛筆を使わないんだ」

尋ねると、息子は顔も上げずに答える。

「これから色を入れるよ」

その言葉どおり、ざっと白黒の絵ができあがると、良太郎は色を塗り始めた。しかしそれは塗り絵のような子供の塗りつぶし方ではなく、きちんとした技法に基づいているかのようだった。

地面は複雑な色合いの茶で、建物はそれよりも濃い焦げ茶、人々の服には様々な色がつき、そして空の色は橙だった。やはり夕方の風景なのだと、その色から見て取れた。

「すごいな」

あまり邪魔はしたくなかったのだけれど、どうしても声が出てしまった。先ほどの猫の絵は二色しか使わなかったが、今度はほぼ八色すべてを駆使している。その様子を見て、なぜ猫の絵をあっさり放擲(ほうてき)してしまったのか理解できた。良太郎はもっと色を使いたかったのだ。今度の絵は、画用紙の中に様々な色が満ちていた。

すべての色を塗ることが最終地点だったらしく、今度は「できた」と宣言した。「どれどれ」と応じて受け取り、改めて絵を鑑賞する。やはり、六歳児の絵とは思えない。大人でさえ、これ以上の絵を描ける人はなかなかいないのではないか。むろん、子供が気の向くままに描いた絵だなと感じられる部分はある。しかし総体として、絵の完成度は高い。これを見て感心しない人はいないだろう。六歳児であることを伏せて見せたとしても、相当な評価を得られるに違いない。

「良太郎、お前は間違いなく、絵の才能があるな」

「サイノウって」

小首を傾げて、良太郎は訊き返す。才能という単語すら知らない年齢なのだ。まさに持って生まれた才としか言えなかった。

「特別優れた力のことだよ。お前は将来、画家になればいいな」

「ガカって」

当然のことながら、良太郎は画家という職業も知らなかった。島に画家などいないのだから、無理もない。良太郎はこの島初の画家になるだろう。いや、島にとどまっていては画家になれないか。ならば、くがに行くしかない。くがならば、絵で食っていくことはできるのか。画家として大成し、大家になったりするのだろうか。

誇らしくて、つい知人に触れ回った。絵を見た者は皆、信じられないとばかりに目を丸くする。中には薄笑いを浮かべて、子供がこんな絵を描けるわけがないと頭から否定する人もいた。しかし惣一郎が嘘をつく謂われはないので、基本的には驚いてもらえた。良太郎が特別な才に恵まれているという評判はたちまち島じゅうを駆け巡り、これは一橋平太社長以来の神童ではないかとすら言われ始めた。親として、惣一郎は鼻が高かった。

嬉しくなり、画用紙だけはふんだんに買い与えた。良太郎は気まぐれなので、毎日絵を描くわけではない。他の子供たちと駆け回って遊んでいる時間も長い。だがふと思い立って描き始めると、やはりそれは大人顔負けの絵なのだった。良太郎が絵を描き始めると惣一郎は近隣の者を呼び、その様子を見せた。絵は確かに良太郎が描いていると認めてもらえ、ますます評判が高まった。

「やっぱりこれは、一ノ屋の血なのかねぇ」

「絵の才能ってのは、聞いたことがなかったなぁ」

「良太郎が画家として有名になれば、島の名前もくがで知れ渡るのかね」

良太郎の絵を見た者は、口々に言う。ふだん惣一郎は、一ノ屋の血筋など意識したことがなかったが、良太郎が異能を発揮し始めると何度も同じことを言われた。一ノ屋を特別視する気持ちは、平素はなりを潜めているだけで、何かあると島の者たちの頭に浮かんでくるのだと知った。

画家とは、どれくらい儲かる職業なのだろう。誰にも言っていないが、惣一郎は密かに皮算用していた。自分でも俗物だと思うものの、いくら絵がうまくてもそれで食べていくことができないようなら不幸だ。やはり親として、息子には報われる道を歩んで欲しい。できるなら、富と名声両方を勝ち得て欲しかった。

一橋平太社長以来の神童などと言われれば、富の面でも期待してしまう。惣一郎は芸術に関してからきし疎いが、横山なんとかという有名な画家がいることくらいは知っている。海外でも高い評価を得ている、押しも押されもせぬ大家だそうだ。そこまで行けば、おそらく金銭的には相当恵まれているだろう。まだ六歳に過ぎない息子を横山某と比べるのは親馬鹿もいいところだが、決して夢物語ではないと思っていた。

そうこうするうちに季節は春になり、良太郎の小学校入学の日を迎えた。惣一郎は胸を張りたい心地で、息子を小学校に送り出した。何しろ、良太郎は一ノ屋の血を引く天才なのである。きっと他の子供たちに抜きん出た才を発揮し、教師たちを驚かせることだろうと予想した。

入学から一ヵ月が経ち、二ヵ月が過ぎ、そろそろ初夏という頃になると、惣一郎は首を傾げたくなった。良太郎の神童としての評判が、まるで聞こえてこないのだ。小学生の授業など、最初はいろはの手習いや足し算引き算から始まるのだろう。そこで圧倒的な差異を示して目立つのは、なかなか難しいのかもしれない。とはいえ、あっという間にそれらを呑み込んでしまい、さすがは一ノ屋の血筋と誉めそやされてもおかしくはないのではないか。なぜそうした声が耳に入ってこないのか、惣一郎は訝った。

「なあ、良太郎。学校の授業は楽しいか」

あるとき、息子に尋ねた。すると良太郎は首を傾げ、「あんまり」と答える。なるほど、授業が簡単すぎてつまらないのかもしれない。そのせいで、授業中はおとなしくしているのだろうかと推察した。

「もう、いろはも足し算引き算も全部覚えちゃったか」

訊くまでもないと思いつつ問うと、良太郎は首をぶんぶんと左右に振った。

「ううん、ぜんぜん」

「え」

ぜんぜんとはどういう意味か。ぜんぜん、という言葉の使い方を間違えているのか。惣一郎は本気でそう考えた。

「足し算引き算なんて、簡単だろ」

「ぜんぜんわからない」

「は」

ぜんぜんわからない、だと。良太郎は何を言っているのか。その程度のことを理解できない子供など、いるのだろうか。いや、いるわけがない。良太郎が馬鹿なことを言っているとしか思えなかった。

「わからないってのは、難しいときに使う言葉だぞ。学校の授業は簡単なんだろ」

「ううん。難しくて、よくわからない」

愕然として、思わず寿子の顔を見た。だが寿子は、なぜか呆れたように眉を吊り上げるだけだった。

「もう授業についていけてないようですねぇ。そうなるんじゃないかと思ったけど」

「なにっ」

寿子の言葉がすぐには頭に染み透らず、つい疑問の声を漏らしたが、言われてみれば納得できない話ではなかった。神童と誉めそやされ続けていたので現実から目を逸らしていたが、振り返ってみれば、良太郎が賢いと思ったことはないのだった。むしろ、愚鈍に感じたことすらある。だがそれは天才性の表れと思い、あえて無視していたのだ。頭の片隅に追いやり、見て見ぬ振りをしていた懸念が、ついに目の前に現れてしまった。良太郎の天才性は絵にだけ発揮されていて、実は頭はあまりよくないのではないか。親としてもっと早く認めなければならないことを、今になってようやく惣一郎は直視させられたのだった。
「良太郎は、勉強が苦手なのか」
力なく息子に問いかけると、良太郎はなぜか嬉しそうに「うん」と力いっぱい頷いた。惣一郎は逆に、全身から力が抜けていくかのような感覚を味わった。

3

子供は親の期待を裏切るものだ、と言われれば、確かにそれはそうなのだった。良太郎は見事に、惣一郎の期待を裏切ってくれた。しかしそれは良太郎の罪ではなく、惣一郎が悪いのだ。過大な期待は、子供にとって迷惑でしかない。まして我が子を天才と思い込むような妄想は、惣一郎に非があるとしか言いようがなかった。

良太郎は実際、才能に恵まれているのかもしれない。しかしその才はもっぱら絵画にのみ発揮されていて、万能ではない。何しろいろはや足し算引き算すら、満足に理解できないのだ。膨れ上がった期待は、音を立てて萎んだ。

絵画の才といっても、しょせんは六歳児の絵である。多少達者であったとしても、この先どうなるかはまったくわからない。絵筆で食っていこうという者は皆、幼い頃から特別な才を発揮しているのだろう。そんな中からほんのひと握り、もしくはたったひとりやふたりの格別な強運の持ち主だけが、画家として名を成すことができる。芸術の世界とはそんなものであり、決して甘くはないと門外漢の惣一郎でも理解できた。つまり、良太郎の才は特別かもしれないが、大勢いる特別な者の中のひとりでしかないということだった。

そもそも、絵画の才だけあればそれでいいというものでもないだろう。頭角を現す者は、あらゆる面で判断を強いられる。それらに的確に対応できて初めて、世間に名を知らしめることができるのではないか。そのためには、学校の授業にもやすやすついていく程度の頭脳が必要だろう。小学校一年生の段階で躓いているような者が、この先大成できるわけがない。そう考えると、惣一郎の肩に入っていた力も、ごく自然にすーっと抜けていった。落胆はない。いっとき見た夢は夢であり、これでごく普通の子を持つ親に戻れるかと思うと、気楽ですらあった。

当の良太郎は勉強ができないことに焦るどころか、悩みなど何ひとつないかのような暮らしぶりだった。毎日友達と駆け回り、夕方になってようやく帰ってくる。ときに泥だらけだったり、手足に大きな擦り傷を作っていたりするが、本人は屈託なく笑ってまるで気にしない。ときにやんちゃが過ぎると思うことはあるものの、基本的に元気に育ってくれればそれでよかった。

良太郎は絵を描くことをやめたりはしなかったが、専念することもなく、あまたある遊びの中のひとつといった捉え方のようだった。気が向けば描き、気が乗らなければ見向きもしない。描く絵は相変わらず達者で、しかも成長するにつれてうまくなっているようにすら思えるのだが、だからといって惣一郎はもはや過大な期待は抱かなかった。人は誰でもひとつくらい取り柄があるものだな、と達観した受け止め方をしていた。

良太郎が十歳のときだった。くがからやってきた取引先の人と雑談をしていて、相手の趣味が絵を描くことだと知った。そんな優雅なことを趣味にする人がいるのかと驚きつつ、「実は」と応じた。

「うちの息子が、けっこううまい絵を描くんですよ。なんて、親馬鹿ですけどね」

「ほう、それは聞き捨てならないな。今度、見せてくださいよ」

相手はそう言ってくれたが、半ば社交辞令なのは間違いなかった。子供の描く絵などたかが知れていると考えているに決まっている。そこで惣一郎は、いたずら心を起こした。本当に良太郎の絵を見せ、相手を驚かせてやりたいと考えたのだ。

「はっはっは。いや、お恥ずかしい」

その場はそう応じておいた。田上という名の相手は、数日この島に滞在する。翌日会う際に、良太郎の絵を持参した。夕日が浮かぶ海の絵だった。

「これが、昨日お話しした息子の絵なんですよ。なかなかのものでしょ」

少し誇らしさを感じながら、絵を取り出した。「拝見」と言いつつ、田上は受け取る。そして「ほう」と声を漏らすと、しばしじっと絵に見入った。

「これはおっしゃるとおり、立派な絵ですね。どなたかに師事して、絵を習ったのですか」

ようやく顔を上げると、田上は問うてくる。惣一郎は苦笑しながら、「いえいえ」と応じた。

「こんな田舎の島ですから、絵を教えられる人なんていませんよ。息子は誰にも教わらずにある日突然、達者な絵を描き始めたのです。おそらく、島で一番うまいのが息子なんじゃないかな」

「そうなんですか。それはまた」

かなり驚いたらしく、田上は言葉を続けなかった。口を半開きにし、しばし間抜けにも見えてしまう表情を曝す。田上は温和で人当たりがよく、仕事上の付き合いではあるが惣一郎も好感を抱いていた。こんな無防備な顔を見せられると、ますます親しみを覚えた。

「磯崎さん、もしよかったら、他の絵も見せてもらえませんかね。息子さんの絵に、非常に興味があります」

田上は惣一郎にそう持ちかけた。素直に感心してもらえたことが嬉しく、惣一郎は簡単に請け合った。

「いやはや、目が肥えているくがの人にそう言っていただけると、馬鹿息子にも見所があるんだなと思えますよ。では明日、お持ちしましょう」

「ぜひ」

力が籠った田上の返事は、決して社交辞令ではなかった。

翌日は数枚の絵を持っていくと、田上は一枚一枚じっくり時間をかけて鑑賞した。「ほう」「いやぁ」「これは」などと感嘆の声が漏れるので、内心で鼻が高い。絵を描くことを趣味としているくがの人にここまで感心してもらえれば、良太郎も満足だろうと考えた。

「やはり、大変な才能ですね。この才能を伸ばしてやるおつもりはあるのですか」

絵をまとめて返してきた田上は、真顔で尋ねる。惣一郎は笑おうとして、うまく笑えなかった。かつて一度はそう考えたことを思い出し、その夢が不意に現実感を伴ったのだった。

「まあ、そのつもりがなかったわけではないですが」

自分でも今の己の考えがわからずに曖昧に答えたが、田上は食らいついてきた。

「差し出がましいとは思いますが、私に少し指導させてもらえませんかね」

「田上さんに」

思いもかけない申し出だった。田上がそこまで良太郎の絵に思い入れを持ってくれたとは、嬉しい驚きであった。

「指導といっても、私も素人ですから、たかが知れてます。ただ、まったく誰にも教わらないより、多少は年長者に導いてもらった方が、ぐんとうまくなると思うんですよ。磯崎さんのお子さんは、まだ十歳ですよね。それでこれだけ描けるのだから、この先どれだけ伸びるのか。私にも想像がつかないです。だからこそ、そのお手伝いをしてみたい」

「わかりました。そこまでおっしゃっていただけるのは、大変ありがたいです。とはいえ、私の一存で決められることではないですから、息子に訊いてみますね。息子がどう思うか、ちょっと予想がつきませんが」

「ああ、そうですね。ご本人がいやがるかもしれないか」

田上は前のめりになっていた己に気づいたのか、微苦笑を浮かべた。絶対に教わった方がいいと強く勧めます、と惣一郎は約束した。

その夜、いつもどおり夕食を摂るために寿子と良太郎と三人で卓を囲んだ。育ち盛りの良太郎は、「いただきます」と言ったとたんに食事に夢中になり、顔を上げない。そんながっついている息子に、「なあ」と話しかけた。

「お前の絵を見せた人、すごい感心してたぞ。大変な才能だ、って」

「ふうん」

誉め言葉も、食欲の前ではさして意味がなさそうだった。絵の才を除けば、至って無邪気な子供に過ぎない。人の才能とは不思議なものだと、改めて感じた。

「ただ、誰かにちゃんと教わった方がもっとうまくなるとその人は言うんだ。田上さんというんだが、お前、田上さんに絵を教わってみないか」

「えー、めんどくさい」

案の定、良太郎は気乗りのしない返事をする。息子がそんな反応を示すことは予想済みだった。

「田上さんは優しくて親切な人だぞ。ぜんぜん怖くなんかない。田上さんはお前のことを思って、言ってくれてるんだ」

「でも、遊ぶ時間がなくなっちゃう」

良太郎は口を尖らせる。渋るとしたらそんな理由だと思っていた。惣一郎は身を乗り出し、真剣な顔を息子に近づけた。

「こんないい機会はないぞ。今、ちゃんと絵の描き方を教わるのは、絶対お前のためになる。悪いことは言わないから、教われ。毎日じゃないんだ。田上さんが島に来るのはせいぜい月に一回で、四日くらいしか滞在しない。その四日のうち、一、二度教わるだけだよ」

「でもなぁ」

「良太郎、お前のためなんだ。父さんの言うことを聞け」

痺(しび)れを切らし、語気を強めた。家長の言うことは絶対である。良太郎は箸を置くと背筋を伸ばし、それでも不服そうに「はあい」と応じた。惣一郎はそんな息子に、「よし」と頷いてやった。

4

田上は三十代半ば、つまり惣一郎と同年代の男だった。惣一郎の方がふたつ年上だが、この年になるとどちらが年長かはあまり関係ない。田上は惣一郎よりよほど年相応の落ち着きがあり、物腰が柔らかで、むしろ年上に思える。仕事上の駆け引きなどせず、胸襟を開いて本音で接してくれる賢さがあり、惣一郎は仕事を超えて好意を持っていた。接していて、向こうも同じ気持ちでいることが感じられ、それもまた嬉しかった。

田上は結婚しているが、子供はいないという。結婚して七年になり、ずっと子供が欲しいと望んでいたが、今に至るまでできなかったそうだ。嫁(か)して三年子なきは去れ、などという向きもあるらしいが、言葉の端々で田上が妻を大事にしていることが窺える。本質的に優しい人なのだろうと、惣一郎は思う。

それでも、子供がいないことを寂しく感じる気持ちがあるのかもしれない。田上を初めて家に迎え、惣一郎はそのことに気づいた。良太郎に向ける田上の眼差しが、いとおしむかのように柔らかかったからだ。

「君が良太郎くんか。初めまして。田上といいます。君の絵の才能には、本当に感服したよ」

腰を折り、顔の高さを揃えて、田上は言ってくれた。それなのに馬鹿息子は、ぽかんとした顔でこう返事をした。

「カンプクって」

言葉の意味がわからないのだ。惣一郎は頭を抱えたくなったが、田上は笑って応じてくれた。

「ごめんごめん、難しい言葉を使っちゃったな。感心したってことだ。感心はわかるか」

「うん、わかる」

「うん、じゃなくて、はい、だろう」

横から惣一郎が口を出した。島は今でこそ会社勤めの者が増えたが、昔は誰もが漁で食っていた。そのため言葉が荒々しく、未だに年長者に対しても敬語を使う必要がない雰囲気が残っている。だから良太郎も、きちんとした話し方ができずにいるのだった。これは親の責任だと、己の落ち度を惣一郎は痛感した。

「いいんですよ。のびのび育っているようで、実にいい」

田上はにこにこしながら、良太郎の頭を撫でた。単純な良太郎は、嬉しそうに笑った。それを見て、まあいいかと惣一郎も思う。

「さて、良太郎くんの遊ぶ時間を奪ってまで会ってもらってるんだから、楽しいことをしよう。さっそくどこかに、絵を描きに行こうか」

「うん」

元気に応じた良太郎と田上は相談し、崖からの海の眺めを描くことに決めた。ふたりだけで送り出すことが心配だったわけではないが、惣一郎もついていくことにする。田上が良太郎をどんなふうに導いてくれるのか、興味があった。

三人で連れ立って、崖に向かった。崖から落ちる危険性があるから、ふだんは子供たちだけで行くことを禁じている場所である。そこに行けることを、良太郎は単純に喜んでいるようだった。惣一郎と手を繋いではいるが、その足取りは跳ねるかのようで、何度も腕を引っ張られた。落ち着きがない我が子に苦笑する思いだったが、こうして手を繋いで歩ける時期もそう長くはない。息子の無邪気さを、今は愛でていたかった。

今回、田上は絵を描くことになるとは思っていなかったため、画材を持参していなかった。だから、良太郎の絵筆を借りることになっている。良太郎は偉そうに、「いいよ。貸してあげる」などと言った。むろん、惣一郎はすかさず息子の頭をはたいた。そんなこちらのやり取りを微笑ましそうに見ている田上の表情が、印象的だった。

いくら大人が同行しているからといって、崖の縁まで行くのは危なかった。観光地化されているわけではないから、手摺りなどの落下防止の設備は設置されていない。特に良太郎は何をしでかすかわからないため、縁からかなり距離をおいた地点で立ち止まり、腰を下ろすことにした。もっと向こうに行きたい、と主張する良太郎を宥め賺して坐らせるのがひと苦労だった。

画板などというしゃれた物はないが、その代わりにいつも良太郎が使っている板きれならある。もう一枚都合しておいたので、それを田上にも使ってもらうことにした。ふたりは並んで腰を下ろし、海の方を向く。田上は空を見上げて、「いい眺めだなぁ」と言った。空には白い入道雲がたゆたっていた。

「良太郎くんの好きに描いていいけど、おじさんは雲と海と崖の縁を描くよ」

「わかった」

そんなやり取りをして、ふたりは鉛筆を握った。ふたりとも、まずは鉛筆で下描きをするようだ。惣一郎は一歩後ろから、その様子を見守る。良太郎は特に迷いもなく、さらさらと鉛筆を走らせた。

ずっと背後にへばりついていても邪魔に思われるだろうからと、適当に周囲を歩いて手持ち無沙汰を紛らわせた。しばらくしてから戻ってみたら、描くのが早い良太郎は風景画だとわかるくらいになっている。対して田上は、まだ崖を描いているところだ。しばしそのまま見守ったが、田上は特に良太郎の描き方に口出ししたりはしていない。あくまで、本人の自主性を重んじるつもりのようだ。それを知り、密かに安堵した。あまり手取り足取り指導されても、すぐに良太郎はいやになるだけだと思っていたからだ。

そのうち、「色を塗る」と良太郎が言い始めた。もう下描きはできたようだ。せいぜい一時間くらいしか経っていない。子供の方が迷いがなく描けるから、早いのだろう。田上も「おっ、早いな」と応じている。そして良太郎の絵を覗き込み、「うまいなぁ」と褒めた。良太郎は鼻の穴を膨らませ、誇らしげだった。

絵の具を使って良太郎が色を塗り始めると、横からその様子を覗いた田上が「ほう」と声を発した。惣一郎は素人なのでわからないが、良太郎の色の使い方は独特なのかもしれない。きっとそうなのだろう、と思う。良太郎はいつも記憶に頼って描いているせいで、実際の色と違う絵を描くことが多々ある。そこがしょせんは子供の絵だと惣一郎は受け取っていたが、もしかしたら違ったのか。独特の色使いは、見る人が見れば個性と映るのではないかとようやく気づいた。

さらにしばらくして、ようやく田上が良太郎に助言をした。どうやら色の作り方を教えているらしい。この色とこの色を混ぜるとこうなる、と色の種類が少ない絵の具を使って説明していた。良太郎は素直に、「へーっ」と感心していた。

三時間ほどで、今日はここまでにしようと田上が言った。良太郎の絵は、一応全体に色が塗られていた。だが本人曰く、まだ完成ではないらしい。教わったばかりの新しい色をたくさん作り、それを細かい部分に使ってみたいそうだ。田上は結局、色を塗らなかった。もしかしたら、良太郎の絵の具を減らすことになるからあえて鉛筆だけで終わらせたのかもしれない。帰り道は、良太郎は惣一郎とではなく、田上と手を繋いで歩いた。ずいぶん懐（なつ）いたものだと、ふたりを後ろから追いながら苦笑する。

　あまり心配していたわけではないが、良太郎と田上の初対面が和やかなままに終わり、惣一郎は胸を撫で下ろした。これで、今後も田上に絵を教えてもらえる。教えを乞えば良太郎が将来画家になれると思っているわけではないが、他に能がない馬鹿息子なのだから、せめて唯一の取り柄を伸ばしてやりたいという気持ちがあった。何かひとつのことに自信を持てるのは、今後の良太郎の人生に大いに益になるだろうと思えるのだ。

　こうして、良太郎は田上と師弟関係を結んだ。田上はひと月に一度ほど、仕事で島にやってくる。その際にわざと日曜日を挟み、良太郎と絵を描く時間を作ってくれるのだ。次のときから田上は自分の画材を持ってきて、良太郎と並んで絵筆を握った。かなりできあがった段階で田上の絵を見せてもらったが、なるほど素人離れした立派なものだった。これに比べれば、良太郎の絵はうまいとはいえやはり力の開きが感じられた。

　幸いなことに、良太郎も田上の指導を受けることを楽しみにしていた。自分の画力が上がっていく実感が、嬉しくてならないようである。「次はいつ来るの」と、田上との別れ際には毎回訊くようになった。そんなふうに尋ねられるのが嬉しいらしく、田上は目を細めて答えるのだった。

　田上はあまりうるさく口出しをしないのに、ほんのひと言が的確なのか、良太郎の絵は格段にうまくなっていった。以前に感じた色の違和感は、まだ継続している。しかしそれは、良太郎の感性なのだと今ならわかった。というのも、良太郎の色使いは豊かになったからだ。田上に色の混ぜ方を教わり、良太郎の絵は様々な色彩で満たされるようになった。にもかかわらず、良太郎はあえて部分的に強調するかのように実際とは違う色を塗る。そしてそこがあることによって、絵は凡庸さから逃れ、目を惹く独自性を得ているのだった。良太郎の個性を枉げないで、むしろ伸ばそうとしてくれた田上には感謝した。

良太郎が飽きないこともあって、田上との師弟関係は短いものにはならなかった。半年が過ぎ、一年を超えても、田上は通い続けてくれた。田上の異動といった外的要因がない限り、ふたりの関係はいつまでも続きそうに思えた。

5

良太郎が絵を習い始めて二年目の秋のことだった。島にやってきた田上が、「嬉しいことがありましたよ」とにこにこしながら言った。田上が嬉しいことと言えば、それは良太郎絡みに決まっている。しかし、どんなことがあったのかまるで見当がつかなかった。惣一郎は「ほう」と応じて、先を促した。

「何があったんですか」

「知人に、銀座で画廊をやっている人がいるんですよ。その人に先日、良太郎くんの絵を見せてみたんです」

「画廊」

そのような場所があることは、知識として知っていた。だが実際にどんなものなのか、惣一郎はまるで思い描けない。島には画廊などないし、そもそも文化的なものがいっさい存在しないのだ。ましてや銀座というハイカラな場所の名前を聞けば、臆する気持ちが湧いてくるだけだった。

「そうしたら気に入ってくれて、店に出してみたいと言うんです」

「えっ」

即座には意味が呑み込めなかった。店に出すとは、どういうことか。売り物にする、ということなのだろうか。まさか。

「ええと、すみません。画廊というところがどういうものなのか知らないので、店に出すということの意味もわからないのですが」

直截に尋ねた。自分のことではなく良太郎に関することだから、曖昧な点は残しておきたくなかった。そんな惣一郎の初歩的な質問に苛立つこともなく、田上は丁寧に答える。

「店にはたくさんの客が来ます。みんな、絵を見に来て、場合によっては気に入ったものを買います。つまり店に出しておけば、誰かが欲しいと言うかもしれないのです」

「良太郎の絵を売りに出すのですか」

「売りに出す、というのはちょっと違います。まずは飾って、客に見てもらうことが目的です。値がつくかどうかは二の次です。何しろ、まだ素人の絵ですから。画廊に飾ってもらえるだけで、大変なことなんですよ。その人とは長い付き合いですけど、私の絵を店に出したいなんて一度も言わないいんですから」

田上は冗談めかして言うので、僻んでいるようには聞こえなかった。おそらく、子供にしては達者だからということで、画廊主の酔狂で店に出してもらえることになったのだろう。だとしても、銀座の画廊に良太郎の絵が並ぶとは、信じられないほど光栄な話だ。どうせ本人は、その価値がまるでわからないのだろうが。

案の定、田上が改めて良太郎に話しても、ぽかんとするだけだった。田上の説明をどこまで理解したのか、かなり心許ない。学校の教室に貼り出されるのと似たようなもの、という認識でいるのではないかと疑った。どうすればいいのかとばかりにこちらを見るので、お受けしろという意味を込めて頷いてやった。

「良太郎くん、これは本当にすごいことなんだよ」

特に喜びもしない良太郎を歯痒く思ったか、そんなふうに田上は言い添えた。良太郎はよくわからないながらも、褒められていることは理解したらしく、「へへっ」と鼻の下を指で擦る。

「友達に自慢できるかな」

「ああ、できるよ。どんどん自慢するといい」

田上はそう応じるものの、良太郎の友達たちもきっと、銀座の画廊の価値はわからないに違いない。数人が揃って、ぽかんと阿呆面を曝す様を惣一郎ははっきりと想像し、つい苦笑いをした。島もずいぶん拓（ひら）けてきたとはいえ、まだまだ田舎である。東京の文化の香りは、いくら船が往復しようと運ばれてこないのだった。

予想どおり、良太郎の自慢話は誰の胸にも届かなかったようだ。良太郎は口を尖らせながら、「ガロウのこと、誰も知らないんだよ」と文句を言う。しかし良太郎当人だって知らなかったのだから、文句を言えた筋合いではない。反応のなさに良太郎は空しくなったらしく、やがて画廊のことは忘れたようだった。

だが、島に届いた一通の電報が、そのことを思い出させた。電報の差出人は田上で、「エ、ウレタ。ダイキンオクル」と書かれていた。絵が売れた、ということのようだ。惣一郎は俄には信じられず、その短い文面を何度も読み直してしまった。

「良太郎、お前の絵が売れたってよ」

「えっ、いくらで」

関心はそこか、と脱力しかけた。子供の描いた絵に値がついたのである。大変な快挙なのに、当人は金しか気にならないようだ。まあ、子供らしいといえば子供らしい。いくらで売れたかはまだわからないが、あまり期待はするなと言い含めた。せいぜい数銭で売れたなら、御の字と言えた。

　郵送で送られてきた絵の代金は、十円だった。絵の相場を知らないから、これが高いのか安いのかわからない。いや、高いわけがなかろう。とはいえ、良太郎の絵に十円もの対価を払う人がいたというだけで驚きだった。この金を丸ごと良太郎に与えるわけにはいかないので、預かっておくぞと言い含めた。

　それでも当人は、大喜びだった。遊びで描いていた絵が、収入をもたらしたのである。金を稼ぐ手段をまだ持ち得ない子供にとっては、一銭であっても嬉しいだろう。まして十円となれば、子供には大金である。良太郎はこのことをまた、友達たちに自慢した。

　すると今度は、羨ましがられたようだった。類は友を呼ぶと言うが、良太郎の友達も発想は似たようなものだ。良太郎が金を稼いだ、という一事だけで感嘆したらしい。良太郎は鼻高々な顔つきで、意気揚々と帰ってきた。

　そんなことがあって以降のことである。良太郎は前より絵筆を握っている時間が多くなった。自分の作品が金になったということが、よほど嬉しかったのだろうと惣一郎は考えた。気持ちはわかるし、惣一郎も嬉しい。絵が売れたのはたまたまだから期待しては駄目だと思いつつ、この調子で実力をつけていけばやはり画家になれるのではないかと、頭の片隅で少しだけ考えた。

　だが不思議なことに、以前よりもたくさんの絵を描いているはずなのに、できあがった絵は家の中で見当たらなかった。どこかにしまい込んでいるのだろうか。そう考えたものの、田上が絵を見せてくれと言っても、良太郎は「ない」と答える。ないとはいったい、どうしたことか。まさか、出来が気に入らずに捨てているのだろうか。変な迷いが出たのかと、惣一郎は案じた。

　良太郎の絵の行方は、あるときちょっとした弾みで判明した。惣一郎が所用で町を歩いていたときである。子供同士の会話を、小耳に挟んだのだった。

「いくらになるんだろうなぁ」

「やっぱ、十円じゃないか」

「すげえな」

「でもそれ、売れた場合は、だろ。どうやって売るんだよ」

「あ、そうか。どうすればいいんだ」

すぐに、良太郎の絵のことだと察した。惣一郎がいることにも気づかずに言葉を交わしている子供たち四人のうち、ふたりばかりの顔に見憶えがある。何回か、惣一郎の家に遊びに来たことがあるはずだ。なるほど、そういうことだったかと納得した。

おそらくこの四人は、絵が売れたことを良太郎に自慢されたのだ。それを聞き、ならば自分たちにも描いてくれとせがんだ。自尊心をくすぐられた良太郎は、安請け合いしたに違いない。以来、せっせと描いては渡していたから、完成品が我が家にはなかったのだ。良太郎のお人好しぶりに呆れたが、頼まれて快く絵を描いてやる気前のよさは好もしくもあった。だから、わずかに微笑んだだけで、子供たちには声をかけなかった。

自分たちでも気づいたとおり、良太郎の絵をもらったところで、それを売るすべが子供たちにはない。良太郎本人だって、また売ろうとしてもうまくいかないだろう。しかし、それでいい。年端も行かない子供が天才扱いされ、描いたものが次々に金を生み出したりしたら、人生を狂わせるだけだ。一度でも値がついたことは、良太郎にとっていい思い出になるだろうと惣一郎は考えた。

しかし実際にはその後も、ぽつりぽつりとだが良太郎の絵は売れた。友達にひととおり絵をあげると、また良太郎は田上に絵を見せ始めたのである。田上はそうした絵の中でこれというものを画廊に持ち込み、展示してもらった。飛ぶように、とまではいかないが、店に出しておけば買う人がいずれ現れた。そうして、断続的にではあるが売れた金が入ってきたのだった。

　惣一郎はそのことを、良太郎には言わなかった。絵で金を稼ぐのは、まだ早い。良太郎が絵の才に恵まれていたことは親として嬉しいが、今はもう、ごく普通に成長して欲しいと思っていた。特別な才は、良太郎のためにならないと感じられてきたのである。

　それなのにいつの間にか、良太郎の描く絵がくがで売れていることが、人々の間で知られていた。人の口に戸は立てられない。子供たちだけでなく、大人までもが良太郎の絵に興味を持ち始めたのだった。

6

　息子さんの絵、銀座で売れてるんですってね。惣一郎はそんなふうに声をかけられるようになった。初めて言われたときは驚き、誰に聞いたんですかと問い返したら、子供からだと言う。つまり、最初の一枚のことなのだと納得し、「ええ、まあ」と曖昧に返事をしておいた。だがその後も何度も同じことを言われ、どうも一枚目だけの話ではなく、今も売れているという噂が流れているようだと知った。噂の出所は、真剣に突き止めようとしなかったせいもあるが、結局よくわからなかった。

　やがてまた、良太郎は絵をくれと言われるようになった。学校の友達に頼まれているようだが、その後ろには親がいるのではないかと惣一郎は睨んだ。子供の描いた絵を売って金にしようという魂胆は卑しいとも言えるが、そうではなく、後々有名になるなら今のうちに一枚手許に置いておこうという発想ではないかとも思えた。だから惣一郎としては、喜んでいいのか腹を立てるべきなのか、なんとも判断がつかなかった。

「なあ、良太郎。お前、絵をくれと言われることをどう思ってるんだ」

考えあぐねて、本人に訊いてみた。良太郎自身は特に不愉快に感じているようではないとわかってはいたのだが、やはり当人の口からそれを聞いてみたかったのだ。

「えっ、どうって」

打てば響くような、という利発さとは縁遠い良太郎には、もっと具体的に質問をするべきだった。惣一郎は言葉を選びつつ、改めて尋ねた。

「お前の絵を欲しがっている人の中には、売って金にしようと考えている人もいるみたいだぞ。せっかく描いてあげたのに、売られちゃったら腹が立つじゃないか」

「そうなの。うーん」

良太郎は小首を傾げるだけで、目覚ましい反応を示さない。どうせこんな返事だろうと予想してはいたが、惣一郎としてはどうにも歯痒かった。

「絵を大事にしてくれない人には、描いてやることないんだぞ。お前だって、簡単に描いてるわけじゃないじゃないか。苦労して描いた絵なんだから、あげるなら本当に欲しい人にだけあげるようにしろよ」

「どうやったら、本当に欲しいかどうかわかるの」

問い返され、惣一郎は言葉に詰まった。確かに、見極めるすべなどない。ならば一律で他人にあげることをやめるしかないが、そこまで良太郎に強いていいのか。すぐには結論が出なかった。

「まあそれは、お前と友達の付き合いによるよなぁ。信用できる相手にだけ、絵をあげなよ」

結局、良太郎の判断に任せるしかないと考えた。惣一郎が相手を選別するわけにはいかないのだ。だが良太郎は、また思いがけない反論をする。

「みんな信用できるよ」

そうか。良太郎がそう思うなら、それでいい。友達を疑うようなことを強いてはいけない。好きにさせてやろうと、惣一郎は腹を括った。

そうした次第で、以後も良太郎はせっせと絵を描き続けた。自分の楽しみのために描くより、他の人に求められて描く方が意欲が湧くようだ。たくさん描くことによって画力が上がる、という効能もあった。田上は目を細めて、「良太郎くんの絵は、めきめきよくなってますよ」と言った。

しかし同時に、少しいやな気分になる面もあった。誰ひとりとして、良太郎の絵をもらったことへの礼を言わなかったのだ。むろん、良太郎当人には受け取った子供が礼を言っただろう。だが、その裏にいるはずの親が、惣一郎に礼を言うことはなかった。密かに良太郎の絵を保持し、将来有名な画家になったら売ろうと考えている人も、ひとりやふたりはいるに違いない。にもかかわらず、子供同士のやり取りだからと頬被りをし、惣一郎の前ではひと言も良太郎の絵について触れないのはどういうことか。島民はみんないい人、などと浮世離れしたことを考えていたわけではないが、知りたくなかった人間の卑しい面を見てしまった気がして、口の中に苦みを覚えるかのようだった。良太郎が食い物にされないよう、やはり親である惣一郎が守ってやらなければならないと思いを新たにした。

果たして良太郎は、このまま画家になるのだろうか。その道で食っていけるほど、名を揚げることができるのか。平凡に生きて欲しいと願うのは、親の身勝手なのではあるまいか。そんな心配をつらつらとしていた惣一郎だが、それらはすべてよけいなことだったとやがて気づかされた。自分の息子のことがよくわかっていなかったと、天を仰いで慨嘆した。

良太郎はぱったりと、絵を描くことをやめてしまったのだ。

その理由を尋ねたところ、良太郎はただひと言だけ「飽きた」と言った。あまりにたくさん絵を描いたから、飽きてしまったそうだ。ああそうだった、と惣一郎は嘆いた。良太郎には根気がないのだ。だから学校の成績も、いっこうに上向きにならない。ひとつのことに集中して取り組むのが苦手で、すぐに友達と遊びに行ってしまう。唯一の例外が絵を描くことだと思っていたのに、実は例外ではなかったのか。最後の方は、頼まれたから仕方なく渋々と描いていたのだろうか。

「飽きたって、お前、もう絵は描かないのか」

たまらず、問い返した。良太郎は困ったように顔を顰め、「うーん」と唸る。

「もういいかな。だって、島じゅうの景色はほとんど描いちゃったもん」

確かにそれはそうなのだった。良太郎は風景画しか描かない。しかし、小さい島だから絵になる風景など数が限られている。ひととおり描いてしまえば、写生する場所にも困るのが島の実情だった。

「別に、景色じゃなくてもいいじゃないか。物を描いたり、人を描いたりしないのか」

「つまんないよ」

惣一郎の提案を、良太郎は言下に却下する。面白いか面白くないかの基準でしか動かない子供が、一度つまらないと思ってしまえば、もはやどうしようもなかった。

「でも、田上さんはどうするんだ。もう、絵を教わるのはやめるのか」

絵を描くのをやめてしまえば、良太郎をかわいがってくれている田上に対する不義理になる。義理のために描けとは言えないが、田上の反応を思えば良太郎の〝飽き〟はいささか非情ですらあった。

「うーん、やめる」

良太郎は翻意しなかった。本当に絵を描くことへの意欲がなくなってしまったようだ。ならば無理強いはできない。田上には事情を話して詫びるしかなかった。

「じゃあ、最後に田上さんに謝ろうな。一緒に謝ってやる」

「うん」

さすがに良太郎も気まずそうだった。

後日、田上が島に来た際に、事情を説明した。田上は「えっ」と言ったきり、言葉を発さなかった。あまりのことに、何も言えなくなったようだ。申し訳ないと思いつつ、「子供のことなので」と釈明するしかなかった。

「何せ、集中力がなくて。絵を描くことは、よく続いた方だと思いますよ」

「はあ、まあ、それは仕方ないですね。いやだと言うものを、無理矢理描かせるわけにもいかないですから」

「そうなんですが、これまで親身になっていただいた田上さんには申し訳ないです」

田上の落胆ぶりを見れば、子供の飽きっぽさがいかに残酷かを思い知らされた。本当に大袈裟でなく、田上は肩を落としているのだ。子供がいない田上にとって、良太郎と並んで絵を描いた日々は心に残ることだったのだろう。田上は首を振って、「とんでもない」と言った。

「こちらこそ、良太郎くんに付き合ってもらって楽しかったですよ。できれば、これからもたまには絵を描いて欲しいですけどね」

「よかったら、日曜日に会ってやってもらえませんか。きちんと当人の口から挨拶させます」

「そうですね。私も最後にもう一度、良太郎くんに会っておきたい」

そんなやり取りを経て、日曜日に田上を家に迎えた。良太郎は朝から元気がなかった。自分の変心を、さすがに申し訳なく思っているようだ。田上の顔を見ると、開口一番「ごめんなさい」と言った。

「これまでありがとうございました」

これは、田上に会ったら言えと惣一郎が教え込んだ言葉だ。それを真っ先に口にするほど、気が引けているらしい。それでも、やっぱり絵を描き続けると言わないのは、子供らしい正直さだ。田上は気持ちの整理がついていたのか、目を細めて笑うだけだった。

「いいんだよ。おじさんも良太郎くんにお礼を言いたい。これまでありがとう」

田上に言われて、良太郎は泣き出してしまった。その頭を、田上が優しく撫でる。それを見て惣一郎は、良太郎は絵の描き方以上のことを田上から教わったのではないかと思った。

夕食に誘うと、田上は快く応じた。ビールを飲みながら、これまでのことを思い返して語り合う。最後に田上は、もう一度良太郎の頭を撫でた。宿に向かって去っていく田上の背中を、良太郎は見えなくなるまで見送った。

7

それから一年間、良太郎はほとんど絵を描かなかった。まったく絵筆を手にしなかったわけではないが、ふと気が向いたときにさらさらと絵を描くだけで、きちんとした作品に仕上げようという意志はまったく見られない。以前のように友達にあげるわけではなく、頼まれている様子もなく、ただの手すさびでしかなかった。それでも依然として、良太郎の描く絵は驚くほど達者だったが。

良太郎が十二歳、尋常小学校六年生のときだった。惣一郎が帰宅すると、出迎えの挨拶もそこそこに良太郎が奇妙なことを尋ねてきた。

「父さん、ピアノって知ってるか」

何を訊かれているのか、惣一郎は見当がつかなかった。ピアノという西洋楽器のことは知っている。だが実物を見たことはないし、その音色を聴いたこともない。島にはピアノなんてしゃれた物は存在しないのだから、惣一郎に限らず誰に訊いても答えは同じようなものだろう。何をこと改めて尋ねているのか、よくわからなかった。

「知ってるけど、まさか欲しいと言うんじゃないだろうな」

もちろん、冗談である。ピアノがいくらするのか知らないが、よほどの金持ちでなければ持てないだろうことは想像がつく。良太郎がどんなに阿呆であろうとも、それくらいはさすがにわかるはずだった。

「違うよ。おれ、今日、触ったんだ」

不本意そうに口を尖らせながら、良太郎は応じた。惣一郎は思わず眉を寄せた。

つい今し方、ピアノなどこの島にはないと考えたばかりである。それを触ったと言うのは、ただの世迷い言か、あるいは何かと間違えているのか。寝ぼけてるんじゃないぞ、という気持ちを込めて問い返した。

「どこで」

「椿油御殿で」

平然と、良太郎は答える。惣一郎は意表を衝かれ、すぐには言葉が出てこなかった。

椿油御殿とは、一橋産業の社長宅のことだ。一橋社長はもともと、椿油を量産してくがで売ったことで財を成したのである。その結果として、この島に豪邸を建てた。島の人々は親しみを込めて、社長宅を椿油御殿と呼んでいるのだった。

確かに一橋社長の財力をもってすれば、ピアノを買うくらいは造作もないだろう。島でピアノを買える人と言えば、一橋社長しかいない。しかし、社長と良太郎の間にはなんの接点もないはずだ。いや、正確に言えば互いに一ノ屋の血を引いてはいるのだが、親戚付き合いはしていない。向こうは良太郎の存在すら、認識していないのではないか。それなのになぜ、良太郎が椿油御殿のピアノに触れたのか、話の流れが読めなかった。

「どうしてお前が椿油御殿に入れたんだ。忍び込んだんじゃないよな」

本気で心配して、そう尋ねた。良太郎はふたたび、不本意そうな顔をする。

「そんなわけないだろ。入れてもらったんだよ」

「誰に」

「圭子(けいこ)お嬢さんに」

「圭子お嬢さん」

それは一橋社長の一番下の娘の名前である。正確な年齢までは知らないが、確か十六、七だったはずだ。くがの女学校には行かず、この島に教師を呼んで教育を受けていると聞いた。そんなことができるのは、一橋社長の財力があってのことだ。まさに、「お嬢さん」と呼ぶにふさわしい存在だった。

「なんで入れてもらったんだ」

ますます、一橋家と良太郎の接点がわからなくなった。圭子お嬢さんは箱入り娘で、ほとんど外を出歩くこともないはずである。そんな雲の上の人と、良太郎のようなその辺にゴロゴロいる悪ガキが、いったいどこで知り合うのか。

「向こうから声をかけてきたんだ」

「は」

様々な想像を巡らせたとしても、向こうから声をかけてくることだけは夢想すらしないだろう。その、最もあり得ないことを良太郎は口にする。どういう状況で、そんなことになったのか。今や、前のめりになるほど惣一郎は興味を惹かれていた。

「そもそもは、おれが御殿の横を通りかかったときに、聴いたことない音が聞こえたのがきっかけだったんだ」

そう、良太郎は説明を始めた。その口調は少しばつが悪そうであり、照れ臭そうでもあり、また同時に自慢げでもあった。

聴いたことない音、というのがピアノの音色だった。どんな音かと惣一郎が問うても、勉強ができない良太郎は表現力がなく、「いい音」としか言えない。尋ねたこちらが悪かったと、惣一郎は苦笑した。

「あんまりいい音だったから、立ち止まってしばらく聴いてたんだ。聴いてると楽しくてさ。終わっちゃったら残念だった」

仕方なくその日はその場を去り、翌日にはわざわざ御殿の方に足を向けたという。またあの音を聴けないか、と考えたそうだ。

「それが期待どおり、音が聞こえてくるんだよ。また立ち止まって、ずっと聴いてた。もちろん、内側を覗くような真似はしてないよ」

一橋邸は屋敷を高い塀で隠すような野暮な真似はしていないが、生け垣で囲まれている。生け垣は高く、成人男性でも中は覗き込めない。むろん、生け垣だから掻き分ければ覗くことはできるが、そんなことはしなかったと良太郎は言っているのだった。

「何曲くらいやってるのかわからないけど、おれはいつも二曲くらい聴ける。その音を聴くと、なんというか心が特別な気持ちでいっぱいになって、また聴きたいって思うんだ」

良太郎は己の心の動きを描写する。語彙力に乏しい良太郎にしては、なかなか上出来な描写だ。どれほどピアノの曲に心を惹かれたか、理解できるではないか。惣一郎は密かに感心した。

以来、良太郎は一橋邸のそばまで行って音楽を聴くのを日課にしたそうだ。良太郎は初めて聴くピアノの音色に、すっかり魅了されたのである。それを聞いて惣一郎は、やはり良太郎は特別な感覚を持っているのかと考えた。ピアノの音色は確かに美しいのだろうが、惣一郎が聴いたとしても魅了されはしないだろう。曲を綺麗と思うより、単に珍しい音を聴いたという感想を抱くだけではないか。良太郎がかつて、絵画に関して天才性を発揮したことを、久しぶりに思い出した。

「でね、あんまりおれが毎日通うものだから、家の人に気づかれてたそうなんだ。御殿に住み込んでるお手伝いさんが、おれを何度も見かけたんだって。怪しい男は追い払えって話になったけど、そのお手伝いさんはおれの顔を知ってたんだ」

絵画の天才少年として、一時期は良太郎も広く知られていた。何しろ、一橋平太社長以来の神童とも言われていたのである。今となっては嘘のようだが、絵画の才能があったのは間違いなかった。誰もがとっくに忘れた話と思っていたけれども、どうやらそのお手伝いさんはまだ憶えていたらしい。

良太郎がピアノの曲を聴きに来ているらしいことが、圭子お嬢さんの耳に入る。そして圭子お嬢さんの方も、どうした酔狂か良太郎に興味を持ったそうだ。かつての絵画の天才少年であり、自分と同じく一ノ屋の血を引く者。良太郎がまだ子供であることが幸いし、屋敷に請じ入れてもかまわないだろうという判断になったらしかった。

「いやぁ、すごいお屋敷だったよ」

良太郎はそう感想を口にする。どうすごかったのか惣一郎は知りたかったが、どうせ「すごい」以外の表現を良太郎は持ち合わせていないのだ。まあ、想像を絶する豪華な屋敷であろうことは間違いなかった。

「圭子お嬢さんは、そのう、あれだね。一ノ屋の女だね」

一応言葉を選んでいるつもりのようだが、良太郎は失礼なことを言う。圭子お嬢さんがお世辞にも見目麗しいと言いかねる容姿であることは、惣一郎も噂で聞いていた。

「でもね、圭子お嬢さんはすごく優しかったよ。あなたはピアノ曲に興味がおありなんですか、ってお上品に訊いてくれた」

もし興味があるなら、今から弾くからそこでお聴きなさい。そう、圭子お嬢さんは言ってくれたそうだ。良太郎は厚意に甘え、用意された椅子に遠慮なく腰を下ろして、圭子お嬢さんが弾く曲を聴いた。それは、体が自然に揺れる不思議な体験だったという。

「音楽って楽しいんだって、初めて知った。いいよなぁ、音楽。おれも音楽をやってみたいって、心の中で思ったよ」

体が自然に動いたというのは、いわゆる拍子を取るという行為だろうか。惣一郎は音楽に合わせて自然に体が動いた経験などないので、良太郎の芸術的感覚にただ感心する。圭子お嬢さんも、おそらくそれは同じだったのだろう。音楽に合わせて体を揺らす良太郎を見て、ピアノを弾いてみたいかと尋ねたのだった。

「もちろん、うんと答えたよ。こんな機会、二度とないと思ったからさ」

ピアノは大きくて黒かった、と良太郎は説明した。あまりに言葉足らずで、まるで思い描けない。鍵盤という物があり、それは白と黒だそうだ。両手の指十本を使って弾くんだぜ、と良太郎は少し興奮気味に言った。

「父さんは、両手の指をそれぞれ別々に動かすことなんてできるか。すごい難しかったよ。でも圭子お嬢さんは、外国人の先生を呼んで練習してるんだって。さすが、お金持ちのお嬢様は違うよなぁ」

「外国人の先生」

島に外国人がしばしばやってくるという話は聞いていた。それはてっきり仕事絡みのことかと思っていたが、お嬢さんのピアノ教師だったのか。さすがに想像もしないことだったので、惣一郎も驚いた。良太郎は圭子お嬢さんと同じ一ノ屋の血を引くのに、生活環境があまりに違うことを僻みはしないかと心配になる。しかし幸いにも、良太郎はそういうことで屈託を抱く性格ではなかった。

「おれはうまく弾けなかったんだけどさ、それでも楽しかったなぁ。自分の指を使って綺麗な音を出すっていうのが、本当に面白い。よっぽどおれが楽しそうに見えたのか、圭子お嬢さんはまたいらっしゃいって言ってくれたよ。いい人だよなぁ、圭子お嬢さん。顔はアレだけど」

最後に失礼なことをつけ加えつつも、良太郎は感謝の言葉を口にした。また呼んでもらえるとは、惣一郎にとっても驚きである。やはり血の繋がりが親しみを覚えさせるのか、それとも絵の天才少年という評判に興味があるのか。いずれにしても、こんなことで一橋家と付き合いができるとは、想像もしなかった。

「それはよかったけど、お前、くれぐれも失礼のないようにな。何しろ、父さんが勤める会社の社長宅だぞ。お前が妙なことをしたら、父さんの首が飛ぶ」

「わかってるよ」

良太郎は三たび、不本意そうな顔をした。お前が親に信頼されない息子だから、念を押されることになるんだぞ。そう言いたかったが、さすがにそれはたとえ息子に対してでも度が過ぎた物言いかと思い、こらえた。

ともあれ、良太郎は再度堂々と一橋邸を訪ねられる立場になったのである。それがこの先どういう事態に繋がるのか、不安なような楽しみなような、複雑な心地になった。

8

遠慮などという社会性がまるで身についていない良太郎は、次の日もいそいそと一橋邸にお邪魔したらしい。そして帰ってくると、紙に絵を描いた。寿子はそれがなんの絵なのかわからなかったそうだが、帰宅して見せてもらった惣一郎はすぐにピンと来た。縦長の四角形がたくさん並び、いくつかは黒く塗り潰されている。おそらくこれは、ピアノの鍵盤なのだろう。そう確認すると、良太郎はにやりとして「当たり」と言った。

「これを使って、指の動きを練習しようと思って」

「へえ、考えたな」

ピアノなど、いくらせがまれても個人で持てるものではない。それでもピアノを弾く真似事をしたければ、こうして絵に描いて指を動かすしかないだろう。良太郎は絵の鍵盤を指で押し、口で「ぽん」と音を再現している。鍵盤によって鳴る音が違うらしく、それを口真似で器用に言い分けていた。ただ、まだ音楽というにはほど遠く、音を鳴らしているだけに過ぎない。これが音楽になるまでには、どれだけの練習を積まなければならないのだろうと、良太郎の真似事を見てその難しさを知った。

招かれて行くのも一度きりかと思っていたら、良太郎はさらに翌日も訪ねていったらしい。迷惑ではないかと心配になったが、良太郎が言うには歓迎してくれたそうだ。そもそも、毎日でもいいから来いと圭子お嬢さん自身が言ってくれたという。良太郎はそういうところで嘘をつく子供ではないので、本当なのだろう。先方には良太郎を招いても得なことなどひとつもないのだから、やはり金持ちの酔狂はよくわからないと思うだけだった。

「お屋敷を訪ねて、何をしてるんだ」

圭子お嬢さんが弾く曲を聴き、良太郎自身もピアノに触らせてもらっているのは知っているが、それが連日となると何か他のこともしているのだろうと考えるのが普通だ。ピアノを弾く以外に、一緒に遊んだりしているのかと思って尋ねたのだった。

「ピアノ弾いてるよ」

しかし良太郎の返事は、それだけだった。他のことはしていないのかと念押ししても、していないと言う。この飽きっぽい良太郎がただピアノを弾くだけで満足しているとは、よほど面白いのか。惣一郎も良太郎がピアノを弾いているところを見てみたいと思ったが、さすがにそれは叶わぬ夢だろうと思われた。

「明日はピアノの先生が来るんだって」

ある日、夕食を摂っている際に良太郎は言った。先生は先生でもピアノの先生ならば、学校ではなく一橋邸に来るという意味だろう。ならば良太郎は行くのを遠慮しなければならないのではないかと考えていたら、当人はまったく逆のことを口にした。

「圭子お嬢さんが、おれを先生に会わせてくれるって言った」

「えっ。先生に。会ってどうするんだ」

ほとんど反射的に飛び出した疑問だった。わざわざ外国人の先生を呼んでまで教えてもらっているなら、圭子お嬢さんの技量は相当高いに違いない。つまり、ずぶの素人である良太郎が紛れ込んでも、完全な場違いでしかないということだ。良太郎はまるで臆していないが、少しは後込みしろよと惣一郎は言いたくなった。

「さあ。どうするんだろうね」

良太郎は何も考えていないようだった。考えなければ、後込みなどするわけがない。我が息子ながら、幸せな奴だなと呆れる。この性格なら、良太郎はどこに行っても楽しく生きていけるだろう。

良太郎が考えないなら、惣一郎が圭子お嬢さんの意図を忖度しなければならない。まさかとは思うが、良太郎にはピアノの才能があり、外国人の先生に引き合わせる価値があると判断したのだろうか。いや、まさかとは言えない。絵については非凡な才能を示した良太郎である。音楽の才を発揮し始めたとしても、決して不思議ではないのだった。

「お前、指の動かし方の練習、まだしてるのか」

気になって、尋ねてみた。良太郎は簡単に「うん」と頷く。そこで、食後にそれを披露してもらうことにした。

「やるよ」

手書きの鍵盤に両手を置くと、良太郎は宣言した。すぐに、惣一郎は瞠目することになった。いきなり良太郎の十指が縦横無尽に動き始めたからである。

しかも、でたらめに動かしているわけではなさそうだった。というのも、指が鍵盤を押さえるのと同時に、良太郎は口で音を発しているからだ。その音の連なりは、まさに音楽であった。惣一郎は音楽の素養がないから初めて聴く曲なのだが、それが美しいかどうかくらいは判断できる。良太郎の口から流れる音楽は、確かに美しかった。

「お前、それ、お嬢さんのお宅では実際にピアノを使って弾いてるのか」

「そうだよ」

特に胸を張るでもなく、良太郎はあっさり答える。惣一郎は目を大きく見開いたまま、まじまじと息子を見つめた。

またた。また良太郎は、己の中に眠っていた芸術的才能を目覚めさせたのだ。おそらく普通の人は、ここまでできるようになるには相当な修練を必要とするのだろう。それなのに良太郎は、つい先日始めたばかりでやすやすと腕を上げていく。これが天賦の才というものか。自分の息子でありながら、その特別さに畏怖の気持ちが湧いてくる。本当の天才とは、まさに良太郎のような者のことを言うのかもしれないと思った。

翌日は、一橋邸でどんな経験をしてきたのか聞くのが楽しみだった。だが表現力のない良太郎は、がっかりさせることしか言わない。

「先生は日本語がうまかったよ」

そんなことが聞きたいのではない。しかし、良太郎はこちらを焦らそうとしているのではなく、本当にまず最初の感想がそれしか言えないのだ。天才と思ったのは買い被りか、はたまた真の天才とはこうした偏りがあるものか。少し混乱し、同時に情けなくも感じながら、惣一郎は具体的に質問した。

「お前は先生にピアノを教わったのか」

「うん、教わった」

これまた簡単に答える。それがどれほどすごいことなのか、当人はまるで理解していない。

「どんなふうに教わったんだ。いや、それは聞いてもよくわからないか。お前は先生の前でピアノを弾いてみたのか」

「うん、弾いた」

「で、なんと言われた」

「上手だって」

やはり褒められたのか。もう一度、さらに詳細を確認する。

「まず最初にお前が弾いたのか。それとも少し教わってから、弾いてみたのか」

「最初におれが弾いたよ。それを聴いて、先生はうまいと言ってくれたんだ」

つまり、教えるに足るかどうかの試験をしたわけだ。そしてどうやら、良太郎は合格したらしい。息子の特別な天才性に、惣一郎は眩暈(めまい)がしそうだった。

「先生の態度はどんな感じだった。冷静だったか、それともお前の腕前にびっくりしてたか」

「うーん、びっくりしてたかな。誰かに教わったのかって訊かれたから、お嬢さんに教わったと答えたよ」

教える立場の人が見ても、すでに良太郎は驚くほどの技量に達しているわけだ。今度は音楽の道で食っていけるようになるだろうかと、またしても考えてしまう。ただ、さすがにそれは難しいかとすぐに気づいた。絵であればいつでも好きなときに描くことができるが、ピアノはそうもいかない。ピアノ自体が一橋邸に行かないとないのだから、練習もままならないのである。大成など、できるはずがなかった。

「先生に教えてもらって、うまくなったか」

いくらうまくても、しょせんは圭子お嬢さんのご厚意で弾かせてもらっている立場だ。多少上達して本人が楽しく弾けたなら、それでよしとすべきだと考え直した。

「たぶんね」

良太郎は曖昧な答え方をする。指導を受けたからといって、すぐに技術の向上が実感できるというものではないのだろう。まあ、一度でも外国人の先生に教えてもらったことは、いい思い出になるのではないか。そういう結論で終わりにしようかと思ったら、良太郎が予想もしないことを言った。

「またおいでって言われた」

「えっ、誰に。先生にか」

「そうだよ」

話を聞く限り、先生は定期的に島に来ているらしい。その都度、良太郎を指導してくれるということなのか。向こうも職業として先生をやっているのだから、誰彼かまわず教えているわけではないだろう。圭子お嬢さんが評価してくれただけでなく、先生にも見込まれたということのようだ。

良太郎の裡にはいったい、どれだけの才能が潜んでいるのだろう。こうもやすやすと異能を発揮する様を見ると、空恐ろしくなってくる。せめて、非凡であることの悲しみは味わわないで欲しいと願うだけだった。

9

飽きっぽい良太郎にしては珍しく、一橋邸通いは続いていた。あまりに毎日通い詰めるので、圭子お嬢さん目当てなのかと惣一郎はいったんは考えたが、良太郎の口振りからするとそれはあり得そうになかった。「圭子お嬢さんはいい人なんだけど、顔がね」とことあるごとに言うのである。お金持ちの家に生まれてよかったよね、とも。お前の母さんも一ノ屋の血を引くんだぞ、と指摘してやると、まずいことを言ったとばかりに良太郎は首を竦める。それでもまた、圭子お嬢さんのご面相に言及するのだった。

やはり、ピアノを弾くこと自体が楽しくて、お屋敷にお邪魔しているようなのだ。それは、先生が来る日を心待ちにしている様子からも窺える。その道で食べている人の教え方はさすがにうまく、ぐんと技量が上がるそうだ。最初は実感できなかったが、回を重ねるごとに明白になってきたらしい。本当かどうか惣一郎には判断できないことではあるものの、「もう圭子お嬢さんより、おれの方がうまいんじゃないかな」などとも言い出した。いくらなんでも、と思いつつも、良太郎ならありうることかもしれないとも考えるのだった。

「父さん、母さん、すげえよ」

あるとき、帰ってきた良太郎は挨拶もそこそこに興奮した口振りで言った。何がすごいのかわからないが、嬉しいことがあって上擦っているのは見て取れる。十二歳にもなって相変わらず単純な奴だと微笑ましく思いながら、先を促した。

「何があったんだよ」

「圭子お嬢さんのお父さんが、学校にピアノを寄付してくれるんだって」

「社長が」

それはまた豪気な話である。ピアノがいったいいくらするのかわからないが、この島に貢献し続けてきた社長らしい話だと惣一郎は感じた。

「確かにすごいが、しかしなんでまた学校に寄付なんだ。もう社長のお子さんはみんな、小学校は卒業してるのに」

すぐに疑問が湧いた。その答えは、良太郎が堂々と口にする。

「おれのためなんじゃないの」

「は」

我が息子が図太い性格であることは知っているが、これを本気で言っているのだとしたら、図太いを通り越してただの阿呆である。一橋社長がなぜ、縁もゆかりもない良太郎のために寄付をしなければならないのか。

「お前、社長に会ったことがあるわけじゃないんだろ。それなのになんで、お前のために社長が寄付するんだよ」

「圭子お嬢さんが口を利いてくれたんでしょ。それ以外、あり得ないよ」

やはり本気で言っているようだ。圭子お嬢さんとどのような関係を築いているのか、惣一郎は良太郎の口からしか聞かされていないから、実際のところはよくわからない。ピアノのような高価な物をおねだりできるほど、親密になったのか。実際、血縁だけを言うなら良太郎と圭子お嬢さんは従兄弟になる。従兄弟ならばさほど遠縁というわけではないし、年も四歳しか違わない。圭子にしてみれば、良太郎は弟のようなものなのかもしれなかった。

「圭子お嬢さんが、なんでお前のために口を利いてくれるんだ」

血の繋がり故と考えれば納得できなくもないが、それでも詳しく尋ねたくなる。良太郎はあくまで、当然のことを口にするかのような物言いをした。

「圭子お嬢さんは、ピアノの腕を上げるにはもっと練習した方がいいって言うんだ。椿油御殿に行っても、せいぜい一時間くらいしか弾けないだろ。圭子お嬢さんはたくさん弾けと言うんだけど、お嬢さんの練習の邪魔をしちゃ悪いじゃないか。そしたらそんな気遣いがばれちゃったらしくて、だったらピアノがもう一台あれば、おれももっと練習できると考えたみたい」

「それで、学校に寄付なのか」

「そうそう。だって、うちにもらったって置く場所ないだろ。あんな高価な物、もらうわけにはいかないだろうし」

「そりゃそうだ」

惣一郎は一橋産業の社員である。社長が一社員にそこまでのことをしてやったとしたら、社内の規律が乱れる。学校への寄付は、社長としては苦肉の策なのかもしれない。

いや、そんな解釈も良太郎の言葉を鵜呑みにすればのことだ。なんとなく納得しかけたが、やはり冷静に考えてみれば、社長が良太郎のためにピアノを寄付するなどあり得ない。一橋産業はこれまで、島を豊かにするために様々な事業を行ってきた。島にガス灯が立っているのも、漁業以外の仕事があるのも、くがで流行しているものがいち早く運ばれてくるのも、すべて一橋産業のお蔭である。利便性の面ではすでにかなり貢献したから、今度は文化面の向上に力を入れようということか。おそらくそうなのだろうと結論した。

だが、一ヵ月ほどして実際にピアノが学校に設置されると、良太郎の言葉があながちただの思い込みではなかったことが明らかになった。というのも、学校にピアノがあっても、弾き方を教えられる教師がいないのである。まさに宝の持ち腐れであり、子供がいたずらでポロンポロンと鍵盤を叩く以外、きちんとした曲を弾けるのは校内で良太郎だけなのだった。良太郎のための寄付、という解釈が俄然現実味を増してきた。

「すげえ感心された。ピアノ弾けるの、おれしかいないんだからな」

良太郎は鼻の穴を膨らませて、学校から帰ってきた。それを聞いて初めて、学校の実情を知ったのである。生徒たち全員にピアノを習わせたいなら、ピアノ本体だけでなく教師も一緒に手配しなければならない。そうしなかったのは一橋社長の手抜かりではなく、良太郎ひとりが弾ければいいからなのだろう。

「なんでピアノが弾けるのかって、さんざん訊かれた。だから正直に、椿油御殿で教わってるって言ったら、びっくりされたよ。将来、圭子お嬢さんと結婚するのかって言われた。まさかなぁ」

良太郎は笑い飛ばすが、傍目にはそう見えるのだろう。惣一郎自身も、良太郎の本心を聞いていなければそのように受け取ったかもしれない。いや、良太郎がどう考えようと、圭子お嬢さんと一橋社長の意図がどこにあるかはわからないぞ。はたと、そんなことに気づいた。もしや社長は、良太郎を圭子お嬢さんの婿にと考えているのだろうか。四歳の年の差も、才能に惚れ込んでいれば問題にならないのかもしれない。

「ピアノなんて珍しいから、男子だけじゃなく女子もやってきて、みんなでおれが弾く曲を聴くんだよ。照れ臭かったけど、拍手されて気持ちよかったなぁ」

紙の鍵盤を叩き、口で曲を奏でる良太郎の様を見ただけでも惣一郎は感心したのである。実際にピアノで奏でられる曲を聴けば、度肝を抜かれることは間違いなかった。ぽかんとして良太郎を見つめる子供たちの顔を、ありありと思い描くことができた。

「ピアノの弾き方を教えてくれって、何人もの女子に言われちゃった。なんかおれ、もてるのかも」

最後に良太郎は、目尻を下げてそんな自慢をした。ああそりゃよかったな、と惣一郎は苦笑する。良太郎は惣一郎には似ていないが、寿子にもまるで似ておらず、むしろ顔立ちは整っている。まだまだ子供だと思っていたが、改めて考えてみれば、年頃になった女子たちに騒がれるのもさほど不思議ではなかった。

実際、良太郎の言葉はただの自惚れではなかった。数日もすると、寿子が面白そうに言ったのだった。

「ねえ、なんかね、うちの周りを若い女の子たちがうろうろするようになったのよ」

「うちの周りを。なんで」

寿子が何を示唆しているのか見当がつかず、そのまま訊き返す。すると寿子は、ニヤッと笑った。

「良太郎目当てよ。女の子たちは、良太郎の顔が見たくて来るのよ」

「本当か」

思いもかけないことを言われ、仰天した。惣一郎は一度もそんな経験がない。数人の女子が家の周りをうろうろするとは、尋常でないもて方ではないか。そんなにも良太郎は今、女子の間で人気なのか。

「あたしは女の子たちの気持ちもわかるわ。だって、良太郎はなかなか男前だからね」

「ううむ」

数年前、島じゅうの男がひとりの絶世の美女に惚れるという出来事があった。美女の性格を知らず、その美貌だけにのぼせ上がる男が続出し、女たちが呆れていたのを憶えている。男は女を顔だけで選ぶのかと、大勢の女が眉を顰めていた。正直なことを言えば、実は惣一郎もかなり美女が気になっていた。なにしろあの美貌は、魂を引き抜く魔性のようなものを秘めていたのだ。だからのぼせ上がるのもやむを得ないと考えていたが、女にしてみれば腹が立つだろう。そんなことがあったのに、いざ立場が逆になってみれば、若い女の子は良太郎が男前だからと惚れるのか。結局同じではないかと、脱力する思いだった。

良太郎自身もその状況には気づいていて、しかもまんざらではないようだった。「お前、学校で女子に人気があるのか」と尋ねると、鼻の下を人差し指で擦って「まあね」と答える。照れていつつも、少し自慢げでもある。芸術的才能に恵まれ、女子にも好かれる息子が、惣一郎は羨ましくなった。

良太郎はこの状況にどう反応するのだろう、複数の女子に好かれていることを楽しむだけで満足なのだろうか、そんなふうに思っていたら、どうやら特定の親しい相手ができたようだった。寿子によれば、その相手の名は竹子（たけこ）というらしい。

「かわいい子よ。うちの周りをうろうろしてた子の中のひとり」

「へえ」

良太郎はまだ十二歳なのに、特定の女子と親しくするのか。惣一郎の感覚からするとそんなことはとても許されないのだが、幼い恋をなんとなく容認する雰囲気が島にはある。惣一郎が若い頃は極端に男女の仲が悪かったから、その反動で仲睦まじいのはいいことだと思われている面があるのだ。だからこそ、女子たちがお気に入りの男子の家の周りをうろうろするような真似ができるのである。おそらくくがであれば、そんなふしだらな振る舞いはとんでもないと親たちが怒り狂うのだろう。

もっとも、良太郎も女子とふたりで会ってどこかに行くようなことはしていなかった。さすがに、そこまで羽目を外すことが許されるはずもない。何しろ、男女七歳にして席を同じくせず、と言われるのである。親しくなったといっても、することはせいぜい文通程度が関の山だった。

良太郎が竹子と親しくなったことで、他の女子たちは諦めるものと思っていたら、驚いたことにそうではなかった。なんと、前にも増して家の周りをうろつく女子の数が増えたのである。これはいったいどうしたことかと、惣一郎は当惑した。若い女の子の考えていることが、まるでわからなかった。

「人のものはますますよく見える、ってことなのかしらね」

寿子はそう推測した。そういうものなのか。あわよくば竹子から奪ってやろう、なんていう考えもあるのかもしれない。まだ十代前半でしかないのに、女は恐ろしい。惣一郎はそう感じざるを得なかった。

なんとなく波乱含みではあるものの、当の良太郎と竹子は恥じらいを忘れないまま、少しずつ距離を縮めているようだった。どんな手紙のやり取りをしているのか見せてもらいたいと思ったが、言下に「駄目」と断られた。まあ、それはそうだろう。惣一郎も、無理を承知で頼んでみたのである。若いふたりをからかってやりたい気持ちもあった。

しかしそんな牧歌的なことを考えていられたのも、男の子の親だったからかもしれない。女の子の親にしてみれば、まだ十二歳の娘が男と文通していることを認められるはずもなかった。良太郎からの手紙を見つけられ、竹子は家に閉じ込められた。もう二度と良太郎と会ってはならない、と宣告されたという。

「ひどいよ、ひどいよ」

竹子と会えなくなり、良太郎は思い余って家を訪ねた。すると先方の親に、娘と会わせるわけにはいかないと門前払いを食わされたらしい。いくら交渉しようと、親が譲るはずもない。けんもほろろに突っぱねられ、「ひどいよ」と泣きながら帰ってきたのだった。

どうにも慰めようがなかった。間に立って、先方の親と話をつけてやるわけにもいかない。そもそも十二歳の子供同士が親密になること自体、風紀を乱すことなのだ。むしろ向こうの親の反応の方が、常識的と言えた。

「諦めろ。こればかりはどうしようもないよ」

そのように言うしかなかった。縁があれば、大人になってからまた親しくなる機会もあろう。何が問題なのかといえば、単に早すぎることだけなのだ。今は悲しみで胸がいっぱいであっても、いずれ良太郎もわかるはずだと考えた。

良太郎は数日の間落ち込んでいたが、やがて徐々に以前の快活さを取り戻していった。女の子との仲を引き裂かれた悲しみは、男子の友人たちと遊ぶことで紛れたらしい。立ち直るのがずいぶん早いなと惣一郎は思ったものの、長々と落ち込んでいるよりいい。良太郎には沈んでいる姿は似合わなかった。

だが、気持ちの切り替えが早いのも考えものだと、惣一郎は眉を顰めることになる。竹子との失恋の痛手から立ち直った良太郎は、すぐに別の女子と親しくなったのだ。その変わり身の早さには、唖然とさせられた。竹子の後釜を虎視眈々と狙っている女子は少なくなかったのだと、改めて良太郎のもてっぷりを実感した。

10

良太郎が仲良くなった別の女の子は、菊子という名だった。寿子によれば、やはりかわいい子らしい。ひとりのかわいい子と親密になったかと思えば、すぐに別のかわいい子とも親しくなれるとは、我が息子ながら女たらしの資質があると言わざるを得ない。そういえば、良太郎の祖父は大変な色男で、何人もの島の女を孕ませたと聞く。まさか、同じような大人になるのではないかと、少し心配になった。

菊子との付き合いは、先方の親に禁じられることもなかった。神童という評判を、先方の親は憶えていたからだ。断片的に聞こえてきた話を総合すると、どうやら良太郎のことを第二の一橋社長と本気で考えているらしい。いやいやそんなたいそうなものではないですよ、と言ってやりたかったが、そうもいかない。明らかに勘違いされているとは思ったが、幼い男女の仲に口を挟むのも野暮なので、そのまま静観した。

しょせんは子供の付き合いである。今回は文通だけでなく、放課後にふたりで会ったりしているようではあるが、浜辺でお喋りといったかわいらしい交際をしているようだ。幸か不幸か、それを囃し立てる者はいない。寛容な雰囲気の島では、良太郎が誰と会おうと気にする人はいなかったのだった。

特定の交際相手ができるには少し早すぎる気はするものの、ひと昔前はもっと幼い時分に家同士で許嫁を決めてしまうこともあったという。それを思えば、今のうちに将来の伴侶を見つけ、仲を深めておくのもいいかと惣一郎は考えた。こんなに早く、生涯の伴侶を見つけた良太郎は幸せ者だとも思った。

ところが、である。ある夜帰宅すると、寿子がなにやら難しげな顔をしていた。良太郎も不機嫌そうにむすっと黙り込んでいる。どうしたのかと尋ねてみても、ふたりとも答えない。寿子と良太郎の間で何かがあったのは明らかだが、互いに言いたくないなら無理に聞き出すこともできない。おそらく良太郎が寝れば、寿子は話してくれるだろうと考えた。

予想どおり、良太郎が寝入ると、惣一郎が促さずとも寿子は「実はね」と口を開いた。

「良太郎は菊子ちゃんと別れちゃったらしいのよ」

「は。別れた」

竹子との仲を割かれて菊子と付き合いだしたのは、つい一ヵ月前のことである。今度こそいい相手を見つけたと思っていたのに、なぜ別れたのか。喧嘩でもしたのだろうか。

「すごく仲が良かったのよ。菊子ちゃんはいい子だから、あたしも気に入ってたのに」

寿子は眉を寄せて険しい顔をする。惣一郎としては、理由を訊かずにはいられなかった。

「なんで別れたんだ」

「なんとなく、だって。飽きちゃったって」

「はぁ」

良太郎が飽きっぽい性格であることは知っている。しかしだからといって、一ヵ月で女に飽きるとはどんな遊び人か。人としての道に外れていると言ってもいい。自分の息子がそんなひどい女たらしに育っていたかと思うと、愕然とせざるを得なかった。

「飽きるとか飽きないとか、そういう問題か。そんなこと、許されないだろう」

「あたしもそう思ったから、叱ったのよ。でも、別に良太郎が菊子ちゃんを捨てたわけじゃなく、ふたりとも付き合いに飽きちゃったらしいの。お互い様なら、親のあたしが叱るのも変でしょ。

それ以上、何も言えなくて」

「しかし」

納得できずに言葉を発しようとしたが、確かに寿子の言うとおり、双方が飽きたなら無理に付き合いを続けさせるわけにはいかない。惣一郎としては、口をぱくぱくさせることしかできなかった。

「結局、相性が悪かったのかしらねぇ。仲良さそうにしてたのに」

寿子は呆れたように首を振る。呆れた気持ちは、惣一郎も同じだった。

「しかし、これでふたり目だぞ。竹子ちゃんとの付き合いが終わったのはやむを得ないことだったとはいえ、形としては女を取っ替え引っ替えしているようなものじゃないか。末恐ろしいな」

「一ノ屋の血なのかしら」

寿子はいやなことを言う。惣一郎はつい、良太郎が島じゅうの女たちを次々孕ませる未来を想像してしまった。そんなことになろうものなら、恥ずかしくてとてもこの島には居続けられない。良太郎の首根っこを摑んで船に乗せ、一緒にくがに逃げるしかなかった。

「まあ、子供の付き合いでよかったけどな。本当にお前の父親みたいな男になったら、一大事だ」

「そうはなって欲しくないけど」

寿子の声も力がなかった。

惣一郎たちの心配は、杞憂とはならなかった。すぐに良太郎は、また違う女の子と仲良くなったのだ。今度の子の名は、和子(かずこ)というらしい。お盛んなことだ、などという下卑た感想をつい抱いてしまい、惣一郎は自己嫌悪を覚えた。

「おい、今度こそ仲良くし続けられるんだろうな」

良太郎に確認せずにはいられなかった。良太郎のやっていることは、まさに女たらしの所業である。よくまあ女の子たちの方も、良太郎の人格を疑わずに付き合うものだ。女たらしであることを、女は気にしないのだろうか。

「そんなのわかんないよ」

問われて良太郎は、口を尖らせる。それは至極もっともな返答だったので、惣一郎としても唸って引き下がるしかなかった。誰も、短い付き合いのつもりで交際を始めたりはしない。良太郎も、その都度真剣なのだろう。

不思議なのは、これまで付き合った三人の女の子は見た目がまるで似ていないことだった。竹子は細面、菊子は丸顔、そして和子は四角い顔で、率直に言ってあまりかわいくはないらしい。

「良太郎の好みは、よくわからないわね」と寿子は首を傾げた。惣一郎も和子の顔を見てみたかったが、その機会がないうちにまた別れてしまうのではないかと恐れた。

そしてふと、あることに気づいた。ここのところ良太郎は、紙の鍵盤を叩いてはいないようなのだった。学校でピアノを弾けるから、家で練習をする必要がなくなったのか。やはり紙では、練習の意味が薄いのかもしれない。そんなふうに解釈していたら、思いがけない人物が惣一郎を訪ねてきた。客人は若い女性だった。

「あなたあなた。けけけけけ」

日曜日のことである。玄関先で応対した寿子が、奇妙な音を口から発しながら惣一郎を呼んだ。誰が来たのかと玄関に目をやると、若い女性が立っている。その顔に見憶えはなかった。

「どちら様」

「けけけけ、圭子お嬢さん」

「圭子お嬢さん」

文字どおり、目を瞠った。慌てて立ち上がり、転びそうになりながら玄関まで急ぐ。上がり框に膝をつき、頭を下げた。

「こんなむさ苦しいところまで、ようこそお越しくださいました。して、どんなご用向きでしょうか。呼んでいただければ、こちらから伺いましたのに」

なんと言っても、相手は社長令嬢である。こちらの言葉遣いが卑屈になるのはやむを得なかった。寿子も惣一郎の斜め後ろに控えている。おそらく、両手をついて床に額をつけているのだろう。

「突然お邪魔して、申し訳ありません。実は良太郎くんのことで、少しお話ししたいことがありまして」

圭子はいかにも深窓の令嬢といった、儚(はかな)げで涼やかな声を発した。声の綺麗さは、率直に言ってあまり顔と釣り合っていない。圭子の顔は平板で、目や口が小さく、なにやら妙に間延びした印象のご面相だった。

「良太郎のことで。あいにく、良太郎は遊びに行っていますが」

男友達ではなく、和子と会っているのだろう。今のところまだ、和子とは仲良くしているようだ。

「いいんです。良太郎くんがいない方が、かえって都合がいいので」

「はあ」

そんなふうに言われたら、家に上げないわけにはいかない。圭子が来るとわかっていたら、家じゅうを大掃除しておいたのに。寿子も同じことを思ったか、立ち上がって部屋をバタバタと片づけ始める。「どうぞおかまいなく」と圭子は言うが、そんなわけにはいかなかった。

部屋から雑多な物をなんとか追い出し、卓袱台(ちゃぶだい)を挟んで圭子と向かい合った。寿子は楚々とした振る舞いで、「粗茶ですが」などと言いながら圭子に茶を振る舞う。謙遜ではなく本当に粗茶なので、圭子の口に合うか心配だった。

「ありがとうございます」

圭子はにっこり笑うと、上品に「いただきます」と断ってから湯飲み茶碗を口許に運んだ。そして、「おいしいお茶ですね」と感想を言う。ふだん飲んでいるお茶とは雲泥の差があるはずなのに、そんなことはおくびにも出さない見事な態度である。上流階級のお嬢様は違う、と密かに感心した。

圭子は至って寛いだ態度で、お茶を飲んでいる。惣一郎としてはどんな用件かわからず落ち着かないのだが、早く言えと促すこともできずに、じっと待つしかない。圭子はのんびりと湯飲み茶碗を卓袱台に置くと、「それで」とようやく切り出した。

「良太郎くんのことなのですが、しばらく我が家にいらしてくれていません」

「はあ、そうなんですか」

そうではないかと思っていたが、そもそも足繁く通う方が図々しいのである。なんで行かないんだ、とは惣一郎からはとても言えなかった。

「ピアノというものは、一日弾かないだけで腕が落ちてしまいます。毎日毎日、一分でも多く鍵盤に触れている必要があるんです。良太郎くんにはピアノの才能があります。ですから我が家に招きましたし、父に無理を言って学校にピアノを寄付してもらいました。それなのに良太郎くんは、もう何日もピアノに触れていないのではないでしょうか」

圭子は実に悲しそうに、軽く眉根を寄せていた。そんなふうに言われると、良太郎が悪いことをしたように思えてくる。惣一郎としては、頭を下げるしかなかった。

「申し訳ありません」

「ピアノなんてなかなか馴染みのない楽器のことですから、あまり腑に落ちないとは思います。ですが、良太郎くんにピアノの才能があるのは明らかなんです。あれだけの才能を埋もれさせてしまうのは、本当に惜しい。なんとか伸ばして、可能であれば世に出してあげたいと思うんです」

「世に出して。ピアノ弾きとして、ですか」

そんなことが商売になるのだろうか。ピアノの先生になるということか。上流階級相手の仕事ならば、需要があるのかもしれない。しかし、仮に十八を過ぎて先生になったとしても、教えられる方はそんな若輩者ではとても受け入れられないだろう。ピアノで食っていけるようになるのは、遥か遠い先のことではないだろうか。

「はい。海外ではピアノ奏者は立派な職業です。ピアノのコンテスト、つまり腕比べですね、それに出て入賞することで、賞金がもらえます。その他、演奏会を開くことでも収入を得ることができます。ピアノ奏者は、海外では人々の尊敬を集められる職業なんです」

「はあ、そうなんですか」

海外の話をされても、完全に別世界のことだ。この日本ではまだ、ピアノの腕比べなんて行われていないだろう。演奏会で金を取るなど、夢のまた夢だ。異国の話をされても、良太郎のこととして考えるのは難しい。まさか圭子お嬢さんは、良太郎を海外に行かせるつもりなのか。そんなこと、当人は絶対に望まないに違いない。何しろ、この島を出たことすらないのだ。言葉も通じない海外など、論外だった。

「こんな栄誉ある道は、誰もが歩めるわけではありません。良太郎くんの才能が本物だからこそ、素晴らしい未来を思い描くことができるんです。ピアノ奏者として世界的に有名になる将来を捨ててしまうのは、あまりにも惜しいんです。どうか、ピアノの練習に我が家に来るよう、お父様お母様から説得してもらえませんか」

「はあ」

熱心に言い募られても、戸惑いが大きくなるだけだった。あの馬鹿息子にわずかばかりの才能があることはわかっていても、世界にその名を知られるようになるなんて絵空事としか思えない。なんと言っても良太郎は、この小さな日本の片隅の、小さな島の中しか知らないのだ。この島でこそ抜きん出た才能を発揮したとしても、くがに行けばこの程度の子供はゴロゴロいるに決まっている。圭子もまた小さい島しか知らないから、良太郎を過大に評価しているのだろう。世間知らずのお嬢様の言葉を、鵜呑みにするわけにはいかなかった。

「そうまでおっしゃっていただくのは大変光栄ですから、良太郎にはそう伝えます。ですがあいつは今、他に楽しいことができたようで」

椿油御殿に行かなくなったのは、まず間違いなく女の子と遊ぶのが楽しくなったからだ。今はピアノより、女の子なのだろう。惣一郎も男なので、気持ちはよくわかる。無理にピアノの練習に行かせるのは、おそらく不可能ではないかと思った。

「知っています。仲の良い女の子ができたのですよね」

皮肉の意図は感じられない口振りで、圭子はそう言った。そんなことまで知っているのかと、惣一郎の方が驚いた。圭子はなおも熱っぽく続ける。

「その女の子と別れろなんてことは言いません。本当なら生活のすべてをピアノに捧げて欲しいところですけど、十二歳の男の子にそこまで求めるのは酷だとわかっています。だからせめて、毎日練習して欲しいんです。学校と我が家と、それぞれ一時間ずつでも練習をすれば、ぜんぜん違います。せっかくの腕を落とさせないよう、どうかご助力ください」

「はあ」

ほとんど赤の他人の圭子にここまで言われたら、無理と突っぱねることはできなかった。良太郎に今日の話をすること自体は、どうということはない。ただ、説得する自信はなかった。何しろこちらは、ピアノがうまいことの価値がわかっていないのである。それを良太郎にわからせるのは、むしろ圭子の方が適任ではないかと思った。

「そこまで言っていただいたのですから、当人には伝えます。ただ、親として言わせていただければ、才能があるとはいえ、しょせんは田舎の小島の中でのことですよ。海外はもとより、くがに行っても通用しないでしょう。買い被りすぎではないでしょうか」

内心の思いを押し隠して「はいはい」と話を聞くだけでもよかったのだが、それでは圭子が何度でも足を運びそうな気がした。だから恐れ多いものの、懐疑をひと言表明しておく。圭子が気を悪くしないか不安だったが、そんなことはなくおっとりした口調で反論してくる。

「いいえ、買い被りすぎなんかではありませんよ。島の中だけの話でもありません。オーストリアから招いたピアノの先生も、良太郎くんの才能は本物だと認めていますから」

「ああ」

その先生のことは忘れていた。先生がどれほどの耳を持っているのかわからないが、オーストリアから来たなどと言われるとたいそうな人なのだろうと思ってしまう。ならば、先ほどの圭子の言葉はまったくの絵空事というわけでもないのか。なにやら現実味がなくて、自分の息子の話とは思えなくなってきた。

どうかお願いします、とくどいほどに念を押して、圭子は帰っていった。帰り際にようやく気づいたのだが、おつきの人が外でずっと待っていた。金持ちの家は違うと、改めて感心する。やはり良太郎が一橋家と関わるのは、あまりに立場違いなのではないだろうかと思った。

11

夕方に帰ってきた良太郎に、圭子が訪ねてきたことを伝えた。良太郎は目を丸くして、「えっ、圭子お嬢さんが」と言う。良太郎にとって圭子の訪問は、まったく予想できないことだったようだ。

「そうだよ。お前のためにわざわざいらしてくれたんだぞ」

「なんのために」

とぼけているわけではなく、本当に思い当たることがない顔をしている。少しは頭を使え、と言ってやりたかった。

「お前がピアノの練習に来ないから、来るように言ってくれってさ。お前、もうピアノやる気はなくなったのか」

「うーん、やる気がなくなったってわけじゃないけど」

なんとも歯切れの悪い返事をする。自分の移り気な性格を、少しは恥ずかしく思っているらしい。無理に椿油御殿に行かせるつもりはないが、それでも圭子の熱誠を思えば多少は力を貸したくなる。

「圭子お嬢さんは、お前には才能があると言ってたぞ。ピアノで世界的に有名になれる、って。だから毎日練習を欠かすな、と伝えてくれってさ」

「世界的に有名に。おれが。冗談でしょ」

良太郎は鼻先で嗤う。それには惣一郎も同意したくなる。だが、圭子が本気だったことだけは伝えなければならない。

「お嬢さんはお前のためを思って言ってくれてるんだぞ。ご厚意を蔑ろにするような真似はするな」

「いやぁ、不義理をしちゃってるのは申し訳ないと思うけど、そんなに期待されてもねぇ。圭子お嬢さんは、なんだか夢を見ちゃってるみたいでさ。ちょっと重いんだよね」

惣一郎はそれを聞いて、続ける言葉を呑み込んだ。圭子の期待が重い、という良太郎の気持ちはよく理解できたからだ。立場違いの圭子にあそこまで熱く語られたら、やはり戸惑いを覚える。その話す内容に現実味がないだけに、もし自分が良太郎の立場でも逃げたくなるだろうなと思った。

「お前、将来はピアノで食べていく気があるのか」

改めて、当人の気持ちを確認した。良太郎にピアノを極めたい気持ちがあるなら、今は重たく感じても圭子の許に通った方がいい。しかしただの遊びならば、そろそろ態度をはっきりさせるべきときなのかもしれなかった。

「ピアノを弾くのは好きだけど、仕事にする気はないよ。だって、ピアノで食べていくなんて無理でしょ」

良太郎は冷めたことを言うが、惣一郎も正しい判断だと思ってしまった。仮に良太郎に本物の才能があったとしても、それだけで成功できるほど甘い世界ではあるまい。絵のときにも考えたが、才能の他に強運も必要なのではないか。そして今のところ、良太郎にはなにがしかの才能があるとしても、強運に恵まれているようには感じられなかった。運などという、当人の努力でもどうにもならないものに左右される世界には、息子を送り込む気になれなかった。

「ピアノで有名になることがどういうことか、圭子お嬢さんから説明されたか」

「聞いたよ。でも、そんなの無理だよ」

あっさりと良太郎は言う。良太郎本人がちゃんと判断材料を持っていて、その上で無理だと判断するなら、意思確認はここまでだった。良太郎の考えがはっきりしたからには、後はそれをきちんと圭子に伝えなければならない。期待させたままでいるのは、かえって失礼に当たる。

「一緒に、圭子お嬢さんのところにお詫びしに行くか」

以前にも同じようなことがあったなと、思い出した。結局絵画も音楽も、才能はあるのにものにならないのだ。これがこいつの限界かもしれないと、寂しい結論に達する。人間、才能よりも努力が大事だということか。努力する根気がない良太郎は、この先何をやっても駄目なのかもしれなかった。

後日、良太郎を伴って椿油御殿を訪問した。出迎えた圭子は、こちらの表情から用件を察したのか、前回のように前のめりに口説くような真似はしなかった。ただ黙って惣一郎の話を聞き、最後に「そうですか」と言っただけだった。やり取りとしてはそれで終わりだったので、わざわざ応接間に通してもらい、おいしいお茶とお茶菓子まで振る舞ってもらったのが申し訳なかった。

辞去する際には、圭子が玄関先まで見送りに来てくれた。かなり落胆しているらしき圭子だったが、良太郎の目を真っ直ぐに見て、こんなことを言ってくれた。

「良太郎くん、ピアノでなくていいから、必ず何かを成し遂げてね。あなたにはその力があるんだから。生まれついての力を無駄に使うような人生だけは、決して送らないで」

まったくそのとおりだと、惣一郎も思った。良太郎の心に響いたのかどうかはわからないが、一応神妙な顔で「はい」と返事をしていた。

12

ピアノをやめた後、良太郎が熱中したのは女の子との交際だった。結局和子とも長続きせず、また別の子と付き合い始めた。かわいい子ともそうでない子とも同じように接しているのは公平と言えるが、そもそも交際相手を頻繁に変えなければいい話である。島じゅうの若い女を孕ませたという伝説の人物に、良太郎がますます近づいていくのではないかと不安でならなかった。

芸術については、そのときどきでいろいろなことに興味を示した。あるとき不意に、墨で絵を描くことに目覚め、そしてこれまた驚くほど達者に描くので今度こそこの道を究めてくれるかと思いきや、また突然飽きてやめてしまった。

さらに次には書を始め、絵心があるからなのかまさに墨痕淋漓（ぼっこんりんり）たる筆遣いで見事な字を書き、惣一郎を唸らせた。だが予想どおり、ふた月も保たずに飽きてしまってやめた。

才能の無駄遣いとしか言いようがなかった。圭子の言葉は本当に胸に届いているのか、と問いたい。ひとかどの人物になるだけの力を持っているのに、ただ一点、根気がないがために何もなしえずにいる。こんな阿呆が他にいるだろうかと、親としては嘆かずにはいられなかった。

大正十二年九月一日のことである。

土曜日なので、仕事は午前中で終わる日だった。午後に予定があったわけではなかったが、惣一郎は十一時を過ぎた頃からなんとなく仕事を片づけ始めていた。土曜日は定時に帰るのが、社としての習慣だったからだ。惣一郎だけでなく、他の者もちらちらと壁時計に目をやっていた。

そろそろ正午という頃に、それは突然やってきた。予兆はほとんどなかった。正確には、机の上に置いてある物が小刻みにカタカタ揺れた。だがその程度のことは、誰かが貧乏揺すりをすれば起きる。それにそもそも、そんな小さな揺れを気にしている暇はなかった。

一瞬後に、足許からガツンと突き上げられる異様な感覚に襲われた。まるで床下に誰かが潜んでいて、思い切り床板を叩いたかのような衝撃だった。かつて経験したことのない異常な現象に、惣一郎は声も出せなかった。それは、同僚たちも同じだった。悲鳴ひとつ上がらなかった。

突き上げられ、そして垂直に突き落とされた。背筋が冷たくなる、高所から飛び降りる感覚を事務所で椅子に坐っていながら味わった。何が起きたのか、認識できなかった。

一度の上下動で、揺れは収まった。空白の時間がぽっかりとできる。ようやく、今のは地震だったのかと考える余裕ができた。同僚たちと顔を見合わせ、「なんだったんだ」と言葉を交わした。

「地震なのか」

「それにしちゃ、なんだか変な揺れだったぞ」

「まさか、お山の噴火じゃないよな」

そんなことを言いながら、窓際の者は立ち上がって外を見た。惣一郎もつられて、窓外に目をやる。その瞬間のことだった。現実が崩れた。

大地が咆吼したかのようだった。何が起きたのか理解が及ばない、非現実が世界に覆い被さった。自分のいる場所が船上で、嵐に見舞われている状態と言えば一番近いかもしれない。しかし今は、地面の上に建つ建物の中なのだ。それなのに、前後なのか左右なのか感覚も狂うほど激しく揺れている。机の上から物が落ち、棚が倒れ、窓ガラスが割れた。男性女性問わず、皆が悲鳴を上げ、揺れる視界の中に血の赤が走った。割れた窓ガラスが降り注ぎ、誰かが怪我を負ったようだ。固定されていなかった机が床の上を縦横無尽に走り回り、蹲っていた人々をなぎ倒す。惣一郎も脇腹に机の脚がぶつかり、息が止まった。

このままだと建物が崩壊すると思った。あまりに揺れが激しく、脇腹の痛みもひどかったので、立ち上がれない。手を床についたまま、物にぶつかることを警戒しながら動き始めた。部屋の出入り口を目指す途中、何度か体に何かがぶつかってきた。それが物なのか人なのか、そんなことすらわからなかった。

かろうじてドアまで辿り着き、廊下を這ったまま通り抜けて、外に出た。すると聞き慣れない、ゴーッという異音が周囲に満ちていた。建物が壊れる音なのか、地面が唸る音なのか、判然としない。屋外に出て景色は開けたものの、空気の色がどこか違った。薄い紗が張り巡らされたかのように、全体に黄色がかっていた。

地面に両手をついたまま、景色が揺れる様を呆然と見ていた。庭木が、まるで細い枝のようにぶんぶんと揺れている。このままの勢いだと、ポキリと折れそうだ。危ないとは思ったが、逃げる場所もない。同じように外に這い出てきた者たちもまた、結局その場から動けずに蹲っていた。揺れはなかなか収まらなかった。このまま永久に大地が揺れ続けるのではないかとすら思った。上下左右に揺れる視界の中で、社屋の隣にある民家が次々崩壊していくのを見た。上から見えない巨人の指に押されたかのように、呆気なく潰れていく。だが社屋は、大きいせいかまだ崩落を免れていた。この建物までが壊れるときは、町そのものが壊滅するときだと惣一郎は覚悟した。

気がかりはただ、寿子と良太郎のことだった。良太郎はまだ学校にいたのだろうか。寿子は家から逃げたか。民家が次々に潰れていく様子を見ていると、我が家だけ無事などと楽観することはとうていできない。家は諦めるから、せめて寿子には安全な場所に逃げていて欲しいと願った。

むしろ良太郎の方が、学校の先生が避難させてくれているだろうと期待できた。校庭に出れば、建物の崩落に巻き込まれることもないはずだ。とはいえ、外に出るまでに何が起きたかわからない。家族を守るためのことが何もできない無力感に、惣一郎は歯嚙みした。

永久に続くことなど、この世には何ひとつない。そんな真理を、大地の揺れが収まって初めて実感した。止まったのだ。しかし、なかなかそうとは確信できなかった。大きく揺れた船から降りたばかりのときのように、まだ地面が揺れている感覚がある。立ち上がってもよろけそうなので、そのままの姿勢で本当に揺れが収まったのかを確かめた。

「終わったのか」

「収まったようだな」

「怖かったぁ」

外に出てきている同僚たちが、口々に呟いた。それらを聞き取るだけの余裕が、確かに生まれている。幸いにも、社屋は倒壊しなかった。部屋の中は嵐の後のように散らかっているだろうし、窓ガラスもかなり割れてしまったが、建物自体が無事ならなんとでもなる。民家が壊れるほどの揺れだったのに、社屋は持ちこたえてくれてよかったと心底思った。

だが、安堵している時間は短かった。また、耳慣れない異音が聞こえてきたのだ。何かが爆ぜる音。燃えている物がある。火事だ、と直感した。

「何か燃えてるぞ」

大きい声で注意を喚起した。同僚たちは立ち上がり、周りを見渡した。社屋の中かと真っ先に案じたが、どうやらそうではなさそうだ。爆ぜる音は、倒壊した民家の方から聞こえていた。

「壊れた家の方だ」

その音で、いまさらながら我に返った心地がした。のんびりと自分たちの無事を喜び合っている場合ではなかった。すぐそこで、民家が倒壊しているのだ。昼日中ではあるが、中に誰かがいても不思議ではない。真っ先に動いて、家の下敷きになった人たちを助けるべきだった。あまりの異常事態に、思考が停止していたことを自覚した。

「人を助けないと」

再度、大声で皆に告げた。やはり今になって気づいたのか、「あっ」という声がそこここで上がる。そのまま、一番近い民家に駆け寄った。

「誰かいますか」

闇雲に倒壊した家屋に取りかかるより先に、まず呼ばわった。すると、呻きにも似た反応が返ってきた。「人がいるぞ」と一同の注意を惹き、倒れている建材を摑む。とてもひとりでどうにかできる重さではなかったが、すぐに他の男たちも取りついてなんとか動かせた。

依然として、物が爆ぜる音がどこかから聞こえてくる。だがどこが燃えているのか、判然としない。何しろ、いくつもの家が全壊しているのだ。しかも間が悪いことに、今は昼時でどこの家でも火を使っていたはずである。物が燃えているのは一ヵ所ではなく、何ヵ所もあると考えた方がよかった。

「女は水を用意してくれ。煙が上がっているところに水をかけるんだ」

柱や梁をどける手を休めずに、指示を出した。手を拱いていた女性たちが、背中を叩かれたかのようにぴっと背筋を伸ばし、社屋に戻っていく。ひとまず、火事の方は女性たちに任せるしかない。男性陣は、人命救助が最優先だった。

「いた」

一緒に柱を動かしていた男のひとりが、声を発した。惣一郎の立つ場所からは見えないが、人の手か脚が見えたようだ。大丈夫か、と問う男に、呻き声が応えている。無事かどうかはともかく、息はあるようだ。建材にかけた手に、思わず力が籠った。

梁の下から、なんとか人ひとりを引きずり出した。中年の女性だった。頭から血を流しているが、意識ははっきりしている。家の中にいたのは自分だけだと答えるので、一同はすぐに次の倒壊家屋に取りついた。

気になるのは、物が燃える匂いだった。女性たちは最初こそ水をかけて回っていたが、どうしたことかすぐに姿が見えなくなってしまった。そのせいで、物が燃える匂いがどんどん強まっている。何をしているのかと、苛立ちを覚えた。

もしや、と背筋に冷たいものが走った。貯水槽が壊れているのか。そうだとしても不思議はない。家屋が倒壊するほどの大きな地震だったのだから、貯水槽だけ無事なわけがなかった。貯水槽から、水が漏れ出ているのだ。そのことがもたらす結果を予想し、惣一郎はぞっとした。

とはいえ、すぐに水を確保する手段は思いつかない。ともかく、目の前で建材に埋もれている人を助けなければならない。掌には木片が突き刺さって血が出ていたが、なぜか痛くはなかった。興奮していて、痛みを忘れているようだ。

二番目に救出できた人も中年女性だった。この人は両脚を骨折しているようで、かなり重症だった。男ふたりが、診療所に運ぶことにした。だが果たして診療所は無事なのだろうか。島ぐるみ壊滅してしまったのではないかという最悪の想像をしてしまい、身が震える。頭をひと振りして、考えても仕方のないことを遠ざけた。

三軒目に取りかかっているときだった。不意に、火が燃え上がった。ひとつ隣の家だ。ついに火の手が上がってしまった。不覚にも立ち竦む。どう行動すべきか、とっさには判断できなかった。

「貯水槽が壊れたのか」

大声で、社屋の方に問いかけた。そうなんです、とほとんど怒鳴る声が応える。やはりそうなのか。ならば、どうやって火を消せばいい。

「他の貯水槽はどこだ」

誰かが叫んだ。無事な貯水槽を探すしかない。島では井戸を掘っても塩水しか出てこないから、町の各所に山の湧き水を貯めていた。ただ、ふだん意識していないので、会社の敷地外のどこに貯水槽があるのか知らない。誰か知っている人に走ってもらうしかなかった。

　幸い、一番近い貯水槽の場所を知っている者がいた。その指示で、水を汲みに女性たちが走る。だが女性だけでは、たくさんの水は運べない。やはり男が行かなければならない。

　短い相談の末、男をふた組に分けることにした。家の下敷きになっている人を放置して、消火活動にだけ専念するわけにはいかない。惣一郎はこのまま、人命救助班に残った。どちらが楽ということはなかった。

　ほんの数瞬とはいえ、手を休めた間に現実を思い出した。寿子と良太郎は無事だろうか。本当なら今すぐにでも駆け出してふたりの安全を確かめたかったが、社員が一丸となって周辺住民の救助と消火に当たっている今、ひとりだけ抜けることはできない。家族が心配なのは、惣一郎だけではないはずだ。だが誰も帰りたいとは言わず、目の前のことに専念している。寿子と良太郎については、それぞれの近隣の人たちの助け合いに期待するしかなかった。

　幸い、貯水槽に水は残っていたようだ。消火班が、手桶や盥、鍋などを総動員して水を運んだ。だが燻(くすぶ)っている段階ならともかく、一度火の手が上がってしまってはもはや焼け石に水だった。いくら水をかけても、火は小さくならない。むしろ、水を糧にしてますます大きくなっているかのようだ。これでは無意味だ。火に覆われる前に、建材の下になっている人を助け出すしかない。

　惣一郎はそう考えたのだが、大半の者たちの考えは違った。もう他人のことを心配している段階ではなくなっていたのだ。惣一郎たちも避難しなければ、火に呑み込まれる。そんな心配をしなければならないほど、火の手は大きくなっていた。

「駄目だ。逃げよう」

誰かが口に出すと、抑えが利かなくなった。皆、さっさとこの場を逃げ出して自分の家族を捜したかったのだ。そのひと言をきっかけに、半分以上の者たちが離脱してしまった。蜘蛛の子を散らすようにという表現がまさにぴったりなほど、大勢が四方に駆け去っていく。こうなると、残った者たちで建材を動かすのも難しかった。まだ家の下敷きになっている人たちがいるかもしれないのに、心を鬼にしなければならなかった。

「おれたちも逃げよう」

残った者のひとりが、手を建材から離して呼びかけた。これ以上は無理だと、惣一郎も判断した。ごめんなさい、と心の中で救助を待つ人たちに詫びる。人間にはできることの限界がある。それを痛切に感じざるを得なかった。

「また会おう」

そう言葉を残して、惣一郎もその場を離脱した。向かうは我が家だった。寿子の無事さえ確認できれば、すぐに小学校に向かうつもりだった。小学校の校庭は自宅より安全なはず、との判断に基づいた順番だった。

家までは歩いて十分強だが、走ったのでほんの数分で着いた。途中から、走る速度が意識せぬうちに上がった。見えてきた光景に、走らずにはいられなかったからだ。自宅だけでなく、その辺り一帯の家は軒並み、倒壊していた。

「寿子」

叫びながら、家があったはずの場所に走り寄った。そこにはただ、廃材が山のように積み上がっていた。逃げていてくれ、と祈る気持ちで妻の名を呼んだ。だが返事はない。逃げたに違いない。返事がないことを、いい方に捉えた。

それでも、壊れた建材に手をかけた。この下に寿子がいないことをきちんと確認しないことには、小学校に向かえない。この辺りにもまた、火の手が上がっているのだ。まだ距離はあるが、あっという間にここも火に呑み込まれるかもしれない。妻の安否を確認せずに去ったら、一生悔いが残ることにもなりかねなかった。

微かに、人の声のようなものを聞いた気がした。手を止め、耳に神経を集中する。これは呻き声か。しかし、物が燃える音に紛れて、よく聞き取れない。それでも、呻き声らしきものを聞いたからにはこの場を去れなかった。寿子がこの下にいるなら、なんとしても救い出さなければならない。

先ほどまでとは違ってひとりなので、重い建材をどかすことはできなかった。建材を少しずつ動かし、体を突っ込める空間を作るのが関の山だ。そうしてじりじりと空間を大きくしていくと、人の手が見えた。やはり、逃げ遅れていたのだ。寿子、と思わず名前を呼んだ。

「生きてるか。今、助けるぞ。もう少しの辛抱だ」

そうは言ったものの、この建材の山の下からどうやって助け出すのか、勝算はなかった。絶望的な気持ちが押し寄せてくる。だが、諦めることなどできなかった。すぐそこに、寿子がいる。ならば、限界を超えた力を発揮してでも助ける以外に選択肢はなかった。

徐々に徐々に、体が入るだけの空間を広げていく。無理に体を突っ込めば自分もまた建材の下敷きになる可能性はあったが、かまわなかった。寿子の手が、すぐそこに見えるのだ。頭から建材の間に入っていき、手を伸ばす。もう少し、もう少しと、体を奥に入れていった。

そしてついに、手が届いた。指先が触れる。寿子の指は、確かに自分の意思で動いた。まだ生きているのだ。寿子、ともう一度呼ぶと、指はまた動いた。間違いなく、呼びかけに応えていた。

しかし、ここまでだった。四方を建材に囲まれ、自分の体すら満足に動かせない。ここから寿子を引きずり出すことは、どう考えても不可能だ。誰か、助けを呼んでくるしかなかった。

「待ってろ、寿子。人を呼んでくる」
そう言ってはみたものの、同時に絶望感が押し寄せていた。他人を助けている余裕がある者など、いるとは思えなかったからだ。こんなことなら、会社の人間を引き連れてくればよかった。いや、頼んでもきっと無理だったろう。皆、自分の家族のことで頭がいっぱいだったのだから。惣一郎だって、助けを求められてもきっと応じていなかった。思えば、地震直後に会社の近所の人を助けたのは、事態をまだ理解していないが故の行動だった。島自体が壊滅しているかもしれない今、あのような団結はもう二度と生まれないかもしれなかった。

周りを見回しても、倒壊した家しか見えなかった。この近隣の家族は、まだ戻ってきていないのだ。助けどころか、逆に恐ろしいものが見える。炎だ。先ほどより大きくなり、こちらに近づいてきている気がする。もう一刻の猶予もならなかった。

たとえ不可能に近くても、手を貸してくれる者を探す以外に道はない。そう思い定め、家の前を離れた。会社の方へと駆け出す。知人を摑まえ、なんとしてもここまで引っ張ってくるつもりだった。

火が回ってくるまでに、どれくらい時間がかかるだろう。二十分か、いや十分程度で届くか。大規模な火事に遭遇したことがないので、見当がつかない。それに、手を貸してくれる人を見つけて戻っても、寿子を家の下から助け出すまでにまた時間がかかるのだ。人を見つけるのに五分、寿子を助け出すのに五分と制限をつけた。

社屋まで戻ってみたが、誰ひとりいなかった。「誰か」と呼んでも、応える声はない。ここに来るまでに、すでに五分は使っている。すぐに取って返さなければならない。貴重な時間を無駄にしてしまったようで、自分の判断を悔いた。

帰路に人と行き合ったが、放心してよろよろと歩いている様からして、期待はできなかった。

髪がぐちゃぐちゃに乱れ、足許はどうやら裸足らしい。近くまで寄って、若い女性だとようやくわかった。手を貸してください、と頼んだものの、虚ろな目を前方に向けるだけで無反応だった。人が梁の下敷きになるところのような、悲惨な場面を見て心が固まってしまったのかもしれない。とうてい手を貸してくれそうになかった。

すぐに諦めて、走り出す。そしてまた、足を止めた。勢いが死なず、前につんのめる。惣一郎は地べたに手をついたまま、前方の光景を凝視した。

炎が、我が家を呑み込んでいた。

あと十分という目算は、甘かったのだ。火の手は、想像より早く広がっていた。寿子がいたはずの場所は、もう火の壁の内側になっている。熱気が頬を打ち、炎が幻覚でないことを惣一郎にはっきりと知らしめた。

「寿子ーっ」

喉が裂けるほどの大声で、名を呼んだ。応えたのは、炎の逆巻く音だけだった。

13

放心から惣一郎を立ち直らせたのは、責任感だったのかもしれない。親としての責任感。寿子を救えなかった今、もうひとりの家族である良太郎の命だけはなんとしても守らなければならない。そんな責任感が惣一郎の体に力を与え、泣き崩れることを許さなかった。惣一郎は立ち上がり、すぐに駆け出した。

良太郎が小学校にとどまっていてくれることを、強く願った。たとえ校舎が倒壊しても、燃え上がっていなければ校庭にいるのが一番安全なはずだ。だが今や、あちこちで火事が起きている。

校舎自体から火が出なくても、風に乗った火の粉が火事を広げるかもしれない。幸い、小学校は少し高台にある。丘と言うほどの高低差はないからほとんど気休めのようなものだが、平地にあるよりは火の粉が飛んでこないはずだと信じた。

学校までは家から近いと思っていたのに、なぜかいくら走っても着かなかった。いや、走っている時間を長く感じたのだ。惣一郎だけでなく他にも学校に向かう人が現れ、一緒に走ることになった。声はかけ合わない。そんな余裕はなかった。まるで走力を競っているかのように、無言で足を動かした。

前方に火の手が見えないことを吉兆と捉えた。学校の方向に、火事は起きていないのだ。それを知った安堵感に、足が縺(もつ)れそうになる。しかし、ここで転んでいる場合ではない。一秒でも早く学校に辿り着いて、良太郎の無事をこの目で確認しなければ。それは、寿子から託された責務だと思えた。寿子の魂がまだ近くにとどまっているなら、急げと惣一郎を叱咤しているはずだった。

近づくほどに、人のいる気配が感じられた。それも、大勢の人間がいる。どうやら子供たちは、校庭に避難できたようだ。そのことにわずかに安堵しつつ、なんとか学校に辿り着いた。門の内側には、地べたに坐り込んでいる大勢の子供たちの姿が見えた。

「良太郎」

名を呼びながら、校庭に飛び込んだ。すぐに、「あっ」という声とともに立ち上がる子供がいた。間違いなく、良太郎だった。見たところ、特に怪我をしているようではない。だが即座に喜びは込み上げず、むしろ一秒でも早く彼我の距離を縮めたいという思いがさらに高まった。互いに駆け寄り、ひしと抱き合った。

「よかった」

惣一郎の胸に顔を埋めた良太郎が、そう呟いた。親の消息が知れず、ずっと不安でいたのだろう。顔を上げないまま、わずかにしゃくり上げているようでもある。息子の体をじかに感じると、惣一郎もまた感情の堤が決壊しそうになった。

しかし、自分たちに注がれているたくさんの視線にも気づいていた。子供たちが皆、じっとこちらを見ているのだ。見渡すと、何人かの親子は合流を果たして坐っている。だがほとんどの子は、まだ親が現れていない。そんな中、自分たちだけ再会を大袈裟に喜び合うのは心苦しかった。それに、単純に喜んでもいられない事実が、惣一郎の気持ちに重くのしかかっていた。

「怪我はないか」

念のため、確認した。すると良太郎は、小さく「うん」と頷く。まだ気持ちが落ち着いていないようで、声が震えていた。それは無理もない。かつて経験したこともない大きな地震に見舞われ、校舎は壊れ、町の方では火の手が上がっているのだ。父親が無事だったことを知っても、すぐには能天気に安堵できないのは当然だった。もしかしたら同級生や先生が、大きな怪我をしたのかもしれなかった。

「よかった。みんな死んじゃったかと思った。すごく怖かった。父さんが来なかったらどうしようって考えてた」

ぶつぶつと呟くように、低声（ていせい）で良太郎は言う。感情の起伏がなくなったかのようで、味わった恐怖の大きさを物語っていた。その言葉に対して、惣一郎はうまく相槌が打てなかった。最前の過酷な現実を、どのように伝えればいいのかまるでわからなかったのだ。

「母さんは」

だが、迷っている暇はなかった。先に良太郎に、寿子の安否を訊かれてしまった。惣一郎の無事を確認できたら、当然浮かんでくる疑問だ。惣一郎は一度瞑目し、そして一瞬だけ息を止めてから、一気に言った。

「寿子は駄目だった」

「えっ」

　ようやく良太郎は顔を上げた。惣一郎の背中に回していた腕も緩み、彼我の間に隙間ができる。良太郎は瞬きも忘れたように、目を大きく見開いていた。

「駄目、って」

「家が倒壊してた。寿子は下敷きになってた」

「じゃあ、早く助けないと。駄目なんて言ってる場合じゃないでしょ」

　良太郎は惣一郎の腕を摑み、引っ張ってすぐに駆け出そうとした。だが惣一郎は、脚に力を入れてその場にとどまった。どう駄目なのかという非情な現実を告げるため、腹に意思を溜めた。

「うちの辺りは、火事で火の海になった。おれひとりでは、寿子を助け出せなかった。助けを呼びに行って戻ってみたら、もう家は炎の中だった」

「うそ」

　良太郎は短く言って、後ろによろめいた。躓き、そのまま尻餅をつく。惣一郎は立ったまま、両の拳を強く握った。

「おれは、寿子を助けられなかった」

　繰り返すと、言葉は己を責め苛む刃となって返ってきた。幻覚ではない、現実の痛みが胸の中央に芽生え、息が苦しくなる。胸を摑んで掻きむしったら、濡れた雑巾を絞るように涙が出てきた。泣くものかと歯を食いしばってこらえようとしたが、どうにもならなかった。

　涙の滴が次々と地面を打つ。良太郎がどんな顔をしているのか、確認をする勇気がどうしても得られなかった。

14

火事から逃れてきた人が、続々と校庭に集まってきた。建物の倒壊を恐れるなら、拓けた場所を目指すしかない。山に逃げても、先ほどの規模の地震では地滑りの恐れもあった。人々が校庭にやってくるのは、言わば必然だった。

学校側はむろん、それを拒否しなかった。しかし、逃げてくる人たちが新たな厄災も運び込んでくることが、すぐに明らかになった。というのも、逃げる人たちの何割かは、家財を背負ってきたのである。自宅から逃げ出すに際し、荷物を運び出さずにはいられなかったのだろう。だがこれは、危険な行為だった。

火の海に呑まれた町には、火の粉が乱舞していた。その火の粉が、人々が背負う家財に降ったのだ。家財の上で、火の粉は静かに成長する。やがてある瞬間、火の粉ははっきりとした炎に変わった。家財を背負っていた人は、火だるまになってのたうち回るのだった。

校庭に避難している惣一郎に言わせれば、学校に辿り着く前に燃え上がった人は、気の毒ではあるが周囲に迷惑をかけていない。問題は、火の粉を背負ったまま校庭に辿り着いた人だった。校庭で突然燃え上がり、悲鳴を上げる。人間が火だるまになる様を見て、子供たちは泣き叫ぶ。惣一郎を含む大人たちは、水が乏しい状況で必死に火を消そうとするが、燃え上がった人は苦しみのあまり地べたを転げ回るので、子供たちに燃え移らないようにするので精一杯だった。最終的に黒焦げになってようやく動きを止めるといった悲劇を、何度も繰り返すことになった。子供には見せたくない光景だった。

そして、そうした人々のうちのひとりが持ち込んだのか、はたまた風に乗ってここまで火の粉が飛んだのか、無事だった校舎にもついに火が点いた。頼みの綱は、幸いにも無傷で残っていた貯水槽だった。貯水槽の蓋を開け、水を入れられる物を掻き集める。桶や盥で水を汲み、それを人から人へと渡して火元へと運んだ。水はもどかしいほど少ししか汲めない。こんなことでは火の勢いに負けてしまうと恐怖したが、水だけでなく砂もかけ、なんとか鎮火に成功した。それ以降は、避難してくる人を校門で止め、火の粉を持ち込んでいないかを確認することにした。最後の砦と言っていい校舎は、是が非でも火の海から守り抜かなければならなかった。

怖いものは火の他にもあった。余震だ。いや、余震と言っていいのだろうか。何しろ、地面が断続的にずっと揺れ続けているのである。余震と言うよりも、大きな地震が終わらずそのまま続いているかのようだった。だからこの小さい揺れが、いつまた天地がひっくり返る大地震に繋がるかわからず、子供たちを校庭から移動させることができなかったのだった。

あっという間に日が落ち、夜になった。ガス灯は灯らず、校舎内には石油ランプもあったが、火事の危険性を思うと使うこともためらわれた。それでも町の方角に火が見えるので、完全な闇には包まれなかった。子供たちは闇の恐怖と火の恐怖、両方に苛まれながらもじっと膝を抱えて地べたに坐っているようだった。そして惣一郎たち大人も、この先どうなるかわからないという恐怖に怯えていた。

夜になった時点で、逃げてきた人の数は大人と子供を合わせて八十人ほどになっていただろうか。むろん、島に住む人の数と比べれば少ない。ここに来ていない人が皆死んだのではなく、どこか別の場所に避難していると思いたかった。そもそも、人口がさほど多くない町の小学校だから、校庭も大きくない。八十人も詰めかければ人で溢れ返った。かろうじて横になることはできるが、寝返りを打つのは難しい。当然のことながら、人数分の茣蓙(ござ)や筵など揃っているわけもなく、大人はもちろんのこと、子供も地べたにそのまま寝るしかなかった。飲み水はなく、便所は校舎の中に行かなければならない。そして、八十人もいればあっという間に便所は溢れ返ったのだった。悪臭が校庭に満ちたが、他に行く場所もない。鼻を摘まんで、なんとか眠ろうと努めた。

一夜明けて、被害状況確認のために大人たちで偵察隊を作った。惣一郎は自ら希望し、その中に入った。三名ひと組の偵察隊を三つ作り、校庭を出発する。少し進んだところで、三方に分かれた。

惣一郎たちは、民家が立ち並ぶ地域に向かうことになっていた。だが、確かに知った道のはずなのに、迷っているかのような感覚に陥った。見えている光景が、記憶と一致しないのだ。家々が軒を連ねていた場所は、一面焼け野原となっていた。

足を止め、呆然と立ち尽くした。目の前の眺めが、とても現実のものとは思えない。見慣れていたはずの景色は一変し、そこに地獄絵図が現出している。家は一軒として無事なものなく、黒焦げになった木材が散乱しているだけだった。焦げ臭い強烈な匂いが鼻を衝く。その匂いはなんとも言えない異臭で、燃えたのが材木だけではないことを物語っていた。動物の肉が焼けた匂い。その動物がなんであるかは、考えたくもないのにわかってしまった。

とても生存者は望めそうになかった。生きている者は、どこか他の場所に逃げただろう。今はただ、その人数が多いことを祈るしかない。しかし、大勢が避難できる場所には、あまり心当たりがないのだった。海辺だろうかと、ぼんやり考える。

なんとか自失から立ち直り、歩き出した。ほとんど誰とも出会わないが、たまに地べたに坐り込み、泣いている人がいた。声をかけても、首を振って泣きじゃくるだけだったりする。何もしてやれることがなく、その場に置き去りにするしかないのが悔しかった。泣いているのは大の男であったり、若い女であったり、あるいは子供だったりした。子供の場合は無理に立ち上がらせ、校庭まで連れていくことにした。一緒に歩いているうちに、子供は泣き止んだ。それでも、目に映る眺めを拒否するかのように顔を上げなかった。

歩いているのは虚ろな目をしている人ばかりではなかった。明らかに現状に立ち向かう気概を秘めた態度で、決然と歩を進めている男に出会った。男は惣一郎たちの避難先を訊いてから、自分は椿油御殿に逃げ込んだと言った。

「一橋家の人が門を開いて、焼け出された人たちを受け入れてくれたんだ」

そうなのか。それを聞いて惣一郎は、胸が熱くなった。こんな悲惨な状況でも、心ある人はいる。椿油御殿ならば、家屋が倒壊する激震にも耐えたのだろう。生き残った人の多くは、そこにいるのか。同行の者たちと相談し、御殿に行ってみることにした。

一橋社長はくがにいて、昨日は不在だったはずだ。そう考えて、果たしてくがはどうだったのかといまさら気づいた。くがも地震に襲われたのか。被害はどの程度だったのか。一橋社長は無事なのか。考えるほどに不安になるが、知るすべのないことを思って心を乱しても意味がなかった。ともかく今は、どれくらいの数の人が生き残っているかを確認することが大事であった。

御殿は無事だった。窓ガラスが所々割れているようだが、建物自体に問題はなさそうだ。しかし雰囲気は、平素とまるで違う。大勢の人が庭に坐り込んでいたからだ。疲れ果て、虚ろに中空を見つめる目は、学校の校庭に逃げ込んだ人々と同じだった。家屋の倒壊や火事で命を落とさなかったことを喜ぶ余裕は、誰も持ち合わせていないように見えた。

一橋社長不在の今、門を開いて彼らを受け入れたのは誰だろう。当主の代わりを務めるなら、一橋産業の専務である長男の直人（なおと）ということになろうが、確か今は社長に同行してくがにいるはずだ。ならば、決断をしたのは誰か。まさか圭子ではないだろうと思いつつ、屋敷の中の様子を窺った。

玄関の扉は開いていた。出入り自由ということなのか。玄関広間にも人が坐り込んでいる。一見して気づいたが、こちらには年寄りや子供が多い。弱い者を優先して、中に入れたようだ。やはり誰かの判断に基づいて、避難者の受け入れが行われたらしい。

惣一郎が案じているのは、今後のことだった。校庭に逃げ込んだ者もここにいる人たちも、着の身着のまま避難しただけである。家財を持ち出そうとした者は、それが仇となって焼死したほどだ。つまり皆、家もなければ着替えもない、食べ物すらもないという境遇なのである。この状況を、いったいどのように打破すればいいのか。災害対策の陣頭に立つべき町長は、存命なのか。町長の生死がわからない今、惣一郎が頼りたいのはやはり一橋家だった。一橋家の力をもってして、路頭に迷う人々を助けて欲しい。だが一橋家の当主やその代わりを務めるべき人は、不在なのだった。だからこそ、避難者受け入れの判断は誰がしたのか知りたかった。

「すみません、一橋家の人は誰がいるんでしょうかね」

そばに坐っている老人に問いかけた。おそらくはもう隠居した元漁師らしき男性は、奥の方に顎をしゃくって言った。

「正人(まさと)さんと圭子さんだよ」

15

正人さんか。考えてみれば当然なのに、惣一郎はその名を聞いて意外な念に打たれた。正人は一橋平太社長の次男である。だが一橋産業の次期経営者としての貫禄を備えている長男の直人と違い、正人は影が薄かった。何より、島で暮らしているのに一橋産業で働いていないのだ。だから惣一郎も、名前は知っているが顔を見たことはなかった。

その正人が、避難者受け入れを決断したのだろうか。だとしたら、立派なことである。影が薄い人、という認識しかなかったが、改める必要がありそうだった。

「正人さんは、今どこにいるかわかりますか」

続けて老人に尋ねると、同じようにまた顎をしゃくった。

「台所にいるよ。炊き出しの準備をしてくれているみたいだ」

「炊き出し」

的確な対応である。それを聞いて、少し安心した。焼け出された人たちを受け入れたはいいが、対応に迷っているようではものの役に立たない。ただ、炊き出しにありつけるのはここにいる人たちだけだろう。校庭にいる人たちの食べ物はどうすればいいのかと、惣一郎は悲観した。

取りあえず、台所に行ってみよう。炊事の邪魔をすることになってしまうかもしれないが、どれくらいまで力を借りられるか確かめないわけにはいかない。台所のおおよその場所を聞いてから、屋敷の奥へと進んだ。女たちの声が聞こえてくる先が、台所のようだ。

辿り着いた場所は、かなり広かった。まるで食堂の炊事場のようだ。そこに、八人くらいの女がいて手を動かしている。皆、炊き上がった米で握り飯を作っているのだった。その中には圭子もいて、こちらに気づいて「ああ」と声を上げた。

「無事でしたか。よかった。良太郎くんは」

手を休めず、良太郎の安否を問うてくれる。頷いて、「大丈夫です」と答えた。

「地震が来たときは小学校にいたので、そのまま校庭に残っています。ところで、正人さんはあちらの方ですか」

台所にひとりだけ男がいるので、それが正人だろうと見当はついていた。圭子が「はい」と応じるので、礼を言ってからその男に近づく。

「失礼します。私は一橋産業で働いている磯崎と申します。昨夜は小学校の校庭に避難していました。校庭にも大勢の人が逃げ込んでいることをご存じですか」

　正人は想像どおり、線の細い男だった。色が白く、細面で、いかにも非力そうだ。いきなり知らない男に話しかけられて困惑しているのか、軽く眉根を寄せている。そして、その表情のまま首を振った。

「いえ、知りませんでした」

「食糧の備蓄は、どれくらいありますか」

「米ならありますが、その他の物はほとんどないです。干物や昆布、わかめ、それから鰹節があるくらいです」

　海に生活を依存していた当時は、不漁によって島の人が飢えに苦しむこともあったという。そんな過去を踏まえ、米は備蓄してあったのだろう。だが、くがとの行き来も盛んになった現代では、食糧不足に悩む不安は小さくなった。そんな事情から、備蓄量も潤沢というわけではないのだと察した。とはいえ、今はそれが大事な命綱となる。

「校庭の避難者のために、それらを分けていただくことはできますか」

　遠慮せず、本題を切り出した。遠慮している場合ではなかった。

「それはかまいませんが、ではあなたも力を貸してもらえますか」

　正人はそう切り返してきた。自分にできることなら、なんなりとする。そんな気持ちを込めて、惣一郎は頷いた。

「はい、何かできることがありますか」

「一橋産業で働いている人なら、好都合だ。まずは社屋に行って、人が寝泊まりできる状況かどうか確かめて欲しい。ともかく、見てのとおりこの家だけでは人を収めきれないんです。社屋も使う必要があるから、倒壊の恐れの有無を確認してきてもらえますか」

「わかりました。やりましょう」

納得できる指示に、安堵した。影が薄いとはいえ、さすがは一橋家の男だと感じ入る。校庭での炊き出しの方法を考えておいて欲しいと言い置き、屋敷を発った。

自分の職場でもある、一橋産業の社屋に着いた。地震直後は家族が心配でそのまま逃げ出したが、倒壊しなかったのは今になってみればありがたいことである。すでに内部には勝手に入り込んでいる人がいたものの、それを咎める気にはなれなかった。互いの助け合いこそが、現在最も必要とされることだった。

同行者たちと手分けして、主に柱の無事を確認した。一本でも亀裂が入っているようなら、余震で倒壊する恐れがある。ただこの建物は、比較的最近建て直されたものだった。最新技術による建築は、あの大地震にも耐えたと信じたかった。

三十分ほどかけて見て回り、柱や壁に亀裂がないことを確認した。同行者たちと合流し、胸を撫で下ろす。これで、この建物を避難場所にできる。布団などはないが、雨露を凌げるだけでも大きな違いだった。

他に、複数ある工場のいくつかは無事だった。一時的に避難者を収容するだけなら、充分役に立つだろう。そのことを確かめてから、椿油御殿に戻った。すでに炊き出しは始まっていて、庭に避難していた人たちは握り飯にありついていた。

正直、羨ましかった。朝から水すら口にしていないのだ。だが、それは校庭で待つ子供たちも同じである。自分の腹を満たすよりも先に、子供たちの食べ物の心配をしてやらなければならなかった。

台所では、次の炊き出しの準備が始まっていた。これは校庭にいる者たちの分なのだろう。難しいことを言わずにすぐさま対応してくれた正人に、心底感謝した。

正人はまだ台所にいたので、社屋や工場の現状を報告した。正人は静かに、「そうですか」と応じる。

「確保すべきは、寝る場所と食べ物です。かろうじて屋根の下の場所はなんとかなりそうですが、布団もないのは辛いですね。燃え残っている布団を掻き集めなければならないでしょう」

「そうですね」

それは惣一郎も考えていたことだった。だが、果たして燃え残っている布団がどれくらいあるのか。町が完全に焼け野原となっているのを見た後では、ほとんど期待が持てなかった。

「それと、食べ物です。米は取りあえず炊いていますが、無尽蔵にあるわけじゃない。この調子で炊いていたら、明日にも尽きるでしょう」

「明日ですか」

いくら一橋家でもそんなに備蓄はないだろうと思っていたが、やはり保って明日までか。ならばこの先、どうすればいいのか。

「幸い、漁師の皆さんは地震が来たとき沖合にいたので、大半の人が無事だと聞きました。船も使えます。地震のときは、海の方がかえって安全なんですね。だから、米がなくても魚を捕れば食べ物はなんとかなります」

「ああ、そうですね」

正人の説明を聞いて、膝から下の力が抜けそうになった。そうだ、ここは島なのだ。食べ物がなければ、周りの海で捕ればいい。くがも同じほどの被害に遭っているのだとしたら、まだ島の方が状況はましなのかもしれないと思えた。

「政府の支援がすぐに来ればいいのですが、おそらくそれは期待できないでしょう。島でこれなら、くがはもっとひどいことになっている気がします。だからぼくたちは、自力で生き残らなければなりません」

「はい」

冷静に状況を把握している正人が、なんとも頼もしかった。年齢的には惣一郎よりかなり下だが、むしろ年長に思える。頼りなさそう、との印象はもはや完全に払拭されていた。正人がいてくれたことは、この島にとって大変な僥倖だったかもしれないと思った。

「磯崎さんたちが社屋の様子を見に行ってくれている間に、いくつか情報が入ってきました。今後のために、お耳に入れておきます」

続けて正人は、幾分深刻そうな声でそう言った。いい報せのわけがない。惣一郎は緊張を覚えながら、正人の説明を待った。

「まず、町役場が完全に倒壊していたそうです。町長もお亡くなりになっていました」

「えっ」

そうだったのか。それは大変な痛手だ。町長不在では、誰が復旧の陣頭指揮を執るのか。助役も同じく死んだと正人の口から聞かされ、目の前が暗くなった。

「もうひとつ、これはもっと悲しいことです。東浜町（ひがしはま）が、津波で壊滅したのではないかと言われています」

愕然とした。自分の耳が聞き取ったことを、間違いではないかと疑った。だが考えてみれば、あれほどの大地震なのだから津波の心配をせずにいた方が呑気だ。惣一郎たちが無事でいるのは、たまたま震源が海側でなかったからだったのだろう。震源はおそらく、島の東だったのだ。だから、東側で海に面する東浜町は津波に襲われてしまった。壊滅、という単語に底なしの恐ろしさを覚える。ひとつの町がなくなってしまうほどの津波とはどれほどのものか、まるで想像できなかった。

「この島始まって以来の大惨事であることは、間違いないでしょう」

正人が沈鬱な口調で言った。惣一郎は相槌も打てなかった。

16

東浜町の壊滅は事実だった。町ひとつが、津波によってごっそり消え失せていた。生き残った人はいたが、数えるほどである。すべてを失い、頭から水浸しになった人々がこちらに逃げてきて、惨状を語った。建物という建物が水に呑まれ、屋内にいた人は溺れ死んだ。かろうじて山に逃げた人だけが生き残ったが、それはごく少数だった。動く気力もなくひと晩を山で過ごし、朝になってからようやくこちらまで歩いてきたそうだ。しかし、こちらも津波の被害がなかったというだけで、ましな生活が送れているわけではない。逃げてきた人たちは、焼け野原となった町を見て呆然としたという。島の中にはどこにも、無事だったところなどないのだった。

東浜町から逃げてきた人は、ひとまず椿油御殿で受け入れた。だが横になれる場所を提供しただけで、布団もなければ着替えもない。食べ物と寝る場所はなんとかなると目処が立った今、考えるべきは布団と便所だった。特に排泄物の処理は、差し迫った問題だった。

汲み取りの便所は、とっくに溢れた。これまでは業者が糞尿を引き取っていたが、当然のことながらそんな仕組みはもはや機能しない。だからといって皆が勝手にそこかしこで用を足そうものなら、島じゅうが排泄物だらけになる。相談して、用を足す際には必ず浜の決められた場所に行くことにした。排泄物は海に流すしかないし、見張りの者を立てておけば女性も安心して用が足せる。非文明的ではあるが、これが最も合理的な解決方法だった。

課題は布団だった。焼け残った布団を探したが、指を折って数えられる程度しか見つからなかった。やむを得ず、藁でもなんでもいいから柔らかいものを掻き集めて、子供や年寄りに使わせた。幸い、寒い季節ではない。大人は床に直接寝る状態で我慢しなければならなかったが、風邪をひく心配はあまりなかった。屋根の下で寝られるだけ、野宿よりはずっとましだった。

漁師は海に出て、せっせと魚を捕った。地震で海が濁ったので思うように捕れないそうだが、それでも彼らが手ぶらで帰ってくることはない。島の者の生命は、漁師たちによって支えられていた。

漁師でない男は、町の復旧に着手した。どこから手を着けたらいいのかわからないほどの惨状ではあったが、何よりもまず瓦礫をなんとかしてどかさなければならない。かつて町があった場所に、また町を造る。それこそが、島の者たちの悲願となった。何年かかろうとも、その目標を達成するのだ。そうしなければ、死んでいった者たちが浮かばれないと誰もが考えた。

そして一番困ったことは、医師の不在だった。もともと島には、くがから来る医者しかいなかった。交替で週に三日間、医者が来てくれるのだが、地震が起きた際にはちょうど不在だった。だから家屋の倒壊や火事で怪我を負った者の手当ては、島の住人である看護婦が引き受けなければならなかった。薬を塗って包帯を巻く、折れた骨に添え木を当てる、その程度のことなら看護婦でもできるので、今のところは大きな問題になっていない。しかし衛生状態が悪く、かつ熟睡もできない日々が続けば、体調を崩す人も出てくるだろう。そのとき、医師の資格がない看護婦だけでどこまで対応できるのか。くがとの連絡船がいつ再開されるか、それによって島の将来は大きく変わりそうだった。いつまでもくがとの連絡がつかなければ、島は地獄を見るかもしれない。

瓦礫撤去作業で最も辛かったのは、死体を見つけることだった。柱や梁の下敷きになって死んでいる人を見つけたら、作業を止めて手を合わせる。そして死体を瓦礫の山から丁寧に引き出して、一ヵ所にまとめておく。まだ埋葬をする余力がないから、ひとまず寝かせておくしかないのだ。それに、引き取り手のいない死体も多かった。誰も引き取らないからといって、勝手に葬るわけにはいかない。行方不明になっている家族が現れることを信じて、しばし安置しておくことになった。

撤去作業の途中で、惣一郎は寿子を見つけた。正確には、寿子らしき黒焦げの死体だ。家があった場所からして寿子に間違いはないのだが、完全に真っ黒になった死体には生きていたときの姿を思い出させるよすがが何もない。あまりに変わり果てた姿に悲しみすら湧いてこず、惣一郎は死体を前にしてしばし呆然とした。これを良太郎に見せていいものかどうか、それすらも判断がつかなかった。

だがどんな形であれ、母親との最後の対面の機会を良太郎から奪うべきではないと結論した。良太郎はもう、母のこの姿に耐えられるほど成長している。母の最期の姿を見ておくのは、決して悪いことばかりではないはずだ。そう信じて、良太郎を死体安置所に連れていった。母さんは黒焦げになっていた、と事前に伝えておいたので、道中の良太郎は硬い顔をしていた。

「これが、母さんだ」

惣一郎が指し示した黒焦げの死体を前にして、良太郎は硬直した。惣一郎もそうだったように、悲しみも湧いてこないのだろう。だがしばらくすると、膝から下の力が抜けたのか地面に跪(ひざまず)いた。そしてそのまま手をついて死体に近づき、「母さん」と呼びかける。嗚咽は漏らさなかったが、良太郎は泣いていた。静かな涙が、地面に落ちる。良太郎は手を伸ばして母の死体に触れようとしたが、結局は思いとどまった。自分が手を触れたら、炭になった死体が崩れてしまうと考えたようだ。良太郎は拳を握り、小指側の縁で何度も地面を叩いた。「母さん、母さん」と繰り返す声は、悲しみではなく憤りを含んでいるようだった。良太郎は今、運命の理不尽さに直面している。その怒りを大事にしてやりたいと、惣一郎は思った。

17

くがとの連絡船は、大地震後二週間で再開した。これには、地震が起きた際に一橋平太社長がくがにいたことが幸いした。むしろ社長が島にいたら、打つ手がなかっただろう。くがも壊滅的な打撃を受けていたにもかかわらず、一橋社長を始めとする一橋産業の社員が奔走して、連絡船の再開に漕ぎ着けてくれた。二週間という期間は決して短くはなかったが、くがの惨状からすると不可能を可能にしたくらいの早期再開だったらしい。送られてきた物資はほんのわずかだったものの、それでも島には切実に必要な物ばかりであり、何人もの命が救われた。医療品はむろんのこと、新しい服を手にして多くの人が息をついた。二週間もの間、ずっと同じ服を着ていた者が大半だったのだ。新しい服に着替えたことによって、ようやく人がましい生活に戻れたと皆が感じた。

町長が不在で、かつ政府の援助が望めない状態では、やはり一橋産業が中心となって復旧に当たるのが自然だった。島に戻ってきた直人専務が陣頭指揮を執り、生き残った社員総出で町の再建に取りかかる。恒久的な家を建て直すには資材がないので、仮住まいを造るしかないのが残念だが、社屋や工場で雑魚寝しているよりは遥かにましだった。こうして島は、大きな混乱や暴動もなく、再生への一歩を踏み出したのだった。

伝わってきた話によれば、くがの死者や行方不明者は十万人以上になるという。とてつもない数字である。島も被害は大きく、ひとつの町が津波で、そしてもうひとつの町は火事で壊滅した。住民のおよそ四割が、命を落としたのではないだろうか。四割という数字が多いのか、あるいは災害規模の割に少ないのか、惣一郎には判断できないが、漁に出ていた男たちの大半が生きて戻ってきたことは大きかった。それによって生存率は上がり、復旧に必要な男手も損なわれずに済んだ。漁をすることで食べ物を確保できたこと、排泄物を海に流せたこと、そのふたつは僥倖（ぎょうこう）であり、くがの惨状と差をつける要因だったと後に知った。食べ物がなく、排泄物を処理しきれなかったくがは、筆舌に尽くしがたい悲惨な状況だったという。

　島の現状が落ち着いてくるのと反比例するように、病人が増え始めた。人間は気持ちが張り詰めているときは体の不調を感じないが、一度緊張の糸が切れると病に抗しきれなくなるようだ。だが、さしもの一橋産業の力をもってしても、医者をくがから連れてくるのは難しいのだった。なんと言ってもくがでは、桁違いの怪我人が発生したのである。遠い島まで足を運んでくれる医者を、おいそれと見つけられるはずもない。生き残った看護婦ふたりが、経験に基づく知識で治療に当たったものの、やはり医者が診るのとは違う。日を追うごとに病人が増え、ついには病死する者も現れた。体力のない老人は、生活の激変に耐えられなかったようだ。

　幸い、島の衛生状態は保たれている。不潔さのせいで疫病が蔓延するような事態にはならずにいた。子供や老人は病を得て倒れたが、大人はなんとか持ちこたえている者の方が多数だった。十代半ばになっている良太郎もまた、ありがたいことに健康を損なわずにいてくれた。

　仮住まいは、良太郎とふたりで建てた。焼け残った廃材や布を使って四方と頭上を囲んだだけの、家とも言えない代物ではあるが、周囲の目がある中で雑魚寝をしているよりは落ち着けた。布団もなんとか確保したので、良太郎と並んで毎晩寝ている。以前の生活に戻るにはほど遠いものの、こうしてふたりだけの生活を始めてみると、寿子の不在が以前より大きく感じられた。良太郎が快活さを失い、寡黙になっているのも、おそらくはそのせいだと惣一郎は推測した。

　まだ学校は再開していない。そのため良太郎は、町の復旧作業の手伝いをしていた。日中も比較的、惣一郎の目が届くところにいる。だから良太郎が時折作業の手を止め、なにやらぼんやりと考え込んでいることには気づいていた。

だが、惣一郎の方から声をかけようとは思わなかった。これほどの惨事があったのである。思うことはあるだろうし、ない方がおかしい。自分なりに考え、悩み、そしてどうにもならなくなったら親に打ち明ければいい。良太郎の方から何かを言ってくるまで、惣一郎はただ待つつもりであった。

そして、ある日のことだった。支給された魚の干物を焼いて朝食にしようとしていたときに、良太郎はぽつりと言った。それはあまりに予想外で、惣一郎は目を剝いてまじまじと息子の顔を見てしまった。良太郎はいつになく、硬い表情だった。

「おれ、医者になろうと思う」

18

「医者」

思わず訊き返してしまった。そんなことを考えているとは、夢にも思わなかったのだ。とはいえ、今現在一番必要とされている職業が何かと言えば、確かにそれは医者なのである。考えた末にその結論に至った気持ちは、理解できた。

しかし、よりによって医者か。そんな感想を抱かずにはいられなかった。良太郎にとって最も縁遠い仕事のひとつが、医者ではないだろうか。

「医者か。それはやっぱり、島に常駐の医者がいないから、自分がなろうと思ったわけだな」

「うん、そう」

良太郎は頷く。良太郎の思考経路は、いつも単純だ。だからこそ、親としては不安にもなるのだった。

「わかってるのか。医者になるのはすごく大変なんだぞ」

「うん」

これまた簡単に返事をする。本当にわかっているのか、はなはだ怪しかった。

「ものすごくたくさん勉強しないと、医者にはなれないんだぞ。お前、勉強は苦手じゃないか」

「ああ、うん」

良太郎の声から、少し元気が消えた。息子のせっかくの意気込みに水を差したようで、気が引ける。だが、世間知らずの息子に現実を知らせるのも、親の務めかと思った。

「何年も何年も猛勉強して、それでようやく医者になれるんだぞ。お前、そんなに勉強する気はあるのか」

「うん、まあ」

なんとも歯切れの悪い返事だった。やはり単なる思いつきではないかと、疑いたくなる。

「お前には人も羨む才能があるじゃないか。絵を描いても、音楽を奏でても、その道の人を唸らせる力があるだろ。それを生かしたらどうだ」

親としては、当然の意見だった。なぜこれほどまで才能に恵まれていて、あえて向いていない方向性を選ぶのか。一時の気の高ぶりで、将来の選択を間違えないで欲しかった。

「芸術じゃあ、人を救えないよ」

少し俯き気味になっていた良太郎は、顔を上げた。その目には、怒りにも似た色が見える。惣一郎は驚き、胸を衝かれたように感じた。良太郎は感情を押し殺した、くぐもった声で続ける。

「絵を描いたって、ピアノを弾いたって、目の前で怪我をして苦しんでいる人を助けることはできないんだよ。おれは自分の才能が、緊急時にはなんの役にも立たないんだって、この地震で知ったんだ」

惣一郎はすぐには言葉を発せなかった。そんなことはない、という反論は、おそらく大地震前であれば出てきただろう。芸術には傷ついた人を癒す力がある、と。

だが今は、とてもそんなことは言えなかった。良太郎の言うとおりなのだ。医者の不在に苦しんでいる人を前にして、絵や音楽が人を救うなどと言えるわけがない。芸術は、桁外れの災害の前では無力だ。それは、残念ながら正しいのだった。

「そうだな。そのとおりだ」

惣一郎は頷いた。息子の才能は、なんのために授けられたのだろうと思う。役に立たないとまで当人に言われてしまう、並外れた才能。天はなぜ、良太郎に芸術の才を与えたのか。

「ただ、芸術が人を救うことは、確かにあると思う。芸術によって救われた人は、西洋にも日本にも必ずいるはずだ。もちろんお前の言うように、目の前にいる病人や怪我人を治すことはできない。芸術が人を救うには、時間が必要なんだろう。でも、お前が今から勉強をしたって、医者になるには時間がかかる。だったら、芸術で人を救うのと同じじゃないのか」

良太郎が芸術の才に恵まれた意味を考えたら、自然に出てきた結論だった。良太郎の絵か音楽が、誰かを癒す日が来ると信じたい。そうでなければ、なぜこの世に芸術と言われるものが存在するのか。なぜ才能に恵まれた者が生まれるのか。その問いには、良太郎自身に答えて欲しかった。

この惣一郎の問いかけは、良太郎に長考を強いたようだった。朝飯を食べる箸を止め、しばし動かなくなる。「取りあえず、食おう」と惣一郎が促すまで、良太郎は黙考していた。うん、と頷いて食べ始めたものの、その後は何も言わなかった。

また良太郎は、寡黙な状態に戻った。惣一郎が言ったことについて、考えているのだろう。結論は、自分で出すしかない。惣一郎は悩む息子を、ただじっと見守った。

翌日の夜、良太郎はようやく口を開いた。その態度にはまだ迷いが見られるようだったが、惣一郎はもう言葉を挟まなかった。良太郎の判断を尊重すると、ひと足先に決めていた。

「おれ、やっぱり医者になる」

「そうか」

夕食を終えてから、掘っ立て小屋の外に出た。中天には、下弦の月が出ている。何度も見たことがある月ではあるが、きっとこの夜の月は生涯忘れないだろうと惣一郎は思った。

19

小学校は、大地震から三ヵ月後に再開された。学校自体の被害が少なく、校舎も教師も無事だったことが早期再開に繋がった。むろん、肝心の子供たちは大怪我を負った者さえいなかった。火事では多くの人が命を落としたが、小学校が町から少し離れた高台にあったことが幸いし、火に呑まれずに済んだ。悲惨極まりない大地震ではあったものの、子供の命に別状がなかったことはまさに不幸中の幸いだった。

学校生活に戻った良太郎は、自分の言葉を違えず、前よりも真面目に勉強をするようになった。放課後は友達と遊ばずに、真っ直ぐ家に帰ってきてはその日の復習をしているのだそうだ。もっとも、他の子供たちも遊んでいる余裕はなく、家業や復旧作業の手伝いをしている者が大半だった。大地震は子供たちの生活も変えたのである。たとえ良太郎が遊びたいと思っても、状況がそれを許さないのだった。

惣一郎も、復旧作業ばかりではなく地震以前の業務をぼちぼちと始めていた。その傍ら、医者になるにはどうすればいいかを調べた。その結果わかったのだが、数年前までは医術開業試験というものに合格すれば医者になれたようだが、今は制度が変わり、医学校を卒業しなければならないらしい。つまり良太郎が目指すのは、医学校への入学だった。しかしそれは、とてつもない難題であった。

島に生まれていながら、わざわざくがの学校に行く人はほとんどいない。それこそ、神童と呼ばれた一橋社長くらいなものだ。つまり、並外れて頭がよくなければくがの学校に行く価値はなく、当然のことながら良太郎はその条件に当てはまっていなかった。まして医学校入学など、夢のまた夢でしかない。それに比べれば、画家として名を成す方がまだあり得そうだった。

惣一郎は制度のことだけを、良太郎に告げた。お前には無理、と頭から決めつけるような真似はしたくなかった。日中は家にいないので直接見てはいないが、この良太郎が帰宅後も勉強をしているという一事だけでも、決意のほどが知れる。できる限り、応援してやりたかった。

だがほどなくして、放課後はどこかに寄り道していて家にいないという話を耳にした。近所の人が教えてくれたのだ。勉強はやめたのかと本人に問うと、そんなことはないと言う。ではどこに行っているのかと重ねて尋ねたら、椿油御殿だと良太郎は答えた。

「椿油御殿」

ついに勉強は諦め、やはり音楽の道に進むことにしたのか。それならそれで悪いことではない。美しい音色で人の心を癒すのも、ひとつの立派な生き方である。良太郎が自分の才能を「役に立たない」と考えていることが、惣一郎は悲しかったのだ。

「そうか。またピアノに戻ったんだな。音楽で人を癒すのは、誰にでもできることじゃない。お前はそれができるんだから、何も卑下することはなかったんだ」

感じ入りながら頷くと、良太郎は「えっ」と眉を寄せる。

「違うよ。ピアノじゃないよ。圭子お嬢さんに勉強を教えてもらってるんだ」

「勉強を」

そうだったのか。それを聞いて惣一郎は、わずかに落胆した。本来なら落胆するようなことではない。それはわかっている。だから、がっかりしたことを良太郎には悟られないよう、なんとか表情を平静に保った。

「ご迷惑をおかけしてないだろうな」

「大丈夫だよ。医者になりたいから勉強したいんだって言ったら、誉めてくれたよ」

「まあ、そうだろうな」

医者になって人の役に立ちたい、という子供の決意を腐す者はいない。だが、誰よりも先に良太郎の音楽の才を認めた圭子である。本心ではどう思っているのか、惣一郎は聞いてみたかった。おそらく、惣一郎と同じく複雑な思いを抱えているに違いなかった。

ともあれ、良太郎が勉強をする意欲を失っていないのはいいことだった。どんなことでもすぐに飽きて長続きしない良太郎のことだから、医者になるという決意もあっさり反故にするのではないかと案じていたのだ。他のことならまだしも、人の役に立ちたいという夢さえ途中で投げ出すようでは、ろくな人間にならない。またしても良太郎を支援してくれる圭子に、感謝しなければならなかった。

正直、どんな勉強をすれば医者になれるのか、惣一郎には見当がつかなかった。少なくとも、小学校の勉強だけをしていれば充分、などということはないだろう。だがそもそも、良太郎はその小学校の勉強にさえついていけていなかったのだ。いきなり猛勉強を始めたからといって、すぐに頭がよくなるわけでないのはよくわかっていた。

惣一郎の予想は、半ば当たっていて半ば外れた。というのは、良太郎の学校の成績はじりじりと上がり始めたからだ。目覚ましい変化ではない。大地震から一年経ってみて、ようやく目に見える形になったのだ。以前は丙ばかり、よくていくつかが乙だった成績表に、甲が混じるようになった。格段の、とまでは言えないが、明らかな進歩であった。

　むろん、いきなりとんでもない才能を発揮した絵画や音楽の上達とは比ぶべくもない。それらが天才の煌(きら)めきだとしたら、成績表にわずかばかり甲が並んだだけの進歩はいかにも凡人の歩みだ。しかし、惣一郎は嬉しかった。よくがんばったな、と褒めてやると、良太郎も誇らしそうに笑った。

　さらに半年後に、卒業の時期を迎えた。むろん、まだ医学校を受けられる段階ではない。島ではたいてい、小学校を卒業した者はそのまま働き始める。進路は大別して、漁師になるか一橋産業に就職するかのどちらかだが、父親が漁師ではない良太郎は一橋産業で働くのが最も無難な道だった。

　だがこの時点でも、良太郎は医者になることを諦めていなかった。働くけれど勉強も続けさせて欲しいと頭を下げて懇願するので、会社に相談してその方途を探った。結局、工場で働く女性と同じ待遇で雇ってもらうことになった。給料は安いが、正社員ほど拘束時間は長くない。夕食の支度のために帰る女性たちと一緒に退社し、勉強をする。それが、卒業後の良太郎の生活になった。

　ありがたいことに、良太郎は非効率的な独学をする必要はなかった。継続して圭子お嬢さんが勉強の面倒を見てくれたからだ。圭子お嬢さんはくがの女学校に行かない代わりに、教師を招いて椿油御殿で勉強をしている。その教師に、良太郎の勉強も見てもらえるようにしてくれたのだ。それは一橋社長の配慮ではなく、圭子お嬢さんの判断らしい。弟のように良太郎をかわいがってくれているという惣一郎の感触は、間違いではなかったのである。

小学校までは成績表があったから、良太郎の学力がどの程度か測るすべがあったが、卒業後は何もわからなかった。わかるのはただ、投げ出さずに勉強を続けているということだけである。惣一郎としては、ただそれだけで胸を撫で下ろしたくなる心地だった。良太郎の根気のなさは、この先が不安になるほどだったからだ。腰を据えてひとつのことに取り組む、ということを覚えてくれただけでも、良太郎の成長が感じられた。

小学校を卒業して二年、大地震が残した爪痕も表面上はようやく消えかけたかと思える頃に、良太郎は宣言した。

「おれ、今年は医学校を受ける」

それは予想より少し早かったので、惣一郎はわずかに驚いた。そんなにも勉強が進んだのか。大したものだ、と感心する。

「先生が、合格の目処が立ったと保証してくれたのか」

良太郎の学力を客観的に把握しているのは、圭子お嬢さんの先生だけである。その先生が受験を許可してくれたのであれば、合格も夢ではないということなのだろう。そう考えての問いかけだったが、良太郎はあっさり首を振った。

「ううん、受けても無理だろうって言われた」

「なんだ、そうなのか」

落胆というより、拍子抜けした。いよいよか、と身が引き締まる思いだったのだが、冷静に考えればそんなわけはないのだった。過去にどれだけ、このような拍子抜けを味わわされてきたただろう。いつものことと思えば、苦笑する以外の反応はできなかった。

「受かる見込みもないのに、わざわざくがに行って試験を受けるのか」

くがはやはり遠い場所だし、日帰りはできないから向こうで宿泊する場所も考えなければならない。簡単に受験するなどと言って欲しくなかったが、旅費と宿泊費、受験料は自分で工面すると言う。そのために貯金をしてきたのだそうだ。

「そうだったのか」

良太郎は仕事で得た金の全額を生活費に回しているわけではないが、かといって遊んでいるわけでもないので、特に目的もなく貯金をしているのだと思っていた。受験のためだったとは驚きであり、かつ少し感動的でもあった。たとえ医者になる夢が叶わなかったとしても、この努力は良太郎にとって決して無駄にはならないだろう。寿子にも今の良太郎を見せてやりたかった。

案の定、その年の試験には合格しなかった。そんなに甘い世界ではないはずと思っていたので、惣一郎はがっかりしなかった。そして当の良太郎も、特に気落ちしていなかった。今回は腕試しくらいのつもりだったようだ。本人が落ち込んでいないなら、それでよかった。

だが翌年も、その翌年も不合格だと、さすがにいささか心が重くなった。医者になる、と良太郎が言い出したときの気持ちを、惣一郎は改めて思い出した。人には向き不向きがある。良太郎の資質は明らかに芸術方面にあり、勉強はむしろ不得意なのだ。それなのになぜ向いていないことを目指すのかと思ったものだが、また同じ感想を持たざるを得なかった。今からでもいい、画家や音楽家として大成する道を選べないものかと内心で考えてしまった。

しかし、それは口にしなかった。いくら親でも、言ってはいけないことだと思った。医者になると決めてから、良太郎は明らかに変わった。腰が落ち着かずふらふらしていた生活態度を改め、至って真面目になった。せっかく一心にひとつのことに打ち込んでいるのに、お前はそれに向いていないとは言えない。半ば諦めも交えつつ、見守るしかなかった。

やがて良太郎は、椿油御殿に通うのをやめた。いつまでも圭子お嬢さんの厚意に甘えているわけにはいかないと判断したのだろう。それは正しいが、しかし医学校合格から遠ざかったなと惣一郎は思った。良太郎はもう充分にがんばった。医者になる夢を諦めたとしても、そのときにはねぎらいの言葉をかけてやろうと心に決めた。

良太郎は諦めなかった。二十歳を超え、同じ年の者たちがそろそろ身を固め父親になり始めても、独学をやめなかった。「お宅の息子さんは、ちゃんと働く気はないのか」と訊かれることが増えた。女性たちに交じって、工場での手作業に従事しているのだから、当然の質問だろう。それに対して惣一郎は、「まあ、そのうち」と曖昧な答え方をしておいた。恥じたわけではない。むしろ、今に見ていろという気持ちでいた。良太郎が医者になれる日など来ないだろうと悲観しているのに、自分の心の動きが不思議だった。

山の洞窟に潜り、徳川埋蔵金を探し続けている変人がいる。見果てぬ夢を見ているという点で、良太郎はその人と同じだった。その変人もまた、一ノ屋の血筋だそうだ。これは血のなせる業なのかと思えば諦めもつくが、しかしあり得たはずの豊かな才能を生かした将来を想像すると、そんな変人と一緒にされたくはなかった。天はなんのために良太郎に才能を与えたのかと、これまで何度も考えた疑問をまた胸の中で転がした。

良太郎が二十三になった年のことだった。電報が届き、良太郎が受け取った。おそらく医学校入学試験の合否を知らせる電報だろうと、これまでの経験から察する。電報を受け取り、良太郎が肩を落とす様を何度も見てきた。いい加減、「次がある」という慰めの言葉を口にするのも苦痛になってきた。電報を読む良太郎から、無意識に目を逸らした。

「父さん」

呼びかけられた。その声は平静で、不合格の落胆は感じられなかった。良太郎も試験に落ちることに慣れたのだ。いやなことに慣れてしまったものだと思いつつ、顔を上げて息子を見た。

「なんだ」

「受かった」

良太郎は口調を変えなかった。だから、その言葉の意味がすぐには頭に染み透らなかった。そういう冗談はたちが悪いと、そんなことをとっさに考えた。そして次に、良太郎の手から電報を奪い取った。

「ゴウカク」の四文字が目に飛び込んできた。瞬間、自分でも驚いたことに突然涙が溢れた。気持ちが言葉にならず、あわあわと意味不明の音を発する。良太郎の肩を叩いて、何度も頷いた。最初はそんな惣一郎の反応に苦笑していた良太郎だが、やがて父の涙につられたか、自分も泣き出した。ふたりして肩を叩き合って、時間を忘れて泣いた。

良太郎はくがに旅立った。医学校で学ばなければならないことは、たくさんあるのだろう。もう若くない良太郎にとって、これからの勉強は困難を極めるかもしれない。しかし、良太郎が途中で挫折することなどあり得ないと惣一郎はわかっていた。数年後に医者として島に戻ってくる日を、ただ心待ちにした。

大地震後に診療所は再建されたが、相変わらず医者は週に三日しかいない状態だった。そのため、医者が不在のときに病気になり、手当てが遅くて命を落とす人もたまにいた。医者がいないことの心細さは、口に出さないだけで誰もが抱えている。ガス灯が立ち、道路が整備され、文明の発展を島が享受していても、昔からの不安は変わっていない。昔も今も、医者の不在こそが島にとって一番の悩みなのだった。

だが今、良太郎が医学校に入った。数年後には、医者になって島に帰ってくる。これほど喜ばしいことがあろうか。「息子はちゃんと働かないのか」と訊いてきた人が、今は「息子さんはいつ帰ってくるんだ」と尋ねる。もうすぐだと答える惣一郎には、見返してやったという気持ちなどない。ただ単に、そう訊いてもらえることが嬉しく、誇らしいだけだった。さすがは一ノ屋の血だと言われたときだけ、「そんなことは関係ない、良太郎の努力の賜物だ」と心の中で言い返した。きっと寿子が生きていても、同じように反駁したことだろう。

良太郎は島に帰ってきた。そろそろ三十になろうとする良太郎は、もういい年である。だがそれだけに、いつの間にか貫禄がついていた。もはや、ひとつのことに簡単に飽きてしまうやんちゃ小僧ではない。島にとっては、待望のお医者様だった。港で大勢の人に迎えられ、良太郎は少し面食らっていた。惣一郎は良太郎が医学校に合格したときのように、ぽんと肩をひとつ叩いてやった。

良太郎は診療所で働くことになった。まずは前から島に来ている医者の許で、実際の医療を学ぶらしい。しかし医者が島に滞在しているのは週に三日だけなので、残りの四日はいきなり良太郎ひとりになる。さぞや心細いだろうと内心を察したが、良太郎は堂々としたものだった。泰然としていて、長く医者を続けている人のようだという評判が立った。三十間近になってようやく医者になれたことが、かえって島の者たちの信頼を得るのに寄与したらしい。これでいつ怪我をしても、病気になっても安心だと、惣一郎が何人もの人に感謝された。そのたびに、あり得たかもしれないもうひとつの未来を惣一郎は想像した。

良太郎が画家になり、有名になったとしても、島の人はそれを誇りには思うだろうが、感謝はしなかっただろう。良太郎の才能は豊かだったけれど、人に感謝される類のものではなかった。今になってようやく、そのことがはっきりした。

良太郎が医者の道を目指したことで、日本は才能溢れる画家か、音楽家をひとり失ったのかもしれない。だがその損失を埋めて余りある、大勢の人の感謝を今、良太郎は感じていることだろう。良太郎は確かに、芸術方面の才能に恵まれていた。医者になるのには手こずった。とはいえ、苦手なことに諦めず挑み続けたこともまた、良太郎の才能だったのではないかと今は思える。結局良太郎は、自分の才を生かし切ったのだ。

一年も経たずに、良太郎は独り立ちした。診療所をひとりで任されるようになったのである。島が長く待ち望んだ、島生まれの医者が誕生したのだった。それは、島の生活を大きく変えたと言われる一橋平太社長の業績に匹敵する、大きな存在感であった。

かつて一ノ屋の血筋には、イチマツと呼ばれるとんでもない色男がいたらしい。イチマツは島に福をもたらし、そしてくがに去っていった。良太郎も実は、若い頃には女の子にもてたほど、それなりにいい男である。しかも、島の人々を病気や怪我の不安から解放した。福をもたらすという意味では、これ以上の善行があるだろうか。いつしか人々は、良太郎をイチマツの再来と呼ぶようになった。言われる当人は、ただ苦笑していた。

惣一郎はといえば、血筋なんて関係ない、良太郎本人の力だ、と最初は反発した。しかしやがて、一ノ屋の血筋が特別視される島の雰囲気を受け入れた。良太郎は島に福をもたらした。それが一ノ屋の血筋の役割なのだとしたら、良太郎に与えられた天命だったのだろう。寿子、良太郎はやっぱり一ノ屋の男だったよ、と亡き妻に心の中で語りかけた。

惣一郎の胸には、大きな満足感があった。満ち足りた気持ちのまま外に出ると、心地よい夜風が吹いている。見上げた空には、下弦の月が浮かんでいた。

初出
『小説新潮』二〇一五年十月号～二〇一七年八月号

装画　浅野隆広

邯鄲の島遥かなり　上

著　者

貫井徳郎

発　行

2021年8月25日

発行者　佐藤隆信

発行所　株式会社新潮社

〒162-8711　東京都新宿区矢来町71

電話　編集部　03-3266-5411

　　　読者係　03-3266-5111

https://www.shinchosha.co.jp

装幀　新潮社装幀室

印刷所

錦明印刷株式会社

製本所

加藤製本株式会社

乱丁・落丁本は、ご面倒ですが小社読者係宛お送り下さい。
送料小社負担にてお取替えいたします。
価格はカバーに表示してあります。

ISBN978-4-10-303873-3　C0093